KB117943

안 그러면 아비규환

MCSWEENEY'S MAMMOTH TREASURY OF THRILLING TALES
Copyright© 2002, McSweeney's Publishing LLC
All rights reserved.

Korean translation copyrigh© 2012 by TOLL, an Imprint of Munhakdongne Publishing Group. Korean translation rights arranged with The Wylie Agency(UK), through Milkwood Agency.

이 책의 한국어판 저작권은 밀크우드 에이전시를 통해 The Wylie Agency와 독점계약한 출판그룹 문학동네의 임프린트 톨에 있습니다. 저작권법에 의하여 한국 내에서 보호를 받는 저작물이므로 무단전재와 복제를 금합니다.

MCSWEENEY'S MAMMOTH TREASURY OF
THRILLING TALES
안 그러면 아비규환

닉 혼비 + 스티븐 킹 + 닐 게이먼 + 엘모어 레너드 + 데이브 에거스 + 셔먼 알렉시
+ 마이클 크라이튼 + 릭 무디 + 짐 셰퍼드 + 글렌 데이비드 골드 + 댄 숀 + 켈리 링크
+ 캐럴 엠시월러 + 로리 킹 + 크리스 오퍼트 + 할란 엘리슨 + 마이클 무어콕
+ 에이미 벤더 + 커렌 조이 파울러 + 마이클 셰이본 지음   엄일녀 옮김

차례

닉 혼비   **안 그러면 아비규환**

　엄마는 내 기분이 더러울 때마다 그 개떡 같은 옛날 노래를 부른다. 나를 웃기려고 그런다지만, 나는 절대 웃지 않는다. 왜냐, 기분이 더러우니까. (나중에 기분이 좀 나아지고, 엄마가 춤추면서 그 노래를 부를 때면 매번 짓는 바보 같은 표정, 그러니까 옛날 흑백영화에 나오는 배우처럼 눈을 휘둥그레 뜨고 이를 다 드러낸 얼굴이 생각나면, 어쩌다 미소 비스무리한 게 나오기도 한다. 하지만 엄마 때문에 웃었다고는 절대 얘기하지 않는다. 그럼 엄마는 기고만장해서 날이면 날마다 그 노래를 불러젖힐 테니까.) 제목이 〈긍/정/적/인 면을 강조하라〉*인데, 엄마는 할머니를 뵈러 데이턴에 가야 한다고 내게 통고할 때, 내가 필요한 게 있어서 돈 좀 달라고 하면, CD나 심지어 옷을 사야 한다고 해도, 아 진짜, 돈도 안 주면서 꼭 저 노래를 불러대

─────────────

* 〈Ac-cent-chu-ate the Positive〉. 1944년 조니 머서가 불러 빌보드 차트 2위까지 오른 인기 팝송으로, 긍정적인 면을 강조하는 것이 행복의 지름길이라는 내용을 담고 있다.

요. 하여간, 오늘 나는 저 노래가 말하는 바를 실행에 옮길 예정이다. 긍정적인 면을 강조하고 부정적인 면을 배제할 것이다. 안 그러면, 저 노래와 우리 엄마의 말마따나, 아비규환이 눈앞에서 펼쳐질 가능성이 높다.

좋다, 뭐, 강조할 만한 긍정적인 면은 이거다. 나는 섹스를 하게 됐다. 이건 비교적 괜찮은 면이다. 제반상황을 고려할 때 좀 이상한 세계관이라는 건 나도 알지만, 지금까지는 확실히 그게 이번 주의 가장 중요한 사건이다. 올해의 가장 중요한 사건은 못 된다는 건 나도 알지만(젠장, 그건 나도 안다고), 그래도 여전히 톱뉴스감이다. 나는 이제 막 열다섯살이 됐으며, 더이상 숫총각이 아니다. 죽이지 않냐? 원래 내 계획으로는 열여섯살이 목표였으므로, 일정상 1년은 앞당겼다는 말이 된다. 실제로는 거의 2년을 앞당긴 셈인데, 22개월이 지나야 열여섯이 되기 때문이다. 그러니까 이 얘기는 내가 어떻게 여자와 한 침대에 눕게 되었는가에 관한 이야기라고 해두자. 서두가 있고, 기묘하게 전개되다가, 해피엔딩으로 마무리되는 얘기다. 안 그러면 스티븐 킹 스타일의 얘기, 즉 서두가 있고, 기묘하게 전개되다가, 우라지게 무서운 엔딩으로 마무리되는 얘기를 해야 하는데, 그렇게 하긴 싫거든. 그런 건 지금 당장 나한테 전혀 도움이 안 되니까.

자, 당신은 내가 누군지, 우리 형이 타는 차종이 뭔지, 하여간 홀든 콜필드*스러운 잡설을 죄다 알아야 한다고 생각할지도 모르겠는데, 진짜 알 필요 없다. 나한테 형도 귀여운 여동생도 없기 때문만은 아니다. 이건 그런 류의 성장소설이 아니다. 나의 인간성을 꿰뚫는 통찰이랄지 뭐 그딴 건 당신에게도 내게도 하등 도움이 되지 않을 거다. 왜냐, 이건 실화니까. 난 당신이 이 얘기를 다 읽고 나서, 만약 우리 부모님이 이혼하지 않았다면 내가 다르게 행동했을까, 아님 내가 우리 시대의 전형적인 산물일까, 또는 내가 당신에게 열다섯살이 된다는 것이 어떤 의미인지를 말하려는 걸까 등등, 학교 숙제로 읽고 토론할 때 떠올리는 그런 문제들로 고민하지 말았으면 한다. 중요한 건 그게 아니다. 당신이 알아야 할 것은, 내가 그 비디오를 어디서 샀는가 하는 것과, 그리고 아마도 왜 샀는가 하는 걸 텐데, 그러니까 지금부터 말해주겠다고.

나는 그 비디오를 우리 집에서 두어 블록 떨어진 중고 전자제품 가게에서 발견했다. 50달러가 들었고, 그때는 꽤 괜찮은 가격이라고 생각했는데, 이제 와서 보니 그렇게까지 싼 건 아닌 것 같고, 하여간 이건 딴 얘기다. 아니 그게 아니라 지금 하려는 얘기긴 한데, 일단 다른 부분이다. 그리고 내가 그 기계를 산 이유는…… 좋다, 아무튼, 당신한테 배경설명을 좀 해야 할 것 같은데, 그렇다고 무슨 신파조 드라마로 몰아가려는 건 아니고, 단지 있는 그대로의 사실을 말하는 것뿐이다. 엄마와 나는 석 달 전쯤 LA에서 버클리로 이사했다. 엄마가 마침내 아버지를 차버렸기 때문이다. 아버지는 영화 시나리오를 써서 돈을 번다. 비록 시나리오 중에 영화로 제작된 건 하나도 없지만. 그냥 대본 작가라는 표현이 더 정확하겠다. 엄

---

* J. D. 샐린저의 소설 『호밀밭 파수꾼』의 주인공으로, 방황하는 십대 청소년의 대표주자 격이다.

마는 미술교사인 동시에 화가이기도 하며, 엄마 말로는 버클리엔 예술적 기질인지 뭔지가 있는 사람들이 수백만은 되니까 이곳에서 우리는 아주 물 만난 물고기처럼 잘 살 거라고 생각했다고 한다. (나는 엄마가 '우리'라고 말하는 게 마음에 든다. 내게 예술적 기질이라고는 눈 씻고 찾아봐도 없고, 엄마도 그걸 알지만, 왠지 엄마는 내가 엄마를 닮았다고 생각한다. 엄마와 나는 항상 아빠에 맞서 한편이었고, 그래서 엄마와 나는 LA를 싫어하게 되었고, 내가 LA를 싫어했으므로 어쩐지 나도 그림을 그릴 수 있게 될 것 같다. 뭐, 나쁘지 않다. 미술도 어떤 건 꽤 있어 보이니까.)

버클리는 괜찮았다. 다만 나는 이곳에 친구가 없었고, 그래서 엄마는 나를 이 같잖은 재즈 오케스트라인지 뭔지에 집어넣었다. LA에 있을 때 트럼펫을 배우기 시작하던 참이었는데, 실력이 썩 나쁘지 않았다. 이사하고 두어 달 지났을 때, 엄마는 동네 서점에서 '버클리 청소년 빅밴드' 어쩌고 하는 광고를 봤고, 그게 대충 열일곱살 미만을 대상으로 하는 거라니까 나를 등록해버렸다. 엄마는 그놈의 긍/정/적/인 노래를 내가 리허설하러 가는 첫날 저녁 차 안에서 무진장 불러대야 했는데, 왜냐하면 내가 별로 긍정적인 기분이 아님을 먼저 시인했기 때문이다. 실은 그렇게까지 나쁘진 않았는데, 엄마한테 사실대로 얘기할 생각은 전혀 없다. 밴드의 관악기 주자는 졸라 크고 시끄러운 소리를 내도 된다. 그렇더라도 친구를 만들 생각은 없다고 털어놓긴 곤란하다. 버클리 청소년 빅밴드에 연주하러 오는 애들의 면면이란…… 뭐, 걔네들은 내 취향이 아니라고만 해두자. 마사만 빼고. 마사에 대해서는 이따가 얘기하겠다. (이제 대충 결말이 어떻게 되겠구나 짐작할 텐데, 난 상관없다, 그래봤자 당신은 그애의 이름만 아는 거고, 우리가 어떻게 섹스에 이르게 됐는지는 모르니까. 우리가 어떻게 섹스를 하게 됐나가 제일 흥미로운 부분이라고.) 당신이 마사에 관해 알아야 할 내용은, 1)예쁘다, 2)예쁘긴 하지만 날라리는 아니다, 라는 거다. 요컨대, 당신이 마사를 봤을 때 내가 그애한테 같이 자자고 꼬셨을 거라는 생각은 백만 년이 지나도 들지 않을 거라는 얘기다. (이로써 굉장히 궁금해졌기를, 야, 씨바 너 어떻게 걔랑 자게 된 거야? 하고 질문해주길 바란다. 즉 기묘한 전개보다는 해피엔딩에 더 흥미가 생겼다는 말이고, 그렇다는 건 내가 스티븐 킹의 루트를 따라가지 않아도 된다는 뜻이니까.)

어쨌든 VCR에 대한 나의 주장은 이랬다. 나는 밴드 연습시간에 친구를 사귀지 않았을 뿐만 아니라, 사실상 밴드 연습 때문에 친구를 사귈 수가 없었다. 그게 어떻게 된 거냐면, 나는 밴드 연습을 하러 간다. 우리 집에는 VCR이 없다. (LA의 아버지 옆에 놔두고 왔는데, 엄마는 별 정신 나간 이유로 새것을 사기 싫다고 했다. 우리가 저 푸른 초원 위에 그림 같은 집을 짓고 매일 밤 책을 읽거나 그림을 그리거나 트럼펫을 불 거라고 생각했나보다.) 나는 NBA 플레이오프를 녹화할 수 없다. 다음 날 시합에 대해서 얘기할 수가 없다. 다들 나를 공부만 아는 샌님이라고 생각한다. 명약관화하지 않나? 근데 엄마한테는 안 그랬다. 나는 비디오를 사주지 않으면 LA로 돌아가 아빠와 같이 살 거라고 협박했으며, 그제야 엄마는 항복했는데, 그것도 캘리포니아 연안에서 제일 싸고 허접한 기계를 찾아오라는 식으로 말했다.

아무튼 여긴 굉장하다. 여기서는 낡은 TV("백 투 더 퓨처"한 것처럼 진짜 오래 묵었다)와 기타, 앰프, 스테레오, 라디오를 판다. 그리고 VCR도. 나는 가게 주인인 히피 아저씨에게 실제로 작동되는 것 중 제일 싼 걸로 달라고 했고, 주인은 가게 구석에 쌓인 고물더미를 가리켰다.

"저기 제일 꼭대기에 있는 거야." 주인이 말했다. "적어도 며칠 전까진 잘 나왔어. 내 거거든."

"근데 왜 계속 안 쓰고 팔아요?" 나는 날카롭게 질문하려고 했지만, 그게 종종 생각대로 잘 안 된다. 한두 시간쯤 여유를 주면 나도 박스 커터만큼 날카로워질 수 있는데, 가끔 이런 즉흥적인 상황에서는 생각처럼 능숙하게 되질 않는다.

"더 좋은 걸 구했거든." 주인이 말했다. 거기다 대고 뭐라고 할 수가 없었다. 아마 더 나은 걸 구할 수 있었나보지. 쳇, 나도 더 나은 걸 구할 수 있었다고.

"근데 녹화는 돼요?"

주인은 나를 빤히 쳐다보았다.

"녹화와 재생은 돼요?"

"아니, 꼬마야. 딴 건 다 되는데, 녹화와 재생만 안 돼."

"아니 녹화와 재생이 안 되면 그게 무슨……." 그때 주인이 나를 놀려먹고 있다는 걸 알았고, 당연히 나는 말문이 막혔다.

"기계가 말썽을 부린 적은 없었어요?"

"네가 말하는 말썽이란 게 무슨 뜻이냐에 따라 다르지."

"그냥…… 녹화하는 데…… 재생하는 데……." 달리 표현할 방법이 안 떠올랐다.

"없어."

"그럼 무슨 문제였는데요?"

"계속 그런 식으로 할 거면 값을 올릴 수밖에 없구나. 내 시간을 뺏은 값은 치러야지."

"리모컨 있어요?"

"하나 찾아줄게."

그리하여 나는 순순히 주머니를 뒤져 50달러를 꺼내 주인한테 건넸고, 고물더미 꼭대기에서 물건을 가져왔다. 주인은 리모컨을 하나 찾아서 내 윗도리 주머니에 찔러주었다. 그리고 내가 나가려는데 이상한 말을 했다.

"그냥…… 신경 쓰지 마."

"뭘요?"

"난 신경 껐거든."

"뭘요?"

이 아저씨는 딱 옛날 버클리 히피 스타일이었다. 무슨 말인지 알겠지? 회색 수염에, 회색 포니테일 머리에, 추레한 러닝셔츠를 걸친.

"왜냐하면 그게 뭘 알 리가 없잖아? 그건 빌어먹을 비디오일 뿐이라고. 그게 뭘 알겠어? 암것도 모르지."

"그렇죠, 뭐"라고 나는 말했다. 그때 난 아저씨에 관해 감 잡았다고 생각했다, 무슨 말인지 알겠지? 얼간이에다 단순하고 맹한 인간. 약 때문에 머리가 맛이 간 것이다. "그렇죠, 이게 뭘 알 리가 없죠. 아저씨 말대로 이게 뭘 알겠어요?"

그때 아저씨는 진짜로 안심했다는 듯 살짝 웃었고, 그 웃음을 보고서야 나는 아까까지 그가 얼마나 슬퍼 보였는지 깨달았다.

"그 말이 정말 듣고 싶었다." 아저씨가 말했다.

"도움이 됐다니 기쁘네요."

"난 이제 마흔아홉살인데 할 일이 많거든. 소설도 한 편 써야 하고."

"서두르시는 게 좋겠네요."

"진짜?" 아저씨는 다시 걱정스러운 표정이 됐다. 씨바 내가 무슨 말을 했다고.

"뭐, 그렇잖아요, 시간 있을 때 서두르시라고." 이 아저씨가 소설 따위 언제 쓰든 내 알 바는 아니다. 내가 왜?

"맞아. 그렇지. 야, 고맙다."

"천만에요."

그리고 그게 끝이었다. 아저씨가 한 말에 대해서 대략 1분 30초쯤 고민하고는 잊어버렸다. 어쨌든 한동안은 그랬다.

자, 이제 다 준비가 됐다. 그날 저녁 밴드 연습이 있어서 비디오를 내 방 TV에 연결하고 살짝 시험작동을 해봤다. 뉴스를 1~2분가량 녹화한 다음 앞으로 돌려 틀어봤다. 어, 잘 나온다. 리모컨도 확인했다. 문제없다. 집에 있는 〈매트릭스〉 테이프를 넣고 화질이 어느 정도인지 알아보기까지 했다(50달러짜리 비디오 화질 정도였다). 그러고 나서 타이머를 그날 저녁 LA 레이커스 경기 후반전에 맞춰 설정했다. 모든 게 완벽했다. 아니, 엄마가 도중에 참견만 안 했어도 모든 게 완벽했을 것이다. 하긴, 결국 그 참견이 좋은 결과를 가져왔지만.

무슨 일이었냐면, 나는 마사의 아버지의 차를 얻어 타고 집에 왔다. 마사도 차에 있었다. 당연히 마사가 그 차에 타고 있었다는 말인데, 마사의 아버지가 시민문화회관에 온 이유가 그거였으니까, 하여간, 무슨 말인지 알겠지? 마사가 그 차에 있었다고. 그 말인즉슨…… 음, 당신이 그렇게까지 자세히 분석하겠다고 설치면, 실은 별거 아니었다. 아직 얘기 안 한 게 무진장 많군. 아까도 말했지만, 몇 시간쯤 생각할 여유를 주면 나도 씨바 윌리엄 셰익스피어다. 하지만 실시간 순발력은 좀 떨어진다. 이건 우리 아빠 쪽 유전인 것 같다. 아빠는 충분히 생각할 시간만 있다면 괜찮은 대사를 쓸 수 있다. 한 1년쯤 주면. 하지만 "엄마랑 어떻게 된 거예요?" 같은 간단하기 그지없는 질문을 던지면, 아빠는 "어, 에, 뭐, 그게……" 이런다. 됐어요, 아빠. 거참 아주 깔끔한 설명이네요.

하여간, 우리는 차에 탔고, 그리고…… 아, 일단 먼저, 그게 정기일과가 되었음을 말해야겠다. 내가 그날 저녁 연주에 그다지 넌더리를 내지 않았다는 것도. 그리고 어쩌면 내가 그 기회를 날려먹을 뻔했다는 사실도 고백해야 할지 모르겠다. 바로 여기가 엄마의 좋기도 나쁘기도 한 참견이 시작되는 대목이다. 무슨 일이었냐면, 엄마는 자기 그림을 전시할 생각이 없냐고 물어보러 이웃에 있는 소규모 갤러리에 들어가 주인한테 말을 걸었는데, 그 주인이 마사의 아버지였다. 그리고 어찌어찌하여 버클리 청소년 빅밴드에 관한 것으로 화제가 옮겨갔는데, 뭐 순식간에 카풀을 하기로 결정해버린 것이다. 여기서 나는 솔직하게 말하겠다. 엄마가 나한테 그 얘기를 했을 때 난 완전 열받았다. 엄마가 그 노래를 아무리 많이 불렀더라도 나를 진정시키진 못했을 것이다. 엄마는 설명하기를, 요 근처 아주 가까운 데 사는 남자가 있는데 그 사람 딸도 밴드에 있어서 이

번 주에는 그 사람이 우리를 데려다주고 데려오고 다음 주에는 엄마 차례고…….

"거기까지."

"왜?"

"우리 밴드에 찌질이들이 얼마나 많은지 몰라요? 매주 걔네들 중 한 명하고 같은 차에 타고 다니라고요?"

"지금 그 여자애랑 데이트하라고 부탁하는 게 아니잖아. 일주일에 한 번 그 여자애랑 10분만 같은 차를 타고 다니라고 부탁하는 거야."

"절대 안 돼요."

"이미 늦었어."

"좋아요. 밴드 그만둘래요. 지금 이 순간부터."

"그거 좀 과민반응이라고 생각지 않니?"

"아뇨. 안녕히 주무세요."

그리고 내 방으로 올라왔다. 진짜 그럴 생각이었다. 그만두려고 했다. 그게 무슨 대수랴. 설사 슈퍼스타 재즈트럼펫 주자로서 내 미래를 포기하게 될지언정, 엘로이즈와 한 차를 타지 않고 그애의 입내를 피할 수만 있다면 그만한 값어치가 있었다. 혹은 조와 그애의 이른바 절체절명의 문제(다른 말로 하면, 그애의 극심한 비만 문제)를 피할 수 있다면. 하여간, 엄마는 5분 후 내 방에 올라와서는 그 사람한테 전화해 카풀을 취소했고, 병원에 들러야 해서 집에서 곧장 간다고 둘러댔다고 말했다.

"병원이라고요? 아주 잘하셨네요. 이제 다들 내가 죽을병에 걸렸다고 생각하겠네. 대단히 고맙군요."

"아이고 머리야." 엄마는 고개를 설레설레 저었다.

"그건 그렇고, 나중에 돌아올 땐 어떻게 그 사람들을 피할 건데요?" 내가 되게 까칠하게 굴었다는 건 인정한다.

엄마는 또 고개를 회회 저었다. 내가 그렇게 화나지 않았더라면 아마 미안해했을 것이다. "다른 평계를 생각해볼게."

"어떤 거요?"

"몰라. 일단 차에 타. 늦겠다."

"싫어요. 이건 너무 당혹스럽잖아요. 난 여전히 그만둘 생각이에요."

"폴 씨가 실망할 텐데. 그 사람이 너와 마사에게 거는 기대가 꽤 크다는 느낌을 받았거든. 폴 씨는 네가 마치……."

"누구요? 마사?"

"마사를 아니?"

"아마도."

"걔는 좋아?"

나는 그 점에 관해 애써 태연한 척했다. "마사라면 괜찮아요. 트럼펫 찾아가지고 내려갈게요."

엄마에게 경의를 표할지어다. 엄마는 아무 말도 하지 않았다. 묘한 미소를 짓지도 않았다. 그랬으면 난 다시 뒤집어엎으며 길길이 날뛰었을 텐데. 엄마는 그저 아래층으로 내려가서 기다렸다. 그래도 엄마가 잘못 생각한 건 맞다. 백번 양보해서, 결과적으로 잘되긴 했지만, 99.9퍼센트는(아니 뭐, 밴드에는 여자애가 15명 있으니까 구십사 점 몇 퍼센트 정도라고 해두자) 재앙이었을 가능성이 높았다. 엄마는 그 남자의 딸이 마사라는 걸 몰랐고, 마사가 누구라는 것도 몰랐으니, 엄마는 그냥 운이 좋았다고 할 수밖에.

내가 마사와 함께 차를 타는 대목으로 들어가기 전에, 이렇게 말히니까 실제보다 훨씬 더 흥미진진하게 들린다, 하여간 굉장히 중요한 얘기가 하나 더 있는데, 이걸 어디다 끼워넣어야 할지 모르겠다. 지금 일러두든가(시간상으로 대략 사건이 발생한 시점이니까) 아님 나중에, 즉 내가 밴드 연습을 갔다 와서 막상 그 현상을 발견했을 때 얘기해야 할 텐데, 후자가 스토리상 훨씬 드라마틱한 효과를 낼 수 있다. 하지만 문제는, 내가 이 얘기를 나중에 하게 되면 당신이 믿지 않을 확률이 높다. 당신은 이게 그저 스토리 전개상의 트릭이거나 혹은 내가 순간적인 충동에서 뭔가를 해명하기 위해 꾸며낸 얘기라고 생각할 테고, 그럼 난 정말 돌아버릴 것이다. 어쨌든 난 드라마틱한 효과 따윈 필요없다고. 이 얘기는 마구 흥분할 게 아니라 차분히 풀어가야 한다. 그러므로 지금 얘기하겠다. 요컨대, 나는 레이커스 경기의 비디오 녹화를 말아먹었다. 〈매트릭스〉를 5분 동안 보려고 원래 넣어놨던 공테이프를 꺼낸 것이 화근이었다. 〈매트릭스〉 테이프를 꺼내는 것까지는 제대로 했는데, 공테이프를 도로 넣어두는 걸 까먹은 것이다. (엄마가 마사의 이름을 언급하자마자 서두른다고 허둥거렸기 때문이다.) 하지만 그때는 녹화를 말아먹은 줄 몰랐다. 무슨 말인지 알겠지? 내가 만약 이 얘기를 나중에 한답시고 남겨뒀다면, 호기심도 좀 생기고 자극도 좀 됐을거다. "어, 저런, 시합을 녹화하지 않았잖아. 그럼 어떻게……!" 하지만 그깟 호기심 좀 자극하려다가 이야기의 신뢰성을 잃는다면, 안 하느니만 못하다.

하여간, 다시 돌아와서, 연습이 끝난 후 우리는 차에 탔고, 나와 마사와 그녀의 아버지는 또…… 아니 그게, 이 부분은 전혀 중요하지 않다. 젠장, 공테이프에 관한 얘기는 괜히 미리 해갖고, 그것부터 꺼내놓으니까 자꾸 그 얘기를 하고 싶어지잖아. 긴장감 조성을 위해 나중으로 미뤄놓을 수가 없다. 그리고 생각해보면, 그 때문에 사람들은 대개 소설이 실제 상황이 아니라는 것을 알게 된다. 무슨 말이냐 하면, 내가 또 공포소설은 무진장 많이 읽었는데, 작가들은 허구한 날 긴장감을 조성한답시고 꾸물거린다. 예컨대, 음, "그녀는 골목을 달려가 현관문을 쾅 닫고 안도의 한숨을 내쉬었다. 그녀는 뱀파이어 좀비가 집 안 욕실에 있다는 사실을 꿈에도 알지 못했다. **한편**, 2000마일 떨어진 곳에서 뉴욕 경찰청의 프랭크 밀러는 눈썹을 찡그렸다. 이번 사건에는 뭔가 찜찜한 구석이 있었다⋯⋯."

무슨 말인지 알겠지. 저 망할 뱀파이어 좀비가 실제 상황이라면, **진짜로 당신한테 일어난 일이라면**, 프랭크 밀러가 눈썹을 찡그리든 말든 그런 건 관계없는 일이다. 씨바, 지금 전기톱인지 화염방사기인지 뭔지를 든 좀비가 당신 집에 들어와 있는데, 나라 반대편에서 형사가 자기 눈썹 갖고 뭔 짓을 하든 무슨 상관이냔 말이다. 그러므로 당신이 내게 지적질을 허락해준다면, 그 때문에 독서의 즐거움을 영원히 망칠지도 모르지만, 그 이야기가 허구임을 알게 될 것이다.

하지만 이 얘기는, 지금 내가 당신에게 하고 있는 이 이야기는 당신도 알다시피 허구가 아니다. 어떻게 아냐면, 1)나는 그 테이프에 관한 얘기를 나중에 깜짝쇼할 요량으로 남겨두지 않고 사건이 발생한 시점에서 바로 털어놓았다. 2)나는 그저 페이지 수를 늘리려고 혹은 그 테이프 건을 잊게 만들려고, 마사네 차에 타고서 누가 무슨 말을 누구에게 했는지 미주알고주알 설명하지 않을 것이다.

당신은 이 정도만 알아두면 된다. 마사와 나는 아주 많은 얘기를 나누진 않았지만, 웃으면서 화기애애한 시간을 보냈고, 차에서 내릴 때쯤 우리가 둘 다 서로를 마음에 들어 한다는 사실을 알게 되었다. 그 후에 나는 차에서 내려 엄마한테 "다녀왔어요" 인사하고, 녹화해놓은 경기를 보러 2층 내 방으로 올라갔다.

  뭐, 당신은 이미 VCR에 테이프가 들어 있지 않다는 것을 알지만, 나는 몰랐다. 나는 침대에 앉아 TV를 켰다. 〈데이비드 레터맨쇼〉가 막 시작한 참이었다. 레터맨은 그 바보 같은 톱텐 리스트를 발표하고 있었다. 사람들은 하나도 이해하지 못하면서 다들 재밌는 척한다. 나는 리모컨의 되감기 버튼을 눌렀다. 아무것도 안 나온다. 당연하잖아? 나는 예약 녹화가 잘못됐나 해서 빨리감기 버튼을 눌렀다. 테이프가 제대로 작동하는지 확인하고 싶었다.

  상황은 이러했다. 나는 레터맨쇼를 보면서 빨리감기를 눌렀던 것이다. 그리고 꽤나 어리둥절해지고 말았다. 어떻게 이런 게 가능해? 레터맨쇼는 아직 끝나지도 않았는데, 어떻게 이걸 녹화했을 수가 있어? 나는 꺼냄 버튼을 눌렀고, 마침내 당신이 먼저 알고 있던 사실을 발견했다. VCR 안에는 테이프가 없었다. 테이프가 없다면 빨리감기를 할 수 있을 리가 없다. 하지만 나의 TV는 그 사실을 모르는 듯, 왜냐하면 그 와중에도 레터맨은 무지무지 빠르게 허공에 손을 흔들어대고, 광고가 쏜살같이 흘러가더니, 클로징 크레디트가 나오고, 〈레이트 레이트 쇼〉가 시작되고, 또 광고가 나오고…… 그제야 나는 무슨 일이 벌어지고 있는지 깨닫는다. 맙소사 나는 지상파 TV를 빨리 감고 있는 것이다.

무슨 말이냐면, 분명히 나는 그 이론을 검증했다. 검증 방법은 리모컨에서 손가락을 떼지 않고 내일 아침 뉴스가 나올 때까지 계속 돌렸고, 그러는 데 대략 1시간쯤 걸렸다. 그래도 결국 끝을 보았나. 뉴스에는 내일 날씨가 나왔고, 소위 엊저녁 레이커스 경기(나한테는 엊저녁이 아니지만)의 명장면을 보여줬고, 잠시 후 캔들스틱 공원 근처 고속도로에서 새벽 안개 속에 일어난 대형 연쇄추돌 사고가 보도됐다. 관련 차량 운전자 중 아는 사람이 있다면 그 사고를 막을 수 있을 텐데. 좀 있다가 지루해진 나는 리모컨을 내려놨다. 하지만 잠이 들기까지는 한참 걸렸다.

다음 날 아침 나는 늦잠을 자서 서둘러야 했다. 그러느라 그날의 TV 편성표는 더이상 훑어보지 못했다. 등굣길에 곰곰 생각해보았다. 내가 그걸 갖고 뭘 할 수 있을지, 누구 딴 사람에게 보여줘야 할지 등. 아까도 말했다시피 나는 생각만큼 순간 판단력이 빠르지 못하다. 정신적으로 나는 모리스 그린*이 아니다. 그보다는 케냐의 마라톤 주자들에 더 가깝다. 결국 끝까지 가긴 가지만, 온통 땀에 절고 2시간은 걸린다. 그리고 진짜 솔직히 말해서, 그날 아침 학교에 가면서 그게 그렇까지 큰일이라고는 생각지 않았다. 그러니까, 이런 거다. 나는 오늘 아침 일기예보를 엊저녁에 봤다. 근데 그래서 뭐? 지금 날씨가 어떤지는 다들 알잖아. 연쇄추돌 사고의 경우도 마찬가지다. 그리고 레이커스 경기의 명장면 몇 개를 보긴 했지만, 어쨌거나 어제 그 바보 같은 재즈밴드 연습에 참가하지 않은 사람

---

* 원조 '인간탄환'이라 불린 미국 국가대표 단거리 육상선수.

이라면 누구나 그 경기를 지켜봤다. 내가 보기 전에 다들 본 걸 가지고 사람들한테 자랑하라고?

예상되는 대화는 이러하다.

"나 레이커스 경기 명장면 봤어."

"우리도 그래. 그 경기를 봤는걸."

"그렇지, 근데 난 그걸 아침 뉴스에서 봤다고."

"우리도 그래."

"그래, 근데 난 엊저녁에 오늘 아침 뉴스에서 봤어."

"미친놈. 꼴값하네."

이게 뭐가 재밌다고? 아침 뉴스를 7시간 먼저 본다는 게 나한테는 그리 대단한 일로 여겨지지 않았던 것이다.

내가 전체적인 감을 잡기까지는 필요 이상으로 오래 걸렸다. 계속 빨리감기를 누르기만 하면 뭐든지 볼 수 있게 되는 것이다. 남은 플레이오프 경기도, 〈버피〉나 〈프렌즈〉의 다음 회도, 〈버피〉나 〈프렌즈〉의 다음 시즌도. 다음 달 날씨나 그에 준하는 값진 정보도 얻을 수 있다. 뉴스라면, 가령, 뭐랄까, 내년 어느 날 우리 학교에 총을 든 사이코가 침입하고, 그럼 나는 좋아하는 사람들한테 미리 경고해줄 수도 있을 것이다(이를테면, 브라이언 오해이건한텐 말 안 해준다. 플레밍 선생님도 제외). 필요 이상으로 오래 걸리긴 했지만 나는 결국 지상파 TV를 빨리감기로 본다는 게 엄청날 수 있다는 것을 깨닫게 되었다.

그 후로 이틀 동안 나는 그짓밖에 안 했다. 내 방에 앉아 리모컨을 쥐고, 미래의 TV를 보았다. NBA 결승전에서 레이커스가 페이서

스를 대파하는 것을 보았다. LA 에인절스가 뉴욕 양키스한테 완파
당하는 것도 보았다. 〈프렌즈〉에서 '피비와 조이 결혼하다'* 에피소
드도 보았다. 나는 손가락에 물집이 잡힐 때까지 빨리감기 버튼을
눌러댔다. 잠이 들면 꿈조차 14인치 화면으로 재생될 정도로 TV를
보았다. 하도 방에만 틀어박혀 있으니 엄마는 내가 자위하는 법을
갓 터득한 줄 알고 아버지에게 전화해서 나랑 대화 좀 해보라고 졸
랐다. (저기요, 엄마? 나 열다섯살이거든요?) 되감기도 가능했다. 맘
만 먹으면 미래의 TV를 되감아 다시 볼 수도 있었다.

　그런데 그중에 내게 쓸모 있는 것은 하나도 없었다. 도대체 누가
미래의 일을 미리 알고 싶어 하는데? 알면 좋겠다고 생각하는 사
람들도 있을지 모르겠지만, 내 장담하는데, 실은 다들 별로 알고
싶어 하지 않는다. 미리 알아버리면 할 얘기가 없어지니까. 학교에
서 하는 얘기는 대부분 TV와 스포츠에 관한 것이고, 사람들은 방
금 일어났던 일 혹은 금방 일어날 일(나는 잘 기억나지 않는다, 세 게
임 전 시합이거나 지지난번 에피소드라서)에 관해 얘기하기를 좋아
한다. 특히 금방 일어날 일에 관해 얘기할 때는 논쟁이나 바보 같은
농담을 즐긴다. 누가 와서 한 방에 정리해버리면 싫어한다. 원래 그
렇다. "아냐, 야, 샤킬도 이제 늙었다고, 페이서스가 이길 것 같아."
"말도 안 돼! 페이서스에는 수비수가 없잖아. 샤킬이 놈들을 박살
낼걸." 자, 여기서 만약 당신이 점수를 알고 있다면 뭐라고 얘기할
텐가? 점수를 다 까발리나? 당연히 못 그런다. 무척 괴상하게 들릴
테고, 더이상 대화가 진전될 수 없으니까. 따라서 지금껏 나는 내가

　　　　　　　　　　

* 실제 드라마에서 피비와 조이는 결혼하지 않는다.

아는 소식, 즉 사실에 가장 근접한 예상을 하는 녀석들의 주장에 맞장구를 칠 수밖에 없었고, 그건 아무것도 못 본 상태나 진배없었다. 내가 아는 지식은 어느 누구에게도 아무짝에도 쓸모가 없었다. 한 가지 알게 된 것은, 학교생활이란 예측과 기대 그 자체라는 점이다. 우리는 열다섯살이고, 우리 앞에는 백지가 놓여 있으며, 따라서 미래가 어떻게 될까 상상하면서 무진장 많은 시간을 보낸다. 미리 다 알고 있다고 잘난 척하는 재수 없는 새끼한테 흥미를 보이는 사람은 없다. 열다섯은 그런 나이가 아니다.

그럼에도 나는 여전히 리모컨을 돌린다. 나도 어쩔 수가 없다. 학교에서 돌아오면 TV를 보고, 아침에 잠에서 깨면 또 보고, 밴드 연습을 갔다 와서 다시 본다. 나는 한 달 혹은 5주 정도 앞선 미래에 있었다. 프레이저 박사*가 어느 작가랑 약혼을 하게 되고, 어쩌다가 키가 3인치 커진 록스타에 관한 시트콤이 곧 새로 방영될 예정이며, 기습 폭우에 중서부 절반이 물에 잠긴다는 사실을 알게 되기에 충분한 시간이었다.

그러고 나서…… 뭐, 좋다, 뭔가 이상하게 돌아간다는 것을 알게 됐음을 말해야겠다. 일단 뉴스 프로가 진짜 졸라 길어졌다. 뉴스를 빨리 감으려면 한참이 걸렸다. 그리고 어느 날 저녁 학교에서 돌아와 리모컨을 드니 나오는 거라곤 죄 뉴스뿐이었다. 지금으로부터 대략 6주가 지나면 모든 지상파 TV, 모든 채널에서 해주는 프로는 우라지게 기나긴 뉴스 하나밖에 없는 상태가 되는 듯했다. 〈버피〉도 안 하고, 스포츠 경기도 없고, 아무것도 안 한다. 정장을 입은 앵커

---

* 11시즌을 이어나간 미국의 유명 시트콤 〈프레이저〉의 주인공인 정신과 의사.

들이 지도를 펼쳐놓고, 듣도 보도 못한 나라의 사람들이 떠들어대는 장면을 허접한 비디오로 찍어서 보여주는데, 화면이 다 흔들리고 흐릿하다. 9/11이 일어난 직후 며칠간과 비슷했는데, 그렇게 오래전 일이 기억날진 모르겠지만, 아무튼 그때도 머지않아 모든 것이 평상시로 되돌아갔다. 그런 평범한 부분을 찾으려 애쓰고 있는데, 아직은 나오지 않았다.

이따금 나는 사람들이 하는 말을 들어보려고 빨리감기를 잠깐 멈췄다. 하지만 무슨 말인지 알아들을 수가 없었다. 인도와 파키스탄, 러시아, 중국, 이라크와 이란, 이스라엘과 팔레스타인에 대한 얘기가 잔뜩 나왔다. 지도가 나오고, 그런 온갖 나라들에서 짐을 싸들고 탈출하는 사람들이 화면에 잡혔다. 늘 있는 일이지만, 뭔가 심상치 않다는 생각이 든다.

그리고 TV 속 시간으로 며칠이 지난 뒤, 화면에 대통령이 나왔다. 나는 조금 재생시켜 보았다. 모든 채널에서 동시에 방송하고 있었다. 그녀는 대통령 집무실에 앉아 있었고, 무지무지 심각한 표정으로 전 미국 국민을 상대로 담화하는 중이었다. 너무 진지하고 엄숙해서 겁이 났다. 대통령은 지금이 우리 역사상 가장 암울한 시기이며, 우리 모두 결의와 용기로 맞서야 한다고 말하고 있었다. 자유를 위해선 대가를 치러야 하고, 그 대가는 치를 만한 가치가 있는 것이어야 한다. 그러지 않으면 우리는 국가로서 정체성과 가치를 잃게 될 것이라고 대통령은 말했다. 그리고 우리 모두에게 신의 가호가 있기를 바란다고 끝맺었다. 연설 직후 뉴스에서는 한 팔에는 보따리를 끼고 다른 팔에는 어린애를 안고 집집마다 빠져나오는 사람들을 생방송으로 보여주었다. 그 사람들은 지하로 피신하기 위해 지하철역 계단을 내려가고 있었다. 화면은 흐릿하지도 흔들리지도 않았다. 그들은 뉴욕에 사는 사람들이었다.

더이상 보고 싶지가 않아서 리모컨을 들었다. 살면서 지금껏 이토록 간절히 〈미녀 마법사 사브리나〉의 오프닝 크레디트를 보고 싶었던 때가 없었다. 그런데 두어 시간 정도 뉴스를 하더니 그다음엔 아무것도 나오지 않는다. 그냥 죽었다. 지상파 TV가 끊겼다. 그 후로 나는 틈만 나면 계속 TV를 빨리 돌리면서 검은 화면 이후로 나오는 게 있는지 알아보는 중이지만, 아직까진 발견하지 못했다.

자, 지금까지 내내, 나는 아무한테도 이 건에 대해 입도 벙긋하지 않았다. 엄마한테도 말하지 않았고, 학교에 있는 누구한테도, 마사한테도 말하지 않았다. 전에는 미처 몰랐는데, 이거 하나는 작가들이 소설에서 제대로 짚었다. 으스스한 사건에 대해서는 말하고 싶지 않다. 소설에서는 그런 때 늘 뭔가 이유가 있다. 가령, 뭐랄까, 말을 하려는데 소리가 나오지 않는다거나, 자초지종을 얘기하는 녀석한테만 작용하는 마법이 있다거나 하는 식인데, 사실 진짜 이유는, 그냥 그런 얘기가 바보처럼 들리기 때문이다. 시합도 안 한 NBA 경기를 미리 볼 수 있다는 사실을 마침내 깨달았을 때, 애들을 불러서 같이 볼까 생각을 안 한 게 아니다. 하지만 그걸 어떻게 말하지? TV를 통째로 빨리 감을 수 있는 비디오가 있다는 말을, 어떻게 하느냐 말이다. 완전히 맛이 간 놈이 아니라면, 그런 얘기는 하지 못한다는 게 정답이다. 상상이 되나? 애들한테 두들겨 맞기에 그보다 더 빠른 방법은 '스타 쿨' 티셔츠를 입고 학교에 가는 방법

밖에 없을 것이다. (지금 막 생각났는데, 만약 당신이 이 글을 읽고 있다면 스타 쿨에 대해서는 모를 수도 있겠다. 왜냐하면 당신이 이 글을 읽는다는 것은 그 검은 화면 이후의 먼 미래라는 뜻이고, 그렇다면 지금 당신이 있는 곳에서는 스타 쿨 같은 건 이미 잊혔을지도 모른다. 야들야들한 보이밴드 따위가 아니라 좋은 음악만 듣는 더 나은 세상일지도 모른다. 보이밴드를 듣기엔 삶이 너무 짧다는 것을 이해하는 세상일 테니까. 뭐, 좋다, 난 환영이다. 그렇다면 우리가 헛되이 죽은 건 아니다.) 엄마한테 얘기하려고 했는데, 아직 못했고, 그러다가 그 검은 화면에 도달한 것이다…… 사람들은 자신의 삶을 즐길 권리가 있다, 는 게 나의 견해다. 이따금 엄마가 내 옷차림이 맘에 안 든다고, 연주 소리가 시끄럽다고 나를 괴롭힐 때면 나는 이렇게 말하고 싶어진다. '너무 들볶지 마, 엄마. 한 달쯤 있으면 큰 게 한 방 떨어질 텐데.' 하지만 나는 대체로 엄마가 그림을 그리며 버클리에서 사는 것을 즐기길 바란다. 엄마는 이곳에서 행복하다.

그래도, 나한테 그 기계를 판 아저씨가 떠올랐을 때는 그와 얘기하고 싶어졌다. 아저씨도 그 검은 화면을 보았다. 그때 나는 몰랐지만, 가게 안에서 우리가 나눈 대화가 그에 관한 얘기였던 것이다. 내가 가게 안으로 들어서자마자 아저씨는 내가 왜 왔는지 알았다. 나는 한 마디도 안 했는데, 내 표정만 보고 알아차렸다.

"아, 이런." 아저씨는 잠시 뜸을 들이고는 말을 이었다. "아, 이런. 소설은 시작도 못 했는데." 맙소사. 말 그대로 맙소사다, 젠장. 이 사람한테 시간이 없다는 것을 이해시키는 데 무엇이 더 필요하단 말인가? 이 아저씨는 TV 생방송으로 이 망할 세상이 끝나는 것을 보고서도 여태 그 무거운 엉덩이를 못 떼고 꾸물거리고 있다. 어쩌면 제때 출판사를 찾지 못할 거라고 판단했는지도 모르겠다. 아무리 생각해도 그리 많은 독자를 확보하진 못할 것이 자명하니.

"우리 둘 다 미쳤는지도 모르죠." 나는 말했다. "우리가 죄다 잘못 알아들었을 수도 있고."

"지상파 TV가 끊길 만한 다른 이유가 있을 것 같아? 뭐, TV 그만 보고 운동이나 하라고?"

"그냥 고장난 걸 수도 있잖아요."

"그래, 그리고 애들 데리고 지하철역으로 들어간 사람들은 죄다 애 맡길 곳을 못 찾아서 그런 거겠지. 아니, 우린 좆된 거야. 난 그 여자를 찍지도 않았는데, 이젠 그 여자가 날 죽이려 드네. 젠장."

적어도 아저씨는 청춘이라도 즐겼잖아요, 라고 나는 말하고 싶었다. 내 인생은 아직 시작도 안 했는데. 그리고 그 순간 나는 마사에게 데이트를 신청하기로 결심했다.

(하긴, 기묘한 전개이긴 하다. 이제 나는 당신에게 해피엔딩을 보여주겠다. 즉 내가 어떻게 고작 열다섯살에, 버클리 청소년 빅밴드에서 제일 예쁜 여자애랑, 아무한테나 몸을 허락할 것 같은 여자애도 아닌데, 자게 됐는지에 관한 이야기다.)

세상이 끝나간다는 것을 안다는 건 이런 장점도 있다. 데이트라는 것에 대한 두려움이 훨씬 덜하다. 그건 좋은 점이다. 그리고 마사도 어쨌든 편하게 받아들였다. 우리는 마사의 아버지 차 안에서 지금까지 본 영화, 앞으로 보고 싶은 영화에 관해 담소를 나눴고,

우리 둘 다 빈 디젤*의 신작을 보고 싶어 한다는 것을 알게 되었다. 내킬 때면 언제든 박테리아처럼 변신해 사람들 몸속에 들어가 필요하면 죽일 수도 있는 남자에 관한 영화였다. (사실 까놓고 말하자면, 전에는 지금보다 더 그 영화가 보고 싶긴 했다. 전에는 하고 싶었지만 지금은 시들해진 일이 잔뜩 있다. 가령, 뭐랄까, 뭔가를 사고 싶다거나 그런 거. 바보 같이 들릴 거라고 생각한다. 하지만 근사한 티셔츠를 보면 당연히 미래에 관해 생각하게 되지 않나? 세라 스타이너네 파티에 입고 가면 좋겠다, 뭐 이런 생각을 할 거라고. 미래와 관련된 일은 수없이 많다. 학교, 채식, 양치질…… 내 입장에서는, 그런 건 젖혀두어도 별 무리가 없을 듯하다.) 그리하여 이렇게 말하는 게 논리적인 귀결 같았다. 와, 그럼 같이 보러 갈래?

영화는 괜찮았다. 그 후에 우리는 피자를 먹으러 가서 박테리아가 된다는 건 어떤 기분일지, 밴드는 어떤지, 각자의 학교는 어떤지에 관해 얘기했다. 그리고 마사는 자기가 나를 좋아하는 이유 중 하나를 말해줬는데, 내가 슬퍼 보였기 때문이란다.

"정말?"

"응. 바보 같지?"

"아니." 왜냐하면 1)마사가 하는 말은 뭐든 전혀 바보스럽지 않다. 2)설령 바보 같다 하더라도, 그걸 마사에게 말하는 것은 바보 같은 짓이다. 3)나는 슬프다. 충분히 그럴 만하다. 그래서 내가 그렇게 보였다는 게 전혀 놀랍지 않다.

"우리 또래 남자애들은 대부분 안 슬퍼 보이거든. 걔네들은 맨날

---

* 미국 영화배우. 〈라이언 일병 구하기〉 〈분노의 질주〉 등에 출연하여 개성 있는 액션 연기를 선보였다.

아무것도 아닌 일에도 시끄럽게 웃어대니까."

나는 웃었다, 아주 약간. 마사의 말은 정확했고, 전에는 나도 미처 그것을 깨닫지 못했으니까.

"그런데 너 정말 슬픈 거야? 아니면 원래 표정이 그런 거야?"

"글쎄…… 모르겠다. 이따금 슬픈 것 같기도 해."

"나도 그래."

"그래? 왜?"

"너 먼저 말해."

아, 이런. 나도 영화나 드라마를 볼 만큼 봐서 아는데, 슬픈 남자는 흔히 조용하고 섬세하고 시적으로 여겨진다. 하지만 내가 그런지는 잘 모르겠다. 끔찍한 재앙이 밀어닥쳐 우리 모두 망한다는 사실을 알기 전까지 나는 슬프지 않았다. 창졸간에 나는 NBA 팬에서 고뇌하는 천재 타입의 남자가 되어버린 것이다. 아무래도 마사는 잘못된 인상을 받은 것 같다. P. J. 로저스라도(머저리도 그런 머저리가 없는 우리 밴드의 트럼본 주자인 로저스는 가장 재치 있는 농담이란 게 시끄러운 방귀 정도다) 내가 본 것을 봤다면 마찬가지로 고뇌하는 천재가 되었을 것이다.

"걱정되는 일이 좀 있어서 그래. 그뿐이야. 내가 뭐 유난히 생각이 깊어서 그런 건 아니고."

"대부분의 애들은 걱정할 일이 있다 해도 걱정하지 않는걸. 걔들은 너무 무신경해."

"너는 어떤데?" 나는 화제를 바꾸고 싶었다. 이건 좀 민망하다.

"절반 가까이는 나도 내가 왜 슬픈지 잘 모르겠어. 그냥 슬퍼."

나는 마사에게 말하고 싶었다, 자, 봐, 그런 게 진짜야. 그런 게 진

짜 섬세한 거고, 맛이 갔다는 뜻이지…… 전형적인 〈조찬클럽〉*이
군. 난 너에 비하면 아마추어나 다름없어. 하지만 이런 말은 하지
않았다. 그저 무슨 말인지 다 안다는 듯 고개를 끄덕였을 뿐이다.

"네가 걱정하는 게 뭔지 털어놓고 싶니? 내가 도움이 될까?"

"도움이야 되겠지. 하지만 네가 엉망이 될걸."

"난 괜찮아."

"글쎄, 잘 모르겠어."

"얘기해봐."

혼자 끌어안고 고민하는 데 진절머리가 났던 나는 마사의 제안
을 받아들였다. 아마도 이것이 내 인생 통틀어 가장 이기적인 행동
이 아닐까 싶다.

토요일 오전 연습이 끝난 후 나는 마사에게 점심 먹으러 우리 집
에 오라고 초대했다. 엄마는 우리를 태우고 와서 샌드위치를 만들
어줬고, 다 먹은 다음 우리는 음악을 들으러(엄마 생각은 그랬을 것
이다) 내 방으로 올라왔다. 위층에 올라오자 나는 처음부터 모조
리 다 털어놨다. 이에 대한 준비도 미리 마쳤다. 뉴스가 지상파를
점령하기 시작하는 지점까지 되감아놨고, 언제 무슨 일이 터진다
고 보도하는 부분도 발견했는데, 앵커들이 말하는 날짜는 모두 미
래였다. 이상이 내 말의 증거였고, 마사는 믿었다. 뉴욕 지하철 장
면까지 가려면 두어 시간이 걸렸지만 마사는 그 뉴스를 보고 싶어
했고, 그래서 우리는 가만히 앉아서 기다렸다. 그러고 나서 마사는

---

* 사춘기 청소년들의 예민한 심리를 다룬 존 휴즈 감독의 청춘영화.

그 장면을 보았고, 훌쩍훌쩍 울기 시작했다.

저기, 뭔가 좀 마음에 걸리는 게 있다. 전에, 내 인생은 아직 시작도 안 했기에 마사에게 데이트를 신청했다고 말한 적이 있는데……머릿속에 맨 먼저 떠오른 생각이 여자와 데이트하는 것일 정도로 내가 그렇게 얼간이는 아니다. 제일 처음 생각은 아니었다. 초기에 떠오른 생각들 중 하나인 건 맞긴 한데, 하지만, 당신도 알다시피 6주 후란 말이다! 내 인생에서 성취하고 싶은 하고많은 다른 일들이 있지만, 그것들을 6주 안에 이루는 건 무리다. 영화학교에 가는 것도 안 되고, 애를 가질 수도 없고, 국토횡단 여행을 할 수도 없다. 하지만 적어도 섹스는 성취할 수 있는 종류의 것이다. 그렇다고 내가 될 성싶다고 아무한테나 마구잡이로 들이댄 것도 아니다. 난 정말 마사를 무척 좋아한다. 사실, 만약…… 거기까지 가지는 말자. 이건 해피엔딩이니까, 안 그래?

아무튼. 다음 순간은 자연스럽게 이어졌다. 마사는 울음을 그쳤고, 우리는 대화를 나눴고, 무슨 일이 벌어졌는지 이해하려고 노력했다. 마사는 그런 것에 대해 나보다 더 잘 알고 있었다. 마사는 지금 현재로도 이미 상황은 매우 나쁘지만, 그런 일들이 멀리 다른 나라에서 벌어지고 있기 때문에 내가 인지하지 못하는 것이라고 했다. 나는 농구는 봤지만 뉴스는 보지 않았다. 그다음에 우리는 내가 이미 생각하고 있던 것들에 관해 진짜 서글픈 얘기를 나눴다. 우리가 놓친 것에 대해서, 앞으로 하지 못할 것들에 대해서…….
사실대로 말하자면, 내가 아니라 마사가 먼저 하자고 제안했다.

맹세코 사실이다. 무슨 말이냐면, 물론 나로서도 거절할 생각은 없었지만, 그건 마사의 아이디어였다는 거다. 마사는 우리가 섹스에 능숙해졌으면 좋겠다고 했고, 그 말인즉슨 즉시 실행에 옮기자는 뜻이었다. (그나저나 마사는 이 얘기를 전에도 했었다. 오해하지 말았으면 하는데, 내가 부추겨서 마사가 그런 말을 한 건 아니었다.) 그리하여 나는 엄마가 아직 돌아오지 않았음을 확인했고, 그다음에 우리는 키스를 했고, 옷을 벗고 내 침대에서 사랑을 나눴다. 아무것도 사용하지 않았다. 둘 다 성병이 있을 리는 없었고, 마사가 임신을 한대도, 뭐, 우린 좋았다. 우린 아이를 갖고 싶었고, 그 이유는 자명하니까.

뭐, 그렇게 된 거다. 이것이 당신에게 말해줄 수 있는 가장 최근 상황이다, 당신이 누군지는 모르겠지만. 마사와 나는 매일 얼굴을 보고 있고, 이번 주말에는 둘이 함께 멀리 떠날 계획이다. 나는 엄마한테 아빠를 보러 간다고 말할 생각이고, 마사도 자기 부모님께 뭔가 다른 이유를 대서, 우리는 어디론가 어떻게든 출발할 것이다. 그것은 우리가 만든 하고 싶은 일 목록 중 하나다. 즉 우린 온밤을 함께 보낼 것이다. 어쩌면 이것이 당신이 바라는 해피엔딩은 아닐 수 있다. 하지만 어차피 당신은 해피엔딩을 기대하지 않고 있었다. 그 검은 화면의 시간에 관해 이미 알고 있으니까. 6주가 지난 후에 당신이 이것을 읽고 있는 게 아니라면, 이 글은 분명 아무도 못 보게 될 것이다. 당신이 있는 곳은 어떤가? 사람들이 교훈을 좀 얻었나? 키가 3인치 커진 그 록스타에 관한 드라마는 어떻게 됐지? 아마 만들다 말았겠지.

엘모어 레너드

카를로스 웹스터가
칼로 이름을 바꾸고
오클라호마의 유명 보안관이 된
저간의 사정

I.

카를로스 웹스터는 열다섯살 때 디어링 약국에서 일어난 강도살인 사건을 목격했다. 1921년 여름의 일이었다. 카를로스는 오크멀기 경찰서장 버드 매독스에게 진술하기를, 차에 소를 한 짐 싣고 털사*에 있는 축사에 올라갔다 내려오니 날이 저물었고, 가축 운반용 트레일러를 디어링 약국 맞은편 길가에 세워두고 아이스크림콘을 먹으러 가게에 들어갔는데, 그곳에서 마주친 강도 중 한 명이 프랭크 밀러였다. 카를로스가 신원을 확인해주자 경찰서장은 "이놈아, 프랭크 밀러는 은행을 털지 이젠 약국은 안 털어, 감질나서"라고 말했다.

---

* 미국 오클라호마 주 동부의 도시.

카를로스는 거친 일을 하며 자랐고 어른을 공경했다. 소년은 자기가 틀리지 않았다는 것을 알면서도 "제가 틀릴 수도 있겠지요"라고 대답했다.

경찰은 카를로스를 법원청사 안의 경찰본부로 데려가 사진을 보여주었다. 카를로스는 500달러짜리 현상금 포스터 속에서 자신을 노려보는 프랭크 밀러를 지목했고, 범인 식별용 얼굴 기록사진에서 다른 한 사람, 짐 레이 멍크스를 가려냈다. 하지만 매독스 서장은 "확실하냐, 응?" 하더니 인디언을 쏜 사람은 둘 중 누구냐고 물었다. 인디언 부족경찰인 주니어 하르조를 가리키는 것이었다. 그는 약국이 털리는 중인 줄 모르고 들어왔다가 변을 당했다.

카를로스가 말했다. "프랭크 밀러가 쐈습니다. 45구경 콜트였어요."

"진짜 콜트야?"

"해군용이었어요. 저희 아버지 것처럼."

"그냥 놀리려고 해본 말이다." 버드 매독스 서장이 말했다. 서장과 카를로스의 아버지인 버질 웹스터는 친구였고, 둘 다 아메리카·스페인 전쟁*에 참전했으며, 오랫동안 동네에서 영웅 대접을 받았다. 하지만 이제는 프랑스에서 돌아온 보병들이 1차 세계대전에 관해 떠들어댔다.

카를로스가 말했다. "사건에 대한 제 견해를 듣고 싶으시다면, 프랭크 밀러는 담배를 한 갑 사러 들어왔을 뿐이었어요."

서장은 소년의 말을 가로막았다. "네가 가게에 들어갔을 때부터

---

* 1898년에 스페인 식민지였던 쿠바에서 미국과 스페인 군대가 벌인 전쟁.

말해봐라."

좋다. 그럼 아이스크림콘을 먹으러 간 것에서부터 시작하자. "디어링 씨는 처방전 약을 조제하느라 안쪽 방에 계셨습니다. 조그만 유리창으로 저를 내다보시고는 알아서 꺼내 먹으라고 했어요. 그래서 냉장고로 가서 콘에 복숭아 아이스크림을 두 주걱 담고 담배 카운터에 있는 금전등록기 옆에다 5센트를 놨어요. 그때 정장에 모자를 쓴 두 사람이 들어오는 것을 봤습니다. 처음엔 영업사원인가 했어요. 디어링 씨는 저보고 가게를 잘 아니까 손님 좀 봐달라고 하셨죠. 그리고 프랭크 밀러가 계산대로 왔고……."

"누군지 금방 알아본 거야?"

"네, 신문에 난 사진을 본 적이 있어서 가까이 왔을 때 바로 알았습니다. 러키스 한 갑 달라고 하더군요. 담배를 내줬더니 금전등록기 옆에 제가 놔둔 동전을 집어들어 내밀며 말했습니다. '이거면 충분하겠지.'"

"그게 네 돈이라고 그자에게 말했냐?"

"아뇨, 서장님."

"러키스 한 갑에 15센트라는 얘기는?"

"그 사람한테 따지지 않았습니다. 하지만 그 순간 프랭크 밀러가 약국을 털어야겠다고 생각한 것 같아요. 금전등록기는 옆에 있지, 사람은 아이스크림콘을 든 나밖에 없지, 디어링 씨는 뒷방에서 나올 기미가 안 보였죠. 또다른 사람은, 짐 레이 멍크스라고 하셨나요? 그 사람은 살균 연고 하나 달라며 겨드랑이에 땀띠가 나서 죽겠다고 하더군요. 연고를 줬는데 그 사람도 돈을 내지 않았습니다. 그러고 나서 프랭크 밀러가, 금전등록기 안에 얼마나 들었는지 좀 보자고 했어요. 저는 여기 직원이 아니라서 여는 법을 모른다고 했습니다. 프랭크 밀러는 카운터 안쪽으로 상체를 쑥 들이밀더니 단추 하나를 가리키며, '저기 저 단추 말이다, 저걸 탕 누르면 지가 알아서 열릴 거야'라고 했습니다. 자기 집 금전등록기처럼 잘 알더라고요. 저는 단추를 눌렀고, 짤랑 하고 서랍 열리는 소리를 디어링 씨가 들었는지 뒷방에서 '카를로스, 손님들 잘 봐드리고 있지?' 하고 소리치셨어요. 그러자 프랭크 밀러가 목청을 돋워서 대답했습니다. '카를로스는 잘하고 있습니다'라고 제 이름을 거명하면서요. 그러고 나서 잔돈은 두고 지폐를 꺼내라고 저한테 지시했습니다."

"얼마나 가져갔지?"

"50달러가 안 될 거예요." 카를로스가 말했다. 소년은 그 직후에 일어난 일, 프랭크 밀러가 자신의 아이스크림콘을 쳐다보면서 시작된 일을 떠올리며 잠시 망설였다. 카를로스는 그 사건이 자신과 프랭크 밀러 둘 사이에 있었던 개인적인 일이라고 보고, 그 부분은 생략하고 버드 매독스 서장에게 다음과 같이 말했다.

"저는 돈을 카운터 위에 올려놨습니다. 대부분 1달러짜리였어요. 그리고 고개를 들었을 때⋯⋯."

"주니어 하르조가 들어온 거지." 버드 매독스 서장이 말했다. "놈이 한창 강도 행각을 벌이고 있을 때."

"네, 서장님. 하지만 주니어는 몰랐어요. 프랭크 밀러는 계산대 앞에서 등을 보이고 있었고, 짐 레이 멍크스는 냉장고에서 아이스크림을 퍼 담고 있었거든요. 둘 다 총을 꺼내 들지 않았으니 그게 강도짓이라는 것을 주니어가 알았을 리가 없어요. 그런데 마침 디어링 씨가 주니어를 보고 모친의 약을 다 지었다고 소리치셨죠.

그리고 모두에게 들으란 듯이 '네 모친이 그러시던데 기습공격조에 배치됐다며, 밀주 전담반으로?'라고 하시고는 뭔가를 따로 병에 담아놨다 하셨는데, 제가 들은 건 그게 다예요. 이제 총이 등장하는데, 프랭크 밀러가 양복 안쪽에서 콜트를 뽑은 거죠…… 주니어의 배지와 허리에 찬 총을 일별한 것으로 충분했나봐요. 프랭크 밀러는 주니어를 쐈습니다. 콜트 한 방에 다 끝났다는 것을 알면서도, 한 발짝 더 가서 바닥에 뻗어 있는 주니어에게 또 한 발을 쐈어요."

정적이 흘렀다.

버드 매독스 서장이 말했다. "프랭크 밀러가 몇이나 죽였는지 세어보는 중이다. 여섯이지 아마, 그중 절반이 보안관이고."

"일곱 명입니다." 카를로스가 말했다. "은행강도 사건 때 프랭크 밀러가 자동차 발판에 매달고 달렸던 인질도 세셔야죠. 떨어져서 목이 부러졌지요?"

"방금 그 사건에 대한 보고서를 읽었다." 버드 매독스 서장이 말했다. "다지 투어링이었다. 블랙 잭 퍼싱 장군께서 프랑스에서 타시던 관용차량과 같은 차종이야."

"약국에서는 라살을 타고 도망쳤어요." 카를로스는 서장에게 차량번호를 불러주었다.

카를로스가 사적인 일로 보고 생략했던 부분, 즉 프랭크 밀러가 소년의 아이스크림콘을 쳐다보며 시작된 일은 이러했다.

프랭크 밀러가 물었다. "그건 뭐냐, 복숭아?" 카를로스가 그렇다고 하자 프랭크 밀러는 손을 내밀며 말했다. "한입 줘봐라." 아이스크림을 받아든 그는 녹아 떨어지기 시작한 콘을 멀찌감치 들었다. 허리를 숙이고 한두 번 핥은 다음 꼭대기부터 크게 한입 베어 먹었다. 그러고는 "으음, 맛있네"라고 콧수염 가장자리에 복숭아 아이스크림을 묻힌 채 말했다. 프랭크 밀러는 카를로스를 빤히 쳐다보며 소년의 생김새를 탐구하듯 면밀히 살피더니 다시 콘을 핥기 시작했다. "카를로스라고, 응?" 그는 고개를 외로 꼬며 말했다. "머리색이 어둡긴 하지만 카를로스 같이는 안 보이는데. 다른 이름은 없냐?"

"카를로스 헌팅턴 웹스터입니다. 그게 다예요."

"꼬마한텐 분에 넘치는 이름이군." 프랭크 밀러가 말했다. "그럼 네 어머니 쪽으로 멕시코 튀기겠군, 맞지? 엄마가 멕시코 사람이냐?"

카를로스는 머뭇거리다 대답했다. "쿠바 사람입니다. 제 이름은 외할아버지 이름을 땄어요."

"쿠바나 멕시코나 그게 그거지." 프랭크 밀러가 말했다. "튀기 피는 못 속인다, 꼬마야, 아무리 티가 안 난대도. 생긴 건 운이 좋네."

그는 아이스크림을 다시 한번 핥았다. 콘을 손가락 끝으로만 들었는데, 새끼손가락은 섬세하고 양증맞게 곧게 펴고 있었다.

열다섯살이지만 콧수염에 아이스크림을 묻힌 이 사내 못잖게 키가 큰 카를로스는, 사내에게 쌍욕을 하고 주먹으로 힘껏 아가리를 날린 다음, 카운터를 넘어가 사내를 바닥에 메다꽂고 싶었다. 수송아지한테 낙인을 찍고 거세할 때 때려눕히던 것처럼 말이다. 하지만 열다섯살 소년은 우둔하지 않았다. 소년은 심장이 벌렁거리는 동안 가만히 참았다. 소년은 이 사내의 말에 반박해야 할 필요성을 느끼고 마침내 이렇게 말했다.

"우리 아버지는 1898년 2월 15일 아바나 항에서 격침된 전함 메인 호에 타고 계셨어요. 거기서 살아남은 아버지는 쿠바에서 헌팅턴 대령의 해병대와 함께 스페인에 맞서 싸웠고, 우리 어머니 그라시아플레나를 만나셨죠. 전쟁이 끝나고 귀환하면서 그때는 아직 인디언 영토였던 오클라호마로 어머니를 데려오셨어요. 어머니는 저를 낳다 돌아가셨기 때문에 어머니 얼굴도 모릅니다. 친할머니도 보지 못했어요. 친할머니는 북부 샤이엔인디언 혼혈이고, 몬태나의 레임 디어에 있는 인디언 보호구역에 사십니다." 소년은 속에서 부글거리는 감정과는 반대로 느릿하게 침착한 어조로 말했다. 그러고 나서 "제가 묻고 싶은 것은…… 인디언의 피도 흐르고 있다면, 제가 멕시코 튀기가 아닌 다른 무언가가 되느냐는 겁니다"라고 말했다. 이렇게 대놓고 또박또박 물어보자, 콧수염에 아이스크림을 묻힌 사내는 실눈을 뜨고 소년을 노려보았다.

"일단," 프랭크 밀러가 말했다. "인디언의 피가 흐르는 너와 네 아버지는 인디언 종자지, 너보다는 네 아버지가 더." 프랭크 밀러는 카를로스한테 시선을 고정한 채로 아이스크림을 들어올렸다. 새끼손가락은 곧게 편 그대로였다. 카를로스는 그가 다시 콘을 핥을 줄 알았는데, 정작 그는 콘을 어깨 너머로 던져버렸다. 콘이 어디에 떨어지는지 보지도 상관하지도 않았다.

콘은 막 가게 안으로 들어선 주니어 하르조의 발밑에 떨어졌다. 하르조는 빛바랜 셔츠에 배지를 달고 허리에는 권총을 차고 있었고, 카를로스는 상황이 역전되었음을 알아차렸다. 소년은 이러한 상황에 짜릿함을 맛보았고, 동시에 얼마간 안도하기도 했다. 덕분에 배짱이 두둑해져 감히 프랭크 밀러에게 이렇게 말했다.

"이제 뒷감당을 하셔야죠."

애석한 일은 다만 주니어가 자신의 38구경 권총을 뽑아들지 않았다는 것이다. 그는 리놀륨 바닥에 떨어진 아이스크림을 쳐다보고 있었고, 디어링 씨는 그의 모친의 약과 기습공격조에 관해 큰 소리로 떠들었고, 프랭크 밀러는 콜트를 들고 카운터에서 뒤로 돌아 방아쇠를 당겨 주니어를 쐈고, 가까이 다가가 한 발 더 쐈다.

디어링 씨는 쥐 죽은 듯 잠잠했다. 짐 레이 멍크스가 다가와 주니어를 힐끔 보았다. 프랭크 밀러는 유리 카운터 위에 콜트를 올려놓고, 두 손으로 지폐를 그러모아 코트 주머니에 쑤셔넣은 다음, 카를로스를 다시 쳐다보았다.

"나한테 뭐라고 했지. 제로니모*가 들어오고 나서 뭔가 시건방진 말을 했는데."

카를로스는 바닥에 쓰러진 주니어에게서 눈을 떼지 못한 채 말했다. "저 사람을 왜 죽인 거예요?"

"나는 네가 나한테 뭐라고 말했는지 알아야겠어."

프랭크 밀러는 기다렸다.

카를로스는 고개를 들고 손등으로 입을 닦았다. "이제 뒷감당을 하셔야죠, 라고 말했어요. 바닥에 흘린 아이스크림 말입니다."

"그게 다냐?"

"제가 한 말은 그것뿐입니다."

프랭크 밀러는 소년을 빤히 쳐다보았다. "너한테 총이 있었다면

---

* 아파치족의 전설적 추장. 여기서는 인디언의 대명사처럼 썼다.

날 쐈겠지, 응? 멕시코 튀기라고 불렀다고 말이야. 빌어먹을, 그건 자연의 법칙이야. 멕시코 피가 한 방울이라도 섞였으면 멕시코 튀기인 거지. 법이 원래 그런 건데, 나도 어쩔 수 없잖아. 게다가 한술 더 떠서 인디언 종자라니…… 그렇게 섞인 튀기를 부르는 말이 따로 있는지 어떤지는 모르겠다. 그래도 넌 맘만 먹으면 얼마든지 백인 행세를 할 수 있겠네. 빌어먹을, 칼이라고 하지 그러냐, 내 어디 가서 떠벌리지 않을 테니까."

카를로스와 그의 아버지 버질은 도로에서 멀리 떨어진 피칸나무 숲속에 새로 지은 넓은 집에서 살았다. 버질은 그 집을 캘리포니아 별장이라고 불렀다. 현관 앞에는 이쪽 끝에서 저쪽 끝까지 데크를 쫙 깔았고 가파른 경사 지붕에는 창문도 여러 개 달았다. 작년에 오일머니로 지은 집이었다. 부지 뒤쪽에 유정탑 몇 개를 세우고 기름을 퍼냈다. 나머지 땅은 소가 풀을 뜯어먹는 목초지와 버질의 자랑인 수백만 평이 넘는 피칸나무 숲으로, 쿠바에서 귀향한 후 20년에 걸쳐 사 모은 땅이었다. 그는 나무가 자라게 내버려두고 오일머니로 풍족하게 살면서 평생을 다시는 아무 일도 하지 않았다. 수확기에 일꾼들과 같이 나가 피칸나무를 흔들어대기는 했지만, 그 외엔 손가락 하나 까딱하지 않았다. 카를로스한테는 소를 맡겼다. 카를로스는 인도산 브라마 교배종 소를 시장에 내다 파는 날까지 한 번에 백여 마리씩 끌고 나가 풀을 먹였다.

카를로스가 힘들여 소를 몰고 나갔다 돌아오면 버질은 멕시코 맥주를 홀짝이며 현관 앞 포치에 앉아 있곤 했다. 금주법쯤은 대수로울 게 없었다. 버질은 석유상한테서 텍사스를 거쳐 공수된 맥주와 데킬라와 메스칼주를 안정적으로 공급받았고, 그것도 거래내역에 포함되어 있었다.

강도살인 사건을 목격한 날 저녁, 카를로스는 아버지 곁에 앉아 버드 매독스 서장에게 설명할 때는 빼놨던 부분까지 그날 있었던 일을 전부 다 얘기했다. 프랭크 밀러의 콧수염에 묻어 있던 아이스크림까지. 카를로스는 자기 때문에 주니어 하르조가 총에 맞은 건 아닌지 아버지의 생각을 알고 싶어 안달이 났다.

"네 얘기만으로는," 버질이 말했다. "잘 모르겠구나. 네가 어쩌다 그런 생각을 하게 됐는지 모르겠다. 넌 그냥 거기 있었을 뿐이잖아. 네가 궁금해하는 건 주니어가 총에 맞는 걸 네 힘으로 막을 수 있지 않았을까겠지."

버질 웹스터는 마흔여섯살이었고, 1906년에 그라시아플레나가 카를로스를 낳으면서 아이 키워줄 여자를 구하라는 말을 남기고 죽은 뒤로 줄곧 홀아비로 살았다. 버질은 고故 존슨 레인크로의 딸인 예쁘장한 열여섯살짜리 크리크족 인디언 소녀 나르시사 레인크로를 들였다. 존슨 레인크로는 평화를 위협하는 무법자였고, 잠자다가 보안관들이 쏜 총에 맞아 죽었다. 나르시사는 자기 아이를 사산했고 미혼이었으므로, 버질은 그녀를 유모로 고용했다. 어린 카를로스가 그녀의 젖가슴에 흥미를 잃을 때쯤 버질이 그 진가를 알아보았다. 오래지 않아 나르시사는 가정부가 되었고 버질과 한 침대를 쓰게 되었다. 나르시사는 요리를 잘했고, 몸에 살이 좀 붙긴 했지만 여전히 예뻤고, 버질의 이야기에 귀기울이다가 웃어야 할 때면 적절히 소리 내어 웃었다. 카를로스는 그녀를 좋아했고, 인디언 관습이나 흉악한 그녀의 아버지에 관해 재미있게 얘기를 나눴지만, 절대로 나르시사라는 이름 외에 다른 호칭으로 그녀를 부르지 않았다. 카를로스는 자기도 절반쯤은 쿠바인이라는 게 맘에 들었다. 나이 들어서 파나마모자를 쓰고 있는 자신의 모습이 그려졌다.

그날 저녁 어둑어둑한 포치에서 그는 아버지에게 물었다. "제가 무슨 짓이든 해야 했을까요?"

"가령 어떤?"

"주니어한테 '강도야!' 하고 소리친다든가? 아니, 프랭크 밀러한테 뭔가 똑 부러지는 말을 했어야 했는데. 화가 치밀어서 어떻게든 복수하고 싶었어요."

"네 아이스크림콘을 뺏어서?"

"그따위 말을 해서요."

"네가 발끈한 건 어느 부분이었는데?"

"어느 부분이냐고요? 멕시코 튀기라고 한 말이요."

"네가 아니면 네 엄마가?"

"둘 다요. 그리고 저와 아버지더러 인디언 종자라고 했어요."

"그런 멍청이의 말에 휘둘리는 거냐? 그놈은 분명 읽지도 쓰지도 못할 거다. 그러니까 은행이나 털고 다니지. 나 원, 사리분별 좀 해라." 버질은 멕시코 맥주를 벌컥벌컥 들이켜고 나서 계속 말했다. "그래도 네가 무슨 말을 하는지는 안다. 네가 어떤 기분이었는지도."

"아버지라면 어떻게 했을까요?"

"너랑 똑같지. 아무 짓도 안 했을 거야." 버질이 말했다. "하지만 한창 팔팔할 때, 내가 해병이었을 때라면? 아이스크림콘을 그놈의 망할 코에 쑤셔박아줬겠지."

　사흘 후 보안관대리들이 체코타 근처의 한 농가 뒷마당에서 라살 차량을 발견했다. 집주인은 페이 해리스라는 이름의 여자였다. 페이의 죽은 전남편 올린 '스키트' 해리스는 한때 프랭크 밀러 갱단의 멤버였고, 연방보안관들과 총격전 중에 사살됐다. 보안관대리들은 무장 탈주범이 연방보안관 소관임을 잘 알고 있었으므로 그들이 올 때까지 기다렸다. 연방보안관들은 동이 트자마자 집 안으로 몰래 들어가 개한테 먹이를 주고, 발소리를 죽여 페이의 침실로 들어가 프랭크 밀러가 베개 밑에 넣어둔 콜트를 꺼내기 전에 먼저 놈의 머리에 총구를 겨눴다. 짐 레이 멍크스는 창문으로 도망쳐 앞마당을 가로질러 달렸지만 산탄총 세례를 맞고 진압됐다. 두 사람은 오크멀기로 이송되어 재판 때까지 유치장에 갇혔다.

　카를로스는 아버지에게 말했다. "와, 저 연방보안관들 일처리를 제대로 할 줄 아네요, 그쵸? 무장 살인범 귀에 권총을 쑤셔 박아 이불 속에서 끌어내다니."

　카를로스는 재판에 불려나가 증언하게 되리라고 확신했고, 그러고 싶어 좀이 쑤셨다. 소년은 그 무자비한 살인 장면을 진술하면서 프랭크 밀러를 똑바로 쳐다볼 작정이라고 아버지에게 얘기했다. 버질은 아들에게 필요한 말 외에는 하지 말라고 충고했다. 카를로스는 프랭크 밀러의 콧수염에 묻어 있던 아이스크림을 언급할까 말까 고민중이라고 말했다.

　"그 얘기는 왜 하고 싶으냐?" 버질이 물었다.

　"제가 사소한 것 하나도 놓치지 않았다는 점을 보여주려고요."

"네가 요전 날 저녁에 그놈 콧수염에 묻은 아이스크림 얘기를 몇 번이나 했는 줄 아니? 서너 번은 했을 거다."

"요는, 모두가 벌벌 떠는 그 프랭크 밀러가 자기 입도 닦을 줄 모르는 사람이라는 거예요."

"그놈이 잔인무도하게 경찰을 쏴 죽였다는 사실은 깜빡 잊을 뻔했구나. 네가 놈에 관해서 기억해야 할 건 오로지 그뿐이야."

한 달이 지나고, 또 한 달이 지나갔다. 카를로스는 점점 애가 달았다. 버질은 재판이 왜 이렇게 오래 걸리는지 알아내어 집으로 돌아왔고, 나르시사가 저녁을 차리고 카를로스가 식탁 앞에 앉아 있는 가운데, 다른 카운티에서도 프랭크 밀러를 손봐주고 싶어 해서 공판이 지연되고 있더라는 얘기를 전했다. 그러니까 이 문제는 지방법원 판사가 판결을 내릴 사안인데, 각 카운티에서 저마다 자기네 법정에 프랭크 밀러를 세웠다는 것을 과시하고 싶어 소송을 벌인 것이다.

버빌이 말했다. "재판장님이 검사더러 프랭크 밀러에게 사법거래를 제안하라고 했다더군. 유죄를 인정하는 답변을 하고, 동기는 피해자가 무장을 하고 있었기 때문에 정당방위 차원에서였다고 하면 2급살인으로 10년에서 15년 형을 내린다는 거야. 그걸로 다 마무리되고, 더이상 재판은 필요 없게 되는 거지. 요컨대, 너의 프랭크 밀러 씨는 매칼리스터 교도소에 갔다가 5년 내에 나올 거라는 얘기다."

"정당방위라니 턱도 없는 소리예요." 카를로스가 말했다. "주니어는 총에 맞을 때 프랭크 밀러 쪽을 보고 있지도 않았는걸요." 그의 목소리에 괴로움이 배어 있었다.

"네가 시스템을 몰라서 그래." 버질이 말했다. "그런 거래가 가능한 건 주니어가 크리크족인가 체로키족이기 때문이야. 만약 백인이었다면 프랭크 밀러는 최소 25년에서 무기징역은 받았을 거다."

또다른 특기할 만한 사건은 같은 해인 1921년, 10월도 막바지를 향해 달려가던 어느 날 늦은 오후, 과수원에 땅거미가 드리워질 무렵에 일어났다. 카를로스가 윌리 타워터라는 이름의 소도둑을 총으로 쏴서 죽였던 것이다.

처음 버질한테 든 생각은 이랬다. 프랭크 밀러 때문이구나. 이번에 소년은 준비가 되어 있었고, 앞으로도 항상 준비 태세를 갖추고 있을 것이다. 그는 장의사에게 전화했고, 장의사는 주보안관과 함께 왔으며, 곧바로 연방보안관보 두 명이 도착했다. 짙은 색 정장을 입고 눈을 가리는 부드러운 펠트 모자챙을 위로 젖히는 몸짓으로 봐서 그들은 진지하게 법을 집행하는 사람들이었다. 사건을 넘겨받은 연방보안관 둘 중에 말이 많은 쪽이 현재 영구차 속에 누워 있는 윌리 타워터가 가축을 훔쳐 주경계선을 넘어가 정육시장에 팔아넘긴 혐의로 연방에 기소되어 수배중이라는 사실을 전했다. 그 보안관이 카를로스에게 상황을 직접 설명해보라고 했다.

버질은 아들의 얼굴에 웃음이 피어오르는 것을 보고 카를로스가 '직접 설명했으면 좋겠다고요?' 따위의 말을 꺼내려는 참이란 걸 알아챘다. 그래서 얼른 "딱 필요한 말만 해. 이분들도 집에서 기다리는 처자식이 있는데 빨리 퇴근하셔야지"라고 아들의 말머리를 끊었다.

그러니까 시작은 나르시사가 토끼 스튜를 먹고 싶다고, 정 아무것도 없으면 다람쥐 스튜라도 먹고 싶다고 말한 데서 비롯됐다. "시간이 너무 늦었다고 생각하긴 했지만, 어쨌든 20번 산탄총을 갖고 과수원으로 나갔습니다. 피칸을 거의 다 수확한 후라서 나무 사이로 꽤 시야가 좋았어요." 카를로스가 말했다.

"본론으로 들어가." 버질이 끼어들었다. "그놈이 목초지에서 네 소들을 내모는 것을 봤다며."

"소몰이용 말을 타고 있었어요. 소를 많이 다뤄본 카우보이의 솜씨였죠. 가까이 가서 지켜봤는데, 힘 하나 들이지 않고 가축을 모는 실력에 감탄했습니다. 저는 집으로 돌아가서 20번 산탄총을 윈체스터로 바꿔 들고 헛간으로 가서 말에 안장을 얹었어요. 수지가 거기에 있었거든요, 황갈색 암말이에요. 그 사람 말은 밤색이었어요."

아까 말했던 보안관이 물었다. "라이플을 가지러 돌아왔다고 했는데, 그때까지도 그놈이 누군지 몰랐던 거야?"

"내 소를 훔치니까 친구가 아니라는 건 알았죠. 그 사람은 길이 들어와 있는 딥포크 저지대로 소를 몰고 갔어요. 저는 수지를 쿡쿡 찔러서 여태 풀을 뜯고 있는 소들을 헤치고 나아가 소리가 들리는 거리까지 간 다음에 '도와드릴까요' 하고 소리쳤어요." 카를로스가 미소를 머금으며 말했다. "그 사람은 제의는 고맙지만 다 끝났습니다, 라고 하더군요. 저는 진짜냐고 묻고는 말에서 내리라고 했어요. 그 사람이 말을 달려 도망치려고 해서 제가 하늘에 대고 한 발 쏴서 돌아오게 만들었습니다. 가까이 다가가면서도 거리는 유지했어요. 슬리커* 속에 뭘 숨기고 있을지도 모르니까요. 그때 그 사람이 제가 어리다는 걸 알고는 이렇게 말했어요. '네 아빠가 나한테 판 소들을 데려가는 중이란다.' 그래서 그 소들 주인은 나고, 우리

아버지는 피칸을 키운다고 말해줬죠. 그랬더니 '젠장, 나는 그만 쫓고, 애야, 집에 가라' 하더니 슬리커를 젖혀 다리에 찬 6연발 권총을 보여주더라고요. 그때 그 사람 뒤로 400야드쯤 떨어진 길가에 세워놓은 가축 트레일러를 봤습니다. 화물적재용 이동계단 옆에 한 사람이 서 있었고요."

"그 거리에서 사람을 알아봤다고?" 대화를 맡은 보안관이 물었다.

버질이 보안관에게 대꾸했다. "얘가 봤다고 하면 본 겁니다."

카를로스는 연방보안관들의 시선이 자기에게 돌아올 때까지 기다렸다가 말을 이었다. "그 카우보이가 말을 달리기 시작했고, 저는 그에게 잠깐 기다리라고 소리쳤습니다. 그 사람이 고삐를 당기고 뒤돌아봤어요. 저는 이렇게 말했습니다. '내 가축을 가지고 달아나면 당신을 쏘겠습니다.'"

"놈한테 그렇게 말했다고?" 말 많은 쪽이 물었다. "너 몇 살인데?"

"곧 열여섯 됩니다. 우리 아버지가 해병에 입대했을 때랑 같은 나이에요."

말 없던 보안관이 처음으로 입을 열었다. "그래서 그놈이 너를 무시하고 도망치더냐?"

"네, 보안관님. 그 사람이 제 소를 돌려주지 않을 거라는 걸 확실히 알게 돼서, 그가 가축 트레일러에 거의 도착했을 때, 쐈습니다." 카를로스는 목소리를 낮췄다. "팔이나 다리를 노리려고 했어요. 저 노란색 슬리커 끝부분을 쏠 생각이었습니다…… 안장에 앉아서 쏠 게 아니라 내려왔어야 했는데. 정말 정통으로 맞히려던 건 아니

---

* 길고 품이 넓은 레인코트.

었어요. 다른 사내가 땅에 쓰러진 동료는 아랑곳하지 않고 트럭에 급히 올라타는 게 보였습니다. 이동계단을 트럭에서 떼버리고 차를 몰고 달아났어요. 소는 한 마리도 싣지 않은 빈 차였어요. 저는 트럭 덮개를 쏘아 차를 세웠고, 사내는 차에서 뛰어내려 숲속으로 달아났습니다."

말 많은 보안관이 큰 소리로 말했다. "400야드 떨어진 데서 그걸 다 쐈다는 거냐?" 보안관은 피칸나무에 비스듬히 세워놓은 윈체스터를 흘끔 쳐다보았다. "스코프도 안 달고?"

"거리 때문에 좀 안 믿기시는 모양인데," 버질이 말했다. "저쪽으로 100야드쯤 가서 살아 있는 뱀을 꼬리만 잡고 서 계셔보쇼. 우리 아들이 당신 대신 뱀의 머리를 쏴 날려드릴 테니."

"알겠소." 말 없는 보안관이 말했다.

그는 조끼 주머니에서 명함을 꺼내 두 손가락 사이에 끼워 버질에게 건넸다. "웹스터 씨, 5~6년 후에 당신 아들이 무엇을 하고 있을지 자못 궁금하군요."

버질은 명함을 쳐다본 다음 카를로스에게 주었고, 잠시 아들과 시선이 마주쳤다. "직접 물어보시죠." 버질은 R. C. 밥 카델이라는 연방보안관보의 이름이 새겨진 명함을 읽는 아들을 바라보았다. 보안관의 황금색 별이 느껴졌다. "나는 아들에게 해병에 입대해 외국 땅을 경험하거나, 아니면 집에 머물고 싶다면 피칸을 사랑해보라고 얘기하지요." 아들은 명함에 엠보싱으로 새겨진 별을 엄지손가락으로 쓸어보고 있었다. "솔직히 말해서, 이 녀석은 아직 커서 뭐가 되고 싶은지 생각이 없는 것 같습니다." 버질은 보안관을 향해 이렇게 말한 다음 카를로스에게 물었다. "안 그러냐?"

카를로스가 고개를 들었다.

"저한테 말씀하셨습니까, 보안관님?"

버질은 거실에서 신문을 보고 있었다. 카를로스가 위층에서 내려오는 소리를 듣고 그는 "다음 주에 윌 로저스가 폴리스와 같이 곡마장에 온다는구나. 보고 싶니?"

카를로스는 배를 만지며 말했다. "속이 안 좋아요. 저녁 먹은 게 체했나봐요."

버질은 신문을 내려놓고 아들을 보았다. "오늘은 남자의 삶을 경험했으니." 그는 아들이 고개를 끄덕이며 생각에 잠기는 모습을 살폈다. "아까는 얘기를 안 했는데, 죽어 나자빠진 그 남자를 봤니?"

"눈을 감겨줬어요."

"그래서 생각이 많아졌구나, 그렇지?"

"네. 그 사람은 왜 제가 쏘겠다고 한 말을 안 믿었을까요."

"그 남자는 너를 그냥 말 탄 꼬마로 본 거다."

"소를 훔치다가 총에 맞을 수도 있고 감옥에 갈 수도 있다는 걸 알 텐데요. 언제 어느 때든 상관없어요. 그런데 그 사람은 그 길을 택했어요."

"그 남자를 보면서 그런 생각을 했던 거냐? 그자가 가엾진 않았고?"

"불쌍했죠. 그 사람이 제 말을 들었다면 거기 그렇게 죽어서 뻗지도 않았을 텐데."

방 안에 잠시 침묵이 흘렀다. 이윽고 버질이 물었다. "다른 놈은 왜 안 쏜 거냐?"

"트럭 안에 소가 없었거든요." 카를로스가 말했다. "안 그랬으면 쐈겠죠."

아들의 차분한 말투를 듣고 버질은 깨달았다. 맙소사, 이 녀석 아주 단단한 껍질을 두르고 있구나.

2.

1927년 6월 13일, 이제는 키가 6피트가 넘는 카를로스 헌팅턴 웹스터는 오클라호마시티에서 새로 받은 밝은 회색 정복을 입고, 파나마모자의 휘어진 챙이 눈 위로 맞춤하게 오도록 쓰고, 호텔에 묵고, 난생처음으로 시내전차를 타고, 연방보안관보로 선서하고 취임했다. 그즈음 뉴욕에서는 단독비행으로 대서양을 횡단한 린드버그를 찬양하며 이 '외로운 독수리'에게 색종이테이프를 엄청나게 쏟아부었고, 오버올* 작업복 차림으로 매칼리스터 교도소에서 풀려난 프랭크 밀러는 페이 해리스가 있는 체코타로 돌아왔고, 연방보안관에 의해 팬티 차림으로 끌려나온 지 6년 만에 그의 양복이 옷장에 걸렸다. 그리고 프랭크 밀러가 페이 곁을 떠나자마자 첫번째로 한 일은 전화를 걸어서 자신의 갱단을 다시 불러 모은 것이었다.

카를로스는 훈련을 마친 후 휴가를 받았고, 집으로 돌아가 아버지와 지내며 그간 있었던 일들을 얘기했다.

허스킨 호텔의 방이 어땠는지,

---

* 데님 등으로 만들어 멜빵을 단 작업용 덧바지.

플라자 그릴에선 무슨 음식을 먹어봐야 하는지,

월터 페이지의 블루 데블스라는 밴드를 봤는데 죄다 유색인종이더라고,

권총을 쏠 때 한 발을 내밀고 중심을 앞에 두어야 총에 맞더라도 쓰러지면서 응사할 수 있다고,

그리고 한 가지 더,

사람들이 다들 그를 카를로스가 아니라 칼이라고 불렀다고. 처음엔 칼이라고 부르면 대답도 안 했고, 말다툼도 몇 번 하고, 두어 번은 거의 주먹질까지 갔었다고.

"밥 카델이라고 기억하세요?"

"R. C. 밥 카델." 버질이 말했다. "그 과묵한 양반."

"지금 저의 직속상관이세요. 그분이 말씀하시길, 자네 외할아버지를 기리기 위해 지은 이름이라는 건 잘 알겠는데, 자넨 그걸 이름이 아니라 건드리기만 하면 싸우자고 덤벼드는 결투장처럼 달고 다니는군, 이라고 하셨어요."

버질은 고개를 끄덕였다. "그 망할 프랭크 밀러가 너를 멕시코 튀기라고 부른 다음부터 줄곧 그랬지. 밥이 무슨 뜻으로 그렇게 말했는지 알 만하군. '나는 카를로스 웹스터다, 어쩔래?' 뭐 이런 느낌인 거지. 네가 어렸을 때 나도 몇 번 칼이라고 불렀는데, 그땐 아무렇지도 않게 좋아하더니."

"카델 보안관님이 이러셨어요. 칼이 어디가 어때서? 그냥 카를로스의 줄임말이잖아."

"그러게." 버질이 말했다. "한번 써보지 그러냐."

"지난달인가부터 그러고 있어요. 안녕하십니까, 저는 연방보안

관보 칼 웹스터입니다."

"뭐 좀 기분이 다르더냐?"

"다르긴 한데, 콕 집어 뭐라 설명하진 못하겠어요."

밥 카델에게 걸려온 전화 한 통 때문에 칼의 휴가는 갑작스럽게 끝났다. 프랭크 밀러 갱단이 부활하여 은행을 털었다.

그 후로 몇 달 동안 연방보안관들은 갱단의 움직임을 예측하는 데 총력을 기울였다. 갱단은 쇼니, 세미놀, 볼렉스로 이어지는 남부 라인에서 은행강도 행각을 벌였다. 아마도 다음은 에이다가 될 터였다. 그러나 틀렸다. 콜게이트였다.

한 목격자가 말하길, 프랭크 밀러가 면도하러 왔을 때 자신도 같은 이발소에 있었다고 했다. 다만 그때는 그가 누군지 몰랐고, 은행이 털린 후에야 알았단다. "그 남자가 이발사와 얘기를 하고 있었는데, 그 프랭크 밀러라는 작자 말이, 조만간 결혼할 계획이라고 하더군요. 마침 이발사가 그리스도의 교회 목사이기도 해서 결혼식을 집전해주겠다고 제안했지요. 프랭크 밀러는 그 제안을 받아들여야겠다며 목사한테 면도 값으로 5달러짜리 지폐를 줬습니다. 그런 다음에 그 패거리들이 은행을 턴 거예요."

콜게이트는 남부 라인에 있었는데, 그 후에 갱단은 서쪽으로 방향을 틀어 킹피셔의 퍼스트내셔널 은행에서 6,000달러를 털었고, 한 명을 잃었다. 짐 레이 멍크스가 다친 다리 때문에 은행에서 늦게 빠져나와 도중에 사살됐다. 멍크스는 자신이 죽어간다는 것을 알기 전에 이렇게 말했다. "당신들이 프랭크 목에 오백 이상은 절대로 안 걸어서 프랭크가 기분이 상했다고. 자기 몸값이 그보다는 훨씬 비싸다는 걸 보여주려고 나온 거야."

킹피셔 다음은 백스터 스프링스에 있는 아메리칸내셔널 은행이
었는데, 위쪽 캔자스 라인이었다. 갱단은 작은 읍내에 있는 은행만
골라서 터는 듯했고, 총을 쏴대며 들이닥쳐 사람들의 주의를 끈 다
음, 자동차 발판에 인질 한두 명을 방패 삼아 세운 채 달아났다. 잇
달아 서너 개 은행을 턴 후에는 한동안 종적을 감췄다. 그렇게 납
작 엎드려 있는 시기에 갱단 멤버를 봤다는 제보도 있었지만, 프랭
크 밀러는 한 번도 걸리지 않았다.

"장담하는데," 밥 카델의 사무실 벽에 걸린 지도 앞에 서서 칼이
말했다. "놈은 체코타에 있는 페이 해리스의 집에 숨어 있습니다."

"우리가 놈을 잡았을 때," 밥 카델은 고개를 끄덕이며 기억난다
는 듯 말했다. "페이는 당시에 잠깐 사귀던 여자 아니었나?"

칼이 말했다. "듣기로는 페이가 스키트와 결혼했을 때부터 이미
프랭크와 만나고 있었다더군요. 다만 스키트는 그걸 따져 물을 배
짱이 없었죠."

"허, 들었다고?"

"비번일 때 두 차례 매칼리스터에 가서 프랭크 밀러에 관해 밝혀
낼 것이 없나 알아봤습니다."

"재소자들이 자네한테 얘기를 해주던가?"

"한 명, 놈의 갱단에 몸담았던 크리크족 인디언이 말해줬습니다.
그때 총격전에서 스키트 해리스를 쏜 게 연방보안관이 아니었다고
합니다. 프랭크 밀러 본인이 그의 아내를 취하려고 스키트를 제거
한 거였죠."

"그 사실을 자네 혼자 힘으로 알아낸 건가?"

"네, 보안관님. 콜게이트에서 목격자가 놈이 결혼할 거라고 얘기했다는 증언을 들은 후에요. 분명 상대는 페이일 거라고 생각했습니다. 그렇지 않은가요? 그러니까, 페이의 남편을 죽일 정도로 페이한테 푹 빠져 있다면 말입니다. 그 얘기를 듣고 놈이 거기 숨어 있을 거라는 감이 왔습니다."

밥 카델이 말했다. "흠, 우리는 놈이 자주 간다는 곳은 모조리 감시하고 탐문수사도 하고 있어. 찾아보게나. 분명 페이 해리스도 리스트에 들어있을걸."

"찾아봤습니다." 칼이 말했다. "탐문수사도 해왔고, 보안관대리들이 계속 그 집을 감시하고 있는 것으로 체크되어 있더군요. 하지만 그들이 하는 감시라는 게 차를 타고 지나가면서 빨랫줄에 프랭크 밀러의 팬티가 걸려 있나 없나 확인하는 것 외에 달리 하는 일이 있는지 의심스럽습니다."

"이제 부임한 지 넉 달밖에 안 되는 보안관이 말이야, 모르는 게 없구먼." 밥 카델이 말했다.

칼은 대꾸하지 않았고, 밥 카델은 그를 물끄러미 쳐다보았다.

몇 분이 흐른 후 밥 카델이 말했다. "자네가 그 소도둑을 400야드 밖에서 말에 탄 채 쏴 죽인 게 생각나는군." 밥 카델은 한동안 말없이 칼을 주시하다가 다시 입을 열었다. "뭔가 시도해보고 싶은 계획이 있는 거겠지."

"페이 해리스 주변을 캐면서 알아낸 사실이 몇 가지 있습니다." 칼이 말했다. "예전에 페이가 살았던 곳도요. 제가 페이한테 접근해서 실토하게 만들겠습니다."

"자넨 어찌 그리 자신만만한가?" 밥 카델이 말했다.

보안관들은 페이의 집에서 4분의 1마일 떨어진 곳에 칼을 내려주고 차를 돌려 체코타로 돌아갔다. 그들은 셰이디그로브 카페에 있을 예정이었다. 칼은 작업복에 부츠를 신고, 38구경 스페셜을 아버지의 낡고 늘어진 검정색 재킷 속에 차고, 배지는 주머니에 넣었다.

4분의 1마일을 걸으면서 그의 시선은 그 케케묵은 농가주택에 고정되어 있었다. 음산하기 그지없는 160에이커*짜리 땅은 방치된 듯했고, 먼지를 뒤집어쓴 포드 쿠페가 뒷마당에 버려져 있었다. 칼은 이런 데서 추방자처럼 사는 페이 해리스도 이 농장과 다를 바 없는 모습일 거라고 예상했다. 그런데 현관 앞 베란다에 올라서니 집에서 활기가 느껴졌고, 안쪽 어딘가 라디오에서 엉클 데이브 메이컨의 노래가 흘러나왔다. 이어서 페이 해리스가 방충망을 사이에 두고 그를 마주하는데, 무릎까지 간신히 내려오는 비단 같은 잠옷을 입고, 발은 맨발이었지만 루주를 바른 덕분에 얼굴색이 화사했고 금발머리는 영화배우처럼 물결쳤다…….

이 멍청아, 이 여자가 자신을 아무렇게나 방기했을 리가 없지. 이 여자는 자신과 결혼할 사내가 오기를 기다리는 중이었다고. 칼은 진심 어린 미소를 지었다.

"해리스 부인, 저는 칼 웹스터입니다." 그는 자신이 그녀의 잠옷 속을 엿보려는 게 아니라는(사실 마음만 먹으면 아주 쉬웠다) 인상을 주려고 여자의 얼굴에 시선을 고정했다. "어머님 성함이 에이서 트루델 맞지요? 헨리에타에 있는 조지안 호텔에서 객실 청소 일을

---

* 미국 홈스테드 법은 개인이 국유지를 개간하여 5년 이상 경작하면 160에이커까지 토지 소유권을 인정했다.

하셨고, 동방의 별 교단 소속이셨던."

칼의 말은 반응을 유도해내기에 충분했다. "네……?"

"저희 어머니도 거기서 일하셨거든요. 나르시사 웹스터라고 아세요?"

페이는 고개를 저었다.

"아버님은 저쪽 스펠터에서 석탄 광부셨죠? 작은 광산의 현장감독이셨고, 1916년에 광산이 무너졌을 때 돌아가셨고요. 저희 아버지는 그때 그 갱도에서 침목을 깔고 계셨어요." 칼은 잠시 말을 멈추었다. "저는 그때 열살이었습니다."

페이가 말했다. "나는 막 열다섯살이 됐을 때였는데." 페이의 손이 방충망 문을 열려고 하다가 다시 멈칫했다. "근데 왜 나를 찾아온 거지?"

"아까 있었던 일을 말씀드릴게요." 칼이 말했다. "셰이디그로브 카페에서 커피를 마시고 있었는데, 바에서 제 옆에 있던 여자 분이 여기보다 자기가 일하는 카페의 커피 맛이 훨씬 낫다고 하더라고요. 헨리에타에 있는 퓨리티라는 카페요."

페이가 말했다. "그 여자 이름이 어떻게 되는데?"

"못 들었습니다."

"나도 퓨리티에서 일했거든."

"저도 알아요, 잠깐만 들어보세요." 칼이 말했다. "그러다가 당신 얘기가 나오게 된 게, 그 여자 분이 자기 남편이 스펠터에서 광부 일을 한대요. 저는 우리 아버지가 1916년에 거기서 사고로 돌아가셨다고 했죠. 그랬더니 퓨리티에서 같이 일했던 아가씨의 아버지도 같은 사고로 돌아가셨다는 거예요. 그 아가씨의 어머니가 동방의 별 교단 신도일 거라고 하기에, 우리 어머니도 같은 교단이셨다고 제가 말했죠. 그때 바 안에서 안 듣는 척하던 웨이트리스가 우리 쪽을 보더니, 당신들이 얘기하는 그 아가씨가 저기 길 위쪽에 살아요, 라고 하더라고요."

"누군지 알 만하네." 페이가 말했다. "머리 모양이 베티 붑이랑 약간 닮지 않았어?"

"그랬던 것 같아요."

"그 여자가 또 뭐라고 했어?"

"남편이 죽고 과부가 됐다고요."

"남편이 연방보안관의 총에 맞아 죽었다고 하지?"

"그런 얘긴 않던데요."

"다들 그렇게 생각하더라고. 다른 사람들 이름은 나온 거 없어?"

다들 그렇게 생각한다…… 칼은 그 부분은 잠시 접어두고 말을 이었다. "아뇨, 다른 손님들 주문 받느라 바빠져서요."

"체코타에 사나?"

헨리에타에 사는데 할머니가 돌아가실 것 같아서 만나 뵈러 왔다고 칼이 대답했다. 페이가 물었다. "이름이 뭐라고 했더라?" 칼은 다시 말해주었고, 페이는 "아, 들어와 칼. 아이스티 한잔 들어"라고 했다. 이젠 말동무가 있어도 괜찮다는 투 같았다.

거실 바닥에는 해진 러그가 깔려 있었고, 딱딱한 검은 가구와 오랜 세월 앉아 삐걱거려서 등나무 시트가 바스러진 의자 몇 개와 소파 외에는 별것 없었다. 라디오 소리는 부엌에서 들렸다. 페이는 부엌으로 갔고, 곧이어 얼음 깨는 소리가 났다. 칼은 잡지가 놓인 테이블 쪽으로 다가갔다. 《트루 컨페션》《포토플레이》《리버티》《다임 웨스턴》《스파이시》.*

부엌에서 목소리가 들렸다. "기드 태너** 좋아해?" 칼은 속옷만 입고 집안일을 하는 여자들과 테디스*** 차림으로 깃털 먼지떨이를 들고 사다리 위에 서 있는《스파이시》속 여자 사진을 보며 대답했다. "네, 좋아합니다."

"기드 태너랑 그의 밴드인 스킬릿 리커스 말이야." 페이의 음성이 들렸다. "내가 어떤 스타일 좋아하는지 알아? 알 존슨이야. 그 사람이 검둥이 자장가 부르는 걸 들으면 영락없이 검둥이가 노래하는 것처럼 들려. 하지만 내가 진짜 제일 좋아하는 가수가 누구일 것 같아?"

칼은《포토플레이》에 실린 조앤 크로퍼드와 엘리사 랜디의 사진을 보며 말했다. "지미 로저스****?"

"지미도 나름 좋아하지…… 설탕 몇 개 넣을까?"

"세 개면 됩니다. 엉클 데이브 메이컨은 어때요? 좀전에 라디오에서 나오던데."

"〈Take Me Back to My Old Carolina Home〉이었지. 노래를 하는 건지 마는 건지 웅얼거리는 그런 스타일은 별로더라. 가수라면 노래를 불러야지. 틀렸어, 내가 제일 좋아하는 가수는 메이벨 카터랑 카터 패밀리야. 그녀의 목소리에 어려 있는 순수한 고독에 눈물

---

* (차례대로)1922년 창간된 젊은 여성독자를 타깃으로 고백 형식의 1인칭 로맨스 수기를 실은 잡지, 1911년 창간된 영화 줄거리와 등장인물을 다룬 미국 최초의 영화잡지, 1924년 창간된 대중적인 주간지, 재미 위주의 각종 대중소설을 연재한 펄프매거진, 에로틱한 펄프 픽션을 연재한 잡지.
** 1920~30년대 활동했던 초기 컨트리음악의 스타 바이올린 주자.
*** 슈미즈와 팬티로 이루어진 여성용 속옷.
**** 리듬 있는 요들로 명성을 떨친 20세기 초 미국의 컨트리 가수.

이 막 난다니까."

칼이 말했다. "이런 곳에 외따로 살면 분명 그런 기분이 들겠죠."

페이가 말했다. "그 얘긴 그만."

"여기 홀로 앉아서 잡지를 읽고 있으면……."

"애야," 페이가 말했다. "넌 네가 생각하는 것처럼 그렇게 귀엽지 않거든? 잠자코 아이스티나 마시고 꺼져."

"안타까워서 그래요." 칼이 말했다. "제가 여기에 온 이유는, 당신과 제가 장례식장에서 만난 적이 있는지, 어머니들이 같은 교회에 다니실 때 알던 사이인지 궁금해서였어요…… 그뿐입니다." 칼은 살짝 미소를 머금고 말했다. "어떻게 생겼는지 보고 싶기도 했고요."

페이가 말했다. "그래, 귀여운 구석도 있긴 하구나. 하지만 꼬치꼬치 캐묻지 마."

페이는 아이스티를 마시는 칼을 남겨두고 침실로 들어갔다. 이제 어쩌지? 칼은 《포토플레이》를 들고 거실을 가로질러 잡지가 놓인 테이블을 마주하고 열어둔 침실 문이 보이는 의자에 앉았다. 칼은 잡지 페이지를 넘겼다. 1분도 안 되어 페이가 고개를 불쑥 내밀었다.

"퓨리티에 가봤지?"

"뻔질나게 드나들었죠."

페이가 걸어나오자 전신이 한눈에 다 들어왔다. 속이 훤히 비치는 얇은 살구색 테디스 차림인데 찰랑거리는 슈미즈는 하얀 허벅지까지만 내려왔다. 페이가 말했다. "프리티 보이 플로이드*가 왔을 때 얘기 들었어?"

칼은 런던이 눈앞에 보였다. 프랑스도 볼 수 있었다……."당신이 거기서 일할 때?"

"그 후에. 그리 오래전 일도 아냐. 프리티 보이 플로이드가 퓨리티에 나타났다는 소문이 돌자 말 그대로 도시 전체가 문을 꼭꼭 닫아걸었지. 아무도 집에서 나올 생각을 안 하더군." 페이는 엉덩이에 손을 얹고 단정치 못한 자세로 섰다. "나 그 남자 한 번 만났다. 오클라호마시티의 무허가 술집에 있을 때."

"말 걸었어요?"

"응. 그게…… 뭐, 그냥 이런저런 얘기." 페이는 무슨 얘기를 했는지 열심히 생각해내려는 듯하더니, 이렇게 물었다. "네가 만난 사람들 중에 제일 유명한 사람은 누구야?"

칼은 이런 질문은 마치 예상치 못했다. 하지만 별 고민 없이 금방 대답이 나왔다. "프랭크 밀러인 것 같은데요."

페이가 말했다. "오……?" 마치 그 이름이 그녀에겐 아무 의미도 없다는 듯. 그러나 칼이 보기에 분명 그녀는 촉각을 곤두세우며 신중을 기하고 있었다.

"어렸을 때 약국에 갔는데," 칼이 말했다. "프랭크 밀러가 러키스 한 갑을 사러 들어왔었어요. 저는 제일 좋아하는 복숭아 아이스크림콘을 먹으러 들른 거고요. 프랭크 밀러가 저한테 뭐라고 했는지 아세요? 한입만 달라더군요…… 그 유명한 은행강도가 말입니다."

"그래서 줬어?"

---

* 1920~30년대 텍사스와 오클라호마 등 미국 중서부를 무대로 악명을 떨친 은행강도.

"줬지요. 그다음엔 어떻게 됐을까요? 프랭크 밀러는 내 아이스크림을 돌려주지 않고 계속 갖고 있었어요."

"아이스크림을 먹었어?"

"몇 번 핥아 먹더니 던져버렸어요." 칼은 프랭크 밀러의 콧수염에 묻어 있던 아이스크림에 대해서는 언급하지 않았다. 혼자만 알고 있기로 했다. "네, 그는 제 아이스크림콘을 가져가고, 약국을 털고, 경찰을 총으로 쏴 죽였죠. 이게 믿어지세요?"

페이는 생각에 잠긴 얼굴로 고개를 끄덕이는 듯했고, 칼은 이때다 싶어 솔직히 말하기로 했다.

"아까 사람들이 당신 남편 스키트를 사살한 사람이 연방보안관인 줄 안다고 말했죠? 하지만 당신은 진실을 알아요, 그렇죠?"

페이의 온 신경이 칼에게 집중됐고, 그녀는 최면에 걸린 것처럼 그를 뚫어져라 응시했다.

"그리고 그 진실을 당신에게 얘기해준 사람은 장담컨대 바로 프랭크 밀러였을 겁니다. 그만한 배짱을 가진 인물이 달리 또 누가 있겠습니까? 분명 그는 당신이 자길 떠나면 지구 끝까지라도 쫓아가서 죽여버리겠다고 했겠지요. 그만큼 당신한테 푹 빠졌거든요. 당신이 이렇게 오래 여기에 살고 있는 이유를 달리 설명할 수가 없네요. 어떻게 생각하세요?"

페이는 본심을 드러내기 시작했다. "신문기자는 아닌 것 같고……."

"그렇게 보였습니까?"

"기자들이 들락거리긴 하지. 근데 일단 집 안에 들어오면 바로 나가고 싶어서 안절부절못하던데. 아니, 넌 기자 같지는 않아."

칼이 말했다. "페이 씨, 저는 연방보안관보입니다. 제가 여기 온 이유는 프랭크 밀러를 체포하거나 땅에 묻기 위해서입니다."

3.

칼은 페이가 프랭크에게 애정을 갖고 있을까봐 걱정했지만, 기우에 지나지 않았다. 칼이 페이에게 배지를 보여주자 그녀는 주저앉아 안도의 한숨을 내쉬었다. 그녀는 금방 평정을 되찾았고 말이 많아졌다. 오늘 아침에 프랭크가 온다는 전화를 받았다고 했다. 이제 나는 어떡하면 좋은가? 칼은 그가 몇 시에 올 것 같냐고 물었다. 페이는 해질녘이라고 말했다. 차가 빨리 지나가면서 두 번 빵빵거릴 것이다. 만약 앞문이 열려 있으면 차는 그냥 지나가고 프랭크 밀러가 달리는 차에서 뛰어내릴 것이다. 칼은 여기 앉아 조앤 크로퍼드 기사를 읽고 있겠다고 했다. 친척인데 지나던 길에 잠시 들른 거라고 자신을 소개할 것이고, 되도록 과묵하게 있겠다. 프랭크가 이 잡지들을 사왔는가? 선물이랍시고 사온 거란다. 칼은 호기심이 일어 프랭크가 글을 읽을 수 있냐고 물었다. 확실치는 않지만 그냥 사진만 보는 것 같단다. 몇 년 전 그때, 아버지가 프랭크를 보고 뭐라고 했더라? 멍청이라고 했었지.

칼은 페이에게 말했다. "당신에게 바라는 건 가까이서 잘 지켜보라는 것뿐입니다. 그래야 나중에 스타 목격자로서 여기서 무슨 일이 벌어졌는지 얘기할 수 있고, 신문에 당신의 이름을 올리죠. 장담하는데 사진도 실릴 겁니다."

"거기까진 생각을 못했네." 페이가 말했다. "진짜 그럴까?"

차가 집 앞을 지나가면서 두 번 경적을 울리는 소리가 들렸다.

준비됐나?

칼은 준비됐다. 그는 거실에 딱 하나 있는 램프를 잡지 테이블 위에 켜두고, 그것을 마주 보며 의자에 앉아 있었다. 페이는 마음을 가라앉히려고 진을 탄 오렌지주스를 마시며 담배를 세 개젠가 네 개째 피워 물고 서 있었다. 페이의 등뒤로 부엌 불빛이 기모노를 입은 그녀의 자태를 비췄다. 칼에겐 근사해 보였다.

그러나 프랭크 밀러에게는 아니었다. 겨드랑이에 잡지 한 뭉텅이를 끼고 들어와서는 잠깐 숨 돌릴 새도 없이 곧장 페이에게 이렇게 말하는 품으로 보건대. "무슨 문제 있어?"

"아니." 페이가 말했다. "프랭크, 고향에서 온 칼을 소개할게." 페이는 퓨리티에서 일할 때 카페 허드레꾼으로 일하던 애라고 소개했고, 그동안 프랭크는 칼을 주시했다. "그리고 재네 엄마하고 우리 엄마 둘 다 동방의 별 신자고."

"말씀 많이 들었습니다." 칼은 영업사원 같은 어투로 말했다. "만나서 반갑습니다, 프랭크 씨."

칼은 6년 전 과거에서 떠오른 얼굴, 예나 지금이나 똑같이 모자챙 아래로 노려보는 표정 없는 눈을 맞바라보았다. 그리고 프랭크 밀러가 가져온 잡지를 테이블에 원래 있던 것들 위에 털썩 내려놓고 페이를 힐긋 쳐다보는 모습을 유심히 관찰했다. 이제 그는 두 손을 테이블 위에 올려놓고 등을 구부린 채 잠시, 뭐랄까, 휴식? 하여간 뜸을 들이는 모습이었다. 흐음, 어떻게 하면 저 애송이를 치우고 페이를 침대로 데려갈 수 있을까 생각하는 모양인데, 칼은 프랭크가 모자를 쓴 채로 페이와 그것을 하는 모습을 상상했…… 그 순간 아버지가 했던 얘기가 떠올랐다. "그때 스페인 저격수가 나를 노리고 있는데도 내가 어떻게 모제르총을 제대로 잡았는 줄 아니? 상대한테 신경 쓰지 않고 내 할 일에만 집중했거든."

칼은 스스로에게 뭘 기다리는 거냐고 물었다. 그리고 말했다. "프랭크, 권총 꺼내서 거기 테이블 위에 올려놔."

페이 해리스는 얘기를 할 줄 아는 여자였다. 그녀는 그 얘기를 연방보안관과 온갖 사법집행관 들에게 수차례에 걸쳐 할 만큼 했다. 오늘 오후 페이는 그 장면을 신문기자들에게 설명하는 중이다. 그런데 오클라호마시티 지방지《오클라호맨》에서 나온 기자 한 명이 자꾸 말허리를 자르며 질문을 던졌는데, 연방보안관들의 질문하곤 판이하게 다른 내용이었다.

그녀는 웹스터 연방보안관보를 언급하면서 '칼'이라고 했고,《오클라호맨》기자는 "오, 두 분이 이제 아주 친한 사이네요? 그 청년이 연하라도 상관없습니까? 그가 여기 호텔로도 찾아왔나요?" 하고 물었다. 페이는 며칠째 헨리에타의 조지안 호텔에 묵고 있었다. 같이 있던 다른 기자들은《오클라호맨》기자에게 제발 조용히 좀하라며 빨리 총격전 부분 얘기를 듣고 싶어 안달이었다.

"아까 말했다시피," 페이가 말했다. "나는 부엌 문간에 있었어요. 프랭크는 제 왼편으로 이쪽에 있었고, 칼은 프랭크의 맞은편에서 카우보이 장화를 신은 다리를 쭉 뻗고 앉아 있었지요. 정말 믿을 수 없을 만치 침착했어요."

"페이, 당신은 무슨 옷을 입고 있었습니까?"

《오클라호맨》기자가 다시 끼어들었고, 다른 기자들은 짜증 섞인 신음 소리를 흘렸다.

"나는 프랭크가 오클라호마시티의 커 상점에서 사다준 빨강과 분홍이 섞인 기모노를 입고 있었어요. 프랭크가 올 때마다 그 옷을 입어야 하거든요."

"그 속에 아무것도 안 입고 있었죠?"

페이가 말했다. "거야 당신이 상관할 일이 아니지."

《오클라호맨》기자는 독자들은 총잡이의 정부가 어떤 옷을 입었는지 그런 세세한 것까지 알 권리가 있다고 말했다. 이번에는 다른 기자들도 그런 세세한 것은 들어도 나쁘지 않다는 듯 가만있었다. 마침내 페이가 말했다. "이 떠버리가 한 번만 더 입을 열었다간 끝이에요. 당신들 다 나가야 할 거예요." 그녀가 말했다. "어디까지 얘기했더라?"

"프랭크가 테이블 앞에서 허리를 숙이고 있었다고요."

"맞아요. 프랭크는 뭔가 말하려는 듯 나를 쳐다봤는데, 바로 그때 칼이 이렇게 말했어요. '프랭크? 권총 꺼내서 거기 테이블 위에 올려놔.'"

기자들은 수첩에 받아 적고서 페이가 아이스티를 한 모금 마실 때까지 기다렸다.

"프랭크는 칼에게 등을 보이고 있는 자세였다고 얘기했던가요? 이제 그가 어깨 너머로 고개를 돌려 칼에게 말해요. '내가 어디선가 널 본 적이 있나?' 아마 매칼리스터를 생각했겠죠, 칼이 현상금을 노린 출소자라고 짐작했나봐요. 프랭크가 물었어요. '너 나 만난 적 있냐 없냐?' 칼은 이렇게 대답했죠. '말해준대도 기억 안 날 텐데.' 그다음에 칼이 한 말을 그대로 옮길게요. '프랭크, 나는 연방보안관보다. 다시 한번 말하는데, 권총을 테이블 위에 올려놔.'"

한 기자가 말했다. "페이 씨, 그 두 사람은 이전에 만난 적이 있습니다. 저는《오크멀기 데일리 타임스》기자인데요, 제가 그에 관한 기사를 썼습니다. 6년 전 이달이었죠."

"지금 당신은," 페이가 말했다. "한창 재밌는 부분으로 들어가려는데 초를 치고 있는 거라고요." 그것도 그녀의 머릿속 흐름을 엉망진창으로 만들면서 말이다.

"하지만 그 두 사람이 만났던 상황은, 이 얘기와 관련이 있을 수도 있습니다." 기자가 말했다.

"아 제발 좀," 페이가 말했다. "내 얘기가 다 끝날 때까지 기다려주세요, 네?"

그리하여 페이는 그다음 부분을 얘기할 짬을 얻었다. 총을 꺼내놓는 수밖에 없었던 프랭크가 손잡이에 진주가 박힌 이따만 한 오토매틱을 코트 속에서 꺼내 테이블 가장자리에, 자기 바로 옆에 내려놓는 장면을. "자, 이제 프랭크가 뒤로 돌았고," 페이는 만면에 웃음을 띠었다. "황당하다는 표정이 얼굴에 떠올랐죠. 칼이 거기 앉아 있는데, 손에는 총이 아니라《포토플레이》잡지를 들고 있었거든요. 프랭크는 자기 눈을 믿을 수가 없었어요. '빌어먹을, 총이 없었어?' 칼은 코트 가슴 한쪽 권총집이 있는 부위를 가볍게 두드리며 말했죠. '바로 여기.' 그리고 이렇게 말했어요. '프랭크, 이 점에 대해서는 분명히 해두고 싶군. 잘 들어. 내가 무기를 뽑으면 넌 죽은 목숨이야.'" 페이는 기자들에게 말했다. "다시 말해서, 칼 웹스터가 총을 뽑을 때는 상대를 죽일 때뿐이라는 거죠."

그 말에 기자들은 수첩에 뭐라뭐라 열심히 휘갈기며 서로 의견을 주고받았고,《데일리 타임스》의 기자가 다시 말문을 열었다. "제 말 좀 들어주시겠습니까? 6년 전 프랭크 밀러는 오크멀기에 있는 디어링 약국을 강탈했는데, 칼 웹스터가 그 자리에 있었습니다. 다만 그때는 카를로스라고 알려졌고, 아직 어린애였죠. 칼은 그때 우연히 약국에 들어온 인디언 부족경찰을 프랭크 밀러가 쏴 죽이는 것을 옆에서 목격했고, 그 인디언은 분명 칼 웹스터가 아는 사람이었을 겁니다." 기자는 페이를 쳐다보며 말했다. "말씀을 끊어서 죄송합니다만, 그때 약국에서의 총격 사건을 칼 웹스터가 마음속에 담아두고 있었다는 생각이 드는데요."

페이가 말했다. "거기에 대해서라면 다른 얘기도 해줄 수 있어요."

그러나 이젠 오크멀기 데일리 타임스 기자의 관점에 동조하며 서로 논평하고 질문하는 음성들이 여기저기서 끼어들었다.

"칼이 그 오랜 세월 동안 내내 그걸 마음에 두고 있었단 말이야?"

"칼이 프랭크 밀러에게 그 얘기를 했습니까?"

"그 부족경찰이 칼의 친구라고?"

"둘 다 오크멀기 출신인데, 그래서 칼이 보안관이 되려고 했나?"

"칼이 프랭크 밀러를 잡고야 말겠다고 얘기한 적이 있습니까?"

"이거 생각보다 얘기가 커지는데."

페이가 말했다. "그때 일어났던 다른 얘기도 듣고 싶어요? 그때 아이스크림콘을 먹고 있던 칼에게 프랭크가 무슨 짓을 했는지?"

하루해가 저문 저녁, 두 사람은 포치에 나와 데킬라를 마시며 앉아 있었다. 곤충들이 바깥 어둠속에서 울었다. 버질의 머리 위쪽에 랜턴이 달려 있었고, 그래서 그는 무릎에 신문을 펼쳐놓고 읽을 수 있었다.

"거의 다 그 깜찍한 여자가 말한 내용인 것 같구나."

"기사에서 좀 부풀린 것도 있어요."

"어이쿠야, 그래야지. 너 그 여자하고 사귀는 건 아니겠지, 응?"

"차를 몰고 가서 두어 번 퓨리티에 데려다주긴 했어요."

"아주 예쁘고 깜찍한 여자지. 그 기모노 입은 사진을 보니 섹시하더라."

"냄새도 좋아요." 칼이 말했다.

버질은 고개를 돌려 칼을 보았다. "밥 카델한테 그 얘긴 않으마. 그의 부하 중 한 명이 범죄자의 정부 주변을 쿵쿵거리며 돌아다닌다는 얘기는." 버질은 가만히 기다렸지만 아들은 아무 대꾸가 없었다. 버질은 들고 있던 신문을 쳐다보았다. "네가 주니어 하르조의 절친인 줄은 몰랐는걸."

"길에서 마주치면 인사한 게 다예요."

"데일리 타임스에서는 너희 둘이 피를 나눈 형제나 다름없는 사이라는데. 네가 한 일은 주니어의 죽음에 대한 복수라고. 이 사람들은 심지어 네가 연방보안관이 된 이유도 그게 아닐까 하는구먼."

"네, 저도 그 기사 읽었어요." 칼이 말했다.

버질은 《데일리 타임스》를 내려놓고 그 밑에 있던 《오클라호맨》을 꺼냈다. "하지만 이 오클라호마시티 지방지에서는 네가 프랭크 밀러를 쏜 이유가 그때 약국에서 아이스크림을 뺏겨서라고 하는데, 이 사람들 이거 웃기려고 이러는 거냐?"

"아마도요." 칼이 말했다.

"잘난 척하는 신문들이 노상 하듯 이러다 별칭도 하나 만들겠구나. 칼 웹스터, 아이스크림 키드라고 말이다?"

"그러거나 말거나, 상관없잖아요?"

"난 네가 이런 관심을 즐기고 있다는 생각이 점점 드는구나."

버질은 걱정스럽다는 듯 말했고, 칼은 어깨를 으쓱해 보였다. 버질은 신문 뭉치에서 다른 신문을 꺼내 들었다. "여기 그 깜찍한 여자가 한 말을 그대로 인용해놨네, 프랭크 밀러가 총을 잡으려 하자 네가 놈의 심장을 정통으로 꿰뚫었다고."

"그 사람들이 그 표현을 유도했겠죠, '심장을 정통으로 꿰뚫었다'라고." 칼이 말했다. 고개를 돌리자 아버지가 자신을 사뭇 근엄한 표정으로 바라보고 있음을 알았다. "농담이에요. 프랭크가 잔꾀를 부려서 저를 속이려고 했거든요. 페이를 쳐다보면서 그 여자 이름을 부르면 제가 그쪽을 볼 거라고 생각한 거죠. 하지만 저는 놈을 주시하고 있었고, 놈이 콜트를 집어들 줄 알았어요. 총 손잡이를 집어들길래 쐈죠."

"네가 놈에게 경고했던 것처럼 말이지. 신문에서 다들 그 말을 대서특필했더군. 내가 무기를 뽑으면 너는 죽은 목숨이다. 정말 그렇게 말했냐?"

"제가 프랭크 밀러에게 했던 유일한 말은, 아무래도 페이가 신문에서 얘기한 그 문장이겠죠."

"뭐, 그 깜찍한 여자가 네 대신 동네방네 떠들어준 게로구나."

"그 여자는 본 대로 얘기했을 뿐이에요."

"그걸로 족하지. 그 얘기가 히트해서 너는 하루아침에 스타 보안관이 됐고. 부담스럽지 않겠냐?"

"팔자죠." 칼은 으쓱대며 말했다.

그 모습에 아버지는 놀라지 않았다. 버질은 데킬라 잔을 들고 아들을 향해 건배하며 말했다. "하느님, 이 잘난 척 대마왕을 굽어살펴주소서."

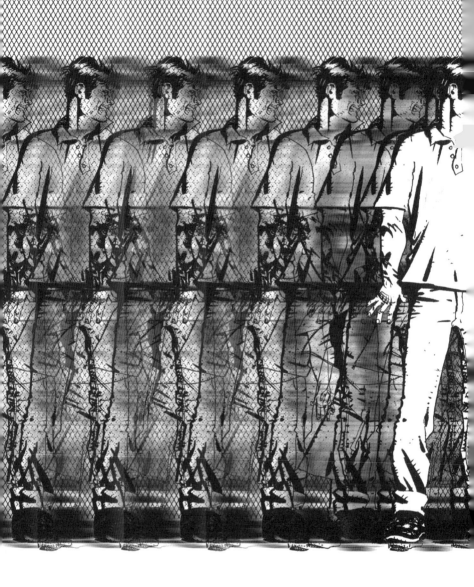

댄 손 　　　　　　　　　　　　　　　　**벌**

진의 아들 프랭키가 일어나 비명을 지른다. 일주일
에 두세 번 시도 때도 없이, 걸핏하면 그런다. 한밤중
에, 새벽 3시에, 오전 5시에. 지금 그 무의미한 새된
외침이 날카로운 이빨처럼 진을 잠에서 끊어낸다.
그것은 진이 상상할 수 있는 가장 무서운 소리, 어린
아이가 처참하게 죽어가는 소리다. 아이가 건물에
서 떨어진다거나, 기계에 한쪽 팔이 끼어 절단됐다
거나, 포악한 짐승에 물렸을 때 지를 것 같은 비명이
다. 수없이 들은 소리건만 들을 때마다 머릿속에 그런
장면이 떠오르고, 진은 늘 아이 방으로 허겁지겁 달려
간다. 프랭키는 눈을 감고 침대에 앉아서 크리스마스캐
럴을 부르듯 입을 둥그렇게 벌리고 있다. 단꿈에 빠져
있는 듯, 사진으로 찍는다면 누가 아이스크림 한 스푼

을 떠먹여주길 기다리고 있는 듯이 보일 것이다. 이 끔찍한 소리를 쏟아내고 있는 게 아니라.

"프랭키!"

진은 두 손으로 아이의 얼굴을 덥석 감싸며 외친다. 이 방법은 제법 잘 먹힌다. 그럼 항상 비명 소리는 뚝 멈추고, 프랭키는 잠에 취해 정신을 못 차리고 눈을 끔벅이며 진을 쳐다보다가 도로 베개에 머리를 묻고 조금 뒤척이다 이내 조용해진다. 아이는 푹 잠든다. 항상 푹 잔다. 수개월째 진은 허리를 숙여 아이의 가슴에 귀를 대고 아이가 숨은 잘 쉬고 있는지, 심장은 여전히 뛰고 있는지 확인해왔는데, 아이는 늘 멀쩡하다.

도무지 이유를 찾을 수가 없다. 아침에 아이는 아무것도 기억하지 못하고, 아주 가끔 아이가 비명을 지를 때 바로 깨워보기도 했지만 아이는 그냥 잠에 겨워 짜증을 냈을 뿐이다. 한번은 진의 아내 캐런이 아이가 비틀거리며 눈을 뜰 때까지 기어이 흔들어 깨웠다.

"아가?" 캐런은 물었다. "아가? 무서운 꿈이라도 꿨니?"

하지만 프랭키는 그저 살짝 낑낑거리며 어리둥절한 표정으로 "아니"라고 대답했고, 갑자기 깨서 기분이 나쁠 뿐 다른 이상은 없었다.

딱히 정해진 패턴도 없다. 주중 아무 때나, 밤중 아무 때나 그런다. 식생활과도, 낮 동안의 활동과도 전혀 관련이 없는 듯하고, 부모가 아는 한 어떤 심리적 불안에서 비롯된 것도 아니다. 낮 동안 아이는 완벽히 멀쩡하고 행복해 보인다.

몇 번 병원에도 데려갔지만 의사도 딱히 할 말이 없는 듯하다. 바네르지 박사는 아이가 신체적으로 건강하며 아무 이상이 없다고 말한다. 의사는 프랭키(다섯살이다) 또래 아이들한테 그런 일은 흔히 있을 수 있으며, 보통은 자연히 낫는다고 설명한다.

의사가 묻는다. "프랭키가 정서적으로 트라우마를 겪은 적은 없나요? 집에 있을 때 좀 이상한 면이 있다든가?"

"아뇨, 전혀." 부모는 입을 모아 중얼거리며 고개를 도리도리 흔들고, 바네르지 박사는 어깨를 으쓱한다. "어머님 아버님, 걱정하지 않으셔도 아마 괜찮을 겁니다." 의사는 엷은 미소를 띤다. "힘드시겠지만, 지나갈 때까지 기다리시는 수밖에 없어요."

하지만 의사는 프랭키의 비명 소리를 들어보지 않았다. 캐런이 '악몽'이라고 이름 붙인 그 일이 있은 다음 날 아침이면 진은 신경이 곤두선다. 진은 UPS에서 택배기사로 일하는데, 간밤에 그 비명을 듣고 나면 하루 종일 트럭을 몰고 이 동네 저 동네로 쏘다니는 동안 귓속에서 들릴락 말락 한 이명耳鳴이 집요하게 쫓아다닌다. 진은 트럭을 길가에 세우고 귀를 기울인다. 여름날 나뭇잎 그림자가 트럭 앞 유리창에 살랑살랑 흔들리고, 바로 옆 도로에서 차들이 속력을 올린다. 나무 우듬지에서는 매미가 압력솥에서 나는 소리처럼 자지러지게 울어댄다.

뭔가 불길한 것이 오랫동안 자신을 찾아다녔고, 이제야 마침내 올 것이 왔다는, 그런 생각이 든다.

저녁때 집에 돌아오니 평소와 다름없다. 진의 가족은 클리블랜드 근교의 오래된 단독주택에 산다. 저녁을 먹은 후 이따금 부부는 집 뒤에 딸린 조그만 텃밭에서 토마토, 호박, 강낭콩, 오이를 함께

가꾸고, 프랭키는 땅바닥에서 레고를 가지고 논다. 얼마 전에 보조
바퀴를 뗀 자전거에 올라탄 프랭키를 앞세우고 동네 한 바퀴 슬슬
산책하기도 한다. 소파에 모여 앉아 함께 만화를 보거나 보드게임
을 하거나 크레용으로 그림을 그리기도 한다. 프랭키가 잠들면 캐
런은 부엌 식탁 앞에 앉아 공부를 하고(캐런은 간호학교에 다니고
있다), 진은 현관 앞에 나와 앉아 시사주간지나 소설을 읽으며 담
배를 피운다. 서른다섯이 되면 담배를 끊기로 아내와 약속했다. 진
은 지금 서른넷이고, 캐런은 스물일곱이다. 요즘 들어 자신이 이런
삶을 누릴 자격이 없는 사람이라는 생각이 자주 머리를 스친다. 지
금까진 믿을 수 없을 만큼 운이 좋았다. 진이 제일 좋아하는 슈퍼
마켓 계산원이 항상 빌어주는 말처럼, 축복받은 것이다. 그녀는 진
이 돈을 내면 영수증을 건네면서 항상 "축복받은 하루 되세요"라
고 인사한다. 그러면 진은 그녀가 평범하고 온화한 지복을 자신에
게도 흩뿌려 나눠준 기분이다. 예전에 병원에서 나이 지긋한 간호
사가 그의 손을 잡고 당신을 위해 기도하고 있다고 말해줬을 때가
생각난다.

　정원 의자에 앉아 담배 연기를 들이마시며 진은 저도 모르게 그
간호사를 떠올린다. 자신을 굽어보며 머리칼을 쓸어주던 간호사의
손길이 생각난다. 그는 금단현상과 알코올진전섬망증으로 땀을 비
오듯 흘리며 구속복에 갇힌 채 간호사를 노려보고 있었다.

　그때 진은 완전히 딴사람이었다. 주정뱅이에 몹쓸 깡패였다. 열
아홉살에 자신이 임신시킨 여자애와 결혼했고, 그때부터 느리지만
착실하게 삶을 망가뜨리기 시작했다. 진이 아내와 아들을 버렸을
때, 네브래스카에 있었을 때, 그는 스물넷이었고 본인에게나 다른

사람들에게나 위험한 존재였다. 그 시절을 생각하면 지금도 여전히 죄책감을 느끼지만, 그는 자신이 그들 곁을 떠남으로써 호의를 베풀었다고 생각했다. 몇 년이 지나 제정신이 든 후에 진은 그들을 찾으려고까지 해보았다. 자신이 저지른 일을 인정하고, 아이 양육비를 대고, 용서를 구하고 싶었다. 하지만 어디에서도 찾을 수가 없었다. 맨디는 그들이 만나서 결혼했던 그 조그만 네브래스카 동네를 이미 떠났고, 옮긴 주소도 남기지 않았다. 그녀의 부모님은 돌아가셨다. 맨디가 어디 있는지 아는 사람은 아무도 없는 것 같았다.

캐런은 이런 사실을 전부 다는 모른다. 그가 술을 퍼마시며 안좋게 살았던 적이 있다는 것은 알지만 그의 과거에 별 관심을 두지 않는 것 같았다. 한 번 결혼한 전력이 있는 줄은 알아도 자세히는 몰랐다. 가령 아들이 하나 있었다는 것도, 어느 날 밤 짐도 싸지 않고 그냥 차를 몰고 떠나버렸다는 것도, 무릎 사이에 술병 하나만 꽂은 채 무작정 동쪽으로 달렸다는 것도 몰랐다. 자동차 사고에 대해서도, 거기서 그가 죽을 뻔했다는 것도 몰랐다. 진이 과거에 얼마나 나쁜 놈이었는지 몰랐다.

캐런은 착하고 상냥한 아가씨였다. 어쩌면 그가 좀 지나치게 보호하려 들었는지도 모르겠다. 사실대로 말하자면, 진은 자신의 과거에 캐런이 어떻게 반응할지 상상하기 창피했고 두렵기조차 했다. 캐런이 그 사실을 다 알았다면 자신을 진심으로 믿어주기나 했을지 의심스러웠고, 두 사람이 서로를 알아갈수록 진은 점점 더 솔직히 털어놓기가 꺼려졌다. 그는 자신이 과거로부터 완전히 벗어났다고 생각했고, 두 사람이 결혼하자마자 곧바로 아이가 들어섰고, 그걸로 처음부터 다시 시작할 기회라고, 훨씬 더 잘할 수 있는 기회라고 스스로에게 다짐했다. 두 사람은 함께 집을 샀고, 이제 가을이면 프랭키는 유치원에 들어간다. 한 바퀴 원을 그려, 맨디와 아들 DJ와 함께 살았던 이전 결혼생활이 끝난 정확히 그 지점으로 돌아온 것이다. 캐런이 안쪽 문을 열고 방충망을 사이에 두고 말을 건다.

"자기야, 이제 잘 시간이야."

캐런이 부드럽게 건네는 말에 진은 그녀를 올려다보며 그런 생각을, 그런 기억을 떨쳐낸다. 그는 미소 짓는다.

최근 들어 진은 묘한 기분에 사로잡힌다. 몇 달 동안 주기적으로 잠을 방해받다보니 프랭키가 비명을 지르는 날이면 다시 잠을 청하기가 어렵다. 캐런이 아침에 깨우면 진은 종종 숙취에 시달리듯 멍하게 늘어진 기분이 든다. 알람 소리도 듣지 못한다. 침대에서 굴러떨어지듯 일어날 때면 우울하고 변덕스러운 기분을 가라앉히는 데 힘이 든다. 속에서 꾸물꾸물 화딱지가 피어오르는 것이 느껴진다.

진은 이제 더이상 몹쓸 놈도 아니고, 그런 생활도 오래전에 접었다. 그럼에도 불구하고 걱정하지 않으려야 안 할 수가 없다. 사람들 말로는 몇 년 순조롭게 잘 지내다가도 두번째 갈망의 시기가 찾아온다고 한다. 예닐곱 해는 잘 넘어가다가 예고도 없이 어느 날 갑자기 돌아온다는 것이다. 진은 다시 알코올중독자 교정 모임에 나가볼까 생각중이다. 비록 한참 동안 나가지 않았지만, 캐런을 만난 이후로는 나가지 않았지만 말이다.

술집 앞을 지날 때마다 몸이 부들부들 떨린다거나 친구들과 나가서 음료와 무알콜맥주를 마시며 저녁을 보낼 때 참기 힘들다거나 하는 건 아니다. 그런 일은 없다. 문제는 밤중에, 잠들어 있을 때

생긴다.

　전처와의 사이에서 낳은 첫아들이 꿈속에 나타나기 시작한 것이다. DJ 말이다. 아마도 프랭키에 대한 걱정과 관련이 있겠지만, 며칠 밤 연속으로 다섯 살 무렵 DJ의 모습이 꿈에 보였다. 꿈에서 진은 술에 취해 있고, 지금 살고 있는 클리블랜드의 집 뒷마당에서 DJ와 숨바꼭질을 하고 논다. 마당에는 아름드리 버드나무가 있는데, DJ가 나무 뒤에서 뛰어나와 신나게, 겁도 없이, 프랭키처럼 잔디밭을 가로질러 달린다. DJ는 뒤돌아보며 웃어대고, 진은 비틀비틀 아이를 쫓아간다. 최소 맥주 여섯 캔은 들이켠 듯 기분 좋게 취한 애아버지다. 꿈에서 깨면 너무나 생생해서 여전히 술에 취한 기분이다. 제정신을 차리는 데 몇 분은 걸린다.

　그 꿈을 유난히 생생하게 꾼 어느 날 아침이었다. 프랭키가 일어나더니 기분이 이상하다며 투덜거린다. "여기가," 하고 아이는 제 이마를 가리킨다. 두통이 아니란다. "벌이 있는 것 같아! 벌이 붕붕거려!" 아이는 눈썹 언저리를 문지른다. "머릿속에서." 아이는 잠시 생각해보더니 이렇게 말한다. "벌이 집 안에 들어오면 밖으로 나가고 싶어서 유리창에 막 부딪는 거 알지?" 그 표현이 마음에 들었는지 프랭키는 손가락으로 가볍게 제 이마를 두드린다. "붕붕붕" 하고 시범을 보이며 흥얼거린다.

　"아프니?" 캐런이 묻는다.

　"아니, 간지러워." 프랭키가 대답한다.

　캐런은 걱정스러운 표정으로 진을 쳐다본다. 캐런은 아이를 소파에 눕히고 잠깐 눈을 감고 있으라고 한다. 몇 분 후 아이는 일어나더니 웃으면서 이제 괜찮아졌다고 말한다.

"아가, 정말 괜찮아?" 캐런은 머리칼을 뒤로 넘기고 아이의 이마에 손바닥을 대본다. "열은 없는데." 프랭키는 좀이 쑤셨는지 벌떡 일어나더니 의자 밑에 떨어진 장난감 차를 찾는 데 정신을 판다.

캐런은 자신이 공부하던 간호학 책 중 한 권을 갖고 나오고, 진은 캐런이 느릿느릿 책장을 넘기며 걱정스럽게 얼굴을 찌푸리는 모양을 바라본다. 캐런은 '제3장 신경학적 구조'를 찾아보고 있고, 진은 캐런이 이 대목 저 대목에서 잠깐씩 멈추며 증상을 죽 훑어보는 모양을 관찰한다.

"다시 바네르지 박사님 병원에 데려가야 할 것 같아."

진은 의사가 얘기했던 '정서적 트라우마'라는 말을 떠올리며 고개를 끄덕인다.

"벌이 무섭니?" 진은 프랭키에게 묻는다. "무서워서 그러는 거야?"

"아니, 그런 건 아니야." 프랭키가 말한다.

세 살 때 프랭키는 왼쪽 눈썹 바로 위를 벌에 쏘였다. 온 가족이 함께 하이킹을 갔는데, 그때는 아직 프랭키가 벌침에 '약간 알레르기가 있다'는 사실을 몰랐다. 벌에 쏘인 지 몇 분 만에 프랭키의 얼굴은 추하게 퉁퉁 부어올랐고 눈 주위가 부풀어 왼쪽 눈이 떠지지 않았다. 아이는 기형아처럼 보였다. 진은 인생을 통틀어 그때처럼 겁에 질린 적이 없었고, 프랭키의 머리를 품에 꼭 안고서 산길을 한달음에 내려가 차를 몰고 병원으로 달려갔다. 아이가 죽는 건 아닌지 무서웠다. 정작 프랭키 본인은 태연했는데.

진은 목청을 가다듬는다. 프랭키가 말하는 느낌이 뭔지 안다. 머릿속에서 깃털처럼 바르르 떨리는 묘한 진동을 그 자신도 느낀 적이 있다. 사실 지금 또 그 느낌이 든다. 진은 손가락 끝으로 자신의 이마를 누른다. 정서적 트라우마, 그는 혼자 속으로 중얼거린다. 하지만 그가 생각하고 있는 것은 프랭키가 아니라 DJ다.

"그럼 뭐가 무섭니?" 진은 잠시 사이를 두고 프랭키에게 묻는다. "뭐든 말해봐."

"제일 무서운 건," 프랭키는 짐짓 겁에 질린 표정으로 눈을 동그랗게 뜬다. "머리 없는 여자가, 숲속을 헤매며 찾는 거야. 내놔…… 내 머리…… 내놔……."

"세상에, 그런 얘기는 어디서 들었니?!" 캐런이 다그치자 프랭키가 대답한다.

"아빠가 얘기해줬는데. 캠핑할 때."

캐런이 그를 흘겨보기도 전에 진은 얼굴을 붉힌다. 캐런이 그를 비꼰다. "아, 잘하셨군그래. 아주 장해."

진은 캐런과 눈을 마주치지도 못한다. "그땐 그냥 귀신 얘기를 하던 중이었는걸." 진은 나직이 변명한다. "프랭키가 재밌어 할 줄 알았어."

"맙소사, 진, 애가 그런 악몽을 꾸는데? 생각이 있어 없어?"

좋지 않은 기억이 되살아난다. 평소라면 피할 수 있는데. 느닷없이 전처 맨디가 생각난다. 캐런의 얼굴에서, 진이 일을 망칠 때면 맨디가 짓곤 하던 표정이 보인다. "사람이 왜 그렇게 멍청해?" 맨디는 종종 그런 식으로 말했다. "당신 미쳤어?" 그 시절 진은 제대로 할 줄 아는 게 하나도 없는 것 같았고, 맨디가 그렇게 소리지르면 수치심과 함께 뭐라 표현할 수 없는 분노가 치밀어 속이 뒤틀렸다. 나도 노력하고 있어, 그는 속으로 말하곤 했다. 나도 노력하고 있다고, 젠장. 그러나 그가 뭘 어떻게 하든 상관없이 일은 제대로 돌아가지 않았다. 그런 느낌이 가슴속에 무겁게 얹힐 때가 많았고, 결국 사달이 나서 맨디에게 손을 대고 말았다. "왜 나한테 엿 같은 기분이 들게 하는 건데." 진은 이를 악물고 말했다. "난 바보천치가 아냐." 맨디가 노려보자 진은 그녀를 때렸고, 어찌나 세게 후려쳤던지 맨디는 의자에서 굴러떨어졌다.

그날 진은 DJ를 동네 축제에 데려갔었다. 토요일이었고, 술을 좀 마신 상태라 맨디가 싫어하긴 했지만, 어쨌든 그는 생각했다. 'DJ는 내 아들이기도 하고, 나도 내 아들과 놀아줄 권리가 있으며, 맨디가 아무리 자기가 더 우위에 있다고 생각해도 나는 맨디의 하인이 아니야.' 맨디는 그가 자괴감에 괴로워하는 모습을 즐기는 게 분명했다.

맨디가 미친듯이 화를 낸 건 진이 DJ를 다람쥐통에 태웠기 때문이었다. 나중에 생각해보니 그건 확실히 실수였다. 하지만 DJ 본인이 타고 싶다고 졸랐다. DJ는 네살이 된 지 얼마 안 됐고, 진은 이제 막 스물세살이 된 참이었는데 왠지 늙은이가 다 된 기분이었다. 재미를 좀 느껴보고 싶었다.

게다가 네살짜리 아이를 다람쥐통에 태우면 안 된다고 말리는 사람도 없었다. 진이 DJ를 데리고 들어가자 매표원은 씩 웃어 보이기까지 했다. 마치, 거 젊은 양반이 아이한테 좋은 경험 시켜주네, 라고 말하듯. 진은 DJ에게 윙크를 날리며 히죽 웃고는 페퍼민트 슈냅스*를 홀짝 들이켰다. 아버지 노릇 제대로 하고 있는 기분이었다.

자기도 어렸을 때 아버지가 축제에 데려가서 놀이기구를 태워줬으면 좋았을 텐데 싶었다.

다람쥐통의 문이 커다란 은색 비행접시의 입구처럼 열렸다. 디스코 음악이 입구에서부터 요란하게 울렸고, 통 안에 들어가자 더욱 쾅쾅 울려댔다. 둥근 통의 안쪽 벽에는 부드러운 패드가 덧대여 있었다. 직원이 진과 DJ에게 벽에 등을 대고 서라고 하고는 차례로 안전벨트를 매주었다. 진은 슈냅스 탓에 후끈한 느낌이 들었고 대범해졌다. 그는 DJ의 손을 잡고서, 자식 사랑으로 가슴이 벅차올랐다. "준비 단단히 해, 꼬마야." 진은 속삭였다. "이거 마구 요동칠 거야."

다람쥐통의 문이 닫히고 쉭 하는 압력음과 함께 밀폐됐다. 그리고 서서히, 두 사람이 매여 있는 벽이 돌기 시작했다. 빙빙 돌면서 속도가 붙기 시작하자 진은 아들의 손을 꽉 잡았다. 금세 가속도가 붙으며 벽의 패드가 미끄러져 올라가 두 사람을 밀어붙였다. 둘은 자석에 붙은 철못처럼 빙빙 돌아가는 벽에 달라붙은 꼴이 됐다. 뺨과 입술도 뒤로 밀리는 것 같았고, 그 어찌할 수 없는 무력감에 진은 웃어버렸다.

그때 DJ가 소리를 지르기 시작했다. "안 돼! 싫어! 그만! 멈춰요!" 끔찍하고 새된 비명이었다. 진은 아이의 손을 힘주어 잡았다. "괜찮아." 진은 쿵쿵 울리는 음악 때문에 소리 높여 쾌활하게 외쳤다. "괜찮아! 아빠가 여기 있잖니!" 하지만 그에 답하는 아이의 울음소리는 더욱 커질 뿐이었다. 아이의 비명은 채찍처럼 진을 휘감고 공중제비를 돌면서 놀이기구 주위를 맴돌았고 무슨 망령처럼 메아리가

---

* 과일향이나 허브향을 섞은 도수 높은 증류주의 일종.

되어 나부꼈다. 마침내 놀이기구가 멈추자 DJ는 속에 든 것을 다 게워내며 꺽꺽 울었다. 계기판을 다루던 사내는 그들을 노려보았다. 남의 사정도 모르면서 싸늘한 눈으로 쳐다보는 다른 승객들의 시선도 느껴졌다.

비참했다. 방금 전까지만 해도 무척이나 즐거웠는데, 비로소 부자간에 추억거리를 만들었다고 생각했는데, 억장이 무너지는 기분이었다. 다람쥐통을 빠져나와 통로를 걸어가면서도, 솜사탕이며 봉제인형을 사주겠다고 열심히 달래도, DJ는 엉엉 울기만 했다. "집에 가고 싶어." DJ는 울면서 소리쳤다. "엄마한테 갈래! 엄마한테 갈래!" 그 말에 진은 상처 입었다. 그는 이를 부드득 갈았다.

"좋아!" 진은 윽박지르듯 말했다. "집에, 느이 엄마한테 가자, 요 울보야. 내 앞으로 다신 널 어디 데려가나봐라." 진은 DJ를 붙잡고 살짝 흔들었다. "젠장, 왜 그러는 거야? 봐, 사람들이 널 보고 웃잖아. 응? 저 커다란 애 좀 보래요, 여자애처럼 앵앵 운대요, 하잖아."

뜬금없이 그때 생각이 났다. 까맣게 잊고 있었는데, 이제는 툭하면 그날의 기억이 떠오른다. 그 비명은 프랭키가 한밤중에 지르는 악다구니와 별다르지 않았고, 번번이 아무런 예고도 없이 갑작스레 머릿속 세포막을 뚫고 들어왔다. 다음 날, 진은 저도 모르게 그때 기억을 곱씹고 있는 자신을 발견하고, 그의 마음을 육중하게 짓누르는 비명의 잔상에 결국 UPS 트럭을 길가에 세우고 만다. 그는 두 손에 얼굴을 묻는다. 끔찍해! 지독하군! 아이한테 난 분명 무슨 괴물처럼 보였을 거야.

운전석에 앉아서 진은 맨디와 DJ에게 연락할 방도를 알았으면

하고 바란다. 정말 미안하다고 얘기할 수 있다면, 돈을 좀 부쳐줄 수 있다면 좋겠다고 생각한다. 진은 손끝으로 관자놀이를 누른다. 옆 도로에서는 차들이 트럭을 지나쳐 달리고, 트럭을 세워둔 길 앞 집 창문에서는 한 노인이 커튼을 걷고 빠끔 내다본다. 혹시 자기 집에 오는 택배인가 싶어서.

어디에 살고 있을까? 진은 궁금하다. 사는 동네, 사는 집을 상상 해보려 하지만 통 그림이 그려지지 않는다. 맨디라면 분명 지구 끝 까지라도 그를 쫓아와 아이 양육비를 내놓으라고 요구했을 법한 데. 자신을 기둥서방 취급하면서 실컷 못살게 굴었을 텐데. 변호사 라도 고용해 자신의 월급을 차압했을 텐데.

그제야, 길가에 세운 차 안에 앉은 채, 문득 전처와 아이가 죽었 을지도 모른다는 생각이 든다. 아이오와에서, 디모인을 벗어나자 마자 자동차 사고가 일어났고, 자신이 그때 죽었더라도 맨디는 몰 랐을 것이다. 병원에서 정신이 들었을 때 나이 지긋한 간호사가 그 에게 이렇게 말했다. "청년은 아주 운이 좋았어. 하마터면 죽을 뻔 했어."

아마 죽었을 거야, 진은 생각한다. 맨디와 DJ가 죽었다. 빗나간 화살처럼 그 생각이 그의 머리를 때린다. 당연히 그럴 수도 있겠다. 맨디가 그동안 한 번도 그에게 연락하지 않았던 이유일 수 있다. 당 연하다.

이 불길한 예감에 어찌할 바를 모르겠다. 참 황당한 추측이고 자 기위안이며 피해망상이긴 하지만, 요즘처럼 프랭키가 걱정되는 때 에는 특히 걷잡을 수 없이 불안감에 휩싸이게 된다. 진이 퇴근하고 집에 돌아오자 캐런이 그를 찬찬히 살펴본다.

"뭐 안 좋은 일이라도 있어?"

캐런의 말에 진은 어깨를 으쓱한다. 캐런이 말을 잇는다.

"얼굴이 창백해."

"아무것도 아니야."

그래도 캐런은 계속 그의 얼굴을 의심스럽게 살피다가 고개를 절레절레 젓는다.

캐런은 잠시 뜸을 들이다가 입을 연다. "오늘 프랭키를 데리고 병원에 갔다 왔는데," 두 사람은 캐런의 교과서와 공책이 정신없이 펼쳐진 식탁 앞에 같이 앉는다. "당신 내가 너무 예민한 엄마라고 생각하지. 요즘 질병에 관해 공부하다보니 신경과민이 된 것 같아 고민이야."

진은 고개를 흔든다. "아냐, 아냐." 입안이 바싹 말랐다. "당신이 옳아. 나중에 후회하느니 미리미리 대비하는 게 낫지."

"음." 캐런은 생각에 잠기며 말한다. "바네르지 선생님이 나를 싫어하는 것 같아."

"설마. 당신을 싫어하는 사람이 있을 리가 없잖아." 진은 억지로 부드럽게 웃어 보인다. 좋은 남편답게 진은 아내의 손바닥과 손목에 키스한다. "너무 걱정하지 마."

본인도 신경이 곤두선 판에 진은 이렇게 아내를 위로한다. 뒷마당에서 프랭키가 누군가한테 명령을 내리듯 외치는 소리가 들린다.

"쟤가 누구랑 얘기하는 거지?" 진의 말에 캐런은 고개도 들지 않고 대꾸한다. "아, 부바겠지." 부바는 프랭키의 상상 속 친구다.

진은 고개를 끄덕인다. 창가로 가서 밖을 내다본다. 프랭키는 엄지와 검지로 총 모양을 만들고 뭔가를 쏘는 시늉을 하며 소리친다.

"그 녀석 잡아! 잡으라고!" 진은 프랭키가 나무 뒤에 얼른 숨는 모습을 물끄러미 바라본다. 프랭키와 DJ는 전혀 닮지 않았지만, 프랭키가 늘어진 버드나무 가지 뒤에서 고개를 쑥 내민 순간 진은 살짝 동요하며 몸서리를 친다. 그는 이를 악문다.

캐런이 말한다. "이번 수업은 진짜 미치겠어. 경과가 최악인 사례를 읽을 때마다 걱정이 돼. 이상해. 알면 알수록 확신할 수 있는 게 없어."

"이번에 의사는 뭐래?" 진은 여전히 눈으로는 프랭키를 좇으며 거북한 듯 자세를 바꾼다. 검은 먼지 같은 것이 마당 한쪽에서 원을 그리며 휙휙 움직이는 것 같다. "괜찮은 것 같대?"

캐런은 어깨를 으쓱한다. "자기 생각에는 멀쩡하대." 캐런은 교과서를 내려다보더니 고개를 젓는다. "건강해 보이잖아."

진이 캐런의 뒷목에 가볍게 손을 얹자, 캐런은 진의 손가락에 기대어 고개를 맥없이 앞뒤로 흔든다. "내 인생에 진짜 나쁜 일이 일어날 수 있다고는 한 번도 생각해본 적 없는데." 결혼 초기에 캐런이 이런 말을 했을 때 진은 덜컥 겁이 났다. "쉿. 말이 씨가 될라." 진은 조그맣게 소곤거렸고, 캐런은 깔깔 웃으며 말했다. "미신을 믿다니. 그게 당신의 귀여운 점이지."

잠이 오지 않는다. 맨디와 DJ가 이 세상 사람이 아니라는 묘한 예감이 이상하게 마음에 걸린다. 진은 이불 속에서 발을 맞비비면서 애써 편안한 자세를 찾는다. 캐런이 학교에 낼 리포트를 작성하는지 낡은 전기 타이프라이터가 단어를 쏟아내는 소음이 나직이 탁탁거린다. 무슨 곤충의 언어가 연상된다. 이윽고 캐런이 침대로 들어오자 진은 눈을 감고 자는 척하지만, 작은 사진들이 탁탁거리며 머릿속을 바삐 스친다. 전처와 아들의 사진, 가진 적도 없고 간직하지도 않은 사진들이 머릿속에서 명멸한다. 그들은 죽었어, 머릿속에서 단호한 목소리가 잘라 말한다. 불구덩이 속에 있었지. 불에 타 죽었어. 그런데 그 목소리는 진 본인의 것이 아니다. 문득 진의 머릿속에 집이 불타는 광경이 그려진다. 작은 동네 외곽의 트레일러인데, 열린 문밖으로 검은 연기가 뭉게뭉게 새어나온다. 플라스틱 창틀이 휘어져 녹아내리고, 연기가 트레일러에서 하늘로 굽이치며 피어오르는데, 그 모양이 마치 낡은 증기기관차 같다. 집 안은 보이지 않고 검붉은 주황색 불꽃만 넘실대지만 그래도 전처와 아들이 그 안에 있다는 것을 진은 안다. 순간 DJ의 얼굴이 눈앞을 스친다. DJ는 불타는 트레일러 안에서 침착하게 창밖을 내다보며 꼭 노래하듯 입을 부자연스럽게 벌리고 있다.

진은 눈을 뜬다. 숨소리가 규칙적인 것으로 보아 캐런은 깊이 잠들어 있다. 진은 살그머니 침대에서 빠져나와 잠옷 차림으로 발소리가 나지 않게 집 안을 왔다 갔다 한다. 죽었을 리가 없어, 혼잣말로 애써 마음을 추스르며 냉장고에서 우유를 꺼내 통째로 입에 대고 벌컥벌컥 마신다. 예전에 술을 완전히 끊었을 때 쓰던 방법인데, 우유의 진한 맛이 알코올을 향한 갈증을 다소나마 진정시켜주곤 했다. 하지만 지금은 이것도 도움이 되지 않는다. 꿈과 환시 탓에 미치도록 두렵다. 진은 아프간 숄을 어깨에 두르고 소파에 앉아 TV 속 과학 프로그램을 물끄러미 응시한다. TV에서는 한 여성 과학자가 미라를 조사하고 있다. 어린이 미라다. 머리카락이 별로 없어서 두개골이 거의 드러났다. 케케묵은 피부조직은 눈구멍 위로 팽팽하게 당

겨져 있고, 입술도 뒤로 당겨져 자잘하게 듬성듬성 박힌 설치류 같
은 치아가 드러나 있다. 그것을 보고 있자니 어쩔 수 없이 DJ가 생각
난다. 진은 예전처럼 어깨 너머로 힐긋 뒤를 쳐다본다.

맨디와 같이 살던 마지막 해에, 가끔씩 DJ가 진을 정말 오싹하
게 만들 때가 있었다. 진짜 섬뜩했다. DJ는 유난히 말라빠진 아이
였고, 아기 새 같은 머리통에 발은 길쭉하고 앙상했으며 발가락은
뭐라도 움켜쥐려는 듯 묘하게 길어 보였다. 아이가 맨발로 이 방 저
방을 살금살금 쏘다니다가 슬그머니 다가와 빤히 쳐다보던 짓이 생
각난다. 진은 아이가 늘 자신을 지켜보고 있다는 생각이 들었다.

몇 년 동안 거의 성공적으로 묻어두었던 기억, 증오하고 불신하
는 기억이다. 당시에 진은 술에 절어 살았고, 알코올이 자신의 지각
력을 괴상하게 왜곡시켰음을 이제는 안다. 하지만 알코올을 완전
히 몰아낸 지금, 옛 감정이 한 모금 연기처럼 그를 헤집는다. 당시엔
DJ가 아빠를 싫어하도록 맨디가 조종하고 있는 것만 같았다. DJ가
진의 진짜 아들이 아닌 다른 사람으로 물리적으로 변형되고 있다
는 느낌까지 들었다. 진이 소파에 앉아 TV를 볼 때면 가끔씩 선득
한 기분이 들곤 했던 게 기억난다. 고개를 돌리면 거실 저쪽 끝에
서 DJ가 뼈만 앙상한 등을 구부린 채 긴 목을 빼고 유달리 퀭한 두
눈으로 물끄러미 그를 바라보고 있었다. 또 어떤 때는, 진과 맨디가
말다툼을 하고 있으면 갑자기 DJ가 방 안으로 슬며시 들어와 한참
중요한 얘기를 하고 있는데 맨디한테 파고들어 가슴에 머리를 묻고
는 혀짤배기 소리로 "목말라"라고 했다. "엄마, 목, 목말라." 그리고
DJ의 시선은 면밀히 계산된 증오와 냉기를 가득 담은 채 한동안 진

에게 고정되어 있었다.

　물론, 그것이 실제가 아니었음을 이제는 안다. 알고 있다. 자신은 주정뱅이였고 DJ는 그저 가혹한 상황에서 어떻게든 살아보려고 발버둥치는 서럽고 겁먹은 어린애였을 뿐이다. 나중에 알코올중독을 치료하면서, 진은 아들에 대한 그런 기억들이 부끄러워 진저리를 쳤고, 교정 모임에서 허심탄회하게 속마음을 털어놓을 때조차 그 부분은 입 밖에 꺼낼 수가 없었다. 자기 자식한테 혐오감이 들고, 자식이 진짜로 무서웠다고 어떻게 말할 수 있겠는가. 맙소사, DJ는 불쌍하고 가여운 다섯살짜리 어린애였다! 하지만 진의 기억 속에서 아이는 어딘가 사악한 구석이 있었다. 심통 부리듯 제 엄마 품에 머리를 묻고, 혀 짧은 말투로 노래하듯 웅얼거리며, 엷은 미소를 띤 채 눈도 깜빡 안 하고 자신을 노려보던 아이. 진은 DJ의 뒷덜미를 움켜쥐고 이렇게 말했던 것으로 기억한다.

　"말을 하려거든 똑바로 해." 아이 목을 거머쥔 손가락에 힘을 주며 잇새로 속삭였다. "넌 아기가 아냐. 이게 누굴 바보로 아나."

　그러자 DJ는 이를 드러내며 힘없이 낑낑거렸다.

　잠에서 깼는데 숨을 쉴 수가 없다. 누군가 빤히 쳐다보는데 현기증이 일면서 숨이 막히는 기분이 든다. 나를 증오하는 무언가가 물끄러미 바라보고 있다. 진은 헐떡이며 공기를 찾는다. 어떤 여자가 그를 굽어보고 있다. 순간 그는 여자가 이렇게 말할 거라고 생각한다. 청년은 아주 운이 좋았어. 하마터면 죽을 뻔했어.

　하지만 캐런이었다. "무슨 일이야?" 캐런이 묻는다. 아침이다. 진은 필사적으로 정신을 추스른다. 여기는 거실 바닥이고, TV는 여전히 화면이 켜져 있다.

"젠장." 진은 잔기침을 내뱉는다. "아, 젠장." 땀이 나고 얼굴이 뜨겁다. 하지만 캐런의 겁에 질린 표정을 보고는 최대한 평온을 되찾으려 애쓴다. "악몽을 꿨어." 진은 헐떡이는 숨을 가까스로 진정시키며 말한다. "젠장." 진은 머리를 흔들며 캐런을 안심시키기 위해 억지로 웃는다. "밤중에 깼는데 잠이 안 와서. TV를 보다가 깜박 잠들었나봐."

하지만 캐런은 마치 변신중인 진을 보고 있기라도 하듯 겁에 질린 기이한 표정으로 그를 빤히 쳐다볼 뿐이다. "진, 당신 괜찮아?" 캐런이 묻는다.

"물론이지." 진은 목쉰 소리로 대답하지만, 저도 모르게 몸서리가 쳐지는 것은 어쩔 수가 없다. "정말 괜찮아." 그제야 진은 자신이 벌거벗고 있음을 깨닫는다. 일어나 앉아 사타구니를 의식적으로 가리며 주위를 힐긋 돌아본다. 팬티도 잠옷 바지도 보이지 않는다. 소파에 앉아 미라가 나오는 TV 프로그램을 보면서 덮고 있었던 아프간 숄도 어디로 갔는지 안 보인다. 엉거주춤 일어서는데, 프랭키가 부엌과 거실 사이의 아치문 아래 서서 권총집에서 권총을 꺼내려는 카우보이처럼 양팔을 옆으로 하고 그를 쳐다본다.

"엄마?" 프랭키가 말한다. "나 목말라."

진은 멍한 상태로 배달을 나간다. 벌 때문이야, 라고 그는 생각한다. 며칠 전 아침에 프랭키가 머릿속에 있는 벌에 관해 했던 얘기, 창유리를 들이받듯 이마 안쪽에서 벌이 붕붕거리며 부딪는다던 얘기가 떠오른다. 잘 기억도 나지 않는 온갖 것들이 빙빙 돌기도 하고 내려앉기도 하면서 끈질기게 그 셀로판 날개를 파닥거린다. 손바닥으로 맨디의 뺨을 때리는 자신의 모습, 의자 밖으로 나둥그라지는 맨디, DJ의 가느다란 목과 그 다섯살짜리의 뒷덜미를 움켜쥐고 아이가 찡그리며 울거나 말거나 흔들어대던 제 모습이 보인다. 열심히 기억을 되살려보면 분명 그보다 더한 일들도 있었을 것이다. 캐런이 절대 알지 못하기를 빌어 마지않는 온갖 일들이.

그들 곁을 떠나던 날, 진은 고주망태가 되도록 술을 마셨다. 어찌나 퍼마셨던지 기억도 희미하다. 결국 차가 길을 벗어나 완전히 전복되긴 했지만, 그 상태로 고속도로를 타고 용케도 디모인까지 갔다는 게 믿어지지 않았다. 차체가 우그러드는데도 그는 껄껄 웃고 있었던 것 같다. 머릿속에서 붕붕거리는 소리가 점차 심해지자 겁이 나서 진은 트럭을 길가에 세우고 만다. 그가 소란을 피우며 집을 나갈 때 소파에 앉아 있던 맨디 모습이 생각난다. 맨디는 DJ를 품에 안고 있었는데, 아이는 한쪽 눈두덩이 부풀어올라 눈을 못 떴다. 부엌에 있던 자신의 모습도 보인다. 유리 깨지는 소리를 즐기며 유리컵이며 맥주병을 닥치는 대로 바닥에 집어던졌다.

그들이 죽었든 살았든, 그들은 자신이 잘되기를 바라지 않는다. 자신이 사랑스러운 처자식과 행복하게 잘 살기를 원치 않을 것이다. 무난하고 분에 넘치는 이 삶을.

저녁에 집에 돌아오니 녹초가 된다. 더는 아무 생각도 하기 싫다. 잠시 집행유예를 선고받은 기분이다. 프랭키는 뒷마당에서 한가롭게 놀고 있다. 캐런은 부엌에서 옥수수와 햄버거를 요리하고 있고, 모든 것이 순조로워 보인다. 그러나 진이 앉아서 부츠를 벗으려 하자 캐런이 인상을 쓴다.

"부엌에서는 그러지 마." 캐런이 차갑게 말한다. "제발 좀. 전에도 얘기했잖아."

진은 자기 발을 내려다본다. 한쪽 신발 끈이 풀린 채 반쯤 벗겨져 있다. "아, 미안해."

그가 거실 안락의자로 물러나는데 캐런이 쫓아 들어온다. 캐런은 팔짱을 낀 채 문간에 기대서서, 피로한 발을 부츠에서 해방시키고 양말 바닥을 문지르고 있는 진을 바라본다. 캐런은 얼굴을 잔뜩 찌푸리고 있다.

"왜?" 진은 어정쩡한 미소를 억지로 지으며 묻는다.

캐런은 한숨을 내쉰다. "어젯밤 일에 대해서 얘기 좀 해." 캐런이 입을 연다. "무슨 일인지 알아야겠어."

"아무 일도 아냐"라고 말하는데, 자신을 심문하는 듯한 아내의 험악한 기세에 다시 불안감이 몰려든다. "잠이 안 와서 거실에 나가 TV를 봤어. 그게 다야."

캐런은 그를 빤히 쳐다보다가 잠시 후 말문을 연다. "진, 자기 집 거실 바닥에서 벌거숭이인 채로 일어나는데 어찌된 영문인지 모른다는 게 흔한 일은 아니잖아. 좀 이상하다고, 안 그래?"

아아, 제발 좀, 하고 진은 생각한다. 그는 양손을 들며 어깨를 으쓱한다. 속으로는 덜덜 떨면서도 순진한 척 과장된 몸짓을 해 보인다.

"그렇겠지. 나도 이상했다니까. 악몽을 꾸고 있었어. 정말 어떻게 된 일인지 나도 몰라."

캐런은 우울한 눈빛으로 그를 한동안 응시한다. "알았어." 그녀의 말에서 실망과 좌절이 방사능처럼 뿜어져 나오는 것이 느껴진다. "진," 캐런이 말한다. "내가 당신에게 부탁하는 건 오로지 솔직하게 말해달라는 것뿐이야. 만약 당신한테 무슨 문제가 있다면, 다시 술을 마신다거나, 술 생각이 난다면, 나도 돕고 싶어. 우리 둘이 같이 해결해나갈 수 있어. 그러자면 당신은 내게 솔직해야 해."

"나 술 안 마셔." 진은 단호히 말한다. 그는 아내의 눈을 똑바로 들여다보며 진지하게 말한다. "마시고 싶다는 생각도 안 해. 연애할 때 말했잖아, 나 술 완전히 끊었다고. 정말이야." 그런데 또다시, 거실 구석에 숨어 몰래 움직이며 자신을 주시하고 있는 그 적대적인 존재가 느껴진다. "이해가 안 되네. 왜 그래? 왜 내가 당신한테 거짓말을 하고 있다고 생각하게 된 거야?" 진이 묻는다.

캐런은 자세를 바꾸고 계속 그의 얼굴을 들여다보며 뭔가 열심히 캐내려 한다. 의심이 가시지 않는 게 분명하다. "들어봐." 마침내 캐런이 입을 여는데, 울음을 애써 참고 있는 기색이 역력하다. "오늘 어떤 남자가 전화해서 당신을 찾았어. 술 취한 남자였어. 어젯밤에 데이트 즐거웠다면서, 곧 다시 만나길 기대한다고 당신한테 전해달라더라." 이 빌어먹을 마지막 문장에 담긴 정보가 진이 거짓말쟁이임을 여실히 증명해준다는 듯, 캐런은 미간을 잔뜩 찌푸린 채 그를 응시한다. 한줄기 눈물이 그녀의 눈가에서 흘러나와 콧날을 따라 미끄러져내린다. 진은 심장이 졸아드는 느낌이다.

"미쳤어, 말도 안 돼." 진은 분노에 찬 목소리를 내려 하지만, 실제로는 혼이 나갈 정도로 더럭 겁에 질렸다. "누구였는데?"

캐런은 서글프게 머리를 가로젓는다. "몰라. B로 시작하는 이름이었는데, 하도 발음이 뭉개져서 알아들을 수가 없었어. BB라나 BJ라나……."

모골이 송연해지는 기분이다. "DJ?" 진은 나직이 묻는다.

캐런은 이제 눈물범벅이 된 얼굴을 들며 어깨를 으쓱한다. "나도 몰라!" 쉰 목소리로 말한다. "모르겠어. 아마 그런가보지."

진은 캐런의 얼굴을 두 손으로 감싼다. 이마 속에서 묘하게 붕붕거리며 간질이는 이 느낌을 이제는 뚜렷이 안다.

"DJ가 누구야?" 캐런이 묻는다. "진, 어떻게 된 건지 말해줘."

하지만 진은 말할 수가 없다. 몇 년이 지난 지금도 캐런에게 털어놓을 수가 없다. 아니 특히나 지금은, 두 사람이 만난 이후로 줄곧 자신이 그녀에게 거짓말해왔음을 인정한다면 그녀가 며칠 동안(아니면 몇 주 동안?) 키워왔던 온갖 공포와 의혹을 죄 확인해주는 꼴이 된다.

"예전에 알던 사람이야." 진은 캐런에게 얘기한다. "좋은 사람은 아니지. 이를테면…… 전화를 걸어서 불안해하는 당신 반응을 보며 낄낄거리는 그런 놈이야."

두 사람은 식탁에 앉아서, 햄버거와 옥수수를 먹는 프랭키를 말없이 바라본다. 진은 좀처럼 갈피를 잡을 수가 없다. 햄버거에 손을 대지만 집어들지는 않은 채 생각한다. DJ. 지금쯤이면 열다섯살이 됐을 것이다. DJ가 우리 가족을 찾아낸 것일까? 그리고 스토킹했을까? 집 안을 지켜보면서? 진은 프랭키의 비명을 유발한 것이 DJ라면 그게 어떻게 가능했을지 설명해보려 애쓴다. 또 어젯밤 일이 DJ의 소행이라면 어떻게 한 걸까. 소파에 앉아서 TV를 보고 있는 동안 몰래 다가와 약을 먹이거나 뭐 그렇게? 설마, 턱도 없는 소리다.

"술 취한 사람이 아무 데나 전화를 건 것일 수도 있어." 마침내 진은 캐런에게 이렇게 말한다. "우연히 그 전화가 우리 집으로 온 거지. 그 사람이 내 이름을 정확히 말했어? 그건 아니잖아?"

"기억 안 나." 캐런이 조용히 대답한다. "진……."

진은 캐런의 표정에서 묻어나는 노골적인 불신과 의심을 참을 수가 없다. 그는 주먹으로 식탁을 세게 내리친다. 튀어오른 접시가 빙빙 돌며 덜그럭거린다. "어젯밤에 아무 데도 안 갔어! 아무하고도!" 진은 소리친다. "난 취하지 않았어! 내 말을 곧이곧대로 믿든지, 아니면……."

아내와 아이는 그를 빤히 쳐다본다. 프랭키의 눈이 휘둥그레졌고, 한입 베어 물려던 옥수수를 이젠 먹기 싫다는 듯 도로 내려놓는다. 캐런의 입가가 일그러진다.

"아니면 뭐?" 캐런이 묻는다.

"아무것도 아냐." 진은 나직이 토해낸다.

싸운 것은 아니지만 온 집 안에 냉기가 싸하고 정적이 흐른다. 캐런은 진이 사실대로 말하지 않고 있다는 것을 안다. 그 밖에 또 뭔가 숨기고 있다는 것을 안다. 하지만 어쩌겠는가? 진은 캐런이 아이를 씻기고 재우는 동안 싱크대 앞에서 조용히 설거지를 한다. 저녁 무렵의 자잘한 집 안 소음에 귀기울이며 기다린다. 바깥마당에는 그네와 버드나무가 있다. 차고 위에 달린 방범등에 반사되어 은회색으로 음산해 보인다. 꿈에서처럼 DJ가 살금살금 몰래, 유난히 커다란 머리통 때문에 팽팽하게 당겨진 피부와 앙상하게 여윈 등을 잔뜩 웅크리고, 나무 뒤에서 나타나길 반쯤 기대하며 그는 좀더 시간을 들여 마당을 지켜본다. 누군가가 자신을 주시하고 있는 듯

숨이 막히고 답답해진다. 접시를 수돗물에 헹구는 손이 부들부들 떨린다.

이윽고 위층 침실로 올라가니, 캐런은 이미 잠옷으로 갈아입고 침대에서 책을 읽고 있다.

"캐런." 진이 말을 걸자 캐런은 일부러 책장을 획 넘긴다.

"당신이 사실대로 말해줄 생각이 들기 전까지는 당신하고 얘기하고 싶지 않아." 캐런은 진을 쳐다보지도 않는다. "당신은 소파에서 자는 게 좋겠어."

"한 가지만 말해줘." 진이 묻는다. "그 남자가 자기 번호를 남겼어? 전화해달라고?"

"아니." 캐런은 고개도 들지 않고 말한다. "조만간 다시 보게 될 거라고만 하던데."

밤을 새울 작정이다. 세수도 안 하고 이도 안 닦고 잠옷으로 갈아입지도 않는다. 회사 유니폼을 입은 채로 양말도 벗지 않고 소파에 앉아 볼륨을 최소로 줄인 TV를 쳐다보며, 귀기울인다. 자정이 지나고, 새벽 1시가 지난다.

위층으로 올라가 프랭키를 살핀다. 아무 일도 없다. 프랭키는 이불을 차내고 입을 벌린 채 잠들어 있다. 진은 문간에 서서 뭔가 이상한 게 있나 신경을 바짝 곤두세우지만, 모든 게 다 제자리에 있다. 아이의 애완용 거북은 바위 위에 꼼짝도 않고 앉아 있고, 책은 일렬로 나란히 꽂혀 있고, 장난감은 잘 정돈되어 있다. 프랭키는 꿈을 꾸는지 얼굴을 찡그렸다 폈다 한다.

새벽 2시. 다시 소파에 앉아 반쯤 졸다가 멀리서 구급차 지나가는 소리에 소스라쳐 깬다. 귀뚜라미와 매미 우는 소리밖에 들리지 않는다. 정신이 들자 무거운 눈꺼풀을 깜박이며 〈그녀는 요술쟁이〉 재방송을 보다가, 채널을 이리저리 돌린다. 홈쇼핑 채널에서 보석류를 판다. 다른 채널에서는 부검을 실시하고 있다.

꿈에서 본 DJ는 좀더 나이가 들었다. 열아홉 아니면 스무살 정도로 보인다. 진이 어느 바에서 등받이 없는 의자에 웅크리고 앉아 맥주를 홀짝이는데 DJ가 들어온다. 진은 아이를 곧장 알아본다. 그 특유의 몸짓, 앙상한 어깨, 퀭하니 커다란 눈. 그러나 이제 DJ의 팔은 길고 근육질이며 문신까지 새겼다. 눈을 반쯤 내리깔고 못마땅한 표정으로 어슬렁어슬렁 들어오더니 진의 옆자리에 밀고 들어와 앉는다. DJ는 짐빔 한 잔을 주문한다. 진이 좋아하던 술이다.

"당신에 대해 참 많이 생각해봤지. 죽은 후로."

DJ가 웅얼거린다. 말을 하면서 진을 쳐다보지는 않지만, 진은 DJ가 누구에게 말하는지 알고 있다. 맥주잔을 들어 한 모금 마시는데 손이 부들부들 떨린다.

"오랫동안 당신을 찾고 있었어."

DJ는 나직이 말한다. 공기는 뜨겁고 농밀하다. 진은 떨리는 손으로 담배를 입으로 가져가 한숨 빨아들이다 연기에 목이 멘다. 진은 얘기하고 싶다. 미안하다고. 용서해달라고. 하지만 숨을 쉴 수가 없다. DJ는 작고 삐뚤삐뚤한 이를 드러내 보이며 힘들게 숨을 들이마시는 진을 빤히 쳐다본다.

"어떻게 하면 당신을 망가뜨릴 수 있는지, 나는 알지." DJ가 속삭인다.

진은 눈을 뜬다. 온 집 안에 연기가 가득하다. 일어나 앉지만 어디가 어딘지 분간이 안 된다. 여전히 DJ와 같이 바에 있는 줄 알았다가, 이내 자신이 자기 집에 있음을 깨닫는다.

어디선가 불이 타고 있다. 소리가 난다. 사람들은 불이 탈 때 '탁탁' 소리가 난다고 말하지만 실은 수천수만 마리의 아주 작은 생물들이 조그맣고 연약한 턱을 맞부딪으며 뭔가를 먹는 소리를 증폭시킨 것 같다. 그러다 불이 산소를 뭉텅이로 찾아내면 우워어 하고 굵고 묵직한 울림이 되어 속삭인다.

연기로 앞은 거의 보이지 않고 숨도 막히건만 그 소리는 똑똑히 들린다. 거실이 안개가 되어 사라질 것처럼 얇은 아지랑이로 뒤덮인다. 그러나 진이 일어서자 아지랑이는 온데간데없고 짙은 연기 띠가 앞을 가로막는다. 진은 다시 네발로 엎드려 욕지기를 하고 콜록거린다. 한줄기 위액이 가느다랗게, 여전히 켜져 있는 TV 앞 러그 위로 주르륵 흘러내린다.

자세를 낮출 정신은 있어서, 진은 소용돌이치는 짙은 연기 아래를 네발로 긴다.

"캐런!"

그는 소리쳐 부른다.

"프랭키!"

하지만 그의 목소리는 부지런히 혀를 날름거리는 화염의 백색소음에 묻혀 들리지 않는다. "아욱." 아내와 아이의 이름을 부르려다 숨이 막힌다.

계단 밑에 도착해서 보니 위로는 불꽃과 어둠밖에 보이지 않는다. 손과 무릎을 계단 맨 밑단에 올려보지만 열기가 그를 뒤로 밀어붙인다. 바닥을 짚으니 프랭키의 액션피겨가 만져진다. 녹아내린 플라스틱이 살가죽에 달라붙는다. 손을 털어 장난감을 떼어내는데 프랭키의 방에서 밝은 화염이 치솟는다. 계단 꼭대기에, 굽이치는 연기 사이로, 웬 아이가 웅크리고 앉아 으스스하게 그를 내려다본다. 불빛이 흔들거리며 아이의 얼굴을 비춘다. 진은 괴성을 지르며 열기 속으로 뛰어들고, 아내와 아이가 있는 이층을 향해 네발로 계단을 기어오른다. 아내와 아이의 이름을 외치려 하지만, 속에 있는 것을 게워낼 뿐이다.

화염이 다시 한번 폭발하면서, 아이라고 생각했던 그 모양을 덮친다. 2층이 불꽃을 한바탕 토해내자 머리카락과 눈썹이 그을고 피부가 지글지글 타는 것이 느껴진다. 뭔가 뜨거운 물체가 주황색으로 이글거리며 떠다니는 것을 봤는데, 이내 빛이 꺼지더니 재가 되어버린다. 주위는 사납게 붕붕거리는 소리가 요란하다. 들리는 소리라곤 그것뿐이다. 진의 발이 미끄러지면서 계단 아래로 굴러떨어진다. 붕붕거리는 소리와 자기 자신의 외침만이 길게 메아리치고, 집이 빙글빙글 돌면서 흐릿해진다.

진은 풀밭 위에 누워 있다. 눈을 뜨니 바로 위에서 빨간 불빛이 일정한 리듬으로 돌아가고 웬 여자가 자기 입을 진의 입에서 뗀다. 구급의료대원이다. 진은 필사적으로 길게 숨을 들이마신다.

"쉿." 여자는 나직이 속삭이며 손을 들어 그의 눈을 가린다. "보지 말아요."

하지만 보인다. 길가 한쪽으로 길고 검은 플라스틱 침낭이 있고, 침낭 머리 쪽에 캐런의 금발 몇 가닥이 비죽 나온 것이 보인다. 시커멓게 타서 웅크린 태아처럼 오그라든 아이의 시체도 보인다. 사람들은 지퍼가 달린 플라스틱 가방의 입구를 펼쳐서 시신을 내려놓았고, 진은 석회화되어 굳어진, 둥그렇게 벌어진 입을 본다. 비명 소리.

닐 게이먼

폐점시간

런던에는 아직도 사교클럽들이 있다. 낡은 소파와 벽난로와 신문을 구비하고 연설의 전통 혹은 침묵의 전통을 고수하는 유서 깊은 클럽 혹은 그런 척하는 클럽이 있는 반면, 다른 한편으로는 그루초 클럽*이나 그것의 수많은 짝퉁들처럼 배우와 기자 들이 눈도장을 찍고 술을 마시고 고독을 뽐내며 즐기기 위해, 아니면 수다라도 떨기 위해 드나드는 신생 클럽도 존재한다. 나는 이쪽저쪽에 모두 친구가 있지만, 나 자신은 런던의 어느 클럽에도 속해 있지 않다. 이제는.

---

* 런던 소호에 위치한 사교클럽. 구성원들은 주로 미디어와 영화, 패션, 예술계 인사이며 전통적인 고급클럽에 대항해서 생겨났다.

수십 년 전, 지금 내 나이의 반도 안 됐을 때, 나는 초짜 기자였고, 한 클럽에 속해 있었다. 그곳은 순전히 당시의 주류판매법을 이용해 돈을 버는 클럽이었다. 그때는 모든 술집이 폐점시간인 11시 이후에는 술을 판매하지 못하도록 법으로 막았다. 그 디오게네스라는 클럽은 토트넘 법원길 옆 좁은 골목 안쪽의 레코드가게 2층에 위치한 한 칸짜리 방이었다. 활기차고 통통하며 술을 밥 먹듯 마시는 노라라는 여자가 주인이었는데, 노라는 누가 묻든 묻지 않든 자기야, 내가 이 클럽을 디오게네스라고 이름 붙인 이유는 말이야, 내가 아직도 정직한 사내를 찾고 있거든,* 하고 얘기하곤 했다. 가파른 계단을 오르면, 노라의 변덕에 따라 클럽 문은 열려 있기도 하고 닫혀 있기도 했다. 영업시간은 일정치 않았다.

디오게네스는 다른 술집들이 문을 닫으면 가는 곳이었는데, 원래 그런 곳이었다. 다달이 클럽의 전 멤버들에게 활기찬 편지를 보내 클럽에서 음식도 제공하기로 했다고 알리고, 실제로 음식을 제공한 노라의 헛된 시도에도 불구하고, 역시나 디오게네스는 다른 술집들이 다 문을 닫으면 가는 곳일 수밖에 없었다. 몇 년 전 노라가 죽었다는 소식을 듣고 나는 안타까운 마음을 금할 수 없었다. 그리고 지난달 영국을 방문해서 그 골목길을 걸으며 디오게네스 클럽이 있던 자리를 찾아보려 했으나 처음엔 번지수를 잘못 찾았고, 그다음에는 이동통신사 대리점 위에 빛바랜 초록색 차양이 창문에 그늘을 드리운 스페인 식당으로 바뀐 것을 보았다. 유리창에

---

* 그리스 철학자 디오게네스는 정직한 사람을 찾는다며 대낮에 등불을 켜들고 거리를 헤맨 기행으로 유명하다. 또한 알렉산드로스대왕에게 햇빛을 가린다며 비켜달라고 한 일화도 잘 알려져 있다.

커다란 맥주통과 진부한 사내 그림이 그려진 것을 보니 새삼 마음 저 밑바닥부터 황폐해지는 기분이었다. 이건 뭔가 아니다 싶은 꼴 사나운 느낌이 들었고, 덕분에 기억이 되살아났다.

디오게네스 클럽에는 벽난로도 안락의자도 없었지만, 그래도 그 곳에는 이야기가 있었다.

가끔은 여자들도 들렀지만 그곳에서 술을 마시는 사람들은 대 부분 남자였다. 노라는 얼마 전에 매력적인 금발머리의 폴란드 망 명자를 붙박이로 종신고용해 홀 매니저로 두었다. 다들 그녀를 '달 링크'라고 불렀는데, 달링크는 바에 서 있는 동안 늘 스스로 술을 따라 마셨다. 달링크는 술에 취하면 자기가 원래 폴란드에서는 백 작이었다며 우리 모두에게 비밀을 지키겠다는 맹세를 시켰다.

물론 영화배우와 작가도 있었다. 영화편집자와 방송인과 형사와 술꾼도 있었다. 사람들은 정해진 영업시간을 개의치 않았다. 다들 아주 늦게까지 자리를 지켰고, 집에 가려 하지 않았다. 어떤 날 밤 은 열두어 명 남짓일 때도 있었고, 어떤 날 밤은 어슬렁어슬렁 들어 가보니 나 혼자밖에 없어서 시킨 술을 단숨에 들이켜고 도로 나올 때도 있었다.

그날 밤에는 비가 내렸고, 자정이 지난 클럽에는 네 명이 남아 있었다.

노라와 달링크는 그들만의 시트콤을 찍으며 바에 앉아 있었다. 뚱뚱하지만 활기찬 술집 여주인과 실수투성이 영어를 우스꽝스럽 게 구사하는 미덥지 못한 외국 귀족 출신의 금발머리 홀 매니저가 꾸미는 시트콤이었다. 노라는 〈치어스〉*와 비슷할 거라고 사람들에 게 말하곤 했다. 노라는 나에게 익살스러운 유태인 집주인 이름을 딴 별명을 붙였고, 이따금 내게 대사를 쳐달라고 청하기도 했다.

나를 비롯한 손님들은 창가에 앉아 있었다. 폴이라는 이름의 영화배우(마찬가지로 단골손님인 형사 폴이나 의사협회에서 제명된 성형외과의사 폴과 혼동되는 것을 막기 위해 배우 폴로 알려져 있었다), 마틴이라는 이름의 컴퓨터게임 잡지 편집자, 그리고 나였다. 우리는 서로 이름 정도나 아는 사이였고, 셋이서 창가 테이블에 앉아 하염없이 비를 바라보고 있었다. 비 때문에 골목의 불빛이 희부옇게 안개처럼 번졌다.

그리고 또 한 사람, 우리 셋보다 훨씬 나이 지긋한 남자가 있었다. 유령 같은 잿빛 머리칼에 깡말랐으며, 구석에 혼자 앉아 위스키 한 잔을 오래도록 품고 있었다. 그가 입은 트위드재킷의 팔꿈치 부분에는 갈색 가죽이 덧대어져 있었는데, 그것만큼은 아주 똑똑히 기억한다. 그 남자는 우리에게 말도 걸지 않았고, 책도 읽지 않았으며, 아무것도 하지 않았다. 그냥 앉아서 줄기차게 내리는 비와 바로 아래 골목을 내다보았고, 이따금 무미한 표정으로 위스키를 홀짝였다.

자정이 거의 다 됐을 무렵, 폴과 마틴과 나는 귀신 얘기를 하기 시작했다. 나는 학창시절에 들은, 맹세코 진짜라는 으스스한 얘기를 들려줄 참이었다. 일명 '초록 손'이라고, 우리 초등학교에 종교적 신념처럼 전해오는 얘기였다. 몸체 없이 달랑 손만 있는 그 야광 초록색 손은 가끔 운 나쁜 초등학생들한테 목격되는데, 그것을 보면 반드시 얼마 못 가서 죽는다. 우리 때는 다행히 그 손과 마주칠 정

---

* 1980년대 미국의 인기 시트콤 시리즈. 보스턴의 치어스Cheers라는 바를 무대로 그 주인과 단골손님들의 이야기를 엮었다.

도로 운 나쁜 애들이 없었는데, 우리 전에는 초록 손을 보고 하룻 밤 사이에 머리가 하얗게 세어버린 열세살짜리 남자아이가 있었다 는 슬픈 이야기가 전해졌다. 학교 전설에 따르면 그런 아이들은 요 양원으로 보내졌고, 그곳에서 일주일여 만에 세상을 하직하거나 혹은 더이상 한마디도 할 수 없는 몸이 되어버렸다.

"잠깐만," 배우 폴이 끼어들었다. "걔네들이 더이상 한마디도 할 수 없게 됐다면, 어떻게 걔들이 초록 손을 봤다는 걸 딴 사람들이 아는 거야? 내 말은, 걔네들이 뭘 봤는지 알 게 뭐냐는 거지."

어렸을 때 그 얘기를 들으면서는 미처 생각을 못했는데, 지금 이 런 문제 제기가 나오니 어쩐지 석연찮은 구석이 있는 것도 같았다.

"글로 적었을 수도 있지." 나는 자신 없는 투로 슬쩍 던졌다.

우리는 잠시 그 문제에 관해 논의하다가, 그 초록 손이란 놈이 몹 시 성에 안 차는 귀신이라는 점에 의견일치를 보았다. 그다음에 폴 이 자기 친구가 겪은 실화라며 이야기를 풀었다. 길 가다 어떤 여자 를 차에 태웠는데, 그 여자가 자기 집이라고 하는 곳에 내려주고 나 서 다음 날 아침 다시 가보니 묘지더라는 얘기였다. 나는 내 친구 도 똑같은 일을 겪었다고 응수했다. 마틴은 한술 더 떠서 자기 친 구는 여자를 태워줬을 뿐만 아니라 추워 보여서 자기 코트도 빌려 줬는데 다음 날 아침 그곳에 가보니 얌전히 개켜진 코트가 여자의 무덤 위에 놓여 있더라고 했다.

마틴이 바에서 술을 들고와서 돌렸다. 우리는 왜 여자 귀신들은 밤새 전국을 싸돌아다니며 차를 얻어 타고 집에 가는 걸까 의아해 했고, 마틴 왈, 요즘은 살아 있는 히치하이커가 오히려 드물고 죽은 히치하이커가 대세 아닐까, 라고 했다.

그때 우리 중 누군가가 말했다. "원한다면 내가 실화를 들려줄 게. 아직 누구한테도 말한 적 없는 얘기야. 진짜 있었던 일인데…… 내 친구 얘기가 아니라 내가 겪은 일이거든…… 이게 귀신 얘기인 지 아닌지는 잘 모르겠어. 뭐 아닐 수도 있고."

그게 20년도 더 된 일이다. 그 후로 하고 많은 일들을 잊었지만 그날 밤 일만은, 그리고 그날 밤이 어떻게 마무리됐는지는 절대 잊 은 적이 없다.

그날 밤 디오게네스 클럽에서 들은 얘기는 이랬다.

아홉살 무렵이었나, 1960년대 후반, 나는 집에서 멀지 않은 조그 만 사립 초등학교에 다니고 있었다. 그 학교에 다닌 지는 1년이 채 못 됐는데, 학교 재단이사장에 대한 미움을 키우기에는 충분한 시 간이었다. 그 여자는 학교를 폐쇄해서 학교 건물이 있는 노른자위 땅을 부동산 개발업자에게 팔아먹기 위해 학교를 사들였고, 내가 학교를 떠난 직후 이사장은 그것을 실행에 옮겼다.

학교가 폐쇄되고 나서 마침내 부지를 밀고 사무용 건물이 들어 서기까지 한동안, 1년 남짓 건물은 비어 있었다. 그때 나는 어린애 였고 좀도둑 같은 기질도 있어서, 학교 건물이 철거되기 전 어느 날 호기심에 그곳을 다시 찾았다. 반쯤 열린 창문 사이로 꿈지럭꿈지 럭 기어들어가 아직도 분필가루 냄새가 나는 빈 교실을 이리저리 쏘다녔다. 그때 거기서 딱 하나를 가지고 나왔는데, 미술시간에 내 가 그린, 내 이름이 쓰인 집 그림이었다. 악마 혹은 도깨비처럼 생 긴 새빨간 문고리가 달린 조그만 집 그림이 벽에 걸려 있었다. 나는 그것을 집으로 가져왔다.

학교가 아직 폐교되지 않았을 때 나는 매일 집까지 걸어다녔다. 마을을 통과한 다음, 사암 언덕 사이 나무가 우거진 어두운 지름길로 내려가 폐쇄된 저택의 수위실을 지난다. 그러면 주위가 밝아지고, 길은 들판을 가로질러 마침내 집에 닿는다.

　생각해보면 그때는 오래된 저택과 부지가 꽤 많았다. 금방이라도 무너질 듯한 모양새로 반쯤 생명력을 잃고 텅 빈 이 빅토리아시대 유적들은, 어디로도 닿지 않는 길 양편으로 모든 집들이 질서정연하게 도열한 바람직하고 현대적인 주거지의 단조롭고 획일화된 풍경으로 자신들을 변신시켜줄 불도저를 기다리고 있었다.

　하굣길에 마주치는 다른 애들은, 내 기억에는, 항상 남자애들이었다. 우리는 서로 잘 아는 사이는 아니었지만 그래도 마치 피점령국의 게릴라들처럼 이런저런 정보를 교환했다. 우리는 어른들을 무서워했지 서로를 무서워하진 않았다. 둘이서 혹은 셋이서 혹은 무리 지어 우르르 달아나는 데 서로를 잘 알 필요는 없었다.

　그날, 나는 학교에서 집으로 걸어가는 중이었고, 길이 제일 어둑해지는 곳에서 남자애 세 명을 만났다. 애들은 폐쇄된 수위실 앞쪽의 배수로와 산울타리와 잡초가 무성한 데를 뒤지며 뭔가를 찾고 있었다. 나보다 큰 애들이었다.

　"뭘 찾는 거야?"

　셋 중 제일 키가 크고 밤색 머리에 얼굴선이 날카로운 꺽다리 같은 애가 말했다. "봐봐!" 그애는 아주아주 오래된 포르노 잡지에서 나온 것임이 분명한 반쯤 찢어진 페이지 몇 장을 들어 보였다. 죄흑백사진이었고, 여자들 헤어스타일이 옛날 사진에서 보던 우리 고모할머니의 머리 모양과 비슷했다. 잡지는 갈가리 찢겨서 낱장들이 길 사방에 날아다녔고 폐쇄된 수위실 앞마당으로도 날아갔다.

나도 종이 사냥에 동참했다. 우리 넷은 힘을 모아 그 어둑한 곳에서 《신사들의 기쁨》 거의 한 권을 통째로 재구성했다. 그러고 나서 인적 없는 사과 과수원 담벼락을 타고 올라가 잡지를 들여다봤다. 한참 전 시대의 벌거벗은 여자들. 상큼한 사과향 그리고 다 썩어서 사이다가 되어가는 사과향이 났는데, 지금까지도 그 냄새는 내게 금지된 것에 대한 생각을 불러일으킨다.

작은 애들은(그래도 나보다 나이가 많았지만) 사이먼과 더글러스라는 이름이었고, 키 큰 애는 아마 열다섯살쯤 됐을 텐데 제이미라고 불렸다. 나는 그애들이 형제지간인지 궁금했다. 물어보지는 않았다.

잡지를 다 돌려보고 난 뒤, 그애들이 말했다. "이걸 우리의 비밀 장소에 숨기러 갈 건데, 같이 갈래? 그 장소는 절대로 남한테 말하면 안 돼. 아무한테도 말하지 마."

애들은 내게 손바닥에 침을 뱉으라고 했고, 자기들도 뱉은 다음, 우리는 서로 손바닥을 마주 붙여 꾹 눌렀다.

그들의 비밀장소는, 하굣길 근처 들판 초입에 버려진 철제 급수탑이었다. 우리는 탑에 붙은 사다리를 올라갔다. 탑 외벽은 칙칙한 녹색으로 페인트칠을 해놨고, 안쪽은 주황색이었는데 바닥과 벽이 온통 녹슬어 있었다. 바닥에는 담배카드*가 든 지갑이 하나 있었다. 제이미는 내게 카드를 보여주었다. 카드마다 옛날에 활약한 크리켓 선수들이 그려져 있었다. 그들은 낱장을 모은 잡지를 급수탑

---

* 담뱃갑 속에 든 수집용 그림카드.

바닥에 놓고, 지갑을 그 위에 올려놨다.

그때 더글러스가 말했다. "다음 순서로는 스왈로스에 다시 들어 갈 거야."

스왈로스는 길에서 멀찌감치 안으로 들어간 곳에 있는 제멋대로 증축한 대저택이었다. 우리 집에서 그리 멀지 않았다. 예전에 아버지한테 듣기로는 원래 텐터든 백작의 소유였는데 백작이 죽고 나서 그 아들이 그냥 그곳을 폐쇄해버렸다고 했다. 나는 영지 가장자리에서 어슬렁거린 적은 있지만 안쪽 깊숙이 들어가본 적은 없었다. 그곳은 버려졌다는 느낌이 들지 않았다. 정원은 아주 잘 관리되어 있었고, 정원이 있는 곳이라면 정원사들도 있게 마련이다. 그곳 어딘가에는 분명 어른이 있을 터였다.

나는 아이들에게 그 말을 했다.

제이미가 말했다. "내 장담하는데 어른은 없어. 그냥 한 달에 한 번 정도 누가 와서 잔디를 깎는 걸 거야. 설마 겁먹은 건 아니지? 우린 거기 수백 번도 넘게 가봤어. 수천 번은 가봤겠다."

당연히 나는 겁을 집어먹었지만, 당연히 겁먹지 않았다고 말했다. 우리는 차량 진입로를 따라 올라가 스왈로스 저택의 정문에 다다랐다. 문이 닫혀 있어서 쇠창살 밑으로 억지로 몸을 욱여넣어 들어갔다.

진달래가 진입로 길가에 죽 심겨 있었다. 저택에 도착하기 전에 정원 관리인의 오두막인가 싶은 집이 있었고, 그 옆 잔디밭 위에는 녹슨 철제 우리가 몇 개 있었는데, 사냥개 혹은 어린애라도 넣을 수 있을 만큼 컸다. 우리 옆을 지나 말발굽처럼 난 자동찻길을 따라 올라가 저택 현관문 바로 앞까지 갔다. 우리들은 창문으로 안을 들여다봤지만 아무것도 보이지 않았다. 집 안은 몹시 어두웠다.

저택을 돌아서 진달래 덤불숲으로 들어갔다 다시 빠져나오니 동화나라 같은 곳이 펼쳐졌다. 환상적인 작은 동굴 안에 기암괴석과 여리여리한 양치식물과 생전 처음 보는 기기묘묘하고 이국적인 식물들이 곳곳에 널려 있었다. 자주색 잎이나 길게 갈라진 잎이 달린 식물들, 보석처럼 반쯤 가려진 꽃들. 실개천이 동굴 속을 휘돌아 흐르는데, 냇물이 바위에서 바위를 휘감고 달렸다.

더글러스가 말했다. "나 여기다 쉴할래." 아주 당연하다는 말투였다. 그는 냇가로 가서 반바지를 내리고 바위에 튀겨가며 냇물에 오줌을 쌌다. 다른 아이들도 그랬다. 둘 다 고추를 꺼내고 더글러스 옆에 나란히 서서 시냇물에 오줌을 갈겼다.

나는 충격을 받았다. 똑똑히 기억난다. 그들이 그 행위에서 즐거움을 느낀다는 것에 충격을 받았던 것 같다. 혹은 이토록 특별한 곳에서 그런 짓을 하다니, 깨끗한 물을 더럽히고 마법 같은 이 장소를 변소 취급하는 그들의 태도에 충격을 받았나보다.

볼일을 다 보고 나서도 아이들은 성기를 치우지 않았다. 흔들어 털고 나서 내 쪽으로 향했다. 제이미의 성기 아래쪽에는 거웃이 솟아 있었다.

"우리는 기사당이야." 제이미가 말했다. "그게 무슨 뜻인지 알아?"

나는 청교도혁명 시절 기사당*(그르지만 낭만적이다) 대 원두당** (옳지만 역겹다)에 대해선 알고 있었지만, 제이미가 그 얘기를 하는

---

* 騎士黨. 영국의 청교도혁명 당시 찰스 1세를 지지했던 왕당파.
** 圓頭黨. 청교도혁명 당시 크롬웰을 지지했던 의회파. 머리를 길게 길렀던 왕당파와 달리 머리를 짧게 깎은 데서 유래했다.

것 같지는 않았다. 나는 고개를 가로저었다.

"고래 잡는 수술을 하지 않았다는 말이야." 제이미가 설명했다. "넌 기사당이야 원두당이야?"

그제야 그애들이 무슨 말을 하는지 알아들었다. 나는 우물우물 말했다. "원두당."

"보여줘. 얼른. 꺼내봐."

"싫어. 네가 무슨 상관이야."

순간 나는 일이 더럽게 돌아갈 거라고 생각했는데, 제이미는 껄 껄 웃더니 자기 물건을 집어넣었고, 다른 두 아이도 치웠다. 그리고 자기들끼리 더러운 농담을 주고받았다. 난 정말 하나도 알아듣지 못하는 농담이었다. 나는 제법 똑똑한 축에 속하는 아이였지만, 몇 주 후 학교에서 그때 들은 농담 중 하나를 같은 반 아이한테 했다 가, 그애가 집에 가서 그걸 자기 부모님께 말하는 바람에 학교에서 퇴학당할 뻔했다.

그 농담에는 '씨발'이라는 단어가 들어 있었다. 나는 그 단어를 동화에 나올 법한 그 작은 동굴 안에서 그애들이 주고받은 더러운 농담에서 처음 들은 것이었다.

내가 말썽을 일으키자 교장은 우리 부모님을 학교로 불러서는 그 자리에서 입에 올릴 수도 없는 아주 나쁜 말을 내가 했다고, 부 모님한테도 내가 했던 말을 차마 언급할 수조차 없다고 얘기했다.

그날 저녁 집에 돌아와 어머니가 그 말이 뭐였는지 물었다.

"씨발." 나는 말했다.

"앞으로 절대, 무슨 일이 있어도 그 말은 입에 담아서는 안 된다." 어머니는 말했다. 아주 단호하게, 그리고 조용하게, 오로지 나를 위해서 말씀하셨다. "사람이 할 수 있는 말 중에 가장 질 나쁜 단어야." 나는 앞으로 다시는 하지 않겠다고 약속했다.

하지만 그 후로, 단어 하나가 발휘하는 파괴력이 놀라워 혼자 있을 때면 종종 나직이 그 말을 중얼거리곤 했다.

그 작은 동굴에서, 학교가 파한 가을 오후에, 큰 애들 셋이서 농담을 하며 웃어대고 또 웃어댔고, 나는 그애들이 왜 웃는지도 이해하지 못하면서 멋모르고 따라 웃었다.

우리는 작은 동굴에서 나왔다. 그리고 격식을 갖춘 정원으로 들어갔다가 연못 위의 작은 다리를 건넜다. 휑하니 뚫린 곳이어서 허겁지겁 불안하게 건넜지만, 그래도 검은 연못 수면 아래서 노니는 거대한 금붕어를 볼 수 있었고, 그것만으로도 다리를 건넌 보람이 있었다. 그때 제이미가 더글러스와 사이먼과 나를 데리고 자갈길을 내려가 나무가 많은 숲 같은 데로 들어갔다.

정원과 달리 여기 나무들은 돌보지 않아 제멋대로 지저분하게 우거졌다. 주위에 아무도 없는 것 같았다. 길에도 잡초가 마구 자랐다. 길은 나무 사이로 한참 이어지더니 이내 공터가 나왔다.

공터에는 아담한 집이 있었다.

대략 40년 전에 아이를 위해, 혹은 아이들을 위해 지은 장난감 집이었다. 창문은 튜더 스타일로, 납으로 된 마름모꼴 격자무늬 창틀을 넣었다. 지붕도 튜더 스타일을 흉내 냈다. 돌로 만든 길이 우리가 서 있는 곳에서 현관문까지 곧장 이어졌다.

우리는 다 함께 길을 걸어 문 앞으로 갔다.

문에는 철제 노커knocker가 달려 있었다. 노커는 피처럼 붉게 페인트칠이 되어 있었고, 주물로 만든 도깨비인가 히죽 웃는 요정인가 아니면 악마인가 싶은 것이 책상다리를 하고 앉아 경첩을 두 손으로 잡고 매달려 있었다. 가만…… 어떻게 이렇게 잘도 묘사하는 걸까. 그것은 불길했다. 얼굴 표정부터가 그랬다. 장난감 집 대문에 이렇게 생긴 노커를 매다는 사람은 도대체 어떤 사람일까 저도 모르게 궁금해졌다.

나무 아래로 땅거미가 지는 공터에서, 나는 그 노커에 기가 질렸다. 나는 장난감 집에서 슬금슬금 멀어져 안전한 거리까지 돌아왔고, 다른 아이들도 나를 따라왔다.

"이제 집에 가야 할 것 같아." 나는 말했다.

그렇게 말하는 게 아니었는데. 세 아이들은 돌아서서 키득거리며 나를 비웃었고, 나보고 겁쟁이라느니 코흘리개라느니 하며 놀려댔다. 그애들은 장난감 집이 하나도 무섭지 않다고 했다.

"어디 한번 해봐!" 제이미가 부추겼다. "네가 저 문을 노크할 수 있는지 보게."

나는 고개를 휘휘 저었다.

"노크를 안 하면," 더글러스가 말했다. "너 같은 코흘리개는 다시는 우리랑 못 놀아."

나는 그들과 다시 놀고 싶은 생각도 없었다. 그들은 내가 아직 들어갈 준비가 안 된 땅의 주인 같았다. 하지만 그래도 그들이 나를 코흘리개라고 생각하는 건 싫었다.

"어서 해봐. 우린 안 무섭다고." 사이먼이 말했다.

나는 사이먼의 말투를 애써 기억에서 되살려본다. 그애도 겁을 먹었던가, 그래서 들키지 않으려고 허세를 부린 건가? 아님 즐기고 있었나? 너무 오래전 일이다. 알았으면 좋겠다.

나는 느릿느릿 그 집으로 이어지는 판석 길을 다시 걸어갔다. 도착해서는, 오른손으로 그 히죽 웃는 도깨비를 그러쥐고 문에 대고 세게 두드렸다.

아니 그보다, 다른 세 아이들에게 내가 하나도 무서워하지 않는다는 것을 과시하려는 마음에 세게 두드리려고 노력했다. 하지만 뭔가 내가 예상치 못한 일이 벌어졌고, 노커는 쿵 하고 먹먹한 소리를 내며 문에 부딪혔다.

"자 이젠 안으로 들어가야지!" 제이미가 소리쳤다. 아주 신이 났다. 다 느껴진다. 나는 그애들이 이곳에 대해 이미 알고 있는 게 아닌지 궁금해졌다. 오기 전부터 다 알고 있었을까. 혹시 내가 그애들이 여기 데려온 첫번째 사람은 아닌 걸까.

나는 움직이지 않았다.

"네가 들어가." 나는 말했다. "내가 노크했잖아. 네가 말한 대로 했어. 이젠 네가 안으로 들어가야지. 한번 들어가봐. 너희들 모두."

나는 들어가지 않을 것이다. 그 점에 대해서는 100퍼센트 확신했다. 지금은 안 들어간다. 앞으로도 절대로. 뭔가 움직이는 게 느껴졌다. 저 히죽거리는 도깨비 노커를 문에 대고 두드릴 때 도깨비가 내 손바닥 안에서 몸을 비트는 게 느껴졌다. 나는 내가 느낀 감각을 부인할 정도로는 어른스럽지 못했다.

아이들은 아무 말이 없었다. 꼼짝하지 않았다.

그때, 천천히 문이 열렸다. 아마 그애들은 문 옆에 서 있던 내가 문을 밀어서 열었다고 생각했을 것이다. 내가 노크를 하면서 살짝 열었다고 말이다. 하지만 아니었다. 확실히 아니었다. 문은 준비가 되었기 때문에 열린 것이었다.

그때 나는 도망쳤어야 했다. 가슴속에서 심장이 두방망이질 치고 있었다. 하지만 내 속에 악마가 있었고, 도망은커녕 저 길 밑에 서있는 나보다 큰 세 아이를 쳐다보면서 다만 이렇게 내뱉었다. "아님 무서워서 그래?"

아이들은 길을 따라 아담한 집 쪽으로 걸어왔다.

"해가 지잖아." 더글러스가 말했다.

그리고 세 아이는 나를 지나쳐 한 사람씩, 아마도 마지못해서, 장난감 집 안으로 들어갔다. 안으로 들어가면서 아이들은 창백한 얼굴을 돌려 나를 쳐다보았다. 분명 너는 왜 안 따라 들어오냐고 묻는 표정이었다. 그런데 마지막으로 사이먼이 들어가고 나자 문이 쾅 하고 닫혔다. 하늘에 맹세코 나는 문을 건드리지도 않았다.

목제 문에서 도깨비가 히죽거리며 나를 내려다보았다. 회색빛 저녁 어스름 속에서 핏빛이 선명한 대조를 이루었다.

나는 장난감 집 옆으로 돌아가서 창문마다 얼굴을 대고 어둡고 텅 빈 실내를 들여다보았다. 안에서 움직이는 것은 아무것도 없었다. 안에 있는 세 아이들이 나를 피해 벽에 딱 붙어 숨어서는 죽을 힘을 다해 낄낄 터지는 웃음을 억누르고 있는 건 아닌지 궁금했다. 이런 식으로 노는 게 큰 애들의 게임인가.

나는 알지 못했다. 알 수가 없었다.

나는 그곳 장난감 집의 안뜰에 서서 하늘이 점점 어두워지는 동안 하릴없이 기다렸다. 잠시 후 달이 떴다. 휘영청 커다란 벌꿀색 가을 달이었다.

그리고 얼마 후에 다시 문이 열렸다. 아무도 나오지 않았다.

그 작은 공터에 나는 혼자였다. 다른 아이들은 아무도 여기 온

적이 없는 듯 홀로 우두커니 있는 느낌이었다. 부엉이 한 마리가 울었고, 나는 내가 가도 된다는 것을 깨달았다. 나는 돌아서서 걸었다. 다른 쪽 길로 작은 공터를 빠져나왔고, 저택 본체와는 줄곧 거리를 유지했다. 달빛 아래에서 울타리를 넘다가 반바지 교복의 엉덩이 부분이 찢어졌다. 나는 그루터기만 남은 보리밭을 지나 걸었고(뛰지 않았다. 뛸 필요가 없었다), 목책의 디딤대를 넘어 포장도로로 나왔다. 도로를 따라 한참을 가면 우리 집이 나올 것이다.

그리고 나는 금방 집에 도착했다.

부모님은 내 옷에 묻은 주황색 녹 먼지와 반바지의 구멍을 보고 약간 언짢아하셨지만 걱정은 하지 않으셨다.

"근데 어딜 갔던 거니?" 어머니가 물었다.

"산책을 했는데," 나는 대답했다. "시간이 이렇게 지난 줄 몰랐어요."

그걸로 끝이었다.

시간은 거의 새벽 2시에 가까웠다. 폴란드 여백작은 벌써 가버렸다. 이제 노라가 소란스럽게 유리컵과 재떨이를 모아 치우고 바를 닦기 시작했다.

"여기는 귀신이 나온다니까." 노라는 활기차게 말했다. "하지만 아무렇지도 않아. 난 누가 곁에 있는 게 좋으니까. 그게 싫다면 클럽 같은 건 열지도 않았겠지. 자, 자기들도 돌아갈 집이 있잖아?"

우리는 노라에게 작별인사를 건넸고, 노라는 우리 모두 한 명씩 차례로 자기 볼에 키스하도록 한 다음, 우리를 내보내고 디오게네스 클럽의 문을 닫았다. 우리는 레코드가게 옆 가파른 계단을 내려와 골목으로 나와서 다시 문명세계로 돌아왔다.

몇 시간 전에 지하철은 끊겼지만 심야버스가 늘 다녔고, 여유 있는 사람들은 여태 돌아다니는 택시를 잡을 수도 있었다(난 그럴 형편이 못 됐다. 그 시절에는 그랬다).

디오게네스 클럽은 그로부터 몇 년 후에 폐점했다. 노라가 암에 걸려 문을 닫았는데, 내 생각에는 영국의 주류판매법이 바뀌어 밤 늦게 술을 구하기가 쉬워졌기 때문이었을 것이다. 어쨌든 나는 그날 밤 이후로 디오게네스에 거의 들르지 않았다.

"근데 그 후로," 큰길로 나와서 배우 폴이 물었다. "그 세 아이들에 관한 소식 없었어? 걔네들을 다시 본 적 있어? 아님 실종 신고가 났다든가?"

"전혀." 이야기를 해준 사람이 말했다. "그러니까, 그 뒤로는 전혀 못 봤어. 동네에서 실종된 세 아이를 찾으러 나선 적도 없고. 혹시 수색이 있었는지는 모르겠지만 하여간 나는 그런 얘긴 못 들었어."

"그 장난감 집은 아직도 거기 있어?" 마틴이 물었다.

"나도 몰라." 이야기한 사람이 솔직히 시인했다.

토트넘 법원길로 나와 심야버스 정류장으로 향하면서 마틴이 말했다. "그런 식이면, 나는 그 얘긴 한마디도 못 믿겠어."

폐점시간이 한참 지난 거리에는 우리 넷이, 셋이 아니라, 서 있었다. 이 얘긴 아까 했어야 했는데, 우리 일행 중에는 아직 한 번도 입을 열지 않은, 그 왜 팔꿈치에 가죽을 덧댄 재킷을 입은 노인이 있었다. 노인은 우리가 클럽을 나설 때 같이 나왔다. 그리고 지금 처음으로 말문을 열었다.

"나는 믿네." 그는 부드럽게 말했다. 목소리에 힘이 없어 거의 사

과하는 말투로 들렸다. "잘 설명할 수는 없지만 어쨌든 믿어. 제이
미 형은 아버지가 돌아가시고 얼마 안 돼서 죽었어. 집으로 돌아오
지 않으려고 한 건 더글러스 형이었고, 더글러스 형이 그 유서 깊은
영지를 팔아버렸지. 형은 사람들이 그 집과 딸린 건물을 몽땅 헐어
버렸으면 했어. 하지만 스왈로스 저택 본체는 남겨졌더라고. 본체
는 부수지 않을 예정이었지. 지금쯤은 집만 남고 나머지는 다 없어
졌을 거라고 생각하네."

　추운 밤이었고, 비가 계속 띄엄띄엄 흩뿌렸다. 나는 부르르 떨었
다. 하지만 순전히 추워서였다.

　"자네가 얘기한 그 철제 우리들 말인데," 노인이 말했다. "진입로
길가에 있던 거. 50년 동안 까맣게 잊고 있었네. 우리가 못되게 굴
면 아버지는 우리를 그 안에 가두었지. 우리 삼형제는 굉장히 못된
아이들이었을 거야, 안 그런가? 아주 개구진, 버릇없는 애들."

　노인은 뭔가를 찾고 있는 듯 토트넘 법원길을 이쪽저쪽으로 두
리번거렸다. 그러더니 말을 이었다. "더글러스 형은 자살했어, 당연
한 얘기지만. 10년 전이었지. 내가 아직 정신병원에 있을 때였어. 그
래서 내 기억력이 별로 안 좋네. 예전만 못하지. 하여간 생전에 잘
살았던 사람은 제이미 형이었어. 형은 자기가 맏이라는 걸 절대 잊
지 말라고 강조했지. 그리고 자네들도 알다시피, 우린 장난감 집에
절대 들어가면 안 됐어. 아버지는 우리를 위해서 그 집을 지은 게
아니었거든." 노인의 목소리는 떨렸고, 잠시 나는 이 혈색 나쁜 노
인의 어렸을 적 모습이 상상됐다. "아버지는 자신만의 게임을 하고
계셨지."

　그러고 나서 노인은 팔을 흔들며 "택시!" 하고 외쳤고, 택시가 인

도 가까이 와서 멈췄다. "브라운 호텔로 갑시다"라고 말하며 노인은 택시에 탔다. 우리 중 누구에게도 작별인사는 하지 않았다. 노인은 택시 문을 닫았다.

택시 문이 닫히면서 다른 수많은 문들도 닫히는 소리가 들렸다. 과거의 문, 이제는 사라져 다시는 열리지 않는 문.

데이브 에거스
정상에서 천천히 내려오다

　　탄자니아, 이른 아침, 몹시 시끄러운 방 안. 리타는 누워 있다, 천장을 올려다보며 마냥 누워 있다. 그녀는 지금 모시*에 있다. 고드윌이라는 이름의 남자가 모는 지프를 타고 어젯밤에 도착했다. 오늘 아침은 굉장히 환하지만 어젯밤에는 정말 칠흑같이 캄캄했다.

　　비행기는 연착했고, 세관은 굼벵이였다. 한 젊은 미국인 부부는 축구공이 가득 든 커다란 상자를 비우느라 낑낑거렸다. 고아원에 기부할 거라고 했다. 머리끝부터 발끝까지 카키색 일색인 세관 직원이 그 공들을 일일이 꺼내서 쓸 만한가 검사하듯 반들반들하고 깨끗한 바닥에 퉁겨보았다. 그러더니 결국 미국인 남편을 옆방으로 데려갔고, 몇 분 후 돌아온 남편은 눈살을 찌푸리며 아내에게 엄지와 검지를 동그랗게 말아 돈을 내놓으라는 표시를 해 보였다. 축구공은 치워졌고 그 부부는 제 길을 갔다.

바깥은 습하지 않았다. 맑고 온화한 날씨에 공기는 시원하고 상쾌했다. 소리 없이 리타를 마중한 사람은 반백에 비쩍 마르고 갈색 넥타이와 와이셔츠를 단정히 차려입은 흑인 노인이었다. 그가 고드윌이었고, 호텔에서 리타를 픽업하라고 보낸 사람이었다. 자정이 다 된 시각이었지만 리타는 정신이 말똥말똥했고, 영국처럼 좌측통행으로 달리는 차를 타고 탄자니아의 시골길을 말없이 지났다. 그들이 탄 자동차 헤드라이트의 불빛, 띄엄띄엄 서 있는 자카란다 나무, 길 양옆으로 높다랗게 자란 풀밖에 보이지 않았다.

호텔에 도착하자 리타는 술이 마시고 싶었다. 생전 처음으로 혼자 호텔 바에 가서, 브뤼셀에서 왔다는 속기사 옆자리에 앉았다. 속기사는 까마귀처럼 검고 뻣뻣한 머리칼을 짧게 잘랐고, 냅킨을 고문하듯 꾸깃꾸깃 비틀고 꼬아서 조그만 미라들을 만들어내고 있었다. 이름은 제대로 듣지 못했는데 리타는 차마 다시 물어볼 수가 없었다. 속기사는 아이처럼 동글동글한 얼굴에 목소리가 듣기 좋았고 말투도 부드러웠다. 두 사람은 사형제도에 관해 얘기를 나누면서 이슬람 국가들의 돌팔매질과 미국의 독극물 주입 및 전기의자를 비교했다. 왠지 모르게 유쾌하고 편안한 대화였다. 둘 다 사형 장면을 목격한 사람들에 대한 다큐멘터리를 본 적이 있었는데, 그들이 모두 별 지장 없이 잘 사는 것 같아서 그녀도 리타도 몹시 놀라워했다. 목격자들은 뚱하고 냉정하며 무감했다. 죽는 장면을 목격하다니! 리타로서는 절대 할 수 없는 일이었다. 구경하라고 억지로 칸막이 뒤에 앉혀놔도 그녀는 눈을 꼭 감을 것이다.

---

* 동아프리카 탄자니아 북부에 위치한 킬리만자로 등반의 거점 도시.

브뤼셀에서 온 속기사에게 작별인사를 할 때쯤 리타는 알딸딸하게 취해서 살짝 더운 상태였고, 속기사는 차갑고 가느다란 손가락으로 그녀의 손을 꽤 오래 잡고 있었다. 리타는 프랑스식 문을 열고 밖으로 나왔고, 풀장을 지나 호텔 뒤편에 있는 열두 채의 오두막 중 하나인 자신의 숙소로 향했다. 도중에 등 뒤에 총을 메고 특징 없는 녹색 군복을 입은 남자를 지나쳤는데, 자동소총 같은 것의 총신이 어깨 위로 비죽 튀어나온 모양이 어스름한 불빛에서 마치 남자의 두개골 하단을 겨냥하고 있는 것처럼 보였다. 리타는 이 남자가 왜 여기에 있는 건지, 자기가 그 앞을 지나가면 뒤에서 총을 쏠지 궁금했다. 그래도 리타는 남자를 지나쳐 걸어갔다. 남자를 믿었고, 이 나라와 호텔을 믿었기 때문이다. 수면 위에 군데군데 나뭇잎이 떨어진 고요하고 깨끗한 풀장 옆에 왜 중무장을 한 경비병이 홀로 서 있어야 하는지, 이 나라와 호텔에서는 잘 알고 있겠지. 리타는 남자에게 빙그레 웃어 보였지만 남자는 화답하지 않았고, 오두막에 들어가 욕실 문을 닫고 시원한 변기에 앉아 손바닥으로 발가락을 어루만지고 있으려니 새삼스럽게 한결 안심이 됐다.

　바늘구멍을 통과한 비명처럼 아침이 온다. 리타는 대나무를 원뿔 모양으로 엮은 오두막 지붕의 동심원을 쳐다보고 있다. 두 손을 가슴 위에서 포개고(그녀는 늘 이 자세로 잠에서 깬다) 꼼짝 않고 누운 채, 너무 갑갑하고 비좁아서 무섭고 오래 생각하면 숨이 막힐 것 같은 모기장 너머로 지붕 천장의 동심원을 바라본다. 동심원은 22개다. 세고 또 셌기 때문에 잘 안다. 오두막 밖에서 누가 양동이를 바꿔가며 계속 물을 받고 있다. 그 소리를 들으며 말똥말똥한 정신으로 누워서 동심원 수를 셌다.

그녀의 이름은 리타. 루마니아 사람처럼 머리칼이 붉고 손은 솥뚜껑처럼 크다. 눈은 크고 입술이 거의 없다. 리타는 자신의 얇은 입술이 항상 싫었다. 어렸을 때는 크면서 입술도 자라나 도톰해지길 기다렸지만 그런 일은 일어나지 않았다. 열여섯살 생일 이후로 그녀의 입술은 생기기는커녕 해마다 더 희미해졌다. 지붕을 이루는 원들은 서로 절대 맞닿는 법이 없다. 그녀의 아버지는 목사였다.

어젯밤에 리타는 자신이 왜 탄자니아에, 모시에, 킬리만자로 산밑에 있는지 스스로 잘 알고 있다고 거듭 생각했다. 하지만 오늘 아침에는 통 모르겠다. 잠시 후, 2시간 뒤면 킬리만자로 하이킹이 시작된다. 그건 안다. 암스테르담을 거쳐, 공항에서 찬바람을 맞고, 자정에 1시간여를 말없이 외로이 차 안에 앉아서, 고드윌 옆에 타고(호텔에서 그녀를 픽업하라고 보낸 노인의 이름은 정말로 고드윌*이었고, 고드윌이 너무나…… 탄자니아 사람다운 이름이어서 리타는 무척 반가웠다) 이곳에 왔는데, 그렇게 여기 왔는데, 이제 잠에서 깨고 보니 자기가 왜 여기 왔는지 이유를 모르겠다. 정상이 눈부시게 하얀 이 산에서 나흘 동안 하이킹을 하기로 한 원래 동기를 기억해낼 수가 없다. 주위 사람들 중에는 킬리만자로 하이킹이 몹시 혹독해서 죽는 사람도 종종 나온다고 하는 이도 있었고, 그냥 동네 공원 한 바퀴 도는 것과 다를 바 없다고 주장하는 이도 있었다. 리타는 체력이 버텨낼지 자신이 없었고, 너무 지루해서 미쳐버리지 않을까도 의문이었다. 제일 신경 쓰이는 것은 고산병이었다. 젊은 사람들이 더 걸

---

* Godwill, '신의 의지'라는 뜻.

리기 쉽다던데. 나이 서른여덟이 젊은 축에 속하는진 모르겠지만 원래 그녀는 유난히 병치레를 자주 하는 편이니 등반을 포기하고 내려가야 할 때를 정확히 알아야 했다. 머릿속에서 압력이 너무 심하게 느껴지면 돌아가야 한다. 킬리만자로는 거의 해발 2000피트에 달하고 매달 뇌부종으로 죽는 사람이 나온다. 뇌부종을 예방하는 법은 여러 가지가 있다. 숨을 깊이 들이마시면 혈액과 뇌로 산소가 더 많이 공급될 것이다. 만약 그 방법이 듣지 않고 통증이 지속되면, 피를 묽게 하여 좀더 신속하게 산소를 공급해주는 다이아막스라는 약도 있다. 하지만 리타는 약을 몹시 싫어했고 무슨 일이 있어도 먹지 않기로 맹세했으므로, 통증이 참을 수 없을 정도로 심해지면 산을 내려가는 수밖에 없다. 하지만 언제 내려가야 하는지 어떻게 알지? 죽음에 이르는 이상징후의 단계에는 어떤 것들이 있지? 만약 결정이 너무 늦어지면 어쩌지? 어느 순간 포기해야 할 시점임을 깨닫고 산을 내려간다고 쳐도, 이미 너무 늦었다면? 산을 떠나기로 결심하고 당장 낮은 데서 살고 싶은 마음이 간절하다 해도, 산의 영향력이 그대로 지속되어 등산로나 텐트 안에서 숨을 거둘 수도 있다.

여기 오두막에 머물러도 된다. 잔지바르로 가서 태양 아래서 술을 마실 수도 있다. 그녀는 태양 아래서 술 마시는 것이 세상 무엇보다 좋았다. 낯선 사람들과 함께. 햇볕을 쬐며 술을 마시다니! 살갗이 천천히 익어가고 발이 고운 모래 속으로 깊이 파고들면서 혀가 꼬이고 손발이 풀리는 기분이란!

리타는 두 손을 여전히 가슴 위에 포갠 자세였고, 오두막 밖에서 양동이에 물을 받는 시끄럽기 그지없는 소리는 그칠 줄 모르고 계속됐다. 누가 그녀의 샤워물을 받아가고 있는 걸까? 세인트루이스의 집에서는 집주인이 노상 그녀의 물을 가져갔다. 그러니 여기 모시의 오두막에서, 반투명한 도마뱀 한 마리가 원뿔형 천장을 획획 건너다니고, 끝없이 작아지면서도 절대 만나지 않는 동심원 천장의 이곳에서, 그와 똑같은 일이 벌어지지 말란 법은 없지 않은가?

그녀는 값비싼 부츠를 새로 샀고, 거대한 배낭과 캠핑용 에어매트리스, 침낭, 컵 등 수십 가지 물품을 빌렸다. 죄다 플라스틱과 고어텍스로 만들어진 것들이었다. 하나하나는 가벼웠지만 한데 모으니 허리가 휘었다. 그 모든 게 지금 이 원형 오두막 한구석에 세워둔 키 큰 대형 배낭 속에 들어가 있다. 리타는 그 배낭을 지고 다닐 엄두도 나지 않고, 자기가 왜 여기 왔는지도 알 수가 없다. 등산가도 아니고, 하이킹이 취미도 아니고, 이 산 저 산 다녀와서 친구나 동료들한테 별거 아닌 척 얘기하며 자신의 건강을 입증해야 하는 사람도 아니다. 좋아하는 운동이라면 차라리 라켓볼이다.

여기 오게 된 건 여동생 그웬 때문이었다. 그웬은 아이를 갖기 전에 완벽한 여행을 하고 싶다며 킬리만자로 등반을 제안했고, 그래서 자매가 함께 티켓을 샀다. 그런데 일정 6개월 전에 그웬이 덜컥 임신해버리는 바람에 등산을 할 수가 없게 되었다. 동생은 자기는 산에 못 오르지만 그렇다고 해서 언니의 등반 가능성이 배제되는 것(그웬은 이런 단어를 '카레'나 '콜라'처럼 생각나는 대로 편하게 썼다)은 아니지 않냐고 했다. 티켓은 어차피 환불이 안 되는데, 혼자라도 가면 되잖아?

리타는 두 손을 허벅지께로 내려 살 없는 허벅지를 진정시키려는 듯 꼭 잡는다. 누가 양동이를 채우고 있는 걸까? 호텔 뒤 판자촌에 사는 사람이 히터에서 더운물을 훔쳐가는 것 같다. 뒤쪽 판자촌에 십대 남자애들이 우글우글하는 것을 봤다. 그애들이 샤워용수를 훔치는 중일지도. 이 나라는 몹시 가난하다. 이제껏 가봤던 나라들 중에서 제일 못사는 곳일까? 자메이카보다 더 못살까? 모르겠다. 리타는 자메이카가 플로리다 같은 곳일 거라고 생각했었다. 수세대에 걸친 관광산업으로 적잖은 수익을 올렸을 거라고, 미국 돈이 끊임없이 마구 흘러들어갔으니 경제가 튼튼할 거라고 예상했다. 그러나 자메이카는 어딜 가도 절망적으로 가난했고, 리타는 그게 이해되지 않았다.

어쩌면 탄자니아 쪽이 더 나을지도 모르겠다. 그녀가 묵고 있는 호텔 주위에는 판자촌도 있지만 정원 딸린 잘 지은 집들도 있다. 여기서는 성인 남자라면 누구나 직업이 있어야 한다고, 그게 법이라고 고드윌이 어색한 영어로 말했다. 여기 사람들은 검소하게 사는 것을 미덕으로 여기는지도 모른다. 어느 쪽이든 판단하기에 그녀는 아는 게 너무 없다. 백수는 감옥에 보내야 해요! 고드윌은 이렇게 말했고, 그 법을 마음에 들어 하는 것 같았다. 게으름뱅이는 악마나 마찬가지야! 하더니 너털웃음을 터뜨렸다.

아침 해가 말갛게 스포트라이트처럼 내리쬔다. 리타는 남자들 앞을 지나쳐 걸어가는 것은 피하고 싶다. 이미 두 번이나 그들 앞을 지나쳤고, 딱히 할 말도 없다. 조금 있으면 그녀와 사람들을 킬리만자로 입구까지 태워갈 버스가 올 것이다. 마침내 침대에서 기어나와 필요한 일들을(아침 먹고, 짐 싸고, 동생에게 전화하고) 할 때마다 리타는 오두막에서 호텔까지 왕복해야 했고, 그때마다 로비 앞 계단에 앉아 있거나 서 있는 남자들을 지나쳐야 했다. 여덟에서 열 명쯤 되는 청년들이 말없이 죽치고 있었다. 고드윌이 이에 관해 설명해주었다. 이곳 남자들은 자기 직업으로 가이드나 짐꾼, 호객꾼 등 정부가 좋아할 법하면서도 한곳에 머물 필요가 없는 걸로 아무거나 써 내는데, 실은 일거리가 별로 없었다. 리타는 그들 중 둘이 어느 미국인의 가방을 서로 들겠다고, 1달러짜리 팁을 두고 잠깐 실랑이 벌이는 것을 보기도 했다. 리타는 그들 앞을 지나칠 때면 살짝 미소 지으면서도 너무 친절하거나 돈 많거나 섹시하거나 행복하거나 만만하거나 양심에 찔려 하거나 오만하거나 만족스럽거나 건강하거나 흥미로워 하는 것처럼 보이지 않으려고 애썼다. 그 사람들이 그녀를 보고 그런 생각들을 하지 않기를 바랐다. 무심한 듯 집중하느라 눈이 거의 사시가 되어 걸었다.

리타의 얼굴은 넙데데해서 사각에 가깝고, 턱도 거의 남자 같다. 사람들은 그녀를 보고 케네디를 닮았다고, 케네디가의 여성 같다고 말했다. 하지만 리타는 그 여자들처럼 아름답지 않다. 화장을 하든 안 하든, 조명을 어떻게 받든지 간에 못생긴 축에 속했다. 친구들과 동생 그웬은 그렇지 않다고 말하지만, 그녀 자신도 자신이 못생겼다는 것을 잘 알고 있다. 결혼은 안 했지만, 생모에게 학대당하던 아홉살짜리 여자애와 일곱살짜리 남자애 두 남매의 임시 양부모 노릇을 한 적이 있었고, 입양을 심사숙고하기도 했다. 자신의 삶을 철저히 돌아보고 매해 아이들과 함께하는 삶을 상상하고 계획해봤을 때 리타는 분명 해낼 수 있다고 생각했다. 그때 리타의 부모가 선수를 쳤다. 그녀의 부모도 어린 남매를 사랑했고, 시간은 남아돌았으며, 집에 방도 넉넉했다. 토론이 이어졌지만 금방 결론이 났다. 리타와 그웬이 자란 집에서, 리타와 그녀의 부모님과 아이들은 모두 함께 긴 주말을 보냈고, J. J.와 프레더릭은 새로 생긴 자기들 방에서 전리품을 정리했다. 일요일 저녁에 리타는 작별인사를 했고 아이들은 그 집에 머물렀다. 모두에게 쉽고 편한 선택이었고, 리타는 일주일의 휴가 동안 침대에서 굴러다녔다.

요즘 리타는 토요일에 격주로 일해서 전처럼 아이들을 자주 볼 수 없는데, 그녀의 본능은 두 아이를 사무치게 그리워한다. 두 아이를, 일곱살 아홉살 먹은 그 귀여운 것들을 침대에서 끌어안고 있던 때가 그립다. 귀뚜라미가 시끄럽게 울어대면 아이들은 거대하게 자란 귀뚜라미가 집을 멀리 끌고 가서 집과 그 안에 있는 사람들을 와그작와그작 먹어치울까봐 무서워했다. 거대한 귀뚜라미가 집을 끌고 간다는 이야기를 아이들에게 들려준 건 그들의 생모였다.

버스에서 자던 리타는 오르막길에 접어들자 눈을 뜬다. 네모반듯하고 가장자리만 동글동글한 흰색 버스(얼핏 로켓 후미에서 떨어져나와 달에 착륙하는 뭣처럼 생겼다)는 진창길을 달리다 움푹 팬 곳을 지날 때마다 말 울음소리를 내며 흔들린다. 게다가 맙소사, 비가 온다! 킬리만자로 입구까지 가는 내내 하염없이 비가 내린다. 고드윌이 운전을 하고 있어 얼마간 안심이 되기는 한다. 비록 그가 버스를 너무 빨리 몰고, 보따리를 이고 걷는 사람들과 언제 어디서나 눈에 띄는 흰색 상의와 파란색 하의를 입은 학생들이 길 옆으로 지나가도, 그리고 급커브에서도 속도를 줄이지 않아도 말이다. 아무 때고 불상사가 일어나도 놀랄 것이 없는 상황이었지만 리타는 너무 피곤해서 버스가 절벽을 넘어간대도 항의할 엄두가 나지 않는다.

"깼네!" 한 남자가 말한다. 돌아보니 프랭크가 거의 정신 나간 사람처럼 쾌활하게 그녀를 보며 웃는다. 어쩌면 진짜로 정신이 나갔을지도. 프랭크는 오리건 출신의 뚱뚱하고 에너지 넘치는 미국인 가이드로 모든 면에서 미디엄 사이즈이며, 짧은 금발 턱수염이 얼굴을 덮고 있는 모양이 옛날에 치통을 앓는 사람한테 둘러주던 붕대처치 같다. "당신을 들쳐 메고 산을 올라야 하나 걱정했다고요. 잠들면 누가 업어가도 모르죠?" 하더니 여자애처럼 깔깔거리며 억지스러운 웃음을 짓는다.

버스는 길가에 간판을 세워놓은 큰 학교 앞을 지난다. 윗부분 절반에는 '코카콜라—상쾌하게 운전하세요'라고 쓰여 있고, 그 아래에 '마랑구 중등학교'라고 쓰여 있다. 느슨한 천으로 아기를 둘러 안은 여자들 한 무리가 길을 걸어간다. 버스는 건설회사의 임시 숙소처럼 보이는 사만지 사교클럽 앞을 지나간다. 길을 계속 올라가니 'K&J 최신 패션숍'이라는 조그만 분홍색 건물이 보이는데 영화배우 안젤라 바셋의 사진에 스프레이 페인트가 마구 뿌려져 있다. 여섯살짜리 남자애가 당나귀를 몰고 간다. 교복을 입은 꼬마 여자애 둘이 감자 자루를 짊어지고 간다. 열대 살충제 연구소로 들어가는 진입로가 있다. '코카콜라—상쾌하게 운전하세요'와 '세인트 마거릿 가톨릭 중등학교'라고 쓰인 학교 앞을 지나는데 빗발이 더욱 거세진다.

그날 아침 호텔에서 리타는 한 영국 여자가 호텔 안내데스크에서 나누는 대화를 어깨너머로 들었다.

"가톨릭계 학교가 정말 많네요!" 관광객이 말했다. 여자는 근처 폭포를 구경하러 갔다 막 돌아온 참이었다.

"가톨릭 신자이신가요?" 안내데스크에 있던 여자가 물었다. 클라리넷 같은 맑은 콧소리를 내는 뚱뚱한 여자였다.

"네, 당신은요?" 관광객이 되물었다.

"네, 그렇습니다. 저희 동네를 보셨나요? 마랑구요."

"봤어요. 언덕에 있는 거기 말이죠?"

"네, 그렇습니다."

"정말 아름다운 동네더라고요."

그 말에 안내데스크의 여자가 빙그레 웃었다.

버스는 페마 진료소와 YMCA, 밀레니엄이라는 이름의 사교클럽, 자두색 스웨터와 치마에 파란색 스포츠재킷의 교복을 입고 한 줄로 걸어가는 십대 여자애들 옆을 지난다. 애들이 모두 손을 흔든다. 이제 비가 진짜로 퍼붓는다. 지나는 사람들 모두 흠뻑 젖었다.

"패트릭 좀 보세요." 프랭크가 통로 맞은편에 앉은 잘생긴 탄자니아 남자를 가리킨다. "저기서 저렇게 웃고 있지만, 도대체 사람들이 왜 이런 걸 돈 내고 하려는지 이해가 안 가는 거죠."

패트릭은 싱긋 웃고 고개를 끄덕일 뿐 아무 말도 하지 않는다.

돈을 내고 여행을 온 등산객은 다섯 명이고, 이들은 각자 자기소개를 한다. 부자父子간인 제리와 마이크는 재킷을 세트로 맞춰 입었다. 아들은 이십대 후반이고 아버지는 얼추 예순이다. 제리는 영국식 억양을 쓰지만 호주 사람 특유의 모음을 뭉뚱그리는 버릇이 있다. 제리는 식당 체인을 갖고 있고, 마이크는 앰뷸런스 전문 자동차 엔지니어다. 부자는 둘 다 키가 크고 가슴이 떡 바라졌지만 다리는 새처럼 가늘다. 늘어진 뱃살을 힘겹게 얹고 다니는데 마이크 쪽이 좀더 뚱뚱하다. 온갖 군데 지퍼가 달리고 왼편 가슴 주머니에 이니셜을 수놓은 빨간 재킷을 둘이 맞춰 입었다. 마이크는 말이 없었는데, 버스가 끊임없이 커브를 돌며 덜컹거려서 멀미를 하는 듯 보였다. 제리는 아들의 과묵함을 보충하기라도 하듯 활짝 웃는다. 우리 부자는 놀이꾼처럼 재치 있고 즐거운 사람들입니다, 라는 뜻의 웃음이다.

비는 계속 내리고, 계절답지 않게 춥다. 나무 사이에서 나지막이 안개가 피어올라 초록이 시들고 희부옇게 보인다. 마치 숲의 빛깔 대부분이 땅으로 새어나간 것 같다.

"비는 한두 시간 후면 깨끗이 그칠 겁니다." 프랭크가 단언한다. 버스는 터덜거리며 진창인 오르막길을 계속 달린다. 사방에서 물기를 머금은 나뭇잎들이 뒤엉킨다. "패트릭, 어떻게 생각해?" 프랭크가 말한다. "비가 걷힐까?"

패트릭은 여전히 한마디도 하지 않은 채 그저 어깨를 으쓱하고 싱긋 웃는다. 그의 눈빛이 뭔가 재는 것 같다고 리타는 생각한다. 프랭크를 재고, 등산객들을 재고, 이번에는 이성을 잃지 않고 무사히 산에 올라갔다 내려올 수 있을까 가능성을 타진하는 것 같다.

버스 맨 뒤에 탄 그랜트는 무슨 인간 방향타인 양 뒷좌석 한가운데 앉아서 창밖으로 지나가는 경치를 보고 있다. 그는 제리 부자보다 키는 작지만 다리가 역도 선수처럼 튼실하고 굵은 장딴지에는 털이 수북하다. 딴 사람들은 다 몇 겹씩 걸쳐 입는 날씨인데 혼자만 무릎 위로 올라오는 청반바지를 입고 있다. 검은 머리는 짧게 쳤고 작은 눈은 냉수기를 연상시키는 파란색이다. 그랜트는 오른쪽 뺨을 창에 대고 스치는 풍경을 바라보고 있다. 바깥공기 때문에 그의 조그만 파란 눈에 눈물이 고인다.

리타보다 두 줄 앞에 앉은 셸리는 사십대 후반이며 딱 제 나이로 보인다. 날씬하면서도 강단 있어 보이는 다부진 몸매다. 포니테일로 묶은 긴 머리는 예전엔 금발이었겠지만 지금은 잿빛으로 바랬는데 개의치 않는 듯 그대로 내버려두고 있다. 사자와 같은 기운을 풍기는 사람이라고 리타는 생각한다. 아주 밝고 눈에 잘 띄는 노란색 파카를 입은 이 키 작은 여자를 보고 왜 하필 사자란 동물이 떠올랐는지는 자신도 잘 모르겠지만. 리타는 셸리가 스스럼없이 아무렇게나 휙 자기 목에 스카프를 매는 모양을 지켜본다. 셸리의 외모는 리타가 바라던 바로 그것이다. 날렵하고 매끈하게 위로 향한 곡선을 그린 조그만 코, 적당히 육감적인 입술선, 젊었을 적엔 별다른 노력을 안 해도 생기 있고 관능적인 입술이었을 것이다.

"저 밖은 정말 비참하네요." 셸리가 말한다.

리타는 고개를 끄덕인다.

물막이 판자를 댄 기우뚱하게 찌그러진 건물 앞에 버스가 선다. 서유럽의 시골에서 흔히 볼 수 있는 잡화점 같다. 벽에는 간판과 농기구들이 붙어 있고, 현관 앞 데크에는 비가 오는 와중에도 중년 여인 둘이 나란히 앉아서 재봉틀로 천을 박고 있다. 그들은 잠깐 눈으로 버스와 승객을 훑어보고는, 버스가 출발하자 다시 일에 집중한다.

프랭크가 짐꾼들에 대해 설명하는 중이다. 짐꾼들은 우리와 동행하면서 더플백과 텐트, 식탁, 음식, 프로판 탱크, 아이스박스, 식기와 수저, 식수 등을 나를 것이다. 우리 일행은 등산객 다섯 명과 가이드 두 명이고, 서른두 명의 짐꾼이 따를 것이다.

"생각도 못했네요." 리타는 뒤에 앉은 그랜트에게 말한다. "나는 가이드 몇 명하고 짐꾼 두 명 정도 같이 가나 했는데." 문득 금으로 된 옥좌에 앉은 왕을 받드는 시종들과 그 뒤를 따르는 코끼리 떼와 그들의 행차를 알리는 트럼펫이 눈앞에 떠오른다.

"이 정도는 약과죠." 프랭크가 말한다. 프랭크는 사람들이 하는 말을 모조리 귀담아듣고 있다가 적당하다고 생각되는 데서 끼어들었다. "지난번에 제가 에베레스트에 갔을 때는 저희 여섯 명이서 세르파 여든 명을 데려갔어요." 그는 손을 수평으로 뻗어 세르파들의 키를 표시해 보였는데, 120센티미터 남짓 되었다. "작은 친구들이죠. 하지만 거칠어요. 여기 있는 이 친구들보다 더 사납습니다. 악의는 없네, 패트릭."

패트릭은 듣고 있지 않다. 탄자니아인 메인 가이드인 그는 삼십대 초반으로 새 옷을 갖춰 입고 있다. 블루베리색 파카, 스노보드 바지, 시야를 감싸는 고글형 선글라스 차림이다. 그는 도로가에서 버스와 나란히 뛰고 있는 한 무리의 소년들을 본다. 소년들은 모두 교복을 입고 저마다 작은 낫 같은 것을 들고 있다. 소년 넷이 버스를 따라 달리면서 낫을 흔들어대고 뭐라 소리치는데, 버스가 진창길을 올라가느라 지그럭거리는 데다가 창문이 가로막고 있어 잘 들리지 않는다. 소년들은 계속 입을 벌려 외치는데, 눈빛은 화가 나 있고, 치아는 굉장히 작다. 그들이 뭐라고 하는지 들으려고 창문을 열었지만 버스는 멀찍이 와버렸고, 낫을 든 소년들은 이미 길가에서 벗어났다. 아이들은 언덕길을 버리고 자기들이 직접 개척한 오솔길을 따라 가버린다.

횅뎅그렁하고 어둑한 주차장이 보인다. 입구 위쪽 간판에 '마차메 게이트'라고 쓰여 있다. 주차장에는 탄자니아 남자들이 백 명쯤 둘러서 있다. 버스가 주차장으로 들어와 멈추는 것을 보고 곧바로 스무 명쯤 달려들어 버스에서 배낭과 더플백을 내린다. 리타와 다른 등산객들이 아직 내리기도 전에 짐들은 다 밖으로 끌려나와 근처에 한 무더기로 쌓인 채 비를 쫄딱 맞고 있다.

리타가 마지막으로 버스에서 내리려고 문가에 다다랐을 때, 고드윌이 그녀가 아직 타고 있는 줄 모르고 문을 닫아버렸다.

"죄송합니다." 고드윌은 손잡이를 홱 잡아당겨 문을 다시 연다.

"괜찮아요, 바쁘지 않은걸요." 리타는 설핏 웃으며 말한다.

주차장과 국립공원 입구 사이에, 호텔에서처럼 별 특징 없는 녹색 군복에 자동소총을 등에 멘 남자가 보인다.

"저 총은 동물 때문인가요, 사람 때문인가요?" 리타가 묻는다.

"사람 때문이죠." 고드윌이 실실 웃으며 말한다. "사람이 동물보다 훨씬 위험하거든요!" 그러더니 너털웃음을 길게 흘린다.

기온은 10도 정도라지만 체감상 7도쯤 되겠다고 리타는 생각한다. 게다가 비도 온다. 줄기차게 내리는 빗줄기가 차다. 비가 오는 것까진 고려하지 못했다. 등반을 생각했을 때 세차게 내리는 차디찬 비는 그림에 없었다.

"비를 좀 맞을 것 같네요." 프랭크가 말한다.

등산객들이 그를 쳐다본다.

"달리 별수 없습니다." 그가 말한다.

짐들은 모두 신속히 이동된다. 배낭을 거머쥐고 더플백을 들쳐 멘다. 짐꾼들이 참 많기도 하다! 다들 이미 비에 젖었다. 패트릭은 한 무리의 짐꾼들과 얘기하는 중이다. 짐꾼들은 등산객들과 마찬가지로 밝은 색상의 옷을 입었지만(간편한 바지와 트레이닝셔츠 차림이다) 옷은 이미 더러워졌고, 신발은 리타가 신은 것처럼 크고 복잡하게 생긴 부츠가 아니라 스니커스나 러닝화 혹은 로퍼다. 우비를 입은 사람은 아무도 없지만 다들 모자를 썼다.

이제 활발한 토론이 벌어지는데 손짓으로 가리키기도 하고 어깨를 으쓱하기도 한다. 한 짐꾼이 땅에 나자빠지더니 꼼짝 않고 누워서 죽은 시늉을 한다. 주변 남자들이 폭소를 터뜨린다.

리타는 판초를 뒤집어써서 몸통과 배낭을 덮는다. 이런 비는 예상치 못했는지 여행사에서도 판초는 선택 품목으로 분류되어 있었다. 리타는 하나 사 오길 잘했다고 생각한다. 공항 가는 길에 할인점에서 4.99달러에 샀다. 짐꾼들 중 몇 명이 쓰레기봉투에 구멍을 내고 덮어쓴다. 그랜트도 똑같이 하고 있다. 그는 리타가 자신을 쳐다보고 있음을 알아차린다.

"깜박했어요." 그가 말한다. "이런, 판초를 깜박하다니."

"저런." 달리 대꾸할 말이 없다. 그 비닐로는 얼마 안 가 흠뻑 젖을 것이다.

"괜찮아요. 저들이 이걸로 충분하다면 나한테도 충분하겠죠."

리타는 부츠 끈을 조이고 각반을 다시 잘 친다. 그리고 셸리가 판초 두르는 것을 도와준다. 판초 자락을 펴서 배낭을 덮어주고, 사자를 연상시키는 부스스하고 숱 많은 반백의 금발에 모자를 씌워준다. 셸리의 얼굴에 맞게 비닐 모자를 조여주다가 두 사람은 서로의 눈을 들여다보게 되고, 리타는 복부 아니면 머리 아니면 어딘가에 날카로운 통증을 느낀다. 아이들이 여기 있으면 좋겠다. 그녀의 아이들이었는데, 데려가도록 허락하고 말았다. 사람들은 언제나 말없이 그녀의 것을 앗아갔고, 리타의 인생이 단순하게 유지되는 편이 모두에게 좋다고 여겼다. 하지만 그녀는 복잡하게 살 준비가 되어 있었다. 안 그런가? 특정 시기에는 분명 그렇지 못했다. 그녀도 안다. 다들 걱정했던 것은 그 아파트 때문이었다. 리타는 아이들을 입양한다는 기대에 부풀어 아파트를 사려 했다가 마지막 순간에 취소했다. 하지만 어째서? 위치가 썩 맘에 들지 않았다. 평수도 넉넉하지 않았다. 좀더 제대로 된 것을 사고 싶었다. 좀더 제대로 준비하고 싶었다. 그 아파트는 적절하지 않았고, 다들 그 사실을 알 터였고, 그녀가 언제라도 파산할 거라고 생각할 터였고, 방 하나를 둘이 같이 써야 할 터였다. 그웬이 다른 집을 공동명의로 사자고 제안했다. 정원도 있고 방도 세 개인 단독주택이었다. 하지만 그웬을 주택담보대출에 끌어들이는 것은 옳지 않다. 그래서 리타는 포기해버렸고, 아이들은 이제 자신의 부모님과 함께 있으며 어릴 때 자신이 쓰던 방을 쓴다. 리타는 아이들이 지금 자기 옆에서 걸으면서 자신에게 조언을 구하면 좋겠다고 생각한다. 모자를 아이들 머리에 잘 씌워주고, 끈을 조여서 얼굴은 좀 가리겠지만 젖지 않게끔 해주고 싶다. 늙고 주름진 얼굴의 셸리가 리타를 향해 활짝 웃고는 목청을 가다듬어 말한다.

"고마워요."

이제 두 사람 다 방수 준비를 마쳤고, 사방에서 비닐 덮개 위로 빗방울이 똑똑 떨어진다. 등산객들은 비를 맞으며 주차장에 서 있다.

"짐꾼들이 손을 떼겠다네요." 프랭크가 여행자 그룹에게 말한다.

"올라가지 않겠다는 사람들은 빼고 짐꾼을 다시 모을 겁니다. 몇 분쯤 걸릴 거예요."

"근처에 대신할 사람이 있습니까?" 그랜트가 묻는다.

"좀더 젊은 사람들이 있을 겁니다." 프랭크가 말한다. "젊은이들은 배가 고프니까."

"2군처럼 말이지, 안 그래?" 제리가 말한다. "2군을 데리고 가겠군!" 그는 웃음을 부추기듯 주위를 둘러보지만 비에 젖은 차가운 얼굴들은 웃지 않는다. "마이너리그잖소?" 다시 말해보지만 이내 체념한다.

돌아가기엔 너무 늦었다. 리타도 알고는 있다. 그래도 그녀는 여전히 10마일 남짓 되는 비탈길을 달려 내려가 호텔로 돌아가서, 돈이 얼마나 들든 따뜻하고 평평한 잔지바르로 날아가 햇볕에 반쯤 눈이 멀 때까지 마시고 또 마시고 싶다는 생각을 억누를 수가 없다.

주차장 근처에서 패트릭이 얘기를 나누던 사람과 모종의 합의에 이른 모양이다. 그는 일행 쪽으로 다가온다.

"푹 젖었군요." 그는 얼굴을 찡그리며 말한다. "긴 하루가 되겠습니다."

일행은 마차메 루트를 따라 나흘에 걸쳐 정상까지 올랐다가 이틀에 걸쳐 하산할 예정이다. 킬리만자로에는 등산객이 무엇을 보고 싶어 하는가와 얼마나 빨리 정상에 도달하고 싶어 하는가에 따라 최소한 다섯 루트가 있는데, 그웬은 이 루트라면 그들 능력으로 충분히 올라갈 수 있고 경치도 제일 장관일 거라고 단언했다. 이들 등산객 일행은 모험여행에 주력하는 에코헤븐투어 여행사 웹사이트를 통해 제각기 예약했다. 사이트에서는 십여 곳의 소규모 그룹투어를 보장했다. 스코틀랜드 북부 고지대, 인도네시아 저지대, 러시아 북부 강들. 킬리만자로 등반은 이상하게도 별로 이국적으로 들리지 않았다. 리타는 킬리만자로에 올랐다는 사람을 직접 본 적은 없지만, 아는 사람이 올라가봤다는 사람들은 좀 있었고, 그래서인지 흥미가 살짝 떨어졌다. 이제 등산로 입구 바로 밑에 서 있자니, 이번 여행은 그저 엉뚱하고 사리에 맞지 않으며 변명의 여지도 없어 보인다. 전에도 이런 식으로 수천 번은 겪어왔듯, 그녀는 흠뻑 젖어 추위에 떨게 될 것이다.

"자, 이제 갑시다."

그렇게 말하고 프랭크는 넓은 흙길을 걸어 올라가기 시작한다. 리타와 다른 일행 네 명도 함께 걸음을 옮긴다. 다들 판초를 뒤집어썼고, 그랜트는 쓰레기봉투를 썼지만, 배낭 위로 비닐을 펼쳐 덮고 있어 곱사등이 혹은 군인 같다. 리타는 한국의 전쟁기념관에서 봤던, 눈을 동그랗게 뜬 채 총살을 눈앞에 둔 젊은이들의 동상이 생각난다.

움직이니까 좀 살 만하다. 움직이면 따뜻해질 테니까.

그러나 프랭크의 걸음은 너무 느리다. 리타는 그의 바로 뒤를 따라가는데, 걸음걸이가 코끼리 같다. 너무나 신중한 걸음걸이로, 너무나 느릿느릿 힘겹게 걷는다. 프랭크가 선두에서 일행 다섯 명을 이끌고, 후미에 패트릭이 있고, 짐꾼들은 멀찌감치 뒤에 있다. 아직도 주차장에서 더플백과 프로판 탱크와 텐트를 챙기는 중이다. 금방 따라올 거라고, 패트릭이 말한다.

이 페이스로 가다간 리타는 분명 돌아버릴 것이다. 그녀가 라켓볼을 치는 이유는 라켓볼에는 움직임과 득점과 소음이 있고, 비행기 속도에 맞먹는 공을 머리에 맞을 가능성도 포함하고 있기 때문이다. 그래서 그녀는 애초에 이 등반이 돌아버릴 정도로 지루할까봐 걱정했던 것이다. 그리고 그것이 현실로 드러났다. 여기 탄자니아에서, 그녀는 지루하다. 고산병으로 뇌부종에 걸리기도 전에 몰려오는 지루함에 죽어버리고 말 것이다.

10분 후 일행은 200야드를 전진하고서 멈춰야 했다. 마이크가 어깨 통증을 호소한다. 배낭끈을 다시 조정해야 한다. 프랭크가 마이크를 도우러 가고, 그동안 제리와 셸리는 패트릭과 함께 발을 멈추고 기다린다. 그랜트는 산길을 계속 올라간다. 그는 멈추지 않는다. 그가 산모롱이를 돌아 시야에서 벗어난다. 비와 우거진 정글 때문에 사람이 금방 사라져버리고, 리타는 저도 모르게 그를 따라간다.

두 사람은 금세 모퉁이를 두 번 돌고 일행은 보이지 않게 된다. 리타는 신이 난다. 그랜트는 걸음이 빠르고, 리타는 그와 보조를 맞춘다. 거의 뛰다시피 걷는다. 두 사람은 운동선수 급의, 아직 젊은 사람들에게 적당한 페이스로 움직이고, 리타에게는 이쪽이 더 적성에 맞는다. 그녀는 작년에 '10킬로미터 즐거운 달리기'를 그만뒀는데, 힘들어서가 아니라 지루해서였다. 직장까지 자전거로 다니다가 그만둔 이유는, 5시 30분까지 최선을 다해 일하고 하루 일과가 끝나면 너무 피곤해졌기 때문이다.

두 사람은 진창을 저벅저벅 걷는다. 이내 길이 좁아지면서 가파

른 오르막이 나오고, 거대하고 축축하고 깔깔한 바나나 잎에 쓸린
다. 산길은 물을 잔뜩 머금어 푹푹 빠지는 진흙이 되어 발을 잡는
다. 그래도 뒤엉킨 나무뿌리가 도처에 있어 발 디딜 곳이 되어준다.
이 뿌리에서 저 뿌리로 건너뛰면서, 그랜트의 속도는 줄어들 줄 모
른다. 그는 지체하지 않는다. 손으로 중심을 잡을 필요도 없다. 그
는 리타가 지금까지 본 사람들 중 가장 균형을 잘 잡는데, 그것이
작은 키와 굵고 다부진 다리 덕분임을 단박에 깨닫는다. 그는 중심
이 땅에 가깝다.

둘은 거의 얘기를 하지 않는다. 리타가 알기로 그랜트는 무슨 휴
대폰 시스템 프로그래머인데 '유저 그룹'을 연결한다나 뭐 그랬다.
몬태나에서 왔고, 목소리가 나이답지 않게 노인네처럼 가늘고 쌕
쌕거리며 자주 갈라진다. 잘생기진 않았다. 코는 거의 돼지 같은 들
창코에다 앞니가 벌어져 작은 피라미드를 물려고 했던 것처럼 삼각
형 틈이 있다. 어느 모로 보나 성적인 매력이 있다고는 말할 수 없지
만, 그래도 리타는 딴 사람들보다는 그랜트와 같이 있고 싶다.

무성한 열대우림이 비에 흠뻑 젖어 뒤엉켰다. 20야드만 멀어지면
물안개가 시야를 가려 사방 어디도 보이지 않는다. 비는 줄기차게
오지만, 숲이 덮개가 되어 빗방울이 리타에게 떨어지기 전에 속도
를 늦추고 수백 번씩 분산된다.

이제는 열이 나면서 판초와 플리스 재킷 속으로 땀이 찬다. 리타
는 땀나는 게 마음에 들고 힘이 솟는 기분이다. 아무 생각 없이 샀
던 비닐 바지는 스키 탈 때 두 번 입었는데, 다리가 스칠 때마다 끊
임없이 사각거리는 게 시끄러워 죽겠다. 그랜트처럼 반바지를 입고
왔더라면 좋았을 텐데. 바지 좀 갈아입게 잠시 멈춰달라고 말하고

싶지만, 그랜트가 멈추기 싫다면 어쩌나 싶고, 게다가 그가 멈춰준다고 해도 다른 일행이 따라잡을 테고, 그럼 그녀와 그랜트는 더이상 다른 이들보다 앞서서 따로 가게 되지 않을 테니 좋은 시간은 끝날 것이다. 리타는 잠자코 걷는다.

산짐승은 없다. 리타는 새나 원숭이, 심지어 개구리 한 마리조차 보지도 듣지도 못했다. 호텔 오두막에는 도마뱀붙이들이 있었고, 호텔 밖에는 좀더 큰 도마뱀들이 후다닥 기어다녔다. 하지만 산에는 아무것도 없다. 가이드북에서는 왕관원숭이와 콜로부스원숭이, 갈라고, 아누비스개코원숭이, 부시벅 영양, 다이커 영양, 코뿔새, 투라코 뻐꾸기를 확실히 볼 수 있다고 했는데. 그러나 숲은 조용하고 텅 비어 있다.

짐꾼 한 명이 산길을 따라 내려오고 있다. 청바지에 스웨터를 입고 테니스화를 신었다. 리타와 그랜트는 걸음을 멈추고 그가 지나갈 수 있도록 한옆으로 비켜선다.

"잠보." 그랜트가 말한다.

"잠보." 짐꾼도 화답하고 그대로 길을 내려간다.

대화는 짧았지만 특이했다. 그랜트는 최저음으로 목소리를 낮추고 둘째 음절은 거의 노래하듯 몇 초간 길게 늘였다. 짐꾼도 똑같은 억양의 같은 말로 답했다. 팀원 간의, 혹은 파트너 간의 인사 같았다. 간결하고 따뜻하며 절제된, 서로 통하는 인사법.

"그게 무슨 뜻이에요?" 리타가 묻는다. "스와힐리어인가요?"

"그렇습니다." 그랜트는 웅덩이를 건너뛰며 말한다. "그건…… 음, 안녕하세요, 라는 인사죠."

어조는 정중하지만, 그럼에도 불구하고 말투에 걱정이 배어난다. 리타는 얼굴이 화끈 달아오른다. 탄자니아에 여행하러 오면서 스와힐리어를 하나도 공부하지 않았다. 심지어 안녕하세요라는 인사말조차 몰랐다. 그랜트가 자신을 나태하고 겁 많은 관광객으로 취급하는 게 느껴진다. 리타는 그랜트가 자신을 좋아했으면 싶고, 자신도 그와 같은 과라는 것을, 재빠르고 아는 게 많고 노련하다는 것을 알아주었으면 한다. 적어도 다른 사람들보다는. 저들은 모두 매우 섬세하고, 손이 많이 가고, 느리다.

두 사람은 1시간째 묵묵히 산길을 오른다. 산을 오르는 동안은 믿기지 않을 정도로 사색이 불가능했다. 리타가 애초에 걱정한 것은, 수백 시간 동안 알지도 못하고 좋아하지도 않는 소수의 사람들과 내내 얘기해야 하는 상황이 되거나, 그렇지 않고 일행이 가까이 무리지어 다니지 않는다면 같이 얘기할 사람도 없이 혼자서 줄창 묵상만 해야 하나, 하는 점이었다. 그러나 그런 건 아무 문제가 되지 않는다는 것을 이제는 안다. 지금까지 2시간 동안 산을 오르면서 그녀는 아무 생각도 하지 않았다. 어디를 디딜 것인가, 왼발을 어디에 놓고, 그다음엔 오른발을, 그리고 양손을 어떻게 할 것인가, 나무를 붙들어 균형을 잡아야 하나, 떨어질 것 같으면 젖은 땅에라도 매달려야 하나, 이런 판단을 내리는 데 너무 많은 뇌기능이 소진됐다. 이런 필수적인 계산들 때문에 의외로 다른 생각은 거의 할 수가 없었다. 깊이 있거나 복잡한 생각은 절대로 무리였다. 그리고 리타는 그 점에 감사한다. 머릿속에 펼쳐진 고요한 대지는 광활하면서도 튼튼한 울타리가 둘러져 있고, 사운드트랙도 갖춰져 있다.

빗방울이 똑똑 떨어지는 소리, 판초가 나뭇가지에 스치는 소리, 배낭에 달린 카라비너가 흔들리며 조그맣게 짤랑거리는 소리. 그 모든 소리가 아주 작고도 듣기 좋아서 마음이 차분히 가라앉는다. 리타는 숨을 들이마시고 내쉬면서 곰처럼 단순하고 기계적으로 힘을 낸다. 꾸준히, 강건하고, 기운차게.

"폴리 폴리." 하산하는 짐꾼이 말을 건넨다. 짐꾼은 술이 달린 로퍼를 신고 있다. "폴리 폴리." 그랜트가 화답한다.

"저는 딴 사람들보다 며칠 일찍 도착했습니다." 짐꾼이 지나가자 그랜트가 사과하듯 설명한다. 그는 자신이 리타에게 창피를 줬고 충분히 오래 괴롭혔다고 생각한 모양이다. "이런저런 정보를 수집하며 한동안 모시에 머물렀죠. 잠보는 '안녕하세요'란 뜻이고, 폴리 폴리는 '한 걸음씩 차근차근'이라는 말이에요."

그들 뒤에서 다른 짐꾼이 올라온다.

"잠보." 짐꾼이 말한다.

"잠보." 그랜트가 똑같은 억양으로, 똑같이 둘째 음절을 늘려서 대답한다. 신성한 주문을 외는 것 같다. 자아아아암보오오오우. 짐꾼은 싱긋 웃고는 계속 올라간다. 머리에 프로판 탱크를 이고, 등에는 커다란 배낭을 지고, 배낭에는 감자 두 포대가 대롱대롱 매달려 있다. 40킬로그램은 너끈히 나가는 짐이다.

짐꾼이 지나가고 그랜트가 그 뒤를 따른다. 리타는 그랜트의 배낭에 관해 물어본다. 리타 배낭의 두 배쯤 되는 엄청난 크기에 폴대와 냄비와 침낭이 들었다. 리타는 먹을 것과 갈아입을 옷 정도만 싸고 나머지는 짐꾼에게 맡기라는 얘기를 들었다.

"약간 더 큰 것뿐인데요." 그가 말한다.

"안에 텐트도 들었어요?" 리타는 그랜트의 등에 대고 묻는다.

"네." 하고 대답하더니 그랜트가 걸음을 멈춘다. 그는 배낭을 흔들어 내리고 맨 윗부분 지퍼를 연다.

"짐꾼한테 맡기지 않고요? 얼마나 무거워요?"

"글쎄요…… 그냥 선택의 문제인 것 같은데요. 저는…… 뭐, 내 짐을 내가 다 들 수 있는지 알아보고 싶었어요. 그저 개인의 선택이죠." 그랜트는 자기 짐을 자기가 들고 가는 게 미안하고, 안녕하세요라는 말을 아는 게 미안하다. 그는 갈색 액체를 땅에 찍 뱉는다.

"가루담배 씹으세요?"

"네. 별로죠?"

"그 막대사탕도 먹을 건 아니겠죠, 설마."

그랜트는 막대사탕 하나를 까고 있다.

"먹을 건데요. 원래 담배와 사탕을 같이 먹어요. 하나 드실래요?"

막대사탕이 먹고 싶긴 하지만, 리타는 그랜트의 지퍼백 속에 (최소한 열 개쯤) 들었을 깨끗한 사탕과 그가 지금 입에 물고 있는 사탕을(분명 담뱃진에 절었을 것이다) 분리해서 생각할 수가 없다.

몇 분 후 산길을 굽이도니 나무 아래에 손수레와 환자이송용 침대를 합친 것 같은 탈것이 보인다. 널찍하고 튼튼하게 생겼지만, 커다란 바퀴는 팽팽한 캔버스 천으로 만든 간이침대의 양쪽 중간에 하나씩 두 개밖에 없다. 끝에는 손잡이가 달려서 인력거처럼 끌 수 있게 되어 있다. 그랜트와 리타는 그 탈것과 그걸 타고 내려왔을 사람에 대해 시시한 농담을 나눈다. 하지만 녹슬고 무시무시해 보이는 데다 전에도 누가 왕왕 사용한 듯 영 께름칙해서 가까이 가지는 않고, 가던 길을 계속 올라간다.

공터에 도착해서 보니, 지금까지 6시간 동안 빠르게 산길을 걸은 셈이다. 아마도 이곳이 오늘 그들이 묵을 야영장인 것 같은데, 두 사람 외에는 아무도 없다. 나무는 하나도 없고(수목한계선 위쪽이다) 이제 두 사람은 머리카락처럼 가늘고 키가 큰 풀이 도처에 깔리고 안개가 자욱한 언덕배기에 서 있다. 비는 잦아들 줄 모르고 기온은 떨어졌다. 몇 시간 동안 다른 등산객이나 가이드는커녕 짐꾼 한 사람 보이지 않았다. 리타와 그랜트는 딴 사람들을 다 제치고 매우 빠르게 산을 탔다. 리타는 아직 기운이 넘치고 그 사실이 무척이나 뿌듯하다. 그랜트도 어느 정도는 분명 뿌듯해하는 것 같지만, 그런 말을 입 밖에 꺼낼 사람이 아님을 안다.

얼마 안 돼서 리타는 부들부들 떤다. 기온이 채 4도가 되지 않고 여기는 비가 더욱 세차게 내린다. 빗방울을 분산시킬 나무도 없다. 짐꾼들보다 더 빨리 야영장에 도착했기 때문에 들어가 비를 그을 텐트도 아직 조립된 게 없다. 그랜트조차 그들의 등반 전략에 내재된 논리적 맹점을 파악한 것 같다. 그랜트가 가져오지 않은 유일한 물건이 방수포인데, 이렇게 비가 오는데 방수포 없이 텐트를 치는 것은 의미가 없다. 짐꾼들이 도착할 때까지 이 비를 다 맞으며 쓸쓸히 기다리는 수밖에.

"최소한 1시간은 걸릴 텐데." 그랜트가 말한다.

"짐꾼들은 더 빨리 올라오지 않을까요?" 리타가 넌지시 말해본다.

"확실히 이런 점은 미처 생각지 못했네요." 그랜트는 싱그러운 녹색 바나나 잎 위에 갈색 액체를 찍 뱉는다.

키가 4피트밖에 안 되는 관목 아래 그나마 아늑한 공간이 있어서 두 사람은 젖은 통나무 위에 나란히 걸터앉은 채 내리는 비를 고스란히 다 맞는다. 리타는 떨지 않으려고 무던 애쓴다. 떠는 것은 저체온증의 첫 단계라는 게 기억난다. 리타는 느리게 심호흡을 하고 몸을 진정시키고 소매에서 팔을 빼서 맨몸을 감싸 안는다.

프랭크는 노발대발이다. 눈빛이 사납다. 자기 체면이 말이 아니라고 생각하는 모양이다. 등산객들은 차가운 캔버스 텐트 안에서 포커 테이블만 한 탁자에 둘러앉아 다 함께 저녁을 먹는 중이다. 메뉴는 밥과 소면, 감자, 차, 오렌지 슬라이스다.

"여러분 중엔 자기가 아주 잘나가는 등반가라고 생각하는 분들이 몇 분 계십니다." 프랭크가 차를 식히려고 후후 불면서 말한다. "하지만 산 위에서 식은 죽 먹기란 없어요. 오늘은 스피드광일지라도, 내일은 쑤시고 결리고 온통 물집 잡히고 말라리아나 또 뭐에 걸릴지 아무도 모르는 거죠."

그랜트가 매우 심각한 얼굴로 프랭크를 똑바로 쳐다본다. 놀리는 것도 맞붙는 것도 아니다.

"아니면 동맥류가 생긴다든지. 가이드가 괜히 있는 게 아닙니다, 여러분. 저는 지금까지 이 산에 열두 번은 올라갔다 내려왔고, 관록이란 그냥 생기는 게 아니에요."

프랭크는 다시 차를 후 분다. "괜히 있는 게 아니라고, 거기…… 여러분."

그는 갑자기 오한이 난 듯 고개를 흔든다. "다 큰 성인답게 행동하시리라 믿겠습니다…… 산짐승이 아니라!" 그러더니 머리가 복잡하다는 듯 엄지와 검지로 눈꺼풀을 꾹 누른다.

사람들 앞의 음식은 겉보기에는 익은 것 같지만, 짐꾼들이 임시변통으로 만든 요리 텐트에서 조리하여 이 텐트까지 나르는 잠깐 사이에 냉장고에서 꺼낸 것처럼 차디차게 식었다. 다들 입맛은 없지만 그래도 먹을 수 있는 것은 꾸역꾸역 먹는다. 긴 하루였고 저마다 한 군데쯤 안 아픈 데가 없고 문제가 없는 사람이 없다. 마이크는 벌써 배 속에서 탈이 난 것 같다고 하고, 셸리는 어디선가 미끄러져 날카로운 나뭇가지에 손을 깊이 베었다. 제리는 고산병 증세의 첫 단계로 머리가 찌릿찌릿하다. 당장 멀쩡한 사람은 리타와 그랜트밖에 없다. 리타가 그 점을 지적하는 우를 범하는 바람에 프랭크의 화를 부채질하기만 한 것 같다.

"글쎄올시다, 늦든 빠르든 문제가 생길 겁니다. 뭔가 벌어지겠죠. 차라리 지금 아픈 게 낫지, 며칠 후면 더 심하고 힘들게 앓을걸요. 그러니까 두 분은 차라리 오늘 아프게 해달라고 비십쇼."

"저기 앉아 있다간 죽겠소." 제리가 텐트 한쪽 구석에 구멍이 나서 비가 들이치는 곳을 가리키며 말한다. "그나저나 뭐 이딴 장비를 제공하는 거요, 프랭크?" 제리의 말투는 활달하지만 메시지는 명확하다.

"안 젖으셨죠?" 프랭크가 묻는다. 제리가 고개를 끄덕인다. "그럼 된 거죠."

사람들은 캔버스 천으로 된 조그만 접는 의자에 앉아 있고, 밥을 먹으려면 잔뜩 웅크려야 한다. 팔꿈치를 움직일 공간이 없다. 처음 모여 앉았을 때 손 세정용 젤이(비누 같지만 차갑고 살짝 따갑다) 제공되었고, 그것으로 돌아가며 손을 닦았다. 리타는 두 손을 비벼 손바닥에서 흙을 털어내려 했지만 나중에 보니 손은 여전히 더러웠다. 세정제를 두 번 쓰고 나서 지금 다시 손바닥을 보니 마르긴 했지만 손금마다 때가 끼어 지저분하다.

쌀밥과 감자를 대령했던 짐꾼 스티븐이 다시 텐트 안으로 고개를 쓱 들이미는데, 사람보다 미소가 먼저 보인다. 보라색 양털 풀오버를 입고 같은 색깔의 털모자를 썼다. 그가 수프가 곧 나올 거라고 알리자 모두 환호성을 지른다. 곧이어 기다리던 수프가 나오고 다들 정신없이 먹는다. 등산객들의 몸이 뿜어내는 훈기가 서서히 캔버스 텐트 안을 덥히고, 탁자 위의 초들이 아늑한 분위기를 만든다. 그러나 텐트 바깥은 영하의 날씨에 가깝고, 밤이 깊어지면 기온은 뚝 떨어질 것임을 다들 알고 있다.

"왜 모닥불을 안 피우는 거죠?"

저녁 시간에 마이크가 입을 연 것은 지금이 처음이다.

"꿀을 모으는 사람들 때문입니다." 프랭크가 말한다. "이 산의 절반을 태워먹었어요."

마이크는 영문을 모르겠다는 표정이다.

"꿀을 채집하려면 연기를 피워서 벌을 쫓아내야 하거든요." 프랭크가 부연설명한다. "그러다가 산을 홀랑 태워먹은 거죠. 뭐 그런 설이 있습니다. 여러 가지 일들이 있었겠지만 하여간 산불이 났고, 지금은 불 피우는 것을 금지하고 있어요."

"땔감 모으는 것도요." 패트릭이 말한다.

"네, 맞습니다." 프랭크가 자기 수프를 보며 고개를 끄덕인다. "짐꾼들이 땔감을 얻으려고 나무들을 벴죠. 원래는 밑에서 장작을 가지고 올라와야 하는데, 그게 다 떨어지면 뭐든 손에 닿는 대로 베기 시작하죠. 자네 말이 맞아, 패트릭. 그걸 깜박했군. 이제는 산에서 땔감을 모으는 것도 금하지요. 불법이에요."

"그럼 옷은 어떻게 말리지?" 촛불 밑이라 그런지 나이가 좀 덜 들어 보이는 제리가 묻는다. 문득 리타는 그가 일일연속극에서 세도가의 가장 역을 하면 잘 어울리겠다는 생각이 든다. 풍성한 백발이 파도처럼 이마에서 곧장 솟아서 물마루 등을 타고 부드럽게 뒤로 넘어간다.

"내일 해가 나면 마르겠죠." 프랭크가 말한다. "만약 해가 안 나면 축축한 채로 있는 거고." 하고선 허리를 펴고 앉아서 또 누가 불만사항을 얘기하는지 기다린다. 아무도 말이 없자 누그러진다. "젖은 옷은 침낭 속에 넣으세요. 신경 쓰이지 않게끔 눈에 안 보이는 데로 치우세요. 보통은 침낭 속 열기가 다 말려줍니다. 안 되면 햇볕이 날 때까지 어떻게든 버텨봐야죠."

"짐꾼들이 못 가겠다고 내뺀 데는 다 이유가 있었군." 제리가 확신에 찬 목소리로 말한다.

"보세요," 프랭크가 말한다. "짐꾼들은 늘 요리조리 내뺍니다. 미신을 믿는 사람도 있고, 아무 이유 없이 비를 싫어하는 사람도 있는 거죠. 아무것도 아녜요. 다 잘될 겁니다."

이 등산이 어떻게 될지 리타는 감이 오지 않는다. 날은 점점 추워지고 공기는 점점 희박해지고 비는 점점 더 퍼붓는데, 흠뻑 젖어서 입을 수 없는 옷을 말릴 새도 없이 어떻게 이 산을 계속 오른다는 건지 통 모르겠다. 이러다가 사람들이 죽거나 병들지 않나? 젖어서 추운데 그냥 그대로 춥고 젖은 채로 지내서? 하지만 리타의 걱정은 누그러들고 거의 남의 일처럼 요원하게 느껴진다. 접시를 물리자마자 곧장 파김치가 돼서 머리가 돌아가질 않는다. 눈앞이 흐릿해지고 사지가 쑤신다.

"우리 둘이 같은 텐트를 쓰는 것 같은데."

갑자기 셸리의 목소리가 뒤쪽 위에서 들린다. 다들 일어나고 있다. 리타는 일어서서 셸리를 따라 밖으로 나온다. 여전히 뼛속까지 파고드는 차디찬 비가 내리고 있다. 등산객들은 서로 잘 자라는 인사를 건네고, 마이크와 제리는 방금 조립된 화장실 텐트로 향한다. 화장실은 폴 세 개를 박고 방수포를 씌운 삼각형 구조물로, 1미터 깊이의 구덩이를 파고 입구에 지퍼를 달았다. 아버지와 아들은 각자 비에 젖지 않게 비닐백에 담은 칫솔과 치약, 두루마리 휴지를 들었다. 그들의 실루엣이 차가운 잿빛 빗줄기에 긁혀 흐릿하다.

셸리와 리타의 소형 텐트는 금방 따뜻해진다. 두 사람은 텐트 안으로 기어들어가서 헤드램프를 쓰고 각자 자기 짐을 정리한다. 잃어버린 콘택트렌즈를 찾는 한 쌍의 광부인 셈이다.

"하루가 갔네." 셸리가 말한다.

리타는 신음 소리로 동의를 표현한다.

"지금까진 별로 재미없었어." 셸리가 말한다.

"네, 아직까진 그리."

"재미를 바라면 안 되는 거겠지. 요는 올라가는 거니까?"

"그렇겠죠."

"어떠한 희생을 치르더라도, 안 그래?"

"그래요."

리타는 셸리가 무슨 뜻으로 말하는지도 모르면서 맞장구친다.

셸리는 이내 침낭 속에 들어가 자리를 잡고 리타 쪽으로 돌아 누워 눈을 감는다. 금방 잠이 드는데 숨소리가 요란하다. 코로 숨을 들이쉬고 내쉬는데, 빠르고 부자연스럽게 숨을 내뿜는다. 셸리는 요가를 하는 사람이고, 1시간 전에는 그게 그저 재미있겠다고만 생각했는데, 이제는 요가가 증오스럽고 요가 보급에 일조하는 사람들 모두가 원망스럽다. 요가인은 숨소리가 요란하고, 숨소리가 요란한 사람들은 이기적이고 사악하다.

비는 온밤을 갈가리 찢으며 쉴 새 없이 내리고, 리드미컬한가 싶으면서도 딱히 그렇다고 하기도 어렵다. 리타는 셸리의 숨소리를 들으며 1시간째 잠 못 들고 있고, 비는 비행기로 흩뿌리듯 후드득 후드득 머리 위를 휩쓴다. 리타는 별수 없이 셸리의 숨소리에 집중한다. 이러다 꼬박 밤을 새우는 건 아닐지, 그럼 내일 너무 피곤해진 않을지, 결국 몸이 약해져 덜컥 뇌부종에 걸리는 건 아닐지, 언제라도 그럴 수 있다, 그녀는 불안하다. 동맥류가 거대한 붉은 트롤의 형태로 보인다. 큐피 인형*처럼 머리카락이 불타오르고, 손에는 화살 대신 상점이나 자동차 대리점을 오픈할 때 쓰는 것 같은 무시무시한 가위를 든 트롤이 산에서 번쩍 뛰어나와 그 엄청난 가위로 리타의 뇌 연수를 싹둑 잘라서 이 세상과 연결된 끈을 절단해버릴 것이다.

그웬 탓이다. 그웬은 리타가 뭔가 굉장한 일을 해낼 수 있게 도와주고 싶어 했던 것 같다. 동생은 지금껏 수십 년 동안 돈을 부쳐주고, 대신 전화를 걸어주고, 일자리 면접을 주선하고, 데이트 첫날

---

* 머리카락이 위로 뾰족 솟은 아기 큐피드 인형.

올리브가든에서 무난한 이탈리아 퓨전 요리로 저녁식사를 한 다음 곧바로 리타의 손을 잡으려드는 남자들을 떼어놓는 등 가차 없는 지원을 아끼지 않았다. 그 남자들의 손이 죄다 거칠고 뚱뚱하긴 했지만, 어쨌든 리타는 더이상 동생의 도움을 받고 싶지 않았다. 자매애와는 완전히 별개로, 객관적으로 봐도 동생은 감탄스럽고 또 사랑스러웠다. 그웬은 매우 키가 크고 깡말라서 검은 레깅스를 입고 힐을 신으면 천상 왜가리처럼 보였지만, 웃음소리는 옥구슬 구르듯 낭랑했고 언제나 양팔을 활짝 벌려 포옹하면서 아낌없이 퍼주려 했다. 그웬은 마음만 먹으면 대통령도 될 수 있었을 텐데, 대신 그 사려 깊은 마음씨를 리타를 고문하는 데 써먹었다. 치즈 선물세트, 감사 편지, 푸에르토 발라르타*에서 보내는 긴 주말(거기서 자매는 폭스바겐 비틀 컨버터블을 렌트했었다). 밤사이에 리타가 우편함을 도둑맞았을 때는 그웬이 우편함을 새로 사서 시멘트와 삽으로 설치까지 해주었다. 그웬은 늘 이런 식이다. 동생은 유머러스한 제부 브래드와 함께 태어날 아기를 기다리며 조그만 사업체를 운영한다. 산타페에 사는 갑부들을 상대로 벽장 리모델링을 제안하고 시공하는, 동생의 희망대로 보람찬 일이다.

리타는 셸리에게 침낭을 같이 쓰자는 말을 꺼내지도 못할 것임은 알지만 그래도 누군가의 몸에 맞닿아 있고 싶다. J. J.와 프레더릭이 떠난 후로는 한기가 들어 계속 잠을 설쳤다. 싫은 소리 한마디 들은 것은 아니지만, 사람들은 다 큰 여자가 아이들과 같은 침대를 쓰는 것은 온당치 않다고 생각한다. 그래서 리타가 더 큰 침대를 구

---

* 태평양 연안에 위치한 멕시코 중부의 유명 휴양지.

입하자 그웬은 의아하게 여겼다. 하지만 리타는 두 아이의 몸뚱이를 곁에 두고, 종아리나 발목 외엔 절대 손대지 않고, 아이들의 무서움을 자기 몸으로 달래주는 것이, 자신이든 다른 누구든 인생에서 한 번은 꼭 가져봐야 할 경험이라고 생각했다.

심장이 두근두근 빠르게 뛰자 리타는 내일은 오늘보다는 덜 힘들고 덜 혹독할 거라고 스스로에게 약속한다. 아침이 되면 맑게 개어 안개도 다 물러나고, 날도 따뜻해져 어쩌면 더울지도 모르고, 햇살이 사방에서 내리쬐어 젖은 것들은 다 마를 것이다. 아침에는 반바지에 선글라스 차림으로 태양을 향해 산길을 오를 것이다.

아침이 되자, 날은 습하고 안개는 자욱하고 해는 보이지 않고 어젯밤에 젖은 것은 더욱 축축해졌다. 리타는 지독한 절망감에 빠진다. 텐트는 고사하고 침낭에서도 나가고 싶지 않다. 저 불결한 사람들이 몽땅 사라졌으면 좋겠고, 물건들이 청결하고 뽀송뽀송하게 말랐으면 좋겠다. 단 몇 분이라도 혼자 있고 싶지만 그것은 불가능하다는 것을 안다. 텐트 밖에는 다른 등산객들과 스무 명의 짐꾼들이 있고, 이제는 소규모 독일 등산객 그룹도 있고, 야영장 끄트머리에는 캐나다인 세 명과 그에 딸린 스태프 열두 명도 있다. 그들은 해가 진 다음에 도착했을 것이다. 다들 일어나서 움직이고 있다. 물 붓는 소리, 냄비 부딪는 소리, 텐트 스치는 소리가 들린다. 리타는 너무 피곤한데 잠이 확 달아나서 울음이 터질 지경이다. 2시간 반쯤 이대로 더 침낭 속에서 깨지 않고 푹 잤으면 소원이 없겠다. 2시간 반만 더 자면 기운을 완전히 되찾을 수 있을 텐데. 그럼 오늘도 초반부터 달리면서 다들 제치고 펄펄 날아갈 텐데.

옆 텐트에서 얘기하는 소리가 들린다. 목소리를 낮추지도 않고, 낮출 생각도 없다.

"설마 농담이겠지." 한 사람이 말한다. "이 티켓이 얼만 줄 알잖아? 여기 오려고 언제부터 계획을 세우고 저축했는데?"

제리였다.

"저축까진 안 했잖아요, 아버지."

"하지만 마이크. 수십 년 동안 벼르고 벼른 계획이었다. 네가 열 살 때부터 얘기했잖니. 기억나? 마크 삼촌이 언제 돌아왔었지? 빌어먹을!"

"아버지, 전 다만……."

"근데 넌 지금 고작 하루 올라와놓고 내려가겠다고!"

"좀 들어보세요, 아버지. 이렇게 힘든 적은 난생처음이라고요. 그리고 더 힘들어지면 힘들어졌지 앞으로……."

"마이크. 어제가 제일 힘든 날이었어. 앞으로는 아무것도 아니다. 거시기 뭐냐 그 사람 이름이…… 그래, 프랭크가 하는 말 들었잖아. 첫날이 고역이라고. 네가 좀 불안해하는 건 이해한다만, 그래도 지금은 힘을 내야지, 아들아. 어제는 힘들었지만……."

"쉬잇."

"아무도 안 듣는다, 마이크. 맙소사. 다들 자고 있다고."

"쉿!"

"할 말은 해야겠다! 넌 여기서……."

침낭이 부스럭거리는 소리가 나더니 말소리가 낮아지고 작아진다.

"넌 여기서 못 내려가."

그리고 말소리가 확 작아져 들리지 않는다.

셸리도 이젠 깼다. 그녀도 듣고 있었는지 리타를 보며 눈썹을 치
켜올린다. 리타는 알았다는 시늉을 하고, 더플백을 뒤져 오늘 입을
옷을 찾는다. 리타는 바지 세 벌과 반바지 두 벌, 셔츠 다섯 벌, 플
리스 트레이닝셔츠 두 벌과 파카를 가져왔다. 발에 꼭 맞고 발목 부
근은 이중으로 덧대어 튼튼하게 만든 모직 양말을 신으면서, 리타
는 마이크가 정말 이렇게 빨리 포기하고 하산할 것인지 궁금해진
다. 갖고 온 여분의 쓰레기봉투에 더러운 양말과 어제 입었던 셔츠
와 냄새 나는 브라를 넣는다. 비와 숲과 그녀 자신의 체취가 섞인
냄새다.

"내 다리를 분질러야 할 거야." 셸리가 속삭인다. 얼굴만 내놓고
여전히 침낭 속에서 나오지 않는다. 뜬금없이 셸리가 누구하고 닮
은 것 같다는 생각이 든다. 영화배우인데. 질 클레이버그. 제인 커
틴? 캐서린 터너.

"다리를 분지르고 힘줄을 끊어야 해. 그러지 않는 한 난 끝까지
갈 거야."

리타는 고개를 끄덕이고 텐트 입구 자락으로 향한다.

"밖에 나갈 거면," 셸리가 말한다. "날씨가 어떤지 얘기해줘."

덮개 틈으로 고개를 내미니 짐꾼 열다섯 명과 마주하게 된다. 짐
꾼들은 모두 안개 속에서 가랑비를 맞으며 캠핑장 바로 건너편에
서 있다. 모두 어제 입었던 옷 그대로다. 요리 텐트 바깥에 있던 그
들은 다들 덮개 틈으로 비죽 내민 리타의 얼굴을 쳐다보고 있다.
리타는 얼른 텐트 속으로 도로 고개를 집어넣는다.

"어때?" 셸리가 묻는다.

"여전해요." 리타가 말한다.

아침은 귀리죽과 차, 너무 오랫동안 실외에 방치해서 이젠 거의 갈색으로 말라비틀어진 오렌지 슬라이스다. 차고 딱딱한 토스트와 너무 딱딱해서 바르려면 힘깨나 들여야 하는 버터도 있다. 다섯 명의 등산객은 다시 조그만 카드 테이블 주위에 웅크리고 앉아 입에 넣을 수 있는 것은 뭐든 욱여넣는다. 흑설탕을 돌려가며 귀리죽에 넣고, 커피에 탈 우유를 돌린다. 그러면서도 카페인이 이뇨작용을 해서 화장실 텐트에 너무 자주 가야 하는 건 아닐지 걱정한다. 그 텐트는 모두에게 공포의 대상이다. 리타는 처음엔 이번 여행이 너무 편하고 만만하지 않을까 걱정했다. 그러나 막상 여기 오고 나니, 오자마자 단박에, 자신이 착각했음을 알았다. 생각했던 아주 딴판이다.

"당신이 가져온 텐트는 어땠습니까?" 프랭크가 그랜트에게 턱짓으로 묻는다. "아주 따뜻하진 않죠?"

"좀 춥더군요, 당신 말이 맞습니다, 프랭크." 그랜트는 차를 세 잔째 따라 마시는 중이다.

"그랜트 씨는 아버지의 낡은 군용 캔버스 텐트로 충분할 거라고 생각했죠." 프랭크가 말한다. "하지만 이 비까지는 미처 계산에 넣지 못한 겁니다, 그렇죠, 그랜트 씨? 아버님이야 모닥불 옆에서 말리면 그만이었겠지만, 여기선 그게 안 된다니까, 이 양반아."

그랜트는 마치 혼자 팔씨름이라도 하듯 두 손을 가슴 앞에서 꽉 맞잡는다. 그는 아무 감정도 내비치지 않고 프랭크를 쳐다보며 그의 말을 경청한다.

"오늘 밤까지도 마르지 않을 테니, 오늘은 나랑 한 텐트에서 자든가 아님 다른 사람하고 같이 텐트를 써야 할 겁니다, 그랜트 씨." 프랭크는 턱수염을 벅벅 긁어대는데, 너무 세게 긁어서 아플 것 같다. "안 그럼 비바람이 그 텐트를 아이스박스로 만들어버릴 겁니다. 자다가 얼어 죽어도 모른다니까. 잠든 채로 죽어버리는 거지."

열대우림을 헤치고 폭 좁은 개울처럼 굽이굽이 난 산길을 1시간 동안 올라간다. 오늘 숲은 습기가 좀 덜하다. 그다음에는 산불에 다 타버린 산비탈을 가로질러 간다. 이제는 일행이 모두 함께 걷고 있다. 맨땅이 검게 드러났고, 흙에서 끌려나온 나무들의 비틀린 잔재가 보인다. 줄기와 가지는 다 없어져버렸지만 뿌리는 거의 멀쩡하다.

"산불이죠." 프랭크가 말한다.

마침내 안개가 걷힌다. 무릎 높이의 완만한 바위산을 돌아가는데, 행군 속도는 느리지만 어제처럼 느리지는 않다. 리타는 피곤하기도 하고 다리가 발목부터 허벅지 위쪽까지 안 아픈 데가 없어서 느려진 속도를 감수한다. 그녀 바로 뒤에 오는 그랜트도 마찬가지로 체념한 것 같다.

그러나 마이크는 오늘 들어 더욱 상태가 악화됐다. 일행 다섯 명이 서로서로 다른 사람의 건강상태를 체크하는 버릇이 생겨서 다들 그의 상태를 알고 있다. "별일 없어요?"라는 말은 산에서는 수사적인 빤한 질문이 아니다. 그 물음은 각각의 경우마다 각각의 등산객에게서 구체적이고 분명하며 복잡한 대답으로 돌아온다. 물집의 모양과 물집 잡히는 것을 피하는 법, 급성 두통, 쑤시는 발목과 대퇴부, 다시 잘 맸음에도 불구하고 여전히 배낭 끈 때문에 아픈 어깨 등이 그에 포함된다. 마이크는 보는 사람마다 붙들고 얘기하길 배 속에 커다란 촌충이 들어 있는 것 같단다. 촌충이 움직이는 게 다 느껴지고 아주 맹렬히 꿈틀거린다고 하는데, 그는 그 기생충에게 이름도 지어주었다. 애슐리라고, 전 여자친구의 이름이란다. 그는 한순간이라도 편안해지려고 안간힘을 쓰는 듯하다. 욕실 마룻바닥에 주저앉아 변기를 붙들고 토하는 아이 같다. 힘이 다 빠지고 완전히 지쳐서, 그저 토악질이 멈추기만을 바라는 아이처럼 보인다.

오늘은 짐꾼들이 등산객들을 앞질러간다. 몇 분마다 한 명 혹은 한 무리가 추월한다. 짐꾼들은 혼자 걷거나 세 명씩 짝을 지어 걷는다. 추월하는 방법은 둘 중 하나다. 등산객들 사이에 틈이 있거나 길이 넓어서 등산객들 옆으로 흙이나 바위를 밟고 지나갈 공간이 있으면 거기로 지나간다. 길이 좁으면 등산객들이 옆으로 비켜설 때까지 기다린다.

리타와 그랜트는 옆으로 비켜선다.

"잠보." 그랜트가 말한다.

"잠보." 첫번째 짐꾼이 대답한다. 스무살가량 되어 보이는 청년인데 CBS 뉴스 로고가 프린트된 티셔츠와 카키색 바지를 입고 크림색 팀버랜드 등산화를 신고 있다. 신발은 거의 새것이다. 더플백 두 개를 머리에 이고 있는데 그중 하나는 리타의 것이다. 리타는 그 얘기를 짐꾼에게 하려다가 멈칫하고 입을 다문다.

"하바리." 그랜트가 말한다.

"이마라." 짐꾼이 말한다.

그 짐꾼과 다른 두 명이 앞질러간다. 리타는 그랜트에게 방금 한 말이 무슨 뜻이냐고 묻는다. 그랜트가 설명하길, '하바리'는 '어떠십니까'라는 뜻이고, '이마라'는 '건강하다'라는 뜻이란다.

"파랗다!" 제리가 안개에 뒤덮이지 않은 하늘의 좁은 구역을 가리키며 외친다. 하이킹이 시작된 후로 하늘이 처음 허락하는 파란 조각이다. 그걸 보고 리타는 이해할 수 없는 기쁨에 울컥 북받친다. 리타는 그 구멍 사이로 올라가서 구름층 위로 몸을 쭉 뻗고 싶다. 나무 요새로 통하는 사다리를 타고 올라가듯 말이다. 금방 그 파란 구멍이 커지고, 아직은 흐릿하지만 그래도 머리 위에 바로 떠 있는 태양이 얇은 구름층을 통해 열기를 발산한다. 이내 주변 공기가 따뜻해지고, 리타는 다른 일행들과 함께 걸음을 멈추고 겉옷을 벗고 선글라스를 꺼내 쓴다. 프랭크는 배낭에서 젖은 바지를 꺼내 카라비너에 매단다. 지저분한 바지가 발꿈치까지 내려오며 대롱대롱 매달렸다.

마이크는 이제 폭탄을 해체하는 사람처럼 표정이 완전히 굳어졌다. 이마에 난 뚜렷한 세 줄기 금을 따라 방울방울 흘러내리는 땀이 마를 새가 없다. 생긴 건 케첩통 같은데 크기가 더 큰 은색 튜브를 계속 빨고 있다.

"고열량 에너지 식품 같은 거예요." 마이크의 설명이다.

일행은 모두 각자 가져온 간식을 먹고 있다. 스티븐이 매일 등산객들에게 달걀과 크래커가 든 점심 도시락을 주지만 그걸 먹는 사람은 없다. 리타는 땅콩과 건포도와 초콜릿을 먹는다. 제리는 육포를 뜯어먹는다. 다들 먹거리를 나눠먹고, 필요한 의류와 응급약을 공유한다. 마이크가 발목이 부은 것 같다고 하자 셸리가 발목에 감으라고 에이스 붕대를 빌려준다. 제리는 리타에게 신설레이트* 장갑을 빌려준다.

등산객들이 물품을 교환하고 간식을 먹는 사이 짐꾼 열다섯 명이 그들 앞을 지나간다. 한결같이 깡마른 짐꾼들 사이에서 유난히 근육질인 짐꾼 한 명이 미국 컨트리음악이 나오는 라디오를 들고 올라간다. 그 덕분에 컨트리음악에 냉담한 자부심과 의도치 않은 소유권을 느끼게 된다. 짐꾼들이 지나갈 때마다 그랜트가 "잠보"라고 말하면 대부분은 "잠보"라고 대꾸하고, 그럼 제리가 또 열심히 인사한다. 이제는 신나서 큰 소리로 인사말을 외친다.

"자암보오!" 으르렁거리는 모양새가 꼭 겁주려는 것 같다.

셸리가 프랭크 쪽으로 다가가 묻는다.

"짐꾼들은 뭘 먹나요?"

"먹는 거요? 짐꾼들? 뭐, 대개는 여러분이 먹는 것과 같은 걸 먹지요." 프랭크는 손을 뻗어 셸리의 엉덩이를 가볍게 두드린다. "아마 간식은 없겠지만." 그러고선 윙크를 날린다.

제트기가 발진하는 듯한 굉음이 들린다. 아니면 대포를 쏜 건가. 모두 고개를 들었다가 산 아래를 쳐다본다. 다들 어디를 봐야 할지 감을 못 잡는다. 산길 저 위쪽에 있지만 아직 시야에 들어오는 짐꾼들이 잠시 걸음을 멈춘다. 한 사람이 총 쏘는 시늉을 하는 것이 보인다. 그들은 다시 길을 오른다.

이제 리타는 일행과 떨어져 혼자 걷고 있다. 일행들과 거의 다 얘기를 해봤고, 이젠 알 만큼 알게 된 것 같다. 셸리의 여러 번에 걸친 결혼생활과 철학박사 학위에 대해서, 그녀의 아들이 약물치료를

---

* 얇고 보온성이 좋은 신소재로 겨울 스포츠용 의류에 많이 쓰인다.

중단하고 피자 커터로 동료의 목숨을 위협하다가 결국 인디애나 주의 어느 요양원에 살게 됐다는 것도. 제리는 자신의 식당이 지역 공동체 의식을 일깨우는 역할을 한다고 생각하고, 여느 현대적인 식당과 달리 그리스식 광장을 본떠 인테리어를 했다며(그는 음식을 통해 위대한 사상을 전파하고 싶어 한다), 등산용 스틱으로 손짓까지 해가면서 3시간 동안 그 주제로 이야기꽃을 피웠다. 리타는 그가 '소요하는'*이라는 단어를 쓸까봐 겁났고, 역시나 그 단어가 나왔다. 리타는 자신이 움찔할 거라는 걸 알았고, 역시나 움찔했다. 마이크는 몸이 안 좋고 점점 더 안 좋아지는 중이며, 앰뷸런스 디자이너가 앰뷸런스에 실려보지도 못하고 산에서 죽어 나자빠지다니 얼마나 웃기냐며 농담을 해대기 시작했다.

지형이 변화무쌍하게 바뀌어서 리타는 즐겁다. 이 루트는 집중력이 약하고 주의가 산만한 등산객들을 위해 만들어진 것 같다. 열대우림을 지나면 사바나 초원이, 다시 울창한 숲이 계속되다 새까맣게 탄 숲이 나오고, 지금은 아이스그린 빛깔의 지표식물로 뒤덮인 바위투성이 비탈을 질러간다. 물 빠진 대양의 밑바닥처럼, 사방의 거대한 암벽에는 얼핏 가짜 오렌지 같은 이끼가 덕지덕지 붙어 있다.

짐꾼들은 이제 꾸준히 리타를 추월한다. 백 명이 넘는 짐꾼들이 지나가는데, 그녀 일행의 짐꾼들뿐 아니라 캐나다 캠프와 독일 캠프와 또다른 캠프를 따라온 사람들이다. 리타는 둥근 바위에 앉은 자그마한 일본 여자를 지나친다. 그녀 옆에는 가이드와 짐꾼이 기

---

* 소요학파. 즉 아리스토텔레스가 정원을 거닐며 제자들을 가르쳤다는 데서 유래한 말.

166

다리고 섰다.

　짐꾼들은 이제 좀 힘들어 보인다. 첫날인 어제는 거의 무슨 무사인 양 무척 빠르게 올라가더니, 지친 듯 터벅터벅 기운 빠진 그들의 모습은 뜻밖이다. 나이 좀 들고 왜소한 짐꾼 한 명이 그녀 뒤에 붙자 리타는 지나가라고 옆으로 비켜선다.

　"잠보." 리타가 말한다.

　"잠보." 그가 말한다.

　그는 제리의 이름이 적힌 더플백을 이고 있는데, 가방의 두꺼운 끈을 이마에 가로 매어 지탱하고 있다. 끈 아래쪽으로 땀이 콧잔등을 타고 흘러내린다.

　"하바리?" 리타가 말한다.

　"이마라." 그가 답한다.

　"물?" 그녀가 묻는다. 그가 발을 멈춘다.

　리타는 배낭 주머니에서 물병을 꺼내 짐꾼에게 내민다. 그는 웃으며 물병을 받는다. 깨끗한 플라스틱 물병의 넓은 주둥이에 입을 대고 한참을 마시고는, 물병을 가지고 그대로 걸어간다.

　"잠깐만요!" 그녀가 웃으며 말한다. "한 모금만 먹으라고요"라고 말하며 리타는 물병을 돌려받고 싶다고 몸짓으로 표현한다. 짐꾼은 서서 한 모금 더 마시고 리타에게 물병을 건네주고, 손등으로 입가를 닦으며 살짝 고개를 숙인다.

　그는 "감사합니다" 하고는 내처 산길을 올라간다.

　캠프가 설치됐다. 오후 3시인데 다시 안개가 밀려들었다. 널따란 고동색 맨땅 위에 안개가 가볍게 걸렸다. 안개 낀 야영장은 중세의 전쟁터처럼 보인다. 황량하고 인간의 죽음을 품을 준비가 되어 있는 전장.

테트가 조립되는 동안 리타와 제리는 감자 푸대만 한 크기와 모양의 바위에 앉아 있다. 마이크는 땅바닥에 대자로 뻗었는데, 리타에게는 시체가 딱 저런 느낌이겠지 싶다. 마이크의 피부는 거의 푸르뎅뎅하고, 호흡은 허허롭다. 저런 숨소리는 난생처음 듣는다. 겨드랑이에서 삐져나온 스틱은 마치 등을 찌르고 그를 관통한 것 같다.

"오 애슐리!" 마이크는 자기 배 속의 촌충인지 뭔지한테 말을 건다. "너 도대체 나한테 왜 이러는 거니, 응?"

안개 속 저 멀리에서 노랫소리가 들려온다. 독일어 같은데 이내 웃음소리가 되어 흩어진다. 리타가 앉아 있는 곳과 좀더 가까운 데서는 똑딱똑딱하는 불규칙한 소리가 작게 들리고, 간간이 조그만 환호성도 터져나온다.

얼마 안 되어 안개가 걷히고, 짐꾼들에 둘러싸인 그랜트가 보인다. 그는 벌써 자기 텐트를 다 치고 나서 아주 어린 청년과 테니스 비슷한 게임을 하고 있다. 그녀가 본 짐꾼들 중 제일 어리고 마른 청년이다. 얇은 나무 널빤지를 써서 조그만 파란 공을 바닥에 떨어뜨리지 않고 주고받는다.

"저기 계시군," 제리가 말한다. "짐꾼들의 성인, 세인트 그랜트 씨!"

저녁식사 메뉴는 매번 똑같다. 차가운 소면, 흰 쌀밥, 감자. 그런데 오늘 저녁은 오렌지 슬라이스 대신 수박이다. 가느다란 삼각형으로 단정하게 썰린 수박은, 둥근 은색 호수 위에 붉은 돛을 올린 녹색 조각배다.

"누가 수박을 지고 여기까지 올라왔네." 마이크가 한마디 한다.

아무도 대꾸하지 않는다.

"뭐, 수박이 저 혼자 걸어온 건 아니죠." 프랭크가 대꾸한다.

아무도 수박에 손대지 않는다. 등산객들은 수분 속의 말라리아 위험 때문에 과일은 피하라는 주의를 받았다. 식사 담당이자 언제나 사람보다 미소가 먼저 보이는 스티븐이 금방 다시 들어와 수박을 쓰레기 텐트로 가져간다. 일언반구도 없다.

"수박을 지고 온 사람은 어떻게 됩니까?" 제리가 싱글거리며 묻는다.

"아마 하산하겠죠." 프랭크가 말한다. "상당수가 벌써 내려가는 중입니다. 우리가 먹은 식량을 지고 나른 사람들이죠. 짐꾼들 대부분이 얼굴을 익혔다 싶으면 가버립니다."

"바나나 밭으로 귀환인가." 제리가 말한다.

리타는 제리가 왜 이렇게 낯익어 보이는지 생각하던 중이었는데, 방금 깨닫게 됐다. 할인점에서 봤던 오동통한 남자와 닮았다. 그 남자는 목욕용 가운을 입어보고 그게 참 마음에 들었는지 그 차림으로 1시간 가까이 가게 안을 돌아다녔다. 리타는 거기서 그 남자와 두 번이나 마주쳤다. 그 남자의 경우나 제리의 경우나, 전후 사정과 취향에 대한 몰지각함이 한편으론 소름 끼치고 다른 한편으론 경외스럽다.

등산객들은 각자 자기 꿈 얘기를 한다. 다들 말라리아 예방약인 말라드론이 환각을 유발하고 불안한 꿈을 꾸게 한다고 성토하는 중이다. 리타는 남들 꿈에는 전혀 관심이 없고 자신은 이번 여행중에 한 번도 악몽을 꾼 적이 없으므로 듣는 둥 마는 둥 한 귀로 흘린다.

프랭크는 인도네시아 최고봉인 푼착 자야에 올라갔을 때 얘기를 들려준다. 푼착 자야는 해발 16500피트로 굉장히 추운 산이다. 1934년 프랭컨이라는 이름의 영국인 탐험가 겸 등산가가 그 산에서 사망했는데, 그 후로 십수 년간 열두 팀 이상이 그의 시신을 찾으려고 노력했으나 실패했고, 프랭크 팀의 등반도 그를 찾는 것이 목적이었다. 팀은 그즈음 몇천 피트 아래쪽에서 발견된, 프랭컨의 파트너가 남긴 일기 덕분에 그가 밟았던 대략적인 루트를 알게 되었고, 프랭컨이 숨을 거둔 것으로 추정되는 고도에 일단 도착하자 15분 만에 그의 시신을 찾았다. "저기 있다." 등반 팀원 중 한 사람이 일말의 의혹도 없이 확언했다. 시신이 매우 잘 보존되어 있어서 프랭컨의 모습은 죽기 전에 마지막으로 찍힌 사진과 동일한 상태였다. 적어도 200피트는 추락한 듯했고, 다리가 부러졌지만 간신히 목숨은 부지해서 기어올라오려고 애쓰다가 결국 동사했다.

"그래서 그를 묻어줬나요?" 셸리가 물었다.

"묻어요?" 프랭크는 연극적인 어투로 어리둥절한 시늉을 하며 되물었다. "세상에, 그 사람을 우리가 무슨 수로 묻어줍니까? 눈이 11피트나 쌓였고 그 밑은 바위인데."

"그럼…… 그 사람을 그냥 거기 두고 왔다는 말이에요?"

"당연히 그대로 두고 왔죠! 내 장담하는데, 지금도 거기에 그때랑 똑같은 곳에 있을걸요."

"그럼 그게……."

"넵, 그게 산의 방식입니다."

자정이 지나서 리타는 요의를 느낀다. 텐트에서 조용히 빠져나오려 하지만 텐트 내부 지퍼를 열고 또 외부 지퍼를 여는 소리가 엄청 크다. 머리를 텐트 밖으로 내밀 때쯤 셸리도 잠에서 깼음을 알았다.

내뱉는 숨이 응축되어 입김이 눈에 보인다. 대기중의 모든 것이 파랗고, 생생한 달은 만물에 파란 빛을 드리운다. 만물이 수면 아래 잠겼고, 그 밑으로 무시무시한 검은 그림자가 존재한다. 모든 바위 밑에 검은 구멍이 뚫렸다. 모든 나무 밑에 검은 구멍이 뚫렸다. 리타는 텐트 밖으로 나와 차디찬 공기 속으로 걸음을 내딛는다. 펄쩍 뛴다. 그녀 바로 옆에 우두커니 선 형상이 있다.

"리타 씨," 그 형상이 말한다. "미안합니다."

그랜트다. 가슴 앞에 팔짱을 낀 채로 서서 달을 마주하고 있다. 또한(이제야 리타의 눈에도 들어온다) 온전히 드러난 킬리만자로 정상을 마주하고 있다.

"굉장하죠?" 그가 속삭인다.

"상상도 못했어요……."

엄청나다. 창백하고 거대하며 평평한 산마루. 그 선명함이 실로 놀랍다. 새벽 1시에 가까운 이 시각에도 정말이지 눈이 멀 정도로 새하얗다. 그 새하얀 꼭대기가 달빛을 받아 촛불 아래 놓인 도자기 같다. 게다가 너무나도 가깝게 보인다! 이것이 바로 그들이 정상에 오르려 하는 바로 그 산이다. 그들은 이미 절반 가까이 올라왔고, 그 사실이 리타에게 확실하고 온전한 성취감을 안겨준다. 이 느낌은 결코 빼앗길 수 없다.

"구름이 방금 걷혔어요." 그랜트가 말한다. "양치질을 하던 중이었거든요."

리타는 텐트가 있는 야영장 쪽을 돌아본다. 혼자서 혹은 쌍으로, 산을 마주하고 서 있는 다른 사람들이 눈에 띈다.

리타는 정상까지 오르기로 결심한다. 달을 바라보며 인간이 그곳에 갈 수 있음을 확신하는 것도 이 비슷한 느낌일 것 같다. 그녀와 정상 사이에는 오직 시간과 숨결밖에 없다. 그녀는 젊다. 그녀는 할 것이고, 해낼 것이다.

리타는 그랜트를 향해 돌아서지만 그는 이미 사라져버렸다.

리타는 기운차게 일어난다. 이유는 모르겠지만 눈이 반짝 떠지고 몸이 편해지면서, 이제는 자신이 이 산에 속해 있는 기분이다. 그녀는 공격할 준비가 됐다. 오늘은 산길을 맨발로 달려갈 것이다. 자신의 더플백을 직접 지고 올라갈 것이다. 셸리를 업고 갈 것이다. 산에서 이틀 잤을 뿐인데 몇 달쯤 산 느낌이다. 여기 혼자 남겨져도 살아남을 수 있고, 억척스럽기 짝이 없는 식물처럼 이곳 생태계에 섞일 수 있을 거라는 확신이 든다. 피부는 아이스그린색으로 변하고, 다리는 억세게 자라서 옹이가 지고, 발은 뿌리처럼 단단하고 영악해질 것이다.

리타는 텐트에서 나온다. 공기는 여전히 안개로 흐릿하고 죄다 얼어붙었다. 그녀의 부츠에도 서리가 덮였다. 산마루는 이제 모습을 감추었다. 리타는 신발을 꿰어 신고 소변을 보기 위해 야영장 밖으로 달린다. 개울을 찾을 때까지 달리기로 결심한다. 개울에서 손을 씻기로 한다. 이제 이 산은 그녀의 소유이므로 이 산의 개울에서 손을 씻어도 되고, 먹을 만하다면 개울물도 마시고, 동굴에서 살 수도, 깎아지른 암벽을 오를 수도 있다.

15분쯤 지나서 리타는 개울의 위치를 알아낸다. 물 흐르는 소리가 나는 곳을 따라갔지만 별 소득이 없어서, 결국에는 빈 물통 두 개를 들고 나서는 얼룩말무늬 셔츠 차림의 짐꾼을 따라갔다.

"잠보." 리타는 그랜트가 하던 대로 짐꾼에게 인사한다.

"잠보." 짐꾼도 화답하며 그녀를 보고 빙그레 웃는다.

나이가 어려 보였는데, 열여덟이나 됐을까, 지금껏 그녀가 본 짐꾼들 중 가장 어린 듯하다. 인중에서 턱의 보조개 바로 위까지 입술을 양분하는 흉터가 있다. 물통은 휘발유를 나를 때 쓰는 것과 똑같은 형태와 크기다. 짐꾼이 작은 폭포 아래 물통을 갖다 대고 물을 받기 시작하는데, 그녀가 모시에서 묵을 때 오두막에서 비몽사몽중에 들은 것과 똑같은 소리가 난다. 리타와 그는 몇 피트 떨어져 웅크리고 앉아 있다. 그의 트레이닝셔츠는 분홍색과 검은색 얼룩말무늬가 채찍처럼 휘감고 있다.

"얼룩말 좋아해요?" 그녀가 묻는다.

청년은 살며시 웃으면서 고개를 끄덕인다. 리타는 청년의 트레이닝셔츠를 살짝 만져보고서 그에게 엄지손가락을 들어 보인다. 청년은 초조하게 웃는다.

리타는 두 손을 물속에 담근다. 물의 온도는 정확히 그녀가 예상했던 대로다. 차갑지만 상쾌하다. 손톱으로 손바닥에 낀 때를 긁어내고 미장하듯 앞뒤로 흔든다. 손금을 흙먼지에서 해방시키는 기분이다. 그런 다음 흐르는 물에 손을 넣고 씻으니 성취감이 대단하다. 비누 없이도 이 지저분한 손을 씻고 말 테다! 하지만 다 씻고 나서 반바지에 물기를 닦고 보니 전과 다를 바 없이 더러워 보인다.

손바닥을 들여다보는 동안 해가 떴다. 아직 낮지만 쨍한 해를 리타는 정면으로 마주본다. 해는 그녀가 다른 등산객들보다, 짐꾼들보다 더 깊숙이 이곳에 속해 있음을 확인해준다. 그녀는 아직 양말도 안 신었다! 이제 해는 그녀를 따사롭게 감싸고, 손이 깨끗하지 않아도 걱정할 것 없다고 속삭인다.

"태양." 그녀는 미소 지으며 짐꾼에게 말한다.

짐꾼은 두번째 물통의 마개를 돌려 막으며 고개를 끄덕인다.

"이름이 뭐예요?" 그녀가 묻는다.

"카심." 그가 말한다.

리타는 철자를 알려달라고 한다. 그가 알려준다. 그녀는 열심히 발음을 해보고, 그는 싱긋 웃는다.

"이 산에 오르려고 돈을 내는 우리가 미친 사람처럼 보이죠?" 그녀가 묻는다. 그가 고개를 끄덕이며 동의해줬으면 좋겠다. 그는 미소 지으며 무슨 말인지 모르겠다고 고개를 젓는다.

"미친 거죠?" 리타는 자기 가슴을 가리키며 말한다. "돈 내고 이산에 오르는 건?" 리타는 검지와 중지를 들어 허공에 가상의 산을 그리는 중이다. 그리고 구름 고리를 두른 킬리만자로 정상을 가리킨다. 구름은 마지막 1000피트를 수호하는 굽은 칼날 같다.

짐꾼은 알아듣지 못하고, 알아들은 척도 하지 않는다. 리타는 카심을 제일 좋아하는 짐꾼으로 찍고 그를 챙기기로 마음먹는다. 내 점심 도시락을 카심한테 줘야지. 하산하면 지금 신고 있는 이 부츠도 줘야지. 리타는 낡아빠진 인조가죽 농구화를 신은 그의 발을 흘깃 본다. 자기보다 발이 훨씬 더 크다. 어쩌면 아이가 있을지도 모르니까. 신발을 아이한테 주면 되지. 그때 리타는 카심이 지금 일하는 중임을 깨닫는다. 그가 산에 있는 동안 그의 가족은 집에 있겠지. 그것이야말로 그녀가 너무나도 부러워하는 것이다. 아이들이 기다리는 집에 가는 것. 이제 막 첫발을 내디뎠으니 하고 싶은 얘기는 백만 가지도 넘는다. 학교를 결석시키고 현장학습에 데려가고 싶다. 아이들에게 기합을 준 체육선생을 속으로 조용히 욕하고 싶다. J.J.의 가방에 붙은 껌을 깨끗이 떼어주고 싶고, 프레더릭이 오줌 싼 이불을 세탁하고 싶다.

카심은 물통 두 개를 가득 채우고 일어나서 손을 흔들어 안녕 하고는 타박타박 캠프로 돌아간다.

등산객과 짐꾼 들은 젖은 옷을 바위 위에 널거나 헐벗은 나뭇가지에 매달아 햇볕에 말린다. 1시간 만에 기온이 영하에서 15도까지 오르고, 다들 이 따뜻함에, 뽀송뽀송 마른다는 생각에, 맑게 갠다는 생각에 기뻐 날뛴다. 이제 야영장은 몇백 미터 밖까지 잘 보이고, 주변은 사람들(400명쯤 된다)과 그들이 산에 가져온 물건들로 난장판이다. 얼룩덜룩한 색깔이 여기저기 나뭇가지에서 떨어지고 땅으로 흐른다. 어디를 둘러봐도 휴지를 들고 폐기물을 버릴 은밀한 장소를 찾아다니는 등산객들이 눈에 띈다.

리타는 자기 몫의 죽을 아귀아귀 먹는다. 다른 몇몇 사람들이 활력을 잃어갈 때 자신은 오히려 기운이 넘치는 것 같다. 일행은 텐트 안 카드 테이블에 다닥다닥 붙어 앉아 있고, 처음으로 식사를 하는 동안 텐트 문을 열어놓았다. 이제는 무척 따스하고 화창하다. 해를 마주한 사람들은 선글라스를 쓰고 있다.

"우와, 기분 좋은데." 제리가 말한다.

"해변에 있는 것 같네요." 셸리의 말에 다들 웃는다.

"분위기를 망치고 싶진 않지만," 프랭크가 말한다. "알려드릴 사항이 있습니다. 짐꾼들에게 물건을 주는 것은 금지되어 있다는 점을 다시 한번 강조합니다. 오늘 아침에 마이크가 선심을 써서 짐꾼한테 자기 선글라스를 줬는데요, 그다음에 어떻게 됐지요, 마이크?"

"딴 사람이 쓰고 있더군요."

"선글라스가 딴 사람한테 가는 데 얼마나 걸리던가요?"

"십오 분이요."

"왜 그렇게 됐을까요, 마이크?"

"왜냐하면 물건을 줄 때는 일단 패트릭한테 건넸어야 하니까요."

"그렇습니다. 자, 여러분, 여기엔 서열이라는 게 있고, 패트릭이 그 순위를 압니다. 문득 주체할 수 없는 아량이 넘쳐서 점심 도시락이든 신발 끈이든 하여간 뭐든 누구한테 주고 싶은 마음이 들면, 패트릭한테 주세요. 그게 뭐든 무조건 패트릭이 분배합니다. 이것이 유일하게 공평한 방법이에요. 아시겠습니까? 여러분은 산에 오르기 위해 여기에 왔고, 저들은 일하기 위해 온 겁니다."

다들 고개를 끄덕인다.

"근데 선글라스는 왜 줘버린 겁니까, 마이크? 앞으로 며칠간은 선글라스가 필요하다는 걸 잘 아시잖아요. 정상에 오르면 눈이……."

"저는 내려갈 겁니다." 마이크가 말한다.

"네?"

"내려갈 거라고요." 마이크는 프랭크를 똑바로 쳐다보며 말한다. 그의 파란 눈이 햇빛에 반사되어 잿빛으로, 거의 무채색으로 보인다. "더이상 오르고 싶은 의욕이 없어요."

"의욕이라고요, 네?"

프랭크는 잠시 멈칫한다. 마이크한테 농담을 건네려다, 마음을 바꿔 하산을 만류하려고 했는데, 결국 그 결정을 받아들이는 쪽으로 생각을 돌린 것 같다. 프랭크는 분명 제리에게 뭔가 얘기하고 싶어 하는 것 같은데, 정작 제리는 아무 말이 없다. 제리는 나중에 마이크와 둘이서 얘기할 것이다.

"뭐," 프랭크가 말한다. "자기 일은 자기가 제일 잘 알겠죠. 패트릭이 함께 하산할 짐꾼을 붙여줄 겁니다."

마이크와 프랭크는 어떻게 하산할지에 관해 얘기한다. 하루 안에 내려가라고요? 그게 제일 좋은 방법입니다, 프랭크가 말한다. 그러면 장비와 식량이 필요 없으니까. 내 짐은 누가 들고 가는데요? 배낭은 직접 메고 가고, 짐꾼이 더플백을 옮겨줄 겁니다. 아마 해 떨어지기 전까지는 내려갈 테고, 거기서 고드윌이 마중 나올 겁니다. 고드윌이 누군데요? 운전사요. 아, 그 노인네. 네, 고드윌입니다. 그 사람이 당신을 데리러 올 거예요. 만약 국립공원 관리인이 응급상황이라고 판단하면 고드윌이 차를 산중턱까지 몰고 올라오게 해줄 겁니다. 그럼 내려가는 데 몇 시간쯤 걸릴까요? 6시간이면 될 거예요. 할 수 있을 것 같네요. 할 수 있죠, 마이크, 당신은 할 수 있습니다. 해야 해요. 괜찮아요. 여기까지 와줘서 고맙습니다. 다음번엔 더 운이 좋기를 바랍니다.

제리는 여전히 아무 말이 없다. 귀를 쫑긋한 채, 뭔가 계획을 세우는 듯한 눈빛으로 인상을 쓰며, 서둘러 죽을 씹고 있다.

아침을 먹은 리타는 화장실 텐트로 가면서 요리 텐트 앞을 지나

친다. 안에는 짐꾼 여섯 명이 있고, 밖에는 나머지 짐꾼들이 우르르 몰려 있다. 대부분 나이가 어린 짐꾼들로 저마다 작은 컵을 손에 들고, 접시와 수저를 나를 때 쓰던 커다란 플라스틱 대야를 둘러싸고 서 있다. 카심도 거기 있다. 리타는 그를 바로 알아보았는데, 그도 그럴 것이 짐꾼들은 옷을 갈아입지 않아서 옷차림이 매일 똑같기 때문이다. 또다른 트레이닝셔츠 하나도 자주 보던 거다. 몸통은 흰색이고 소매는 주황색인데 가슴팍에는 헬로키티 로고가 화려하게 박혀 있다. 리타는 카심과 눈을 맞춰보려고 애쓰지만 그는 요리 텐트에만 집중한다. 스티븐이 입구를 휙 들추고 나오더니 들고 있던 은색 그릇의 내용물을 대야에 쏟는다. 어린 짐꾼들이 대야에 달려들어 그 얼마 안 되는 죽더미에 컵을 쑤셔넣자 죽은 몇 초 만에 다 사라진다.

길은 산을 휘감으며 차츰차츰 위로 올라간다. 마이크는 내딛는 걸음마다 신음 소리를 흘리면서도 여전히 일행과 함께 간다. 리타는 왜 그가 아직도 일행에 끼어 있는지 모르겠다. 마이크는 뒤에 처져서 패트릭과 함께 오고 있는데, 온몸의 피와 함께 희망도 몽땅 빼앗긴 사람처럼 보인다. 얼굴은 창백하고, 한쪽으로 기우뚱하니 등산용 스틱을 노인들 지팡이처럼 쓰는데, 자신이 없는지 지팡이에 너무 많이 의지해서 끝이 무겁게 찍힌다.

구름이 일행을 따라 산 위로 올라오고 있다. 프랭크 왈, 오늘 하루 따뜻하게 보내고 싶다면 반드시 구름보다 앞서야 한단다. 비가 좀더 내릴 거라는 얘기가 있는데도, 프랭크와 패트릭은 다음 야영장에서는 비가 올 리가 없다고 확신한다. 무척 높은 곳에 있으니까.

일행은 마웬지 봉峯과 그로부터 1마일 떨어져 더 높이 뾰족하게 솟은 키보 봉峯 사이의 고산지대 사막을 걷고 있다. 나무는 안 보인 지 오래고, 식물도 이제는 드문드문하다. 길 바로 앞에 산이 서 있지만 봉우리는 구름에 덮여 여전히 어렴풋하다. 꼭대기를 본 사람은 아직 리타와 그랜트밖에 없다. 자정 무렵에 휘영청 밝은 조그만 달 아래서 말이다.

산행을 재개하고 2시간이 지나자 리타의 머리가 지끈거리기 시작한다. 해발 11200피트 고지쯤이었고, 통증은 느닷없이 찾아왔다. 뇌부종을 일으키기 전에 두개골 뒤쪽에서부터 통증이 시작되어 점점 커진다는 말을 들었는데, 딱 그 뒤통수가 아프다. 리타는 혈관과 뇌에 좀더 많은 산소를 공급하기 위해 한층 신경 써서 숨을 깊게 들이마신다. 심호흡은 잠깐 동안은 효과가 있어 통증이 줄어들지만, 아픔은 다시 맹렬하게 돌아온다. 리타는 소리 내어 빠르게 숨을 쉰다. 걸음을 빨리할수록, 길이 험할수록 통증이 사라진다. 그녀는 계속 산을 탈 수밖에 없다.

그녀는 요하네스버그에서 탄자니아까지 차를 몰고 온 세 명의 남아프리카 사람들과 같이 걷는다. 오는 데 얼마나 걸렸는지 물어보면서, 16시간이나 18시간 정도 걸렸겠거니 짐작한다. 그들은 웃음을 터뜨린다. "아뇨, 아뇨, 삼 주가 걸렸어요, 동아프리카에는 고속도로가 없어요!"라고 한다. 그들은 C자형으로 산을 휘감은 쉬운 길을 함께 걸어가며 셰일 암반층을 통과한다. 녹슨 색깔의 암석이 발밑에서 요란하게 찰캉, 쩽, 하며 부서지고 깨진다.

산길은 킬리만자로에서 가장 황량한 구역을 지난다. 화산이 용

암이 아닌 녹슨 철을 분출한 것 같은 땅이다. 풍화된 셰일 층이 산 꼭대기와 각을 세우면서 지금도 여전히 중심부의 불기둥에서 벗어나려는 것 같다.

그들은 거대한 로벨리아 나무가 듬성듬성 숲을 이룬 계곡으로 내려간다. 나무들이 하나같이 웃기게 생긴 게, 코코넛나무 같은 회색 몸통 꼭대기에 뾰족하고 파릇파릇한 쑥대머리가 초록으로 넘실거린다. 좁고 얕은 계곡 틈새로 산길을 따라 개울이 흐르고, 사람들은 발을 멈추고 물병에 물을 채운다. 등산객 네 명이 가고일*처럼 쭈그리고 앉아 정수용 알약이 든 조그만 유리병을 서로에게 건넨다. 쇳빛의 손톱만 한 알약 두 개를 물병에 넣고 흔든다. 그들은 계속 가고일처럼 쭈그리고 앉아서 알약이 녹을 때까지 기다렸다가 물맛을 좋게 하는 조그만 정제를 넣는다. 그리고 일어선다.

리타는 남아프리카 사람들보다 앞서 계곡을 천천히 뛰어서 내려가기로 한다. 사하라 이남 아프리카의 경제상황에 관해 알 수 있는 매력적인 기회와, 산길을 뛰어 내려가면 캠프에 일찍 도착할 수 있다는 전망을 저울질하다가, 그녀는 뛰기로 마음을 정한다. 리타는 그들에게 아래에서 보자고 말한 뒤 뛰기 시작하고, 그 즉시 기분이 좋아진다. 몇 분 지나지 않아 호흡이 깊어지고 머리가 맑아진다. 노력이라는 것은 치열하게 꾸준히 해야 하는 것임을 깨닫는다.

바로 앞 로벨리아 잡목숲 아래 산길이 구부러지는 곳에 웬 남자가 길 한가운데 뻗어 있다. 어디서 떨어진 것처럼 몸뚱이가 구겨져

---

* 서양 교회의 지붕 귀퉁이에서 흔히 볼 수 있는 전설 속의 괴물상.

있다. 마이크다. 리타는 그에게 다가간다. 얼굴이 거의 시퍼렇게 보이는데 잠이 들었나, 배낭을 어깨에 짊어진 채로 길 한가운데 누워 있다. 리타는 배낭을 벗어 던지고 마이크 옆에 무릎을 꿇고 앉는다. 숨은 쉰다. 맥박은 느리지만 목숨이 위태로울 정도는 아니다.

"리타 씨."

"괜찮아요? 왜 그래요?"

"지쳤어요. 아프고. 집에 가고 싶어요."

"뭐, 그 소원은 바로 성취되겠네요. 이렇게 상태가 엉망이니."

그가 씨익 웃는다.

리타는 그를 부축하여 일으키고, 두 사람은 느릿느릿 야영장을 향해 계곡을 내려간다. 야영장은 너른 계곡 안에 펼쳐져 있고, 텐트는 절벽 가장자리를 따라 쳐 있다. 사흘째 되는 날의 이 야영지는 그야말로 장관이다. 두 사람이 도착한 것은 늦은 오후인데 태양이 사방을 비춘다. 이곳은 구름 위에 높이 자리한 바랑코 계곡이다. 마치 유리로 접근을 막아놓은 것처럼 계곡 입구 너머에 구름이 드넓은 바다같이 펼쳐져 있다.

텐트가 완성되자 리타는 마이크를 부축하여 텐트 안에 들어가 옷더미로 만든 베개에 머리를 뉘어준다. 햇빛이 텐트 안을 선홍색으로 불안하게 물들인다. 이미 야영장에 도착하여 개울가에서 양말을 빨고 온 제리가 아들이 온 것을 알고 텐트 안으로 들어와서 리타에게 자리를 물려줄 것을 청한다. 리타가 나오자 텐트의 지퍼가 닫힌다.

자기 텐트로 돌아온 리타는 녹초가 되었다. 몸을 움직이지 않으니까 두통이 살아 움직이는 생물이 된다. 굉장히 시끄럽게 숨을 쉬며 잠시도 꼬리를 가만 놔두지 못하는 골치 아픈 동물이 그녀의 전두엽에서 까불며 두개골을 무지막지하게 압박하고 있다. 통증이 눈 가장자리까지 퍼진다. 이마 양 끝에서 누가 펜이나 연필 같은 것을 찔러 넣어 안구 뒤쪽을 관통하여 머릿속 한가운데까지 뚫고 들어간 기분이다. 엄지와 검지를 머리뼈와 뒷목이 만나는 곳에 갖다 대니 맥박이 느껴진다.

텐트가 노랗다. 햇빛 때문에 텐트가 살아 있는 것 같다. 레몬 속에 들어온 느낌이다. 공기도 노란 듯하고, 노랑에 관하여 그녀가 아는 모든 것이 여기에 있다. 영광과 빈혈. 점점 더워지고, 해는 하루 종일 군림하며 아낌없이 그러나 무자비하게 빛을 퍼준다.

밤이 되니 추워진다. 해발 14500피트고 공기는 희박하다. 해가 사라지니 바람이 불경하게 혹독해진다. 또 비가 내린다. 프랭크와 패트릭은 경악을 금치 못한다. 두 사람은 이 계곡에서 비가 내리는 일은 극히 드물다고 입을 모으지만, 현실은 해가 떨어지자마자 한 방울 두 방울 흩뿌리기 시작해서 저녁 먹을 때가 되니 줄기차게 비가 쏟아진다. 기온은 곤두박질쳤다.

저녁을 먹으면서 내일 일정(마지막 등정이다)에 관해 듣는다. 아침 6시에 일어나서 8시간 동안 걸은 후에 꼭대기 캠프에서 밥을 먹고 저녁 11시까지 잔다. 11시에 일어나 짐을 싸고 밤중에 마지막 6시간 길을 올라간다. 일출 무렵에 키보 봉에 도착하면 사진을 찍고 1시간 정도 돌아보고 나서, 8시간 동안 산중턱의 마지막 캠프까지 내려온다. 내려갈 때는 다른 쪽 사면의 지름길로 가는데 풍광은 별로지만 더 빠르게 곧장 내려갈 수 있다.

셸리는 짐꾼들도 모두 일행과 함께 올라가는지 묻는다.

"네? 정상까지요? 아뇨, 아니죠." 프랭크가 말한다. 원래 다섯 명 정도는 가이드로 따라 올라간다. 일행 중 도중에 내려가야 하는 사람이 생기거나 배낭을 들어줘야 할 사람이 있을 때를 대비해서 같이 가는 것이다. 나머지 짐꾼들은 캠프에 머물다가 짐을 챙겨 하산하고, 한참 아래에 있는 마지막 캠프에서 다시 만날 것이다.

리타는 저녁을 거의 남기고 일어나서 텐트 밖으로 나오려다 한 짐꾼의 귀에 머리를 부딪힌다. 개울에서 물을 뜨던 그 청년이다.

"잠보." 그녀가 말한다.

"안녕하세요." 그가 말한다. 그는 조그만 배낭을 들고 있다. 식사용 텐트 주위에는 스무 명가량 되는 짐꾼들이 있지만, 접시를 치우는 사람은 딱 세 명뿐이다. 등산객들이 모두 나가자 두 사람이 더 와서 카드 테이블과 의자를 해체한다. 텐트는 금방 비고, 짐꾼들이 들어오기 시작하는데 아마도 텐트를 접기 전에 청소를 하려는 모양이다.

리타는 자리에 눕는다. 느릿느릿 누우면서 셸리가 쓰레기봉투에 부드러운 옷을 넣어 만들어준 베개에 아주 천천히 머리를 뉜다. 하지만 쓰레기봉투가 사각거리는 아주 작은 소리도 천둥처럼 울린다. 리타는 겁이 난다. 호텔의 안내데스크에 코팅해서 붙여놓은 사진이 보인다. 6개월 전에 이곳에서 사망한 청년과 그의 묘비 사진이다. 잘생긴 청년이 파란 반다나 스카프를 두르고 활짝 웃고 있다. 손님들에게 너무 억지로 올라가지 말라고 경고하는 차원에서 붙여놓은 것이다. 그녀는 짐꾼들이 자신의 시체를 떠메고 내려가는 것을 본다. 그 사람들이 시신을 정중하게 다룰까? 그럴 리가 없다. 짐꾼들은 빨리 내려가고 싶은 생각밖에 없을 것이다. 환자이송용 인력거가 있는 데까지 떠메고 가서 그다음부터는 달려 내려가겠지.

리타는 등산객들이 잠자리에 드는 소리에 귀기울인다. 그녀는 침낭 속에 있는데도 춥다. 세 겹으로 껴입었는데도 껍질이 벗겨진 기분이다. 몸이 부들부들 떨리지만, 떨면 머리가 너무 아파서 몸을 억지로 다잡는다. 침착함을 그러모아 자신의 피부 위로 퍼붓고, 뜨끈한 오일처럼 피부에 바른다. 더욱 천천히 숨을 고른다. 무언가가 다리를 먹고 있다. 퓨마가 와서 그녀의 다리를 갉아먹고 있음을 알아차린다. 퓨마가 먹는 모양을 바라보고 있자니 그 느낌이 온다. 강아지가 발가락을 핥는 것 같은 느낌인데 다만 피와 뼈와 골수가 보인다. 강아지는 그녀의 뼈에서 골수를 빨아먹으며 그녀를 쳐다보곤 빙그레 웃으며 묻는다. 이름이 뭐예요? 얼룩말 좋아해요?

거세지는 빗소리를 들으면서 리타는 잠에서 깬다. 꿈을 떨쳐내고 거의 곧장 그 내용도 까먹는다. 내리는 비가 그녀의 머릿속을 점령한다. 빗소리는 노크처럼 단단하고 묵직하며, 노크는 점점 더 요란해지고 끝날 줄 모른다. 저 노크 소리. 젠장 누가 가서 문 좀 열어줄 수 없어요? 리타는 밤새 얼어 죽는 줄 알았다. 1시간 간격으로 일어나서 옷을 하나씩 더 껴입었고, 하도 두툼하게 입어서 이제는 움직일 수 없을 정도다. 짐꾼들과 이대로 캠프에 머물면서 마지막 등정을 포기할까 잠깐 고민한다. 킬리만자로에 대한 사진도 있고, 아이맥스 영화도 있다. 정상에 오르지 않아도 그녀는 살아갈 수 있을 것이다.

하지만 마이크와 한데 묶이기는 싫다. 나는 마이크보다 나은 사람이다. 이 등반을 끝까지 해내야 하는 이유다. 셸리도 해낼 것이고, 그랜트도 해낼 것이기에, 나도 해내야 한다. 나는 그 사람들 못잖게 훌륭하다. 리타는 자신이 해낼 수 없다는 것을 인정하는 데 진절머리가 난다. 오랫동안 그녀는 노상 자신의 깜냥을 벗어나지 않는 한도 내에서 어떻게든 해보려다, 매번 느닷없이 포기하고는 그저 열심히 했다는 데에 만족해왔다. 성공과 실패 사이, 성취하고 이룬 목표와 조정된 목표 사이의 그 미묘한 지점에서 위안을 발견했다.

리타는 티셔츠와 양말을 하나씩 더 껴입고, 다시 누워서 잠을 청한다. 새벽에 일어나서 셸리가 붙잡고 떠먹여주는 죽을 먹고 다시 잠든다.

텐트의 통풍구를 통해 들어오는 빛은 형상과 의미에 구애받지 않는 세계로 통하는 틈새 같다. 오롯이 흰색이다. 희디희다. 리타는 눈을 가늘게 뜨고 선글라스를 찾으려 손을 뻗지만 주위를 아무리 더듬어도 선글라스는 보이지 않고 텐트 밑의 돌만 느껴진다. 손가락 밑에서 느껴지는 돌마다 어쩐지 그녀의 머릿속으로 굴러들어오고, 손가락 밑에서 느껴지는 돌마다 그녀의 머리에 노크를 한다. 리타는 최대한 깊게 심호흡을 해보지만 소용이 없다. 머리에 피가 충분히 공급되지 못하고 있다. 몸의 기능이 상실된다. 그녀는 머리를 쓰는 간단한 기억력, 알파벳, 연방의 주 이름, 라틴어 동사활용을 시험해보는데, 집중이 안 되고 산만하다. 공기의 거친 결이 느껴질 정도로 깊이 들이마시고, 가슴이 움푹 들어갈 정도로 세게 내뱉는다.

아침의 첫 햇살이다. 해가 났다면 비는 분명 그친 것이다. 오늘은 그렇게까지 춥지 않을 것이다, 해가 있으니까. 그녀는 벌써 따스함을 느끼고, 텐트는 금방 데워진다. 하지만 바람이 여전히 강해서 텐트가 요란하게 들썩인다.

뭐지? 텐트 바깥에서 소동이 일어난다. 짐꾼들이 소리를 지르고 있다. 가까이 있는 프랭크의 텐트에서 지퍼 문이 열리고 닫히는 소리가 나더니, 이어서 소란스러운 쪽으로 향하는 프랭크의 발소리가 난다. 바람결에 사람들 소리는 높아졌다 낮아지고, 텐트가 펄럭여서 토막토막 잘린다.

텐트 안으로 들어오려는 사람이 있다.

"셸리." 리타가 부른다.

"응."

"누구세요?"

"나야. 셸리야."

몇 시간인지 몇 초인지가 흐른다. 셸리가 돌아왔다. 언제 나갔었지? 셸리는 텐트로 들어와 리타를 깨우지 않으려고 천천히 입구의 지퍼를 올린다. 몇 시간일까 몇 초일까?

"리타."

리타는 대답하고 싶지만 혀가 어디 있는지 모르겠다. 액체가 프레임 구석구석까지 밀고 들어가듯 빛이 그녀 속을 휩쓸고, 빛이 그녀를 채운다. 그녀는 금세 기절하듯 잠든다.

"리타, 일이 생겼어."

리타는 지금 말을 타고 싸움터 같은 곳에 있다. 두 발을 모아 옆으로 걸터앉아 총알을 피하고 있다. 그녀는 천하무적이고 그녀의 말은 날아다니는 것 같다. 말의 목을 가볍게 두드려주는데 말이 그녀를 차갑게 올려다보더니 손목을 물고 고삐를 거칠게 잡아끌며 계속 달린다.

몇 시간 후. 리타는 눈을 뜬다. 아프지 않다. 뭔가 달라졌다. 머리가 한결 개운하고 통증도 줄었다. 셸리는 나갔다. 지금이 몇 시인지 모르겠다. 아직 환하다. 다음 날인가? 모르겠다. 다들 가버렸을지도. 그녀를 여기 남겨두고.

리타는 일어난다. 텐트 문을 연다. 두 남자가 커다란 더플백의 지퍼를 올리고 있는데 그 주위로 사람들이 바글바글하다. 지퍼가 천인지 뭔지 분홍색 줄무늬에 걸린다. 이제 두 남자는 더플백을 나란히 왼쪽 어깨에 걸쳐 메고, 주위 사람들이 논쟁을 벌인다. 패트릭이 누군가를 밀치고, 더플백을 들고 산길을 내려가는 짐꾼들을 가리킨다. 짐꾼 두 명이 또다른 거대한 더플백을 걸쳐 메고 하산한다. 그랜트도 거기 있다. 그는 세번째 더플백을 같이 들어준다. 자기 쪽 더플백을 어깨에 얹고, 짐꾼이 다른 쪽 끝을 메고, 두 사람은 정상을 뒤로하고 길을 내려가기 시작한다.

리타는 다시 눈을 감고 날아간다. 다른 사람들 얘기가 의식의 환기구를 통해 그녀의 머릿속으로 토막토막 들어온다. "저 사람들이 뭘 입고 있었어?" "글쎄, 택시기사들하고 마찬가지잖아. 업무라고, 안 그래? 위험요소는 있게 마련이지……" "땅콩도 갖고 왔어요?" "다 무시하고 잔다고 해도 있던 일이 사라지는 건 아니야."

J. J.와 프레더릭이 전기의자에 앉아 있다. 브뤼셀에서 온 속기사가 리타 옆에 서 있고, 두 사람은 아이들을 바라보며 빙그레 웃는

다. 꿈의 논리로 보건대 아이들은 무슨 내기엔가 져서 처형을 당하는 것 같다. 혹은 그저 아이들은 그 의자에 앉기 위해 태어났고, 리타와 브뤼셀 출신의 속기사는 아이들의 손을 잡아주기 위해 태어났거나. J.J.와 프레더릭은 눈을 들어 리타를 쳐다보며 노래한다. 아이들은 차갑고 높은 가성으로 그녀에게 합창을 들려준다.

하나 둘
우리는 원래 알고 있었어요
셋 넷
당신은 절대 더 주는 법이 없지요.

리타가 아이들의 손을 잡고 있는데 전류가 흐르기 시작한다. 이곳에는 규칙이 있고, 자신은 그에 도전할 만한 사람이 아니라는 것을 잘 알고 있으므로 리타는 손을 거둔다. 하지만 아이들이 이를 덜덜 부딪치며 눈을 들어 그녀를 쳐다보자, 리타는 처형을 멈추기 위해 자신이 뭔가 해야 하는 게 아닐까 고민한다.

"기분은 어떠니, 아가?"
머리는 산뜻하고 가볍다. 다시 제 몸의 일부로 돌아온 것 같다.
"분명 풍토에 적응할 시간이 필요했던 거야."
고개를 들어도 통증이 없다. 머리를 드는 것도 어렵지 않다. 너무 개운해서 신기하다.
"자, 갈 거면 몇 분 내로 준비해야 해. 벌써 일정이 한참 밀렸거든. 서두르자고."

안 그래도 리타는 텐트 안에 머물 생각이 없다. 그녀는 이 등반을 성공적으로 마무리할 수 있으며, 이미 무언가를 해냈다.

바위투성이 자갈길은 미끄럽고 가파르지만 그것만 빼면 어려운 코스는 아니라고 한다. 일행은 정상까지 쭉 올라가기만 하면 된다. 그러면 자신에게나 타인에게나 해냈다고 말할 수 있는 얘깃거리가 생기고, 정상에 올라갔냐는 질문에 네, 라고 답할 수 있게 되고, 오십이 넘은 등산객도 둘이나 올라갔는데 넌 왜 못 가고 내려왔냐는 핀잔에 변명하지 않아도 된다.

리타는 짐꾼들이 다음 캠프로 옮겨줄 더플백에 파카와 음식과 나머지 물품들을 넣는다. 바람이 몰아쳐 텐트가 나부끼자 그녀는 돌연 패닉에 휩싸인다. 무슨 일이 있었다. 자고 있는데 셸리가 들어와서 무슨 일이 생겼다고 말한 게 기억난다. 그런데 무슨 일이지? 누가…….

마이크. 오, 맙소사. 배 속이 요동친다.

"마이크 씨는 괜찮아요?" 리타는 묻는다.

괜찮지 않다는 대답이 나올 줄 안다. 그녀는 셸리의 등을 쳐다본다.

"마이크? 응. 괜찮아. 그 사람은 멀쩡해. 오늘 끝까지 같이 갈지는 모르겠지만, 좀 나아졌던데."

리타는 그랜트가 하산하던 모습이 생각난다. 그랜트한테 무슨 일이 생긴 걸까?

"솔직히 나도 그 사람이 왜 내려갔는지 이해가 안 가." 셸리는 하얀 선블록 크림을 코에 찍어 바르며 말한다. "어쨌든 범상한 사람은 아니야, 그렇지?"

하늘은 맑게 개었다. 기온은 여전히 쌀쌀해서 7도쯤 되는 것 같지만 얼굴에 내리쬐는 햇볕이 따사롭다. 지금 리타는 자신이 서 있다는 사실이 믿기지 않을 정도다. 그녀는 셰일 암석을 딛고 식사 텐트로 간다. 바위의 얇은 판에서 철문이 닫힐 때처럼 찰캉 하는 소리가 난다.

마이크는 아침을 먹고 있다. 오전 8시다. 일정보다 2시간 늦었다. 일행은 서둘러 아침으로 나온 죽과 삶은 달걀과 차를 먹는다. 다들 지쳐서 말이 없다. 그랜트는 산을 내려갔고, 마이크는 올라가지 않는다. 리타는 달걀을 베어 먹는 마이크를 향해 싱긋 웃어준다.

남은 등산객들, 리타, 제리, 셸리와 프랭크와 패트릭은 마이크에게 작별인사를 한다. 대략 12시간 후에 다시 만날 테고, 그때쯤에는 그의 상태도 나아질 것이다. 키보에서 눈을 퍼서 갖다주겠다고 말한다. 일행은 정상까지 지친 몸을 이끌고라도 올라가고 싶고, 그곳에서 그를 내려다볼 수 있을 것이다.

정상에 오르니 탄자니아 땅이 100마일 저 멀리까지 보인다. 낮은 구름층이 끼어들어 땅을 삼킬 때까지 초록이 넓게 뻗어 있다. 모시도 보인다. 깨알만 한 유리창들에 햇빛이 반사되는 것이 마치 얕은 개울 아래 금싸라기 같다. 다들 정상 해발고도를 자랑스럽게 적어놓은 표지판 앞에서 사진을 찍고 있다. 아프리카의 가장 높은 봉우리이자 세계에서 가장 높이 단독으로 솟은 산의 위용이다. 표지판 너머 키보의 구멍, 거대하고 평평한 화산 분화구에는 눈이 페이즐리 무늬를 이루며 쌓여 있다.

모시 쪽에서 보는 산은 빙하가 낮고 넓게 형성되어, 꼭대기는 하얀데 리타가 보는 방향에서 위쪽으로 금이 쭉쭉 가 있다. 그녀는 지금 흰 고래의 거대한 이를 보고 있다. 20피트짜리 고드름이 길게 뻗어 아래쪽의 벌거벗은 암반 위로 떨어진다.

"저것들은 사라지는 중이지." 제리가 말한다. 그는 리타 뒤에서 쌍안경으로 경치를 보고 있다. "해마다 몇 피트씩 녹아 없어지고 있어요. 느리지만 꾸준히 떨어지는 거지. 20년 뒤면 다 없어질걸."

리타는 손갓을 만들어 이마에 붙이고 제리가 바라보고 있는 쪽을 쳐다본다.

"킬리만자로의 만년설도 이제 옛날 얘기가 되는 거지." 제리는 연극적인 몸짓으로 한숨을 내쉰다.

키보 정상에는 다른 사람들도 있다. 대규모 중국인 등산객 그룹은 전부 오십대이고, 여남은 명의 이탈리아 사람들은 가벼운 배낭에 윤이 나는 검정색 등산복 차림이다. 이곳까지 올라오는 데 성공한 등산객들은 서로 스칠 때마다 가볍게 목례를 한다. 모르는 사람한테 카메라를 건네주고 사진을 찍어달라 한다. 산 위에서 부는 바람은 귀신처럼 한 줄기 돌풍이 되어 몰아친다.

정상까지 올라오는 길은 더디고 험준하고 혹독하게 추웠다. 일행은 1시간마다 10분씩 휴식을 취했고, 앉아서 혹은 서서 그래놀라 시리얼 바를 먹거나 물을 마시고 있노라면 바람이 휘몰아쳐 금세 몸이 식었다. 4시간이 지난 후 셸리는 떨리는 목소리로 돌아가겠다고 했다. "그 배낭 벗어버려요!" 프랭크가 소리 지르며 셸리의 배낭에 불이라도 붙은 것처럼 홱 벗겨냈다. "영웅이 되려고 하지 말라고요." 프랭크는 배낭을 짐꾼에게 줘버렸다. 짐 무게에서 벗어난 셸리는 다시 기운을 얻어 걸음을 내디뎠다. 마지막 500미터에 이르자 산 꼭대기가 바로 눈앞에 보였지만 거기까지 가는 데 거의 2시간이 걸렸다. 해가 보라색 구름층을 뚫고 솟을 때 그들은 정상을 밟았다.

지금 리타는 최대한 빨리 그리고 깊게 심호흡을 하고 있다. 두통이 그녀의 두개골을 지배하려 발악하고 있고, 그녀는 숨을 헐떡이며 그것을 저지하고 있다. 그래도 자신이 킬리만자로를 올라왔다는 사실이 행복하고, 정상 직전에 그만둘 뻔했다는 것이 믿기지 않는다. 사방에 펼쳐진 풍광을 바라보면서, 이제 그녀는 지금까지 이곳에 오른 사람들과 교감을 나눈다는 것이 어떤 건지 알 것 같고, 세상 그 무엇도 그녀의 등정을 막지 못했을 거라는 생각이 든다. 이제는 한 청년이 왜 뇌부종으로 불구가 되면서까지 이곳에 올라오려고 했는지, 머리에서는 피와 이성이 빠져나가는데 왜 계속 두 다리를 움직였는지, 그 이유를 안다. 리타는 스스로가 자랑스럽고, 자신의 동료들이 사랑스럽다. 이제는 마이크나 그랜트보다도, 셸리와 제리와 패트릭, 심지어 프랭크와도 한층 가까워진 기분이다. 얼마든지 정상에 오를 수 있었음에도 도중에 하산해버린 그랜트가 무엇보다 이해되지 않는다. 벌써 그는 전혀 모르는 사람처럼, 어렸을 때 알던 사이였지만 같이 놀 새도 없이 이사 가버린 친구처럼 기억에서 흐릿하다.

리타는 정상 표지판에 쇠사슬로 연결된 조그만 금속 상자에 앉은 셸리에게 다가간다.

"뭐, 어쨌든 기쁘네." 셸리가 말한다. "기뻐하면 안 되지만. 그래도 기쁘긴 하다."

리타는 머릿속을 맑게 하려고 숨을 헐떡이며 셸리 옆에 앉는다.

"왜 기뻐하면 안 돼요?" 리타가 묻는다.

"죄책감이 드나보지. 다들 그럴걸. 하지만 우리가 도중에 그만둔다고 그 짐꾼 세 명이 살아 돌아올 리도 없고."

어젯밤에, 셸리가 말한다. 아니 그젯밤이었지. 우리가 잠을 잔 마지막 날 밤에. 리타 자기는 아팠고. 기억나? 비가 왔던 날? 굉장히 추웠는데 그 사람들 낡아빠진 텐트에서 잤어. 근데 텐트에 구멍이 나서 다 젖은 거야. 그리고 그대로 영원히 잠들어버렸지. 자기는 내내 자고 있긴 했지만, 정말 전혀 몰랐어? 눈치는 챈 줄 알았는데. 그 사람들이 뭘 들고 내려간 거라고 생각한 거야? 오 맙소사, 햇빛이 빙하에 반사되는 저 모습 좀 봐. 저렇게 거대하고 고요한데도 마치 고동치는 것처럼 보이지 않니, 아가? 어디 가니?

내려오는 동안 내내 리타는 굴러떨어지는 줄 알았다. 처음 1시간 동안 산길은 가팔랐고 사방에서 돌이 흘러내렸다. 그녀는 꿈에도 여기 올 생각이 없었다. 여동생 그웬이 그녀를 이곳에 밀어넣었고, 동생은 늘 점수를 매기고 평가했다. 리타는 결코 이런 것을 바라지 않았다. 그녀는 산이 지긋지긋하고 봉우리는 그녀에게 아무 의미가 없다. 그녀는 보트가 어울리는 사람이다. 태양 아래 보트를 타고 한가롭게 떠다니거나 고운 모래 속에 발을 파묻고 노닥거리는 게 좋다! 내리막길이 하염없이 가팔라서 리타는 달리고 점프하고 또 달리고 점프한다. 점프할 때마다 20피트씩 날아가고, 착지할 때면 돌멩이 수백 개가 아래로 굴러내려가서 눈덩이처럼 모여 불어난다. 이럴 줄 알았으면 이렇게까지 멀리 오지 않았을 것이다. 일이 완전히 잘못될 줄 알았더라면, 엄청 추운 데다 텐트에 비가 새서 죽음이 그 세 사람을 덮칠 줄 알았더라면. 리타는 산 정상의 캠프까지 내려온다. 짐꾼들이 그녀에게 저녁을 만들어주고 자러 갔다가 영원히 잠들어버린 곳이다. 그녀 잘못일 리가 없다. 가장 큰 책임은 패트릭에게 있고, 그다음은 프랭크이며, 그다음은 연장자인 제리와 셸리다. 연륜 있는 그들은 일이 잘못됐다는 것을 알았어야 했다. 탓을 한다면 리타는 제일 나중이다. 하지만 잘 생각해보면 그랜트도 있다. 그는 하산하면서 그녀에게는 단 한마디도 없었다. 그랜트는 다 알고 있었다, 안 그런가? 어떻게 이런 게 그녀 탓이 될 수 있지? 아마 그녀는 여기에 있지 않고, 산길을 달려 내려가지 않고, 아예 여기 온 적이 없었다. 이런 일은 잊어버릴 수 있다. 그녀는 여기에 있지 않을 수 있다…… 여기 온 적이 없었던 것이다. 어제 그녀는 한 번도 바란 적이 없는 것을 바라는 자신을 알게 됐고, 뭔가 다른 사람이 되었는데. 일이 죄 틀어졌는데도 왜 올라간 것일까? 짐꾼들은 매일 앞서 올라갔고, 지독히 춥고 바람이 무지막지 불어도 경치 좋은 장소까지 등산객들이 오르는 것을 도왔으며, 빌어먹을 수박과 커피를 날랐다. 가책을 느꼈고, 그녀는 헛똑똑이었으며, 창피했다. 그녀는 그웬에게 자신이 해냈다고 말하고 싶었고, J. J.와 프레더릭에게 꼭대기에서 가져온 돌을 주고 싶었다. 그러면 아이들은 그녀가 비로소 능력 있는 사람이 되었다고 생각할 테고, 언젠가는 그녀 곁으로 돌아올 테고…… 오, 하느님, 이게 다 뭔가. 엉망진창이다. 리타는 계속 달리고, 그 바람에 자갈이 앞다퉈 굴러내려가고 돌멩이가 산 아래로 떨어진다. 달릴 수밖에 없고, 산을 품고 내려가는 수밖에 없다.

10시간 후, 산 밑에 도착한 리타는 이제 맨발이다. 그녀의 부츠는 이제 저 소년의 것이다. 소년이 그녀의 발을 씻어주겠다며 물결 모양으로 골이 진 철판을 둘러 세운 오두막으로 안내했고, 리타는 부츠를 소년에게 주었다. 그녀는 시원한 어둠 속으로 들어갔다. 책상 앞에는 탄자니아 산림관리원이 앉아 있고, 그 좌우에는 지도가 붙어 있다. 산림관리원의 표정은 매우 엄숙하다.

"정상까지 오르셨습니까?" 그가 묻는다.

리타는 고개를 끄덕인다.

"여기에 서명하십시오."

그는 방명록을 펼치고 페이지를 넘기며 마지막으로 이름이 쓰인 곳을 찾는다. 방명록에는 수천 명의 이름과 함께 그들의 국적, 나이, 하고 싶은 말이 적혀 있다. 산림관리원은 마지막 페이지 아래쪽의 빈 곳을 찾아 가리키고, 리타는 자기 앞의 수많은 이름들 끝에 자신의 이름을 덧붙인다.

셔먼 알렉시
고스트 댄스

두 경찰이 어둠을 헤치고 차를 몰아 달렸다. 한 사람은 덩치가 컸고, 다른 한 사람은 왜소했다. 덩치 큰 경찰은 인디언을 증오했다. 인디언 보호구역이 열한 군데나 되고 47000명이 넘는 인디언들의 고향인 몬태나에서 나고 자란 덩치의 증오심은 어마어마하게 깊었다. 그는 스물두 해가 넘도록 몬태나의 이름 없는 도시들을 떠돌며 법 집행관 노릇을 하는 동안, 각종 알코올에 취해 절도 폭행 은행 강도 살인 등을 저지른 1217명의 인디언을 잡아넣었다.

"빌어먹을 인디언 새끼들은 오줌 속에 술이 들었다면 그거라도 서로 받아 처먹으려고 할걸."

덩치 큰 경찰이 왜소한 경찰에게 말했다. 아나콘다 고등학교를 졸업한 지 몇 년 안 된 겁 많은 꼬마였다.

"물론입니다." 꼬마 경찰이 말했다. 그는 신참이므로 말이 많으면 안 됐다.

6월 25일이었고, 새벽 3시인데도 기온은 38도를 웃돌았다. 덩치는 폴리에스테르 경관복이 다 젖을 만큼 땀을 뻘뻘 흘리면서 순찰차를 몰아 90번 주간州間고속도로를 따라 리틀빅혼 강둑에 위치한 커스터 추모전장戰場*을 향해 달렸다.

"내가 지금까지 본 것 중 최악이 뭔지 알고 싶냐?" 덩치가 물었다. 그는 한 손은 가랑이 사이에 끼우고 한 손으로만 핸들을 잡았다. 그게 더 편한 모양이었다.

"물론입니다." 꼬마가 말했다.

"크로 보호구역에서 내가 인디언 놈들을 잡았는데," 덩치가 말했다. "머릿가죽 사냥꾼 대여섯 놈이 예쁘게 생긴 인디언 여자 하나를 돌아가며 타고 있더라고."

"저런."

"젠장, 그건 약과라니까. 윤간이야 그런 보호구 게토에서는 그냥 신성한 전통이고, 빌어먹을 최악은 윤간이 아니었어. 최악은, 그놈들이 여자애한테 리졸** 샌드위치를 먹이고 있었다는 거지."

"리졸 샌드위치가 뭡니까?"

"식빵 두 조각에다 리졸을 딱딱해질 때까지 뿌린 다음 샌드위치

---

* 1876년 6월 25일 조지 커스터 중령이 이끄는 미육군 제7기병대는 리틀빅혼 전투에서 인디언 부족연합에 전멸당했다.
** 크레졸을 칼륨 비눗물에 녹인 소독제.

처럼 딱 붙인 거야."

"그걸 먹으면 죽잖아요?"

"당연히 죽지, 하지만 천천히 죽어. 먼저 병신이 돼서 한 1년은 기저귀를 차고 다니다가 나중에 죽는 거지."

"저런."

"대충 그런 게 최악인 거야." 덩치가 말했다.

꼬마 경찰은 창밖을 바라보다가 몬태나 하늘을 수놓은 수많은 별들에 다시 한번 감탄을 금치 못했다. 그는 자신이 세상에서 가장 아름다운 곳에 살고 있다고 새삼 생각했다.

덩치는 리틀빅혼 방면 출구로 고속도로를 빠져나가 관광센터까지 짧은 길을 달린 다음, 의외로 수수하게 생긴 커스터 추모묘지 정문까지 비포장도로를 터덜터덜 내려갔다.

"저기다." 덩치가 말했다. "바로 저기서부터 모든 게 잘못된 거야."

"물론입니다." 꼬마가 말했다.

"256명의 훌륭한 군인들이, 훌륭한 남자들이, 1876년 6월의 그 끔찍한 날 여기서 죽었다." 덩치가 말했다. 전에도 여러 번 했던 얘기다. 노상 하는 연설의 일부였다.

"그렇죠." 꼬마가 말했다. 그는 묵념이라도 해야 하는 건가 궁금했다.

"그 망할 인디언 새끼들만 아니었다면, 커스터 장군님은 미합중국의 대통령이 되셨을 거다."

"맞습니다."

"그랬다면 지금 우리는 훨씬 더 좋은 나라에서 살고 있을 텐데, 아무렴."

"네, 그랬을 텐데요."

덩치는 세상의 모든 부당함에 고개를 절레절레 저었다. 그는 자신의 영리한 머리와 엄청난 지능에 부담을 느꼈다.

"하여간," 덩치가 말했다. "우린 할 일이 있으니까."

"물론입니다." 꼬마가 말했다.

두 경찰은 이 어처구니없는 더위에 욕설을 퍼부으며 차에서 내려 차 뒤쪽으로 걸어갔다. 덩치가 트렁크를 열고 거기 누워 있는 인디언 남자 둘을 내려다보았다. 양쪽 다 의식은 멀쩡했고 조용했으나 피투성이였고 겁에 질려 있었다. 두 경찰은 플랫헤드 보호구역에서 히치하이킹을 하는 이들을 차에 태우고 칠흑 같은 어둠을 뚫고 몇 시간 동안 운전해 여기까지 왔다.

"새끼들, 거기서 나와." 덩치가 씨익 웃으며 말했다.

인디언들은 트렁크에서 기어나와 부들부들 떨리는 다리로 섰다. 한 명은 머리를 길게 땋아내린 청년이었고, 다른 한 명은 머리를 짧게 깎은 중년이었다. 이미 부어올라 감긴 눈에 코는 부러졌고 아랫도리에는 똥오줌이 흐르고 복부와 등은 야경봉에 두들겨 맞아 상처투성이였지만, 두 인디언은 똑바로 서려고 노력했다.

"니들이 어디 있는지 아냐?" 덩치가 인디언에게 물었다.

"네." 나이 든 쪽이 말했다.

"말해봐."

"리틀빅혼입니다."

"여기서 무슨 일이 있었는지 알아?"

나이 든 인디언은 침묵했다.

"대답해, 이 새끼야," 덩치가 말했다. "안 그럼 갈가리 찢어버릴 테니.”

　나이 든 인디언은 살기 위해서는 애걸복걸해야 한다는 것을 알았다. 예전에도 제복을 입은 다른 백인한테 목숨을 구걸해야 했었다. 하지만 문득 겁내고 무서워하는 게 지긋지긋해졌다. 어리석은 용기가 생겼다. 젊은 인디언은 자신의 나이 든 친구가 저항할 것임을 깨달았다. 그는 도망치고 싶었다.

　“야, 추장,” 덩치가 말했다. “지금 내가 너한테 묻고 있잖아. 여기서 무슨 일이 있었는지 아냐고.”

　나이 든 인디언은 대답을 거부했다. 그는 턱을 들고 덩치를 노려보았다.

　“지랄하네.”

　덩치는 권총을 꺼내 나이 든 인디인의 얼굴을 향해 쐈고, 인디언이 땅바닥에 쓰러지자 연달아 두 발을 더 심장을 향해 쐈다. 덩치가 비록 험하게 살아오긴 했어도 사람을 죽인 것은 이번이 처음이었고, 너무나 쉬워서 자기도 어리둥절했다.

　얼어붙은 침묵이 잠시 흐른 후, 인디언 청년이 걸음아 날 살려라 도망치기 시작했다. 묘비 사이를 비틀거리며 지그재그로 30피트쯤 달아나다가, 덩치가 쏜 총에 척추를 맞고 고꾸라졌다.

　“오, 하느님, 맙소사, 세상에.”

　신참 경찰은 겁에 질렸다. 판단을 내려야 했다. 착한 사람이 되어 인디언들과 함께 이곳 묘지에서 죽느냐, 악한 사람이 되어 시체 두 구를 숨기는 것을 돕느냐.

　“어떻게 생각하냐?” 덩치가 꼬마에게 물었다.

　“멋진 사격이었다고 생각합니다.”

판단은 내려졌고, 꼬마는 하반신은 마비됐지만 아직 살아 있는 인디언 청년을 향해 뛰어갔다. 척추가 산산조각 났으니 얼마 안 가 죽겠지만, 그래도 인디언은 피 묻은 손을 뻗어 흙과 돌멩이와 풀을 움켜잡으며 손톱이 부서져도 도망치려고, 살아남으려고 어리석고 본능적인 마지막 발버둥을 치고 있었다. 쓸모없는 두 다리를 축 늘어뜨린 채 버둥거리는 인디언은 으깨진 곤충 같았다. 꼬마는 청바지를 입은 바퀴벌레 같다는 생각이 들어 조금 웃었다. 그리고 고속도로 휴게소에서 먹은 저녁을 죽어가는 인디언의 등 위에다 몽땅 게웠다.

여기저기, 온 사방에, 인디언의 피가 흩뿌려져 묘지의 흙속으로 스며들었다.

덩치는 나이 든 인디언의 시신 옆에 무릎을 대고 앉아서 오른손 검지를 안면에 뚫린 총알 구멍에 찔러보고는 자신이 왜 이런 끔찍한 짓을 저질렀는지 의아해했다. 죽은 사내의 뇌수에 손가락을 집어넣은 채로, 덩치는 자신이 둘로 쪼개져 쌍둥이가 되는 것 같았다. 형은 살인자로, 동생은 살인을 목격한 증인으로.

멀리서 꼬마가 네발로 엉금엉금 기면서 헛구역질을 하고 외로운 코요테처럼 신음 소리를 냈다.

"거기서 뭐 하는 거냐?" 덩치가 물었다.

"이 사람 아직 살아 있어요." 꼬마가 말했다.

"뭐, 그럼, 끝장내."

꼬마는 비틀거리며 일어나서 권총을 꺼내 인디언의 뒤통수에 댔다. 정말로 방아쇠를 당기기 위해서는 더 소심하거나 더 용감했어야 했는지도 모르겠지만, 어쨌든 꼬마는 그럴 짬이 없었다. 주변 사방에서 인디언의 피에 이끌려 넋 없이 눈을 뜬 백인 병사들이 너덜 너덜해진 군복 차림으로 무덤을 깨고 일어나 꼬마에게 다가오고 있었다. 포위된 채 한 바퀴 빙 돌아본 꼬마는, 이 수많은 군인들이 뼈에 붙은 마른 고기 몇 점 덜렁거리는 해골과 다를 바 없음을 깨달았다. 찢어진 상처 틈으로 보이는 위와 폐에서 아직도 피를 흘리는 군인들도 있었고, 머리에 맞은 화살 구멍으로 자기 뇌수를 쑤시는 군인도 있었다. 몇몇 어설프고 멍청한 놈들은 땅에 쏟아진 제 창자와 혈관에 걸려 넘어지기도 했다. 백 년이 넘게 죽어 있던 군인들은 산 것도 죽은 것도 아닌 상태로 꼬마에게 덤벼들었다. 꼬마는 침착하게 옆으로 한 발짝씩 움직였고, 혀도 없는 입과 팔들을 획획 피하며 열다섯 발을 쏘았다. 공황상태에서 움직이는 목표를 쏘면서도, 꼬마는 여전히 명사수였다. 한 명은 두개골을 날리고, 다른 두 명은 팔을 맞히고, 세번째는 다리를 맞혔다. 여섯 발은 몇 명의 갈비뼈 사이를 관통했고, 한 발은 어느 병장의 빈 안구를 통과해 지나갔다. 그러나 팔과 다리, 머리가 없어도 군인들은 꼬마를 향해 다가왔고 그를 땅에 넘어뜨린 다음 살갗을 길게 찢어내고 맛있는 근육을 드러내 신나게 씹어먹었다. 이등병 두 명이 꼬마의 심장을 꺼내 반으로 가르기 직전, 반쯤 썩은 얼굴에 파란 눈알이 달린 한 중위가 덩치의 음경과 고환을 말에게 먹이는 것을 꼬마는 보았다. 말의 목구멍과 식도와 위가 그 동물의 갈비뼈 틈새로 똑똑히 보였다.

그날 밤, 제7기병대가 몬태나의 무덤에서 깨어날 무렵, 에드거 스미스는 워싱턴 D. C.의 자기 집에서 자고 있었다. 그는 생전 처음으로 조지 암스트롱 커스터의 죽음을 보았다.

꿈에서 그는 1876년 6월로 되돌아갔다. 커스터는 자신의 어리석은 야망의 마지막 생존자였다. 리틀빅혼 강이 내려다 보이는 풀이 우거진 언덕에서, 커스터는 수많은 병사들의 시신과 몇몇 인디언의 시신을 타고 넘었다. 치명적인 부상을 입고 휘청거리면서도 강건히 일어나 부러진 다리로 걸었다. 그는 12명의 조용한 전사들에게 쫓기고 있었다. 하나같이 이 악명 높은 인디언 킬러를, 이 롱헤어를, 이 모닝스타의 아들을 죽이는 영예를 얻기에 한 점 부족함 없는 전사들이었다. 크레이지호스와 시팅불이 커스터를 뒤쫓았고, 골, 크로킹, 레드호스, 로독, 풀리시엘크 등 다른 이들도 앞서거니 뒤서거니 뒤쫓았다. 그러나 커스터의 심장을 찌른 이는, 그날 이후로 단 한 번도 큰 소리로 이름을 불린 적 없는 샤이엔족 여전사였다. 그녀는 손에 화살을 들고 앞으로 나아가 커스터를 죽였다. 커스터가 쓰러져 죽은 후, 샤이엔족 여자는 그의 시체를 밟고 서서 2시간 동안 노래했다. 그녀가 노래하는 사이 그녀의 젖먹이 아들은 등에 업혀 자고 있었다. 여전사는 용맹한 커스터와 위대한 백인 전사들을 기리는 노래를 불렀고, 노래를 마친 후 무릎을 꿇고 장군에게 키스했다. 그러나 커스터는 더이상 커스터가 아니었다. 조용한 샤이엔족 여자는 꿈속에서 기름진 풀밭에 죽어 누워 있는 에드거 스미스에게 키스했다.

전화벨 소리에 에드거는 잠에서 깼다. 프로답게 반사적으로 전화를 받고, 자세한 임무를 듣고는, 언제나 짐이 꾸려져 있는 가방을 집어들고 서둘러 공항으로 향했다. 갈색 눈에 갈색 머리, 하얀 피부, 6피트가 간신히 넘는 키, 전혀 인상을 남기지 않는 흔한 외모의 코카서스인이었다. 겉모습만 보면 에드거는 뉴욕 양키스의 유격수로도, 새크라멘토의 치과의사로도, 슈퍼마켓의 야간 매니저로도 보였다. 이런 변화무쌍함 덕분에 그는 이상적인 FBI요원이 되었다.

전화를 받고 2시간 후, 커스터의 꿈을 꾼 에드거는 몬태나의 학살지로 날아가는 FBI 제트기의 창가 쪽 좌석에 앉아 있었다. 에드거 주위에는 마찬가지로 특색 없는 익명의 필드요원들이 경찰 보고서와 역사책을 들척이면서 커스터 추모전장 반경 500마일 이내에 살고 있는 아메리카 선주민 급진주의자, 백인 분리주의자, 국내 테러리스트, 광신자, 그 밖에 정신이상자로 분류된 사람들에 관한 자료와 기록을 읽느라 분주했다.

"이걸 다 끌어내려면 얼마나 많은 인원이 필요할지 상상이 돼?" 한 요원이 물었다. "200기가 넘는 무덤이 파헤쳐지고 약탈당했어. 시신 200구를 실으려면 트럭이 얼마나 커야 할까? 잘 훈련된 군대가 필요할걸. 내 생각엔 민병대 짓 같아."

"하지만 백 년 동안 묻혀 있던 시신 200구니까 대략 200만 개의 시체 조각일걸." 다른 요원이 말했다. "젠장, 빠진 이와 갈비뼈와 머리카락과 손톱 한두 개와 흙먼지 정도나 나오려나. 이걸 일일이 다 운반하려면 진공청소기가 필요하다고. 일의 분량이 문제가 아니라, 그 제례적 본질이 중요해. 이런 짓을 하려면 미쳐야 하고, 심지어 이걸 같이 하자고 다른 사람들을 설득하려면 미쳐도 단단히 미쳐야 하지. 우린 미친놈들의 왕을 찾고 있다고."

"내 생각을 말해볼까?" 세번째 요원이 말했다. "이 죽은 인디언 두 명이, 다른 인디언 과격분자들과 함께 이 묘지를 더럽히고 훼손했던 거야. 이날은 커스터 장군의 마지막 전투 추모일이잖아? 놈들은 커스터에게 복수하려고 했던 거지."

"하지만 커스터는 거기 묻혀 있지도 않잖아." 다른 요원이 지적했다. "그의 무덤은 웨스트포인트*에 있어."

"그럼 이 인디언들은 좀 무식했나보지." 또다른 요원이 말했다. "인디언들이 무덤에 침을 뱉고 오줌을 싸고 시체를 발굴해서 낡은 트럭에 뼈와 잔해를 쌓고 있었어. 그런데 우리의 지방경찰 동지인 덩치 씨와 빼빼 씨가 반역자 두 사람을 총살했고, 그에 나머지 부족사람들이 들고일어나 경찰을 학살한 거지."

"그거 괜찮네." 마지막 요원이 말했다. "근데 망할, 지방검시관이 말하길 우리의 경찰 동지들은 씹어먹혔다는데? 온몸의 뼈마디며 얼마 안 남은 잔해에 인간의 잇자국이 나 있대. 식인 인디언 과격분자 군대가 경찰을 먹었다고 말하고 싶은 거야?"

다들 호탕하게 한참을 웃었다. 이들은 모두 국내 분쟁사건에서 잔뼈가 굵은 베테랑이었으며, 인간이 저지르는 악행을 수도 없이 보아왔다. 사건들은 대체로 단순하고 간결했으며, 항상 더 많은 권력과 돈과 섹스를 탐하는 뒤틀린 욕망의 결과였다. 이 사건의 범인은 십중팔구 새로운 유형의 독특한 인간들일 것이다. 이 유례없는 죄악을 발견하고 유례없는 죄인을 체포할 수 있는 기회에 FBI요원들은 스릴을 느꼈다. 지방경찰에서는 학살현장을 보고 세상에 둘도 없는 최악의 상황이라고 말했지만, FBI요원들은 저마다 자기들은 이미 볼 만큼 봤다고 확신했다. 하나 더 죽어봤자, 그게 아무리 흉측해도, 하나 더 죽은 것일 뿐이었다.

---

* 뉴욕 주 남동부에 있는 미육군사관학교 소재지.

다른 요원들과 멀찌감치 떨어져 앉은 에드거는 하필 어젯밤에, 커스터 장군의 이름을 딴 전장에서 끔찍한 살인사건이 일어난 바로 그 시각에, 자신이 왜 커스터 장군의 꿈을 꾸었는지 궁금했다. 그는 초능력이나 심령술, 귀신 들린 집이나 사후세계 경험 등, 과학으로 설명할 수 없는 그 어떤 헛소리도 일절 믿지 않았다. 그는 과학과 인과관계를 믿었고, 현실과 팩트를 믿었다. 하지만 그가 아무리 이성적이고 합리적인 척해도 세상에는 언제나 그의 상상을 뛰어넘는 일이 존재할 수 있다는 것을 알고 있었고, 지금 여기서 실제 살인사건과 깊이 연관된 살인을 꿈에서 봤다는 엄연한 사실에 직면하게 된 것이었다.

　다른 요원들과 함께 오르막길을 걸어 리틀빅혼 학살현장 앞에 서자 에드거는 더욱 등골이 오싹해졌다. 요원 중 셋은 곧바로 속엣것을 게웠고 현장 주변을 간신히 걸어다녔다. 베이루트의 미육군기지가 폭격당했을 때 첫번째 구조팀으로 투입되어 시신 잔해와 조각난 몸뚱이를 수색했던 한 요원은 곧장 묘지 입구로 돌아가더니 연금이 반토막 나리란 걸 뻔히 알면서 그 자리에서 은퇴해버렸다. 나머지는 모두 차로 달려가 두툼한 노란색 방호복을 입고 산소탱크를 썼다. 욕지기와 공포로 벌벌 떨면서도 요원들은 열심히 소임을 다했다. 그들에게는 해야 할 일이 있었고, 몸에 밴 노련함과 전문기술로 그 일을 수행했다. 그러나 한편으로는 다들 과연 이런 파괴력을 가진 적과 맞설 힘이 자신에게 있을지 의심스러웠다.

　에드거는 파헤쳐진 무덤의 수를 256까지 셌다. 어디에나 피와 살갗과 어느 부위인지 알 수 없는 몸뚱이 조각들이 널려 있었다. 마녀의 솥 같다고, 개중 가장 상태가 나쁜 무덤을 들여다보며 에드거는 생각했다. 흙과 풀이 피와 내장으로 축축하게 젖어 진창을 걷는 기분이었다. 그리고 거기에 시신이 있었다. 지방경찰 중 한 명, 아니 그의 잔해가 순찰차 곳곳에 짓이겨진 채였다. 그는 이제 제복 속의 걸쭉한 무언가에 지나지 않았고, 한쪽 엄지손가락은 지문 감식용 파우더로 검게 물들었다. 다른 경찰은 땅바닥에 지름 20피트 정도로 넓고 둥글게 펼쳐져 있었고, 피와 뼈가 인디언의 것과 섞여 잘 구분이 되지 않았다. 좀더 나이 든, 쉰살쯤으로 보이는 다른 인디언은 스물에서 서른 개 정도의 조심스러운 잇자국 외에는 거의 멀쩡했다. 마치 맛만 보고 너무 써서 포기한 것 같았다. 뿌리가 부러진 사람의 어금니 하나가 나이 든 인디언의 턱에 박혀 있었다. 미쳤어, 미쳤어, 미쳤어, 이것은 완전히 미친 짓이었다. 좀더 심약했더라면 분명 허물어져 비명을 지르며 멀리 달아났을 거라고, 에드거는 생각했다. 좀더 심약한 사람이라면 빠져나갈 탈출구를 찾았겠지만, 에드거는 자신이 이 악몽에서 절대 빠져나갈 수 없으리란 것을 잘 알고 있었다.

에드거는 핏자국을 쫓아가본 후에야 이 악몽의 실체를 알게 되었다. 무덤마다 하나씩 256개의 핏자국이 줄줄이 이어져 있었고, 그 흔적은 묘지에서 사방으로 흩어지고 있었다. 다섯이나 열 혹은 열다섯 정도가 한 방향으로 합쳐지는 경우도 있어서 발자취가 총 마흔에서 쉰 개 정도로 줄긴 했지만, 그 흔적들은 잠시 후 또다시 제각기 다른 방향으로 흩어져 희미해졌다. 결국 핏자국들은 모두 풀숲과 땅으로 스며들어 핏방울 하나, 피부 조각 하나, 작은 뼛조각으로 줄어들다가 발자국과 말굽 자국만 이어지더니 이내 완전히 자취를 감추었다. 도대체 어떤 인간이, 동물이, 아니 괴물이 이런 핏자국을 남겼는지 에드거는 짐작도 할 수 없었다. 어쨌거나 놈들은 이제 사라져버렸고, 이동한 흔적으로 볼 때 놈들은 살해현장에서 무계획적으로 달아나는 중이거나 아니면 신중하게 계획된 또다른 사냥을 시작하려는 참이었다.

다음 날 새벽, 몬태나의 빌링스에서 주니어 에스테스는 타운펌프 편의점 계산대에 앉아 있었다. 그는 여기서 2년째 야간 근무를 맡고 있다. 어젯밤에는 같이 일하는 해리 퀘이큰브러시가 근무시간이 다 되어서야 아프다고 전화해오는 바람에 혼자서 가게를 봤다.

"젠장." 주니어는 욕설을 퍼부었다. "이렇게 늦게 전화하면 대신할 사람을 어떻게 찾으란 말이야? 야, 해리, 거시기가 암에 걸린 게 아니라면 후딱 튀어와."

"진짜 거시기 암이야. 막말한 거 나중에 후회하게 될걸." 이렇게 대꾸하고 전화를 끊은 해리는 새 여자친구가 있는 이불 속으로 도로 기어들어갔다.

그래서 주니어는 한밤중에 혼자 가게를 지켰다. 그런데 혼자서는 계산대 지키기, 냉장고 채우기, 청소와 소독하기를 동시에 할 수 없었으므로 그냥 아무것도 안 하기로 했다. 오전 6시에 주인이 나타나면 아마 해고되겠지만 적어도 해리 놈도 같이 해고될 테니 그거면 족했다. 밤에는 평균 20~30명 정도의 불면증 환자들, 다른 야간 근무자들, 그냥 미친놈들 정도가 어슬렁거리며 가게에 들어왔지만, 그날 밤에는 손님이라곤 매춘부 둘뿐이었다. 여자들은 대놓고 주니어를 무시했다. 가엾은 주니어는 못생긴 편은 아니었지만 너무 외로운 인생인 나머지 몸에서 악취가 났다.

새벽 3시 17분, CCTV에 찍힌 시각에 의하면, 주니어는 웬 놈이 주유펌프 근처에서 비틀거리며 천천히 맴돌고 있는 것을 보았다. 주니어는 카운터 밑에 놓아둔 야구방망이를 들고 밖으로 뛰어나갔다. 외부 카메라로는 너무 흐릿하고 어두워서 주니어가 그 술주정뱅이와 맞닥뜨렸을 때의 자세한 정황을 알아볼 수가 없었다. 몇 년 전에 저 윗동네 포플러에서 술 취한 인디언이 주유펌프에 불을 질러 동네의 절반이 타버린 적이 있었으므로, 주니어는 분명 그 사건을 떠올리고 주정뱅이를 가게에서 멀리 내쫓으려 했을 것이다. 그런데 비디오 화면 가장자리에서 주정뱅이가 주니어의 머리를 붙잡더니 목을 물었다. 비디오는 계속해서 주정뱅이가 쓰러진 주니어 위에 올라타고 그를 뜯어먹는 장면을 보여주었다. 나중에 비디오테이프를 면밀히 판독한 결과, 그 주정뱅이는 온몸이 끔찍한 상처투성이였고 1876년 당시 제7기병대 제복을 입고 있었음이 드러났다.

에드거와 다른 요원들은 주니어가 살해되고 20분이 지나서 현장에 도착했다. 주차장에서 엉망으로 훼손된 주니어의 시체 옆에 한쪽 무릎을 꿇고 앉았을 때, 에드거는 자신이 기절하는 줄 알았다. 그러나 그는 기절하지 않았다. 머릿속 여기저기에서 번개와 전광이 번쩍이며 경련이 일었고, 사진처럼 선명하고 영화처럼 생생한 일련의 이미지가 눈앞에 떠올랐다. 그는 죽음을 보았다.

몬태나와 와이오밍 경계에 있는 쉽마운틴에서 아리안웨이 민병대 군인 6명이 SUV에서 끌려 내려와 사지가 잘리고 뭉개졌다.

에드거는 그 장면을 보았고, 영문은 알 수 없었지만, 아리안웨이 민병대 대장인 리처드 어셔가 제퍼슨 어셔라는 이름의 흑인 광부의 증손자라는 사실을 깨달았다.

몬태나의 조던 근처 외딴 농장에서 홀아비 농부와 장성한 세 아들이 정체 모를 침입자에 대항하여 한 편의 서사시와 같은 장렬한 전투를 벌였다. 지방경찰은 탄피 512개, 과열되어 총열이 비틀린 샷건 5정, 발사장치가 망가진 불법 자동소총 2정, 농장과 땅 여기저기에 흩어진 권총 6정을 수거했다. 농부와 그 아들들의 시신은 찾지 못했다.

그러나 에드거에게는 뼈만 남은 그들의 시체가 캐나다 국경 근처의 얕은 무덤에 묻혀 있는 것이 보였고, 그 무덤 밑 훨씬 깊숙한 아래쪽으로 천 년 묵은 버팔로 점프*와 들소 무덤도 보였다. 영문은 모르겠지만, 에드거는 그 버팔로 점프의 정확한 위도와 경도가 떠올랐다. 그곳 풀과 땅의 색깔도 알았다.

노스다코타 킬디어 외곽, 포트베르톨트 인디언 보호구역에서 몇 마일 떨어진 곳에서 히다차족 인디언 5명이 버려진 사냥 오두막의 천장과 사방 벽에 못 박힌 채 발견되었다.

에드거는 그들의 시신을 보고 돌연 그들의 이름은 물론 그 자식들 이름까지 모조리 알게 됐을 뿐 아니라, 비밀 의식을 통해 수여되어 직계가족들만 있을 때를 빼고는 절대 큰 소리로 부르지 않았던 그들의 부족 이름과 비밀 이름까지 알게 되었다.

그 시점에서, 경련과 열병 같은 꿈에 계속 시달리며 이런 참극을 한 번만 더 봤다간 심장이 도저히 견뎌낼 수 없겠다는 생각이 들었을 때, 에드거는 생존자를 보았다.

---

* 북미 인디언들이 절벽으로 들소를 몰아 사냥하던 곳.

90번 주간고속도로 휴게소에서, 펑크 난 타이어를 교체하고 있던 트럭 운전수가 군인에게 습격당해 물렸지만 타이어 교체용 쇠지렛대를 휘둘러 군인을 떼어냈다. 운전수는 트럭 안으로 뛰어들어가 군인 12명을 깔아뭉개며 도망쳤다. 그는 17개의 멀쩡한 타이어와 휠만 남은 타이어 하나로 불꽃을 튀기며 고속도로를 20마일 정도 달렸고, 몬태나 주 순찰경찰관을 들이받을 뻔한 끝에 겨우 멈췄다.

에드거는 살이 뒤룩뒤룩 찐 백인 트럭 운전수가 반경 1000마일 내 유일한 흑인 경찰관의 품에 안겨 엉엉 우는 모습을 보았다.

프라이어포리스트에서는, 지난번 ESPN의 X게임 다운힐 바이크에서 금메달을 딴 마이클 엑스가 자전거를 타고 절벽에서 200피트 아래 빅혼 호수로 뛰어내려 말 탄 군인 5명을 따돌렸다. 한쪽 다리는 부러지고 폐에 구멍이 난 채로 마이클은 북쪽으로 힘겹게 10마일을 걷다 헤엄치다 하다가 마침내 그 지역 어부에 의해 강에서 구출됐다.

에드거는 청년의 눈물에서 짠맛을 느꼈다.

크로 에이전시에서는, 일곱살 난 인디언 여자애가 야외 변소에서 일을 보다가 군인들의 습격을 받았다. 군인들이 문짝을 떼어내는 동안 아이는 달 모양 창문으로 빠져나가 변소 지붕으로 기어올라갔다. 지붕에서 보니까 트레일러 집보다 키 큰 포플러 나무가 더 가까이에 있었고, 어차피 집에는 아무도 없었다. 아이는 땅으로 뛰어내려 군인 2명을 제치고 나무 밑까지 달렸고, 목숨을 걸고 나무 꼭대기로 올라가서 자신의 몸무게를 간신히 지탱할 만한 나뭇가지에 앉았다. 두 군인은 두 번 세 번 아이를 뒤쫓아 나무에 올랐지만 다 썩은 뼈가 몸무게를 감당하지 못해 부러져나갔고, 손과 팔이 나무 높은 곳에 이상한 열매처럼 매달렸다. 군인들은 나무 밑에서 괴성을 지르며 나무둥치를 발로 찼다.

이때 에드거는 자신의 환각 속으로, 뜨겁게 달아오른 열병의 한가운데로 들어가서 마음으로 그 군인 둘을 공격했다.

"저리 가!"

그는 편의점 주차장에서 경련하며 고함쳤다. 다른 요원들은 에드거가 헛것을 보며 귀신한테 소리지르고 있다고 생각했다. 그러나 에드거의 음성은 어둠을 뚫고 날아가 군인들의 귓속에 메아리쳤다. 인디언 꼬마 소녀도 에드거의 마음의 소리를 듣고 하느님이 자신을 구해주려는 것인가 생각했다. 그러나 군인들은 하느님도 에드거의 목소리도 두려워하지 않았다. 에드거는 군인들이 나무에 몸을 기대 앞뒤로 밀어대서 꼭대기에 있는 아이가 점점 큰 원을 그리며 무섭게 휘둘리는 것을 무력하게 바라보았다.

"그 여자애를 놔둬!"

에드거는 절규했다. 그러나 군인들은 그를 무시하고 계속 나무를 흔들어댔다. 나무 꼭대기의 인디언 여자애는 비명을 지르며 엄마와 아빠를 찾았지만, 영화를 보러 간 부모는 베이비시터가 딸아이를 집에 혼자 놔뒀다는 사실을 까맣게 모르고 있었다.

"그만해, 그만, 멈춰!"

에드거는 소리쳤다. 속수무책이었다. 자신이 군인들을 말리지 않으면 아이가 죽을 것이다. 그때 그는 깨달았다. 어째서인지 모르겠지만, 그는 그들을 멈추게 하는 방법을 정확히 알고 있었다.

"차렷!"

그는 악을 쓰며 외쳤다. 잘 훈련된 군인들은 명령에 복종하여 즉각 차려 자세로 섰다.

"우향우!"

에드거가 고함을 질렀다. 2명의 군인은 완벽한 자세로 우향우를 하며 나무에서 떨어졌다.

"앞으로 가!"

에드거는 소리쳤다. 인디언 꼬마 소녀는 어리둥절해져 행진하듯 걸어가는 군인 둘을 바라보았다. 군인들은 어둠 속으로 척척 걸어 갔다. 에드거는 그들이 계곡이나 호수로 떨어지거나 후미진 도로를 건너다 무시무시한 속도로 달리는 목재 운반용 트럭에 치어 산 산조각이 날 때까지 계속 행진할 것임을 알고 있었다. 그 군인 둘이 결코 멈추지 않으리라는 것을 알고 있었다. 그들 모두가, 256명의 군인들 모두가 절대 멈추지 않을 것임을, 자기들이 찾고 있던 것을 찾을 때까지 결코 쉬는 법이 없으리란 걸 알고 있었다.

인디언 꼬마 소녀의 집에서 60마일 떨어진 곳에서, 에드거는 온 세상이 지독히 선명하게 보이는 열병에 시달렸다. 타운펌프의 지 저분한 주차장에서 싸구려 네온사인 불빛을 받으며 동료 요원이 에드거 옆에 한쪽 무릎을 꿇고 앉아 그의 팔과 다리를 잡고 혀 때 문에 기도가 막힐까봐 숟가락을 그의 입속에 쑤셔넣었다. 에드거 는 초자연적인 힘으로 동료를 잡아당기고 밀쳐냈다. 6명이 더 달 려들어 겨우 그를 잡아 눕혔다. 그때 환각과 열병이 사라졌다. 에 드거는 금세 경련에서 회복됐고 씩씩하게 두 다리로 일어나 긴급 무전송신기가 있는 곳으로 달려가 자신이 알고 있는 것을 얘기했 다. 그는 무선 채널을 열고 수십 명의 경찰과 FBI요원들에게 시체 와 생존자의 구체적인 위치를 전달했다. 경찰과 요원들은 반신반

의하면서도 몬태나, 와이오밍, 노스다코타, 사우스다코타, 캐나다 국경 너머 등등 전역으로 흩어졌고, 그곳에서 정확히 에드거가 말한 것을 찾아냈다. 에드거는 신속히 병원으로 이송됐고, 건강검진에서 이상 없음으로 판명됐다. 그는 사건 장소를 어떻게 알았느냐는 질문을 거듭 받았는데, 사실대로 말했지만 사람들은 믿지 않았다. 그의 얘기는 본인의 귀에도 헛소리처럼 들렸기에 그는 사람들을 원망하지 않았다. 지금까지 그는 과거와 미래를 볼 수 있다는 사람들 수백 명을 만나 인터뷰했다. 당시엔 그들을 죄다 비웃었는데, 이제는 그들 중 얼마나 많은 사람들이 진실을 말한 것이었을까 궁금해졌다. 그 정신분열증 환자들 중 진짜 신과 얘기하는 사람은 몇 명이었을까? 그 연쇄살인범들 중 진짜로 악마가 씐 사람은 몇 명이었을까? 살해된 아이들 중 집으로 돌아와 남은 가족들 주위를 떠도는 아이는 몇 명이었을까?

"달리 무슨 말을 해야 할지 모르겠어. 그게 사실인걸."

에드거는 동료 요원들에게 말했다. 동료들은 훌륭한 요원 하나가 망가지는 것을 보며 마음이 아팠고, 그를 병원에 홀로 남겨두고 떠났다. 어두컴컴한 병실에서 에드거는 곧 음성이 들리리라 확신하며 귀를 기울였다. 그 음성이 자신에게 무엇을 시킬지, 그 요구를 자신이 받아들일지는 알 수 없었다. 에드거는 귀신에 홀린 기분이었고, 눈을 감으니 피 냄새가 났다. 이 모든 게 끝날 때까지 얼마나 많은 피가 흐를지 알 수 없었다.

스티븐 킹

그레이 딕 이야기

저녁때가 되어 롤랜드 드셰인*은 마니 마을에서 아이젠하트가 사는 레이지B로 말을 타고 돌아왔다. 그날 오후는 마니의 족장인 헨치크와 괜한 잡담을 길게 주고받으며 보냈다. 이곳 칼라 브린 스터지스에서는 족장을 돌심장이라고 불렀다. 헨치크의 경우에는 그 표현이 딱 들어맞는다고 롤랜드는 생각했다. 그러나 헨치크도 골칫거리가 다가오고 있음을 알았다. 그는 돌심장이기는 해도 우둔하진 않았다.

롤랜드는 농장 저택의 뒤켠에서 아이들 함성과 개 짖는 소리를 들으며 앉아 있었다. 먼 옛날, 길리아드(천 년 전에 총잡이는 이곳에서 왔다)에서는 외양간과 저장창고, 밭이 내다보이는 이런 뒤쪽 베란다를 작업대라고 불렀다.

---

* 스티븐 킹의 7부작 판타지 장편소설 『다크 타워』의 주인공. 본 단편은 5부 『칼라의 늑대들』의 번외편에 해당한다.

"얘들아!" 아이젠하트가 소리쳤다. "인간 예수의 이름으로, 그렇게 외양간에서 점프하다 너희 불쌍한 목숨이 죽어지면 너희 어머니들한테 내가 뭐라고 해야 되겠니?"

"우린 괜찮아요!" 베니 슬라이트맨이 외쳤다. 베니는 아이젠하트네 작업반장의 아들이다. 턱받이가 달린 오버올 차림의 아이는 외양간 바깥에 쌓아둔 건초더미 위에 맨발로 서 있었다. 레이지B라는 글자가 조각된 간판 바로 아래였다. "아니면…… 정말로 우리가 그만했으면 하시나요?"

아이젠하트는 롤랜드 쪽을 슬쩍 곁눈질했다. 롤랜드는 자신의 아들 제이크가 베니 뒤에 서서 뼈가 부러질 위험을 감수할 기회를 초조하게 기다리는 모습을 바라보고 있었다. 제이크도 역시 턱받이 달린 오버올(당연히 새로 사귄 친구의 옷이다)을 걸쳤고, 그런 아이들 모습에 롤랜드는 싱긋 웃었다. 저런 옷을 입은 제이크의 모습을 볼 줄은 상상도 못했다.

"어느 쪽이든 나는 상관없습니다, 내 의견을 알고 싶다면." 롤랜드가 말했다.

"그럼, 계속 놀진대!" 농장주가 소리쳤다. 그러고 나서 데크 위에 흩어진 부품과 부속으로 눈길을 돌렸다. "어떻습니까? 하나라도 쓸 만한가요?"

아이젠하트는 자신의 총 세 정을 롤랜드에게 점검해보라고 꺼내놓은 참이었다. 가장 좋은 것은 라이플이었다. 다른 두 정은 롤랜드와 그의 친구들이 어렸을 때 '배럴 슈터'라고 불렀던 종류의 권총이었다. 그런 총은 유난히 큰 탄창 때문에 쏠 때마다 매번 손날로 탄창을 돌려야 했다. 롤랜드는 아이젠하트의 총기를 받아 아무 말없이 다짜고짜 분해부터 했다. 그리고 총기 소제용 오일을 다시 한번 준비하는데, 이번에는 접시가 아니라 대접째 가져왔다.

"그러니까⋯⋯."

"하신 말씀은 들었습니다." 롤랜드가 말했다. "당신의 라이플은 위대한 도시 러드의 이쪽 지역에서 내가 본 것 중에서도 최상급에 속합니다. 그런데 배럴 슈터는⋯⋯" 롤랜드는 고개를 절레절레 저었다. "니켈 도금한 놈은 총알이 나가긴 할 겁니다. 나머지 한 놈은 땅에 꽂아두는 편이 낫겠어요. 그럼 자라서 뭔가 더 나은 게 될지도 모르니까."

"그런 말씀 마십시오." 아이젠하트가 말했다. "이 총들은 우리 아비의 아비, 그 전, 그리고 더 거슬러 올라가 최소한 이만큼은 유구합니다." 아이젠하트는 손가락 네 개와 양쪽 엄지를 모두 들어 보였다. "우리는 이것들을 항상 함께 보관했고, 유서를 통해 가장 전도유망한 아들에게 물려주었습니다. 큰형 대신 내가 이것들을 받았을 때 내심 꽤 기뻤죠."

"미안합니다."

"감사예."

붉은 해는 서쪽으로 기울며 마당을 핏빛으로 물들였다. 베란다에는 흔들의자들이 나란히 놓여 있었다. 아이젠하트는 그중 하나에 자리를 잡았다. 롤랜드는 데크에 책상다리를 하고 앉아 아이젠하트 집안 대대로 전해 내려오는 골동품을 쓸고 닦고 기름칠했다. 권총이 십중팔구 격발하지 못할 거라는 사실은 오랜 세월 이런 일에 단련되어온 총잡이의 손에는 아무런 의미가 없었다. 총이라는 존재 자체만으로 안심이 되었다.

이제 롤랜드는 덜컥, 찰칵 하는 소리를 잇달아 내면서 농장주가 눈을 껌벅거리는 사이 신들린 스피드로 총기를 재조립했다. 그는 양가죽 천 위에 총기를 내려놓고 한옆으로 치운 다음 손가락을 걸레로 문질러 닦고서, 아이젠하트 옆에 놓인 흔들의자에 걸터앉았다. 평상시의 저녁이라면 아이젠하트와 그의 아내는 하루를 저버리는 해를 바라보며 여기 이렇게 나란히 앉아 있겠지, 하는 생각이 들었다.

아이젠하트의 아내도 그날 오후 헨치크와 그가 나눈 실없는 잡담 중 일부였다. 그녀는 언급되어서가 아니라 언급되지 않았기에 더 중요한 얘기였다.

롤랜드는 가방을 뒤져 담배쌈지를 찾아 꺼냈고, 캘러핸 신부의 신선하고 달달한 잎담배로 직접 담배를 말았다. 캘러핸 신부네 살림꾼인 로절리타도 따로 선물을 보냈는데, 그녀가 '벼종이'라고 부르는 얇은 담배 말지 한 묶음이었다. 롤랜드는 이 말지가 여느 담배 종이보다 잘 말린다고 생각했다. 그는 완성된 담배를 잠시 감탄하듯 바라보다가, 아이젠하트가 거친 엄지손톱에 그어 켜준 성냥불에 끝을 갖다 댔다. 총잡이는 숨을 깊이 들이마셨다가 긴 연기를 내뿜었다. 연기는 여름 끝물치고는 유난히 후텁지근하고 무거운 저녁 공기 속으로 천천히 피어올랐다. "좋군요"라며 롤랜드는 고개를 끄덕였다.

"그래요? 즐기시길 바랄진대. 난 담배 맛을 몰라서."

외양간은 농장 저택보다 훨씬 커서, 적어도 너비 50미터에 높이가 5미터는 되었다. 입구에는 수확의 계절을 기념하여 장식물, 즉 샤프루트* 모양의 거대한 두상에 우락부락한 근육질의 보초병 모형들을 세워두었다. 주 출입구 너머에 쌓아둔 건초더미 위로 대들보 끝부분이 불쑥 튀어나왔고, 그 끝에 밧줄이 매여 있었다. 아이들은 그 아래 마당에 건초더미를 넉넉히 쌓았고 그 옆에는 오이라는 이름의 강아지가 서 있었다. 베니 슬라이트맨이 밧줄을 잡고 한번 당겨본 다음 다락 안쪽으로 사라지는 동안, 오이는 그 모습을 쳐다보고 있다가 곧 기대감에 차서 짖어대기 시작했다. 잠시 후 베니가 두 주먹으로 밧줄을 꽉 쥐고 머리카락을 흩날리며 앞으로 점프하여 날았다.

아이는 밧줄을 놓고, 활강 후에 건초더미 속으로 사라지더니, 이내 웃음을 터뜨리며 나타났다. 오이가 짖어대며 아이 주위를 맴돌았다.

롤랜드는 제이크가 밧줄을 감는 모습을 바라보았다. 베니는 죽은 척 땅바닥에 널브러졌다가, 오이가 얼굴을 마구 핥아대니까 일어나 앉아 킥킥거렸다.

외양간 한쪽에는 일할 때 쓰는 말들이 스무 마리 정도 있었다. 가죽바지를 덧입고 발목까지 오는 낡은 부츠를 신은 카우보이 세 명이 마지막으로 남은 승마용 말 여섯 마리를 외양간으로 몰고 들어왔다. 마당 건너편은 황소가 잔뜩 들어 있는 도살장 우리였다. 내주쯤에는 모두 도살하여 무역선에 실어 강 아래쪽으로 보낼 것이다.

제이크는 다락 속으로 들어갔다가 달려나와 펄쩍 뛰어 밧줄의 호를 따라 허공으로 날아올랐다. 두 남자는 아이가 깔깔거리며 건초더미 속으로 사라지는 것을 지켜보았다.

---

* 무와 비슷하게 생긴 채소.

"우리는 견딥니다, 총잡이." 아이젠하트가 말했다. "무법자들이 코앞에 와도 우리는 견디죠. 놈들은…… 왔다 가기 마련입니다. 무슨 말인지 알진대?"

"잘 압니다. 감사예."

아이젠하트는 고개를 끄덕였다. "우리가 놈들에게 저항하면, 상황이 완전히 바뀔지도 모릅니다. 당신과 당신네 사람들에게는 높은 바람 속의 방귀만큼도 의미가 없겠지만. 살아남기만 하면 당신은 이기든 지든 관계없이 또 길을 떠나겠지요. 하지만 우리는 갈 곳이 없습니다."

"그래도……."

아이젠하트는 손을 들어 말을 막았다. "부디 제 말을 끝까지 들어주세요. 그래주시겠습니까?"

롤랜드는 고개를 끄덕였다. 그들 뒤에서는 아이들이 또 도약을 하려고 외양간으로 뛰어 되돌아가는 중이었다. 곧 이어질 어둠에 아이들 놀이는 막을 내릴 것이다.

"놈들이 전에 그랬던 것처럼 오륙십 마리를 보낸다면 우리는 놈들을 쓸어내겠지요? 그다음에, 일주일 혹은 한 달 뒤에, 당신이 가고 난 후, 오백 마리를 보내온다고 생각해보십시오."

롤랜드는 그 점에 대하여 숙고했다. 그가 곰곰 생각하는 동안, 마거릿 아이젠하트(전에는 마거릿 헨치크였다)가 합류했다. 마거릿은 마흔살 정도 되는 날씬하고 가슴이 작은 여자였고, 청바지에 회색 비단 셔츠를 입고 있었다. 예쁜 여자였다. 또한 말로 형용할 수 없는 분노를 가슴속에 꾹꾹 눌러 담고 사는 의문투성이 여자였다. 그녀의 아버지를 만난 후에(돌심장이라 불리는 그녀의 아버지는 턱수염을 자르지도 다듬지도 않았는데, 그것은 자식이 없음을 뜻하는 표식이었다) 롤랜드는 그녀의 분노를 조금이나마 이해할 수 있게 된 것 같았다. 헨치크의 생각으로는, 이 여자는 단순히 청바짓단 아래 드러난 발목을 세상에 보여주려고 지옥에 뛰어들었다. 그렇다면 그녀의 남편은? 두 사람이 함께 만든 아이들은? 그들에 대한 헨치크의 의견은 묻지 않는 편이 나았으며, 롤랜드는 묻지 않았다. 마거릿은 머리칼을 한데 모아 쪽을 지었는데, 검은 머리에 새치가 간간이 섞여 있었다. 그녀는 앞치마 속에 한 손을 숨기고 있었다.

"침략자들이 몇 명이나 들이닥칠지 묻는 것은 적절한 질문이죠." 마거릿이 말했다. "하지만 질문을 하기에 적절한 시간은 아닌 것 같군요."

아이젠하트는 부인에게 웃음과 짜증이 반씩 섞인 표정을 지어 보였다. "당신이 부엌살림 꾸리는 걸 갖고 내가 참견한 적이 있었던가, 마누라? 언제 요리하고 언제 설거지하라고?"

그녀는 "일주일에 네 번밖에 안 하셨지요"라고 대꾸하고, 남편 옆 흔들의자에서 일어나려는 롤랜드를 쳐다보았다. "아녜요, 앉아 계세요, 부디. 저는 좀전까지 거기 앉아서 무 껍질을 벗기고 있었거든요, 저 아이의 어머니인 에드나와 함께." 마거릿은 베니 쪽을 턱으로 가리켰다. "서 있는 편이 좋아요." 마거릿은 아이들을 바라보며 빙그레 웃었다. 아이들은 훌쩍 날아서 건초더미 속에 착지하며 깔깔거렸고, 오이는 춤을 추며 짖어댔다. "지금까지 남편과 나는 그 공포에 정면으로 대적할 필요가 없었습니다, 롤랜드. 우리는 아이가 여섯이었는데, 전부 쌍둥이였지만 침략이 뜸한 사이에 다들 무사히 컸어요. 그래서 당신이 요구한 것과 같은 결정을 내리기엔 총체적 지식이 부족할지도 모릅니다."

"운이 좋다고 사람이 우둔해지는 건 아냐." 아이젠하트가 말했다. "정확히 그 반대라는 게 내 생각이야. 냉정한 눈이 더 또렷이 보는 법이지."

"그럴 수도 있지요." 마거릿은 아이들이 다시 외양간 안으로 달려가는 것을 바라보며 말했다. 아이들은 서로 사다리를 먼저 오르겠다고 어깨를 부딪히며 웃음을 터뜨렸다. "그럴지도 모르죠, 맞아요. 하지만 심장도 권리를 찾아야 해요. 여자나 남자나 들으려 하지 않는 사람은 바보예요. 너무 어두워서 건초더미가 거기 있는지 없는지 보이지 않는다 해도, 밧줄에 매달리는 게 최선일 때도 있어요."

롤랜드는 팔을 뻗어 마거릿의 손을 살짝 잡았다.

마거릿은 살며시 건성으로 웃어 보였다. 아주 잠깐, 그녀가 아이들 쪽으로 주의를 돌리기 직전의 짧은 순간, 롤랜드는 한눈에 그녀가 두려워하고 있음을 알아차렸다. 아니, 겁에 질려 있었다. 재산이나 곡식이 위험에 처해 있음을 아는 것과, 자식이 위험하다는 사실을 아는 것은 전혀 다르다.

"벤, 제이크!" 마거릿이 소리쳤다. "이제 그만! 씻고 들어와라! 먹을 준비가 된 사람한테는 파이가 있고, 크림도 얹어줄 거야!"

베니가 외양간 앞으로 나왔다. "우리 아버지가 그러는데, 마님만 괜찮으시다면 절벽 위에 있는 제 텐트에서 우리 둘이 자도 된다고 하던데요."

마거릿 아이젠하트는 자기 남편을 쳐다보았다. 아이젠하트는 고개를 끄덕였고, 그녀는 말했다. "좋아, 텐트에서 자는 것도 즐겁겠지. 하지만 파이가 먹고 싶다면 지금은 들어와. 마지막 경고야! 그리고 먼저 씻어야 해, 잊지 마! 손이랑 얼굴도!"

"네, 감사예." 베니가 말했다. "오이한테 파이 줘도 될까요?"

마거릿 아이젠하트는 머리가 아픈 것처럼 왼손바닥으로 제 이마를 딱 쳤다. 롤랜드는 여전히 앞치마 속에 감춘 그녀의 오른손을 흥미롭게 주목했다.

"그래, 문제아 강아지한테도 파이를 주자. 녀석은 분명 아서 엘드가 변장한 걸 테니 나한테 보석과 황금과 치유의 손으로 보상하겠지."

"감사합니다, 마님." 제이크가 외쳤다. "한 번만 더 타고 내려가도 될까요? 그게 내려가는 제일 빠른 길이거든요."

"흐음," 아이젠하트가 말했다. "보통 부러진 다리는 놀이 막판에 숨어 있는 법인데. 하지만 해봐라, 정 해야겠다면."

아이들은 밧줄을 타고 내려왔고, 누구의 다리도 부러지지 않았다. 두 아이 모두 건초더미에 정통으로 파묻혔고, 웃으면서 튀어나와 서로를 쳐다보더니, 오이를 꽁무니에 달고 부엌을 향해 질세라 뛰어갔다. 그 모양이 오히려 오이가 아이들을 몰고 가는 것처럼 보였다.

"아이들은 참 빨리도 친구가 되네요, 신기해라." 마거릿 아이젠하트가 말했다. 하지만 그녀의 얼굴은 신기해하는 표정과는 거리가 멀었다. 그녀는 슬퍼 보였다.

"네." 롤랜드가 말했다. "참 신기하죠." 롤랜드는 가방을 무릎 위에 올려놓았다. 그리고 끈에 고정된 매듭을 잡아당기는 시늉을 했지만 실제로 잡아당기지는 않았다. "여기 남자들은 어느 쪽을 더 잘 다룹니까?" 롤랜드는 아이젠하트에게 물었다. "활인가요 석궁인가요? 라이플이나 권총은 분명 아니겠고."

"우리는 석궁을 선호합니다." 아이젠하트가 말했다. "살을 고정하고, 환을 구부리고, 겨냥하고, 쏘면 끝이죠."

롤랜드는 고개를 끄덕였다. 그럴 줄 알았다. 아쉬운 일인데, 왜냐면 석궁은 25미터 이상의 거리에서는 거의 맞지 않았다. 그것도 바람 없는 날의 얘기였다. 바람이 좀 세다 싶으면 명중률이 현격히 떨어졌고, 돌풍이라도 부는 날에는…… 신이여 우리를 구하소서…….

아이젠하트는 자신의 아내를 쳐다보고 있었다. 내키지 않는 듯하나 경탄의 눈빛이었다. 마거릿은 눈썹을 치켜뜨고 서서 자신의 남편을 마주 바라보았다. 남편에게 질문을 던지는 눈빛이었다. 무슨 일이지? 분명 앞치마 속에 숨긴 손과 관련된 일일 것이다.

"계속할진대, 이 사람한테 얘기해." 아이젠하트가 말했다. 그러더니 화난 사람처럼 손가락을 들어 권총으로 겨냥하듯 롤랜드를 가리켰다. "그래 봤자 달라지는 건 없어. 아무것도! 감사예!" 이 마지막 한마디에서 그는 이죽거리듯 입술을 비틀며 사납게 웃었다. 롤랜드는 훨씬 더 어리둥절해졌지만, 어렴풋이 희망이 살아나는 기분이었다. 근거 없는 희망일지도 모르고, 아마 그럴 확률이 높겠지만, 최근까지 그를 괴롭혔던 우려와 혼란(그리고 고통)보다야 백배 나았다.

"아니," 마거릿은 부아를 억누르며 삼가듯 말했다. "딱히 얘기할 만한 것은 아니에요. 아마도 보여드려야겠지요, 얘기하는 게 아니라."

아이젠하트는 한숨을 내쉬고 잠시 생각해보더니 롤랜드 쪽으로 고개를 돌렸다. "오리자 공녀를 아시죠?"

롤랜드는 고개를 끄덕였다. '벼'의 공녀는 어떤 곳에서는 여신이었고, 어떤 곳에서는 영웅이었으며, 어떤 곳에서는 둘 다로 섬김을 받았다.

"그럼 공녀가 자신의 아버지를 살해한 그레이 딕을 어떻게 처단했는지도 아시겠군요?"

롤랜드는 다시 고개를 끄덕였다.

이야기(꼭 기억했다가 나중에 기회가 생기면 제이크에게 얘기해줘야겠다는 생각이 드는 좋은 일화다)에 따르면, 오리자 공녀는 리버센드 옆 자신의 웨이던 성城에서 열리는 성대한 저녁만찬에 악명 높은 무법자 그레이 딕 공☆을 초대했다. 공녀는 인간 예수를 가슴으로 받아들였으므로 그의 가르침에 따라 자신의 아버지를 살해한 그레이 딕을 용서하고 싶다고 했다.

내가 가면 나를 죽이겠지, 내가 거기 갈 만큼 우둔한 줄 아느냐. 그레이 딕이 말했다.

아니, 아니, 그런 생각 마시오. 공녀가 말했다. 모든 무기는 성 밖에 두겠소. 그리고 1층 연회장에는 나밖에 없을 것이오. 테이블 한쪽 끝에는 나, 그리고 다른 쪽 끝에는 그대가 앉을 것이오.

단검을 소매 속에 숨길 수도 있고, 드레스 속에 올가미를 숨길 수도 있지. 그레이 딕이 말했다. 당신은 안 그럴지 몰라도 나는 그럴 거야.

아니, 아니, 그런 생각 마시오. 공녀가 말했다. 우리는 둘 다 아무것도 입지 않을 것이오.

그 말에 그레이 딕의 욕망은 불타올랐다. 오리자 공녀는 아름다웠으니까. 공녀의 벌거벗은 가슴과 음모를 보고 딱딱해질 자신의 성기와, 그 흥분한 놈을 가려줄 옷도 없으니 공녀의 시녀가 그것을 다

볼 거라는 생각에 그레이 딕은 몸이 달았다. 그리고 공녀가 왜 그런 제안을 하는지 알 것 같다고 생각했다. "그의 오만한 심장이 그를 망칠 것이야." 오리자 공녀는 자신의 시녀(시녀의 이름은 메리언이며, 이후 혼자서 수많은 멋진 모험을 하게 된다)에게 이렇게 말했다.

공녀의 말이 맞았다. 그레이 딕은 혼잣말로 이렇게 중얼거렸다. '나는 강변의 영주들 중에서 가장 용맹한 그렌폴 대공을 죽였다. 그리고 나에게 복수할 사람은 그 허약한 딸밖에 남지 않았다. (오, 하지만 공녀는 아름답다.) 그래서 공녀는 평화를 청해왔다. 그녀가 아름다움뿐 아니라 배짱과 상상력까지 갖췄다면 나에게 결혼을 청할지도 모르지.'

그리하여 그레이 딕은 공녀의 제안을 받아들였다. 그의 부하들이 그가 도착하기 전에 1층 연회장을 샅샅이 뒤졌으나 어디에서도 무기를 발견하지 못했다. 테이블 위에서도, 테이블 밑에서도, 태피스트리 뒤에서도.

그러나 정작 누구도 알아채지 못한 것은, 연회가 열리기 몇 주 전부터 오리자 공녀가 특별히 무겁게 제작된 큰 접시를 던지는 연습을 해왔다는 사실이었다. 공녀는 하루에 몇 시간씩 연습을 했다. 공녀는 운동신경이 좋았고 눈썰미도 날카로웠다. 또한 공녀는 그레이 딕을 너무너무무너무 싫어했기에 어떠한 희생이 따르더라도 꼭 그에게 대가를 치르게 하고야 말겠다고 다짐했다.

큰 접시는 무겁기만 한 것이 아니었다. 가장자리도 날카롭게 갈아두었다. 그레이 딕의 부하들은 오리자 공녀와 메리언이 확신했듯 접시는 거들떠보지도 않았다. 이리하여 그들은 연회를 열었고, 참으로 이상한 연회였을 것이다. 테이블 한쪽 끝에는 껄껄 웃고 있는 잘생긴 무법자가 벌거벗은 채 앉아 있고, 그로부터 10미터 떨어진 반대편 끝에는 새초롬히 미소 짓고 있는 아름답기 그지없는 공녀가 마찬가지로 벌거벗고 앉아 있으니 말이다. 두 사람은 그렌폴 대공의 최고급 적포도주로 건배를 들었다. 공녀는 그레이 딕이 그 훌륭한 포도주를 물처럼 벌컥벌컥 들이켜고 선홍빛 술이 턱을 따라 흘러내려 털북숭이 가슴에 튀는 것을 보면서 미쳐버릴 듯한 분노에 휩싸였지만 내색은 하지 않았다. 그저 요염하게 미소 지으며 자신의 술을 조금씩 음미했을 뿐이다. 공녀는 자신의 가슴에 꽂히는 그레이 딕의 시선을 느낄 수 있었다. 불쾌한 벌레가 피부에 들러붙는 느낌이었다.

　이 가식이 얼마나 오래 지속됐을까? 어떤 이야기꾼들은 공녀가 두번째 건배 후에 그레이 딕을 끝장냈다고 전한다. (그레이 딕의 건배사는 '그대의 아름다움이 무궁무진하게 피어나기를'이었고, 공녀의 건배사는 '그대의 지옥에서의 첫날이 천 년을 가고, 그날이 가장 짧은 날이기를'이었다.) 다른 이들(긴장감을 질질 끄는 것을 좋아하는 노처녀들)은 만찬 테이블 위의 열두 코스 메뉴를 모조리 읊고난 뒤에야 오리자 공녀가 미소 띤 얼굴로 그레이 딕의 눈을 똑바로 쳐다보며 특별 제작된 접시를 돌리면서 가장자리의 안전하게 잡을 수 있는 뭉툭한 부분을 더듬어 찾았다고 얘기한다.

　이야기가 얼마나 길든 간에, 마지막 장면은 언제나 오리자 공녀가 접시를 날리는 것으로 끝난다. 접시는 가장자리를 날카롭게 갈았을뿐더러, 똑바로 날아가도록 밑부분에 세로로 작은 홈을 파놓았다. 그리하여 접시는 기묘한 휘파람 소리를 내면서 일직선으로 날아갔고, 구운 돼지고기와 칠면조 구이, 야채가 수북이 쌓인 그릇들과 신선한 과일이 잔뜩 담긴 크리스털 접시 위에 찰나의 그림자를 흩날렸다.

공녀가 약간 비스듬하게 날아오르는 각도로 접시를 던진 직후 (공녀의 팔은 여전히 뻗은 채였고, 그녀의 검지와 구부린 엄지는 아버지의 살해자를 가리키고 있었다) 그레이 딕의 머리는 열린 문을 지나 저 너머의 현관홀까지 날아갔다. 그 후로도 한동안 그레이 딕의 몸뚱이는 그대로 있었다. 그 후로도 한동안 그레이 딕의 성기는 비난하는 손가락처럼 그녀를 가리키고 있었다. 그러나 본체의 목이 날아가고 피가 분수처럼 솟구치는데 성기가 오래 뻣뻣하게 버틸 수는 없었다. 그것은 갑자기 깜짝 놀랄 만큼 순식간에 쭈그러들었다. 그 후로도 한동안 몸뚱이는 그대로 있다가 앞으로 엎어져 거대한 소고기구이와 산처럼 쌓인 향기로운 쌀 위로 쓰러졌다.

오리자 공녀는(롤랜드는 이전에 떠돌던 몇몇 나라에서 그녀를 '접시의 공녀'라 칭하는 얘기를 듣기도 했다) 포도주 잔을 들어 시체에 건배했다. 그녀는 이렇게 말했다…….

"그대의 지옥에서의 첫날이 천 년을 가기를." 롤랜드가 중얼거렸다.

마거릿은 고개를 끄덕였다. "네, 그리고 그날이 가장 짧은 날이기를. 무시무시한 건배사지만, 우리 아기를 훔쳐간 무법자들 한 놈 한 놈에게 해주고 싶은 말이에요. 한 놈 한 놈씩 모조리!"

마거릿은 드러난 손을 꽉 움켜쥐었다. 엷어져가는 붉은 노을에 비친 그녀의 얼굴은 열에 들뜬 듯 아파 보였다. 그 모습이 그녀의 아버지를 닮았다고 롤랜드는 생각했다.

"당신도 알다시피 우린 아이가 여섯이었죠. 딱 반 다스. 그런데 지금 여기에 수확과 도축과 가축몰이를 도와주는 아이가 하나도 없다는 얘기를 남편이 당신에게 하던가요? 남편이 당신에게 그 얘기를 했냐고요, 총잡이."

"마거릿, 그럴 필요 없어." 아이젠하트가 말했다. 그는 불편한 듯 자세를 고쳐 앉았다.

"아뇨, 있을지도 몰라요. 아까 우리가 하던 얘기로 되돌아가죠. 저돌적인 행동은 대가를 치르겠지만, 때로는 방관하는 것이 더 큰 대가를 치르기도 해요. 우리 아이들은 유괴범들을 걱정하지 않아도 돼서 자유롭고 똑똑하게 컸어요. 나는 늑대들이 마지막으로 쳐들어오기 한 달 못 되는 시기에 첫 쌍둥이 톰과 테사를 낳았죠. 그리고 나머지 아이들도 콩깍지 속의 완두콩처럼 말쑥하게 차례대로 나왔어요. 알다시피 막내는 겨우 열다섯살이죠. 나는 한 번도 아이들을 등진 적도, 외면한 적도 없어요. 어떤 사람들은 그런 말도 하더군요, 힘든 상황에서도 뻔뻔하게 요리조리 빠져나갈 꾀만 부린다고. 당신은 심지어 오늘도 그런 사람들을 찾아갔었지요, 총잡이, 어디 내 말이 틀렸습니까?"

"마거릿……." 그녀의 남편이 말문을 열었다.

마거릿은 그를 무시했다. "하지만 우리 아이들은 손주들에 대해서는 우리만큼 운이 좋지 못할 테고, 아이들도 그 사실을 알았어요. 그래서 떠난 거예요. 몇 명은 아크를 따라서 북쪽으로, 몇 명은 남쪽으로 갔죠. 늑대가 오지 않는 곳을 찾으러 말입니다."

마거릿은 아이젠하트 쪽으로 고개를 돌렸고, 이 마지막 말은 롤랜드에게 하는 것이었지만 시선은 남편을 향하고 있었다.

"쌍둥이마다 한 명씩. 그게 놈들의 자비심이죠. 그런 식으로 놈들은 스무몇 해마다 아이들을 훔쳐갔어요. 우리 아이들은 예외로 손끝 하나 대지 않았지만, 그럼에도 불구하고 놈들이 우리 애들을 몽땅 데려간 것이나 마찬가지예요."

뒷마당에 침묵이 내려앉았다. 사형선고를 받은 황소들이 도살장 안에서 저능아처럼 음메 울어댔다. 부엌에서는 아이들의 웃음소리가 들렸다.

아이젠하트는 고개를 숙였다. 롤랜드는 그의 덥수룩한 턱수염밖에 못 봤지만, 그가 울고 있는지 아니면 안간힘을 쓰며 울음을 참고 있는지, 굳이 얼굴을 들여다보지 않아도 알 수 있었다.

"아크의 모든 벼를 두고 맹세하는데, 절대 당신을 기분 나쁘게 하려던 말은 아니었습니다." 마거릿은 이렇게 말하며 남편의 어깨를 한량없는 부드러움으로 어루만졌다. "그리고 아이들은 가끔씩 돌아오기도 하니까, 네, 이건 꿈속에서밖에 찾아오지 못하는 죽은 자들보단 한결 낫죠. 애들은 아직 어려서 여태 엄마를 찾기도 하고, 아비한테 잘 지내시냐는 인사도 하고 그래요. 그래도 어쨌든 다시 떠나버리죠. 그게 안전함의 대가예요." 마거릿은 한손은 여전히 앞치마 속에 감추고 다른 손은 아이젠하트의 어깨에 얹은 채 잠시 남편을 내려다보았다. "자, 이제 나한테 얼마나 화났는지 얘기해봐요." 마거릿이 남편에게 말했다. "나도 다 알고 있으니까."

아이젠하트는 고개를 가로저었다. "화나지 않았어." 목멘 소리였다.

"그럼 마음을 바꾼 거예요?"

아이젠하트는 또다시 고개를 가로저었다.

"옹고집쟁이 같으니." 말은 그렇게 했어도 싹싹한 애정을 담고 있었다. "노새처럼 옹고집이라니까, 참, 그래서 우리 모두 감사예."

"생각하는 중이야." 아이젠하트는 여전히 고개를 푹 숙이고 말했다. "여전히 생각하는 중인데, 지난번보다 더 힘드네. 보통은 결정하고 나면 그걸로 끝인데…… 롤랜드, 숲에서 어린 제이크가 오버홀저 씨와 다른 사람들한테 총 쏘는 시범을 보였다는 것을 잘 알고 있습니다. 지금 여기서는 우리가 당신 눈썹이 치켜올라가게 할 만한 뭔가를 보여줄 겁니다. 매기, 가서 당신의 오리자를 갖고 와."

"그러잖아도," 마거릿은 마침내 앞치마 속에 숨기고 있던 손을 꺼내며 말했다. "가지고 나왔어요, 여기."

그것은 가장자리에 빙 둘러 섬세한 무늬가 새겨진 푸른색 접시였다. 특별한 목적을 위한 접시. 잠시 후에야 롤랜드는 그 무늬가 무엇인지 알아보았다. 어린 오리자, 즉 벼의 모였다. 아이젠하트 부인이 접시를 손등으로 가볍게 때리자 특이하고 높은 울림 소리가 났다. 도자기처럼 보였는데 아니었다. 그럼 유리인가? 무슨 유리지?

롤랜드는 무기를 존중하고 잘 아는 사람다운 엄숙하고 공손한 태도로 접시를 보여달라며 손을 뻗었다. 마거릿은 입술 한끝을 깨물며 망설였다. 롤랜드는 그녀의 아버지를 만나러 가기 전 도로 맸던 홀스터에서 권총을 꺼냈다. 그리고 손잡이 쪽을 앞으로 해서 그녀에게 내밀었다.

"아니에요." 마거릿은 긴 한숨 끝에 입을 열었다. "내게 인질을 맡길 필요는 없어요, 롤랜드. 당신에게는 내 오리자를 믿고 맡길 수 있겠지요. 하지만 잡을 때 조심하세요, 안 그럼 손가락을 또 잃게 될 테니. 이미 오른쪽 두 개가 안 보이는데 또 잘렸다간 매우 곤란해질 거예요."

푸른 접시, 마거릿의 오리자를 일별하니 그녀의 경고가 현명했음이 확실해졌다. 동시에 롤랜드는 이 재기발랄한 영리함에 흥분하고 감탄했다. 유용한 신종 무기를 접해본 지도 오래됐거니와, 이런 무기는 또 난생처음이었다.

접시는 유리가 아니라 금속이었다. 가볍고 단단한 합금이었다. 보통 저녁식사 때 쓰는 접시 크기로 지름이 30센티미터가량 되었다. 접시 가장자리 4분의 3 정도(혹은 좀더)가 주인도 겁낼 만큼 날카롭게 갈려 있었다.

"아무리 급할 때라도 어디를 잡아야 하는지는 의문의 여지가 없죠." 마거릿이 말했다. "왜냐하면, 보다시피……."

"네." 롤랜드는 경탄해 마지않는 어조로 대답했다. 벼이삭 두 개가 교차하면서 그리고 있는 것은 위대한 문자인 'Hn'였다. 그 자체로 이곳here과 지금now을 의미한다. 이삭이 교차하는 지점(눈썰미가 매서운 사람만이 커다란 무늬에서 첫눈에 이것을 짚어낼 수 있을 것이다)은 가장자리가 뭉툭할 뿐 아니라 두께도 약간 더 두껍다. 잡기에 딱 좋다.

롤랜드는 접시를 뒤집었다. 밑면 중앙에 조그만 금속 홈이 있었다. 제이크에게는 1학년 때 주머니에 넣어 학교에 갖고 다니던 플라스틱 연필깎이처럼 보였겠지만, 연필깎이를 본 적 없는 롤랜드에게는 어느 곤충의 버려진 알껍데기처럼 보였다.

"아시다시피, 접시가 날아갈 때 휘파람 소리를 내는 홈이죠." 마거릿이 말했다. 마거릿은 롤랜드의 솔직한 경탄과 접시에 대한 반응을 지켜보았고, 얼굴에 혈색이 오르면서 눈이 반짝거렸다. 그러니까 더더욱 그녀의 아버지와 닮아 보였다.

"다른 목적은 없습니까?"

"없어요." 마거릿이 말했다. "하지만 꼭 휘파람 소리를 내야 해요, 그게 이야기에 들어 있잖아요?"

롤랜드는 고개를 끄덕였다. 당연히 그래야지.

마거릿 아이젠하트는 오리자회會가 서로서로 거들어주기를 좋아하는 여자들의 모임이라고 말했다.

"그리고 남 험담하기도 좋아하지." 아이젠하트가 끙 소리를 내며 보탰지만, 농담하는 투였다.

"네, 그것도 맞아요." 마거릿은 인정했다.

오리자회 여자들은 장례식과 잔치 때 음식을 만들었다. 가끔 어느 집이 화재로 전재산을 잃거나 5~6년마다 홍수가 나는 화이에 강 근처에 사는 소규모 자작농들의 경작지가 물에 잠기면, 옷을 짓거나 바느질을 하거나 누비이불을 만들며 수다 떠는 모임을 열기도 했다. 정자를 깨끗이 관리하고 시민회관을 안팎으로 쓸고 닦는 것도 오리자회 여자들이었다. 젊은이들을 위해 댄스파티를 열고, 젊은 여성을 보좌하는 역할도 맡아 했다. 이따금 마을의 부유한 집에서 결혼식 음식을 도와달라고 부르기도 했는데, 그런 일들은 언제나 잘 치러졌고, 그 후로 몇 달씩 칼라의 화젯거리가 되었다. 자기들끼리 분명 남 험담을 하기는 했다. 그렇다, 마거릿은 그것을 부인하지 않았다. 또한 그들은 카드도 치고, 점수 내기도 하고, 게임도 했다. (남의 험담이라니 헨치크가 눈썹을 얼마나 찡그릴지 롤랜드는 상상이 갔다. 안 그래도 차가운 그의 눈빛이 카드라는 말에 얼마나 얼음장같이 차가워질지!)

"그리고 부인은 접시를 던지고요." 롤랜드가 말했다.

"네. 하지만 우리는 그저 심심풀이로 접시 던지기를 한다는 것을 이해해주셔야 해요. 사냥은 남자들 일이고, 석궁으로 훌륭하게 해내고 있으니까요."

마거릿은 남편의 어깨를 다시 두드렸는데, 이번에는 약간 초조해 보인다고 롤랜드는 생각했다. 또한 남자들이 석궁으로 진짜 훌륭히 해내고 있다면 앞치마 속에 그 깜찍하고 살벌한 물건을 숨기고 나오진 않았을 거라는 생각도 들었다. 아이젠하트도 아내를 그런 식으로 부추기지 않았을 테고.

롤랜드는 담배쌈지를 열고 로절리타의 벼종이를 하나 꺼내서 접시의 날카로운 가장자리에 천천히 갖다 댔다. 얇은 정사각형 종이가 베란다 쪽으로 펄럭이더니 잠시 후 깔끔하게 두 조각으로 잘렸다. 그저 심심풀이라, 롤랜드는 속으로 웃을 뻔했다.

"무슨 금속이죠?" 롤랜드는 물었다. "그대는 아십니까?"

마거릿은 마니 식의 2인칭 호칭에 살짝 눈썹을 치켜떴지만 별다른 말은 하지 않았다. "앤디 말로는 티타늄이라고 하더군요. 저 멀리 북쪽 칼라 센 크레에 있는 거대한 옛 공장 건물에서 나온 거예요. 그곳에 유적이 상당수 남아 있죠. 직접 가본 건 아니고 얘기만 들었어요. 으스스하더군요."

로랜드는 고개를 끄덕였다. "그럼 이 접시는…… 어떻게 만들어진 겁니까?"

"칼라 센 크레의 귀부인들이 만들어서 칼라 방방곡곡으로 보내죠. 칼라 디바인처럼 저 남쪽에 있는 도시는 이런 종류의 거래를 하기엔 좀 먼 것 같지만."

"귀부인들이 이런 걸 만든다고요." 롤랜드는 골똘히 생각했.

"귀부인들이라……."

"어딘가에 이런 걸 만드는 기계가 아직 작동하는 것뿐입니다." 아이젠하트가 말했다. 롤랜드는 수세적으로 느껴지는 무뚝뚝한 그의 말투에 몰래 웃었다. "그냥 단추만 누르면 되는 거겠지, 아마."

마거릿은 여자다운 미소를 띠고 남편을 바라보며 그의 말에 동의도 반박도 하지 않았다. 마거릿은 접시 제작에 관해서는 무지할지 몰라도, 달콤한 결혼생활을 유지하는 전략은 확실히 알고 있었다.

"그러니까 아크를 따라서 남북으로 오리자회가 있는 거군요." 롤랜드가 말했다. "그리고 그분들은 모두 접시를 던지고요."

"네. 센 크레부터 남쪽의 디바인까지요. 그보다 더 먼 남쪽이나 북쪽은 잘 모르겠어요. 우리는 남을 돕기 좋아하고, 수다 떠는 것도 좋아해요. 그리고 한 달에 한 번씩 오리자 공녀가 그레이 딕을 처단한 방법을 기념하기 위해 접시를 던지죠. 하지만 잘 던지는 사람은 그리 많지 않아요."

"당신은 잘 던집니까, 부인?"

마거릿은 잠자코 또 입술 한끝을 깨물었다.

"저 사람한테 보여줘," 아이젠하트가 낮게 으르렁거렸다. "보여주고 끝내자고."

그들은 계단을 내려갔다. 농장주의 아내가 길을 안내했고, 아이젠하트가 아내 뒤에, 롤랜드가 세번째로 따랐다. 그들 뒤에서 부엌 문이 열렸다가 쾅 닫혔다.

"신께…… 영광을, 아이젠하트 부인이 접시를 던지신다!" 베니 슬라이트맨이 신나서 외쳤다. "제이크! 깜짝 놀랄걸!"

"애들을 안으로 들여보내요, 반." 마거릿이 말했다. "애들은 보지 않아도 돼요."

"아냐, 애들도 보게 하지." 아이젠하트가 말했다. "여자가 잘하는 것을 보는 게 남자애들한테 해가 되는 것도 아니고."

"애들을 돌려보내요, 롤랜드, 네?" 마거릿은 롤랜드를 쳐다보았고, 얼굴이 빨개져서 허둥거리는 그녀의 모습은 굉장히 예뻤다. 롤랜드의 눈에 지금의 그녀는 아까 베란다로 나올 때보다 10년은 젊어 보였다. 어떻게 갑자기 이런 상태가 된 건지 궁금했다. 이런 모습은 그가 무척이나 보고 싶어 하던 것이긴 했다. 왜냐하면 매복공격은 잔인하고 신속하며 감정을 자극하는 일이었으니까.

"나도 당신 남편 의견에 동의합니다." 롤랜드가 말했다. "아이들도 보게 해주죠."

"마음대로 하세요." 마거릿이 말했다. 롤랜드가 보기에 마거릿은 사실 기쁜 것 같았다. 그녀는 관객을 원했다. 그리고 그의 희망도 부풀었다. 롤랜드는 이 아름다운 중년 아줌마가, 작은 가슴에 흰머리가 희끗희끗한 마니의 망명자가 헌터의 심장을 가졌을 확률이 무척 높다고 생각했다. 총잡이의 심장은 아니다. 하지만 지금은 남자든 여자든 사냥꾼 한 사람이 아쉬운 판이었다.

마거릿은 외양간 쪽으로 성큼성큼 걸어갔다. 외양간 문 옆의 허수아비에 50미터쯤 다가갔을 때 아이젠하트가 아내의 어깨를 가볍게 잡아 세웠다.

"안 돼요, 여긴 너무 멀어요."

"이보다 1.5배는 더 떨어진 데서 당신이 던지는 것을 봤어." 남편은 아내의 화난 표정에도 아랑곳없이 단호히 멈춰 세웠다. "분명히 봤다고."

"엘드의 라인에서 온 총잡이를 내 오른팔꿈치 옆에 세우고서는 아니죠, 그건 못 봤잖아요"라고 대꾸하면서도 마거릿은 그 자리에 섰다.

롤랜드는 외양간 문 앞으로 가서, 왼쪽에 서 있는 허수아비의 웃고 있는 샤프루트 대가리를 뽑았다. 그는 외양간 안으로 들어갔다. 갓 캐온 감자가 한 칸 그득 쌓여 있었다. 롤랜드는 감자 한 알을 집어서 샤프루트가 있던 허수아비의 어깨 위에 올려놓았다. 제법 큰 감자였지만 그 대조는 역시나 우스꽝스러웠다. 허수아비는 이제 카니발쇼나 거리 장터에서 보던 좁쌀머리 양반처럼 보였다.

"오, 롤랜드, 안 돼요!" 마거릿은 정말로 기겁한 듯 외쳤다. "그건 못해요!"

"못 믿겠는데요"라고 말하며 롤랜드는 옆으로 비켜섰다. "던져요."

순간 롤랜드는 마거릿이 안 할지도 모른다는 생각이 들었다. 그녀는 남편을 돌아보았다. 아이젠하트가 아직도 그녀 옆에 서 있었더라면 그녀는 남편이 접시에 손을 베든 말든 접시를 남편의 손에 쥐여주고 집 안으로 달려 들어가버릴지도 모른다고 롤랜드는 생각했다. 하지만 아이젠하트는 벌써 베란다 계단 아래까지 되돌아가버린 후였다. 아이들은 계단 위에 있었다. 베니 슬라이트맨은 단순한 호기심에서 보고 있었고, 제이크는 갑자기 얼굴에서 웃음기를 거두고 눈썹을 한데 모아 주의 깊게 관찰했다.

"롤랜드, 나는……."

"부디 신경 쓰지 마세요, 부인. 아까 저돌적인 행동에 관한 당신의 말은 모두 아주 좋았어요, 그리고 분명 당신은 당신 아버지와 그를 따르는 사람들을 떠날 때 저돌적이었겠지요. 하지만 그건 수십 년 전이고, 나는 당신이 아직도 민첩한지 알고 싶어요. 던져요.”

마거릿은 자신의 아버지에 관한 말이 나오자 움찔하면서 따귀라도 한 대 얻어맞은 양 눈이 휘둥그레졌다. 그리고 몸을 돌려 외양간 문을 바라보고 선 다음 오른손을 왼쪽 어깨 위로 감아올렸다. 접시는 석양에 반짝거렸고, 붉은색이라기보단 선홍색을 띠었다. 마거릿의 입술은 앙다물어 희고 가는 선이 되었다. 순간 온 세계가 숨을 죽였다.

“리자!” 마거릿은 날카롭고 격한 기합을 넣으며 팔을 앞으로 뿌렸다. 손을 놓았고, 검지는 정확히 접시가 날아갈 궤적을 가리켰다. 마당에 있는 사람들(카우보이들도 걸음을 멈추고 지켜보았다) 가운데 날아가는 접시를 시선으로 좇을 정도로 날카로운 눈을 가진 사람은 롤랜드밖에 없었다.

진짜다! 롤랜드는 쾌재를 불렀다. 진짜배기다!

접시는 지저분한 마당 위를 쏜살같이 날아가면서 곡성哭聲과 같은 소리를 냈다. 접시가 마거릿의 손을 떠난 지 2초도 안 되어 감자는 두 동강 나서 하나는 허수아비의 장갑 낀 오른손에, 다른 하나는 왼손에 떨어졌다. 접시는 외양간 문에 꽂혀 부르르 떨었다.

아이들은 환호성을 질렀다. 베니는 새 친구가 가르쳐준 대로 한 손을 쳐들었고, 제이크는 그 손을 찰싹 마주쳐 하이파이브를 했다.

“멋진 솜씨예요, 아이젠하트 부인!” 제이크가 외쳤다.

“명중! 감사예!” 베니가 거들었다.

롤랜드는 이 불운하고 선의에 찬 칭찬에 마거릿이 이를 드러내고 우거지상을 하는 모양을 지켜보았다. 그녀는 뱀과 마주친 말 같았다. "얘들아," 그가 말했다. "나라면 이제 그만 안으로 들어가겠구나."

베니는 어리둥절해했다. 그러나 제이크는 마거릿 아이젠하트를 힐끔 보고는 사태를 파악했다. 해야 할 일을 했으니…… 반작용이 시작될 것이다. "가자, 벤." 제이크가 말했다.

"하지만……."

"가자니까." 제이크는 새 친구의 셔츠를 잡아끌면서 부엌문으로 향했다.

롤랜드는 잠시 마거릿을 그대로 놔두었다. 마거릿은 고개를 푹 숙이고 반작용으로 부들부들 떨고 있었다. 두 뺨은 여전히 시뻘겋게 달아오른 상태였지만, 그 밖에 피부빛은 몽땅 백짓장처럼 창백해졌다. 토하려는 것을 애써 참고 있는 것 같았다.

롤랜드는 외양간 문으로 걸어가서 접시 손잡이 쪽을 잡고 뽑았다. 접시가 우적거리며 빠져나오는 데 무척 힘이 들어서 깜짝 놀랐다. 그는 접시를 가지고 마거릿에게 돌아와 내밀었다. "그대의 장비입니다."

한동안 그녀는 접시를 받아들지 않고, 활활 타는 증오의 눈빛으로 그를 노려볼 뿐이었다. "왜 말로 나를 놀리는 거죠, 롤랜드? 내 아버지가 그대에게 무슨 언사를 했기에?"

분노에 찬 그녀의 표정에 롤랜드는 그저 고개를 회회 가로저었다. "나는 그대를 놀리지 않습니다."

마거릿 아이젠하트는 벼락같이 달려들어 롤랜드의 목을 거머쥐었다. 손은 건조했고 피부는 몹시 뜨거워 열이 나는 것 같았다. 그녀는 롤랜드의 귀를 당겨 부자연스럽게 일그러진 자신의 입가에 갖다 댔다. 그녀가 칼라 브린 스터지스의 대농장주를 위해 고향 사람들 곁을 떠나기로 결심한 뒤부터 내내 겪어왔을 온갖 악몽의 냄새가 느껴지는 듯했다.

"그대가 오늘 내 아버지와 얘기했다는 거 다 압니다." 그녀가 말했다. "아버지에게 얘기 좀 전해주겠어요? 그래주시겠죠, 네?"

롤랜드는 그녀의 손아귀에 꼼짝 못하게 잡힌 채로 고개를 끄덕였다. 그 힘이란. 귓속에서 윙 하고 바람 소리가 들렸다. 사람들은 저마다 가슴속 깊숙이 광기를 숨기고 있는 걸까, 심지어 이런 여자도?

"좋아요. 감사예. 레드패스 클랜의 마거릿은 이교도 남편과 잘 지내고 있다고, 네, 아주 잘 지내고 있다고 전해주세요." 그녀의 손아귀 힘이 더 세졌다. "마거릿은 아무것도 후회하지 않는다고! 저 대신 말씀해주시겠습니까?"

"네, 부인, 원하신다면."

겁 없는 마거릿은 그 치명적인 흉기의 날을 아랑곳하지 않고 롤랜드가 들고 있던 접시를 홱 낚아챘다.

"왜 우릴 찾아온 거죠, 총잡이?"

아이젠하트가 두 사람에게 다가왔다. 그는 불안한 눈으로 자신의 아내를 쳐다보았다. 아내는 고향 사람들의 추방을 감내했고, 아버지의 이기적인 냉대를 견뎌왔다. 한동안 그녀는 남편을 모르는 사람인 양 쳐다보았다.

"나는 오직 카*의 뜻대로 행할 뿐입니다." 롤랜드가 말했다.

"카라고!" 마거릿은 소리치며 윗입술을 벌렸다. 조소는 그녀의 예쁜 얼굴을 깜짝 놀랄 정도로 추하게 바꾸어놓았다. 애들이 보았

---

* '신' 혹은 '운명'이라는 뜻.

다면 겁에 질렸을 것이다. "말썽꾼들은 죄다 그 핑계로군! 똥덩어리하고 같이 당신 엉덩이에나 올려놓으시지!"

"나는 오직 카의 뜻대로 행할 뿐입니다. 그리고 당신도 그럴 겁니다." 롤랜드가 말했다.

마거릿은 그의 말을 이해하지 못한 듯 쳐다보았다. 롤랜드는 자신의 목을 잡고 있는 뜨거운 손을 내려 힘주어 꽉 잡았다. 아프지 않을 정도로만.

"그리고 당신도 그럴 겁니다."

마거릿은 그의 눈을 똑바로 쳐다보다가, 잠시 후 시선을 떨구었다. "네⋯⋯" 그녀는 웅얼거렸다. "오, 네, 우리 모두 그렇죠."

마거릿은 롤랜드를 남겨두고 집을 향해 걸음을 옮겼다.

캐럴 엠시윌러   **사령관**

적들 중 한 명이 산속으로 도망쳤다. 핵심인물인 사령관이다. 그는 우리말을 알고 우리의 시스템도 잘 알지만, 우리는 그의 언어도, 그의 병력이 어디 있는지도, 심지어 잔존 병력이 있는지 없는지조차 모른다. 우리는 그를 경계가 제일 삼엄한 시설에 가두고, 그가 자기 휘하 병력에 관해 아는 바를 실토할 때까지 고문할 생각이었다. 우리는 고문을 좋아하지 않기에 그를 고문할 사람들을 다른 곳에서 불렀는데, 그들이 오기 전에 그가 탈출했다.

그에게는 엄청난 현상금이 붙어 있다. 그 정도 금액이면 그의 부하라도 그를 밀고할 것이다. 그는 아무도 믿을 수 없다. 어찌 됐든 그가 장기적으로 살아남을 방법은 없다. 이곳은 지독히 춥고, 이 근방 사람들은 모두 우리 편이다. 십중팔구 현상금을 놓고 싸움이 붙을 것이다. 우리 측에서 사망자가 몇 명 더 나올 수도 있다.

우리는 그에게 주황색 죄수복을 입혔다. 그는 옷가지를 훔쳐야 할 것이다. 옷을 얻으려다 우리 편 사람을 죽이는 일은 없었으면 좋겠다. 이런 곳에서 이런 계절에 탈출을 감행하다니 그는 몹시 어리석은 자임에 분명하다. 날씨는 점점 나빠지고 있다. 하기야 쥐가 들끓고 변소도 없는 감방보다야(일부러 그렇게 만들었다) 죽음이 나을지도 모른다. 우리의 학교에서 우리 손으로 직접 그를 훈육하면서, 우리는 그에게 죽음을 대수롭지 않게 여기라고 가르쳤다. 저 바깥 어딘가에서 그는 이미 시체가 되었을 확률이 높다. 우리는 동네 아이들을 보내서 바위와 덤불을 수색하라고 시켰다. 아이들은 우리가 보유한 전문가들보다 해당 지역을 훨씬 잘 안다. 아이들이 뭔가 실마리를 가져오면 동전 몇 푼과 소금을 쥐여줄 것이다. 그리고 아이들에게 만약 살아 있는 그를 발견하면 얼른 달아나라고 경고했다. 그는 지극히 위험한 인물이며 무기를 탈취했거나 제작했을 가능성이 높기 때문이다.

이제 나는 길에 들어섰다. 처음에는 무작정 바깥으로 방향을 잡고 도로나 길은 절대 따라가지 않았지만, 산길을 타지 않고는 도저히 이 산맥을 넘을 방법이 없다. 이따금 오두막이 보인다. 1년 중 이맘때는 다 비어 있다. 그런 데서 밤을 지낼 생각은 없다. 나는 오두막 중 한 군데서 긴 내복 아랫도리와 낡아빠진 양가죽 재킷을 훔쳤다. 니트 모자도 발견했다. 그들이 내 머리를 밀어버려서 괜찮은 모자가 하나 필요하던 참이었다. 내가 훔친 옷은 모두 닳아 해지고 악취가 났지만 어쨌든 꾸역꾸역 주워 입었다. 음식과 담요도 훔쳤다. 나는 족쇄를 달고 있었다. 오두막에서 적당한 도구를 찾아 족쇄를 부쉈다. 이제 좀더 빨리 움직일 수 있을 것이다. 낫도 하나 훔쳤다가 결국 버렸다. 사람을 후려쳐야 한다는 유혹에 빠지고 싶지 않다. 특히나 낫으로는.

잠은 산길에서 몇 야드 벗어나 간단히 몸을 피할 곳만 있으면 어디서든 잔다. 바위가 산재한 곳이라면 담요를 뒤집어쓰고 바위인 척 그 속에 섞여 몸을 누인다. 산 위에서는 아직 누구와도 마주친 적 없지만, 긴장을 늦출 수는 없다.

나는 지쳐 쓰러져 잠든다. 그럴 때 속마음은 이렇다. 여기라면 적당한 위치야, 다른 건 자고 일어나서 나중에 생각하자.

웅대한 장관 속을 걷고 있지만 잠시 앉아 이 풍경을 음미하려 하면 그대로 곯아떨어질 것이다. 이따금 달이 뜨면 대자로 누워 하늘을 바라보며 이 경이로운 장소와 이 빛나는 순간을 만끽하고자 하지만, 그런 생각을 하기가 무섭게 잠들어버린다.

방방곡곡 공고를 붙였다. 현상수배. 난폭하고 위험한 사내임. 중키에 머리를 밀었으며 눈은 밤색. 탈주자는 닥치는 대로 살인을 일삼으니 조심할 것. 지금쯤 무기를 소지했을 가능성이 높음. 탈주자에게 은신처나 음식을 제공하면 탈주자와 동일한 죄를 지은 것으로 간주함. 탈주자의 어깨에, 본인에게는 보이지도 닿지도 않는 곳에 마이크로칩을 심어놓았음. 칩을 제거하는 자는 누구든 탈주자와 마찬가지로 반역자로 간주함. 탈주자를 돕는 자는 사형에 처함.

얄궂은 일은, 우리가 직접 그를 우리 군사학교에 넣고 키웠다는 사실이다. 우리와 접촉하면 개화될 거라 생각했지만, 그는 우리가 데려왔던 아홉살 무렵에서 한 치도 달라지지 않았다. 당시 그는 우리 모두를 죽여버릴 거라고 했고, 우리의 보호 속에서 그토록 오랜 세월을 보냈음에도 그가 원하는 바는 변함없었다.

우리와 함께하는 생활이 그의 고국 사람들의 원시적인 방식보다 더 낫다는 것을 금방 알아볼 거라고 여겼다. 우리의 우월함을 깨달을 거라고 믿었다. 상식이 있는 사람이라면 누구나, 아무리 생각 없는 어린애라도, 우리의 과학과 자금력과 교육과 노동력과 부를 알아볼 수 있으리라 생각했다…… 그리고 우리는 우리의 부를 그와 나눌 준비가 되어 있었다. 어쨌거나 그는 수석 졸업자였다. 수석! 야만인 종자가 우리 아이들을 모두 제쳤다는 사실에 우리는 깜짝 놀랐다. 제때 바로잡기만 한다면 야만인도 우리의 문명화된 틀로 갱생시킬 수 있다는 신호로 받아들였다. 그를 우리 편으로 받아들이게 되어 기뻤다. 그가 우리를 배신할 때까지 일말의 의심도 하지 않았다.

일어나보니 웬 아이가 나를 내려다보고 있다. 아이는 하도 껴입어서 움직일 수나 있는지 궁금할 정도다. 지저분한 아이지만 내가 더 지저분하다. 처음엔 남자앤 줄 알았는데 다시 보니 여자애다. 치마가 보이고 그 아래 손으로 짠 조악한 모직 페티코트가 비죽 나왔다. 애들 나이는 잘 가늠하지 못하는 편이지만 아홉살이나 열살쯤 먹었지 싶다. 아이 옆에는 아이가 주워 모은 나뭇가지가 한 아름 놓여 있다.

나는 아무도 믿지 않는다. 늘 그렇듯 분노 속에서 잠을 깨고 공격태세로 일어난다. 놈들 중 하나다, 라고 생각한 순간, 아이가 빙그레 웃어 나도 마주 웃고 만다.

일어나 앉으려 하면 매번 이렇게 끙 소리가 절로 나온다. 하루 종일 산을 오르고 다음 날 일어나면 항상 이렇게 온몸이 뻑뻑하다. (어렸을 때는 한 번도 이런 문제로 고생한 적이 없었는데. 아마 점점 나빠지기만 하겠지.) 나는 아이에게 묻는다. "이런 계절에 산에서 뭘 하는 거니?" 아이가 되묻는다. "누구세요?"

아이의 이름은 '루'다. 나는 '상sang'이라고 말해준다. 아주 거짓말은 아닌 게, 피를 뜻하는 말이지만 '상sans'이라는 발음은 아무것도 없는 지금 내 신세와 딱 들어맞는 말이기도 하다.* (오랫동안 나는 식충이라고 불렸다.)

사흘이 지났건만 아직도 그를 잡지 못했다. 우리는 맨 윗대가리부터 밑바닥까지 전면교체를 단행했다. 간부들을 잡아넣었다. 책임자들을 잘랐다. 반쯤 굶어 죽어가는 상태로 십중팔구 주황색 옷을 입고 마이크로칩을 달고 있는 남자가 어떻게 이렇게 감쪽같이 우리를 따돌릴 수가 있나? 우리에겐 노하우도 있고 돈도 있는데.

루는 나뭇가지를 더 많이 모아야지 집에 가겠다고 버틴다. 나는 루를 돕는다. 루는 내가 잔뜩 나무를 모아온 것을 보고 함박웃음을 짓는다. 나는 말라죽은 통나무도 어깨에 걸머진다. 집에…… 집이든 어디든 도착하게 되면 쪼갤 생각이다. 일단 주ᵌ등산로를 타고 오르다가 좁은 길로 빠진다. 너무 좁아서 그 길이 거기 있다는 걸 아는 사람만 갈 수 있는 길이다.

---

* 프랑스어로 'sang'은 피, 'sans'는 '없다'는 뜻이며, 둘 다 '상'으로 발음된다.

우리는 비바람에 씻긴 나무와 돌로 만든 오두막에 다가간다. 산의 일부처럼 보이는 집이다. 트롤의 집을 묘사한 동화책 그림에서 튀어나온 듯하다. 지붕 경사면이 거의 땅에 닿는다. 내가 아직 그들에게 잡혀가기 전에 동화에서 봤기 때문에 기억한다. 안 그랬으면 뭔지 몰랐을 것이다.

루의 할머니가 문간에서 우리를 맞이한다. 할머니 뒤쪽으로 집 안을 보니 내부도 트롤의 집과 다를 바 없다. 손으로 만든 투박한 가구, 삭아서 푹 꺼진 마룻바닥, 시커먼 앉은뱅이 난로, 김을 내뿜는 시커멓고 납작한 주전자…….

루와 할머니는 어떻게든 여기 눌러앉아 사는 게 틀림없다. 이유는 묻지 않는다. 할머니는 난로에서 문간까지 걸어오는 것도 힘에 부친다. 이젠 산을 내려갈 힘도 없는 것 같다. 아무리 그래도 고작 어린애 하나 시중들라 남겨둔 채 노인을 버려두고 모두 떠나다니…… 둘이서 그간 어떻게 살아왔을지 짐작도 가지 않는다. 몸도 부실해 보인다.

나는 안으로 들어가지 않는다. 문간에 서서 말한다. "저는 이 나라의 적입니다. 탈주자예요. 저를 안으로 들이면 할머니도 위험해져요. 제 어깨에는 칩이 심어져 있습니다." 나는 할머니에게 현상금에 대해 말한다. 비록 액수는 말하지 않지만. 함부로 말할 수 없다. 물리치기 힘든 금액이다. 그 정도면 누구라도 평생 떵떵거리며 먹고살 수 있다.

대답 대신 노파는 내게 들어오라고 손짓한다. 들어와 앉아서 재킷과 장갑을 벗으라고 손짓으로 이르고 묘한 맛이 나는 진한 차를 한잔 건넨다. 솔방울 맛이다. 방은 두 개다. 암염소 두 마리도 집 안에서 함께 산다.

나는 말한다. "이해를 못 하시는군요."

할머니가 말한다. "아니, 다 알아." 음성에 숨소리가 섞여 그르렁거린다.

할머니는 문 안쪽에 걸린 남자 옷을 내게 보여주지만, 옷의 유래에 대해서는 입을 다문다. 사실 거의 입을 여는 법이 없다. 자잘한 뼈가 잔뜩 든 스튜를 내밀 뿐이다. 그러고 나서 과도를 꺼내더니 내게 탁자 위로 허리를 숙이고 어깨를 내밀라고 손짓한다. 나는 시키는 대로 한다. 할머니는 마음 내키면 내 목을 딸 수도 있다. (나는 놈들이 내 위치를 곧바로 추적하지 못하도록 탈출하자마자 제일 먼저 시 외곽 쓰레기더미에서 포일을 주워 어깨를 덮었다.)

일이 끝난 후에 할머니는 진통제라며 다른 차를 내어준다. 할머니가 내준 온갖 종류의 이상한 향이 나는 것들을 후룩후룩 마시고 있으니 할머니가 나를 언제라도 독살할 수 있겠다 싶다. 장담하는데, 분명 독약도 갖고 있을 것이다.

할머니는 칩을 포일로 감싸서 문간에 놔둔다. "내일 등산로로 갖고 나가. 낭떠러지에 던져버려."

할머니와 루는 방금 내가 피를 흘렸던 그 탁자 밑에 잠자리를 마련해준다. 나는 감사인사를 하려고 했지만, 뜨거운 음식을 배불리 먹고 따뜻해진 나머지, 말을 꺼내기도 전에 잠들어버린다.

우리는 여섯 부대를 파견했다. 등산로 몇 군데로 나누어 추적하며 제일 처음에 보이는 오두막들을 베이스캠프로 징발했다.

한 부대가 사람이 하룻밤 머문 흔적이 남은 장소를 발견했다.

1년 중 이 시기에 산에 머무는 사람은 없다. 사령관 외에 누가 거기서 잤겠는가? 우리는 전 부대를 해당 루트에 집결시켰다.

이른 눈이 밤새도록 내렸고, 아침에도 계속 쌓이고 있다. 나는 눈 속으로 나간다. 할머니가 시킨 대로 하지 않고, 칩을 산봉우리 중 한 군데에 올려놓을 생각이다. 거기서 포일을 벗겨 그들을 잘못된 길로 유인할 것이다. 쓸데없는 바보짓이라는 건 알지만, 그래도 어쨌든 꼭 해보고 싶다. 꼭대기까지 오르는 길이 너무 험난하면 저들도 구태여 찾지 않을 것이다. 저 위에서 내가 이미 죽었다고 생각하고 철수할 것이다. 어딘가의 꼭대기에서 죽다니 나답다고 말하겠지. 주황색 죄수복을 버리지 않고 잘 간수했다면 미끼로 써먹었을 텐데.

할머니에게는 오늘 밤엔 돌아가지 않을지도 모른다고 말해둔다. 하지만 조만간 돌아갈 것이다. 여기도 이미 반 넘게 올라온 높이지만, 그래도 꼭대기까지 가려면 하루 꼬박 걸리리라 생각한다.

할머니는 손으로 짠 목도리로 나를 완전무장시킨다. 훔친 재킷 속에다 칭칭 감아준다. 말린 도토리 케이크도 주려 하지만 나는 끝내 사양한다. 땔감도 별로 없는데 음식이 충분할 리 없다. 돌아오면 바로 장작부터 좀 패놔야겠다.

할머니는 자기 지팡이를 내게 빌려준다. 원래 지팡이 두 개를 쓰신다. 나도 두 개가 필요하다. "도로 갖고 와." 할머니가 말한다.

우리는 피가 묻어 갈색이 된 칩을 찾았다. 한 부대가, 사령관이 한다면 그들도 할 수 있을 거라는 생각에 산꼭대기까지 올라갔다.

사령관이 그 위에서 자신들을 내려다보며 웃고 있을 거라며, 혹은 죽어서도 자기들을 이 꼭대기까지 오르게 만들었다고 얼굴만은 웃고 있을 거라며. 어쨌든 그가 웃고 있다는 데는 의심의 여지가 없었지만, 사령관은 거기 있지 않았다. 부대원 하나가 꼭대기 근처 바위에서 떨어져 발목이 부러졌다. 또다른 부대원은 고산병에 걸렸다. 부대원들 모두 나가떨어졌다. 우리는 부대장을 교체했다.

물고기가 있다. 산을 오르다가 개울가 옆 계곡을 지날 때 몇 마리 잡았다. 나는 고기를 생으로 먹었다. 이제 오두막으로 내려가면서 몇 마리 더 잡는다.

오두막에 이르자 루가 하얀 제복을 입은 사내들이 떼를 지어 산길을 오르는 것을 보았노라고 말한다. 이틀 차이다. 루는 산을 좀더 올라가 길에서 한참 벗어난 어느 동굴로 나를 데려간다. 방울뱀들이 동면하는 곳이다. 불을 피우면 깨겠지.

오래되어 썩어가는 건초 침대가 그 안에 있었다. 루가 내게 음식을 한 아름 안긴다. 막무가내다. 나는 방울뱀을 먹겠다고 말한다. 루가 말한다. "응, 하지만 이것도 먹고." 그러고는 방울뱀 중 큰놈으로 몇 마리 골라서 머리를 자르고 할머니에게 갖고 간다. 뱀은 아주 차가워진 상태라 정신을 차리지 못한다. "아침에 몇 마리 구워서 갖고 올게요." 루는 내게 도끼를 주고 떠난다.

동굴 앞에는 너럭바위가 튀어나와 있다. 나는 루의 조그만 몸이 시야에서 사라질 때까지 응시한다. 자신에게 닥치는 모든 일을 순순히 받아들이는 루…… 하지만 어린애가 달리 뭘 어쩌겠는가?

나는 바위에 앉아 산세를 바라본다. 이번에는 잠들지 않는다. 오래전에 저 봉우리들은 국경이었다. 우리나라와 저들 나라 사이에 몇 마일씩 길게 놓인 임자 없는 땅이었다. 하지만 이제는 국경이 필요치 않다. 다 저들 땅이다. 아름다운 풍광은 예전과 다름없고 그게 누구 것인지는 중요하지 않을 것이다. 중요할까? 할머니와 루에게? 어째서 나는 두 사람이 어느 편인지 굳이 알려고 하는 걸까?

산 아래 수색대는 벌써 캠프를 치고 숙영에 들어갔다. 저들이 피운 연기가 보인다.

어렸을 때 독방에 갇히면 늘 그랬듯 나는 혼잣말로 주문을 외기 시작한다. 몸을 흔들흔들 앞뒤로 흔든다. 성인에게는 비좁지만 내게는 넉넉했던 그 감방이 생각난다. 같은 반 아이들은 나를 보고 늘 식충이라 불렀고, 나 또한 스스로를 그렇게 불렀던 게 생각난다. 발이 미끄러지면 발을 보며 식충이라 했고, 뭘 떨어뜨리면 손을 보고 식충이라 했다. 식충이라고, 내 자신에게 말했다.

우리 부모님은 내 눈앞에서 살해당하셨고, 나는 적의 학교에 강제로 넣어져 그들의 일원이 되도록 교육받았다. 나는 저들의 말조차 몰랐다. 이해하게 된 후에도 말하려 들지 않았다. 나는 저들의 음식을 몰랐다. 기어이 허기를 참을 수 없게 된 후에야 저들의 음식을 먹었다. 나는 저들의 교육을 통해 이득을 얻었다. 우리네에 관해 알고 있었던 것만큼이나 저들에 관해서도 알게 되었다. 사실 더 잘 알았다. 나는 우리말을 거의 까먹었다. 우리네 관습도 거의 잊어버렸다. 우리나라 사람들이 문화적으로 더 열등하다는 말을 들었지만, 나는 별다른 차이를 느끼지 못했다.

군사학교 초반에는 자주 도망쳤다. 탈출은 어렵지 않았다. 다만 그 후에 들키지 않고 숨어 지내는 데 성공한 적이 없었을 따름이다. 적은 도처에 깔려 있었다. 너덧 번 정도 잡히고 나니 그것도 부질없는 짓 같았다. 벌은 독방 감금이었다. (저들은 어린애를 때리는 것이 옳지 않다고 여겼다. 게다가 어떤 식으로든 아이 몸에 자국이 남는 짓은 허용되지 않았다.) 나는 내 교복을 세 번 불태워 없앴지만 저들은 여유분이 많았다. 어느 정도 지난 후 나는 순순히 따랐다. 성과도 없는 탈출로 그 온갖 사달을 겪는 것이 시간낭비로 보였다.

나는 기회 있을 때마다 스스로를 시험했다. 더위, 추위, 불, 허기, 갈증…… 시합 때 폭풍이 몰아치면 동기들이 창고에서 비를 긋는 동안 나는 얼음장 같은 빗물이 뒷목을 타고 내려가도록 폭우 속에 서 있었다. 나는 내가 얼마나 높은 곳에서 뛰어내릴 수 있는지 궁금했다. (발목을 부러뜨린 대가로 알아냈다.) 추위를 얼마나 견딜 수 있는지 시험하다가 동상에 걸려 발가락을 잃을 뻔했다. 그 후로는 너무 심하게 밀어붙였다간 불구가 되거나 나의 본래 목적이 무산될 수도 있음을 깨달았다.

독방에 갇히는 것…… 그것도 일종의 시험이었고, 나는 그 시간을 혼자서 만족스럽게 보냈다. 내가 버틴 방법은 주문을 외듯 노래하는 것이었다. 노래를 하며 어릴 때 오르던 나무가 되기도 했고, 주문을 외워 고양이가 되기도 했다. 감방 안에 있는 쥐를 쫓는 연습을 했다. 결국 한 마리 잡아서는 애완동물로 길들였다. 처음엔 '상sang'이라는 이름을 붙였다가, 나중에는 '상sans'이라고 불렀다.

절대 울지 않았다. 우는 것은 나의 맹세를 이루기 위해 필요한 소중한 에너지를 낭비하는 짓이었다. 아버지가 계셨다면 분명 그렇게 말씀하셨을 것이다.

그때 나는 이렇게 맨날 탈출하는 것보다 더 좋은 방법이 있음을 깨달았다. (이 점에 대해서도 아버지는 같은 말씀을 하셨을 것이다.) 나는 저들이 시키는 대로 했다. 필요하면 저들의 말을 하고, 모든 분야에서 저들을 뛰어넘어서, 스물여덟살에 저들의 최연소 장군이 되었다. 몇 년 후 나는 탈출하여 우리나라의 장군이 되었다.

저들은 우리 군이 주둔하던 동굴에 덫을 놓았다. 나만 빼고 모조리 죽었다. 저들은 죽음보다 더한 것을 보여주기 위해 나를 남겨둔 것이다.

우리는 죽음을 대수롭지 않게 여기는 법을 배웠다. (저들은 우리에게 그렇게 가르쳤다.) 죽음은 아무런 공포도 불러일으키지 않는다. 하지만 우리는 소중한 사람들이 당하는 고문을 대수롭지 않게 여기는 법은 배우지 않았고, 따라서 나는 소중한 사람을 만들지 않았다. 아내도, 아이도. 저들이 나의 부모와 고모와 할머니를 죽인 후로, 앞으로 절대 내게서 앗아갈 사람을 만들지 않겠다고 다짐했다.

어릴 때는 종종 사랑에 빠지기도 했고, 가끔은 계획을 수정하여 저들의 장군으로 평생 살아갈까 하는 생각도 했다. 결혼을 하고 시내를 굽어보는 언덕에서 살 수도 있었다. 그러나 나는 아홉살 때 맹세한 서약을 저버리지 않았다.

군사학교 졸업식 날, 따뜻함과 유머가 가득한 축사를 들으면서 우리는 죽음을 비웃었을 뿐 아니라 죽은 자들과 함께 웃었다. 저들이 기리는 고인을 나도 기려야 했지만, 나는 죽은 우리 가족만 생각했다. 생전의 가족들 모습은 거의 잊었지만, 가족의 죽음만은 똑똑

256

히 기억했다.

적들을 잘 알게 되자 나의 결심을 지키는 것이 쉽지 않았다. 나는 저들을 좋아하게 되었다. 내게 잘 대해준 사람들을. 비록 저들 대부분은 그렇지 않았지만. 나는 부모 옆에서 무릎을 꿇고 부모의 피를 뒤집어쓴 채 맹세했다…… 신이 아니라 스스로에게, 어른이 된 나에게 맹세했다. "너! 성인이 된 너 말이다. 너는 지금 여기서 일어난 이 일을 잊지 않을 거야. 세상 그 어떤 일보다 똑똑히 기억할 거야." 그리고 그것은 사실이 되었다. 나는 세상 그 어떤 일보다 그때의 피를, 콸콸 쏟아져나오며 쿨럭거리고 펄떡이며 경련하던 죽음을 똑똑히 기억했고, 기억하고 있다.

나는 달아났고, 아버지의 군복이 가득 든 옷장에 숨을 생각이었다. 저들이 나를 놔줄 줄 알고. 하지만 저들은 내가 숨은 곳을 찾아냈다. 내가 물어뜯고 반항하자 냄새나는 더러운 자루에 넣었다. 나는 저들의 땀에 절고 소금기 어린 손목을 기억한다.

루와 할머니는? 두 사람은 자기들이 누구 편인지 알까 모르겠다. 산맥 이쪽은…… 누구의 땅인지 아무도 확실히 말하지 못한다. 반대편은 내가 어릴 적에 흩어진 우리나라 군대의 땅이었는데. 우리 집도 저 너머 어딘가에 있었다. 내가 우리 집을 알아볼 수 있을까? 아직 집이 거기에 남아 있을까?

잡혀온 후로 나는 군대 사람들 외에는 거의 접촉이 없었다. 나의 연인들도 모두 군인이었다. 나는 민간인이 어떤 사람들인지 알지 못한다. 아이들은 더욱 낯설었다. 비록 우리 모두 한때는 아이였고 그 시절을 기억하기는 한다지만. 나의 기억이 다른 아이들과 공감할 수 있는 기억일까. 아니기를 바란다. 루는 열살인데, 그 나이에 나는 처음으로 탈출을 감행했고, 잡혀서 독방에 갇히는 벌을 받았다.

나는 동굴 앞 너럭바위에서 망을 본다. 개울이 흐르는 소리가 들린다. 낭떠러지 밖으로 몸을 내밀면 저 아래 반짝이는 냇물이 보인다. 잠이 들면 그 소리가 나를 진정시킬 것이다. 나는 노래하기 시작한다. 너, 루 그리고 부엉이. 부엉은 내 어릴 적 말로 아이쿠라는 뜻이었다. 노 저어, 노 저어, 노 저어는 기억해, 기억해라는 말이다. 너, 너, 너라고 어른이 된 나에게 주문을 외던 그때처럼, 나는 노래한다. 또 이렇게도 노래한다. 하지만, 하지만, 하지만……

하지만…… 당시에 나의 노랫말엔 하지만이라는 단어가 없었다. 하지만…… 나는 양쪽 진영 모두에서 피를 볼 만큼 보았다. 하지만…… 이젠 앞을 바라보는 것이 최선이 아닐까? 그 아이, 이 한 아이, 루만큼은 내가 보았던 것과 같은 것을 다시는 보지 않도록 하는 것이? 하지만…… 아이는 이미 겪었다. 문 뒤에 걸려 있던 남자 옷. 다음에 아이가 올라오면 아이 자신에 관해 물어봐야겠다. 루가 인형을 좋아할지 모르겠다. 부엌칼이 하나 있는데. 나는 적당한 나무가 없을까 주위를 둘러본다.

이튿날 아침 아이는 구운 방울뱀과 말린 가재를 들고 왔다. 아이는 기척 없이 몰래 들어왔다. 나는 떠오르는 해를 바라보며 눈을 감고 있었다. 즐거운, 즐거운, 즐, 즐, 하고 노래하는 중이었다. 준 하비스트 고모를 기리는 나만의 은어다. 눈을 뜨고 보니 루가 있다. 아

258

이는 놀라지 않는다. 책상다리를 하고 앉아 고개를 끄덕거리며 혼자 중얼중얼하는 나를 보고도 태연하다.

나는 아이에게 인형을 보여준다. 아이는 인형이라는 것을 생전처음 보듯 받아 든다. 아마 본 적이 없을 테지. 아이는 아무 말도 않지만 얼굴에 화색이 돈다. 무언가를 주고, 받은 사람이 무척 기뻐하는 모습을 보는 게 얼마나 기분 좋은지.

나는 너럭바위에 앉아 있다. 두 사람이 앉을 공간은 나온다. "이리 와, 같이 앉자. 너도 뭣 좀 먹어."

"저는 먹었어요."

내가 아침을 먹는 동안 아이는 인형을 살펴본다.

나는 훔친 옷 조각으로 인형한테 드레스를 만들어 입혔다. 실로 팔과 다리 부분을 꿰었다. "낚싯줄을 구하면 팔다리는 더 튼튼하게 붙여줄게. 더 좋은 천을 찾아서 더 예쁜 드레스도 만들어줄게." (주황색 죄수복 자투리라도 남겨둘 걸 후회막심이다.)

"난 이 옷이 좋아요"라고 아이가 말한다. 그건 내 내복 다리를 조금 잘라서 만든 건데.

우리는 한동안 말없이 앉아 있다. 아이는 인형을 이리 돌려보고 저리 돌려본다. 나는 얼굴도 잘 조각해놓았다. 인형은 예쁘게 웃고 있다. 나는 그런 데 항상 소질이 있었다.

그때 나는 벼르고 있던 것을 물어본다. "네 아버지는? 문 뒤에 걸려 있던 옷이 네 아버지 거니? 아버지는 잘 계셔?"

아이는 울음을 터뜨리지만 고개를 돌리고 혼자서 그친다.

나는 말한다. "알아. 알아." 나는 정말로 안다. 아이도 나처럼 그 장면을 목격해야 했는지 궁금하다. 아이한테 손을 내밀어도 되는

지 모르겠다. 나는 다른 사람한테 닿는 것에 익숙지 않다. 특히나 아이에게는 나의 어색한 태도가 더욱 잘 보일 것이다.

그런데 아이 쪽에서 먼저 다가와 내게 기대며 울지 않으려고 애쓴다. 우리는 서로에게 기댄다. 내가 생각해낸 말이라곤 고작 이것뿐이다. "알아. 알아. 알아." 안다고 해서 무슨 소용이 있느냐만. 그냥 나의 주문 같은 노래와 비슷한 것이다. 그래서 나는 안다고 노래하며 아이를 부드럽게 흔든다.

아이의 몸에는 살이 별로 없다. 뼈하고 가죽뿐이다. 옷을 다 벗으면 속은 홀딱 젖은 고양이랑 진배없을 것이다. 할머니도 그 모직 페티코트와 숄 속은 아마 다를 바 없겠지. 나는 어렵지 않게 이들을 배불리 먹일 수 있을 것이다. 사정이 허락한다면 남은 평생 동안 여기서 살 수도 있다. 땔감을 모으고, 도토리와 잣을 줍고, 덫을 놓고, 고기를 잡고…… 더 크고 더 예쁜 인형을 만들 수도 있다. 나는 산맥을 내다본다. 나는 알지 못했다…… 아니, 내가 조용한 삶을 얼마나 좋아하는지 깨닫도록 스스로에게 절대 허락하지 않았다.

그때 아래쪽 산길에 체포수색대가 보인다. 세 명씩 세 조다. 그들은 오두막을 지났다. 할머니가 걱정된다. 그들이 나이 든 할머니를 해칠 것 같지는 않지만, 할머니가 무슨 말을 했을 수도 있고, 내가 거기 머물렀다는 흔적이 남아 있을지도 모른다. 잔뜩 쌓인 땔감조차 의심을 살지 모른다. 할머니도 나만큼이나 곤경에 처할 수 있다.

루가 나의 공포를 알아차린다. 나도 모르게 아이를 꽉 붙잡았나 보다. 아이도 고개를 돌리고 군인을 발견한다. 그리고 내가 이미 계획을 세웠음을 안다는 듯 나를 다시 쳐다본다. "루, 뒷길이 있니?"

아이는 여기 동굴에 있어야 한다, 안전하게. 하지만 말을 듣지 않는다. 아이는 나를 안내해야겠단다. "저도 같이 내려갈 거예요. 하지만 먼저 해야 할 일이 있어요."

이곳까지 넘어오려면 저들은 무지막지하게 고생해야 할 것이다. 전에는 왜 그 생각을 못했지?

우리는 그를 우리의 일원으로 키웠다. 비용을 아끼지 않았다. 그런데 보라. 그는 우리의 인내심을 바닥냈다. 우리를 조롱했다. 속임수를 썼다. 산봉우리를 오르는 것이 시합이었다면 그가 이겼다. 흔히 하는 말로 한번 야만인은 영원한 야만인이다. 그리고 이제 다른 시합이 시작됐다. 그는 바위를 굴려 산사태를 일으켰다. 우리의 두번째 부대는 자갈과 먼지에 파묻힌 첫번째 부대를 구해야 했다. 사태는 더 나빴을 수도 있었다. 다행히 몇 명이 타박상을 입는 데 그쳤다. 그러나 산사태 때문에 산길 위쪽이 막혔다. 이것은 그가 더 높이 올라갔다는 증거다. 우리는 산사태 지역 위쪽에 헬리콥터로 사람을 내릴 것이다.

루가 뒷길이라며 나를 안내한 곳은 길이 아니었다. 그래서 험난하다. 우리는 바위 위를 구른다. 루의 치마가 찢어지고 손으로 짠 페티코트 올이 풀렸다. 그 때문에 속상해한다. 할머니는 이젠 눈이 잘 안 보여서 바느질이나 뜨개질을 못하신단다. 할머니 대신 내가 고쳐주겠다고 얘기하자 루가 말한다. "남자들은 바느질 안 해요." 그 말에 내가 대꾸한다. "난 그동안 내 옷을 수도 없이 고쳤는데. 바늘만 있었으면 그 인형 옷도 훨씬 더 잘 만들었을 거야."

오두막에 거의 다 가니 땅거미가 내린다. 옆으로 빙 돌아가는데 보초병이 보인다. 문 맞은편에 있는 까치밥나무 덤불에 살짝 몸을 숨기고 있다. 만약 우리가 길로 곧장 왔으면 총에 맞았을 것이다.

곧바로 달려가려는 루를 붙잡는다. 아이가 소리 지르기 직전에 아이 입을 손으로 틀어막는다. "잠깐. 우리 둘 중 한 명은 들키지 않게 숨어 있어야 해. 내가 가서 할머니가 무사하신지 알아볼게. 넌 여기 있어." 나는 아이가 안쪽에 잘 숨었는지 확인한다. "나중에 네가 필요해질 수도 있어. 네가 우리 둘을 구해야 할지도 모르니까."

나는 보초병이 나를 알아볼 수 있도록 모자를 벗는다. 모자를 루에게 준다. 나는 전부터 아이에게 뭔가 마음 쓸 것이 필요하다고 생각하던 참이었는데, 아이는 줄곧 인형을 장갑 속에 꼭 품고 있었다. 나는 인형 따위 까맣게 잊고 있었는데, 아이는 아니었다.

"이름을 지어줘."

아이는 어렸을 때의 나처럼 전혀 애답지 않은 아이였지만, 그래도 바위에 찢기고 긁히며 내려오는 와중에도 인형을 놓지 않고 있었다. 애완용으로 삼았던 쥐가 생각난다. 마지막으로 독방에 갇혔을 때는 쥐 친구를 만들지 않았다. 노래도 부르지 않았지만 그래도 결국 탈출에 성공했다. 이것은 노래가 아무짝에도 쓸모없다는 증거일까?

나는 민머리로 길에서 곧장 걸어나간다. 바야흐로 사위가 어두워지기 시작한다. 보초병은 나를 알아보고 신이 났다. 자동소총을 들어 똑바로 나를 겨눈다.

나는 말한다. "기다려. 내 시체는 현상금이 그리 많지 않을 텐데. 할머니는 어디 계시지?"

그의 동료들은 근처에 없을 것이다. 늙은 할머니 한 명 경계하는데 한 사람 이상 필요할 리가 있나. 좀 전에 저들의 헬리콥터가 내가 일으킨 산사태 바로 위쪽에 사람들을 내리는 소리를 들었다.

"네 부대원들은 모두 딴 데서 바쁜 거 알지?"

보초병은 얼떨떨한 표정이다. 머리에 피도 안 마른 애송이다.

그때 저 아래쪽에서 로켓이 터지고 하늘이 환해진다. 하지만 우리 군은 전멸했을 텐데, 하는 생각이 든다. 그다음에 든 생각이, 루! 루가 무서움에 떨지 않을까? 이젠 날이 거의 저물었다.

보초병과 나는 하늘을 향해 고개를 든다. 그러나 돌아보는 것은 내가 더 빨랐다. 나는 자동소총을 잡고 그걸로 보초병을 쳐서 쓰러뜨린다. 개머리판으로 그의 목젖을 누른다. 보초병은 숨을 쉬지 못한다. 힘을 좀 뺀다. 보초병이 캑캑거린다.

나는 외친다. "할머니!"

보초병이 말을 하려 하자 목에서 쇳소리가 난다. 너무 세게 눌렀나보다. 조금만 더 힘을 줬으면 그의 후골이 식도를 뚫었을 것이다.

우리는 늘 그러듯 대포 일제사격과 불꽃놀이를 하고 깃발을 흔들며 승전기념일을 자축한다. 비록 적의 핵심인물은 아직 못 잡았지만, 그렇다고 축하하지 못할 이유는 없다. 고작 탈주한 사령관 한 명이 우리에게 별다른 해를 입힐 것 같지도 않다. 우리는 현상수배 공고를 떼어버렸다. 놈은 우리에게 모기와 다를 바 없다. 그저 좀 성가실 뿐이다. 몇몇은 껄껄 웃으면서 지금까지 그 한 사람이 우리의 그물에 잡히지 않고 있다는 사실에 즐거워한다. 배신자들 같으니. 우리는 새로운 공고를 내걸었다. 수배 해제.

겨울이 온다. 기상은 악화될 것이다. 우리는 수색을 연기했다. 아마도 봄까지, 어쩌면 영원히.

나는 승전기념일을 까맣게 잊고 있었다…… 우리나라를 짓밟고 승리한 날을 기념하는 것이다. 날짜를 잊은 것은 아니지만, 시간 감각이 없어졌다. 나는 군사학교 이후로 줄곧 그날을 기념해야 했다. 적어도 이젠 환호하거나 춤을 추거나 증오스러운 깃발을 휘두르지 않아도 된다. 원한다면 나의 분노를 목청껏 외칠 수도 있다. 나는 소리친다. 병사가 겁에 질려 나를 쳐다본다. 나는 더 크게 소리 지른다. 전에는 한 번도 이렇게 자제력을 놓은 적이 없다. 나는 고함을 지르고, 그때 할머니가 절뚝거리며 나온다. 나는 젊은 병사에게 덤비고, 자동소총이 우리 둘 사이에 걸린다. 그는 감히 움직일 생각도 않는다. 그러자 이번엔 루가, 내 머리를 잡는다. 그래도 여전히 나는 괴성을 지르다가 병사와 총을 놓고 굴러 떨어진다. 나는 고함을 그쳐야 한다. 왜냐하면 숨을 쉴 수가 없으니까.

할머니가 자동소총을 집어든다. 총 쏘는 법을 알고 있는 게 틀림없다. 할머니는 총을 쏠 것이다. 말리려 했지만 숨이 막힌다. 내가 죽였다고 생각할 텐데, 라는 생각이 제일 먼저 든다. 어차피 이미 내가 하지 않은 수많은 일이 내 탓이 되었다. 하나 더 없는다고 달라질 것은 없다. 나는 누구한테도 총을 겨눈 적이 없지만 다들 나를 킬러로 여긴다. 내가 저들 편이었을 때는 일부러 빗맞혔고, 우리 편으로 돌아와서는 사령관이기 때문에 총을 쏠 필요가 없었다.

소총은 할머니에게 너무 무거워 보인다. 총구가 후들거린다. 때문에 할머니는 훨씬 더 위험해 보인다. "집에 가라." 할머니가 말한다. 할머니의 고급 퇴역장교 같은 음성은 위협적이다. "집으로. 알아듣겠지."

사방이 어두웠지만 보초병은 사라진다. 비틀거리는 발걸음을 재게 놀려서.

나는 여전히 숨을 헐떡이고 있다. 병이라도 있는 것처럼 숨 쉴 때마다 그르렁거린다. 내 안에서 뭔가 줄이 툭 끊어졌다.

나는 혼자 있을 때가 아니면 절대 노래하지 않았다. 내 노래를 들은 사람은 루가 유일하다. 주문 외듯 노래한다고 달라지는 게 있을까 늘 궁금했다. 어렸을 때는 다른 게 있을 거라고 믿었다. 탈출은 항상 너무 쉬웠고, 나는 그게 노래 덕분이라고 생각했다. 그리고 가끔은 노래를 잘 부르면 언제든 사람들이 와서 나를 구해줄 거라고 생각했다. 심지어 준 하비스트 고모가 와줄 거라고 생각했다. 고모는 식구들과 함께 죽었는데. 내가 노래를 부르게 된 건 고모 때문이다. 고모의 방 문지방에 서서 귀를 기울이고 있던 때가 생각난다. 우리는 미신 같은 건 믿지 않는 가족이었지만, 준 하비스트 고모는 가족들이 믿지 않는, 혹은 믿지 말아야 하는 것들을 믿었다.

어린 나는 독방에서 항상 아버지에 대한 노래를 불렀다. 내 상상 속에서 아버지는 정식으로 군복을 갖춰 입고 우리네 음식을 갖고 와 독방의 문을 열어주었고, 그러면 햇빛이 쏟아져들어왔다. 나는 "아빠!" 하고 외쳤다. 노래를 부르고 나면 종종 나는 내 두 눈으로 이미 목격한 것이 죄다 거짓이라고 착각했다. 그때 우리 식구들 아무도 죽지 않았고 이제 곧 아버지가 나를 구하러 올 거라고.

　숨을 쉴 수가 없다. 루가 내 옆에 앉아서 이름을 부른다. "상, 상." 처음엔 루가 내 애완 쥐를 부르는 줄 알았는데, 이내 내가 상이라는 게 생각난다. 루는 내 손에 인형을 쥐여준다. 나는 인형을 받아든다. 나는 두 손과 양 무릎을 땅에 대고 쪼그려 엎드린다. 이번 탈출은 쉬웠지만 이제는 더이상 노래하는 것이 그 어느 것에도 영향을 끼치지 않음을, 노래하고픈 내 욕구를 충족시키는 것 외에는 쓸모없는 짓이라는 걸 알면서도, 나는 지금 노래한다. 숨이 차지만 주문을 왼다. 어떻게, 어떻게, 그리고, 그리고, 그리고, 노 저어, 노 저어…… 이제 노 저어는 '기억해'가 아니라 정말로 노를 젓는다는 뜻이 된다. 여동생과 함께 집 연못에서 바닥이 평평한 낡은 배를 탈 때처럼. 동생은 수련을 꺾으려고 허리를 숙인다. 노가 삐걱거리며 걸린다. 날개가 빨간 찌르레기가 갈대에 달라붙는다. 새가 지저귀는 소리가 들린다. 처음엔 무척 달콤하게 들렸는데 점점 커지더니 이내 참을 수 없이 시끄러워진다. 그때 내가 기절했나보다. 처음 있는 일이다.

　정신이 드니 할머니가 눈 뭉치를 내 얼굴에 문지르고 있다. 이어서 나를 돌아 눕히고, 내 고개를 받치고 차를 입가에 대어준다. 루와 할머니는 탁자 밑에 있는 내 잠자리로 나를 부축하여 옮긴다. 나는 오들오들 떨고 있다. 두 사람은 내 위에 이불을 산처럼 쌓는다. 루가 내 베개 밑에 인형을 넣어준다. 나는 인형을 돌려주려 하지만 루는 받지 않는다. 나는 말한다. "너를 위해서 만든 거야." 하지만 결국은 내가 진다. 나는 열에 들떠 잔다. 고함을 지르며 깰 때마다 두 사람이 보인다. 할머니는 흔들의자에, 루와 염소는 내 옆 마룻바닥에.

승전기념일 자축은 성공적이었다. 우리는 '수배! 위험한 사내가 탈주중'라는 포스터를 일단 다 떼어냈다. 분위기는 원하는 대로 되었다. 사람들은 사령관이 여전히 우리를 교묘히 피해 달아난 상태라는 사실을 잊었다. 우리는 허공에 축포를 쐈고, 우리가 아는 한, 포탄은 전부 안전한 곳에 떨어졌다. 만족스럽다. 우리끼리 축배를 들었다. "만수무강하시길." 우리는 서로 덕담을 나눴다. "승전기념일이여 영원하길."

다시 정신이 들었을 때는 맛있는 냄새가 나를 깨웠다. 할머니가 엘더베리 파이를 굽고 계신다. 나는 평소 잠에서 깰 때처럼 분노에 짓눌려 있지 않았다. 비록 처음엔 할머니가 승전기념일을 축하하고 있다는 생각이 들긴 했지만. 할머니는 무슨 승리를 축하하는 게 아니라 나를 위해 구웠다고 한다. 오랫동안 파이를 구경하지 못했다고도 했다. "어느 편이세요?" 나는 기어이 이들이 어느 편인지 알아내겠다는 심산으로 묻는다. "그냥 우리 편." 할머니는 말한다. "어느 쪽도 아닐세. 맨드라미나 토끼풀, 불탄 자리에 나는 잡초 같은 사람들이지. 과꽃이나 돌이끼 같은 사람들."

사령관은 사망한 것으로 추정된다. 우리는 이제 그를 쫓느라 병력을 낭비하지 않을 것이다. 더이상 그는 중요하지 않다. 그가 어느 군대의 사령관이 될 수 있겠는가? 우리는 하룻밤 더 축포를 쏘아 그의 사망을 축하할 것이다. 그를 체포하기 위해 준비한 현상금은 철회되어 군대로 귀속될 것이다. 하지만 만일을 대비해서 이제 현상금이 없다는 얘기는 공표하지 않을 것이다. 사람들이 현상금은 계속 있다고 믿는 편이 나으니까.

　할머니와 루를 위해 생선을 훈제할 오븐을 바깥에 따로 조그맣게 만든다. 장작도 좀더 팬다. 마른 키니키닉*도 벌써 마련했다. 저녁이면 담배 파이프를 직접 깎는다. 루와 나는 함께 루의 모직 페티코트를 고친다. 나는 루에게 더 크고 예쁜 인형을 만들어주고 싶지만, 루는 나의 내복으로 드레스를 만들어 입힌 예전의 작은 인형이 더 좋다고 한다. 나는 낚싯줄로 작은 인형의 팔과 다리를 튼튼하게 보강한다. 앙증맞은 염소를 깎아나가면서, 루에게 이게 뭐가 될지 맞혀보라고 한다. 나는 문 뒤에 걸려 있던 남자 옷을 입는다. 난롯가에 앉아 저녁 담배를 피우거나 인형 옷을 더 만들기 위해 바느질을 한다. 여전히 탁자 밑에서 잔다. 밤새 불이 꺼지지 않도록 살핀다. 할머니와 루가 따뜻하게 지낼 수 있도록 난로 연통을 구부려 다른 방도 통과하게 만든다. 아홉살 이후로 나는 평생 매일 아침 눈을 뜨면 분노에 잠겨 나의 맹세를 거듭 새로이 다짐했다. 평생 나는 사람들을 신뢰하지 않았다. 그러나 지금은 아니다.

　루는 내게 아이가 되는 법을 가르쳐준다. 아니, 우리는 서로 가르치고 배운다. 내가 인형을 데리고 춤을 추면, 루도 따라한다. 저녁

---

* 마른 잎과 나무껍질을 섞어 만든 담배 대용품.

먹을 때 나는 말린 가재나 뭐 그런 걸 루 앞에서 흔들어대며 루에게 뺏어 먹어보라고 도발한다. 나는 호두를 획 던져올리고 입으로 받아먹는다. 루도 해보지만, 잘 되지 않는다. 나는 팬케이크를 만들면서 뒤집을 때 거의 천장에 닿도록 던진다. 부하들이 추던 농민의 춤이 생각나서, 직접 그 춤을 춘 적은 없지만, 한번 해본다. 루의 손을 잡고 같이 춤춘다. 나는 큰 소리로 노래를 부른다. 우리를 보고 할머니가 웃을 때도 있다. 심지어 노래도 하신다.

루와 할머니는 점점 살이 붙는다. 나는 봄이 되면 떠날 것이다. 봄이 되면 루가 새싹과 고사리와 버섯을 캘 수 있다…… 루의 낚시 실력도 좋아졌다. 나는 산을 넘어 집에 갈 예정이다. 집을 찾을 수 있다면, 뭔가 남아 있는 게 있다면 말이다. 한참 동안 집 생각을 해본 적이 없다. 나에게 집이 있다거나 혹은 집이 있으면 좋겠다는 생각을 해본 적이 없다. 우선 우리 군의 잔존병력이 있는지 확인해야 할 것이다. 하지만…… 그런 종류의 삶과 작별하고 싶다. 남은 평생을 집에서 살아갈지도 모른다, 집이 아직 있다면. 아니면 여기서.

산길에서 사령관을 발견했다며 현상금을 달라는 사람들이 왔다. (그들은 현상금이 아직도 유효한 줄 알고 있다. 뭐 그들이 그렇게 착각한다면 그건 그것대로 나쁘지 않다.) 혹은 사령관이 사람들을 발견한 것일 수도 있다. 그 남자가 진짜로 사령관이라면, 고작 그 몇 주 만에 그렇게 턱수염과 머리칼이 덥수룩하게 자란 것일까? 산에 살던 다른 탈주자일지도 모른다. 어쨌든 그 남자는 기습하기에 더없이 적절한 위치에서 사람들한테 덤벼들어 세 명 모두를 낭떠러지로 밀었다. 죽은 사람은 없었지만 전부 굴러떨어졌고, 긁히고 멍

든 채로 산 밑에서 발견되었다. 그가 하려는 짓은 고작 그런 식으로 우리를 귀찮게 하는 것뿐이다. 우리는 지금쯤이면 그가 산 정상 근처까지 도망갔을 거라고 생각했다. 어쩌면 이미 산을 넘어 반대편으로 갔을지도. 하지만 생각해보면 그 남자가 사령관인지 아닌지도 확실치 않다. 아마 사령관이 아니라 뭔가 다른 일로 우리를 적대시하는 자였을 것이다. 우리한테 달려들 기회를 호시탐탐 엿보며 산속을 배회하는 산사람들이 얼마나 많겠는가? 산 곳곳에 잔뜩 있을 것이다. 우리는 더이상 그에게, 아니 그들에게 시간낭비하지 않겠다.

루가 한밤중에 나를 깨운다. 할머니가 말을 못한다. 얼굴이 오른쪽 반편만 축 처졌다. 나는 단번에 뇌졸중임을 알아차린다. 도움을 청해야 한다. 하지만 내가 내려가면 의사를 데려올 새도 없이 붙잡히고 말 것이다. 할머니를 모시고 마을로 가야 한다. 어쨌든 그 편이 제일 빠르다. 통나무를 운반하려고 만들어놓은 썰매가 있다. 나는 집 안의 모든 이불과 담요를 그러모아 할머니를 둘둘 싸서 썰매에 붙들어맨다. 여기 산비탈 위쪽은 그래도 아직 눈이 꽤 남아 있어서 우선은 썰매가 더 편할 것이다. 나는 루에게 차가운 훈제생선과 염소젖을 먹이고, 싸갈 수 있는 음식은 뭐든 싸고, 루에게 목도리를 여러 겹 감아준 다음 밖으로 나선다. 나는 루가 인형을 잊지 않았는지 확인하고, 루는 내가 파이프를 잊지 않았는지 확인한다. (떠나기 전 마지막 순간 나는 할머니의 가위와 루의 아버지의 면도칼을 짐 속에 던져넣는다.) 아직 동도 트지 않았지만 나는 밧줄을 잡고 출발한다. 이번에는 조심이고 뭐고 없다. 그저 서두를 뿐이다.

아래로 내려갈수록 따뜻해진다. 하루 만에 진짜 봄을 맞는다.

첫날 밤은 빈 오두막에서 지낸다. 누가 연기를 보든 말든 신경쓰지 않고 불을 피운다. 오두막에 있던 보리로 죽을 끓인다. 조그만 거울도 있다. 나는 수염을 밀고, 루의 도움을 받아 머리도 민다. 나는 루에게 이유를 말하지 않고, 아이도 묻지 않는다. (루는 나중에 말하길 머리가 있는 편이 더 마음에 들었다고 했다.) 적당한 때가 올 때까지 나는 모자를 쓰고 있을 것이다.

더 아래로 내려가자 눈 쌓인 곳이 거의 없어서 이동이 힘들다. 그러다가 썰매가 자갈 비탈을 미끄러져 내려간다. 썰매를 잡으려다 부딪혀 머리에 혹이 났다. 그것도 내 계획과 들어맞는다.

할머니를 병원에 맡긴 후 나는 루에게 말한다. "나를 묶어서 감옥으로 데려가. 나를 잡으면 현상금이 아주 많아. 나를 고발하고 현상금을 달라고 해. 할머니 이름으로 은행에 계좌를 트고 거기에 돈을 넣어달라고 해서 조금씩 꺼내 써. 굉장히 큰돈이니까. (그게 얼마나 큰돈인지 분명 루가 이해하지 못할 거라고 생각하면서도 여전히 금액은 말하지 못하겠다.)

하지만 그렇게 말하면서도 그들이 어린애한테 돈을 주지는 않을 거라는 생각이 든다. 어쩌면 현상금을 받기 위해 자수해야 할지도 모른다. 할머니 이름으로 내가 직접 계좌를 만들어야 할지도. 은행에서 그렇게 해줄까? 할머니가 돌아가시거나, 정신이 돌아오지 않으면? 그럼 루의 이름으로 만들어야 한다. 안 해줄 수도 있지만, 해줄지도 모른다. 그것이 루와 할머니의 인생을 바꿀 것이다. 시도는 해보는 게 좋다.

나는 루에게 나를 어떻게 결박해야 하는지 시범을 보인다.

"머리에 멍이 들었거든…… 네가 때려서 그렇게 됐다고 말해."

루는 울음을 터뜨린다.

"싫어요."

"봐, 넌 영웅이 될 거야. 이렇게 하면 모든 게 다 좋아질 거야."

"아녜요."

"나는 괜찮을 거야. 노래도 있고, 네 생각을 하면 돼."

루는 내게 자신의 인형을 주려고 한다.

"어차피 다 뺏길 거야. 파이프도 네가 갖고 있어. 나는 추억 같은 것, 물건이 아닌 것만 가져갈 수 있어."

하지만 너무 늦었다. 겨울 이후로 현상금이 없어졌다. 도저히 믿어지지 않는다. 나는 더이상 중요한 인물이 아니다. 처음엔 크게 안도했다. 속이 뒤틀렸다. 토할 뻔했다. 다 끝났다. 금액이 아무리 많아도 현상금보다 이편이 더 낫다. 루와 나는 자유롭게 걸어나갈 수 있다.

하지만 저들은 이유불문하고 나를 체포한다. 나는 사투를 벌이지만 소용없는 짓임을 안다. 30초 만에 다시 족쇄가 채워진다. 나는 루에게 병원으로 가라고 외쳤지만, 돌아보니 저들은 루도 체포했다. 이유를 알 수가 없다. 나를 도운 죄인가보다. 도움을 받지 말았어야 했는데. 저들이 할머니에게 무슨 짓을 할지 모르겠다. 이제 저들은 내게 소중한 사람들이 생겼음을 안다. 루에게 노래할 정신이 있을지 모르겠다.

우리는 새로운 공고를 붙였다. **사령관 체포.** 사령관을 추적해 체포하는 일은 지난하였으나 결국 우리가 승리했다. 우리의 체포수색대 대원들 모두에게 아낌없는 박수를 보낸다. 전 부대원들에게 포상금이 지급될 것이다. 깃발과 나팔을 준비하라. 내일 또 기념행사가 있을 예정이다.

나치 카나리아 사건
;명탐정 시턴 베그 경 시리즈

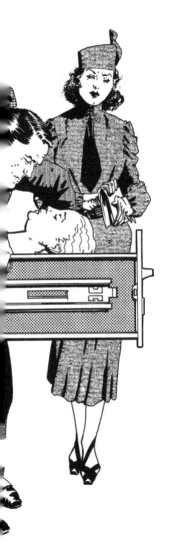

마이클 무어콕

수많은 베스트셀러를 펴낸 스릴러 작가로 범죄와 초자연현상을 즐겨 다뤘다. 대표작으로는 「가면의 카우보이」「하얀 늑대의 전설」「일곱 처녀 사건」「사일런스 성의 사라진 마녀」「옛 화성火星의 케인」「문호크」「제리 코넬을 소환하라!」「캐리비안 크라이시스」「초시간 탐정」「시턴 베그의 귀환」「텍사스인의 명예를 건 모험」「화이트홀의 버컨」「밀크 앤드 블러드'경 사건」「인쇄소 견습공 사건」「중국인 요원 사건」「창공의 제왕」「면도용 거울의 사용법」「타로 살인사건」「꿈도둑의 딸」 등이 있다.

---

* (원주) 이 단편은 원래 런던의 연합통신사에서 발행하는《스릴러 총서》1932년 5월호에 게재될 예정이었으나, 버킹엄 궁과 다우닝 가의 요청으로 취소되었으며, 작가이자 고위공무원인 존 버컨이 여기에 관여했다고 전해진다. 따라서 사건의 내막은 이 지면에서 최초로 공개된 것이다.

I. 뮌헨에서 온 편지

1931년 어느 안개 긴 가을날의 일이었다. 아니, 일이 될 것이다. 장소는 런던의 고급 회원제 '스포팅클럽 스퀘어'의 초고층 빌딩에 위치한 쾌적한 독신자용 아파트.

전직 영국 비밀정보부 특수수사관이자 현직 초시간 탐정metatemporal detective 시턴 베그 경은 벽난로 쇠살대 너머로 손을 뻗다가 스모킹재킷의 실크 소매를 약간 그슬렸다. 그가 소매를 살펴보는 동안, 난롯불이 그의 매부리코와 틀에 얽매이지 않게 잘생긴 얼굴을 비추었다.

"어떻게 생각하나, 태피?"

베그의 가장 오래된 친구이자 절친이며 내무성 소속의 저명한 병리학자인 존 '태피' 싱클레어는 장방형의 노란 서류를 받아들었다. 머리가 벗겨지기 시작한 이 거인은 이스트엔드*의 주교처럼 온화하지만 타협하지 않는 강직한 성품을 지녔다. 다르질링 홍차 잔을 한 손에 들고, 태피는 안락의자 깊숙이 기대어 앉아 서류를 읽기 시작했다. 잠시 후 그는 짜증스러운 표정으로 전보문을 옆으로 치웠다.

"국가사회주의 노동당?" 태피는 미간을 찌푸렸다. "독일판 무솔리니 추종자들? 선량한 시민들을 두들겨 패고 다니는 빨갱이들보다 더 악질 아닌가? 게다가 거긴 유태인을 싫어하는 별난 미친놈들도 있고."

---

* 전통적으로 노동자 계층이 거주하는 런던 동부 지역.

베그는 예의 다 알고 있다는 듯한 미소를 머금었다. "독일인의 자존심 회복을 운운하지만, 속뜻은 보나마나 군대를 말하는 거지. 당연히 기계철강산업 종사자들에게는 꽤나 매력적인 메시지라네. 삽과 쟁기보다는 칼이 더 이윤을 많이 남기니까." 그는 세련된 본차이나 잔을 들어 도톰하고 남성적인 입술에 댄다. "무기제조업자와 그 하수인들에게는."

태피와 마찬가지로 베그도 국제연맹이 이끄는 세계 군비축소를 지지했고, 미 의회에서 어깃장을 놓는 바람에 어쩔 수 없이 우드로 윌슨 미국 대통령이 국제연맹 가입을 포기했을 때* 적잖이 낙담했다.

베그는 계속해서 힘주어 말했다. "이것보게, 태피, 그 전보를 다시 읽어보고 자네가 아는 이름이 있는지 알려주게. 독일의 나폴레옹이 될 그 '꼬마 하사'**는 빼고."

"찰리 채플린처럼 생긴 오만하기 그지없는 그 양반 말인가? 무솔리니의 기생오라비 친구 히틀러 씨? 자칭 나치의 총통인가 뭔가라고 한다며. 빤하지, 안 그런가?"

"빤하지만 유난히 자극적이고 중독성 있는 말로 대중을 선동하고 있다는 점에서는 동의하네." 태피는 가느다란 양초를 난롯불 속에 넣었다 꺼내서 파이프에 다시 불을 붙였다. "프리모 데 리베라***와 무솔리니의 성공 이후로 그런 놈들이 점점 위협적이 되어가고 있어." 그는 브라이어 파이프를 맹렬하게 빨았다.

---

* 1차 세계대전 이후 세계평화유지기구로서 국제연맹이 창설되었으나 미국은 의회에서 베르사유 조약을 승인하지 않아 국제연맹에 가입하지 않았고, 이로 인해 연맹의 위상은 크게 약화되었다.
** 나폴레옹 1세의 별명.
*** 스페인의 장군이자 독재자.

"자네 말이 맞아." 베그는 난롯불을 힐긋 쳐다보았다. 금세 눈이 새빨갛게 타올랐다. "어서, 태피. 친구로서 호의를 베풀어 그 전보 좀 다시 봐주게."

태피는 마지못해 안경을 바로 썼다. "글쎄, 헤스는 아주 흔한 독일 성이고. 근데 자네 폰 헤스 남작 모르나? 자네 사촌인 폰 베크 백작의 친척일걸?"

"폰 베크?" 베그는 자신의 오랜 스파링 파트너가 언급되자 껄껄 웃었다. 영국 대중에게는 무슈 조디악 혹은 알비노* 혹은 범죄의 백작으로 알려진 그 사람. "나의 사촌이 격 떨어지게 여기에 연루되어 있을 것 같지는 않은데. 이건 자네가 말하는 소위 쾌락주의적 범죄가 아니지 않은가? 여기 이 라우발 양은 어떤가?"

"겔리라는 이름은 앙겔라의 애칭이고, 라우발은 남부 독일과 오스트리아에서는 비교적 흔한 성이네. 누군지 자넨 아나?"

"라우발 양은 히틀러 선생의 정부라네, 친구." 베그는 염문설을 즐기는 자신의 취향을 너그러이 비웃으면서 방종한 미소를 지었다. "게다가 그 두 사람은 가까운 친척이라더군."

태피는 고개를 절레절레 흔들었다. "미안하지만 독일의 가십 기사까지 일일이 다 읽지는 않네."

"읽어야 한다네, 친구." 군살 없이 탄탄한 몸매의 탐정은 의자에서 튕기듯 일어났다. 그는 벽난로에 파이프를 툭툭 털었다. "신문 1면의 편향된 기사 따위보다 가십 기사에서 훨씬 더 많은 걸 알아낼 수 있어, 태피." 베그는 어지럽게 쌓인 신문더미를 손으로 가리

---

* 멜라닌 색소가 부족하여 피부와 머리카락이 하얗고 눈의 홍채는 붉은색을 띠는 선천성 유전질환.

켰다.《데어 슈피겔》《스벤스케 다그블라데트》*《베를린 포스트》《뮌헨 텔레그라프》이상의 신문들과《르 피가로》《레 텅》《알 미스르》**《타임스 오브 인디아》《케이프 타임스》《엘 파이스》***《라 포스타》, 그리고 베를린에서 발행되는《문다 베리타스》가 항상 사이좋게 지면을 공유하는 것은 아니었다. 대부분의 사람들이 1면 이외에는 거들떠보지도 않았다. "자, 다른 건?"

"글쎄, 전보는 브리에너 가街에서 친 건데, 진짜 같군. 뮌헨의 살기 좋은 부자 동네지. 로마 교황청 대사가 있고 뭐 그런 곳. 그러니까 이 친구들이 제법 막강한 후원자를 두고 있다는 얘기지. 아무렴, 베그 자네 설마 이런 사람들하고 일할 생각은 추호도 없겠지?"

"뭐, 그치들의 돈을 받는다는 게 좀 꺼림칙하다는 점에서는 동의하네만 호기심이 동하는걸. 망한 가게 주인들과 좌절한 운송회사 직원들의 권력을 향한 꿈이란 게, 대단히 흥미롭지 않은가?"

"그건 완전히 비뚤어진 심보일세, 베그!" 섬세한 켈트인이 소리쳤다. "10피트 길이의 장대만큼 거리를 두고 일절 상대하지 말게나."

"10피트짜리 폴****이라니, 스탈린 현 서기장이 제일 좋아하는 외교전략이로군." 시턴 베그 경은 레닌의 후계자를 언급했다. 스탈린은 제정러시아 의회에서 볼셰비키 당을 이끌며 연일 국수주의적인 쓰레기 발언을 쏟아내고, 자유국제주의자인 무슈 트로츠키를 선거에서 누른 바로 그 인물이다. "독일에서 내전이 발발할 경우를 대

---

* 스웨덴 일간지.
** 이집트 일간지.
*** 스페인 일간지.
**** pole. 장대라는 뜻도 있고 폴란드 사람이라는 뜻도 있다.

비해 폴란드를 완충지대로 두는 거지. 자칫 제2의 세계대전으로 이어지는 도화선이 될 수도 있어."

"독일은 충분히 안전해." 태피가 주장했다. "독일의 정치구조는 최고야. 전 세계에서 제일 공정하다네. 우리나라보다 더 좋은 건 말할 것도 없고, 심지어 미국보다 더 견고하지."

해로* 졸업생들이 대개 그러듯, 옛 동창인 베그의 경우는 예외지만, 태피 싱클레어는 대중의 상식을 낙천적으로 믿었고, 사회민주주의자이면서 동시에 경제적으로 사적 이익을 도모하는 개인으로서의 대중의 강한 생존본능에 대해 마냥 게으른 신뢰를 보냈다. 전쟁은 기껏 한두 해 정도 경제활황을 일으켰다가 이내 관련국들을 빈곤의 나락으로 빠뜨렸다. 그것이 베르사유 조약으로 마무리된 최근의 아수라장에서 깨달은 한 가지 교훈이었다.

베그는 독일에서 온 전보를 다시 받아 즉석에서 번역하며 큰 소리로 읽어내려갔다.

친애하는 시턴 경.

우리 독일은 저명하신 영국 탐정들의 업적을 오랫동안 존경해왔습니다. 수사관으로서 영국 민족의 탁월함에 우리는 십분 감명받았고, 그리하여 영국에서도 이 분야의 최고 전문가인 귀하께서 즉시 뮌헨으로 와주실 수 있는지 문의드립니다. 뮌헨에서 귀하는 위기에 처한 명성을 구하고, 정의로 악을 멸하며, 또한 배신당한 고결한 국민을 보호함으로써 만족을 얻으실 것입니다. 그 명성은 우리 독일에서 가

* 1571년 개교한 런던의 유서 깊은 사립학교.

장 유능한 최고의 현인의 것입니다. 제가 지칭하는 분은 당연히 우리의 지도자이며 『나의 투쟁』의 저자이자 철십자훈장 수훈자이신 아돌프 히틀러 님이지요.

그분은 피후견인인 겔리 라우발 양의 살인사건으로 매우 상심하고 계시며, 이 스캔들로 인해 명성이 땅에 떨어질 위험에 처해 계십니다. 정의의 승리를 목도하기 위하여, 저희 국가사회주의당이 귀하를 지체 없이 모실 수 있도록 맨체스터에서 뮌헨으로 오는 첫 체펠린 비행선을 타시겠습니까? B.O.A.C.*도 크로이든에서 훌륭한 교통편을 제공하고 있지만 베를린과 프랑크푸르트를 경유하느라 대기 시간이 매우 깁니다. 그러므로 맨체스터의 모스사이드필드에서 오후 5시에 출발해 다음 날 오전 10시에 뮌헨에 도착하는 현대식 독일 비행선을 이용하시기를 권합니다. 킹스크로스에서 오후 2시에 출발하는 특급열차를 타시면 상기 말씀드린 비행선 '스피릿 오브 뉘른베르크' 호로 환승하실 수 있습니다.

부디 이 전문의 간결함을 양해해주시기 바랍니다. 귀하께서는 독일뿐 아니라 서유럽 전체를 무시무시한 재앙으로부터 구원하여 우리 독일에서 가장 사랑받는 영국인이 되실 운명이라고 제 내면의 목소리가 말해주고 있습니다. 귀하께서 역사적인 운명을 받아들여 우리 사건을 맡아주신다는 전제하에, 귀하와 귀하의 조수 분께 필요한 모든 일등석 여행 서류를 우편으로 보내드렸습니다. 그 서류를 이용하시면 귀하께서 선호하시는 어떠한 개인 화물도 가져오실 수 있습니다. 보시다시피 저희는 귀하의 기벽도 잘 알고 있지요. ZZ.700편을

---

* 영국해외항공회사. 브리티시 에어웨이의 전신.

마중하기 위해 제가 직접 뮌헨 국제비행장에 나가 있겠습니다. 귀하
와 악수할 영광을 고대하고 있습니다. 귀하의 유명한 페어플레이 정
신이 귀하의 양심을 움직일 거라는 기대와 존경을 담아 보냅니다.

당신의 신실한 벗,

국가사회주의노동당 부대표 루돌프 헤스

브리에너 가街, 뮌헨,

바이에른, 독일

"문체가 묘하지 않나?"

"딱 제 할 말만 하는 게 꼭 그 나라 사람인 니체 같은걸." 태피 싱
클레어는 코웃음 치며 대꾸했다. "이 양반 아주 단단히 돌았군. 아
무렴 해로울 거야 없겠지만 어쨌든 제정신이 아니야. 다시 말해서
친구, 자네는 우리 초시간 수사대 최고의 탐정이네. 세상에 널린 평
범한 탐정들도 이런 사건은 얼마든지 해결할 수 있어. 이건 유난히
추잡한 살인사건일 뿐일세. 자기가 세상의 구세주인 줄 아는 더러
운 프티부르주아 놈 때문에 행실 나쁜 여자 하나가 살해당한 거지.
놈은 자신의 진정한 운명을 하이드파크 한구석에서 아시아의 침략
과 붉은 살코기의 위험성을 경고하는 샌드위치맨한테서 찾게 되겠
지, 교수대 위에서가 아니라면. 이 사건은 명백히 욕구불만인 리비
도와 과다자극된 에고가 결합한 경우라고 보네, 나는."

"그렇겠지, 친구. 자네가 그 빈 출신 정신분석학자*들을 숭배한

---

* 오스트리아 빈 출신인 프로이트를 가리킨다.

다는 건 아네만, 애먼 사람이 그런 불쾌한 범행의 누명을 쓰는 건 자네도 보고 싶은 바가 아니지 않은가?"

"놈이 무죄일 가능성이 있나?" 태피는 그 말을 입 밖에 내고는 바로 후회했다. "아니 물론 무죄추정의 원칙은 지켜져야 하지. 그러나 세상에는 그보다 더 중요한 사건이 훨씬 많이 있네."

"하지만 그런 사건들 중 내게 최신식 초호화 공중여객선을 제공하고 자네와 돌리에게도 군말 없이 여비를 지급하는 경우는 매우 드물지."

"베그, 그건 좋지 않아. 그런 생각은 좀 불쾌하구먼……."

육상 선수다운 걸음걸이로 베그는 넓고 지저분한 사무실을 성큼성큼 가로질러 우편함에서 뭔가를 꺼냈다. "게다가, 자네가 차 마시러 오기 10분 전에 이미 비행선 표가 도착했다고. 자, 친구, 같이 가겠다고 말해주게. 내 약속하는데, 이번 모험은 아무리 못해도 최소한 좋은 경험은 될 거야."

태피는 툴툴거리기 시작했지만, 자정쯤에는 일어나서 전화로 자신의 차 다임러를 불렀다. 그리고 다음 날 오후 킹스크로스에서 베그와 만나 함께 특급 M&E 플라이어를 타고 맨체스터로 가기로 약속했다. 그러면 4시 반쯤에는 넉넉히 비행선을 탈 수 있을 것이다.

베그는 매우 기뻤다. 그는 자신의 오랜 친우의 판단력과 냉철한 이성을 신뢰했고 또 필요로 했다. 그들 두 사람의 성격은 마치 완전히 다른 타입의 파이브스* 선수처럼 상호보완적이었다. 베그는 이번 사건에서는 생각보다 오래 코를 쥐고 악취를 참아야 할 것 같은

---

* 영국 사립학교에서 많이 하는 스포츠로, 공으로 벽을 치는 것은 스쿼시와 비슷하지만 손이나 배트를 사용한다.

기분이 들었다.

하물며 장로교인인 태피는 다음 날 만나서 뮌헨으로 가면서도 이 비행선 표를 받아든 것이 과연 옳은 일인가를 따지고 있을 것이다.

2. 자살인가 타살인가?

시턴 베그 경과 태피는 너무 오랫동안 지긋지긋하게 싸운 나머지, 피클포크단*과 미워할 수 없는 애증관계였다. 평범한 독일 병사와 평범한 영국 병사는 별 차이가 없는데, 그들이 서로 죽고 죽이는 사이가 된 것은 사리사욕에 찌든 멍청한 정치가들 때문이라고 생각했다. '전쟁을 끝내기 위한 전쟁'은 분명 유효했고 불가피한 측면이 있었지만, 그래도 자유에 치러야 할 대가는 영원히 경계를 늦추지 않는 것임을 베그는 잘 알고 있었다. 예측 가능한 공격은 힘겹게 쟁취한 권리에 그다지 위협이 되지 않는다. 오히려 그것은 예기치 못한 방향에서의 공격에 취약하다. 권위란 본래 태생적으로 보수적이며, 따라서 뜻밖의 상황에 철저히 대비되어 있는 권위란 있을 수 없다. 바로 그런 뜻밖의 상황에 상시 대비하는 것이 시턴 베그의 업무였다. 해군성과 육군성, 내무성, 외무성 모두가 거듭 그에게 상당액의 의뢰비를 지불하며 사건 수사를 맡기는 것도 같은 이유에서였다. 당국에서는 대체역사**의 주요 세부사항에 정통한 전문 인력이 필요하다고 생각되는 사건이라면 전부 그에게 의뢰했다. 그는 대

---

* 독일군의 별칭. 꼭대기에 뿔이 달린 프러시안 군용 헬멧Pickelhaube에서 유래했다.
** 실제 역사와 다르게 전개한다는 가정하에 줄거리를 재구성하는 SF 하위장르.

체역사의 타임라인을 자유자재로 횡단하는 보기 드문 능력의 소유자였다. 당국이 그에게 이따금 해외 사건도 맡으라고 부추기는 이유도 그래서였다.

스피릿 오브 뉘른베르크 호의 선내 서비스는 흠잡을 데 없이 완벽했다. 그 때문에 태피는 살짝 불안했다.

"좀 군대 냄새가 나는군, 무슨 말인지 자네도 알겠지. 크로이든-파리 간 운항편처럼 낡고 어설픈 런던식이 가끔은 더 나은 것 같아."

그 말에 베그는 낄낄거렸다. "느긋하게 즐기게나, 친구." 그는 뮌헨의 조간신문들을 주문했다. 신문들은 최근에 폭격을 피한 마이애미-아바나 간 신축 터널에 관한 기사로 온통 도배되어 있었다. 베그는 헤드라인을 재빨리 훑은 후 머리기사는 무시하고 신문의 뒷면, 특히 인물동정 및 가십 기사에 주목했다.

"히틀러와 그 일당을 싫어하는 것으로 유명한 인사가 칼튼의 티룸에서 새 오케스트라를 맡았군. 그래도 현명하게 가명을 사용했어. 마르가리타 사르파티*는 예술에 관해서 여전히 무솔리니의 총애를 받는 조언자이고, 나치는 퇴폐적인 모더니즘 취향의 유태인 정부情婦를 두고 있다는 이유로 일 두체**를 비난했다네. 미국의 몇몇 신문은 루스벨트를 제2의 무솔리니라고 떠들어대고, 히틀러를 지지하는 허스트 계열 언론사들은 제2의 스탈린이라고 공격하는군. 그리고 허스트의 오랜 연인인 마리온 데이비스가 유태계 카우보이 스타인 맥스 피터스와 은밀한 관계를 유지하

---

* 유태계 이탈리아인 저널리스트이자 비평가. 무솔리니의 정부로 그의 전기를 집필했다.
** 이탈리아 파시스트당 당수인 무솔리니의 칭호.

고 있는데, 피터스는 무솔리니의 절친한 친구라네. 아, 유력가들의 음모라니…… 라우발 살인사건은 좌익 언론들에게 아주 탐스러운 먹이였군. 히틀러 몰락의 징후가 나오길 갈망하는 것 같아. 하지만 대중은 여전히 증거를 요구하고 있어. 한데 증거가 나온다고 충성을 철회하려나!"

태피는 가십을 증오했다. 늘 읽던 《타임스》가 없으니 《프랑크푸르트 알게마이네》의 십자말풀이로 만족하는 수밖에 없었고, 낱말 맞추기는 의외로 쉬웠다.

비바람이 비행선의 거대한 지붕을 사정없이 내리쳤고, 비행선은 닻을 내린 채 고물과 이물의 기둥 사이에서 흔들거렸다. 경쾌한 왈츠가 탄노이 스피커에서 흘러나오고 있었지만, 그래도 비행선에 오른다는 것은 어쩐지 모험에 나서는 듯한 기분이 들게 했다. 특히나 이렇게 광포한 자연에 내맡겨진 신세라는 것이 절절히 느껴지는 악천후에서는 말이다. 창문 밖으로 보이는 모스사이드필드는 엷은 안개 탓에 흐릿했고, 맨체스터의 저 유명한 굴뚝마저 스스로 토해낸 은폐물에 휩싸여 거의 보이지 않았다. 굴뚝 연기를 보고 베그는 즐거워했다.

"저 굴뚝들은 살아 있다네, 태피." 베그는 비행선에 오르며 이렇게 말했다. "살아 있는 굴뚝은 공장 마을에 사는 이들이 최저생계 임금은 받고 있다는 뜻이지."

베그가 작성해야 할 문서가 있었던 관계로 두 사람은 선실 서비스를 주문했다. 오후 7시 정각, 뱃머리 우현으로 런던의 불빛이 사라지고 선체 아래쪽으로 파도의 하얀 포말이 어렴풋이 보일 때 문에서 침착한 노크 소리가 들렸다. 베그가 대답하자 키가 작고 얼굴빛이 붉은 쾌활한 웨이터가 두 사람의 아담한 거실로 들어왔다. 둘은 저녁 메뉴를 미리 결정해놨고, 유능한 웨이터는 재빨리 책상을 식탁으로 개조하고 눈부시게 하얀 천을 깔았다. 이어서 첫번째 코스 음식이 나왔다. 부담스러운 독일식 요리였지만 두 사람은 꽤 열심히 먹었다. 좋은 백포도주가 목 넘김을 부드럽게 도왔다.

식사의 흔적이 감쪽같이 치워진 다음, 베그가 신문을 참고하면서 뭔가를 계속 적는 동안 태피는 가벼운 소설을 집어들고 1시간가량 독서를 했다. 결국 더이상 졸음을 참을 수 없게 된 병리학자는 하품을 하며 "잘 자게, 친구" 인사하고 잠자리에 들기로 했다. 그는 거실 왼편의 침대칸을 차지했다. 경험상 시턴 베그와는 취침시간을 겨루지 않는 게 현명하다는 것을 잘 알고 있었다. 베그는 하루에 길어봤자 5시간만 자도 충분한 사람이었다.

실제로, 다음 날 태피 싱클레어가 근사하게 설계된 개인 편의시설을 이용하려고 일어났을 때 베그는 파자마로 갈아입은 것 말고는 어젯밤 그 자리에 그 자세 그대로였다.

진짜 달라진 것은 아래쪽으로 펼쳐진 풍경이었다. 그들은 북해를 건너 지금은 독일 저지대의 잘 정리된 들판 위를 지나가고 있었다. 2시간 후면 스피릿 호의 모항인 뮌헨에 도착할 것이다. 그동안 완벽한 영국식 아침식사가 이뤄졌고, 태피도 인정했듯 제법 마실 만한 아삼 홍차가 곁들여졌다.

뮌헨 비행장의 윈치 기둥은 최신형이었다. 완전히 땅에 내려앉은 체펠린 비행선에서 베그와 태피는 계단으로 하선했다. 계단 아래에서 산송장 같이 생긴 키 큰 남자가 그들을 마중했다. 초콜릿 브라운색 노퍽재킷과 약간 배기 스타일의 승마바지를 입고, 팔에는 독일의 상징인 검정, 빨강, 흰색 스바스티카* 완장 두 개를 찼으며, 반짝반짝 광을 낸 폴로부츠를 신고 있었다. 그는 영화 〈쿼바디스〉로 유명해진 예의 로마식 거수경례를 붙이고 나서 바로 베그의 손을 잡고 위아래로 흔들어대기 시작했다.

"만나 뵙게 되어 대단히 영광입니다, 시턴 경. 경에 대한 얘기는 무척 많이 읽었습니다. 저는 본디 영국 귀족에게 태생적인 친밀감을 느낍니다. 귀국의 웨일스 대공**도 무척 흠모하고 있고요. 영국과 독일의 최고의 피가 만나 빚어낸 훌륭한 인류의 표본이잖습니까?" 하더니 그의 사근사근한 자세가 갑자기 불안한 태도로 바뀌었다. "식습관이 어떻게 되시는지 알 수 있을까요?"

태피는 베그가 헤스의 집요함에 흠칫했다고 장담할 수 있었다.

"식습관이라뇨?"

"점심식사 때문에요." 헤스가 털어놓았다.

베그는 짐짓 세상에서 가장 태평스러운 사람인 양 대답했다. "바이스부르스트*** 한 접시와 귀국의 훌륭한 맥주 두어 잔이면 저희로선 더 바랄 게 없는데요."

헤스는 얼굴을 찌푸렸다. "알프와 저는(이 순간 그는 자신이 히틀러와 서로 애칭으로 부르는 가까운 사이임을 수사관에게 들켜 불안한 듯 마른기침을 콜록거렸다), 그러니까 히틀러 씨와 저는 철저한 채식주의자입니다. 저희는 동물에 대한 잔혹행위에 강력히 반대하며, 도살된 고기를 먹는 것은 건강에 좋지 않다고 생각합니다." 헤스는

---

* 나치의 상징인 만자卍字 문양.
** 영국의 왕위 계승자에게 주어지는 칭호이며, 여기서는 훗날의 에드워드 8세를 가리킨다.
*** 송아지 고기로 만든 뮌헨의 유명한 흰 소시지.

부르르 진저리를 쳤다. "아돌프 히틀러는 마음 씀씀이가 세심한 사람입니다. 그는 파리 한 마리도 못 죽일 위인이에요. 하물며 동족인 인간은 말할 필요도 없죠. 베를린 사람들의 타락과 공격성으로 저희를 판단하지 말아주시기 바랍니다. 어차피 그것도 대체로 외국에서 만들어낸 거죠."

그들은 대화를 나누며 거대한 현대식 비행장의 승객용 로비를 천천히 걸어갔다. 열두 쌍이 넘는 철제 기둥이 남부와 동부 유럽 전역에서 날아오는 항공편을 위해 설치되어, 입항한 비행선을 계류시키고 있었다. 이 비행장은 뮌헨의 자부심을 만방에 떨치는 최신 기념물이었다.

날씨는 훨씬 좋아져서 따스한 금빛 햇살이 비행선들의 은빛 선체에 반사됐다. 뭉게구름 사이로 몇 줄기 햇살이 저 멀리 보이는 뮌헨의 구불구불한 박공지붕과 반짝반짝 빛나는 첨탑의 윤곽을 선명하게 그렸다. 출구에 다다랐을 때 베그는 갓길에 서서 일행을 기다리는 돌리를 보고 아주 신이 났다.

돌리는 베그의 몸집 큰 듀센버그 투어링카인데, 유사시엔 이 육중한 몸체를 시속 200마일까지 끌어올릴 수 있도록 V12 엔진으로 과급 튜닝한 주문제작품이었다.

태피 싱클레어는 분별 있게 그늘진 뒷좌석으로 들어가, 탐정이 엔진과 기어를 조작하느라 분주한 사이 헤스가 탐정의 옆자리에 앉을 수 있도록 배려했다. 헤스가 가리키는 정확한 방향을 따라서, 힘찬 발진음과 함께 그들은 곧장 뮌헨 시내로 가는 길에 올랐다. 그때 베그가 돈키호테처럼 뜬금없이, 먼저 도시를 간단히 둘러보고 브라운하우스로 더욱 친숙하게 알려진 나치 본부에 들른 다음에 점심을 먹으러 가면 어떻겠냐고 헤스에게 청했다. 영국 탐정들의 수사법이 도무지 이해할 수 없고 매사에 에두르는 식이라는 것을 잘 아는 헤스는 군말 없이 받아들였다.

태피는 이 도시에 여러 번 왔었고 나름 애정도 있는 반면, 베그는 베를린을 훨씬 더 잘 알았다. 태피는 뮌헨의 쾌적한 건축양식, 넓은 가로수 길과 공원, 설비가 잘 갖춰진 공공미술관과 박물관, 그리고 아주 특별한 그리멜스하우젠 박물관에 대해 언급했다. 전쟁의 참상을 경고하는 그리멜스하우젠 박물관은 도시 끄트머리에 위치한 아담한 경비행장으로, 오토자이로* 버스가 이착륙하는 곳이었다.

헤스는 생애 대부분을 이곳에서 보냈다. 그는 다양한 볼거리를 짚어주었다. 뮌헨은 숨 가쁘게 돌아가는 이 지역의 주요 거점도시로 훌륭한 대중교통 시스템을 자랑하며, 지금까지는 트램과 버스가 중심이었으나 점차 규모가 커지는 오토자이로 회사들이 주요 노선을 대체하는 중이다. 수많은 성당을 보면 알겠지만 종교적으로는 가톨릭이 지배적이다. 이탈리아식 모더니티의 수용**은 어처구니가 없는데, 특히나 뮌헨의 새 건축물들 대다수가 빈의 모던 양식과 가우디의 영향을 받아 그러한 경향이 더욱 두드러진다. 나치는 그 퇴폐적인 건축물들을 몽땅 헐어버리고 격조 있는 고전 양식으로 대체할 거라고, 헤스는 고지식하게 얘기했다. 그 와중에도 바이에른의 옛 수도인 이 도시는 전반적으로 독일의 지방

---

* 회전날개를 이용한 항공기. 헬리콥터의 전신.
** 이탈리아의 무솔리니가 퓨처리즘을 후원하고 파격적인 건축양식을 대거 도입한 것을 가리킨다.

색을 띠는 바로크적인 예스러움을 간직하고 있는데, 그게 다 뮌헨의 역대 군주와 시장의 훌륭한 취향과 비전을 입증하는 사례라고 덧붙였다.

돌리는 금세 도시의 구시가지를 지나 지붕이 있는 큰 시장을 한 바퀴 부르릉 돌고 나서, 대저택과 사무용 빌딩이 띄엄띄엄 서 있는 다른 길로 들어섰다. 몇몇 건물에서는 다른 나라의 국기가 펄럭이고 있었다. 여기서 헤스는 차를 세우라고 했다. 국가사회주의노동당 즉 나치의 본부인 브라운하우스에 도착한 것이었다. 점잖은 주변환경을 보니 이 당의 과격한 이미지에 고개가 갸웃거려졌다. 나치의 '꺾인 십자가'가 그려진 거대한 비단 현수막이 가벼운 서풍에 휘날리는 모습이 굉장히 인상적이었다.

브라운하우스에 도착하자 헤스의 지위를 확인할 수 있었다. 기묘한 스키모자 같은 헤드기어를 쓰고 맵시 있는 갈색 군복 차림의 나치 돌격대원들이 튀어나와서 자동차 문을 열어주었고, 최신 '민속' 스타일로 장식된 분주한 현관에 들어서자 대원들은 일제히 팔을 높이 치켜들고 "하일 히틀러!" 세례를 쏟아냈다. 건물은 사람들로 북적였지만 다소 암울하게 가라앉은 분위기였다. 마치 이곳의 모든 사람들이 당수의 상심을 슬퍼하고, 중상모략과 스캔들에 직면한 당수의 안전을 염려하는 듯했다.

이제 헤스는 완전히 딴사람이 되었다. 두 영국인을 데리고 소박한 시골풍으로 꾸민 현관을 지나 낮고 너른 계단을 올라가는 그에게서 고급장교다운 권위와 태도가 자연스럽게 배어나왔다.

"여기가 총통의 집무실입니다."

헤스는 히틀러 본인의 초상화가 압도하고 있는 넓은 삼각형 방으로 두 사람을 안내했다. 양손은 나폴레옹처럼 포즈를 취하고, 근엄하고 차가운 두 눈은 국가가 당면한 산적한 문제와 독일의 안보를 또다시 위협하려는 자들을 주시하고 있었다. 창밖에서는 대규모 건설공사가 한창인 듯했다.

"돌격대원들을 위한 병영을 짓고 있는 중입니다." 헤스가 설명했다. "당연히 이곳은 조치Sozie들의 공격목표거든요." 나치가 국가사회주의자들의 약칭이듯, 조치는 사회주의자들의 약칭이었다. 두 세력의 가두街頭충돌은 고질적으로 만연했고 독일 전역에서 악명이 높았다.

"헤스 씨," 베그가 말문을 열었다. "라우발 양의 시신이 발견된 정황에 대해서 아는 바를 다시 한번 정확히 말씀해주시면 감사하겠습니다. 당신이 현장에 도착한 첫번째 당원이라고 알고 있는데요."

"당연히 빈터 부부는 저한테 제일 처음 알렸습니다." 헤스가 인정했다. 짙은 검정색 눈썹이 독자적 의지를 가진 것처럼 꿈틀거렸다. 그는 귓불을 잡아당기며 이를 갈았고, 당시 상황을 비춰주는 영사기 스크린을 쳐다보는 양 시선을 어느 한 점에 고정시켰다.

"겔리는 아시다시피 알프의 피후견인입니다. 그의 조카죠. 배다른 누이의 아이입니다. 알프가 프린츠레겐스부르크 가街의 새 아파트로 이사했을 때 살림을 돌봐줄 사람이 필요해서 누이한테 와달라고 했어요. 알프는 누이한테 딸 겔리도 꼭 데려오라고 했습니다. 솔직히 그가 겔리한테 푹 빠진 감이 없지 않습니다만, 아이 없는 남자가 남의 딸을 예뻐하는 그런 식이었죠. 그는 겔리를 애지중지 아꼈습니다. 겔리가 사달라는 건 뭐든 사줬어요. 연기 수업료도 내주고, 노래와 춤 수업도 시켜줬지요. 그는 어딜 가든 겔리를 데리고 다녔습니다.”

“정치 모임에도 데려왔단 말입니까?” 베그는 메모를 하며 물었다.

“네, 그렇습니다. 정치인으로서 알프의 출세가도가 뚫리던 시기였죠. 이따금 총통이 겔리와 함께 나타나면 돌격대원들도 좋아했습니다. 또 겔리가 오페레타에 소질이 있어서 아돌프는 성악 수업료도 내줬습니다. 그는 오페라를 사랑하거든요. 물론 당원들 중에는 가령 하인리히 힘러처럼 금욕주의적인 인물도 있어서 그런 관계를 못마땅하게 여기기도 했지요. 힘러는 그 일로 인해 히틀러의 진지함이 손상되고, 나치에 적대적인 언론에 먹잇감을 준다고 생각했습니다. 물론 불쾌한 소문이 돌기는 했습니다만, 그런 것들은 성공한 정치인들에게 늘 따라붙는 부록 같은 거지요.

그런데 겔리가 공공연하게 이상한 일을 벌이기 시작했고, 알프는 그녀를 통제할 수 없는 것 같았습니다. 알프는 힘러가 탐탁지 않아 한다는 것을 알았지만 무시했죠. 겔리는 자신의 정치적 엔진을 점화하는 존재라고, 그는 힘러에게 말했습니다. 청중을 휘어잡는 그의 연설은 다 겔리 덕분이라고요.

하지만 평소라면 자기 무릎에 히틀러의 머리를 누이고 아껴줬을 부유한 부인들이 그가 조카와 함께 나타나는 것을 보자 후원금을 확 줄였습니다. 그 사실을 알아챈 사람은 힘러뿐만이 아니었지요. 부인들은 남편들에게 영향력을 행사합니다. 그리고 아돌프가 끌어들이고 싶어 하는 기업가들도, 어딜 가나 조카를 데리고 다니는 남자가 과연 믿을 만한지 의심스러워 했습니다.

바로 이곳에서 거센 논쟁이 있었다고 들었습니다. 한번은 알프가 사생활 침해라며 아주 격분해서 바닥에 쓰러져서는 카펫을 이로 물어뜯었다더군요. 그는 가끔 그렇게 손도 댈 수 없는 상태가 돼요. 그래서 그를 화나게 하는 일은 저희도 대체로 피하는……."

"카펫을요?" 태피가 다시 확인했다. "이로 물어뜯어요?"

"당시에 저는 그 자리에 없었습니다만, 제 기억엔 룀과 슈트라서, 괴벨스 박사가 거기에 있었습니다."

"룀 대장에 관해서는 이야기를 들었는데, 슈트라서 씨와 괴벨스 박사에 대해서는 설명해주시지 않았는데요."

"개인적으로 저는 룀을 가장 좋아합니다. 좀 편벽하긴 해도 그는 최소한 정직한 군인이고 저만큼이나 히틀러에게 충직하니까요. 그레고르 슈트라서는 의회에서 우리 당의 원내대표입니다. 좀 좌파적인 인물이죠. 매우 뛰어난 인물입니다만, 당이 나아갈 방향을 두고 아돌프와 약간 불협화음을 빚는 편입니다. 슈트라서는 민족주의자라기보다 사회주의자에 가깝습니다. 괴벨스 박사는 당의 지식인입니다. 선천적으로 내반족內反足인데 왜소하고 몸이 약한 사람이에요. 소위 '베를린파'를 대표하는 인물입니다. 비교적 최근에 우리당과 한배를 탄 사람들이죠."

"그럼 그분들 가운데 겔리 라우발 양의 죽음이 히틀러 씨와 당에 도움이 될 거라고 생각한 사람이 있을까요?" 한때는 어여쁜 정원이었을 공사 현장을 내다보며 베그가 물었다.

"오, 그 사람들 전부 아마 그와 비슷한 말을 할 겁니다." 헤스는 멍하니 고개를 끄덕이며 방 안에 몇 개 없는 가구를 둘러보았는데 마치 그것들을 처음 보는 사람 같았다. "하지만 말하는 것과 실제로 행동에 옮기는 것은 차원이 다릅니다. 겔리를 창부 나부랭이 취급하는 룀이나 스캔들이라면 치를 떠는 슈트라서나 우리의 핵심

294

프로파간다 전략가인 괴벨스가 겔리를 죽여서 히틀러의 이력과 우리 당의 미래를 위협하는 모습은 상상할 수가 없군요. 그리고 괴링 장군은 그런 데 전혀 관심이 없습니다. 괴벨스가 겔리에게 거절할 수 없는 제안을 했을 수는 있지요. 룀이 겁주어 쫓았을 수도 있습니다. 슈트라서라면 행실 똑바로 하라고 다그쳤겠지만, 이런 식으로 총통을 혼란에 빠뜨리지는 않을 겁니다."

"힘러 씨는요?"

"냉혈한이죠. 그는 히틀러의 귀와 같습니다. 최근 몇 년간 총통의 비위를 맞추어 신임을 얻고 출세한 자입니다. 저는 지난번 저격 암살 시도의 배후가 힘러일 거라고 생각합니다. 아시다시피 제가 죽을 뻔했거든요. 하지만 총소리를 딱 듣고는 바닥에 납작 엎드렸죠. 요즘도 또 저격당할까봐 두려움에 떨고 있는데……."

"힘러 씨에 대해서 얘기하시던 중이었습니다만."

"그는 히틀러의 친위대장입니다. 나치 돌격대 SA를 운영하는 룀과는 견원지간이죠. 힘러는 히틀러와 겔리의 관계를 매우 싫어했습니다. 하지만 그도 당이 바야흐로 전국에서 승승장구하리라는 것을 잘 알고 있습니다. 제가 알기로 그는 현재 베를린에 있어요. 왜 그가 자신의 정치생명을 위태롭게 하는 짓을 하겠습니까? 아시다시피 당 내에는 현실적으로 용의자라고 할 만한 사람이 없습니다. 이건 공산주의자들과 그 배후에 있는 놈들의 짓입니다. 스캔들은 저희 당에 전혀 득이 되지 않습니다."

"사실 그렇죠." 베그는 동의했다. "그러니까 겔리 양의 죽음에는 정치적인 동기가 있을 것이다, 그렇게 생각하시는군요. 사적인 동기를 보자면 어떨까요?"

"그에 대해서는 다른 사람들에게 물어보셔야 할 겁니다." 헤스는 갑자기 말수가 적어지며 침울해졌다.

그러나 베그가 교묘하게 유도하자 헤스는 겔리 라우발 살인사건에 관하여 자신이 알고 있는 바를 모조리 털어놓았다.

히틀러의 겔리에 대한 질투는 점점 깊어졌고, 겔리는 히틀러가 아파트를 비우는 시간이 점차 늘어나면서 지루함이 깊어졌다. 정치가로서 이력이 쌓일수록 히틀러는 뮌헨에서 더 멀리 더 오랜 기간 출장 가는 일이 잦아졌다. 젊고 혈기왕성한 겔리는 보다 즐거운 인생을 원했고, 결국 빈으로 유학을 보내달라고 삼촌인 알프를 졸랐다. 빈에 가면 뮌헨에서보다 친구도 더 많이 사귀고 훨씬 좋은 성악 수업을 들을 수 있다면서.

히틀러는 펄펄 뛰었다. 그는 겔리를 빈에 보내고 싶지 않았다. 겔리가 자기 집에서 나가는 게 싫었다. 히틀러의 의심증은 점점 심해졌다. 엄포를 놓기도 하고 살살 달래기도 해서 일단 유학은 없었던 일로 일단락되는 듯했다. 그러다가 중요한 연설 일정 때문에 출장이 예정된 날 아침에 또 싸움이 터졌다.

"대단히 중요한 비밀회합이 예정된 출장이었습니다. 우리 당에는 알프가 부자들의 환심을 살 이유가 없다고 생각하는 사람들도 있지만, 부자들의 후원이 없으면 우린 아무것도 아니죠." 헤스는 잠시 말을 멈추었고, 그의 말투는 점점 더 회고조가 되어갔다. "그날 아침 겔리는 자신이 키우던 카나리아 중 한 마리가 새장 바닥에 죽어 있는 것을 발견했습니다. 히스테리를 일으켰지요. 겔리는 히틀러를 협박했습니다. 빈에 보내주지 않으면 자살해버리겠다고요. 그리고 모조리 다 불어버리겠다고 위협했습니다."

"모조리?" 베그는 한쪽 눈썹을 치켜올렸다.

헤스는 그 '모조리'가 무슨 의미인지 모르겠다고 했다. 하지만 태피는 헤스가 돌연 바짝 긴장하는 것을 눈치챘다.

"어, 히틀러의 차는 그날 아침 일찍 아침식사 후에 오기로 되어 있었습니다. 일정을 취소할 수는 없었지요. 하지만 겔리는 히틀러에게 자신과 함께 있거나 아니면 자신을 빈으로 보내달라고 요구했습니다. 히틀러는 둘 다 거절했지요. 히틀러가 차에 타는 순간에도 겔리는 발코니에 나와서 소리쳤어요. '그럼 빈에 보내주지 않겠다는 건가요?' 히틀러의 대답은 간단명료했습니다. '안 돼.' 그리고 차를 출발시켰습니다."

몇 시간 후 히틀러는 새로운 후원자들을 만나고 있었다. 그날 밤 그는 뉘른베르크의 도이처호프 호텔에서 묵었다. 목격자는 다수 있다. 다음 날 아침 8시 반에 살림을 도맡아 해주는 안니 빈터 부인이 프린츠레겐스부르크 가에 도착했다. 아파트는 조용했다. 빈터 부인은 여러 번 문을 두드렸지만 아무도 나오지 않았다. 결국 사람을 보내 집사인 남편을 불렀고 억지로 문을 열었다. 그들이 겔리의 시신을 발견했다.

"권총 자살로 보였습니다. 겔리 옆에는 그녀의 피를 뒤집어쓴 죽은 카나리아가 있었고요. 총알은 심장에 맞았어요."

히틀러의 9.5밀리미터 발터 자동권총이 겔리의 손 가까이에 있었다. 죽은 지 몇 시간이 지난 후였다. 빈터 부부는 헤스를 불렀고, 결국 그가 경찰에 신고했다.

"누구한테 알릴 것인지 신중해야 했습니다, 시턴 경. 뮌헨 경찰은 명백히 반反나치적인 편견을 갖고 있고, 이런 사건이라면 총통한테 불리하게 이용하려고 혈안이 되어 있으니까요."

경찰은 그런 각도에서 자살하는 것은 쉽지 않다고 보고 즉각 라우발 양이 살해됐다고 판단했다. 아무도 자살이라고 믿지 않았다.

"시턴 경, 아무리 정황상 그래 보인다고 할지라도 알프가 그랬을리는 없어요. 범행이 일어났을 때 알프는 수십 마일 떨어진 뉘른베르크에 있었습니다. 그가 청부살인업자를 써서 겔리를 죽였다는식으로 꾸미는 것은 식은 죽 먹기일 겁니다. 하지만 시턴 경, 히틀러는 겔리를 사랑했습니다. 그는 겔리를 위해 살았어요. 그는 너무나도 온화한 사람이고 극도로 이상주의적입니다. 저는 금방 사건이해결되지 않을까봐 두렵습니다. 시턴 경 같은 분이 사건을 신속히해결해주시지 않으면 알프의 정치생명은 끝장이고, 우리의 가장 중요한 대변인인 그가 끝장나면 우리 나치당도 해체되는 거나 다름없습니다. 부디 그런 일이 일어나지 않도록 해주십시오, 시턴 경. 저희를 도와주겠다고 말씀해주십시오!"

"물론입니다, 헤스 씨. 이런 종류의 사건은 아무 때나 풀 수 있는 게 아니죠. 그리고 저희는 도전하기를 좋아합니다. 안 그런가, 태피?"

베그가 안심하라며 이렇게 말했을 때, 그의 표정은 헤스와 깜짝놀란 태피에 가려 보이지 않았다.

병리학자는 흠칫했다. "자네가 그렇게 말한다면야…… 뭐."

가끔은 태피 싱클레어조차도 이 오랜 친구가 벌이는 게임은 상대하기 벅찼다.

3. 우수한 지배자 민족을 이끌다

점심식사를 마치고 베그가 맨 먼저 들른 곳은 당연히 살해 현장이었다. 프린츠레겐스부르크 가는 히틀러 '총통'이 현재 살고 있는 부촌이었다. 가는 길에 헤스는 빈터 부부가 어떻게 자신에게 연락했고, 이어서 자신이 어떻게 뉘른베르크의 히틀러와 통화하려고 노력했는지 설명했다. 히틀러는 이미 뉘른베르크를 출발하여 다음 목적지로 가는 중이었다. 듣자 하니 그는 노래도 몇 소절 부르고 농담도 하고 방금 만난 사람 흉내도 내면서 차에 동석한 사람들을 즐겁게 해주고 있었던 모양이다.

"시턴 경, 알프가 얼마나 유능한 엔터테이너인지 아는 사람은 별로 없습니다. 알프는 긴 여행 동안 쉬지 않고 우리를 폭소의 도가니로 몰아넣곤 했지요. 그는 누구든지 흉내낼 수 있습니다. 거만한 여관 주인들, 당 간부들, 금방 발끈하는 노처녀들, 유명 정치인들도 빠질 수 없죠! 대중을 이끄는 길을 선택하지 않았더라면 아마 그는 코미디언이 되어 무대에 섰을 겁니다."

헤스는 베그의 원래 질문을 기억에서 더듬었다. "아, 호텔에서 사환을 보내 히틀러의 차를 쫓아갔고, 그 소식을 듣고 알프는 거의 무너졌습니다. 다들 전혀 예상치 못했다고 합니다. 그의 입에서 나온 첫마디가, 제가 알기론, '누가 그런 짓을 했지?'였지요. 알프는 일정을 취소하고 차를 돌렸고, 전화기를 찾자마자 저와 통화를 하고 즉시 뮌헨으로 돌아왔습니다. 그다음에 제가 뮌헨 경찰청에 신고하자고 했고, 그가 동의했습니다. 그러고 나서 시턴 경께 전보를 친 거지요. 제 부하들이 비행선 표 등을 처리했고요."

"신고하기까지 시간이 좀 걸린 것에 대해 경찰이 의심하지 않던 가요?"

"가엾은 겔리의 시신을 보고 나서 저 자신도 좀 충격을 받은 상 태였다고 얘기했습니다." 헤스는 잠시 말을 멈추더니 묘하게 새삼 결백하다는 표정으로 베그의 얼굴을 똑바로 쳐다보았다. "저도 용 의선상에 있음을 알고 있습니다, 시턴 경. 하지만 저는 나치당에서 폭력이 아닌 평화와 안전과 자부심을 추구하고 있습니다. 이것은 대다수 독일인이 원하는 바입니다. 쥐새끼 한 마리를 죽인다는 생 각만으로도 저는 토할 것 같습니다. 비록 겔리가 아첨과 꼬드김에 넘어가 제 깜냥에 벅찬 깊은 물로 뛰어든 어리석은 피조물이긴 하 지만, 그 가엾은 아가씨를 죽인다는 생각만으로도 몸서리가 쳐져 요. 뮌헨의 대로에서 플래카드와 몽둥이를 들고 '정보正步 걸음'*으 로 행진하는 사람들로만 저희를 판단하시면 안 됩니다. 그 청년들 이 전쟁터에 내보내졌을 때는 더 어린 소년이었음을 잊으면 안 됩 니다. 그들이 참호 속에서 무엇을 보았을지, 특히 전후의 경제불황 으로 일자리를 구하지 못한 이들은 참호에서 배운 것밖에 머릿속 에 든 게 없을 테고……."

루돌프 헤스는 프린츠레겐스부르크 가의 아파트에 도착할 때까 지 줄곧 이런 식으로 변명을 늘어놓았다. 조용한 대로변 모퉁이에 솟은 현대적 감각이 담긴 고전 양식의 건물은 인상적이었다. 히틀 러는 이 아파트의 2층에 살았다. 채광과 통풍이 좋고 호화로웠으며 은근히 최신식이었다. 메인 현관에서부터 여러 방향으로 문이 나

---

* 무릎을 쭉 펴고 다리를 치켜올리는 군대식 걸음걸이.

있어, 거주 공간과 하인용 숙소와 손님용 숙소가 구분되었다. 분명 히틀러와 그의 배다른 누이와 조카가 같은 집에서 각자 정말 독립적으로 살 수 있는 방법은 무궁무진했다.

잠시 후 시턴 경은 빈터 부부를 면담했다. 부부는 겔리가 자기 방 카펫 위에 누워 있는 것을 발견했는데, 그녀는 용변을 보다가 변을 당한 듯 옷을 제대로 입고 있지 않았다.

빈터 부부는 사건을 보고 충격을 받은 게 틀림없었다. 회색 가디건에 회색 블라우스와 스커트, 스타킹을 신은 빈터 부인은 어쩔 줄 몰라하는 두더지 같았다. 이런 우중충한 차림이 원래 모습은 아닐 거라고 베그는 생각했다. 반면 빈터 씨의 표정은 원래 퉁명스러운 듯했다. 그래도 말투는 사근사근한 편이었다. 남편도 아내도 그리 머리가 좋은 편은 아니었다. 베그의 질문에 두 사람 모두 히틀러가 정치인으로서 이력이 붙어 바빠지자 조카와 싸우는 횟수가 점점 늘어났다고 확인해주었다. 그러나 당은 히틀러를 필요로 했다.

"저조차도 그분의 마술 같은 연설에 홀랑 빠졌습니다." 빈터는 진지하게 말했다. "그분이 마음만 먹으면 그분의 매력에서 벗어나는 것은 거의 불가능하죠. 대중은 그분을 사랑합니다. 그분이 계시지 않으면 당은 길을 잃게 될 겁니다. 하지만 결과적으로 그분이 겔리 양과 있는 시간이 훌쩍 줄었죠. 사실 아가씨만 탓할 일은 아닙니다. 아가씨는 갈수록 잠시도 가만있지를 못했고, 그분은 질투가 더욱 심해졌어요."

"사실 질투할 만한 거리가 잔뜩 있기도 했지요." 빈터 부인이 흥분해서 화난 투로 끼어들었다. "좋은 여자는 못 됐거든요."

빈터 씨는 마지못해 수긍했다. "히틀러 님이 안 계실 때 친구들을 많이 끌어들이기는 했던 것 같습니다. 특히 그 키 큰 금발머리 친위대 청년은 겔리 양에게 같이 빈으로 도망가자고 했어요…… 힘러 대장의 부하죠."

"그 사람들을 봤습니까?" 베그가 캐물었다.

"히틀러 님의 '휴식' 후에 채찍과 피를 보듯이 봤죠." 빈터 부인이 새침하게 말했다.

"채찍이라고요?" 놀란 베그가 되물었다. "피?"

빈터가 급하게 끼어들었지만 이미 아내의 입을 다물게 하기에는 늦었다. "히틀러 님이 긴장을 푸는 방법 중 하나입니다. 무거운 책임을 지고 계시니까요. 어깨가 무거운 사람들은 흔히들 그러지 않습니까? 여기 있는 우리 당을 세계가 주목하고 있습니다. 베를린에서 무슨 일이 일어나고 있는지 다들 잘 아시잖습니까."

시턴 베그 경은 최근에 일어난 사건들에 관해 두 사람의 확인을 받고 나서 정중히 감사를 표하고 아파트를 나왔다. 특히 태피 싱클레어는 신선한 공기를 쐬게 되어 기쁘기 그지없는 듯했다.

다시 듀센버그 운전석에 앉은 베그는 헤스에게 더 깊숙한 질문을 던졌다.

"히틀러 씨가 조카를 감시하지 않았는지 말씀해주시겠습니까? 그리고 그가 협박을 받은 일이 있습니까?"

"아하! 제가 정말 적임자를 찾아 수사를 의뢰했군요. 눈치채셨습니까. 불행히도 협박 건 이후로 히틀러는 아무도 믿지 못하게 됐습니다. 네, 돌격대원 두어 명한테 평상복을 입히고 겔리를 감시하게 했습니다만, 별로 쓸 만하지는 못했습니다. 힘러는 친위대 사람을 쓰고 싶어 했어요. 그는 친위대가 더 유능하다고 생각하죠. 어쨌든,

네, 히틀러는 겔리를 감시했습니다. 하지만 그게 전적으로 그의 잘못은 아닙니다."

"협박 건은요?" 태피는 뒷좌석 그늘에 앉아 있다가 더이상 참을 수가 없어서 불쑥 물었다. "당신네 당수가 협박을 받고 있었습니까?"

"2년 전 일입니다. 물론 협박을 한 사람은 그게 협박이라고 하지 않지요, 싱클레어 씨. 히틀러의 해외언론담당 비서관인 푸치가 그 세부사항을 처리했습니다. 푸치는 미국인 혼혈인데 굉장히 활기 넘치는 사람이죠. 우린 모두 그를 좋아합니다. 알프가 진짜 우울할 때 그의 기분을 풀어줄 수 있는 사람은 푸치밖에 없습니다. 농담과 피아노 연주로……."

베그는 슬슬 헤스가 중간중간 길을 잡아주지 않으면 삼천포로 빠지기 쉬운 사람임을 깨달았다. 베그는 정차한 트램 뒤에서 차의 속도를 늦추고 추월 신호를 보냈다. 천천히 그는 액셀을 밟은 발에 힘을 주었다. "푸치라고요?"

"애칭이죠, 당연히. 푸치 한프슈탱글은 하버드대 출신입니다. 예술 전문가죠. 뮌헨에 갤러리를 가지고 있습니다. 그의 회사에서 히틀러와 슈트라서, 룀, 괴링 그리고 저와 다른 유명 나치당원들의 공식 초상화를 출간하고 있어요. 당시 저희는 가난해서 탈탈 털어도 그 돈을 모으기 힘들었어요, 하여간, 푸치가 협박범에게 돈을 전달하고, 문제의 물건을 받아왔습니다. 아마 별 대단한 것도 아니었을 겁니다. 하지만 물론 그 사건 이후로 알프의 신뢰도는 많이 추락했지요."

"한프슈탱글 씨는 바바리아 호텔에서 자주 한잔하시죠?"

헤스의 숱 많은 눈썹이 거의 이마선에 닿을 정도로 치켜올라갔다. "맙소사, 시턴 경! 듣던 바대로 진정 천재십니다. 놀라운 추리력이군요. 최근의 사건들 때문에 푸치의 미국인다운 자연스러운 생기가 다 빠져나가버렸습니다. 저희가 실제로 권력을 얻기 시작한 후로는 정말 편할 날이 없었거든요. 좀 바람둥이 기질이 있긴 해도, 착하고 충직한 친구죠."

그것을 끝으로 베그는 더이상 질문하지 않았다. 그는 변명하는 듯한 표정으로 태피 쪽을 힐긋 쳐다봤는데, 그도 그럴 것이 푸치의 술버릇에 대한 정보는 그가 몹시도 사랑하는 '가십란'에서 건진 것이기 때문이었다. 그는 헤스에게 한 바퀴 드라이브하면서 잠시 사건에 관해 숙고해보고 싶다고 말했다. 헤스는 초조함을 드러냈지만, 이 영국인 탐정에 대한 존경심에 이내 지켜야 할 예의를 상기했다. 헤스는 브라운하우스 앞에 내린 후 발뒤꿈치를 맞부딪어 인사했다. 베그는 최고급 로드스터의 깃털처럼 가벼운 핸들을 돌려 다시 뮌헨의 중심부로 향했다.

4. 두려움과 떨림

늘 그러듯 태피 싱클레어는 베그의 비범한 기억력에 놀라움을 금치 못했다. 한 치도 틀림없이 정확한 시내지도를 스스로 그려내어 마치 평생을 이 도시에서 살아온 것처럼 뮌헨 구시가지의 구불구불한 길을 돌리의 육중한 보닛이 자유자재로 꿰고 다닐 수 있도록 만드는 기억력이었다.

이내 두 사람은 바바리아 호텔 주차장에 듀센버그를 안전히 주차시키고, 호화로운 우단과 놋쇠로 장식된 옛날식 호텔 바로 어슬렁어슬렁 들어갔다. 확실히 바바리아 호텔은 저녁 8시면 양서를 펴들고 잠자리에 드는 것을 선호하는 사람들이 애용하는 곳이었다. 저쪽 구석의 무대에서 야자수와 커튼에 반쯤 가려 잘 보이지 않는 구식 오케스트라 앙상블이 연주하는 프란츠 레하르의 음악에 맞춰 춤추는 한 쌍의 중년 부부를 제외하면, 넓은 바에는 사람이 거의 없었다. 어두운 테이블에 멋진 청년들이 앉아 있었는데 두 번 흘긋 보고 나서야 실은 멋진 아가씨들임을 깨달았다. 나이 든 웨이터 두 명이 졸린 눈을 하고 벽에 기대어 있었고, 바에는 신식 재즈 파티에 가려다 길을 잃은 듯 모던한 차림의 젊은 커플 두 쌍이 앉아 있었다. 그 커플들과 최대한 멀리 떨어져 혼자 고꾸라져 있는 남자는 펑퍼짐한 영국식 트위드 외투를 입은 거인이었는데, 괴물처럼 커다란 손으로 보듬고 있는 술잔이 너무 앙증맞아 보였다.

거대하고 창백한 두상과 고르지 못한 이목구비, 기다란 얼굴에 나타난 침통하고 우울한 표정 때문에 외로운 술꾼은 어쩐지 웃겨 보였다. 두 사람이 들어서자 거인은 호기심에 고개를 들었다. 베그는 지체 없이 자신과 동료를 소개했다. "히틀러 씨의 해외언론담당 비서관이시죠. 요즘은 베를린에 너무 자주 가시는 것 같습니다. 저희는 당신네 보스의 결백을 입증하기 위해 고용되었습니다."

'푸치' 한프슈탱글은 베그가 자신의 이름을 알고 있다는 것에 그리 놀라지 않은 눈치였다. 그는 인사조로 한 손을 들어 보이고는 다시 술잔을 잡았다. "《타임스》에서 오신 양반들?" 그는 교양 있는 미국식 억양의 영어로 말했다. 술에 취한 상태임이 틀림없었다. "내 당신네 동료들에게 말했지,《타임스》에서 오면 이게 정말로 국제적인 이야깃거리가 될 징조라고." 그는 땅이 꺼져라 한숨을 푹 내쉬더니 2미터에 이르는 거구를 똑바로 세웠다.

"온갖 억측이 신문들에 난무하지 않도록 애쓰신 모양이더군요."

"어떻게 생각하시오, 친구들?" 한프슈탱글은 술잔을 던지듯 내려놓고 손가락을 튕겨 잔을 채워달라고 주문했다. "득 될 게 하나도 없지, 무엇보다 알프 본인한테는. 알프는 말하자면 침대 밑에 기어들어가서 나오려들지를 않고. 그리고 지금 나는 말을 너무 많이 하는군. 슈냅스나 듭시다!" 그는 다시 손가락을 튕겨 웨이터를 불렀고, 문 뒤로 사라졌던 웨이터는 잠시 후 바에 나타나 주문을 받았다. 베그와 태피는 주문을 맥주로 바꾸었지만 한프슈탱글은 알아차리지도 못했다.

"저희는 신문사에서 온 게 아닙니다." 주문한 술이 나오기 전에 베그가 말했다. "헤스 씨가 고용한 사립탐정입니다. 당신이 말씀하시는 내용은 모두 정의를 구현하는 데 사용될 겁니다."

육중한 미국계 혼혈은 이 말을 듣고 안심하는 눈치였다. 그는 품이 넓은 커다란 외투를 느슨하게 풀고 좀더 편히 앉아서 슈트라우스와 레하르의 음악을 들으며 긴장을 풀었다. "기사용이 아니란 말이죠. 약속할 수 있습니까?"

"영국 신사로서 약속드립니다." 베그가 말했다.

한동안 푸치는 나치당의 좋았던 옛날에 관한 넋두리를 늘어놓았다. 그들 몇 명밖에 없던 시절, 히틀러가 감옥에서 풀려나 영웅이 되고, 그의 저서 『나의 투쟁』을 막스 아만이 여기 뮌헨에서 출판했을 때를 회고했다. "우리는 나치 고위층의 사진에 대한 권리를 갖고 있고, 아만이 그들이 쓴 글을 출간합니다. 실상 그게 우리 사업의 대부분을 차지하죠. 이번 스캔들 때문에 우린 망할 수도 있어요." 선거에서 당이 승리를 거두자 책 판매가 수직상승했다. 『나의 투쟁』은 이제 베스트셀러였고, 프린츠레겐스부르크 가의 아파트나 메르체데스를 굴리는 비용은, 한프슈탱글의 주장에 따르면, 무슨 비밀자금이 아니라 책의 인세로 번 돈이었다. 그는 베그나 태피가 묻지도 않은 질문에 길게 설명을 늘어놓았다. 그리고 시턴 경이 의미심장한 질문을 던지자 꽤나 놀라면서도 자신이 탐정에게 아무것도 숨길 필요가 없음을 기뻐했다. 베그와 태피의 정체를 마침내 깨닫게 된 것이었다.

"사람들이 얘기하던 대로 진짜 일급 명탐정이군요." 한프슈탱글이 말했다. "섹스턴 블레이크*가 지나치게 부풀려진 얘기라는 건 알지만, 당신은 놀라울 정도로 그 사람하고 닮았는데요.「비취 해골 사건」 아십니까?"

블레이크는, 당연히, 시턴 베그 경의 정체를 숨기기 위한 가명으로, 잡지《유니온잭》의 '섹스턴 블레이크 시리즈'에 인기리에 연재되고 있는 소설, 그리고 2페니짜리 홀쭉이라든가 4페니짜리 뚱뚱이로 불리는 영국의 여타 대중잡지에 실린 소설의 주인공 이름이었다.

"런던의 빈민층 말고도 그런 소설을 읽는 사람들이 있다니 놀랍군요." 베그는 자신이 추리소설을 전혀 읽지 않는다는 점을 강조했다. "말이 났으니 말인데, 그건 어떤 거였죠? 물론 저도 좀 보긴 했

* 19세기 말부터 수많은 영국 작가들의 추리소설과 만화에 등장한 가공의 탐정으로, 한때 셜록 홈스에 맞먹는 인기를 누렸다.

습니다만, 히틀러 씨가 협박당한 그 자료 말입니다. 당신이 가운데서 중개인 역할을 하시지 않았습니까?"

태피 싱클레어는 방금 친구가 일부러 살짝 거짓을 섞어 말했음을 눈치챘다.

"도대체 뭘 더 알고 싶으신 겁니까? 그 끔찍한 걸 직접 봤다면서……"한프슈탱클은 미간을 폈다. "아, 알았습니다. 용의자들을 지워나가야겠죠. 알리바이를 찾고 계시는군요." 그는 술을 한 모금 마셨다. "뭐, 저도 중간에서 거래를 성사시키긴 했죠. 돌격대원 중에 마음에 들지 않는 일에 휘말린 병장이 하나 있었습니다. 이름이 브라운인가 그랬어요. 그는 협박범이 누구라고 꽤나 자신 있게 지목했는데, 그 말을 듣고 놀란 사람은 아무도 없었습니다. 그렇다고 맞장구를 쳐준 사람도 없지만요. 성 예로니모회의 미친 늙은이였습니다. 슈템플레 신부 말입니다. 성 예로니모회의 수도사가 어떻게 풍기문란한 뮌헨의 맥줏집에서 그렇게 오랫동안 술을 퍼마실 수 있는지, 슈템플레 신부처럼 말이죠, 저도 잘 모르겠습니다만, 하여간 그렇게 된 거죠. 슈템플레에게는 당연히 열성 추종자들도 있습니다. 작가나 편집자들이겠죠. 아만 밑에서 일한 적도 있으니까."

"출판업자 아만?"

"아만을 아십니까? 웃기는 놈이죠. 도무지 정이 안 붙어요. 히틀러를 지금의 위치까지 밀어올린 사람입니다. 내가 보기엔 아만이 히틀러의 인세를 속였을 수도 있어요. 만약 그가 몰래 부정행위를 저지르고 있었다면? 겔리가 뭔가 발견했을 수도 있잖겠습니까? 어떻게 생각하세요?"

"겔리 양이 너무 많은 걸 알고 있었다는 뜻입니까?"

"뭐," 한프슈탱글은 바 안쪽에 걸린 커다란 시계를 흘끔 쳐다보 았다. "아주 순진한 여자는 아니었잖습니까? 그 편지들 하며! 추접 스럽게시리. 하지만 그 사진이 더 끔찍했죠. 내 실수였어요. 호기심 에 그만…… 보지 않았으면 좋았을걸." 그는 땅이 꺼져라 한숨을 내쉬었다. "아시다시피 당 자금으로 협박범이 요구하는 돈을 지불 했습니다. 그 사진은 정말이지 역겨웠어요. 내가 태워버리겠다고 했는데 그는…… 알프는 돌려받고 싶어 하더군요."

오케스트라가 폴카를 연주하기 시작했다. 무대에 있던 커플은 박자를 쫓아가지 못했다. 베그는 연주자들이 삐딱선을 탔나 유심 히 살폈지만 딱히 그런 징후는 보이지 않았다.

한프슈탱글의 혀는 멀쩡할 때도 발음이 그다지 명확한 편은 아 닌 것 같은데, 지금은 점점 혀가 풀렸다. "그 사건 이후로는 모든 게 예전 같지 않았죠. 히틀러는 변했습니다. 다 조금씩 틀어졌어요. 그 슈템플레라는 미친 노인네한테 물어보십시오. 틀림없이 그 노인네 만 아는 내막이 뭔가 있습니다……."

"근데 그 은둔자는 어디 가면 만날 수 있습니까?"

"뭐, 자기 오두막에 있겠지요. 저 밖의 뮌헨 숲속에." 그는 문 쪽 을 휙 가리켰다. "2마일쯤 가면 됩니다. 지도 갖고 있습니까?"

태피가 지도를 꺼냈고, 한프슈탱글이 가는 길을 표시해주었다. "저도 같이 가드리고 싶습니다만, 지금은 좀 신변이 불안해서요. 이 미 무차별 난사를 받은 적도 있고. 조심하세요. 요즘 숲속에는 노 숙자들이 바글바글합니다. 낯선 사람은 위험할 수도 있어요. 심지 어 지역주민들한테도 총을 겨누고 강도짓을 하는데."

베그는 한프슈탱글과 악수를 나누고 정중히 감사를 표했다. "마지막으로 한 가지만 묻겠습니다, 한프슈탱글 씨." 그는 주저하며 말을 꺼냈다.

"물어보십시오," 하고는 한프슈탱글이 덧붙였다. "편하게 '푸치'라고 부르세요."

"겔리 라우발 양을 누가 죽였다고 생각하십니까?"

한프슈탱글은 시선을 내리깔았다.

"짐작하시는 바가 있는 걸로 압니다." 베그가 말했다.

한프슈탱글은 고개를 들고 베그에게 담배 한 개비를 권했지만 베그는 거절했다. "그 신경질적이고 예민한 아가씨를 죽인 범인이요? 히틀러만 빼면 누구든 가능하죠."

"그래도 짐작하는 바가 있으시죠."

한프슈탱글은 잔을 비웠다. "뭐, 그 아가씨가 친위대 녀석을 만나고 있긴 했는데……"

"이름은?"

"이름은 모르고, 둘이 같이 빈으로 뜰 궁리를 했던 것 같아요. 물론 히틀러는 다 알고 있었죠. 아니 최소한 자기가 모르는 꿍꿍이가 있다는 건 짐작하고 있었습니다."

"그리고 겔리 양을 죽음으로 몰아넣었고?"

한프슈탱글은 냉소적으로 코웃음을 쳤다. "아, 아니죠. 그는 그럴 만한 배짱이 없어요." 한프슈탱글의 안색이 백짓장처럼 하얗게 변했다. "그럼 누가……?" 베그가 질문을 마치기도 전에 한프슈탱글은 양해를 구하고 뭘 잘못 먹은 사람처럼 문밖으로 향했다.

"저 친구 참 안됐군." 베그가 중얼거렸다. "독인지 해독제인지 가려낼 수 있을 것 같지 않은데……"

5. 배제의 정치학

대략 1시간 후, 태피 싱클레어는 손전등으로 지도를 비추며 한프 슈탱글이 가르쳐준 장소가 어딘지 열심히 찾는 중이었다. 최근 독일의 악화된 경제상황 때문에 주변 숲속은 온통 터전을 잃고 노숙하는 사람들로 북적였다. 뮌헨이라는 도시 자체는 제법 부유해 보였지만, 집을 잃은 사람들은 어떻게든 살아가려고 아둥바둥하면서 외딴 교외 지역과 숲속으로 떠밀렸다. 두 탐정은 모닥불과 그 주위를 돌아다니는 그림자들을 보았지만, 경계심 많은 숲속 사람들은 정체를 드러내지 않았고 베그와 태피가 소리쳐 불러도 통 대답하지 않았다.

"성 예로니모를 섬기는 은둔자가 찾기 힘들게 숨어 사는 것은 충분히 그럴 만한 이유가 있어." 태피 싱클레어가 단언했다. "그래도 여긴 그 옛날에 비하면 동굴도 적고 사람도 별로 없…… 아하!" 태피는 연필로 표시된 곳에 전등 불빛을 비췄다. "이 길로 올라가서 세우게. 저 앞에 오두막이 있을 거야."

자동차 헤드라이트가 밤길을 대낮처럼 밝혔고, 달빛 어린 숲속으로 길고 검은 장대한 그림자를 드리운 건물을 마치 영화 조명처럼 비췄다. 초가지붕에 벽 지지대를 잔뜩 세운 고색창연한 오두막이 드러났다. 큰 굴뚝이 두 개 있고, 아래층에 창문이 세 개, 위층에도 자체 굴뚝이 있는 돌출 지붕창을 포함하여 창문이 세 개 있었다. 전체 건물은 비뚜름하게 기울어진 데다가 수십 군데가 각기 다른 방향으로 내려앉아서 지붕을 덮은 짚마저도 잘 맞지 않는 지저분한 가발처럼 보였다.

"여기겠군."

근처 나무 사이로 움직이는 그림자들을 주시하며 시턴 경은 차에서 내려 잡초가 우거진 길을 걸어가서 오크와 검은 철로 만들어진 낡은 고딕식 대문을 쾅쾅 두드리고 자신이 낼 수 있는 가장 권위적인 어조로 외쳤다.

"문 여십시오! 초시간 수사대입니다! 나오십시오, 슈템플레 신부님! 수사에 협조 바랍니다."

빗장이 갈리는 소리와 철그렁거리는 체인 소리가 시턴 경의 직감을 확인해주었다. 수십 번 접었다 폈다를 뒷풀이한 것 같은 얼굴이, 문틈으로 비치는 등잔 불빛 속에서 그들을 내다보았다. 문에는 여전히 육중한 쇠사슬이 걸려 있었다.

"문 여시죠, 선생님."

두 사람의 얼굴을 보고 심지가 약해졌는지, 잠시 후 걸쇠가 풀리고 문이 천천히 끼익 열렸다.

베그는 슈템플레 신부의 뒤를 따라 촛불을 밝힌 은둔자의 지저분한 소굴로 들어갔다. 안에서는 곰팡이와 묵은 음식, 훈연과 먼지 냄새가 뒤섞인 악취가 났다. 눈길 닿는 곳 어디나 책, 원고, 두루마리가 산처럼 쌓여 있었다. 이 노인이 학자라는 것에는 의심의 여지가 없었지만, 그가 섬기는 것이 신인지 악마인지는 가늠하기 힘들었다. 벽난로의 조그만 쇠살대에서 드문드문 축축한 불길이 미약한 열기를 토하고 있었다.

"아돌프 히틀러 씨와 돈독한 관계시죠, 신부님?" 베그는 더러운 수도복에 면도도 안 한 이 늙은이에게 숨 돌릴 틈도 주지 않았다.

슈템플레 신부는 더듬더듬 입을 열었다. "그렇게 말하기는 어렵습니다. 요즘은 거의 왕래도 없고."

"히틀러 씨가 『나의 투쟁』을 쓰는 데 도움을 주셨지요, 아닙니까?"

늘 그렇듯 베그가 오랫동안 읽고 연구한 것이 빛을 발했다. 수많은 다양한 출처에서 나온, 언뜻 보기에 전혀 상관없는 여러 종류의 직소퍼즐 조각을 한데 짜맞추는 친구의 능력에 매번 자신이 얼마나 감탄해왔는지 태피 싱클레어는 새삼 기억났다.

슈템플레 신부의 얼굴이 붉게 상기됐다. 그는 콧김을 내뿜으며 씩씩거렸다. 냄새 나는 수도복에 샌들을 신은 신부는 사방에 종이가 흩어진 서재를 쿵쾅거리며 돌아다녔고, 비뚤배뚤 쌓인 책들이 무너져 집 안의 모두가 산 채로 매장될 것 같았다.

"도움을 줬다고? 그 무식한 참호 속 개새끼를, 빈의 변태소굴 출신 쓰레기를 내가 도와준 거라고? 그놈을 도왔다고? 그 책은 내가 다 쓴 거요. 출판업자가 나한테 손 좀 봐달라고 갖고 온 초고는 읽을 가치도 없는 물건이었지. 막스 아만한테 물어보시오. 다 확인해줄 거요. 아만하고 히틀러는 그 때문에 사이가 틀어졌어. 지금은 십중팔구 룀과 그 일당한테 넘어가서 헛소리를 해대겠지만. 내 주장은 티끌 한 점 없이 순수한 최선의 것이지. 아무렴, 나는 유태인 문제에 대해 훨씬 더 다층적인 분석을 제시하고 있으니까. 히틀러가 한 거라곤 자기연민에 빠져 찡찡거린 것밖에 더 있나. 수년 동안 아만은 그 책을 별로 열심히 팔지 않았지. 물론 지금은 날개 돋친 듯 팔리지만. 근데 내가 인세로 단돈 1페니라도 받은 줄 아시오?" 늙고 지저분한 수도사는 걸음을 멈추고 비틀거렸고, 파안대소 비슷하게 얼굴을 일그러뜨렸다. "물론, 사람들이 그 살인에 관해서 알게 되면 더욱더 잘 팔리겠지……."

베그는 여기서 비위가 상했다. 그는 주머니에서 큰 손수건을 꺼내 코를 풀었다. "히틀러 씨가 그 여자를 죽였다고 생각하십니까?"

"히틀러가 그 정도 위인까진 못 된다고 다들 생각하는 것 같던데요." 태피가 낮게 말했다. "일단 신체적으로 그리 힘이 센 남자가 아니니까. 게다가 지금까지 알려지기로 그는 평화주의자고……."

슈템플레 신부는 낡은 양피지를 구기면서 벽난로 쪽으로 다가갔다. 왠지 한기를 느낀 모양이었다. "놈이야 자기가 폭력을 싫어한다고 말하고 다니지. 놈이 볼프를 얼마나 잔인하게 다루는지 당신이 봤어야 해. 놈은 남성성을 과시하려고 자기 개한테 늑대라는 이름을 붙였어. 내 생각에 놈은 어떤 폭력이든 휘두를 수 있는 남자요."

태피 싱클레어는 앞으로 나갔다. "그 사진과 편지는 뭡니까? 협박 시도는요?"

"오, 놈은 이제 그걸 협박이라고 부르나? 나는 그저 내가 한 일에 대한 공정한 배상을 요구한 것뿐이오……." 슈템플레는 벽난로의 불을 노려보았고, 불은 공감하듯 깜박거렸다.

"그 자료를 지금도 갖고 계시다면, 제가 적임자의 손에 들어가도록 조치를 취하겠습니다. 그렇다면 재판이 히틀러에게 불리하게 돌아가지 않을까요?"

슈템플레 신부는 코웃음을 쳤다. 신이 난 것처럼 들렸다. "아주 작살이 나겠지, 정말로……."

"그 자료가 여기 있습니까?"

신부는 점점 교활해졌다. "원본은 다른 곳에 안전하게 두었소. 하지만 사본은 기꺼이 보여드리리다."

"그렇게 해주시면 100파운드를 드리지요." 시턴 경이 딱 잘라 말했다.

그 말에 노인의 몸놀림이 민첩해졌다. 그는 사다리를 타고 올라가 액자를 치우고 복잡하게 뭔가 딸깍이더니, 다시 전 과정을 역으로 반복했다. 사다리를 내려온 노인의 손에는 봉투가 하나 들려 있었다. 베그는 노인에게 미리 준비해온 빳빳한 25파운드짜리 지폐 넉 장을 건넸고, 태피는 봉투를 받아서 아무 생각 없이 첫번째 사진을 꺼내 보고는 얼굴빛이 샛노래졌다. 그는 사진을 도로 봉투에 집어넣고 입을 막았다.

"하느님 맙소사, 베그! 도저히 알 수가 없군! 어떤 여자가 이런 일을 함께하겠나? 어떤 남자가 이런 걸 요구하는 거지?"

이제야 태피는 왜 앙겔라 라우발처럼 어린 아가씨가 노이로제에 걸릴 수밖에 없었는지, 왜 한프슈탱글이 그렇게 서둘러 술집을 나갔는지 이해할 수 있었다.

슈템플레의 구부정한 몸뚱이는 기쁨으로 떨렸다. "대중의 뇌리에 남기고 싶은 모습은 아니지, 응? 사드 후작의 작품에 훌륭한 삽화가 될 것 같지 않소? 내 몫의 인세를 달라는 요구는 아주 소박한 거였지. 당신이 이미 아돌프를 대리하는 것 같으니, 그에게 가서 전하시오, 사진의 원본은 훨씬 더 비싸다고!"

"저는 아직 협박범의 심부름꾼이 아닙니다, 슈템플레 신부님." 베그는 부드럽게 반박했다. "안녕히 주무십시오."

베그는 휘어진 상인방 아래로 허리를 숙이고 나와 차가 있는 곳으로 향했고, 태피 싱클레어는 그보다 한발 앞서 나갔다. 그때 두 남자는 누군가 차 옆에서 억지로 문을 열려고 하는 모습을 보았다.

태피는 격노하여 일갈하며 악취 나는 도둑을 격투 끝에 붙잡았다. 그러나 도둑 패거리는 최소 10명이 넘었다. 그들은 어둠 속에서 모습을 드러내고 곤봉과 주먹을 흔들어대며 동료를 구하러 왔다.

베그는 거의 모든 형태의 몸싸움에 능숙했다.

"잠깐 그놈 좀 붙잡고 있게, 친구." 베그는 조심스레 모자를 벗어 놓고 나서 싸움에 끼어들었다.

도우러 온 놈들 중 몇몇이 금세 바닥에 뻗었다. 다른 놈들이 다시 패거리를 이루며 위협을 가했다.

그때 갑자기, 베그의 머리 바로 옆 나무에서 날카로운 픽 소리가 났고, 고성능 모제르총의 독특한 금속성이 들렸다. 부랑자들은 그 총소리에 익숙한 듯 순식간에 나무들 사이로 흩어졌다. 태피는 놈들을 쫓으려 했지만 베그는 싱긋 웃더니 모자를 다시 쓰고 친구를 재촉하여 차에 탔다.

"달리 우리한테 해를 끼칠 사람은 없네, 태피. 어쨌든 계속 움직이는 게 현명하겠군."

훌륭한 자동차가 주는 쾌적한 편안함 속에서 태피는 총소리에 대한 두려움보다 그 사진 때문에 더 화가 나고 거북했다. 그는 연신 역겨움을 터뜨렸다.

"어떻게 여자한테 그런 짓을…… 아니 도대체……?"

"제정신인 사람이 기꺼이 할 만한 체위는 아니지." 베그는 동의했다. 그는 차를 돌려서 짧은 진입로를 내려가기 시작했다. "지역 경찰서에 전화를 한 통 넣어야 할 때가 아닌가 싶은데, 어떤가?"

6. 연방요원

사실상, 굳이 경찰서를 찾아갈 필요도 없었다. 두 사람이 호텔 로비에 도착하여 프런트에서 방 열쇠를 찾자마자, 소파에 앉아 있던 보기 드문 미인이 일어나서 미소를 띠며 그들에게 다가왔다. 여인은 시턴 경에게 장갑 낀 손을 내밀었고, 그녀의 요염한 붉은 입술과 세련되게 웨이브를 준 짙은 빨강머리는 초록색 이브닝드레스와 잘 어울렸다.

시턴 경은 허리를 굽혀 그녀의 손에 키스했다. 물론 두 남자는 첫눈에 여인을 알아보았다. 한때 그녀는 수단과 방법을 가리지 않는 무자비한 승부사였으나, 베그와 연애를 하고 나서는 그의 든든한 우방으로 변모했고, 현재는 프리랜서로 일하고 있었다. 베그와 달리 그녀는 자신의 능력을 높이 사주는 곳이라면 어느 나라든 가리지 않고 의뢰를 받았다.

여인은 손가방에서 금속 휘장이 달린 조그만 수첩을 꺼냈다. 두 탐정이 수첩을 흘깃 보고 나자, 여자는 재빨리 그것을 도로 제자리에 넣었다.

"친애하는 폰 베크 백작부인," 시턴 경이 목소리를 높여 말했다. "뮌헨에 계시는 줄 몰랐습니다. 이 호텔에 머무십니까?"

"가까운 곳에 있지요, 시턴 경. 그런데 최근에 제 사촌을 보신 적이 있으신가요?"

이것은 사전에 정해둔 암호였다. 로즈 폰 베크 백작부인이 긴히 비밀리에 얘기하고 싶은 것이 있다는 뜻이었다. 베그는 곧장 일행을 멀찍이 떨어진 응접실로 안내하고, 차를 주문한 후 문을 닫았다.

다들 자리에 앉고 차가 준비되자, 시턴 경은 긴장을 풀었다. "자, 로즈, 우리는 같은 사건을 맡고 있는 것 같군요. 그쪽 의뢰인이 누군지 말해줄 수 있습니까?"

여성 모험가는 예의 매력적인 미소로 응수했다. "당신이 숨기지 않는다면 나도 숨길 게 없지요, 시턴. 독일연방정부 특수정치국이에요. 지역경찰을 지원하기 위해 베를린에서 여기로 파견됐어요. 히틀러 씨가 다음 세상을 위한 구세주고, 유태인들은 메시아를 추방한 죄로 지옥에 갈 운명이라는 의견에 경찰은 동의하지 않더군요. 지금까지 괜찮은 경찰들 다수와 매우 영리한 신문기자 몇 명을 만나고 왔어요."

"그럼 우린 이 사건에서 서로 반대편인 셈이군요. 그럼 당신은 겔리 라우발 양의 살인범을 알고 계시다?"

로즈는 의뭉스럽게 드레스덴 찻잔에 담긴 홍차를 한 모금 마셨다. "우린 더 폭넓은 정치적 제휴관계로 일해왔잖아요."

"하지만 우리가 알아야 할 것은 이번 사건의 정황과 해법이 전부 아닌가요?" 태피 싱클레어가 끼어들었다.

"물론 그렇죠, 싱클레어 씨. 하지만 정부의 우선순위가 늘 우리의 우선순위와 동일한 건 아니에요." 로즈는 그의 심기를 건드리지 않도록 부드럽게 말했다. "라우발 양의 죽음이 이 시대의 징후까지는 아니더라도 상징이라고 볼 수는 있겠지요. 저도 동의해요. 하지만 지금 이 시점에서 저희는 국가사회주의자들이 국회에서 상당수 의석을 차지했다는 점에 우려를 표하고 있어요. 대규모 무장 지지 세력도 존재하고. 저희는 지금 '내전'을 염두에 두고 있어요. '사건의 배후에는 여자가 있다' 식의 게임은 제 전문이 아니어서."

태피는 나직한 말로 정중히 사과하고 이젠 물러날 때인 것 같다고 말했으나, 베그가 그를 붙잡았다.

"오늘 저녁엔 자네 도움이 필요해질 것 같군, 친구."

"오늘 저녁에?"

"미안하지만 그렇다네."

태피 싱클레어는 다소 머뭇거리며 얼그레이 한 잔을 새로 따랐다.

"당신이 현장에 도착했을 때 시신은 그대로 아파트에 있었습니까?" 베그는 옛 연인에게 물었다.

"《타게블라트》 신문의 힌켈이 우리한테 연락했어요. 그는 이곳에 파견된 요원 중 최정예지요. 그래서 베를린에서 특급열차를 타고 이곳에 도착해 겨우 시신을 볼 수 있었어요."

"타살이 확실합니까? 방법은? 전문 저격수가 창문으로 쏜 건가요?"

로즈는 확실하다고 딱 잘라 말했다. "그렇게 복잡할 거 없어요. 라우발 양이 스스로 심장을 쏜 것처럼 보이게 누군가 어설픈 위장을 한 거죠. 히틀러의 총은 손쉽게 손에 넣을 수 있었고, 옆에 있던 카나리아 시체는 그녀가 하루 종일 갖고 다니던 건데 자살했다는 인상을 극대화하려고 연출한 것이 틀림없어요. 그래봤자 총알이 들어간 각도가 맞지 않아요. 누군가 그녀를 쏜 거예요, 시턴, 그녀가 바닥에 누워 있을 때…… 십중팔구 성관계 도중이겠죠. 반쯤 옷을 벗고 있었으니. 분명 사적으로 친밀한 사람입니다. 그리고 히틀러는 확실히 사적으로 친밀한 사이죠……."

"이 사진들을 본 적이 있습니까?" 그는 봉투를 건넸다.

"그 가엾은 아가씨가 혼란에 빠진 것도 무리가 아니군요." 산전 수전 다 겪은 백작부인마저도 그 사진을 보고 움찔했다. "아마도 자살로 몰아가려고 압박을 가했겠지만 통하지 않았겠죠. 결국 누군가 근거리에서 그녀를 쏜 다음 자살처럼 보이도록 그녀의 손에 총을 쥐여줬어요. 다만 그와 반대되는 증거가 너무 많이 나왔던 거죠."

"시신을 한번 볼 방법이 있을까요?" 태피의 건조하고 단호한 어투는 예상치 못한 것이었다.

"드디어 발동이 걸렸군. 가볼까, 태피?" 베그는 벌떡 일어났다. "자, 백작부인. 영안실로 안내하시죠, 가급적 빨리!"

폰 베크 백작부인은 활달하게 응낙하고는 곧바로 태피가 열어준 문 쪽으로 발걸음을 옮겼다. 돌리는 여전히 밖에 세워둔 상태였기 때문에 탐정들은 바로 뮌헨 경찰청으로 출발할 수 있었다.

백작부인은 벌써 경찰청에서 자신의 입지를 확고히 다져놓은 상태였다. 그녀는 거침없이 건물 안으로 들어가 '호프만 형사'라는 명패가 붙은 방으로 그들을 안내했다. 붉고 동그란 얼굴의 형사는 그들의 명성을 익히 들어 알고 있다며, 더할 나위 없이 존경한다고 호들갑을 떨었다. 그러고는 돕게 되어 영광이라고 말했다.

"어쨌든," 일행이 모두 자리에 앉자 화통한 바이에른 남자가 말했다. "제가 말씀드리고 싶은 점은, 저는 히틀러가 매우 지저분한 싸움을 하다가 라우발을 죽였다고 확신한다는 겁니다. 그러나 당신의 의뢰인에게는 다행히도, 시턴 경, 히틀러는 아주 훌륭한 알리바이를 갖고 있지요. 수십 명의 목격자들이 히틀러는 살인을 저지를 수가 없었다고 증언할 겁니다. 헤스는 어떨까요? 어떻게 생각하십

320

니까? 시턴 경에게 연락을 취한 사람이 헤스였죠?"

그들 모두는 헤스를 용의선상에서 제외해야 할 것 같다고 의견을 모았다. 그도 그럴 것이, 당 간부들 중 분명한 동기가 있는 사람은 아무도 없었으며 다들 알리바이도 완벽했다. 킬러를 고용했을까? 베그는 여전히 히틀러가 살인범이라고 확신하는 호프만에게 넌지시 그런 생각을 흘렸다. 다른 연인이 있었을까? 수수께끼의 인물들이 막연하게 겔리 주변을 왔다 갔다 한 것으로 보고됐지만, 당연히 겔리는 그들의 존재를 떠벌리고 다니지 않았다.

"커피 드시겠습니까?" 호프만 형사가 벨을 눌렀다.

커피를 마신 후 호프만은 그들을 시체안치소로 안내했다. 타일을 붙인 깨끗한 현대식 안치소는 냉동 캐비닛과 해부대와 최신 분석기기가 갖추어져 있었다. 태피는 훌륭한 설비에 감명을 받아 찬사를 아끼지 않았다.

"여기에 비하면 스코틀랜드 야드*는 정말이지 낡아빠진 구식이군요. 이런 분야에서는 독일인을 따라갈 수가 없어요."

그 말에 호프만 형사는 확연히 기분이 좋아졌다.

"실용적인 과학이자 절묘한 예술입니다." 태피는 중얼거렸다.

호프만 형사는 자랑스럽다는 듯 영안실을 가로질렀다. "이걸 보셔야 진가를 아실 수 있습니다." 그는 일련번호가 주르륵 적힌 스위치 패널로 다가갔다. 그가 스위치를 살짝 건드리자, 마술처럼 서랍 하나가 스르륵 열리기 시작했다!

"전자기술의 경이로군요!" 베그가 감탄했다. 그리고 그 서랍 속

---

* 런던 경찰청의 별칭.

에 히틀러의 정부의 육신이 누워 있다는 것을 알고 튀어나온 철제 박스 쪽으로 성큼 다가갔다.

시신을 검사하면서 베그의 표정은 깊은 연민으로 바뀌었다. 태피조차도 시신에 조의를 표하며 물러섰다. 베그는 피부를 만져보고 상처를 자세히 살핀 다음, 미간을 찡그리고 얼어붙은 입술에 키스하듯 허리를 굽혔다.

베그가 역겨움에 콧잔등을 잔뜩 찡그리고 허리를 폈을 때, 태피는 충격으로 얼어붙어 말이 나오지 않았다.

"자네 생각을 한번 확인해보게, 태피."

태피 싱클레어가 시신을 검사한 후, 호프만은 스위치를 눌러 번쩍이는 스테인리스 캐비닛 안에 임시 관을 도로 집어넣었다.

"이 사건에서 당신과 우리가 서로 반대편이라는 점은 알고 있습니다, 시턴 경." 호프만 형사가 말했다. "하지만 용의자가 마조히스트라는 점은 확실합니다. 히틀러 씨 말입니다. 고용된 킬러라고요? 공산주의자들? 수수께끼의 연인? 그런 사람들을 저희가 무슨 수로 찾습니까? 빈터 부부는 한 사람을 애인이라고 지목했지만, 그밖에도 애인이 여럿 있었음을 암시했지요. 어쨌든 빈터는 법정에서 우리 측에 유리하게 증언하지 않을 겁니다. 이런 얘기를 흘려봤자 저희한테 좋을 건 없겠죠. 하지만 저는 당신의 분석력을 알고 있습니다, 시턴 경. 그리고 정의를 향한 갈망도요."

"그리고 정신분석학에 대해서도 좀 알고 계시겠지요?" 태피가 불쑥 끼어들었다.

"물론이죠. 저는 빈에서 처음 공부했습니다. 제가 보기에 이 히틀러 건은 아버지뻘인 후견인과 따분해하는 어린 피후견인의 고전적인 사례입니다. 아버지는 점점 강박적으로 집착과 소유욕을 보이죠. 그가 그렇게 나올수록 여자는 자신이 아는 유일한 방법, 마음 가는 대로 주는 일로 자신의 처지에서 벗어나려 합니다. 차례대로 일이 진행되는 거죠. 여자를 매시간 감시할 수 없는 아버지는 그런 일이 아예 일어나지 않았던 양 행동합니다. 딸은 점점 대담해져요. 그러다 상황은 더이상 누구도 간과할 수 없을 정도가 되고, 여자의 연애는 공통의 가십거리가 되면서, 기어이 억눌려 있던 남자의 에고가 팡 터집니다……" 그는 돌아서서 베그를 보았다. "시신의 얼굴과 어깨에 난 상처들을 보셨죠?"

"똑똑히 봤습니다." 탐정이 말했다.

"놈은 저 가없은 아이를 시퍼렇게 멍이 들도록 때렸더군요!" 태피는 끓어오르는 분노를 주체하지 못했다. "당신 말대로 두 사람이 싸우던 와중에 히틀러의 총이 등장한 겁니다. 그다음 상황은, 빵! 여자는 카펫 위에 쓰러져 죽은 거죠."

"치정살인이라고요?" 로즈 폰 베크가 말했다. "그럴지도 모르죠. 하지만 나는 여자가 용의자의 정치적 계획 못잖게 성생활에 대해서도 너무 아는 게 많았다고 생각하고 싶군요. 곧 선거가 다가옵니다. 여자는 협박을 시도하고, 두번째 협박 때 이 사건이 벌어진 거죠. 여자가 첫번째 협박 시도의 배후였을까요? 하여간 남자는 폭발합니다." 로즈는 손바닥을 내밀며 손을 폈다. "명약관화한 일이에요." 로즈는 주먹을 쥐었다. "아돌프 히틀러 씨가 이런 가학 성향의 일에 연루된 것이 이번이 처음은 아닐 겁니다."

호프만은 고개를 끄덕였다. "그게 입증된다면 히틀러의 적들은 얼씨구나 길거리에서 춤을 출 겁니다. 놈이 힌덴부르크 장군을 꼬드겨 조금이라도 양보를 얻어낼 가능성은 순식간에 사라지는 거죠. 장군은 이미 놈을 벼락출세한 뜨내기로 여기고 있습니다. 그래서 놈은 알리바이를 만들기 위해 그 먼 길을 가야만 했던 거죠."

베그는 그 말을 듣고 불편해졌다. "당신은 히틀러 씨를 매우 미워하는 것 같군요." 그가 말했다. "그리고 원래 보수당원이신 것 같습니다만."

"저는 볼세비즘을 혐오합니다." 호프만은 번쩍거리는 파일 캐비닛에서 필요한 서류를 찾고 있었다. "또 저는 가톨릭 교인이기도 해서, 나치의 반종교적인 발언들, 특히 유태인에 대한 적대감은 저로서는 참고 봐주기가 힘듭니다. 유태인들은 우리나라에서 가장 법을 잘 지키는 사람들입니다. 저는 히틀러가 여자를 살해한 범인이라는 것을 알아요. 다만 문제의 알리바이가……."

"그가 집으로 돌아와서 범행을 저지른 다음 다시 뉘른베르크로 갈 수 있는 방법은 전혀 없습니까?" 태피가 물었다.

"놈이 뉘른베르크에 있었다는 것을 아는 사람이 너무 많아요. 거기서 인기가 제법 많거든요. 만약 무슨 일이 있었다면 금세 알아차렸을 겁니다. 물론, 전혀 다른 차량을 쓰고 변장을 했을 수도 있겠지요. 그 상처들이 총상보다 먼저 생겼다는 점에는 동의하시죠?"

셋은 모두 고개를 끄덕였다.

"이건 어떨까요." 호프만 형사가 말을 이었다. "여자는 너무 아는 것이 많았습니다. 싸움이 일어나고, 총이 나오고, 결국 쏩니다. 미리 계획된 일은 아니었을 겁니다. 그러고 나서 놈은 차를 타고 뉘른베르크로 향합니다. 다음 날 아침까지는 아무도 여자를 발견하지 못하리라 생각하고 자기가 갖고 있던 열쇠로 여자의 방문을 잠급니다. 분명 오래전에 열쇠를 복사해놨을 거예요."

베그는 양해를 구하는 미소를 지으며 그의 말을 받았다. "그러고 나서 여자는 발코니에 모습을 드러냅니다. 여자가 결국 히틀러 씨에게서 대답을 들었다는 점에는 이론의 여지가 없습니다. 심장의 상처에서 흐르는 피를 틀어막고 여자는 소리치죠. '그럼 빈에 보내주지 않겠다는 건가요?'"

"그만하면 충분히 알겠어요." 백작부인이 베그의 다소 적절치 못한 블랙유머를 우회적으로 힐난했다.

"히틀러 씨가 여자를 때렸을 겁니다. 그리고 그의 심복 중 한 명이 되돌아가서 여자를 쐈죠. '성당의 살인'*과 대충 비슷한 상황인가요? 무솔리니가 최초로 저지른 살인도 여기에서 배운 거라고 저는 생각합니다. 지나치게 열성적인 추종자들 말이죠. 그렇다면 누가 그녀를 쐈을까요? 룀? 충분히 그럴 만큼 무자비하고 그 여자를 별로 좋아하지도 않았지요. 힘러? 냉혈한이긴 하지만 당시에는 너무 멀리 있었습니다. 괴링과 괴벨스도 마찬가지죠, 그들이 신분을 숨기고 뮌헨에 돌아오지 않았다는 가정하에서지만." 베그가 말했다.

"그랬다면 우리 요원들이 알아냈을 겁니다." 백작부인이 말했다.

"우리 경찰도 눈치챘을 겁니다." 호프만은 붉게 늘어진 아래턱을 문지르며 단언했다. "브라운하우스에 드나드는 사람들의 행적을 계속 쫓으라는 지시를 받고 있습니다."

"그러면 10명이 넘는 용의자들이 있어도 그들이 범인이라는 증거는 하나도 없는 셈이네요." 태피는 눈썹을 치켜올렸다. "그래도

---

* 중세 캔터베리 대주교 토머스 베켓의 살해를 다룬 영국 극작가 토머스 엘리엇의 희곡.

최소한 여기 두 사람은 히틀러가 범인이라고 확신하고 있군요. 베그, 자네는 어떤가? 자네는 어떻게 생각하지?"

"겔리 라우발 양을 죽인 범인에 대한 윤곽이 잡혀가는 중이네. 동기도 짐작이 가는군. 하지만 여기엔 또다른 요소가 있어." 베그는 잔뜩 인상을 썼다. "내일 아침에 아만 씨의 조용한 은신처가 있는 베르히테스가덴으로 출발해야겠어. 호프만 형사님, 히틀러 씨를 이미 면담수사하셨겠죠?"

"당연히 그가 뉘른베르크에서 오자마자 만났습니다. 충격을 받은 것처럼 보였지만, 아까 말씀드렸다시피 알리바이가 탄탄하니까요. 물론 시턴 경은 그가 하지 않았다는 것을 입증하고 싶어 하실 테고, 상황이 당신 쪽에 호의적이라는 건 인정합니다."

"꼭 그런 것만은 아닙니다. 하지만 현재 상황에서 히틀러 씨에 대한 어떤 혐의도 법정에서 입증하기 어렵다는 점은 당신 의견과 같습니다."

베그는 호프만 형사에게 정중히 작별을 고하고 두 친구를 호위하여 밖으로 나왔다. 거리에 주차된 그의 차는 제복을 입은 순경이 경비를 서고 있었고, 순경은 폰 베크 백작부인을 알아보자마자 경례를 붙이고는 차 문을 열어주었다.

호텔까지는 금방이었고, 그동안 세 탐정은 저마다 알게 된 사실을 각자 반추하느라 거의 말이 없었다.

"내일 당신과 같이 가면 안 되겠지요?" 백작부인이 물었다. "히틀러는 내 의뢰인이 아니니까."

"물론." 베그는 낯선 길에 정신을 집중하며 나직이 말했다. "그리고 아무리 로즈 당신이라도 고객의 기밀은, 적어도 현단계에서는,

신성불가침이라는 데 동의하겠지요."

베그가 시동을 켜놓고 기다리는 동안, 태피는 아름다운 승부사가 그녀가 머무는 호텔의 정문으로 들어가는 것을 배웅했다. 다시 차가 움직이자 태피가 말했다. "백작부인은 히틀러의 목을 매달고 싶어 하는군. 그 점은 확실해. 그리고 자네가 그를 올무에서 빼낼까봐 우려하고 있고. 자네 정말 그의 짓이 아니라고 확신하나?"

탐정은 부적절할 정도로 쾌활하게 말했다. "히틀러와 그의 조카의 살인을 직접 연결시키는 증거는 없다는 점만 말해두지. 배심원단을 설득할 증거가 아무것도 없네. 걱정하지 말게, 태피. 이러든 저러든 정의는 구현될 거야. 이 사건이 끝나기 전에 옛 지인을 최소한 한 명은 더 만날 것 같은 예감이 드는군."

7. 구세주와의 인터뷰

헤스는 듀센버그의 뒷좌석에 앉아 있었다. 그들은 조카를 잃고 깊은 슬픔에 빠졌다는 아돌프 히틀러가 칩거하고 있는 베르히테스가덴의 산장을 향해 몇 시간째 차를 타고 가는 중이었다. 주변 풍광은 드라마틱하면서도 아름다웠다. 높은 언덕과 소나무숲 덕분에 산소가 풍부하고 공기가 상쾌했다.

"총통은 감수성이 매우 예민합니다. 그의 정신은 대부분의 사람들보다 훨씬 수준이 높아요. 총통은 일이 잘 풀리지 않으면 항상 이곳에 오죠. 여기서 몸과 마음을 추스르고 경험에서 교훈을 얻는 겁니다."

헤스의 어조에 묻어나는 영웅숭배는 손에 잡힐 듯 두드러졌고, 두 영국인은 이제 그 모습이 질리도록 익숙해졌다. 태피의 표정은, 헤스가 봤더라면, 그런 얘기에 아주 신물이 났다는 것을 역력히 드러내고 있었다. 그러나 베그는 여전히 싹싹했다.

"간디처럼 말이죠." 그는 추임새를 넣었다.

"어쩌면요." 헤스는 이 비교를 거북해하는 것 같았다.

그들은 구불구불한 도로에서 또다시 커브를 틀었다. 저만치 앞에, 독일인들이 여름을 나기 위해 흔히 짓는 아담하고 예쁜 사냥꾼용 오두막이 보였다. 머리를 밀어버린 듯 완전히 대머리에다 키가 크고 어깨가 떡 벌어진 거구의 사내가 어두운 표정을 짓고 있다가 차가 오는 것을 보고 허둥지둥 문에서 나와 그들을 맞이했다. 그들은 당연히 두 사람이 오는 것을 알고 있었다.

"아." 시턴 베그 경은 차에서 내리며 분명한 목소리로 말했다. "원내대표 슈트라서 씨를 만나 뵙는 영광을 누리다니." 그는 손을 내밀어 굳게 악수했다.

그레고르 슈트라서는 표정이 좋지 못했지만 예의를 아는 남자였다. 그는 교양 있는 부드러운 어조로 말했다. "저희를 도우러 와주셔서 매우 기쁩니다, 시턴 경. 하지만 히틀러 씨가 현재 말씀을 나눌 수 있는 상황이 전혀 못 되는 듯합니다." 그는 거의 못마땅하다는 태도였다. "히틀러 씨는 다시 예의 히스테리 상태가 됐습니다. 위기상황에 늘 이불 속으로 숨는 사람이죠. 여기 온 이후로 침대를 떠난 적이 없습니다. 제게도 말을 하지를 않아요. 룀에게도 거의 입을 열지 않습니다."

"룀 대장님도 여기 계시군요." 베그는 기쁜 표정이 역력했다. "잘

됐습니다. 당신은 히틀러 씨가 유죄라고 생각지 않으시겠지요?”

“저야 물론 확신할 뿐만 아니라 충성심에서라도 그렇게 말할 수밖에 없지요. 히틀러 씨는 조카 분을 사랑했습니다. 물론 그는 소유욕이 매우 강합니다. 제 동생인 오토가 겔리 양을 댄스파티에 데려가겠다고 말했을 때조차 히틀러는 미친듯이 화를 내며 못 가게 했으니까요. 겔리 양에게는 참 안된 일입니다. 금칠한 새장에 갇힌 새나 마찬가지였죠. 히틀러가 대중 앞에서는 좀 격하게 말하는 편입니다만, 겔리 양한테는 자신의 그런 면을 거의 보이지 않았습니다. 그녀를 싫어한 사람은 힘러였죠. 심지어 알프도 그 사실을 알고 있었어요! 하지만 저는 그녀가 자살했으리라 진심으로 생각합니다.”

“아마도 아시겠지만, 경찰 측 증거는 겔리 양의 죽음이 타살임을 말하고 있습니다.” 그들은 정문 앞 베란다에서 발길을 멈추었다.

“설마 그걸 믿으시는 건⋯⋯?” 덩치 큰 정치인의 표정이 불그죽죽해졌다.

베그는 안심하라는 듯 슈트라서의 팔을 잡았다. “겁낼 것 없습니다. 조만간 진짜 살인범에 대해 얘기할 수 있게 되리라 생각합니다. 어쨌든 지금은 정말로 총통과 대화를 나눠야 합니다.”

동물의 머리라든가 가죽 같은 흔한 기념품이 없다는 점만 빼면 산장 내부는 전형적인 사냥꾼의 오두막이었다. 히틀러는 동물에 대한 폭력을 과시하는 장식물을 싫어했고, 집주인은 그런 그의 취향을 잘 알고 맞춰주었다. 모자걸이나 사슴뿔 모양 총걸이, 두툼한 러그와 낡고 편안한 가구들은 친숙하고 안정감 있었다. 중앙 홀에서 넓은 계단을 따라 어둠에 잠긴 2층으로 올라가면 분명 침실로 쓰는 방들이 나올 터였다. 벽난로에선 장작이 활활 타고 있었고, 빙 둘러서 곰과 수사슴과 다른 사냥감 들이 조각되어 있었다. 땅딸막하고 다부진 몸매의 남자가 벽난로에 기대서 있었는데 무시무시한 흉터가 포동포동한 얼굴을 절반 가까이 뒤덮고 있었다. 그는 색깔이 갈색이라는 점만 제외하면 독일 정규군 장교의 제복과 비슷한 옷을 입었는데, 칼라와 커프스와 소매에 나치 문양이 그려져 있었다. 남자는 브랜디를 벌컥 들이켜고는 앞으로 걸어나왔고, 의외로 따뜻하고 풍성한 바이에른 억양으로 그들을 맞았다. 사적인 자리에서 히틀러식 경례를 붙이는 사람은 없었다.

"안녕하십니까, 시턴 경. 우리 당의 천운을 방해하려는 진짜 권력과 맞닥뜨린 듯한데. 어떻게 도움을 주시렵니까?"

"기적을 일으켜주면 많은 도움이 되겠는데." 슈트라서는 두 탐정을 위해 슈냅스를 따르며 말했다.

룀 대장은 코냑을 다시 한입 벌컥 마셨다.

헤스는 유일하게 술자리에 동참하지 않았다. 그는 핑계를 대고 거의 곧장 위층으로 사라졌는데, 아마 그의 오랜 친구인 총통에게 보고를 하러 갔을 것이다.

룀은 술을 마시더니 상태가 더욱 나빠졌다. 몸을 잘 가누지 못했고, 습관성 주정뱅이가 흔히 그러듯 너무 심하게 풀어졌다. 벨트와 단추로 꽉 조인 군복과 끔찍한 외모에도 불구하고 그의 이목구비는 감성이 풍부해 보였고, 걱정이 가득한 눈빛은 그가 하는 말마다 따라붙는 반박을 어느 정도는 예상하고 체념한 듯한 모습이었다. 그는 거친 매력과 충성심과 눈치 없음 덕분에 살아남았을 것이다. 볼리비아에서 돌아온 지 얼마 안 되어 룀이 젊은 사관후보생에게 보낸 애정 어린 소박한 편지들이 황색언론에 공개됐었다. 그래도 룀은 스캔들에서 용케 벗어났고, 지금까지도 그의 남색 취향은 딱히 비밀이 아니다.

"히틀러 씨가 조카 분의 자살에 몹시 상심하신 것 같군요." 베그는 한가롭게 총걸이로 다가가서 무심하게 소총들을 살펴보았다. 그 말에 브랜디 냄새가 밴 폭소가 터졌는데, 가소로워하면서도 동시에 분노를 담은 웃음이었다.

"자살이라고! 당연하오, 시턴 경! 자살이죠! 분명히! 그렇다면 나는 빌어먹을 성모마리아겠네." 많은 이들이 독일에서 가장 힘 있는 사람으로 여기는 나치 돌격대장은 여전히 킬킬거리면서 몸을 돌려 담배꽁초를 난로 속에 던졌다.

"히틀러 씨 본인과 얘기를 좀 해보고 싶은데. 어떨까요?"

다시 헤라클레스 같은 코웃음이 터져나왔다. "행운을 빕니다, 친구. 알프는 엉망진창이오. 당신이 우리보다는 알프한테서 좀더 제정신 박힌 대답을 끌어낼지도 모르지. 그는 전형적인 오스트리아인이죠. 순 말뿐이고 책상물림에다 위기상황에서는 아무짝에도 쓸모가 없어. 무기력하기 그지없지. 그래도 그는 나의 상관이고 그렇게 살아야 하니 어쩌겠소. 나는 원래 철없는 사람이고, 사악한 남자지. 내게 가장 이득이 되는 상관에게 충성을 바치는 사람. 나는 명령을 받드는 평범한 군인 이상이 되기엔 너무 약점이 많아."

"히틀러 씨를 오랫동안 알고 지내셨습니까?" 베그는 나직이 물었다.

"참호전 때부터 알았고, 휴전협정이라는 뒤통수를 맞은 직후부터 그와 운명을 같이했소. 이기기 직전이었는데 유태인들과 사회주의자 놈들한테 안방에서 승리를 뺏긴 셈이었지. 알프한테는 일일이 설명할 필요가 없었어. 우리는 공통점이 많거든. 그는 유능한 잠입자였소. 공산당에 들어가서 놈들이 뭘 하는지 알아내서는 나한테 알려주곤 했지. 사람들은 그가 참호전에서 연락병으로서 보여준 용맹함 덕분에 철십자훈장을 받았다고 생각하지만, 사실 용감함은 그의 덕목이 아니오. 내 생각에 그는 언제나 겁에 질려 있었지. 선택의 여지가 없었거든. 전선을 따라 달리거나 겁쟁이가 되어 총에 맞거나. 그는 항상 폭력적인 상황에서 용케도 잘 빠져나갔어. 물론 군인으로서는 바람직하지 않은 사례지. 잘못된 교훈을 배우게 될 테니까." 룀은 어깨를 으쓱했다. "나는 그가 평생 사람을 직접 쏴야 했던 적이 있었는지나 의심스럽소. 행운을 빕니다, 탐정 양반."

슈트라서는 술에 취하지 않았고 아주 침착했다. 그는 반쯤 비운 잔을 내려놓았다. "총통이 준비가 됐는지 가서 보고 오지요."

그가 계단을 올라가자 태피는 베그에게 속삭였다. "조울증의 전형적인 증상 아닌가?"

2층 계단참에서 루돌프 헤스가 고개를 내밀었다. "저는 귀가 아주 밝습니다, 싱클레어 씨. 우리는 유태인 프로이트의 품위 없는 용어를 거부합니다. 우리 당수의 정신상태를 묘사할 만한 훌륭한 독일의 사례와 완벽하게 들어맞는 독일 용어가 있습니다. 괴테 자신이 직접 몇 가지 용어를 만들었……"

"우리 앵글로색슨 식의 표현으로는 '지랄 맞게 돌았다'고 하죠, 헤스 씨." 태피는 의뢰인을 보려고 고개를 빼들었다. "그게 더 나을까요?"

"어쩌면요." 헤스는 짐짓 거들먹거리며 대꾸했다. "슈트라서 씨, 이제 두 분을 안내해주시겠습니까?"

그레고르 슈트라서는 다소 연극적인 과장을 섞어 두 영국인에게 자신을 따라 올라오라고 손짓했다.

히틀러의 침실은 2층 맨 구석이었다. 방 안에서 희미하게 깜박거리는 초의 불빛이 흘러나왔다. 헤스가 노크한 후 탐정들이 들어갔다. 어둡고 냄새 나는 방 안에는 화장대와 협탁 등 여기저기에 놓인 제례용 노란 밀랍 초가 펄럭이며 타고 있었다. 두 영국인은 곧장 슈템플레 신부의 오두막을 떠올렸다. 화장대의 거울이 남자의 맨다리와 뼈가 앙상한 발을 비췄다. 무릎이 훤히 드러나 보였다. 남자는 황급히 가운 대신으로 레인코트를 걸쳤다.

아돌프 히틀러는 침대 끄트머리에 앉았다. 분명 성화에 못 이겨 방금 전에 겨우 침대에서 일어난 모양이었다. 그는 웅크린 채로 두 손을 포개어 얌전히 모으고 앉았고, 베그와 태피를 소개받으면서도 고개를 들지 않았다. 그때 남자의 목구멍에서 마치 멀리서 터빈이 움직이듯 가느다랗게 우는 소리가 났다.

"싫어, 싫어, 싫어. 못해. 못한다고."

슈트라서가 몇 발짝 앞으로 나왔다. "단 몇 분이면 됩니다, 알프. 이분들이 겔리를 죽인 범인을 찾아주실 겁니다. 그러면 진짜 범인을 처단할 수 있고, 당내의 의혹도 불식시킬 수 있어요. 당신의 정치생명도 살아날 테고."

"나의 천사가 죽었는데, 정치생명 따위가 무슨 상관이람?" 이 부드러운 오스트리아 억양은 예상치 못한 것이었다.

남자가 고개를 들자 잠이 부족한 그의 눈에서 섬뜩한 지능이 엿

보였고, 베그마저 흠칫 놀랐다. 광대뼈에는 낯익은 붉은 반점이 있었고 얼굴은 불안과 걱정으로 핼쑥하게 주름졌는데, 완전히 넋이 나가서 구제할 가망이 없는 것이 이승과 저승의 경계에서나 볼 법한 저주받은 영혼 같았다. 두 남자는 역겨움에 고개를 돌리지 않도록 안간힘을 썼다.

히틀러는 단조롭게 중얼거리기 시작했다. "겔리는 삶을 사랑했습니다. 겔리는 알프 삼촌을 사랑했습니다. 우린 공통점이 참 많았지요. 겔리는 절대 자살했을 리가 없습니다. 누군가 겔리를 쏜 거예요!"

"우리가 조사하고 있는 것도 바로 그겁니다, 히틀러 씨. 의심 가는 바가 있으십니까?"

"당연히, 겔리를 죽인 자가 누구인지 단언할 수 있지만, 무슨 수로 놈들을 정의의 심판대로 끌고 올 수 있을까요? 놈들은 이런 종류의 음모론에는 도가 텄어요. 오, 겔리, 겔리, 나의 완벽한 천사." 여기서 그는 흐느끼기 시작했고, 광기로 번득이는 눈에서 눈물이 뚝뚝 흘렀다. 그는 돌연 힘주어 똑똑히 말했다. "아시다시피 놈들의 다음 목표는 접니다. 놈들은 내 총으로 겔리를 죽였어요. 내가 한 짓처럼 꾸미기 위해서. 그리고 지금 놈들은, 그 반역자들과 파괴공작원들은 어디에 있을까요? 베를린과 모스크바로 돌아갔지요. 절대 놈들을 잡지 못할 겁니다. 놈들은 독가스처럼 흔적 없이 왔다 가죠. 놈들은 나를 죽이지 못하게 되자 가엾은 겔리를 죽였어요. 당신은 시간만 낭비하는 거요, 영국인. 이미 내 생명을 노리려는 치명적인 시도가 몇 번 있었지. 나는 운이 다했어요. 내 두 어깨에는 너무나도 막중한 짐이 얹혀 있습니다. 나는 혼돈과 볼셰비키 유태인들에 저항하는 외로운 목소리입니다."

"진정 무거운 책임을 지고 계시군요!" 시턴 경은 맞장구를 치고 다시 방문으로 향했다. "더이상 시간을 뺏지 않겠습니다, 히틀러 씨."

계단을 내려오는데 히틀러의 방에서 고양이가 우는 듯한 이상한 소리가 계속 흘러나왔다. 헤스가 그의 주군과 함께 머물러 있었다. 슈트라서는 고개를 설레설레 저으며 나직이 말했다. "믿지 못하실 겁니다, 신사 분들. 히틀러는 연단에 서면 완전히 딴사람이 된다니까요."

그들은 난롯가로 돌아왔고, 난로 근처에서 여태 어슬렁거리던 룀은 그 말에 열렬히 동의했다. "히틀러는 대중의 에너지를 먹는 것 같소. 때론 연설을 시작하기 전에 몇 분 동안 연단에 서서 그 에너지를 빨아들이기도 하지. 그는 아무래도 흡혈귀와 동족인 것 같소." 돌격대장은 잔을 단숨에 비우고 한숨을 내쉬었다.

슈트라서가 끼어들었다. "그는 우리가 가진 가장 좋은 카드입니다, 수상으로서 말이죠. 우리 모두 그 사실을 알고 있어요. 그는 대중이 원하고 반응하는 뭔가를 갖고 있어요. 하지만 일단 우리가 권력을 쥐게 되면 그에게 좀더 어울리는 자리를 찾아줄 겁니다. 이를테면 선전부 장관이라든가."

그때 위층에서 조용히 문이 닫히자 그는 흠칫했다.

슈트라서는 목소리를 한층 낮추었다. "며칠 후에 히틀러와 힌덴부르크 수상의 회견이 예정되어 있어요. 우리가 점잖게 행동하기만 하면 힌덴부르크는 알프를 후계자로 지명할 것 같습니다. 하지만 위층에서 보셨다시피, 알프가 계속 저 지경이면 어떤 인상을 주게 될지 빤하지 않습니까. 그러므로, 죄송하게도, 시간이 그리 많지 않습니다, 시턴 경.”

“최선을 다하겠습니다, 슈트라서 씨. 그리고 어떤 도움이든 감사히 받겠습니다.” 시턴 경은 그들에게 작별인사로 악수를 하려고 손을 내밀었다. 그러나 룀은 모자를 집어들고 사슴뿔 옷걸이에서 군용외투를 내렸다.

“뮌헨까지 좀 태워주시겠소. 내 길안내를 해드리리다.”

태피는 신속하게 술에서 깨는 룀의 모습에 감탄했다.

헤스는 당수 곁에 남아 있어야 한다고 했고 슈트라서도 산장에서 하룻밤 묵겠다고 해서 룀이 시턴 경과 함께 앞자리에 앉았고, 태피는 다시 뒷자리의 비할 바 없이 편안한 가죽소파에 몸을 묻게 되었다. 그리고 본의 아니게 꾸벅꾸벅 조는 바람에 룀과 베그가 하는 말을 전부 다 듣지는 못했다.

“겔리의 연인은 한 명밖에 없었지, 그거 아시오?” 룀이 말했다. “아마 겔리를 보호하는 경호 임무를 맡은 자였을 거요. 내 부하들이 계속 감시를 했소. 그녀를 보호하는 경호원은 많았지만, 그놈은 특별했어. 겔리는 그놈한테 아주 푹 빠진 것 같더군. 다른 사람들 말에 따르면 훤칠한 친위대 대위였다지. 금발에 시커먼 선글라스를 항상 끼고 다녔고. 그 살인사건 이후로 시야에서 사라졌더군. 힘러의 스파이라는 말도 있지만, 그는 어느 누구의 명령도 따르지 않는 것 같던데. 알다시피 힘러는 겔리를 싫어했어. 나는 늘 그녀에게 약했지. 나처럼 좀 창부 기질이 있었거든. 겔리는 아마 너무 많이 알았기 때문에 죽었을 거요. 아마 나도 그렇게 되겠지.” 전장의 상처를 간직한 온화한 얼굴에 비해 너무 사납고 난폭한 폭소가 또다시 터졌다.

룀 대장은 그날 밤 브라운하우스에 머물렀다. 그는 껄껄 웃으면서 자기 아파트는 이미 꽉 찼다고 말했다. 두 영국인이 브라운하우스에 룀을 내려줄 무렵에는 해가 저물고 있었다.

"이제 어디로 가지, 시턴? 자러 가나?" 태피는 기대에 부풀어 물었다.

"미안하지만 아닐세, 태피. 지금 가면 마지막 뮤지컬 넘버 몇 곡을 듣고 제대로 된 러시아 홍차를 한 잔 마실 시간에 딱 맞겠군, 칼튼의 티룸에서! 내가 오는 길에 연예란을 쭉 살펴봤던 것 생각나나? 그 슈냅스 냄새를 입안에서 헹궈내는 데 도움이 될걸세, 응?"

8. 카페 오케스트라의 바이올리니스트

태피 싱클레어는 바이스부르스트 작은 것 한 접시와 러시아 홍차라는 오묘한 조화를 즐기며, 뮤지션들이 연주하는 케텔비의 〈페르시아의 시장에서〉 선율에 마음을 맡기고 편히 쉬고 있다. 이 곡이 오늘 저녁의 마지막 연주였다. 흠잡을 데 없는 예복을 입고 머리를 짧게 깎은 훤칠한 수석 바이올리니스트를 제외하고 뮤지션들은 모두 자리에 앉아서 연주했다. 그는 커튼 속 그늘에 서서 보기 드문 아름다움과 기교를 뽐내며 바이올린을 켰다. 베그가 웨이터에게 팁을 두둑이 주고 접은 종이쪽지를 접시 위에 올려놓았을 때, 태피는 자신의 친구가 즐겨 듣는 센티멘털한 곡들, 가령 〈집시〉라든가 〈즐거운 과부 왈츠〉를 신청하는 줄 알았다. 하지만 연주자들이 연주를 끝낼 때까지 신청곡은 하나도 들리지 않았다.

키가 훤칠한 바이올리니스트가 악기를 케이스에 넣고 어슬렁어슬렁 그들 테이블 쪽으로 다가오자 태피는 깜짝 놀랐다. 그때 알비노가 검은색 선글라스를 벗었고, 태피는 자신이 시턴 베그 경의 사촌이자 최고의 라이벌이며 제국 전역에 걸쳐 셀 수 없이 대담한 범죄를 저질러 수배중인 악명 높은 조디악 백작의 테이블 건너편에 있었다는 사실을 깨닫고 경악했다. 두 사람은 유럽 대륙에서 적어도 한 번 이상 충돌했고, 겨우 몇 달 전만 해도 뉴욕행 특급항공을 털려는 조디악 백작의 대담한 시도를 베그가 무산시킨 바 있었다. 또한 조디악은 전 세계 기독교인들 사이에서 가장 악명 높은 런던의 도둑 소굴인 '스미스 키친'의 사기꾼들의 광신적인 지지를 등에 업고 런던에서 베그와 수십 번을 겨루기도 했다. 한 해 전, 조디악은 영국 왕관의 보석을 훔치는 데 성공했지만 해저 수로를 통해 런던을 빠져나가려다 베그한테 다시 그 보석을 탈취당하고 말았다.

붉은 눈의 알비노는 뒤틀린 미소를 매력적으로 지었다. "이런, 신사 분들, 요즘 제가 어떻게 밥벌이를 하는지 들통났군요……."

그 말을 듣고 베그는 소년처럼 히죽 웃었다. "좋은 저녁입니다, 조디악 백작. 제가 당신의 가명에 너무 익숙해진 모양입니다. 타로 티^{Tea} 오케스트라에서 당신을 쫓아냈나요? 듣기로는 요즘 하인리히 힘러 밑에서 일하신다고……."

순식간에 조디악의 표정이 분노로 바뀌었다. 그러더니 이내 세련된 상냥함으로 돌아왔다. "힘러가 그렇게 주장하던가요? 그런 쓰레기가 저를 고용할 수는 없지요, 시턴 경." 그는 톡 쏘는 향의 검은 담배에 불을 붙이며 자리에 앉았다. "하지만, 힘러와 그 일당들이 나의 게임에 동참하고 있다는 사실은 아실 테지요……." 그는 진심으로 유쾌하다는 듯 킬킬거렸다.

태피 싱클레어가 그때, 너무 오랫동안 잠을 못 잔 데다가 슈냅스를 지나치게 많이 마신 탓에 평소의 신중함을 잃었다. 그는 테이블 앞으로 상체를 내밀었다. "여기 좀 보시죠, 폰 베크 백작님. 당신이 겔리 라우발을 죽였습니까? 동기는 몰라도 기회가 있었던 유일한 사람인 것 같은데! 당신이 그 수수께끼의 친위대 대위 맞죠?"

"차이스 대위였지." 베그가 말했다.

조디악은 따분하다는 듯 깊은 한숨을 내쉬었다. 그는 태피를 무시하고, 테이블 너머로 두꺼운 명함을 베그에게 건네며 말했다. "어제까지 그 주소에 살고 있었지. 재밌는 걸 발견할 수 있을 겁니다. 심지어 유용하기까지 할걸요." 그는 몸을 돌려 싱클레어에게 깊숙이 고개를 숙여 보였다. "우린 모두 저마다 각자의 기질에 가장 잘 맞는 방식으로 일해왔다고 생각합니다만, 싱클레어 씨? 선한 의도였든 악한 의도였든, 자신도 모르게 법의 목적에 충실했는지 혼돈에 봉사했는지, 누가 알겠습니까?"

그 말을 남기고 알비노는 바이올린 케이스를 집어들고 발길을 돌려 밤의 어둠 속으로 사라졌다.

잠시 얼이 나갔던 태피는 벌떡 일어나서 알비노를 쫓아 나갔지만, 이내 고개를 저으며 돌아왔다. 놓친 것이다. 베그는 그대로 차를 홀짝이며 명함을 찬찬히 살폈다.

"그를 쫓아갈 필요는 없네, 태피. 가장 최근의 주소지를 남겼으니까."

베그는 미간을 찌푸리며 손에 든 명함을 내려다보았다. "렘브란트 호텔에 가보고 싶나? 바로 모퉁이만 돌면 있네. 걸어가면 되겠군."

"세상에 맙소사, 베그! 어떻게 이런 일이!" 태피 싱클레어는 아연 실색하여 편지와 사진 한 뭉텅이를 쳐다보았다. 그는 막 25호실에 있는 뷰로 책상의 뚜껑을 열어본 참이었다. 렘브란트 호텔 측에서 조디악 백작이 묵었던 25호실을 서둘러 비운 듯했다.

시턴 베그 경은 옷장을 검사하고 있었다. 그는 조준경이 달린 모제르총을 집었다가 도로 내려놓았다. "우리를 헷갈리게 했던 미끼가 바로 여기 있군. 조디악은 나치 당원들 사이에 더욱 깊은 불신의 씨앗을 뿌리려고 했던 게 틀림없네. 이것 보게나!" 옷걸이에는 완벽한 친위대 대위 제복이 걸려 있었다. 초시간 탐정은 제복을 친구에게 건넸다. "그리고 여기를 보게, 태피. 핏자국이야. 예의 미심쩍은 총격에 아주 완벽히 들어맞아."

"그리고 여기, 이…… 힘러가 차이스 대위에게 보낸 편지들을 보면, 그 가엾은 아가씨를 유혹해서 평판을 엉망으로 만든 후 죽이라고 했군. 힘러가 제3자를 통해서 히틀러를 계속 협박할 수 있도록 말이지. 여기 이 쪽지를 보면 2년 전 첫번째 협박의 범인이 힘러라는 것을 알 수 있어! 옴짝달싹할 수 없는 아주 확실한 증거야! 그럼 자네 사촌인 폰 베크는 결국 살인 공범이군! 힘러 대장의 지시에 따른 건가?"

"확실히 그렇게 보이는군." 베그는 적당한 가방이 없나 주위를 둘러보았다. "서두르게, 태피. 이 제복을 히틀러에게 갖다 주는 게 낫겠어."

"아니 가능한 한 빨리 호프만 형사에게 갖다 줘야지? 조디악을 잡아야 해!"

"다시 한번 말하네만, 태피, 우리에게 돈을 지불한 의뢰인은 히틀러 씨네. 경찰에 제출하기 전에 그에게 증거를 보여주는 것은 우리의 당연한 의무야."

"아이고, 이보게 베그, 이건 의뢰인에 대한 의무보다 우선이라고!"

"미안하지만 그건 아닐세, 태피. 베르히테스가덴으로 가는 길은 내가 잘 기억하고 있어. 양심의 가책이 어떻든 간에 자네도 나랑 같이 가는 게 좋겠네, 친구. 만약 의뢰인이 전령을 죽이려고 마음먹는다면 내 옆에서 지켜봐줄 친구나 목격자가 필요하거든."

그 말에 병리학자는 친구와 동행할 수밖에 없었다. 태피는 입을 꾹 다물고 생각에 잠겼다. 베그는 그에 전혀 개의치 않는 듯 커다란 차를 히틀러의 피난처로 맹렬한 속도로 몰고 가면서 뮤지컬 코미디에 나오는 노래 몇 소절을 휘파람으로 불었다.

그들이 히틀러에게 좋은 소식을 가져왔으리라고 루돌프 헤스가 확신한 덕분에 두 영국인은 간신히 쾨쾨한 악취에 찌든 나치 당수의 은신처에 들어갈 수 있었다. 히틀러는 다시 레인코트만 걸치고 그들과 만났고, 그의 눈은 변함없이 광기로 번득였다. 그는 역겨운 자기연민과 조카의 살인범에 대한 분노 사이를 왔다 갔다 했고, 때론 몇 초 만에 기분이 획획 바뀌었다. 하지만 베그와 태피가 가져온 증거를 보자 충격을 받고는 돌연 차가운 사이비 이성을 되찾았다.

"힘러! 암살 시도의 배후는 그놈이었군. 우리 당 간부들을 죽이려는 계획이 무위로 돌아가자 놈은 순진무구한 어린 아가씨를 희생양으로 삼은 거지. 놈은 언제나 겔리를 미워했어. 내게 자꾸 달라붙어서 내 대신 친위대를 조직해주겠다고 했지. 놈한테 유태인의 피가 흐르고 있다고 사람들이 경고했을 때 난 비웃고 말았는데. 놈은 늘 이렇게 교묘하게 나를 끌어내리려는 책략을 꾸미고, 겔리에게 화를 내면서 부하를 이용해서…… 크윽!" 히틀러는 갑자기 벌떡 일어나서 두 손을 옆구리에 딱 붙이고 절을 하더니 맨발의 뒤꿈치를 탁 부딪었다. "두 신사 분께 제 고마운 마음을 이루 다 표현할 수가 없습니다. 두 분은 헤스가 약속했던 모든 일을 해주셨습니다. 당연히 사례를 해드려야죠. 헤스가 두 분을 즉시 브라운하우스로 모실 겁니다."

180도로 달라진 이 갑작스러운 변화에 헤스마저도 놀란 것 같았다.

"그러실 필요 없습니다." 시턴 경이 모자를 들어 올리며 말했다. "사례는 이미 받았습니다. 저야말로 정의구현에 이바지하게 되어 기쁩니다."

여전히 레인코트 한 장만 걸친 차림이었지만, 히틀러의 키가 1~2인치쯤 눈에 띄게 커졌다. "당신은 제 이익뿐만 아니라 위대한 우리 당의 이익, 더 나아가 전체 자유세계의 공익에 이바지하셨습니다. 헤스, 메르체데스를 대령하게. 즉시 내가 살펴야 할 일이 있네. 다시 한번 감사드립니다." 그는 예의 낯익은 경례 자세로 한 팔을 들어올렸다.

"그저 기쁠 따름입니다." 그 말을 끝으로 베그는 입을 떡 벌린 태피를 끌고 소나무향 가득한 알프스 산록의 숲속으로 나왔다.

"심호흡 좀 하게, 태피." 베그는 나직이 말했다.

"자네 정신 나갔나, 베그? 저 녀석은 지구에서 떨어지지 않고 미칠 수 있는 한계 끝까지 미친놈이야. 자네가 놈한테 무슨 생각을 심어줬는지 모르는군."

"아, 그가 하고 싶어 하는 생각을 심어줬을 뿐이네, 태피. 아마 자네도 이미 진실을 알아챘겠지? 이번 사건에서 우리는 처음부터 의뢰인이 아닌 다른 고객을 위해 일한 거야!"

이제 돌리의 헤드라이트는 독일 밤의 어두운 그림자를 꿰뚫고 있었다. 여전히 평소보다 잠이 부족했던 태피는 친구의 옆자리에서 꾸벅꾸벅 졸기 시작했다. 깨어나서 보니 베그는 평소보다 훨씬 서행하고 있었고, 다른 차의 전조등이 뒤에서 따라오고 있었다. 태피는 이게 꿈인가 싶어 놀라움에 뒤차를 쳐다보았다. 거대한 메르체데스가 거의 시속 100마일을 밟으면서 그들 옆을 쌩 스쳐지나갔다. 태피 싱클레어는 뒷좌석에 앉은 히틀러를 알아보았다. 그 옆에 헤스가 있었다. 운전은 슈트라서가 하는 것 같았다. 다시 잠들기 전에 태피는 히틀러가 양복에 넥타이를 매고 있었다는 것을 기억해내고 베그에게 히틀러가 이 밤중에 어딜 가는 건지 물었다.

"베를린이겠지." 시턴 경은 변함없는 속도로 돌리를 몰면서 말했다.

"우리도 베를린으로 가나?"

"맙소사, 아닐세, 친구. 우리 일은 여기서 끝났어. 우린 집으로 돌아갈 거야. 교차로에서 좀더 속력을 내면 런던으로 가는 새벽 체펠린 시간에 딱 맞겠군."

태피도 모르는 새 베그는 이미 짐을 다 싸놨던 것이다. 지불해야할 호텔비도 없었다. 새벽녘에 두 사람은 잘 지은 뮌헨 비행장에 도착했고, 금세 편안한 스위트룸에 자리 잡았다. 케이블에 묶인 비행선이 움직이면 간간이 현창을 통해 햇빛이 흘러들었다. 국영 라디오에서 나오는 단신 뉴스는 다소 들뜬 분위기였다. 베그는 외투를 벗고 씻은 후 자리에 앉자마자 라디오 볼륨을 키웠다.

베그는 흥거운 듯 귀를 기울였지만, 태피는 그 뉴스에 경악했다. 태피는 비행선이 기둥에서 풀려 가뿐하게 그 거대한 동체를 띄우고 런던으로 가는 여정을 시작한 것도 눈치채지 못했다.

나치 당은 실질적으로 공중분해되어버렸다. 의회에서 당은 각기 슈트라서와 괴링이 이끄는 적대 진영으로 쪼개졌다. 그날 아침 일찍 아돌프 히틀러가 자신의 믿음직한 보좌관이자 전직 양계농부인 힘러를 '유태인 첩자'라며 살해했음을 자백하고 체포된 이후, 나치 당직자들은 모순된 성명을 내놓고 있었다. 히틀러 본인은 더이상 부총리직을 바랄 수 없다는 것을 알았지만, 이제 그런 것은 중요치 않았다. 그의 표현을 빌리면 '독일의 생기를 빨아먹는 히드라의 심장을 갈기갈기 찢었고, 불의와 공포에 대항하여 천 년 동안 나라를 안전하게 지켰다'고 하니 말이다.

"자네 아주 효율적으로 히틀러의 손에 총을 들려서 힘러를 죽였군!" 태피는 감탄했다. "정말이지, 베그, 가끔씩 난……."

"말했잖나, 태피, 나는 하기로 한 일을 했을 뿐이라고. 조디악은 그저 자네와 나보다 더 훌륭하고 믿을 만한 전령이 없다는 것을 너무나도 잘 알고 있었지. 그래서 몇 달에 걸쳐 신중하게 가공한 증거물을 우리한테 넘겨주고 히틀러에게 보낸 걸세. 그 편지들을 보면 누구라도 그렇게 믿을 만했고, 특히나 흐린 조명 아래에서 보면 더욱 감별하기 어렵지. 하지만 그 편지들은 위조된 거라네, 친구. 일부러 잘 보이게 심어놓은 거지. 번번이 실패한 저격암살 시도라는 것이 실은 원래 노리던 목표에서 사람들의 관심을 떼어놓기 위한 속임수였던 것처럼 말일세. 조디악은 나치 지도부를 무너뜨릴 적절한 방법을 찾고 있었어. 우리가 자기와 같은 일에 뛰어들었다는 것을 알고는 손쉽게 우릴 이용한 셈이야. 참으로 대담무쌍하지 않은가."

"하지만 조디악은 그 가엾은 라우발 양을 죽였어." 태피가 주장했다.

"절대 아니라네, 태피. 히틀러가 사실상 그녀를 죽음으로 몰아넣었다고 주장할 수는 있겠지만 말일세. 다들 말하듯 그녀는 자살했어. 먼저 독을 시험해봤지. 자네도 나처럼 그 독특한 냄새를 금방 맡았을 텐데."

"청산가리!"

"그렇지. 청산가리를 삼키면 저승길로 떠난 지 한참 후라도 입술에서 그 냄새가 나지. 그 아가씨가 하루 종일 가지고 다녔다는 카나리아 시체 말이네. 라우발 양은 먼저 그 새한테 청산가리를 먹여보고 효과가 있는지 지켜봤어. 그녀는 상당히 많은 양을 먹었을 거야. 경찰은 총상에 눈이 멀어 계속 헛짚었고. 그녀가 바닥에 누워 있는 모양새가 다른 사람들 눈에는 열정에 몸부림치다 죽은 것처럼 보였겠지만, 내 보기에는 죽음의 고통 속에서 숨이 끊어진 거더군."

"하지만 그녀는 총에 맞았다고, 베그. 조디악이 쏜 총에!"

"그건 사실이지."

"그럼 조디악이 진짜 살인범이라는……."

"아니야."

방문을 두드리는 소리에 베그가 대답했다. "들어오세요!" 사환이 카드가 놓인 쟁반을 가져왔고, 베그는 카드를 힐긋 보고는 웃으며 조끼 윗주머니에 넣었다. 그는 사환에게 은화를 주었다. "폰 베크 백작부인에게 언제든 편하실 때 오시라고 전해주게." 베그는 어리둥절한 표정의 태피를 건너보며 빙그레 웃었다.

"아니야?"

"아니지. 조디악은 물론 라우발 양의 연인이었어. 저녁에는 바이올린을 켜고 낮에는 그녀를 경호했지. 무슨 영리한 수를 썼는지 그는 라우발 양을 경호하는 임무를 계속 배정받았어. 그녀를 유혹할 계획이었지. 하지만 그녀를 구할 계획이기도 했던 것 같네. 그는 예의 '섹시한' 라우발 양의 사진을 좀 찍었어. 우리가 히틀러에게 보여준 힘러의 가짜 편지도 위조했지. 여자를 죽일 계획은 전혀 없었을 거야. 그는 정말로 겔리와 함께 도망치고 싶어 했어. 그래서 같이 빈으로 가자고 한 거지. 그는 겔리에게 빈의 친척집에 머물며 거기서 성악 공부를 하게 해달라고 히틀러한테 요구하라고 했어. 겔리도 이미 그럴 생각이 있었으므로 하라는 대로 했지. 하지만 히틀러는 우리도 알다시피 인내심의 한계에 다다랐네."

베그는 일어나서 문을 열고 허리를 굽혀 로즈 백작부인을 그들의 다소 협소한 방 안으로 맞아들였다. 백작부인에게 자신의 의자를 내주고, 순식간에 지금까지 있었던 일을 요약해준 다음, 현창에 기대어 얘기를 계속했다.

"누군가 '비밀 연인'에 대해 보고했네. 아마 돌격대 스파이였겠지, 비록 그의 정체는 몰랐겠지만. 그래서 히틀러는 겔리의 요구를 거절했지. 하늘이 무너져도 그녀는 빈에 갈 수 없었어. 겔리는 다시 자살하겠다고 위협했고, 히틀러는 그녀의 말을 믿지 않았네. 아마

'차이스 대위'도 그녀를 믿지 않았을 거야. 하지만 그날 저녁 늦게 차이스 대위는 아파트에 들어가서 바닥에 쓰러져 있는 겔리 라우발을 발견했고, 겔리는 이미 청산가리의 고문을 맛본 상태였네. 그녀는 틀림없이 유서를 남겼어. 계획에 없던 일이었지만 그는 그대로 밀고 나갈 수밖에 없었지. 대위는 유서를 자기 주머니에 넣고, 히틀러의 총을 찾아서 일부러 의혹을 살 만한 방향으로 이미 죽은 겔리의 심장을 쏘고, 역시 일부러 조악하게 겔리의 손에 총을 쥐여줘서, 경찰과 우리 같은 탐정들이 그 아가씨가 히틀러나 그의 부하에게 살해당한 거라고 결론을 내리게끔 유도했어."

의자에 앉아 있던 로즈 백작부인은 감탄으로 눈을 빛냈다. "결국 호프만 형사와 나는 완벽히 속아 넘어갔군요. 히틀러에게 철벽같은 알리바이가 있다는 사실 덕분에 다행히 그를 체포하지는 않았지만."

"조디악은 원래 갖고 있던 계획을 수정했습니다. 히틀러를 덫에 넣을 수 없다는 사실을 알고 있었지요. 그래서 히틀러의 부하들이 렘브란트 호텔에 있던 옷과 편지를 발견할 수 있게 유도할 생각이었죠. 근데 제가 그의 예상보다 훨씬 빨리 자신을 따라잡자, 자신의 메시지를 전달할 전령으로 그냥 저를 이용하기로 한 겁니다! 그는 늘 훌륭한 수완가였죠. 그 사진들만 해도, 언론에 공개되면 히틀러와 나치 당의 운명을 위협하기에 충분했을 겁니다. 하지만 조디악은 확실히 숨통을 끊어놓고 싶었어요. 그래서 힘러의 편지를 위조해서 당의 모든 사람들이 그를 의심하도록 술수를 부린 거죠. 그는 위조서류가 어떻게든 히틀러에게 전달되기를 바랐고, 제가 그 일을 확실히 처리해주었습니다. 이후의 과정은 예상한 대로 순조롭게 흘러갔지요. 만족스러운 결과가 나왔고, 자네도 여기엔 동의하겠지, 태피. 때로는 두 불의가 만나 정의로 뒤바뀌는 것도 가능하다네."

문에서 또 노크 소리가 들리자 로즈 폰 베크는 두 손을 모아 박수를 쳤다. "아, 저건 우리의 아침 샴페인일 거예요!"

그러나 태피 싱클레어 속의 장로교인 정신은 이 반갑지 않은 설명이 주는 육중한 부담을 받아들일 준비가 되어 있지 않았다. 그는 점잖게 일어나서 베그에게 의자를 양보했다.

"양해해주신다면, 저는 슬슬 식당으로 가서 제대로 된 영국식 아침식사를 하겠습니다. 이런 경우에는 담백하게 구운 빵과 구운 토마토, 버섯과 검은 푸딩이 필요하더군요. 기운을 북돋우는 전통식이죠."

"그거 좋지, 친구. 각자에겐 나름의 해독법이 있게 마련이니. 기운 차리는 대로 다시 우리와 합류할 거라 믿네." 베그는 승리의 술잔을 들어 보였다.

합류하기 전에 전망 갑판을 한두 바퀴 돌아보고 올 거라고 분명히 말해두고서, 태피 싱클레어는 복도로 나와 동료들이 있는 방의 문을 닫았다.

일단 복도로 나오자, 병리학자는 생각에 잠긴 채 저 아래 지나가는 꿈같이 평온하고 고요한 독일의 전원 마을을 내려다보았다. 법을 준수하고 일반적인 규칙 아래 게임을 하도록 훈련받은 태피는, 친구인 시턴 베그와의 유대감이 자신을 괴롭혔던 적이 이번이 처음이 아니라는 사실에 대해 골똘히 생각했다.

그는 절레절레 고개를 흔들었고, 구운 베이컨의 맛있는 냄새에 이끌려 다시 아침식사로 관심을 돌렸다. 그는 문제를 젖혀놓기로 했다. 도덕적 딜레마에도 불구하고, 태피 싱클레어는 그의 친구가 가장 참신하고 냉소적인 방법으로, 가장 먼 우회로를 거쳐, 다시 한 번 정의를 확실히 실현했음을 인정할 수밖에 없었다.*

---

* 이 단편은 1931년 9월 8일 히틀러의 조카이자 연인이었던 겔리 라우발이 권총자살한 사건과, 다음 날인 9월 9일 남부 바이에른 지방의 시골길에서 과속으로 운전한 히틀러의 차량번호를 단속한 경찰 문서를 바탕으로 재구성된 작품이다.

마이클 크라이튼

핏물이 빠지지 않는다

일진이 좋지 않았다. 놈의 입을 후려쳤을 때 손이 찢어졌고, 새로 산 연보라색 랄프 로렌 넥타이에 피가 튀었다. 그랬는데 그 핏물이 빠지질 않는 거다. 그 때문에 더욱 화가 나서 나는 골목길 땅바닥에 나자빠져 스페인어로 욕설을 구시렁거리는 놈을 두어 번 더 걷어찼다. 우리를 본 사람은 아무도 없었다. 오전 8시의 비벌리힐스 골목길은 인적이 드물다. 가게들은 10시까지 문을 열지 않는다.

나는 새로 산 무스탕에 올라타 조수석에 디지털카메라를 던졌다. 크리넥스 한 장을 손등에 붙이고 시동을 켰다. 이때쯤 놈은 일어났고, 내가 차를 몰고 떠나자 나를 향해 주먹을 흔들어 보였다. 그래봤자 저 혼자 지랄하는 꼴이다. 가게에서 고급 가죽재킷을 그렇게 잔뜩 훔치면 안 되지. 의뢰인은 사진을 원했고 이제 나는 사진을 손에 넣었다. 12장의 디지털 고화질 스냅은 아침 햇살 속에서 트럭 안의 물건을 꺼내 자기 차로 옮기는 놈을 잘 보여주고 있다. 나는 한 건 잡았다고 생각했다. 불법해고 소송은 돈이 많이 드는 일인데 내가 애초에 그 싹을 잘라주었으니 말이다.

나는 휴대폰으로 의뢰인에게 전화를 걸어 자동응답기에 메시지를 남겼다. 이제 아침식사 시간이다. 넥타이에 피만 안 묻었어도 모퉁이에 있는 네이트 앤드 알스에 아침 먹으러 갔을 텐데. 나는 집으로 향했다.

나는 피코 남쪽에 조그만 빌라 한 채를 가지고 있다. 사람들은 이곳을 비벌리우드라고 부른다. 주거환경이 좋고 진짜 직업을 가진 진짜 사람들이 산다. 나는 40년 동안 같은 집에 살았다. 우리 어머니가 1960년대에 그 집을 샀을 때는 합리적인 가격이었다. 이젠 욕실 두 개에 벽장 크기만 한 뒷마당이 딸린 50평짜리 빌라가 50만 달러를 호가한다. 이상하기도 하겠지. 어머니는 내가 대학을 졸업하고 돌아왔을 때부터 함께 여기서 살았다. 그러나 지금은 시설에 들어가신 지 한참 되셨다. 나는 어머니를 보는 일이 거의 없다. 가끔씩 죄책감이 들기도 하지만 자주는 아니다.

집 앞 진입로로 들어서는데 의뢰인한테서 전화가 왔다. 의뢰인은 소리를 질러댔다. 나보고 번지수를 잘못 짚었다면서, 가엾은 페르난도를 두들겨 패다니 대체 뭐하는 거냐고 윽박질렀다. 나는 의뢰인에게 증거 사진도 있다고 말했지만, 그는 듣고 있지 않았다. 거의 다 손에 넣었다 싶었던 의뢰비가 손가락 사이로 빠져나가는 게 보였다. 의뢰인은 자기 애인이 도둑이라는 얘기를 듣고 싶었던 게 아니다. 사랑에 빠져 있는 동안은, 어쨌든. 나중에는 물론 죽이고 싶어지겠지. 하지만 내 장담하는데 그때도 이 남자는 여전히 사랑에서 헤어나지 못하고 있을 것이다.

남자가 계속 악다구니를 쓰는 바람에 기분이 나빠졌다. 의뢰비도 건지지 못해서 더더욱 기분 잡쳤다. 이미 자동차 할부금이 밀렸는데. 나는 수신 강도가 나빠지는 척하고 전화를 끊었다. 확실히 일진이 좋지 않은 날이다. 넥타이를 풀고 집 안으로 들어갔다. 와이셔츠에도 핏방울이 두어 개 튄 것이 눈에 띄어 내 방으로 들어가며 단추를 풀기 시작했다. 한잔 걸치고 싶었지만 그러기엔 좀 이른 것 같았다.

침대 위에는 여행용 가방이 열린 채 놓여 있었다. 얌전히 개킨 재니스의 옷 무더기가 방 여기저기에 쌓여 있었다. 옷장 문이 열려 있고, 그녀의 옷 중 몇 벌은 이미 사라졌다. 나는 욕실을 살폈지만 재니스는 보이지 않았다. 나는 부엌으로 갔다. 아무튼 한잔 걸칠 만한 때다.

창밖으로 뒤뜰에서 무선전화기를 귀에 대고 왔다 갔다 하는 재니스가 보였다. 홀터톱과 트레이닝바지를 입고 있었다. 쉬지 않는 운동광. 재니스는 딱 건강보험이 끊기지 않을 만큼만, 1년에 사흘 정도 배우 일을 했다. 나머지 날에는 운동을 했다. 서른다섯치곤 몸매가 근사했다. 우리는 헤어졌다 만났다 하면서 2년을 사귀었다.

재니스는 아직 여기 서 있는 나를 보지 못했다. 나는 냉장고 옆 벽에 붙은 전화기로 가서 스피커 버튼을 눌렀다.

"……참을 수가 없다고," 재니스가 말했다. "더는 못 하겠어요."

남자 목소리가 들렸다. "놈한테 말했어?"

"못해요."

"얘기해야 한다고 생각지 않아?" 남자가 말했다. 낮고 은밀한 목소리였다. 낫살깨나 먹은 남자 같았다. 하지만 생각해보면 나도 낫살깨나 먹은 남자다. 나는 재니스보다 열다섯살 많다. 낼모레면 쉰이다.

재니스는 계속 왔다 갔다 걷고 있었다. "얘기하려고 했어요, 아르망. 내가 노력하고 있다는 거 잘 알잖아요."

아르망이라고? 이 아르망이라는 작자는 누구야? 땀이 나기 시작했다. 재킷이 구겨지면 안 되니까 벗었다. 땀이 나면 가끔 팔꿈치와 어깨 부분이 구겨져 주름이 간다. 그러면 다림질을 해야 한다. 나는 재킷을 부엌 의자 등받이에 걸었다.

"꾸며내는 데 지쳤다고요." 재니스가 말했다.

"뭘 꾸며내?"

"전부 다요. 얘기를 꾸며내고, 미소를 꾸며내고, 오르가슴을 꾸며내고. 다 가짜로 꾸며내는 데."

아르망이 킬킬거렸다. "전부 다?"

"그는 내가 소리 지르면 좋아해요." 재니스가 말했다. "그래서 소리 지른다고요. 이 무슨 망할."

땀이 마구 쏟아졌다. 나는 이마를 훔쳤다. 현기증이 났다. 다 안다는 듯 킬킬거리는 남자가 역겨웠다. 그들은 얘기를 계속했지만 잠시 동안 잘 들을 수가 없었다. 나는 냉장고 위에서 스카치 병을 꺼냈다. 남은 병이 이제 세 개밖에 없음을 깨달았다. 마개를 돌려 뽑았다. 한 모금 들이켜니 속에서 내려가면서 타는 듯한 느낌이 들었다.

"그 사람 진짜 할머니 같아요." 재니스가 하는 말이었다. "임대도 아닌 자기 집인데, 평생 여기서 살았으면서, 아무것도 못 바꾸게 하고 손도 못 대게 해요. 모든 게 제자리에 있어야 한다니까요."

"굉장히 바쁜 사람인 줄 알았는데. 여자들에게 무척이나 곰살갑게 군다는 얘기는 들었지."

"네, 뭐, 옛날엔 그랬나보죠. 내가 아는 거라곤, 피아노 위에 있는 엄마 사진을 건드리면 난리 난다는 거예요. 정말이에요."

나는 거실에 있는 피아노를 쳐다보고 있었다. 나는 사진이 거기 있는 줄도 몰랐다. 맘에 안 들면 진작 말을 하지. 우라질, 난 상관없는데. 어쨌거나 우리 어머니는 시설에 계셨다. 어머니도 상관하지 않을 것이다.

한 모금 더 들이켰는데 술맛이 느껴지지 않았다. 그래서 친구하라고 한 모금 더 들여보냈다. 배 속이 후끈해지더니 기침이 났다. 재니스가 그 소리를 듣고 올려다봤다.

"가야겠어요." 재니스가 급하게 말했고 이어서 뚜 소리만 남았다. 그녀가 들어올 때 나는 스피커폰을 껐다. "아주 훌륭하네요, 레이." 그녀가 말했다. "망할, 아주 훌륭하십니다그려. 뭐야, 이제 날 수사하는 거야?"

나는 말했다. "사진을 옮기고 싶다면 그렇게 해. 옮겨. 난 상관없으니까."

"나갈 거예요." 그녀는 미끄러지듯 침실로 들어가며 말했다. "그러니까 한 시간만 내버려둘래요? 이번에는 좀 의젓하게 구시죠."

"의젓할 기분 아닌데."

"그럼 한잔 더 마시든가."

"빌어먹을."

"왜, 터프가이, 날 두들겨 패려고?"

"아니," 내가 말했다. "때리진 않을 거야."

"잘됐네, 레이."

"손가락 하나 대지 않을 거야."

"잘됐네." 그녀가 말했다. "만일 손가락 하나라도 댔다간, 레이, 무슨 일이 일어났는지 모를 정도로 순식간에 당신을 감방에 처넣어버릴 거니까."

"손대지 않을 거라고 얘기했잖아."

"그래, 들었어. 말이 통하는군. 이제 좀 나가주시겠어요?" 재니스는 방문을 쾅 닫았다.

나는 물었다. "아르망이라는 작자는 누구야?"

재니스는 대답하지 않았다. 나는 반쯤 단추를 풀다 만 셔츠와 피 묻은 넥타이와 함께 부엌에 서 있었다. 스카치를 한 잔 더 마시고, 단추를 채우고, 집을 나왔다.

갈 데가 없어서 차를 몰고 근처 동네를 돌았다. 배 속에 묵직하게 자리 잡은 스카치 때문에 거북했다. 세븐일레븐에 차를 세우고 말보로 한 갑을 샀다. 바깥 인도에 서서 로또를 사러 편의점에 들어가는 사람들을 바라보았다. 두어 대를 피우고 가판에서 신문을 집어들었다. 차로 돌아와 신문을 슬슬 넘기는데 눈에 들어오지 않았다. 시계를 보았다. 나는 그녀에게 20분을 주었다. 그 정도면 충분하다고 판단했다.

나는 돌아가서 재니스와 좀더 싸우고 싶었다. 싸우고 싶은 기분이었다. 키를 돌려 시동을 걸고 한 블록을 가다가 다시 차를 세웠다. 그녀에 대해 생각하면 생각할수록 아무려면 어떠랴 싶은 생각이 뚜렷해졌다. 그 교성이 가짜라는 건 원래 알고 있었다. 여배우들에게 뭘 바라겠는가. 잔뜩 꾸며낸 감정밖에 더 있나. 몸매 죽이는 서른다섯살짜리 여자. 나는 그녀가 없을 때 더 잘 지냈다. 그녀가 그 빌어먹을 다이어트에 관해 늘어놓는 얘기를 안 들어도 된다.

차 안에 앉아 있자니 더웠다. 나는 차에서 내려 세븐일레븐까지 도로 걸어갔다. 조니워커 레드라벨 작은 병을 사서 속을 다스리기 위해 좀 마셨다. 나는 차로 돌아갔다. 40분이 지나길 기다렸다가 집으로 가기로 했다.

집에 가니 재니스는 떠나고 없었다. 옷장에 있던 그녀의 옷도 사라졌다. 서랍장을 열어보았다. 그녀의 속옷도 사라졌다. 욕실에 있던 화장품도 몽땅 사라졌다. 샤워봉에 걸려 있던 레이스 브라와, 수도꼭지에서 달랑거리던 끈 팬티도 다 사라졌다. 우라질, 지난 2년 동안 그녀가 자기 뒤치다꺼리를 한 건 이번이 처음이다.

나는 쪽지를 찾아보지 않았다.

굳이 그런 걸 남길 사람이 아니라는 걸 아니까.

우편물이 왔다. 우편함 틈새로 떨어지는 소리가 들렸다. 나는 나가서 주워왔다. 대부분 고지서다. 거실 소파에 앉아 우편물을 뒤적거렸다. 전면 유리창으로 햇살이 들어왔다. 지금 앉은 자리는 너무 밝아서 눈이 부셨다. 나는 아직 그늘에 잠겨 있는 피아노 의자로 자리를 옮겼다.

우편물 정리를 끝냈다. 재니스 앞으로 온 게 두어 개 있었다. 한 쪽 구석으로 던졌다. 피아노 의자를 내려다보다, 흠집투성이에 무척 낡았음을 깨달았다. 수십 년 동안 이걸 왜 그대로 뒀는지 모를 일이다. 그렇게 치면 피아노를 그대로 둔 이유도 알 수 없었다. 어머니가 여기 사실 때 가끔씩 치곤 했다.

어머니는 어린 나를 의자 옆에 앉히고 피아노를 가르쳤다. 매일, 어머니는 옆에 앉아 내가 틀린 부분을 바로잡아주면서 점점 화를 내기 시작했다. 왜냐하면 나는 피아노에 별 관심이 없었다. 그랬더니 어머니는 내가 실수할 때마다 내 어깻죽지를 때리기 시작했다. 그러면 내가 더 주의를 기울일 거라고 생각하셨다. 그러나 나로서는 어머니의 매를 견딜 수 있는지, 울지 않을 수 있는지 시험해보기 위한 매일의 도전일 뿐이었다. 여덟살이 된 후로 우는 것을 거부했다. 물론 어머니는 점점 더 세게 때리면서 나를 울리고 싶어 했다. 팔이 시뻘겋게 되고 가끔은 멍이 들었다. 그래도 나는 울지 않았다.

우리는 그 소소한 게임을 4년 동안 매일같이 했고, 내가 방과 후에 축구를 하면서 저녁식사 때까지 집에 들어가지 않게 되자 게임은 끝났다. 십대가 된 뒤로는 가능한 한 어머니를 피했다. 그때쯤에는 어머니가 술을 많이 마셨다. 나보고 아버지처럼 개망나니라고 으르렁거렸고, 천하에 쓸모없는 놈이라고 고함을 질렀다. 아버지는 내가 태어나기도 전에 어머니 곁을 떠났다. 이해가 갔다.

나중에는 집에 돌아와보면 어머니는 대개 술에 취해 자고 있었다. 나는 어머니가 기절하듯 잠든 것이 고마웠다. 욕설을 듣지 않아도 됐으니까. 나는 혼자 저녁을 해먹고 숙제를 했다. 그건 괜찮았다. 그리고 동부로 대학을 가서 그 후로는 어머니를 별로 보지 않았다.

햇볕이 들어오고 있었다. 해는 피아노 의자에 앉아 있는 나를 찾아 거실을 거의 다 가로질러 왔다. 옛날을 곱씹으며 얼마나 오래 여기에 앉아 있었던 걸까. 햇빛은 검게 반들거리는 피아노 표면에 반사됐고, 어머니의 사진이 든 은색 액자에 부딪혀 반짝거렸다. 바래서 색이 거의 빠진 사진 속 어머니는 웃고 있었다. 어머니는 사진기 앞에서는 항상 웃었다. 그리고 셔터 소리가 찰칵 나자마자 다시 무표정해졌다.

어디서 찍은 사진인지 모르겠다. 대학에서 돌아와보니 이 사진이 피아노 위에 있었다. 그때쯤 어머니는 혼자서 스스로를 감당하지 못했다. 위궤양으로 피를 토했고, 균형감각에 이상이 생겼으며, 술꾼들 특유의 질질 끄는 걸음걸이로 걸었다. 알다시피 술꾼들은 바닥에서 발을 들지 않는다. 더이상 아무것도 느끼질 못하기 때문이다.

대학을 졸업하자마자 나는 일자리를 구해 보험조사원이 되었다. 근무시간은 길었고 불규칙했다. 집에 혼자 계시던 어머니는 끊임없이 넘어져 다쳤다. 팔이 부러지기도 했고, 이마가 찢어진 적도 있었다. 결국 나는 어머니를 시설에 집어넣었다. 어머니가 술에 완전히 절어버린 어느 날 저녁, 서류에 서명을 받았다. 시설로 데려가 내려놓으니 어머니는 미친듯이 화를 냈다. 아는 욕설이란 욕설은 죄다 퍼부었다. 그리고 나보고 평생 그따위로 살다 죽을 천하에 몹쓸 놈이라고 악담했다. 내가 문을 나설 때까지 고래고래 악을 썼다.

처음 1년인가는 어머니 옆에 가지도 않았다. 그러던 중 어머니가 뇌졸중을 일으키는 바람에 시설에서 내게 전화를 했고, 나는 어머니를 보러 갔다. 걱정할 필요는 없었다. 뇌졸중 이후 어머니는 더 평온해 보였다. 시설에서 어머니에게 안정제도 놓았는데, 그게 뭔지는 모른다. 하여간 어머니의 상태는 더 좋았다. 욕을 많이 하지도 않았다.

나는 사진이 보이지 않도록 피아노 위에 엎어놓았다. 피아노 표면에 흠집이 날까봐 조심스럽게 내려놓았다. 순간, 이게 무슨 짓이람, 하는 생각이 들었다. 액자를 집어들어 가장자리로 피아노를 세게 긁었다. 액자는 반질반질한 검은 표면을 깊숙이 파고들어 새하얀 스크래치를 남겼다. 나는 긁고 또 긁었다. 피아노를 엉망진창으로 만들었다.

전에는 왜 이렇게 못했는지 의아해졌다. 나는 이 망할 피아노가 역겨웠다. 그동안 내내 이걸 왜 여기 놔두었는지 모르겠다. 대신 뭘 놔둬야 할지 몰라서였을 거라고 혼잣말로 중얼거렸다. 피아노는 거실에서 상당한 공간을 차지했고, 이게 없어지면 인테리어를 다시 해야 할 판이었다.

뭐, 이제 인테리어를 다시 해야지.

어머니가 피아노를 보고 싶어 할지도 모른다는 생각이 들었다. 나는 차 있는 데로 나가서 디지털카메라를 가져오려다가, 어머니의 시력이 예전만 못하니 카메라에 딸린 조그만 액정 화면으론 잘 보이지 않을 것 같았다. 그래서 폴라로이드 카메라를 꺼내려 글로브박스를 열었고, 카메라와 함께 총이 바닥으로 굴러떨어졌다. 신형 차들은 빌어먹을 글로브박스 공간이 좁아터졌다. 제조사들이 무슨 생각인지 모르겠다. 제작비를 아끼고, 모서리를 깎고, 소비자한테서 돈을 우려낸다. 맨날 하는 짓거리들.

나는 바닥에서 총을 집어 조수석에 올려놓고, 폴라로이드를 가지고 집 안으로 들어왔다. 피아노에 생긴 흠집을 다양한 각도에서 여러 장 찍었지만, 당최 사진발을 받지 않아 스크래치가 제대로 보이는 게 한 장도 없었다. 어머니가 알아보시기나 할는지. 어쨌거나 한번 찾아뵙긴 해야 했다.

부엌으로 다시 가서 한 잔 더 들이켜고 담배를 만족스럽게 피웠다. 재니스는 집 안에서 담배를 못 피우게 했지만, 그런 날들은 이제 끝났다. 나는 꽁초를 비벼 끄면서 새하얀 세라믹 싱크대에 시커먼 얼룩이 지는 쾌감을 맛보았다. 창백한 피부에 묻은 권총 화약 같았다.

이제 어머니를 만나러 갈 시간이었다.

어머니는 교회 맞은편 3번가의 아주 훌륭한 시설에 계셨다. 1950년대에 지어진 건물은 농가 대저택 스타일의 단층집으로, 시설처럼 보이지 않도록 디자인되었다. 간판에는 하얀 글씨로 '해변 요양원'이라고 새겨져 있었다. 바다에서 적어도 5마일은 떨어진 곳이었지만, 이름에서 느껴지는 이미지는 좋았다.

나는 길가에 차를 세우고 폴라로이드 사진을 집어들었다. 총은 조수석 자리에 그대로 있었고, 그냥 둘 수가 없어서 주머니에 꽂아

넣고 재킷을 걸친 다음 안으로 들어갔다.

해변 요양원의 로비는 크진 않았지만 바다를 모티브로 산호와 불가사리를 벽에 그려놓아 쾌적하게 꾸며져 있었다. 요강 냄새는 논외로 치자. 로비는 휠체어에 앉아서 어디론가 자신을 데려다주기를 기다리고 있는 할머니 세 분 때문에 북적거렸다. 한 분은 책을 읽고 계셨고, 또 한 분은 졸고 계시고, 나머지 한 분은 멍하니 먼산바라기중이셨다.

접수 담당자는 곤란하다는 표정으로 인상을 쓰고 있는 뚱뚱한 여자로 전화 통화중이었다. 이런 얘기를 하는 게 들렸다. "조지, 이분들은 지금 한 시간째 기다리고 계셔." 그다음에 여자는 잠시 귀를 기울였다. "벌써 점심을 먹긴 이르잖아, 조지, 잔말 말고 얼른 와." 접수 담당자는 전화기를 귀에 댄 채 여전히 인상을 쓰고 나를 올려다보았다.

나는 말했다. "챔버스 부인을 만나러 왔습니다."

"관계가 어떻게 되시죠?"

"아들입니다."

여자는 손을 내밀더니 손가락을 튕겼다. "신분증 있나요?" 그리고 전화기에 대고 말했다. "조지, 내가 말한 거 듣긴 들었어?"

나는 여자에게 운전면허증을 주었다. 여자는 제대로 보지도 않았다.

"조지, 젠장, 지금 당장 이리 오는 게 신상에 좋을 거야. 누가 이민국에 신고해버릴지도 몰라. 내 말 무슨 뜻인지 알지?" 여자는 수화기를 손으로 가리고 말했다. 내게 하는 말이다. "어디 계신지는 아시죠?"

나는 안다고 대답했다.

"그럼 들어가세요."

나는 휠체어 사이를 빠져나가 긴 복도를 내려갔다. 복도 양쪽에 개인실 문이 열려 있었다. 기분 좋은 햇볕이 쏟아져 들어왔다. 그러나 방 안에서 하얀 이불 위에 누워 있는 사람들은 유령처럼 비현실적으로 보였고, 복도에서는 희미하게 비프스튜 혹은 그 비슷한 무언가의 냄새가 났다.

어머니는 복도 맨 끝 안쪽 방에 계셨다. 창밖으로 화분에 심긴 나무들과 조그만 중정이 보였다. 한쪽 옆으로 부엌 쓰레기통 여러 개가 일렬로 서 있었다. 어머니는 휠체어에 앉아 드라마를 보고 계셨다.

나는 말했다. "잘 지내셨어요, 어머니."

어머니는 눈을 들어 나를 봤지만 아무 말도 하지 않았다. 순간 나는 어머니가 나를 못 알아보는 줄 알고 패닉에 빠졌다. 그때 어머니가 예의 그 악마 같은 미소를 지었다.

"뭐, 때가 되기도 했지."

"저 보고 싶으셨어요?"

"웃기는 놈."

그러고는 어머니는 텔레비전으로 시선을 돌렸다.

나는 말했다. "오늘은 사진을 몇 장 보여드리고 싶어서 가져왔어요."

"아직도 남들 침실이나 엿보면서 돈 버니?"

"어머니 것만 찍은 거예요."

나는 폴라로이드 사진을 꺼내 어머니의 무릎 위에 하나씩 카드처럼 펼쳐놓았다.

어머니는 얼굴을 찡그렸다. "이게 뭐니?"

"어머니 피아노요."

"엉망진창이 됐잖니."

"맞아요, 어머니."

"넌 도대체 아무것도 간수할 줄 모르는구나, 응?"

"아녜요," 내가 말했다. "이건 제가 그런 거예요."

어머니는 이해하지 못했다. 어깨를 으쓱하고는 다시 텔레비전을 본다. 등장인물의 대사가 들렸다. "마고, 넌 절대 여기서 헤어나지 못할 거야, 너도 알잖아?"

"어머니," 나는 말했다. "제가 어머니 피아노를 이렇게 만들었다고요."

어머니는 한숨을 내쉬었다.

"철 좀 들어라, 레이, 응? 네가 지금 도대체 몇 살인데 그러니?"

"다음엔 제가 어떻게 할지 아세요? 사람을 불러서 도끼로 피아노를 박살 내고 땔감으로 쓸 거예요."

"너한테서 술 냄새가 나는데."

"제 말 듣고 계세요, 어머니?"

어머니는 별안간 구미가 당긴 듯 내게로 고개를 돌렸다.

"술 좀 가진 거 있니?"

"사실은 있어요. 하지만 안 드릴 거예요."

"주머니 속에 있지? 내 눈엔 다 보인다."

어머니는 총을 보고 계셨다.

"아뇨," 내가 말했다. "이건 술 아녜요. 안 드릴 거라고요."

"상관없다, 레이. 넌 뭣하러 굳이 여기까지 오는 거니? 평생 널 안

봐도 난 상관없어."

"피아노를 보고 싶어 하실 거라고 생각했어요."

어머니는 손으로 무릎을 획 쓸어서 사진을 흩뿌렸다.

"넌 천하에 쓸모없는 똥덩어리야."

"좀, 어머니."

어머니가 멈칫했다. 눈을 가늘게 뜨고 나를 노려보았다.

"무슨 일 있지, 애인이 떠났어?"

"누구요?"

"애인이 떠났지, 그치?"

"누구 말씀하시는 건지 모르겠어요."

"그래서 여기 온 거지. 오전 11시에 스카치 냄새를 풀풀 풍기면서
말이야."

어머니는 휠체어 깊숙이 등을 펴고 앉았다.

"그게 내 잘못이라는 거지. 네 쓸모없는 인생이 내 잘못이라는 거
지. 네 아무짝에도 쓸모없는 인생이 다 내 잘못이라고. 염병할. 진짜
한심하구나. 겁쟁이 자식. 네 주머니 속에 있는 술병이나 내놔."

"술병 아니에요."

나는 총을 꺼내 어머니에게 보여주었다.

"이거라고요."

"참 감동적이구나. 네 귀여운 거시기는 치워라, 얘야."

나는 그저 가만히 서 있었다. 어머니와 있으면 항상 이런 식이
었다. 내가 어머니를 찾아뵈면, 일이 어떻게 돌아갈지 계획을 세
워놔도 생각대로 흘러가는 게 하나도 없었다. 어머니는 항상 일
을 제멋대로 주물러 바꿔놓을 수 있었다. 나는 어머니가 내게 이

래라저래라 하는 게 싫어서 총을 계속 손에 들고 있었다. 거지 같은 기분이었다.

"그거 치우라니까, 레이. 간호사들이 기겁하겠다." 어머니는 한숨을 내쉬고 눈을 치뜨셨다. "내가 한때 너에게 기대라는 걸 했었다니."

나는 어머니의 휠체어 앞에 웅크리고 앉아서 흠집투성이 피아노 사진을 그러모으기 시작했다. 그때 어머니가 내 머리를 때렸다.

"저리 가, 이 더러운 놈."

총이 격발됐을 때, 총알이 어머니의 귀 옆을 지나는 것을 봤을 때 나는 정확히 무슨 일이 벌어진 건지 알지 못했다. 총알은 어머니 뒤에 있던 유리창을 박살냈다. 소리가 엄청났다. 방 안에 연기가 자욱했다.

나는 말했다. "어머니, 죄송해요, 그러려던 게 아니었는데……."

"넌 제대로 할 줄 아는 게 아무것도 없구나, 응? 네가 해놓은 짓거리를 봐. 너한테 피해보상을 청구할 거야."

나는 어머니를 겁주고 싶었기 때문에, 그 말을 취소시키고 싶었기 때문에, 화가 났기 때문에, 일어나서 총열이 바로 어머니 눈 위에 오도록 권총을 어머니의 이마에 갖다 대고 눌렀다.

"어머니, 이거 보세요." 나는 말했다.

"쓸모없는 짓." 어머니는 힐난조로 대꾸했다.

그래서 나는 어머니를 쐈다. 어머니의 뇌수가 방 뒤쪽 벽에 온통 끈적끈적하게 빨간 알갱이가 든 하얀 코티지 치즈처럼 튀었다. 이제 방이 진짜 엉망진창이 됐군, 나는 생각했다. 복도 어디선가 사람들이 고함을 쳤다. 간호사 한 명이 고개를 쏙 들이밀더니 비명을 지르며 달아났다.

"총을 갖고 있어요!"

어머니의 머리는 이상한 각도로 고개가 뒤로 꺾였다. 그래서 턱과 콧구멍밖에 보이지 않았다. 어머니의 뒷머리에서 피가 뚝뚝 방바닥으로 떨어졌다. 오늘은 일진이 영 좋지 않군, 나는 생각했다. 하지만 어머니의 일진도 좋진 않았다. 복도에서 한 남자가 내게 총을 내려놓으라고 소리 지르기에 나는 총을 내려놓았다. 그제야 기분이 좀 나아졌다.

글렌 데이비드 골드

스퀸크*의 눈물, 다음에 일어난 일

1916년 3월 하순, 내시 패밀리 서커스단이 테네시에 닿기 일주일 전, 얼룩덜룩한 서커스 광고 전단이 올슨 시의 기찻길을 따라 늘어선 건물 벽면에 쭉 나붙었다. 올슨 시에 대해 말할 것 같으면, 철도 조차장에서 끊임없이 들려오는 덜컹거리는 소음만 빼면 나른한 동네라고 표현하는 것이 가장 잘 들어맞았다. 즉, 절대로 살인사건과 어울리는 동네가 아니었다. 그리고 내시 패밀리와 그들이 고용한 연기자들은 악한 구석이라고는 눈을 씻고 찾아도 없어 보였다.

프린트한 지 오래되어 이미 빛이 바랜 포스터는 안전하고 식상한 공연을 약속했다. 여기에 말 탄 기수 한 명, 저기에 어릿광대 한 명, 으르렁거리는 사자 한 마리, 그리고 마지막으로 서로 벗하라고 나란히 오려 붙인 저글링 묘기하는 광대 한 쌍. 그렇게 한데 모아놓고

---

* Squonk. 펜실베이니아 숲에 산다는 전설의 생물로, 붙잡히면 자신이 흘린 눈물에 녹아버린다고 전해진다.

보니 이따금 천막 밖에 서서 실제보다 훨씬 아슬아슬하고 근사한 공연을 그리며 상상의 나래를 펴는 고아들의 쓸쓸한 모습보다 더 나을 것도 없었다. 사실 누덕누덕 기워 만든 하나밖에 없는 대형 캔버스 천막 아래서 펼쳐지는 공연은 있는 실력 없는 실력까지 다 쥐어짜낸 것이었다.

내시 패밀리 어릿광대들의 재주는 전반적으로 건성건성 대충대 충이었다. 말 중에는 한창때 진짜 경주마로 날렸던 놈들도 있지만 이제는 지치고 늙었다. 그래도 전쟁만 끝나면 독일로 돌아갈 거라며 헛된 꿈을 꾸는 곡예사들보단 양반이었다. 어차피 내시 패밀리 서커스단이 보여줘야 하는 것은 초대 단장인 리들리 내시의 도덕적 근성이었다.

내시는 이동식 축제가 태동한 1893년부터 서커스 업계에 몸담았다. 그는 시카고에서 요리사로 일하며 세계민속요리를 아주 근사하게 흉내 냈고, 컬럼비아 박람회 때는 국제관에서 매일 식사를 만들어 대령했다. 그때 거기서 건전한 가족오락에 깊은 감명을 받고, 직물관에 부스를 연 어느 상인한테 외상으로 생애 첫 왜건을 구입했다.

1916년경부터는 내시 '대령'이라고 불렸는데, 그는 군에 복무한 적이 없었기 때문에 그 호칭이 개인적으로는 무척 당혹스러웠고 진짜 군 대령들에게 결례가 된다고 생각했다. 그래도 단장에게 무조건 대령 직함을 붙이는 것이 당시 유랑극단의 관례였으므로 내시는 사나이답게 이를 감내했다.

내시 패밀리 서커스단 포스터 중에는 내시 본인이 직접 작성한 문구가 인쇄된 전단도 있었다. 그는 단어 하나하나에 진실이 담겨 있어야 한다고 주장했고, 문구는 '건전한 오락'으로 시작해서 '23년간 공평무사하게 미국 대중과 함께했습니다'로 끝났다. 중간에 '우스꽝스러운 어릿광대 8명' 같은 홍보문구도 끼어 있는데, 만약 광대 하나가 고주망태가 되어 그날 밤 공연에 못 나온다고 하면 정직하게 머릿수를 채우기 위해 내시 대령이 직접 빨간 코를 붙이고 나와 엎어지고 자빠지며 몸개그를 했다.

전단 중앙에는 목판화로 그린 코끼리 메리가 있었다. 머리장식을 하고 케이프를 두른 메리 옆에는 포획된 코끼리 중 세번째로 크며 어깨까지 높이가 12피트에 달한다는 설명이 쓰여 있었다.

그 코끼리는 실제로 당시까지 포획된 코끼리 중 세번째로 컸고, 대령이 주장한 대로 정확히 키가 12피트였다. 어느 날 아침 키를 재보니 3인치가 더 크게 나온 적도 있었는데, 대령은 그 3인치가 검증되어야만 믿을 수 있다며 기존의 키를 고수했다.

대령이 코끼리를 소개하기 위해 디자인한 이 포스터는 여러 해 동안 소중히 쓰였는데, 그게 도덕적으로 건전해서라기보다는 그저 메리의 정면과 측면이 다 잘 나왔기 때문이었다. 대령은 이 그림이 메리의 머리장식과 케이프를, 그가 좋아하는 표현을 빌리자면 '공평무사하게' 보여준다고 생각했다. 하지만 그 포스터를 슬그머니 치워버리기 전에, 메리의 마지막 공연을 본 관객들 중 적어도 한 명 이상은 대령이 선견지명이 있었다고 촌평했다. 코끼리가 마치 경찰의 범죄자 기록사진에 나오는 것처럼 포즈를 취하고 있었기 때문이다.

메리의 마지막 날 아침, 무대 공사를 하는 인부들은 망치를 휘두르며 말뚝을 일렬로 박았고, 중앙 기둥에서 사방으로 정확히 42피트까지 땅을 고르게 다듬었다. 중앙 기둥은 댄 라이스* 이후로 언제나 그래왔듯, 10명의 사내들이 한 줄로 늘어서서 구호를 외치듯 "천천히, 천천히, 천천히, 당겨"라고 합창하며 세웠다.

하늘은 구름 낀 철회색이었고, 높은 습도 탓에 도시를 옥죄며 둘러싼 기찻길에서 어딘지 잔인한 기운의 쇳내 나는 묘한 냄새가 풍겨왔다. 코딱지만 한 올슨 시는 와일드우드힐의 그늘에 자리했는데, 그 언덕 꼭대기는 화물운송 차량들이 영면해 묻히는 곳이었다. 시내에서는 퍼레이드 밴드가 허름한 악기를 들고 음을 맞춘답시고 헛고생을 하고 있었고, 그 너머로 매케넌 철도회사의 100톤짜리 차량용 기중기인 Ol' 1400의 육중한 실루엣이 아득히 보였다. 이 기중기는 화물차량을 무슨 뒤집힌 거북이 새끼 다루듯 철로에서 홱 낚아채 폐차장에 탁 떨어뜨렸다.

퍼레이드는 마을 사람들에게 그날 저녁 공연에 기대를 품게 하려는 맛보기 쇼였다. 오전 11시가 되자 서커스단은 브라스 밴드를 제대로 갖추고 거리를 행진했다. 지저분하고 우울한 내시 대령의 아이들에다 포니 보이** 2명, 그리고 트롬본을 원래 용도대로 부는 데 쓰고 있는 노새 마부로 이루어진 밴드였다. 그리고 곡예사 3명이 뒤따랐는데, 평소에는 재주넘기를 선보였지만 그날은 길이 진흙탕이라 염소가 끄는 평평한 수레 위에서 인간 피라미드를 이쪽 끝에서 한 번 만들었다 풀고 저쪽 끝에서 한 번 만들었다 풀고를 반복했다. 그 뒤로 우스꽝스러운 어릿광대 8명이 나왔는데, 오전

---

* 19세기 미국 서커스계의 스타 어릿광대. 엄청난 인기를 업고 대통령 후보에 출마하기도 했다.
** 서커스에서 네발로 다니며 망아지 흉내를 내는 사람으로, 다리가 기형인 경우가 많다.

11시의 광대들은 대부분 우스꽝스럽다기보다 어쩐지 철학적 불만과 씨름하는 듯 보였다.

유일하게 칭찬할 만한 광대는 스퀸크였다. 이른 봄에 스퀸크와 메리가 내시 패밀리 서커스단에 합류했을 때, 대령은 프로그램 홍보문구에 "조지프 베일스, 광대 스퀸크를 연기하다"라고 완전히 까발렸다. 그러자 유럽에서 공부한 프로 아티스트인 베일스는 불같이 성을 냈다. 그는 팔짱을 끼고 따졌다. "내시 단장님, 저는 프로 아티스트입니다. 제가 유럽에서 배울 때는 절대로 본명을 발설하지 않았습니다. 하늘이 무너지는 한이 있어도." 베일스는 아리스토텔레스적 관점에서 보면 팬터마임과 분장, 가짜 코, 헐렁하고 성경책만큼 두툼한 신발까지 모두 비밀 유지를 위해 의도된 시적 표현이라고 주장했다. 까다로운 베일스의 성질을 건드리지 않으려고 내시는(아리스토텔레스 얘기는 뭔 소린지 잘 모르겠지만 하여간 멋있기는 했다) 부득불 그때부터 베일스의 이름은 빼고 '스퀸크'라고만 썼다.

그날 아침, 고깔모자를 쓰고 노란 왕방울이 달린 위아래 일체형의 부풀린 체크무늬 광대 옷을 입은 스퀸크는 동에 번쩍 서에 번쩍 하면서 트롬본 주자의 홀쭉한 볼과 연주 동작을 흉내 내기도 하고 인간 피라미드를 고꾸라뜨리겠다며 위협하기도 했다. 그는 동료들을 조롱하고 놀리면서 대중이 포복절도하도록(비록 동료들에게는 전혀 다른 효과를 낳아 다들 그를 살벌하게 노려봤지만) 분위기를 띄웠고, 연기에 대한 의지도 노력도 없는 다른 광대들한테는 점점 위압적으로 대했다. 스퀸크는 광대들에게 아이를 공중으로 던지는 올바른 방법을 시범으로 보여주었다. 꼬마 여자애를 던져 올렸다가 안아 내려서는 데이지 꽃을 건네주는데, 그 모든 과정이 단 한

동작으로 부드럽고 섬세했으며 유리처럼 투명했다.

하지만 그건 성대한 마무리를 위한 워밍업에 불과했다. 퍼레이드 선두에서 단원 둘이 양팔을 내저으며 길 양옆을 막아선 채 소리쳤다.

"말을 꼭 붙드세요! 코끼리가 등장합니다!"

잘해야 1년에 한 번 볼까 말까 한, 이 세상 것 같지 않은 그런 짐승을 목격하게 되다니, 사람들은 왠지 겸손한 마음이 되어 영광이라는 듯 경의를 표하며 일제히 숨을 죽였다. 그 기이한 각 부위의 조합, 긴 코와 어금니, 거대한 귀를 자비롭고 현명하신 하느님이 존재하는 증거라고 여기는 사람들도 있었다. 하느님 얘기에 마음이 흔들린 내시 또한 메리의 눈을 들여다보며 코끼리의 놀라운 지능을 느끼고 잠시 넋이 나가 갈팡질팡했다. 스퀸크는 분위기가 최고조에 이르면 외치라고 대령에게 일일이 인용문을 써줬다. "프랑스의 저명한 박물학자인 조르주 르클레르 드 뷔퐁 백작님이 말씀하셨지요, '코끼리의 지능은 물질이 정신에 근접할 수 있는 한계치만큼 인간의 지능에 근접했다'라고."

그런 이유로 말에 대해 경고했던 것이다. 코끼리는 화물차에 꽁꽁 묶어놔도, 갈고리 달린 막대로 쿡쿡 찔러 뒷발로 서서 울어보라고 해도 다 잘 참아내지만, 말에 관해서만큼은 인내심이 전혀 없었다. 말만 보면 여지없이 본능적으로 광란 상태가 되었다. 꼭 발정 나서 광포해진 수코끼리처럼 눈이 흐려졌다.

거리가 안전해졌다는 판단이 서자 스퀸크는 좀전의 익살스러운 장난기를 다 버리고 앞으로 성큼성큼 걸어나왔다. 그가 유럽에서 훈련받은 시간들이 진면목을 발휘하기 시작했다. 그는 고개를 가볍게 치켜들고 꼿꼿한 자세로 두 팔을 우아하게 휘두르며, 자기 뒤에 서 있는 코끼리라고 알려진 웅장한 예술품을 가리켰다. 사람들은 박수갈채 같은 것을 보내려다가 이내 두려움에 휩싸여 주춤거렸다.

메리가 천천히 걸어나왔다. 진창을 밟고 나아가면서 물음표 모양으로 세워 올린 코가 좌우로 흔들거렸다. 메리는 스팽글이 달린 머리장식을 쓰고 셰익스피어풍으로 주름이 풍성하게 잡힌 긴 케이프를 덮었다. 귀에는 메리의 이름을 뜻하는 M자를 새긴 흉터가 있었다(코끼리 도둑은 드물었지만 한번 당하면 손해가 막심했다). 좀 배웠다는 서커스 관람객들은 코끼리의 복장과 M자를 보고서 메리라는 이름이 이 코끼리에게 얼마나 잘 어울리는지 단박에 알아차렸다. 코끼리가 걸음을 내디딜 때마다 지축이 흔들렸고, 그들은 퀸 메리가 납셨군, 하며 소곤거렸다.

베일스는 독특한 방식으로 메리를 훈련시켰다. 메리는 관객을 향해 물을 뿌리라거나 코 위에 올려놓은 공을 떨어뜨리지 말라는 등의 모욕적인 주문은 받아본 적이 없었다. 베일스는 그보다 훨씬 엄격하고 많은 것을 요구하는 조련사였다. 메리는 발레를 추었다.

그리하여 내시의 광고 전단에는 메리가 유럽의 군주들 앞에서 활발한 공연을 펼쳤다는 문구가 들어갔다(베일스의 이력서에 적힌 대로 스페인의 카를로스 2세와 그리스의 소피아 공주를 언급했는데, 내시가 볼 때 '군주들'이라는 용어는 너무 애매해 의혹을 불러일으킬 여지가 있기에 용납할 수 없었다). 퍼레이드에 모인 대중은 메리의 발레를 보기 위해 왔고, 이번 공연이 그해 봄 올슨 시에서 공연된 다른 모든 서커스와 다를 바 없더라도, 메리가 간단한 동작 하나만 보여주면, 가령 살짝 절을 한다든가 하는 것으로 그날 밤 공연은 전석 매진이 보장됐을 것이다. 그건 뭐 도저히 말로 표현할 수 없는 몸짓이니까. 미리 본 사람들은 대부분 친구들한테 이런 식으로 입에 침을 튀며 전하게 마련이었다.

"그건 꼭 봐야 해. 다 필요 없고 일단 가서 보라니까."

오호애재라, 오전 11시 15분 시내 시계탑이 15분을 알리는 종을 울리자, 매케넌 철도회사의 전무이사인 티모시 펠프스 씨가 세컨드내셔널 은행과 탄넨바움 철물점 사이의 좁은 골목을 지나 퍼레이드 장소에 당도했다. 그는 고아한 자세로 자신의 영국산 말 재스퍼의 안장 위에 걸터앉은 채 등장한 것이었다.

이후에 일어난 사건은 너무 소름 끼치고, 무척 단순하고, 워낙 믿을 수가 없는 일이었기에, 동네 사람들의 기억력을 도무지 신뢰할 수가 없었다. 그들이 자신이 목격한 것을 정확히 전달하기는 한 건지 의심스러웠다. 사실상 영화 촬영용 카메라가 없었더라면 그 이야기는 분명 도시전설 수준으로 전락했을 것이다.

전문가용 파테 프레보 카메라에는 한 가지 단점이 있었으니, 카메라를 떨어뜨리거나 단단한 물체에 세게 부딪히면 필름이 폭발해 재가 되기 십상이었다. 알렉산더 빅터라는 이름의 아마추어 영화감독은 그날 아침 '안전한' 아세테이트 필름을 시험하는 중이었다. 그는 미국 남부선을 타고 개량된 광학거리계를 조몰락대며 끝이 안 보이는 수송기관차와 카메라를 향해 손을 흔드는 철도 잡역부들을 찍었다. 그리고 오늘 그는 서커스 퍼레이드를 보려고 기차에서 내렸다. 퍼레이드는 재미있는 움직임을 찍는 데 제격이었다.

빅터는 핸드 크랭크 카메라를 인도에 설치했다. 사달이 난 바로 그 골목 맞은편이었다. 동네 사람들도 다른 자잘한 건 긴가민가해도 그 점에 관해서만큼은 정확했다. 그날 자신이 어디에 있었든 다들 그 유리한 위치에서 목격한 상황으로 기억했다. 사람들의 기억은 스크래치투성이에 빨라졌다 느려졌다 하며 조명 느낌도 기묘한 어느 아마추어 감독의 필름에 감염되었다. 메리는 퍼레이드 경로를 이탈해 자신과 먹잇감 사이에 있는 동네 사람들을 사방팔방으로 흩어놓으면서 자석에 이끌리듯 재스퍼와 그 주인이 있는 왼쪽으로 성큼성큼 걸어갔다. 은행 벽돌담 옆에 있던 펠프스와 그의 말 재스퍼는(프레임 단위로 장면을 쪼개니 희끄무레한 얼룩에 가깝게 보였다) 초조하게 앞뒤로 왔다 갔다 할 뿐 어떻게 해야 할지 둘이 아직 의견 일치를 보지 못한 듯했고, 그때 메리가 머리장식과 케이프를 뒤흔들며 쿵쿵 육중한 걸음걸이로 그들을 덮쳤다. 메리는 우둘투둘한 벽돌담에 가려운 곳을 긁겠다는 듯 어깨를 힘주어 휙 밀더니 다시 천천히 느긋하게 뒤로 물러났고, 말과 주인은 더이상 그 자리에 없었다.

이것만으로도 끔찍하기 이를 데 없었다. 하지만 이어서, 여전히 돌고 있는 카메라 렌즈 앞을 가로지르는 올슨 시 주민들이 세피아 톤으로 흐릿하게 보였고, 메리는 마치 시신을 고정시키려는 듯 앞발로 펠프스의 등을 내리누르더니 긴 코로 그의 목을 휘감았다. 다음 동작은 샴페인 병 주둥이를 꽉 막은 코르크 마개를 뽑듯 부드럽고 유려했다.

거리는 아수라장이 되었고, 사람들은 어디로 도망쳐야 제대로 방향을 잡은 건지 알 수가 없어 갈팡질팡했다. 중산모를 쓴 남자가 카메라 쪽으로 달려오면서 갑자기 그의 조끼와 회중시계 줄이 화면을 가득 채웠고, 다음 순간 화면이 까맣게 암전되면서 알렉산더 빅터의 필름은 끝났다.

내시는 진창에 처박혀 무슨 일이 일어났는지 제대로 보지 못했고, 어떻게든 상황을 수습하려 애썼지만 그의 명징하고 우렁찬 흥행사다운 고함 소리도 별 소용이 없었다. 내시는 동네 대장간 주인이 앞으로 달려나가 앞치마에서 권총을 꺼내들고 총알이 떨어질 때까지 메리의 옆구리를 향해 쏴대는 장면을 목격했다. 총알은 메리의 가죽에 조그만 곰보 자국을 남겼고, 메리는 걱정스레 귀를 펄럭이고는 그대로 제 갈 길로 돌아가 더이상의 참극은 없었다.

스컹크는 길 한가운데서 턱을 덜덜 떨며 얼어붙어 있었다. 그는 뾰족한 고깔모자를 벗고 고개를 숙였다. 그의 친구이자 동료인 메리가 다가와 퍼레이드가 끝날 때면 늘 받았던 사과를 달라고 긴 코를 슬그머니 내밀자, 스컹크는 손바닥으로 자신의 눈을 가렸다.

쇼는 계속되어야 한다는 문장은 관객들이 먼저 만든 말이고, 그 어감을 맘에 들어 한 신문기자들이 그것을 널리 퍼뜨렸을 뿐이다. 수많은 서커스단이 계속하기는커녕 두 번 생각할 것도 없이 공연을 접는다. 내시는 정오에도, 1시에도, 2시에도, 그날 밤 공연이 없으리란 것을 잘 알고 있었다. 내시는 메리를 도로 화물칸에 넣었고, 단원들을 총동원해 메리 주위를 둘러싸고 지키도록 했다. 파티에 처음 초대받은 청년들처럼 잔뜩 흥분해 장총과 권총과 다이너마이트로 무장한 한 떼의 동네 사람들이 몰려들었다. 그들을 가로막은 것은 내시 본인이었다. 내시는 그들이 올 거라고 예상했고, 오후 내내 그들에게 할 거짓말을 단단히 준비하고 있었다. 알면서도 대중을 속이려는 거짓말은 이번이 처음이었다.

"코끼리는 그걸로 안 죽습니다."

내시는 진지하게 단언했다. 그의 어조는 몹시 권위적이었고 아주 경멸하는 투여서, 그 자신도 이런 목소리가 어디서 나왔는지 의아할 지경이었다. 그의 말투는 흡사 레위기를 낭송하는 것 같았다.

"총이나 심지어 다이너마이트로도 이 짐승의 가죽은 절대 뚫을 수 없습니다."

올슨의 남자들은 서로 눈빛을 교환했다. 당장 난제에 부딪혔지만 그들 중엔 제법 똑똑하다는 사람도 몇 있었고, 누군가 이렇게 소리치는 것은 시간문제였다.

"전기로 죽여!"

내시는 고개를 저었다. "에디슨 본인이 한 번 시도한 적 있지만 실패했어요. 코끼리를 자극해서 성나게 만들었을 뿐입니다." 이것이 그의 두번째 거짓말이었다.

그 말에 사람들은 웅성거렸고, 내시는 이제 앞으로 어떻게 될지, 그들의 좌절감과 초조함이 어디로 향할지 잘 알고 있었다. 한 사내가 프레이저에 사는 자기 사촌한테 연락하겠다고, 사촌이 남북전쟁 때 쓰던 대포를 갖고 있는데 아마 쓸 수 있을 거라고 얘기하자마자 내시는 그를 저지했다. 그는 저도 모르게 생애 최고의 서커스 흥행사 연기를 펼치고 있었다.

"여러분, 우리는 오늘 밤 안으로 이 일을 해결하겠습니다. 이 건을 공개적으로 완벽하게 해결하지 않고는 이 도시를 떠나지 않을 것입니다. 명백히 입증하겠습니다."

마지막 한마디는 자기도 왜 붙였는지 모르겠지만, 어쨌든 사람들은 어떻게든 메리를 죽일 거라는 확약을 받은 것으로 알고 돌아서서 걸어갔다. 권총과 장총을 청승맞게 들고서.

대령은 왜건으로 들어와 앉았다. 그의 왜건은 메리의 화물차 가장 가까이 질퍽하게 꺼진 곳에 놋쇠 제동자를 놓고 그 위에 정차시켜놨다. 그는 어떻게 해야 할지 갈피를 잡지 못했다. 자신의 코끼리가 사람을 죽였다. 직접 목격하지도 못했고 지금도 여전히 상상이 안 가지만 아무튼 꽤나 박력있게 죽여버린 듯했다. 복수를 요구하는 것도 타당했다. 사람을 죽인 짐승을 책임지고 있다는 생각에 그는 마음이 편치 않았다. 하지만 그보다 더 마음이 불편했던 것은 동네 사람들한테 거짓말을 하게 된 보다 내밀한 이유 때문이었다. 만약 메리가 죽으면 그는 빚을 청산할 방법이 없었다.

서커스단의 재정은, 긴긴 겨울밤 소품 담당자가 불길을 살리기 위해 고체연료 찌꺼기에 던져 넣는 우랄 산맥 산産 허브 조합만큼이나 불가사의하고 중독성이 강했다. 대출과 환매와 예상수입에 근거한 계약 및 역재구매 합의서 등이 있는데, 요컨대 여름 시즌이 끝날 때까지 시카고의 한 은행에 8,000달러를 분할 납부하기로 보증을 선 다음에야 내시는 스퀸크와 메리의 계약을 따낼 수 있었다. 지금까지 1,500달러를 갚았는데 메리가 없으면 그 부채를 갚을 길이 없었다. 그에게 있어 경제적 신용이란 현대문명의 초석과 같은 것이었다. 그런 그의 신념이 동물들의 기본적 고결함에 대한 그의 신뢰와 어긋난 적은 한 번도 없었는데, 이번 경우와 같이 그 두 신념이 상충하게 되자 그 불화와 알력 때문에 속이 상했다.

3시가 되자 내시는 조지프 베일스를 자신의 왜건으로 불러 일을 어떻게 처리하는 게 최선인지 알아보기로 했다. 베일스는 고개를 푹 숙이고 들어왔다. 그는 암컷 코끼리도 발정으로 인해 광란을 일으킬 수 있는지에 관해 논의할 참이었다. 내시가 입을 떼려 하자 베일스는 자신은 여전히 코끼리의 지능에 대한 신뢰를 갖고 있다는 두루뭉술한 얘기로 말문을 열며 내시의 말허리를 끊었다.

"목매달죠."

"네? 뭐라고요?"

이후 내시는 남은 평생에 걸쳐 어쩔 수 없이, 의식적으로 노력하지 않아도, 이 대화를 수십수백 번 떠올리게 되었다. 구체적인 내용은 희미해져도 그때 느꼈던 공포스러운 기분은 상당히 진하게 오래도록 남았다.

"메리는 범죄를 저질렀습니다." 베일스는 이렇게 말했다. "대가를 치러야 합니다. 목을 매달아요. 시적일 겁니다."

평소 베일스는 종속절을 여러 개 용접하여 풍자와 조소로 날카롭게 벼린 복잡한 화법을 구사했다. 하지만 오늘의 그는 딴사람 같았다. 단호하고 신속히 타당한 결정을 내린 이 남자는 재고의 시간을 구걸하지도 않았다. 베일스는 상체를 내밀더니 마디 굵고 앙상한 손가락을 들어 창밖을 가리켰다. 거기에, 언덕 꼭대기에, 100톤짜리 철도 기중기가 꼭 단두대처럼 굽어보고 있었다.

내시는 고개만 저을 뿐 아무 말도 하지 않았다. 문고리를 잡고 선 베일스는 작별인사하듯 모자를 푹 눌러썼다. 그의 등은 부들부들 떨렸고 어깨가 들썩였다. 그러더니 이내 결심한 듯 나지막이 덧붙였다.

"그리고 한 단계 더 깊은 의미에서, 시적 정의의 차원에서 입장료를 받으면 더욱 시적인 사건이 될 겁니다."

베일스가 나간 후 내시는 닫힌 문을 물끄러미 바라보았고, 그 자신의 눈에도 눈물이 고였다. 입안에서 끔찍한 맛이, 극도로 불쾌한 구리 냄새가 감돌았다. 1페니짜리 동전과 꼭 같은 맛이.

그날 저녁, 올슨 사람들 전부가 와일드우드힐에 모였다. 뿐만 아니라 소프턴과 버로스, 마이어스, 카멜에서도 사람들이 몰려와 2000명도 넘게 북적였다. 폐기된 차량들 틈에 서서 코끼리 교수형을 구경하는 특권을 누리기 위해 다들 무려 2달러씩 냈다.

내시 본인은 그 자리에 가지 않기로 했다. 동물에게 그토록 잔인한 짓을 하다니 가슴이 찢어지는 것 같았다. 땅거미가 지기 직전, 그는 화물차에 쇠사슬로 묶어놓은 메리를 찾아가 마지막으로 메리의 눈을 똑바로 응시했다. 전과 다름없이 총명함과 상냥함이 엿보이는 눈이었다. 그곳에 오래 머물수록, 이 난국을 타개하면서 재정적 채무변제의 길을 택한 자신을 더욱 용납할 수 없었다.

알렉산더 빅터는 카메라를 설치했지만 별 도움은 되지 않았다. 석유등 조명에 반사판도 달고 가끔은 플래시도 터뜨렸지만 기본적으로 광량이 부족했고, 흥분한 군중들 사이로 떠다니는 미세먼지와 담배 연기 때문에 무슨 원시부족의 종교의식을 연상케 하는 희미한 형체밖에 보이지 않았다.

와일드우드힐은 높이 60미터쯤 되는 완만한 구릉지로, 나선형 철로와 멸종된 고릿적 폐차량들 틈바구니에서 끝나는 오솔길이 있었다. 철로 마지막 부근의 더 잘 보이는 지점을 찾으려고 남녀노소 할 것 없이 그 오솔길을 신나게 올라갔다. 기중기의 운전석은 디젤연기를 꺼억 내뿜으며 기관차 크기의 발전소 위에 자리 잡고 있었다. 운전석의 철제 배 부분 중간쯤에서 길게 튀어나온 것은 일종의 기계식 코끼리 코였다. 철제 대들보 상부구조의 강건한 기중기 끝에는 뭉툭한 철제 갈고리가 달려 있었다.

7시가 되자 화물칸 문이 활짝 열리고 메리가 나왔다. 언덕으로 가는 길을 따라 횃불이 죽 늘어서서 메리를 인도했다. 멀찍이서 메리를 본 사람들은 한동안 환호했지만, 메리의 걸음은 뻣뻣하고 느린 데가 빙글빙글 돌며 올라가는 언덕길은 꽤나 길었으므로, 이내 환성을 지르는 데 흥미를 잃고 숨죽인 대화 모드로 들어갔다.

마침내 메리가 무대에 등장했고, 처음에는 별 문제 없이 기중기 앞으로 곧장 나아가는 듯싶더니 대중 앞에 다가가서는 완전히 얼어붙었다. 메리가 철제 갈고리를 눈치챈 것이 틀림없다고 주장하는 사람들도 있었지만, 아마 메리의 심리는 그보다 훨씬 단순했을 것이다. 메리는 보통 저녁 이 시간 즈음에 공연하러 나왔고, 평소처럼 머리장식과 케이프를 두르고 있었으며, 평소처럼 환호하는 군중이 있었다. 하지만 지금은 천막이 없었다. 그리고 긴장한 군중의 분위기 때문에, 이성을 넘어 감성을 먹고살던 동물이니, 코끼리가 겁을 집어먹은 것이었다.

메리는 주춤거리며 길을 벗어났고, 코끼리 조련용 막대로 재빨리 몇 번 쿡쿡 찔러서 겨우 물러서지 못하게 했다. 그래도 여전히, 세상 그 어떤 힘도 메리를 그녀의 운명 앞으로 나아가게 할 수는 없었다. 이렇게 한참이 흐르자 사람들은 실망 섞인 고함을 질러댔고, 그때 전혀 예상치 못한 방법으로 문제가 풀렸다. 어떤 사람이 빽빽이 들어찬 서민 구경꾼들을 헤치고 앞으로 나왔다. 광대 옷을 벗은 조지프 베일스였다. 분장도 하지 않았다. 모직 재킷에 해어진 작업복 바지를 입고 중산모를 썼다. 가끔 발도 헛디디고 말도 어눌한 것으로 보아 휴대연료를 넣어둔 왜건에서 사과 브랜디를 퍼마신 게 분명했다. 좀더 자세히 들여다보면 눈 주위의 모세혈관이 터져 융단처럼 섬세한 무늬가 생겼음을 알아챘을 것이다. 소맷부리로 자꾸 문지른 탓이었다.

메리는 즉시 자신의 친구를 향해 긴 코를 내밀었고, 베일스는 메리를 가볍게 토닥였다. "이쪽이야"라며 베일스는 기중기 쪽으로 몇 발짝 움직였다. 메리는 따라가다가 멈췄다. 그 어느 것도, 세상 그어떤 토닥임과 칭찬과 다짐도 메리를 갈고리 가까이 데려갈 수 없었다.

베일스는 메리에게 웃어 보이려 했지만 잘 되지 않았다. 사람들이 다시 사납게 대들려는 찰나, 베일스는 손바닥을 내보이며 양팔을 옆으로 쭉 뻗었다. 마치 싸움을 말릴 때처럼. 그는 고개를 숙이고 지극한 체념의 한숨을 내쉬었다.

다음 순간 그가 고개를 들었을 때, 그 얼굴은 맨 얼굴이거나 말거나, 마른행주처럼 경쾌하고 유연한 광대 스퀸크였다. 그는 한 발씩 가볍게 점프하고 나서, 뒤로 한 번 앞으로 한 번 다시 뒤로 한 번 뛴 다음, 뒤로 돌아 메리를 가리켰다. 무슨 말인지 알겠다는 이해의 눈빛이 메리를 스쳤고, 메리의 발도 앞으로 나갔다가 뒤로 물러섰다, 그다음 왼쪽으로 갔다가, 오른쪽으로 갔다가, 한 바퀴 빙 원을 돌았다. 관중들은 열화와 같은 환호성을 질렀다. 메리가 발레를 추고 있는 것이다!

이 '파드되'*는 원래 플라스티코프의 발레 〈박쥐〉에 나오는데, 드

---

* pas de deux. 발레에서 두 사람이 추는 춤.

물게도 젊은 남녀의 연애가 아니라 남편과 아내 사이에 오가는, 있는 듯 마는 듯 잘 모르고 넘어가는 감정과 일상의 정情을 찬미하는 작품이다. 스퀑크가 '소 드 랑주'*를 선보이자, 네발을 다 들어 점프할 수 있을 리 없는 메리는 그래도 한쪽 뒷다리를 쭉 뻗고 대각선 앞다리를 곧게 펴들어 완벽한 아라베스크 자세로 화답했다.

메리는 머리 위 저 높은 곳에서 기중기가 흔들흔들 위치를 조정하고 있는 것은 눈치채지 못했다.

마지막으로 스퀑크는 '아상블레 쉬르 라 푸엥트assembles sur la point' 즉 두 발을 모으고 도약한 후 공중에서 한 바퀴 돌고 발끝으로 내려섰다가 다시 뛰어오르는 일련의 동작을, 한두 번도 아니고 여러 번 우아하게, 메리가 턴테이블 위에 올려놓은 수레처럼 빙글빙글 돌며 그의 뒤를 따를 때까지 추었다. 이어서 성대한 마무리로, 메리는 천 번도 넘게 해왔던 대로 정확히 마지막 동작을 수행했다. 뒷다리를 살짝 꼰 채로 배가 거의 땅에 닿을 정도로 몸을 낮추고 탄원하듯 머리를 숙였다. 완벽한 절이었다.

바로 그때 스퀑크가 앞으로 나가 메리의 목에 걸린 쇠사슬에 갈고리를 슥 밀어넣었다.

메리는 놀라 뒤로 물러났지만 이미 때는 늦었다. 발전기 안쪽 깊숙한 곳에 자리 잡은 기어가 맞물리며 돌아가기 시작했다. 메리는 몸을 똑바로 세우고 물을 터는 개처럼 머리를 마구 흔들었다. 그때 메리의 앞발이 먼지 자욱한 땅에서 들렸다. 메리는 균형을 잡으며 두 발로 걸었고, 터빈에서 뭔가 빠진 것처럼 무시무시한 소리가 나

---

* saut de l'ange. 발레 용어로 '천사의 도약'이라는 뜻.

더니 메리가 다시 땅으로 내려오기 시작했다. 그러나 그것도 잠시였을 뿐, 기중기가 거침없이 힘을 더하자 메리는 다시 위로 번쩍 들렸고 뒷다리도 땅에서 떨어졌다.

주위에 있던 모두가, 수명이 다한 고철 위에서, 뼈대만 남은 기차 여객칸 위에서, 녹슨 트럭 위에서 구경하던 남녀노소 모두 환호할 기력을 잃었다. 코끼리라는 것은 땅에서 떨어져서는 안 되는 동물이었다. 그 광경은 소름 끼쳤고, 교회 묘지에서 화석이 발견되거나 소금에 절인 대구가 사막에 우수수 쏟아지거나 하는 것처럼, 자연법칙에 대한 일종의 힐난 같았다. 검게 그을린 조명 아래에는 정적만이 감돌았다. 메리의 짧고 육중한 다리가 허공을 찼고, 이어서 몇 분이 흐른 후에 딱 한 번, 메리의 눈이 현 사태를 인지한 듯 휘둥그레졌다. 메리는 코를 휙 뻗어 반쯤 목 졸린 울음소리를 짧게 내더니 이내 축 늘어졌다.

코끼리가 와일드우드힐에 얼마나 오래 매달려 있었는지 정확히 아는 사람은 아무도 없었다. 야간촬영을 할 줄 아는 한 사내가 사람들에게 코끼리 시체 앞에서 포즈를 취해보라고 권했지만, 사진을 찍으려는 사람은 없었다. 사람들이 스퀸크를 찾았고, 혼란과 깨달음이 잇달아 찾아왔다. 스퀸크는 사라졌다. 십중팔구 기중기가 움직인 순간 떠났을 것이다. 이후로 두 번 다시 그의 모습은 볼 수 없었다.

⸺◦

한 해가 지났고, 또 한 해가 지났다. 내시 패밀리 서커스단은 메리와 스퀸크의 계약금 중 상당액을 현금으로 간신히 치렀고, 이후 매달 조금씩 갚아나갔다. 이제 대령의 서커스에 성대한 마무리는 존재하지 않았다. 대신 내시는 훈련된 침팬지를 데려와 토가를 입히고 바셋하운드 두 마리가 끄는 전차에 타고 도는 침팬지쇼를 추가했다. 또 스파크 서커스단에서 방출된 티보어 선장의 바다사자 팀도 데려왔다. 티보어 선장은 바다사자들이 대학을 졸업했다고 주장했다. 내시는 새로 만든 광고 전단에 이런 내용을 성실하게 기재했고, 그 말도 안 되는 내용에 속을 끓였는지 어쨌는지는 모르지만 일절 내색하지 않았다. 그는 여전히 건전한 오락을 제공한다고 썼지만, 햇수를 헤아려 몇십 년째 미국 대중을 공평무사하게 대해왔다는 문구는 더이상 넣지 않았다.

1918년 겨울, 서커스단은 한 시즌을 쉬었다. 내시는 혼자 로스앤젤레스에서 그리 멀지 않은 어느 골짜기에 대규모 무허가 임대목장을 찾아갔다. 집에서 기다리는 가족들에게 대충 얼버무리기로는 영화계 물을 좀 먹어본 새로운 재주꾼을 찾아볼 생각이라고 했다. 카메라 뒤의 생활에 염증을 느낀 곡예사들이나 야생동물 팀이 있을지도 모르고, 그들이 진짜 세상을 보고 싶어 할지도 모르니까.

하지만 그 얘기는 내시 본인에게도 공허하게 들렸고, 가족들이 보낸 편지에도 일이 잘 되어가냐는 질문은 없었다. 메리가 교수형을 당한 후로 줄곧 내시는 목적도 방향도 없이 사는 상태였다. 로스앤젤레스는 물론 낯설고 쓸쓸한 그 근교(사막 기후임에도 신기하게 수만 평에 달하는 올리브나무 밭과 감귤류 나무들이 용케 자라고 있었다)를 통틀어도 아는 사람이라곤 하나 없었다. 내시는 별다른 열의도 의지도 없이 페이머스 플레이어스 영화사를 찾아갔다가, 만나기로 한 사람의 이름이 생각나지 않아서 그냥 총무과에서 되돌아 나왔다. 시내전차를 갈아타고 돌아오는 것만으로 그날 오후가 다 갔다.

그는 즐겨하던 대로 요리 용어에 빗대어 생각해봤는데(이전 직업에서 비롯된 버릇이었다), 서커스의 매력에는 두 가지가 있었다. 단맛과 신맛. 단맛은 보여주는 그 자체로 건전한 오락거리로 구성된다. 공중그네, 동물쇼, 어릿광대. 신맛은 사람들을 속임으로써 완성되는 것들이다. 인도산 고무를 알코올 유리병에 넣어가지고 머리 둘 달린 아기라고 떠들어댄다든가, 핑크 레모네이드라고 파는 게 실은 광대들이 타이츠를 빨래한 물이라든가. 그 두 가지 맛을 따로따로 유지하는 것은 지금까지 아주 쉬워 보였는데, 어느 순간 내시는 그 선을 넘어버렸고, 그 자신이 시어져 맛이 가고 말았다.

2월의 어느 날 아침, 내시가 여느 날과 마찬가지로 경건하게 면도를 하고 있는데 문밖에서 노크 소리가 났다. 서커스단으로 얼른 돌아오라는 단원인가 걱정되어 열쇠구멍으로 내다보는데, 문 앞에는 생전 처음 보는 남자가 서 있었다. 내시는 비누거품을 닦아내고 남자를 안으로 들였다.

이 낯선 이의 얼굴은 검게 탄 흉터투성이였고 주름이 자글자글한 피부는 얼룩덜룩 붉었다. 찡그린 표정이 아예 박여서 마치 평생을 사나운 날씨에 맞서 살아온 것 같았다. 나이는 전혀 짐작할 수도 없었다. 어디서 많이 본 듯한 검정색 케이프를 두르고 철도경찰 모자를 썼는데, 그래서 내시는 주저 않고 남자를 안으로 들인 것이었다.

누군가와 함께 있는 것에 익숙지 않았던 탓에 내시는 어설프게 커피를 권했고, 낯선 이는 커피를 받아들면서 자기 이름을 밝혔다.

"레너드 펠킨입니다." 펠킨은 철도경찰을 하다가 은퇴해서 지금은 사립탐정으로 일하고 있다고 말했다.

비좁지만 산뜻한 빌트인 부엌 양쪽 끝에 두 사람은 자리를 잡았다. 내시의 어깨 너머로 보이는 골짜기의 전망이 끝내줬다. 펠킨은 서류가방을 찾느라 배낭을 뒤적이면서 전망에 대해 찬사를 늘어놓았다.

"몇 가지 질문을 좀 드려도 되겠습니까?"

"물론입니다."

펠킨은 명함판 크기의 사진 한 뭉치를 조심스럽게 꺼냈다. 그리고 포커 카드 돌리듯 앞면이 보이지 않게 엎어서 다섯 더미로 나누어 놓았다.

"살인사건에 관한 것입니다."

펠킨은 할 말이 더 있다는 듯 목청을 가다듬었다. 내시는 잘 협조하겠다는 뜻으로 고개를 한 번 끄덕였다. 펠킨은 마주 고개를 끄덕인 다음 커피를 한 모금 마시고 나서 커피 잔으로 사진을 가리키며 말했다. "용의자들 사진입니다." 그리고 탁탁 소리를 내며 확신에 찬 태도로 사진을 차례로 뒤집었다.

잠시 내시는 할 말을 잃었다.

"이게 살인 용의자들이라고요?" 내시가 마침내 입을 열었다.

펠킨은 고개를 끄덕였다. "하나라도 알아보시겠습니까?"

"코끼리들이잖아요."

"다시 잘 보세요."

볼 필요가 없었다. 이미 오래전에 다 끝난 일이라고 생각했기 때문에, 게다가 그 자신이 그 일로 거의 망가졌기 때문에, 내시는 화가 났다.

"코끼리 맞잖습니까. 당신이 여기까지 와서 나한테 묻는다는 건 내막을 다 알고 있다는 얘기일 텐데요."

펠킨은 검지를 들어 보였다. "한 마리면 됩니다. 딱 한 마리."

다섯 더미의 사진은 각기 다른 해에 찍혔는데, 초기 것들은 감광유제가 흘러내려 줄무늬가 생겼다. 하나같이 카니발이나 서커스에서 활약하는 코끼리를 찍은 사진이었다. 셀즈 조합의 왜건도 보였고, 링글링 배너 것도 있었다. 마침내 내시는 축 늘어진 자기네 대형 천막을 알아보았다. 여기저기 천을 기운 모양이 외과수술 후 흉터자국처럼 자기네 것과 똑같았다. 산꼭대기 너머로 비친 한줄기 서광을 본 느낌이었다.

"메리군요." 내시가 말했다.

"어느 사진에 나온 것이 메리인지 알려주실 수 있습니까?"

"지금 날 놀리는 겁니까? 우리 천막 앞에 서 있는 코끼리잖아요."

"다른 사진에 나온 코끼리도 메리입니까?"

그건 확답하기 어려웠다. 티아라 같은 것을 쓰고 있는 사진도 한 장 있긴 했지만 나머지는 다 아무런 장식이 없었다.

"그럴 수도 있겠지요."

"식별할 수 있는 특징이 있습니까?"

"어디 보자. 가만, 메리는 정확히 키가 12피트였습니다. 이런 게 필요하신가요?"

펠킨은 눈살을 찌푸렸다. "12피트? 12피트 3인치는 아니고요?"

"아닙니다. 광고 전단에 따르면 정확히 12피트입니다." 내시는 볼에 바람을 넣었다가 빼며 말했다. "물론 덴버에 있을 적에 어느 날 아침 재보니까 12피트 3인치로 나오긴 했죠."

펠킨이 하도 세게 탁자를 내리치는 바람에 찻숟가락이 튀어올랐다.

"그겁니다!" 펠킨은 상체를 앞으로 내밀고 애써 침착하게 말했다. "그때만 빼고, 단장님이 키를 잴 때마다 항상 메리가 구부정하게 서 있었던 건 아닐까요? 그럴 수도 있지 않습니까?"

"무슨 말씀을 하고 싶으신 건지 잘 모르겠군요."

펠킨은 다시 편하게 앉았다. 그는 내시의 어깨 너머로 창밖의 느릅나무를 바라보다가, 자신 없는 투로 물었다.

"달리 생각나는 표식은 없으십니까?"

"귀에 M자가 새겨져 있었습니다."

"이렇게요?"

펠킨은 사진을 하나씩 넘기며 뭔가를 찾다가, 한 장을 휙 뽑아서 탁자 위에 올려놓았다. 코끼리의 귀를 가까이서 찍은 사진이었다.

내시는 고개를 끄덕였다. "네, 다만 메리는 M자였는데 이 코끼리는 N자네요."

잔뜩 찌푸린 얼굴로 내시의 발언을 숙고하던 펠킨은 만년필을 꺼내더니 한 번 흔들고는 사진에 한 줄을 슥 추가했다.

"이렇게 생긴 M자였죠, 메리 귀에 새겨진 게?"

"글쎄요, 귀에 글자를 새긴 코끼리가 한두 마리겠습니까? 아마 전부 다 있을걸요. 저는 그중 단 한 마리만 가까이서 봤을 뿐입니다."

순간 내시가 그토록 어렵사리 억눌러왔던 쓰디쓴 맛이 올라왔다. 메리의 눈을 똑바로 들여다봤던 순간들, 거기서 봤던 야생의 정신, 그리고 메리가 저지른 배신.

펠킨이 말했다. "같은 코끼리라고 저는 생각하고 있습니다. 링글링 배너 서커스단에 누미라는 이름의 코끼리가 있었는데, 그 코끼리는 4년 전에 사람을 죽였습니다. 제 생각엔 거기서 한밤중에 몰래 코끼리를 빼돌려 이름을 바꾸고 당신한테 팔아먹은 것 같습니다."

"그럴 리가요." 말은 그렇게 하면서도 내시는 사진을 들어 한 장씩 뚫어져라 넘겨보았다. "이게 다 누미라고요?"

"그중 한 마리죠. 다른 하나는 셀즈 서커스단의 코끼리인데 이름은 베로니카였습니다. 그놈도 6년 전에 사람을 죽였어요. 그 이름도, 보세요, 이렇게 보면……" 펠킨은 손가락 두 개를 어색하게 펼쳐 V를 만들고, 다른 손으로 손가락 하나를 보태 거꾸로 선 N을 만들었다. 그리고 방향을 바꿔서 똑바로 만들어보려다 포기했다. "그전 이름은 이오니아였죠. 거기 티아라를 쓴 놈이 이오니아입니다."

내시는 펠킨에게 미친 거 아니냐고 말하고 싶었지만, 웬일인지 입이 떨어지질 않았다. 마치 자기 자신이 용의자로 체포된 듯 죄책감이 들면서 구역질이 났다.

"올슨에서 메리가 밟은 사내는 말을 타고 있었습니다." 내시는 메리라는 존재 자체의 최후로 마무리될 이야기를 꺼냈다. 그렇다고 떳떳하다거나 변명이 되는 건 아니지만 최소한 이해는 할 수 있지 않을까 하는 마음에서, 본능의 한계에 부닥친 한 마리 동물로서.

"엄밀히 말해서 메리가 펠프스를 밟기만 한 건 아니잖습니까?"

"그거야……"

펠킨은 사진을 도로 갈무리하기 시작했고, 내시는 그게 볼일이 끝났다는 뜻이길 내심 빌었다. 그러나 펠킨은 자세히 보라며 새 사진을 꺼내놓았다. 가로세로 20센티미터쯤 되는 돌돌 말린 사진이었는데, 펠킨은 그것을 잘 펴서 양쪽 끝을 커피 잔으로 눌러 고정시켰다.

사파리에서 찍은 사진이었다. 중앙에 다섯 남자가 있는데, 다들 하얀 피스 헬멧을 쓰고 탄창을 열어젖힌 스프링필드 소총을 무릎 위에 올려놨다. 원주민 짐꾼들이 그 양옆에 서 있는데 어느 부족 사람들인지는 모르겠다. 원주민들 중 몇몇은, 여자도 있었는데, 카메라 앞에서 얼굴만 가리고 나머지 신체는 다 드러냈다. 내시는 민망할 정도로 한참 동안 그 벗은 몸뚱이를 관찰하다가 나중에야 펠킨이 자기에게 보여준 사진이 정확히 어떤 장면인지 깨달았다.

다섯 사냥꾼은 모두 자신의 전리품과 함께 포즈를 취하고 있었다. 한 사람은 그 위에 올라가서, 두 사람은 양쪽 가장자리에서, 두 사람은 그 앞에서 무릎을 꿇고 앉은 자세로. 아프리카코끼리 대여섯 마리의 시체였다.

"오, 하느님 맙소사." 내시는 한숨을 토해냈다.

연필로 동그랗게 사내들 얼굴에 표시를 해놨는데, 사진이 하도 쭈글쭈글해서 처음엔 얼굴을 알아보기가 힘들었다. 펠킨은 사진 오른편에서 의기양양하게 소총을 어깨에 메고 있는 사내를 손가락으로 톡톡 두드리며 말했다.

"티모시 펠프스입니다. 훨씬 젊었을 때 사진이죠. 1889년 서던 크레센트 철도회사는 고위급 간부들을 검은 대륙에 보내서 사파리 여행을 시켜줬습니다. 여기 다섯 명은 현재 모두 사망했습니다. 코끼리한테 당했죠." 펠킨은 자신의 커피 잔을 들었다. 사진이 동그랗게 말려서 접혔다. "코끼리 한 마리한테."

내시는 직접 사진을 펴서 고정시켰다. 사건의 전모가 확실히 머리에 들어올 때까지 한참을 들여다보았다. 붕 뜨는 기분이었다. 이제야 알 것 같다. 내시는 현기증을 느끼며 나직이 물었다.

"그러니까 메리의 가족들인가요?"

"네?"

"여기 이 사냥에서 죽은 코끼리들 말입니다. 메리의 가족들이겠죠? 메리는 가족의 복수를 한 거고요."

펠킨이 깜짝 놀라서 이 사람을 어떻게 봐야 하나 고민하는 동안 방 안에는 무거운 정적이 내려앉았다. 기분 좋은 정적은 아니었다. 동시에 내시는 서커스의 신맛을 다시 느꼈다. 펠킨의 표정은, 피지인어와, 남자인 동시에 여자인 댄서와, 태아 표본과, 레모네이드와, 그 모든 것들을 곧이곧대로 다 믿는 깡촌 시골뜨기를 보면서 입은 다물고 속마음을 드러내지 않는, 그런 표정이었다.

펠킨은 히죽 웃었다. "그러니까…… 단장님은 메리가, 그 코끼리가 이 모든 사건의 배후다, 이렇게 생각하시는 겁니까?"

"아니 뭐."

"잘 보세요." 펠킨은 사냥꾼 무리를 다시 가리켰다. 사진 왼편에, 동료들과 좀 떨어져서, 팔짱을 끼고, 총도 들지 않은 그 사냥꾼은, 조지프 베일스였다.

"어! 어떻게? 도대체?" 내시는 당혹스러움에 말을 잇지 못했다.

"이 사람을 베일스라고 알고 계시죠? 그렇죠? 원래 이름은 그게 아닙니다. 이자의 본명은 볼스예요. 머리 하난 잘 돌아가는 게, 자다가 엉겁결에 대답하더라도 비슷하게 들리도록 이름을 바꿨죠. 볼스는 승진 대상자였지만 승진에서 누락됐습니다. 사파리 동료로서도 진짜 끔찍했다고 하더군요. 뭘 해도 엉망으로 소란을 피우고, 모닥불 주위에 둘러앉아 몇 시간씩 동료들한테 니들 무식하다고 타박하고. 사파리에서 돌아온 후 볼스는 회사에서 잘렸습니다. 이를 부득부득 갈았겠죠. 하지만 그가 얼마나 억울해 하는지는 아무도 몰랐습니다. 이를 가는 사람들이 흔히 복수를 계획한다고 해도 실제로 실천에 옮길 방법은 모릅니다. 그러다가 그냥 시들해지죠. 하지만 볼스는 달랐습니다. 그는 나가서 서커스 광대가 되었습니다. 진짜 증오를 가슴에 품은 사람들 중 일부는 그런 방법을 택하죠. 지난 십여 년간, 볼스는 예전 직장 동료들을 꾀어내 황천길로 보냈습니다. 단장님의 서커스단이 올슨 시에 도착하기 하루 전날, 펠프스는 전보를 한 통 받았어요. 아주 멋지고 놀라운 일이 기다리고 있으니 말을 타고 퍼레이드를 보러 나오라는 전보였죠." 펠킨은 고개를 절레절레 저었다. "제 보기엔 그리 멋진 일은 아닙니다만."

상당히 오랫동안 내시는 아무 말이 없었다. 뭐라고 말은 해야겠는데, 구체적인 단어가 잡히질 않았다. 그 섬뜩한 음모가 조각조각 떠올랐다. 복수를 계획하는 볼스. 서커스 어릿광대가 된 볼스. 코끼리의 죽음에서 시적 정의를 발견한 볼스. 마침내 내시는 입을 열었다.

"아리스토텔레스."

"네?"

내시는 살짝 얼굴을 붉히며 말했다. "베일스는 아리스토텔레스를 좋아했습니다."

펠킨은 어깨를 으쓱하더니 사진 뒷면에 아리스토텔레스라고 적었다.

"볼스가 어디로 갔을지 짐작되는 곳이 있습니까?"

"코끼리는 왜 죽였을까요?"

"무슨 말이십니까?"

내시는 아주 쉽게 그날로 되돌아갔다. 서커스 왜건 안에서, 맞은편에 베일스가 서 있고, 베일스는 눈물을 참으면서(아니 눈물을 흘리고 있었나?) 메리를 목매달기로 결심한다.

"베일스는 코끼리를 죽이는 것이 정의에 이바지하는 거라고 했어요."

"아. 네, 그는 정의에 관한 한 전문가죠. 아무렴. 단장님, 그는 일을 다 끝냈어요. 그 이전 네 번은 사달이 나기 전에 간신히 코끼리를 빼냈죠. 한밤중에 몰래 도망쳐서 코끼리와 자기 이름을 네 번 바꿨는데, 이젠 더이상 코끼리가 필요 없게 됐습니다. 노리던 사람을 모두 죽였으니, 그런 식으로 증거를 완전히 인멸하려 했던 거죠."

내시는 고개를 끄덕였다. "후유. 그렇다면 베일스가 메리를 배신한 셈이군요."

"바로 그겁니다." 간결하게 답하긴 했지만, 펠킨도 철도경찰들이 대개 그러듯 진실을 밝힐 때 그 속에 내재된 공포도 함께 전하면서 대놓고 즐거워했다. "볼스와 코끼리는 한패였습니다. 코끼리는 자기가 토사구팽될 줄 몰랐겠죠."

"그러게요."

내시는 이제 펠킨이 떠나줬으면 했다. 긴 여행에서 돌아오는 연인을 조바심치며 기다리듯, 왠지 뒤숭숭하고 안절부절못하게 되었다. 문을 활짝 열고 싶었고, 진입로를 내다보는데, 봐라, 가방을 들고 돌아오는 사람은, 그 자신이었다. 펠킨이 또 사진 한 벌을 꺼내서 뭐라고 말하는데도 내시는 듣는 둥 마는 둥 한 귀로 듣고 한 귀로 흘렸다.

"하지만 이 사람들은 메리한테, 원래 이름이 뭐였든 간에 아무튼, 1902년에 죽은 것으로 보여집니다. 제가 알기로는 메리가 볼스를 만나기 2년 전이었죠. 꽤 잘 맞는 공평한 짝이지 않습니까. 환상의 커플이랄까요."

"네, 네, 그렇죠."

내시는 조급하게 말했다. 그는 펠킨의 말은 귓등으로 흘려버리고 자기 머릿속에서 펼쳐지는 얘기를 듣고 있던 참이었다. 코끼리 메리의 충동적인 성격은 사악한 한 남자에게 이용당했다. 악의 화신 볼스와 짝이 된 메리의 비극적인 인생 역정을 생각하느라 펠킨과의 나머지 면담은 대충대충 넘겨버렸다. 내시에게는 세상 모든 것이 불분명했다. 단 한 가지, 자기 혼자만의 시간이 필요하다는 사실만 제외하고.

이후 대화는 5분도 채 이어지지 않았다. 펠킨은 여기서 추적이 막혔음을 확인하고, 불쑥 내시에게 악수를 청하더니, 휙 나가버렸다.

홀로 있게 되자 내시는 색연필과 누런 종이를 찾아 꺼내서 메리에 관한 기억을 전부 쏟아내기 시작했다. 메리의 장점(총명하고 대체로 상냥함)과 단점(가령, 사람을 죽였음)을 모두 적으며 어느 한쪽으로 기울지 않으려 애썼다. 그때 스퀸크의 두 볼에 나 있던 눈물 자국이(진짜로 있었다면) 떠올랐고, 그 번들거리던 자국이 떠오르자 걷잡을 수 없는 분노가 치밀었다. 가식적이고 끔찍하며 불쾌하고 경박한 악어의 눈물이었고, 가장 악질적인 어릿광대였으며, 최악의 인간으로, 내시를 호구로 취급했다.

내시는 오후가 되도록 길게 써내려갔고, 간단히 간식을 먹은 다음, 그 모든 내용을 도덕적 교훈을 주는 짧은 연극으로, 소규모 서커스단에서 공연이 가능한 형식으로 각색하기 시작했다. 그것은 한 사악한 어릿광대와 그가 속여먹은 코끼리에 관한 내용이었다. 다 쓰고 나서 내시는 바야흐로 자신이 다른 코끼리를 구해야 함을 깨달았고, 사라소타로 보낼 전보를 짧게 적었다. 사라소타에는 각 서커스단에서 요구하는 아이템을 기록하는 서커스 거래소가 있었다.

1919년부터 1924년까지, 내시 패밀리 서커스단은 변함없이 공연을 펼쳤다. 시절이 좋을 때는 스케줄을 엄격히 지켜야 할 정도로 운이 퍼기도 했고, 스케줄이 다 펑크나서 서커스가 다시 인기를 끌 때까지 아무 데서나 닥치는 대로 공연할 때도 있었다. 공연의 백미는 내시가 쓴 연극으로, 짓궂고 잔인한 익살꾼 어릿광대 막시와 지지리 복도 없는 불쌍한 코끼리 레지나가 등장하는데, 병 때문에 종종 갑작스레 발작을 일으키던 레지나가 결국 실수로 사람을 죽이게 되는 내용을 골자로 하는 멜로드라마였다. 결국 레지나는 밖으로 끌려나왔고, 목매달려 죽는 장면이 거친 캔버스 천막에 실루엣으로 비쳐졌다.

전단에도, 그리고 공연 직전 해설에서도 내시는 교수형을 포함한 연극의 모든 내용은 전적으로 실화이며, 자신은 단지 이름만 바꿨을 뿐이라고 설명했다. 결말을 그림자로 처리한 까닭은 적나라하고 충격적인 속성 때문이라고 했는데, 그것도 틀린 말은 아니었지만 사실은 특수효과와 같은 느낌을 의도한 것이었다. 내시는 사랑하는 코끼리한테 그 어떠한 위험도 무릅쓰지 못하게 했다. 그의 두 번째 사랑은 몹시 조심스러웠다. 이 코끼리는 에밀리라고 불렸고, 에밀리의 보증서는 흠 하나 없이 깨끗해서 원래 주인은 국회의원에 입후보해도 전혀 손색이 없다고 입버릇처럼 말했다.

관객들은 이 쇼를 즐기면서도 불편해했고, 그것이 내시가 바란 결과는 절대 아니었다. 공연이 끝나고 천막이 걷혀도 사람들은 나갈 생각을 안 했고, 관객들 중 몇몇은 끝까지 남았다가 내시에게 말을 걸었다. 내시 패밀리 서커스의 다른 단원들이 귓속말로 퍼뜨리는 바람에 메리가 스쿼크를 만나기 이전에도 사람을 죽인 경력이 있다는 소문이 돌았다. 물론 그 어릿광대가 못된 건 맞지만, 메리 본인에게도 죄가 있지 않은가? 스쿼크에게 이용당했다고는 해도 그 교수형이 나름 공평하다고 할 수 있지 않은가? 그리고 베일스는 결국 그렇게 잘 빠져나갔는가? 그후 또 살인을 저질렀는가? 어째서 베일스는 마지막에 인과응보를 받지 않았는가? 내시는 쏟아지는 질문에 답하려고 했지만, 관객들이 이 쇼의 의도를 정확히 파악하지 못했다는 듯 늘 혼란에 빠져 허둥댔고, 그럴 때면 밤이 늦었다며 자기 왜건으로 숨어버렸다.

마지막 공연에 대한 기록은 남아 있지 않다. 진정한 의미에서 역사적 사실도 아니었고 중요한 내용도 아니었으니까. 그것은 코끼리 버전의 좀 특이한 그리스도 수난극이었고, 기분상으로 규모가 커 보여도 진지한 진실을 담기에는 그릇이 너무 작은 멜로드라마였다. 요컨대, 세상에는 머리 좋고 사악한 사람도 있듯 머리 좋고 사악한 코끼리도 있다. 순수한 자연이라는 게 꼭 좋은 것만은 아니다.

새로운 세기로 넘어오기 직전에 메리 이야기는 아예 괴담이 되어버렸다. 헷갈리는 진실은 생략됐고, 어떤 내용에 대해서는 올슨의 노인들이 틀렸다고 반박했고, 구전 사가史家들은 이야기를 각색했다. 심지어는 모든 게 다 꾸며낸 거짓말이라고들 했다. 아마추어 영화감독이 찍은 필름('안전'하다던 필름은 질산염보다도 안정성이 떨어져서 벌써 오래전에 문드러졌다)이 있다는 소문은 일부러 헷갈리게 하려는 수작으로, 오히려 활발한 도시전설임을 가리키는 '증거'로 받아들여졌다. 메리라는 이름의 코끼리가 나온 포스터도, 그로부터 몇 년 후 코끼리를 목매다는 기괴한 공연에 관한 포스터도 실제로 있기는 있다. 하지만 고작해야 서커스 무대에 올린 연극이었고, 사람들이 연극과 진실을 헷갈린 것이라는 게 중론이었다. 코끼리를 목매단다고? 테네시 대학교의 인류학과에서는 코끼리 린치에 관한 서사구조의 융합에 관한 논문을 펴냈다. 논문에서는, 희생자의 인간성을 박탈해야 할 필요성에서, 혹은 거꾸로 해석하자면, 사람이 죽는데 그를 구하기는커녕 손가락 하나 까딱 안 하려는 사람들을 도발하려는 의도에서 이야기를 그렇게 발전시켰다고 설명한다.

과거를 마주할 때 두 눈 똑바로 뜨고 정직하게 보고자 하면, 무엇이 믿기 어려운지, 무엇이 진짜인지, 무엇이 끔찍한지, 그리고 어떤 지점에서 그것들이 겹치는지 알아내는 것은 매우 어렵다.

그러나 최근 들어 진전이 있었다. 한 석유화학연합 회사가 이미 망한 매케년 철도회사와 협상 끝에 와일드우드힐 부지를 인계받아 사들였는데, 그곳은 이미 슈퍼펀드 법*에 의해 파란 울타리와 방수포에 둘러싸인 지 오래였다. 독성 폐기물 정화에 앞서 언덕 꼭대기를 덮어 막자는 움직임이 일었고, 그 첫번째 조치가 언덕 중심부까지 구멍을 파서 독성 화학물질 용출시 토양에 스며드는 정도를 조사하는 것이었다.

도로가 끝나는 곳에서 10야드쯤 더 올라가서, 여섯 세대에 걸친 철도기술 폐기물의 잔해를 들추고 가로 20피트 깊이 20피트의 구덩이를 팠고, 거의 100년 전의 흙을 퍼냈으며, 거의 바로 즉시 다시 메웠다. 그 한가운데, 나무뿌리와 잡초와 자갈과 유리 파편과 금속 조각들 사이에 코끼리의 유골이 있었다.

진흙 범벅에다 근조직이 말라붙어 거무스름했으며 스테인리스 스틸 사슬 목걸이가 반짝거렸다. 한때는 분명 주름장식이 달린 질 좋은 붉은 천이었을 테지만 이제는 흙과 함께 색을 잃고 벌레 먹은 덮개도 있었다.**

---

* 오염물질을 배출하는 기업 등에 환경정화 비용을 부담시키는 법.
** (원주) 이 이야기는 찰스 에드윈 프라이스의 「코끼리를 목매달았던 날」의 도움이 없었다면 세상에 나오지 못했을 것이다.

릭 무디

앨버틴 노트

　처음 약을 했을 때 나는 기록을 제대로 남길 수 있도록 만반을 기했다. 요컨대 나는 잡지사의 그 여자한테서 다시 일을 받고 싶었고, 이야기가 재미있게 잘만 나오면 그렇게 될 공산이 컸다. 그때는 대폭발 때문에 일거리가 별로 많지 않았다. 잡지사 여자는 이런 말을 입에 달고 살았다.

　"이봐요, 굳이 일을 좋아할 것까진 없으니까 그냥 그 일을 끝내기만 하라고. 하기 싫다면 관둬, 당신 말고도 할 사람은 줄을 섰으니까."

여자의 말은 농담이 아니었다. 진짜로 접수처 바깥에 사람들이 줄을 서고 있었다. 사면초가 상태의 뉴욕에서 그나마 제일 멀쩡한 지역인 스태튼 섬의 한 빌딩에 임시로 마련된 로비에서는 로봇이 접수를 담당했고, 작가들은 로비 안으로 꾸역꾸역 몰려들어 로봇에게 소리를 질러댔다. 다들 자기가 쓴 글을 내보이고 싶어 안달이었다.

편집자의 이름은 타라였고, 머리는 청록색이었다. 내가 학교 다닐 때 알던 여자애랑 닮았다. 그애는 지금 어디에 있을까? 예전에 좋았던 시절에는 TV에 이름만 대면 TV가 알아서 그 이름과 연관된 사람들을 쭉 찾아주었다. 돈은 좀 들었지만. 신용카드 기록, 톨게이트 통과 기록, 대출 내역서 등 변수만 지정해주면 됐다. 실제로 우리 집에 있던 웹비디오 수신기에는 화면 한구석에 '아내가 지금 무엇을 하고 있는지 알고 싶나요?'라는 팝업창이 떴다. 내가 그렇게 과거 구매내역에 기초해서 남을 염탐하기 좋아하는 소비자로 보였나? 어쨌든 신상털기 놀이와 인격훼손 같은 건 모두 앨버틴 이전 시대의 얘기였다.

일생일대의 쾌감을 지칭하는 은어. 헤어날 수 없는 과거의 빌어먹을 여신. 앨버틴. 시간이라는 강의 여울. 피하에 소량을 주사하거나 저 유명한 앨버틴 점안기를 이용해 눈에 넣으면 머릿속의 어떤 기억이든 모조리 재생된다. 그냥 평범한 재생이 아니다. 그것은 지금껏 한 번도 겪어보지 못한 수준의 생생한 기억으로, 난잡한 의식 속에서 생각날 듯 말듯 혀끝에서 맴도는 희미한 떨림과는 차원이 다르다. 아 물론, 나는 세리나와 함께 보스턴 공원에서 땅콩버터 샌드위치를 먹으며 종이컵에 럼을 따라 마시던 때를 기억한다. 그런데 이건, 실제 그 사건 자체가, 마치 생전 처음 겪는 일인 양 눈앞에서 완벽하게 펼쳐지는 것이다. 무릎에 천을 덧댄 청바지를 입고, 그녀의 눈 색깔과 잘 어울리는 초록색 다트머스 대학교 트레이닝셔츠를 걸치고, 럼을 너무 빨리 마셔서 좀 토하기도 하고, 색깔 이름이 '늑대인간'인 빨강 매니큐어를 칠한 손톱으로 이를 쑤시는 세리나가 바로 눈앞에 있다. 샌드위치 속에 엄청 두껍게 바른 땅콩버터와 오래된 프레첼 맛도 그대로다. 바로 여기에, 우리 두 사람이, 버드나무가 울창한 공원 안을 걷고 있다. 세리나는 축축하게 땀이 난 내 손을 슬쩍 놓아버린다. 9월의 소나기가 인도를 적시는 동안 도심 속 공원에서 피어오르는 냄새, 자동차 배기가스, 땅거미 질 무렵 대기에 드리워진 엷은 안개, 소프트볼 룰을 가지고 옥신각신하는 아이들 소리, 럼 한 모금만 달라고 집적거리는 노숙자 아저씨.

감이 오지?

앨버틴이 대폭발 이후 얼마 지나지 않아 특정 사회경제 계층에서 출현했음은 구태여 지적할 필요도 없다. 쾌적한 중산층의 삶을 영위하던 사람이라면, 주말이면 유기농 전문매장에서 장을 보고, 한두 끼 정도는 새로 문을 연 인도 음식점에서 외식을 하던 사람이라면, 자기가 사는 도시의 50여 블록이 갑자기 나사의 화성 사진처럼 되어버렸을 때 마음이 몹시 불편해지는 건 당연지사다. 학교 체육관에서 지내며 정부에서 배급한 콘플레이크에 연유를 붓고 있노라면 뭐든 위안이 될 만한 것을 찾게 마련이다. 상황에 따라서는, 추억을 억지로 후벼파게 될 때도 있지 않은가? 그래서 앨버틴을 피하주사하거나 눈꺼풀을 부여잡고 점안기를 사용해 평온했던 날들의 기억을 찾아 돌이켜보는 것이다. 야구장에서 보냈던 오후, 잔디를 밝히던 야구장 불빛, 관중들의 첫 함성. 아니면 처음 가봤던 콘서트? 아니면 첫키스?

25달러만 내면 된다니까.

내 이름은 케빈 리. 중국계 미국인 3세인데, 그렇다고 우리 아버지가 정육점에서 일하면서 나를 MIT에 보내려고 한 건 아니다. 우리 아버지는 IT 벤처투자가였고, 어머니는 미생물학자였다. 나는 매사추세츠 뉴턴에서 자랐고, 북부 캘리포니아에서도 한동안 살았다. 포드햄 대학교에 진학하면서 뉴욕으로 왔다가, 학교를 중퇴하고 격주간지에 과학기사를 썼다. 그게 시작이었다. 그러나 신문사 사무실과 그 소유주들 전부 그리고 대부분의 주주들과 기자들 90퍼센트가 재가 되었다. 그 얘기를 내가 다 다시 꺼낼 필요는 없겠지. 뭔가 생각해보겠다면, 이제부터 모든 침묵에는 깊은 슬픔이 담겨 있다고 생각하기 바란다.

앨버틴의 문제는, 당연하지만, 그것이 보여주는 기억이 전부 다 좋기만 한 건 아니라는 점이다. 앨버틴은 좋은 추억을 보장하지 않는다. 사실 앨버틴은 상당히 끔찍한 기억을 적어도 일정 부분 반드시 보여준다. 내가 기삿거리를 모색하던 초기에 인터뷰했던 한 남자는, 질투의 기억밖에 보이지 않는다고 토로했다. 첨가물이 너무 많이 들어간 저질 약을 썼는지, 그의 눈앞에 펼쳐진 기억은 질투의 화신이 되어 불타올랐던 순간들뿐이었다. 그는 얘기를 털어놓으며 심지어 눈물까지 흘렸다. 약 기운이 떨어질 즈음이었다. 나는 그를 밤새 영업하는 식당에 데려갔다. 애틀랜틱 애비뉴와 칸두잇이 만나는 곳이다. 그 동네를 아는지? 아름다운 동네였지만 지금은 방치된 상태다. 초가을 밤이었으니 으슬으슬 추웠을 것이다. 그 시절에는 공군기들이 그곳 비행장에 착륙하고 있었다. 그 남자는, 편의상

밥이라고 하자, 니나라는 친구에게 전화를 걸었던 날 아침에 대해 얘기했다. 업무상 만나서 아침을 같이 먹기로 했다. 그런데 통화를 하던 중 니나는 밥에게 밥의 아내 마우라가 자기와 애인 관계라고 폭로했다. 밥은 그 전화 통화에 관한 모든 것을 기억했다. 관계를 폭로하던 니나의 말을 토씨 하나 틀리지 않고 정확히 기억했다. '밥, 당신들 두 사람이 결혼하던 그때부터 마우라는 내게 푹 빠져 있었어.' 그는 통화 중간의 고통스러운 침묵을 기억했다. 수화기 너머로 이불 스치는 소리가 들렸다. 그는 지금 바로 눈앞에서 펼쳐지듯 그 모든 장면을 생생하게 그려낼 수 있었다. 무려 17년 전의 일이었음에도 불구하고, 그때 니나와 통화하면서 혼자 상상했던 것들까지 다 기억해냈다. 침대에서 니나가 마우라에게 어떤 짓을 했는지, 두 사람이 쓰던 딜도는 어떤 제품이었는지. 그로부터 17년 후 애틀랜틱과 칸두잇의 교차점에서, 마우라는 기체로 증발해버렸다고 밥은 말했다. "젠장, 마우라는 죽고, 난 미안하다는 말 한마디도 못 했고, 함께 지낸 날들이 좋았다는 말도 못 해줬어요. 이젠 영영 그럴 기회도 없겠죠." 밥은 슬픔을 가누지 못했지만, 나는 질문을 계속했다, 기자였으니까. 답변을 종합해보니 그는 앨버틴 두 알에 50달러를 썼다. 그리고 갑상선을 제거한 지 6개월 만에 이 자리에 온 것이었다. 밥은 그저 달콤한 추억 하나만 있으면 더 바랄 게 없다고 했다. 어릴 때 헤엄치던 댄버리의 연못, 줄에 매달려 점프해서 풍덩 빠지던 물웅덩이. 그날이 기억나나? 그러나 그에게 남은 기억은 아내가 자신의 대학 동창과 잤던 일, 고등학교 때 좋아하던 여자애를 형이 채갔던 일뿐이었다. 마치 삶 자체가 질투로만 점철된 것처럼. 공기의 4분의 3은 질투고 4분의 1이 산소인 것처럼.

그게 바로 앨버틴이 그의 귓가에 속삭인 것이었다.

대규모 약물 거래는 일종의 베타테스트다. 그러다 보니 주위에 양심 없는 사람들도 생겨난다. 기니피그들의 결과가 정리될 때까지는 화학물질이 어떤 반응을 낳을지 아무도 알 수 없다. 미국식품의약국은 자기네들이 잘 안다고 생각하는데, 화학요법 때문에 빠진 머리카락을 다시 자라게 해준다는 복합화합물을 잘 살펴보지도 않고 설렁설렁 승인해주던 때와 바뀐 게 없다. 연방정부 놈들은 아는 게 없다. 최근에 박살난 미국 도시의 새로운 중산계급 빈곤층에게, 예전에 누리던 지위를 박탈당한 15만 명의 사람들에게 약물을 줘봐라. 근 1년간 매일 제공해봐라. 취향 따라 온갖 불활성물질들을 제멋대로 섞어 쓰게 놔둬봐라.

이야깃거리는 널렸다. 색다른 경험들이 만발했다. 시시한 거짓말과 과장, 우회적 암시와 비아냥, 헛소문이 빈번하게 들렸다. 가령, 앨버틴은 좋은 기억 못잖게 나쁜 기억도 종종 유발할 뿐만 아니라(이 정도는 귀엽게 봐줄 만한 도시전설이다), '미래도 기억나게' 해준단다. 이게 바로 타라가 내게 2500단어짜리 일감을 던져주면서 한 얘기였다.

"그게 사실인지 알아봐요. 앨버틴을 이용해서 미래를 알 수 있는지 알아보라고요."

"알아내서 어디다 쓰게요?"

그녀는 "그건 댁이 알 바 아니고" 하더니 이내 진짜 속내를 은폐하려는 듯 이렇게 덧붙였다. "내가 언제쯤 승진하게 될지 알고 싶어서요."

흠, 여기 한 가지 예가 있다. 디애나의 얘기다. 물론 사생활보호

차원에서 이름은 바꿨다. "대폭발 이후에 나는 교회에 다니고 있었어요. 하느님이 내 모든 마음의 고통을 위로하기 위해 뭔가 해주실 거라고 생각했거든요. 단세포적인 발상일지도 모르지만, 뭐, 아무렴 어때요. 나는 교회에 있었고, 아름다운 곳이었죠. 지금까지 멀쩡히 서 있는 교회라면 어디든 아름답잖아요, 머리 위엔 노상 저 무시무시한 구름이 떠 있고 다들 시름시름 앓는데. 사실을 말하자면, 교회 안에서 정말 평온해야 하고 성경 말씀을 복음으로 들어야 하는 그때에, 무슨 환각 같은 게 보이는 거예요. 그걸 달리 뭐라고 불러야 할지 모르겠네. 마치 영화에서 과거 회상장면이 펼쳐지는 것 같았어요. 교회에서 차를 몰고 집으로 돌아가는 내가 보였고, 내 앞쪽으로 웬 차가 한 대 있었어요. 수원지 바로 옆 도로였죠. 20년쯤 된 미니밴이었는데, 그 차가 슬금슬금 수원지로 접근하고 있다는 느낌을 받았어요. 불길한 징조 같지 않아요? 그래서 신부님한테 가서 제 생각을 말씀드렸죠. 그 차가 좀 안 좋은 목적이 있는 것 같다고, 최소한 내 심안으로 볼 때는 그랬다고, 저는 알 수 있었죠, 예수님이 저한테 '그 수원지를 감시하는 게 좋겠다'고 말씀하신 거였어요. 수원지에 누가 독약을 풀려 한다고. 난 똑똑히 봤어요. 웬 남자들이 병에 든 것을 수원지에 비우고 있었고, 분명히 콧수염을 기른 남자들이었죠. 십중팔구 사막 나라 출신일 거예요. 신부님이 저를 주교님한테 데려갔고, 전 아는 대로 모조리 얘기했어요, 주님과 주님이 제게 하신 말씀에 대해서. 그리고 대주교님도 알현했지요. 대주교님이 물으시더군요. '예수님이 정말 당신에게 그런 말씀을 하셨는지 얘기해주십시오. 예수님이 직접 당신에게 말씀하셨습니까? 진정 주님의 계시인가요?' 대주교님의 방에는 먼지 쌓인 서가에 먼지 쌓인 책들이 잔뜩 있었어요. 그 사람들은 주님의 말씀이 가득한 그 방에서 주님 말씀에 굶주렸던데요.. 뭐 누구라도 그런 기분이 들지 않겠어요? 다들 필사적이잖아요? 하지만 그때 한 분이 저한테 이렇게 말씀하시는 거예요. '소매를 걷어보십시오.'"

디애나는 곧장 출구로 안내되었다. 바늘 자국 때문이었다. 그녀는 현재 고와너스 고속화도로* 근처에서 일하고 있다.

그러나 대주교는 신중을 기하기 위해 관계당국에 넌지시 그녀의 말을 흘렸고, 당국은 카토나**의 수원지 쪽으로 가던 포드 익스플로러 차량을 진짜로 세웠다. 디애나의 얘기는 그 비슷한 수많은 설說들 중 하나일 뿐이었다. 수많은 앨버틴 사용자들이 아직 일어나지도 않은 사건에 관한 '기억'을 전하기 시작했다. 지방선거의 결과, 다양한 국제 주식의 하락, 돌아오는 장마철 태풍의 세기. 거래상들은 그런 시각을 믿든 안 믿든 그런 도시전설 덕분에 짭짤하게 재미를 봤다. 아무거나 가리지 않고 다 먹는 상습 복용자와 도박꾼 들은 으레 서로 얼굴을 마주 보고 사는 이웃이니까. 내 말 무슨 뜻인지 다들 아시겠지? 마약과 도박은 한 세트나 마찬가지다. 얼마 안 있어 경견장에서 자주 보던 수염이 듬성듬성 자란 사내들이 나타났다. 그들은 모두 레드훅***이나 이스트뉴욕의 거래상한테서 약을 사려고 혈안이 되어 있었다. 전기도 수도도 안 들어오고 벽면의 석고보드도 다 뜯어진 방 안에 자폐아처럼 틀어박혀, 앉은 자리에서 오줌을 싸고, 밥도 안 먹고, 다음 경주에서 이길 경주견의 이름만 찾았다.

---

* 뉴욕과 뉴저지를 잇는 주간고속도로 중 한 노선.
** 뉴욕 베드퍼드 시에 위치한 아주 작은 마을.
*** 뉴욕 브루클린 남부에 위치한 지역.

1, 2, 3등을 다 맞춰야 하는 복잡한 3연승 단식에 제대로 걸 수나 있을까? 이 내기 도박꾼들은 이도 다 빠지고 머리카락도 듬성듬성해졌다. 그들은 오래 버티기만 하면 계시를 받을 수 있을 거라고 믿었다.

이젠 그게 마케팅 수법이다.

이처럼 필연적으로 신념체계와 관련된 문제가 얼마간 나타났다. 앨버틴을 하면 당연히 과거의 환영이 미래로 추정되는 이미지와 섞이게 마련이었다. 그리고 이따금 그런 것들이 악몽 같은 환상으로 나타나기도 했다. 사람들은 시선을 어디에 둘지 취사선택하는 법을 알아야 했다. 특별히 어떤 수용체를 선별해 약물 표적화가 이루어진 것도 아니었다. 약 자체도 더 좋아진 건 없었다. 이를테면 잔디 깎는 기계로 야생화를 수확하려는 셈이었다. 나는 베드스타이*의 위험지구에서 자고 있던 카산드라라는 여자애를 흔들어 깨웠다. 나도 카산드라라는 이름이 엉터리라는 건 안다. 기자한테나 댈 법한 가명이다. 12월을 향해가던 조용한 저녁이었는데 혹독하게 추웠다. 먼지와 파편이 뒤섞인 회오리가 지구온난화에 장난을 쳐대는 바람에 빌어먹게 추웠는데, 그래도 나는 이렇게 디지털 녹음기에 구술하며 돌아다니고 있었다고, 응? 거리에는 인적이 거의 없었다. 인구 800만의 도시가 갑자기 450만으로 줄어들면 어딜 가도 텅 빈 것처럼 느껴지는 게 당연하다. 게다가 이곳은 아무튼 보행자들의 도시니까. 이젠 그 어느 때보다 더욱. 나는 어느 전염병학자를 인터뷰하러 가는 길이었다. 그는 앨버틴을 하던 와중에 그 약물을 근절시키는 적절한 방법을 기억해냈다고 주장했다. 그는 내가 비용만 지불한

---

* 베드퍼드 스타이브샌트의 약어. 뉴욕 브룩클린 중심부와 바로 이웃한 지역이다.

다면 그 방법을 가르쳐주겠노라고 했다. 어쩌면 타라가 업무 진행비로 처리해줄지도 모른다. 나는 내 주거래 은행이 지도 위에서 사라지기 전에 인출해두었던 현금 몇백 달러 중 대부분을 이미 다 써버렸다. 나는 이미 매혈도 했고, 꿈 연구 실험실에도 자원했다.

그런데 전염병학자한테 가는 도중에 그네에서 꾸벅꾸벅 졸고 있는 여자애를 본 것이다. 오래된 나무그네였는데, 프레임에서 분리해 많이들 훔쳐가던 그런 종류의 그네였다. 위험지구에 있는 중학교 근처였다. 나는 여자의 팔을 잡았다. 처음에는 누가 자기 팔을 잡은 것도 모르는 눈치였다. 나는 팔을 들어 돌려보았다. 눈 밑의 다크서클을 봤을 때부터 누가 모를까봐, 그 시커먼 자국들은 이렇게 말하고 있었다. '얘는 기억을 너무 많이 봤어요.' 어쨌든 나는 그녀의 팔을 확인했다. 상처투성이였다.

"헤이, 난 포르노 문예지에 글을 쓰는 사람인데. 앨버틴에 관해서 말이야. 몇 가지 질문 좀 해도 될까."

그녀의 음성은 처음엔 아주 가느다래서, 꼭 태어나서 처음 내는 목소리 같았다.

"뭐든 물어봐. 난 델피의 신탁이나 마찬가지니까, 자기야."

검은 머리의 여자애였고, 어쩐지 세리나가 떠올랐다. 여자는 빨간 목도리를 머리에 둘둘 둘러쓰고 있었다. 목소리는 마치 전에도 어디선가 들어본 듯한 음색이었고, 과거의 추억을 불러일으키는 음성이었다. 나는 카산드라를 시험해보기로 했다. 그녀가 어떤 종류의 자료수집 정보원이 될 수 있을지, 그리하여 어떤 결론에 도달하게 될지 알아보기로 했다. 크라운하이츠에서 하시디즘* 교파와 서인도제도 사람들이 싸우는 것보다 더 신나는 구경거리였다. 어휴, 나는 하시디즘 교파와 침례교도들이 종말이 올 거라고 고래고래 소리치며 설교하는 데 아주 질린 사람이다. 문제는, 앨버틴, 즉 이 빌어먹을 여신이 우리가 맞이할 종말에 대해 매번 모순된 얘기를 전한다는 점이다.

"내 이름이 뭐지?" 나는 물었다.

"케빈 리. 매사추세츠 출신이지."

"좋아, 음, 나는 지금 무슨 글을 쓰고 있어?"

"앨버틴에 관한 글이고, 머릿속은 이미 바닥을 드러냈는데. 그 녹음기 배터리는 금방 다 닳을 거야."

"충고해줘서 고마워. 우린 키스하게 되나?"

현실감을 시험해보는 질문이니까 오해하지 말길, 알았나?

말투 하나 바뀌지 않고 카산드라는 담담하게 말했다. "물론. 하게 되지. 지금은 아냐. 나중에."

"앨버틴의 기원에 대해 알아?"

"알고 싶은 게 뭐야?"

"지금 약에 취했어?" 이건 비가 내리는 걸 본 적이 있냐고 묻는 거나 마찬가지였다. "네가 지금 앉은 데서 앨버틴의 기원이 보일 정도로 붕 떠 있냐고."

"거길 가봤어야 기억이라도 하지."

"그에 관해서 무슨 얘기를 들었어?" 나는 물었다.

"다들 뭔가를 어디선가 주워듣잖아."

"난 못 들었는데."

---

* 신비주의 경향의 유대교 경건주의 신앙부흥운동.

"당신이 귀기울이지 않은 거지. 다들 알던걸."

"그럼 나한테 얘기해줘." 내가 말했다.

"안으로 들어와야지. 약을 하면 안에 있게 될 거야."

저쪽 모퉁이에 하얗고 파란 세단이 보였다. 뉴욕 경찰이다. 이 근처에서는 하얀 호랑이만큼이나 보기 드물다. 경찰은 카르텔의 선봉이었다. 그들은 더이상 평화시와 같은 책무를 수행하지 않았고, 그저 상거래가 방해받지 않고 매끄럽게 진행되도록 만전을 기하는 역할만 했다. 뉴욕의 경찰관들은 업자들한테서 수수료를 받았고, 그중 일부를 시에 십일조로 냈다. 내 보기에 그런 식으로 마약 신디케이트가 뉴욕 시에 보조금을 내고 있는 셈이었다. 재건을 보조하고, 정부를 보조하고, 그리하여 정부는 건물과 지하벙커와 치료센터를 짓고, 정부의 전 부서가 앨버틴을 배려하고 보호하는 데 온 힘을 기울이게 되는 것이다.

별 볼일 없는 소매상이자 밥의 친구인 폭스는 나의 정보원 중 한 명인데, 내가 아는 사람 중 위와 같은 음모론을 제일 처음으로 제시했다. 그는 이 얘기를 해준 직후 실종되었다. 실종된 사람은 폭스뿐만이 아니었다. 밥도 내 전화에 응답하지 않았다. 많은 수라고 할 수는 없지만 여기저기서 한두 명씩 실종됐다. 이 도시는 이제 역사에서 소외된 치안의 사각지대였다. 사람들은 사라졌다.

"음모론은 관심 없어." 나는 카산드라에게 말했다. "다들 아는 뻔한 얘기잖아."

그녀의 눈꺼풀이 마치 나비의 침입과 싸우듯 파르르 떨렸다. "뭐, 실제로……"

"정부는 음모씩이나 꾸밀 능력이 없어. 잉글우드 어딘가의 지하벙커에 숨어 전쟁이 끝나기만 기다리며 손가락이나 빠는 자들이니까. 길 가던 사람들 모두가 목격한 장면이 자기들한테만 안 보이길 바라는 작자들이잖아."

나는 그네에서 일어나는 카산드라를 부축했다. 그녀는 그레이하운드처럼 뼈만 앙상했고, 또 그레이하운드와 똑같이 주의가 산만했다. 그녀가 내리자 그네에 달린 쇠사슬이 찰랑거렸다.

앨버틴 이야기를 중심에 놓는 것은 그리 어렵지 않았다. 보다시피 중심이랄 게 딱히 없으니까. 도처에서 사람들은 약을 팔거나 약을 쓰고 있었고, 일단 약을 쓰면 약의 노예가 되었다. 기억의 노예인 셈이다. 널브러진 사람들은 어디에나 있었다. 모든 공공장소에. 앨버틴은 세력을 확장하여 화물수송용 컨테이너를 꽉꽉 채웠다. 레드훅에만 한정된 현상이라고 생각하면, 한동안은 정말 레드훅에만 앨버틴이 있는 것처럼 보인다. 하지만 애스토리아*를 들여다보면, 거기에도 앨버틴이 있다. 왠지 관찰하는 행위 그 자체로 인해 앨버틴이 나타나는 것 같았다. 찾아보면 볼수록 더 많이 보였다. 도시의 시민들은 집 밖에 있을 때는 뭔가에 정신이 팔려 있거나 멍해 보였다. 집 안에서는 거의 마비상태였다. 지나가다 1층에 있는 창문으로 집 안을 흘긋 봤을 때 꺼져 있는 TV 화면을 멍하니 응시하고 있는 사람들을, 그 한 주만 해도 내가 얼마나 많이 목격했는지 모른다.

"사람들은 정부가 음모를 꾸밀 깜냥이 된다고 생각해. 하지만 정부가 그렇게 잘났으면, 웬 놈이 슈트케이스에 기폭장치를 넣고 캐나다 국경을 넘어 들어와 '자전거 메신저'를 통해 우라늄을 건네받는

---

* 오리건 주 북서부의 항구도시.

상황을 다 추적했겠지. 자전거를 타고 우라늄을 들여오다니 대단한 배달부잖아! 그렇게 잘났다면 맨해튼의 3분의 1이 날아가는 걸 피할 수 있었겠지! 아니면 카르텔에 침투해 잠입수사라도 하든가. 아니면 이 모든 피해를 복구하거나. 자 이제 우리 키스하는 건가?"

"나중에." 그녀가 말했다.

나는 이걸로 대화는 마무리된 거라고, 우리 얘기에 대단한 저의는 없다고, 카산드라는 그저 약에 절어 과거에 갇힌 영혼 중 하나일 뿐이라고, 그리고 전염병학자한테 가서 새로운 관점의 정보나 돈 주고 사야겠다고 생각하던 참이었다. 바로 그때, 카산드라가 내부자 정보를 감질나게 흘리듯 한마디 툭 던졌다. "브룩헤이븐*."

뭔 소리지? 그 핵물리학 연구소 말인가?

물론, MIT 이론이나 팔로알토 연구센터 이론처럼 브룩헤이븐 이론도 있었다. 너무 유명하고 다들 아는 얘기라서 그런 루머들은 별로 주목을 받지 못했다. 그러나 롱아일랜드에 있는 그 정부기관의 이름을 듣자 이상하게도 왠지 모르게 납득이 됐다. 그때 그녀는 우리가 가서 그 남자를 만나야 한다고 말했다.

"그 시작이, 기원이 어떻게 된 건지 나는 잘 몰라." 카산드라가 말했다. "하지만 그걸 아는 사람하고 같이 있었어. 그가 거기 있을 거야. 우리가 가려는 곳에."

"지금은 뭐가 보여?"

"가을." 그녀가 속삭이듯 말했다.

약효가 떨어질 때 나타나는 현상이었다. 앨버틴의 이미지는 그

---

* 미국의 국립원자핵물리학 연구소.

짧고 덧없는 수명을 다했으며, 낙엽은 나무뿌리를 덮고, 호박은 여물고, 무서리가 내렸다. 기억의 자리에는 반드시 가을을 써넣으라고 지정된 신경전달물질이라도 있는 걸까? 가을에 대한 감수성이 염색체에 새겨져 있나? 내가 어렸을 때 우리 가족은 두 해가량 북부 캘리포니아에서 살았는데, 알다시피 IT 호황기에는 정말 매력적인 곳이었다. 그런 단어들이 참 예스럽고 별나게 들린다. 꼭 '마음씨 고운 창녀'라는 표현 같다. 나는 북부 캘리포니아를 잊을 수가 없고, 붉은삼나무 숲과 바다표범과 바위투성이 해변과 엄숙한 태평양을 잊지 못한다. 그 단어들을 듣노라면 내가 만약 약에 취하면 어떤 기억을 하게 될지 알 것 같다. 그해 가을 처음으로 계절이 바뀌는 것도 알아차리지 못했다. 북부 캘리포니아에서 엷은 안개가 만을 기어올라 골든게이트를 감싸고 도시를 삼켰다. 북부 캘리포니아에서 나는 저녁때까지 기다렸다가 시내의 헌책방에 갔다. 헌책방에는 동부에서 온 사람들이 늘 있었으니까. 그리하여 내 기억은 이런 것이 될 터였다. 책을 읽던 기억, 시간 그 자체에서 시간을 훔치던 기억, 헌책방의 얼룩진 안락의자에 앉아 오래도록 책을 읽는 동안 몇 년이 훌쩍 지났던 기억. 북부 캘리포니아에서, 그리고 나중에 매사추세츠로 돌아와서도. 이 기억은 생각난 것일 수도 있고, 내가 만든 것일 수도 있다.

우리는 코지어스코 다리를 건넜다. 요즘은 도보가 유일한 교통수단이다. 퀸스에서 브루클린까지 메트로폴리탄 애비뉴를 내려가는데, 한때 이곳에는 가스 탱크*가 있었다. 공동묘지에서도 그리

---

* 브루클린의 명물이었던 천연가스 저장탱크 쌍둥이 타워. 2001년 폭파해체되었다.

멀지 않았다. 이곳이 어떤 모습이었는지 다들 아시겠지? 응? 마천루의 스카이라인이 있었고, 막히는 차 안에서 온갖 뉴스를 들으며 그걸 매일매일 봤을 테고, 머리 위로 솟은 스카이라인에 질렸을지도 모르고, 어쩌면 영화의 배경처럼 보였겠지. 항상 보던 풍경이기에 그렇게 자주 보면서도 당신에겐 아무런 의미가 없었을 테고, 마천루는 무표정한 웃음을 지으며 드러내는 기업의 이빨 같았겠지. 공동묘지와 마천루라니, 멋진 조합이었다. 세계에서 가장 훌륭한 도시라고? 한때는 가장 훌륭했지만, 내가 카산드라와 같이 길을 걷던 그날 저녁에 우리의 도시는 더이상 그런 풍경이 아니었다. 그런 경관은 이제 없다고, 알아들어? 먼지구름 회오리와 끊임없이 내리는 부식성 비 때문이었다. 비를 맞으면 다들 앓았고, 숨이 막히고 속이 메슥거려 토했다. 코지어스코 다리 위의 사람들은 가스 마스크를 썼다. 가스 마스크는 싸구려 유행의 표현이었다. 탐폰 삽입기처럼 생긴 시티코프 센터의 남쪽 꼭대기는 깨끗이 날아갔다. 아무것도 없다. 쇼는 끝났다. 알겠나? 낮에는 뉴저지까지 한눈에 다 보인다. 바람만 제대로 불어준다면 말이다. 에지워터까지. 드문드문 에지워터의 불빛이 보인다. 맨해튼은 볼 것도 없고, 전기도 없고, 남아 있는 건물도 없다. 시내의 발전소는 흔적 없이 사라진 지 오래다. 비상등 외에는 남은 게 없다.

사람들은 맨해튼을 등졌다. 사람들은 그 섬을 잊었고, 그곳은 무無의 중심지가 되었다. 반파된 병원의 외상후 스트레스장애 치료센터를 가득 메운, 방사능 화상을 입은 상류층 부인들의 중심지라고는 할 수 있겠다. 맨해튼은 이제 매립지일 따름이었다. 그리고 매립지에 무슨 굉장한 게 있겠나. 갈매기나 얼쩡거리겠지.

활발한 움직임이 있는 곳은 외곽 지역이었다. 지금 우리가 가고 있는 곳이 그렇다. 원래 제련소였는데, 지금은 주위에 경찰차가 쪽 깔렸고 경찰들이 가상의 파란 테두리처럼 사방을 에워쌌다. 그곳은 유령 공장이었고, 디지털 녹음기가 아직 돌아가고 있어서 나는 내가 받은 이런 인상을 구술했다. 나중에 기록한 것을 재생했더니, 녹음된 내용 중에는 가을, 비누왁스를 바른 창문*, 월드시리즈, 학용품, 말벌, 대통령 선거, 태풍철에 관한 단어만 쭉 늘어놓은 부분이 있었다. 내가 누굴 속이려고 했던 걸까? 나는 앨버틴에 관한 기사를 쓰는 척했다. 그러나 나는 아무것도 쓰지 않고 있었다.

카산드라가 웅얼거렸다. "그들은 자백제를 미세조정하고 있었어. 혹은 항우울제를 만들다가 화학적 실수를 저질렀지. 혹은 전기충격요법에서 진전을 이뤘거나, 영화에서 보고 단순히 그 약효를 복제했어. 전극을 이용하는 법이나 특정 기억을 유도하는 법을 알아냈어. 그리고 그걸로 특정한 증언을 강제할 수 있다고 생각했지. 그들은 외국계 이민자를 고문해서 억지로 자백을 받아냈는데, 기억이 거짓말할 리가 없으니 자백은 쉽게 승인됐지. 누가 기억에 대해 따지고 들겠어?"

"어떻게 그런 걸 다 아는 거야?"

우리는 화물용 엘리베이터 앞에 서 있었고, 우리 주위에는 부동자세의 경찰들이 권총집에 손을 얹고 있었다. 입구의 경찰들, 신경을 곤두세운 경찰들, 경찰은 어디에나 있었다. 엘리베이터 통로 안에서 그림자들이 춤을 추었다. 엘리베이터가 우리를 위해 내려오

---

* 밖에서 안이 보이지 않도록 창문에 불투명한 비누왁스를 바르는 것.

고 있었다. 엘리베이터는 유일한 광원이었다.

"보여." 카산드라가 말했다.

"넓은 의미에서 보인다는 거야?"

그녀를 만난 지는 얼마 안 됐지만 방긋 웃는 모습을 본 것은 그때가 유일했다. 나는 그녀의 상처 자국이 보일 정도로 가까이 있었다. 사람들은 몸속에 화학물질을 퍼붓느라 바빴고, 미처 몰랐던 과거를 탐험하느라 바빴다. 그들의 몸에서 암이 꽃처럼 피었다. 이제는 주삿바늘이 청결한지 어떤지 걱정하지도 않았다. 병원이나 응급실에 가지도 않았다. 사람들은 자신이 세상에서 사라져도 그만이라고 생각했다. 그렇게 함으로써 근원에 좀더 가까이 갈 수 있을 것처럼. 당신의 네번째 생일날 당신 엄마가 미소 지으며 팔을 벌리고 말하는 것이다. 아가, 네 생일이야!

카산드라가 말했다. "생화학을 생각해봐." 그리고 점안기를 다시 꺼냈다. "양자역학을 생각해보라고. 특정 종류의 분리입자를 퍼부어 뇌 속의 전하를 활용할 수 있다면 무슨 일이 벌어질까?" 그녀의 눈은 손쓸 수 없을 정도로 충혈되어 있었다. 유행성결막염인데, 동공도 팽창되어 있고 상태가 아주 안 좋았다.

"전하에 관한 문제니까, 전력에 관한 문제가 되잖아? 그럼 요는 누가 전력을 갖고 있느냐지."

나는 그녀의 손을 잡고 있었다. 이유는 나도 모른다. 그 빌어먹을 것이 그녀의 눈에서 뚝뚝 떨어지지 않게 하려고. 그 상황에 대해 특별히 오해하고 있었던 것은 아니다. 나는 외로웠다. 나는 왜 매사추세츠로 돌아가지 않았던 걸까? 왜 도시 건너편에 사는 사촌에게 잘 지내는지 전화도 안 했을까? 나는 서두르고 있었다. 나는 몇 가지 것을 알아냈지만, 언제 자료조사를 끝내고 작업에 들어가야 할지 알 수가 없었다. 앨버틴의 역사에는 늘 또다른 쪽문이 생겨났고, 쫓아가야 할 새 이론이 나왔고, 새로운 견해를 내놓는 전염병학자가 있었다. 거리를 배회하는 약물중독자가 또 새로운 얘기를 해줄지도 모르고, 돈만 준다면.

이를테면 나는 에두아르도 코르테스라는 사람이, 최소한 맨해튼과 브루클린에서는, 앨버틴 거래의 핵심인물로서 지위를 공고히 다졌음을 알고 있었다. 그리고 가끔씩 공범자들과 무리 지어 군용차량의 호위를 받으며 몰려다닌다는 것을 알고 있었다. 다들 지프와 허머 등 군 호위대 차량을 본 적이 있다고 주장했다. 그 영향권에 속한 지역의 다른 거래상들은, 가령 포트그린의 코드명 X나 롱아일랜드시티의 911갱 같은 집단은 암흑가 스타일이었고, 이른바 중립노선을 취했다. 나는 그 모든 사실을 알고 있었고, 그러면서도 그린포인트의 유령 공장으로 척척 들어갔다. 마치 내가 대단한 사람이라도 되는 양. 현실은 피부에 입체지도를 그린 것 같은 여자애랑 소프트코어 포르노 잡지에 실을 기삿거리를 찾는 아시아 꼬마가 엘리베이터를 타고 있는데. 여자애는 이 지역에 사는 매춘부일 것이다. 이 동네 사람들은 거의 다 매춘부니까.

"코르테스가 입을 다물자 모든 것이 변했지." 카산드라가 말했다. 올라가는 데 한나절은 걸리는 엘리베이터였다. 그녀는 내가 입을 열기도 전에 내 생각을 알았던 듯했다. 입술은 갈라지고 치아는 엉망이었다. 분명 한때는 총명한 여자였을 것이다. 아니면 단지 내가 그러길 바랐던 걸지도. 머리가 좋고, 대학에 다녔을지도 모른다. 하지만 이제는 감탄의 대상을 칭찬하기 위해 쓰는 단어들이 달라졌다.

빈틈없다, 끈질기다, 그리고 존경을 나타내는 최고의 단어는 바로 이거다. 살아 있다. 코르테스는 도미니카인이고, 살아 있으며, 그리하여 반칙이 곧 규칙인 앨버틴 인구통계학에서 한 부분을 차지하고 있었다. 그는 맨손으로 시작해 심각한 불황 속에서 성공했다. 코르테스는 원래 자전거 메신저였다가 그다음엔 택배 배달원을 했다. 그의 동료들 중 일부는 현재 그가 하는 사업도 여전히 운송업과 다를 바 없다고 주장했다. '우린 그냥 사업을 하려는 것뿐입니다.'

얼마 전에 나는 코르테스가 평범한 어린 시절을 보낸 장소에 가봤다. 거기까지 가는 데 거의 10시간이 걸렸는데 건진 건 하나도 없었다. 하여간 시간으로 거리를 재는 것은 큰 실수다. 시간은 변하니까. 그래도 코르테스는 약물 시장에서 그 누구보다도 오래 지하철을 타본 사람이었다. 만약 그가 브루클린의 직원들을 보러 가고 싶다면 북부 맨해튼에서 브루클린까지 한참을 내려와야 했고, 대부분의 지하철이 더이상 운행되지 않았다. 이런 상황에서 군용 호송 차량은 훌륭한 투자라고 봐도 좋았다.

워싱턴하이츠*. 아이들은 거리에서 야구방망이 대신 구식 붐 마이크를 들고 스틱볼**을 하고 놀았다. 귀에 피어싱을 한 갱들이 집집마다 현관 앞에 일없이 앉아 있었다. 그런 사람들의 기억은 어떤 것이었을까? 중독자들 표현대로 그들도 약을 빨았을까? 앨버틴을 사용했을까? 그리고 코르테스의 기억은 어떤 것이었을까? 프로권투 미들급 상금을 노리고 시내 체육관에서 시합하던 기억? 그럴지도. 친구들과 어울려 술 마시던 기억. 어퍼브로드웨이에서 매춘부들

---

* 맨해튼에서 도미니카인들이 모여 사는 지역.
** 막대기와 고무공으로 하는 야구 비슷한 놀이.

과 어울리던 기억. 성당 다니는 동네 여자애들을 꼬셔서 몰래 만나던 기억? 코르테스는 심각한 언어장애가 있다고 했다. 말을 배우기 이전의 좋았던 기억을 앨버틴으로 되살렸을까? 동네 꼬마들이 놀려대기 이전 기억을? 어린 시절의 자신한테 가서 미국 영어의 제대로 된 '에스^s' 발음을 가르칠 수 있었을까? 권위 있게 말하는 법을? 잡지사에서 알려준 한 정보원은 코르테스의 출현을 두고 불길하다고 표현했다. 사실 이 코르테스라는 이름도 가명이다. 이제는 정말 진귀해진 유선전화에 대고 정보원이 소곤거리길, 배에 한가득 천연두를 싣고 남미에 가서 퍼뜨린 16세기 스페인의 위대한 정복자 코르테스처럼, 이 코르테스가 등장하면서 앨버틴 문화 자체가 바뀌었다는 이론을 내놓았다. 이것은 물론 최근 의학저널에 자주 실리는 이른바 '약물남용 패턴에 관한 통시적 이론'의 변형된 일례.

브루클린 대학교 교수이자 정부 소속의 앨버틴 인류학자인 언스트 웬트워스 박사가 이 이론의 주창자 중 한 명인데, 이들 의학자들에 따르면 앨버틴이 등장하기 전에도 전통적인 종류의 기억, 즉 '정체성 형성자'라는 것이 있었다. 심지어 억제기억증후군이라 할지라도 그 나름대로 정체성 형성자다. 왜냐하면 억제된 기억을 통해 궁극적으로는 스스로에게 권한을 부여하는 법을 배우고, 그러면서 과거의 학대자들을 찾아내고 그들의 잘못된 행동이 나에게 끼친 영향을 이해하게 되기 때문이다. 나는 '권한 부여'라는 말을 싫어하지만, 이건 웬트워스가 사용한 용어다. 스트레스투성이인 기억을 되풀이하는 것은, 웬트워스의 논문에 따르면, 스트레스를 해결하기 위한 정체성의 도전이다. 다리가 무너진다거나 하는 재난의 기억조차도, 차디찬 강에 빠진 사람한테는 정체성 형성자다. 그를 통해 궁극적으로는 기억하는 주체에게 안도감을 심어주는 것이다. 살아 있는 것이 아무리 고통스러워도, 현재의 내가 되기까지 그동안의 삶을 처음부터 다시 되짚어보는 것이다. 웬트워스의 정체성 형성자 이론은 기억연구 분야에서 지배적인 학설이었다. 앨버틴이 등장하기 전까지는.

앨버틴은 대폭발 이후에 나왔기 때문에, 학자들은 결국 초기의 모든 앨버틴 현상을 분석할 때 대폭발을 염두에 두지 않을 수 없었다. 당연하지 않은가? 어느 날 저녁 나는 그 이론을 심장으로, 아니 심장의 잔해로 드라마틱하게 이해했다는 기분이 들었다. 나는 무기고에서 지냈고, 정말로 창고 안에서 잤다. 원래는 비품창고였는데 양탄자 청소용 세제와 얼룩제거제와 여분의 수건 등이 여전히 들어 있었다. 이런 것들은 언제 필요하게 될지 알 수 없다. 하여간 비품창고 앞 복도에선 소리가 울렸다. 무기고 복도에서 사람들이 하는 말은 작은 속삭임까지 다 들을 수 있었다. 사람들이 오가는 소리도 전부 들렸다. 과거에도 그랬고 지금도 그렇지만, 사람이 살기에 그리 좋은 곳은 아니다. 더구나 내가 이스트빌리지의 오피스텔에 살았음을 고려하면 말이다. 하지만 대부분의 사람들이 복도에 직접 마분지나 캔버스나 석고보드로 칸막이를 치고 살았던 것에 비하면 비품창고도 그렇게까지 형편없는 곳은 아니었다. 창고를 배정하는 일은 버트런드라는 이름의 앨버틴 중독자가 맡고 있었는데, 내가 폭스와 거래상들 몇 명을 소개해주자 바로 나한테 비품창고를 내줬다. 나방이 몇 개 안 남은 내 셔츠와 스웨터를 노릴 즈음 나는 이미 필요한 살충제를 모두 갖추고 있었다.

예의 그날 저녁, 나는 변증법적 추론의 돌파구를 찾았다. 나는 대폭발 순간의 폭발음을 듣고 있었다. 참전군인들이 묘사하는 일반적인 통념, 즉 큰 소리가 나면 저절로 기관단총 파열음이 연상된다는 식의 얘기를 아는가? 나의 경우는 정반대였던 것 같다. 대폭발을 재현하는 것은 '정적'이었다. 핵분열은 소리를 내지 않는다. 그것은 무음無音, 폭력의 반대항에 내재된 폭력, 터무니없이 작은 변화가 초래하는 엄청난 결과를 시사한다. 만약 당신이 살아남은 400만 명 중 하나라면, 음파가 도달하기 전에 먼저 폭발과 열기와 방사능이 덮치는 지점으로부터 어디든 아주 멀리 떨어져 있었다면, 그렇다면 폭발음은 완전한 정적 속에서 가장 잘 상기될 것이다. 무기고에서 불면증 환자들이 내 창고 문 앞을 비척비척 지나다 잠깐 멈추었을 때, 그것은 우리가 억압 또는 회피하고자 하는 모든 기억에 구조적으로 내재된 부재不在의 소리였다.

나는 철학자가 아니다. 하지만 사람들은 결국 '대폭발을 기억'하기 시작했을 거라고 생각한다. 안 그런가? 달리 어쩌겠는가? 물론 그런 생각을 떠올린 최초의 사람이 나라고 말하는 건 아니다. 아마 그 정보원이 한 얘기겠지. 언스트 웬트워스일지도 모르고. 요는, 모든 기억이 대폭발의 기억으로 귀결되는 것 같다는 말이다. 비품창고 앞 복도에서 울리는 발소리처럼. 기억이란 것은 검은 빗방울*이 쏟아지는 것과 비슷하다. 모든 소음은 대폭발의 소음이 될 가능성이 있는 하나의 사례였고, 그것은 모든 소리가 지닌 한계였으며, 따라서 모든 기억이 지닌 한계였다. 다수의 사람들에게 대폭발은 엄청난 트라우마였기에 그날 자신이 어디에 있었는지조차 기억하지 못했

---

* 핵폭발이 일어나면 낙진과 재 등이 섞여 검은 비가 내린다.

고, 혹시 궁금할까봐 말해주는데 나도 그런 사람들 중 하나였다. 나는 뉴브런즈윅에서 열리는 소프트웨어 총회에 가려고 뉴저지로 향하던 중이었다. 최소한 내가 지금 기억하기로는 그렇다. 하지만 내가 어떻게 돌아왔는지는 모른다. 와서 보니 맨해튼이 사라졌다.

사람들은 약물에 취해서 대폭발의 기억을 꺼내기 시작했다. 그리고 약을 하던 중에 특정 기억 때문에 사망하기 시작했다. 논리적으로 완벽히 이치에 닿는다. 그리고 이것이 좀전에 내가 말했던 '약물남용 패턴에 관한 통시적 이론'이다. 맨 먼저 전직 교수였던 콘래드 딕슨이 브루클린의 플랫부시에 있는 자신의 아파트에서 숨진 채 발견되었다. 특별히 눈에 띄는 사망 징후는 없었고, 다만 얼마 전 크라운하이츠에서 그가 거래상들과 어울리는 모습이 목격되었다. 사인은 약물 칵테일에 들어 있던 유독성 첨가제였던가? 그런 식으로 사망한 사람이 딕슨 한 사람뿐이었다면 그것도 충분히 그럴듯한 가설이었겠지만, 동시다발적으로 수많은 사망자가 발생했고, 내 주장은 그들이 대폭발을 기억하던 중에 사망했다는 것이다. 앨버틴이 불러오는 기억의 일반적인 발작 와중에 끔찍한 기억이 포함되어 있었다. 다른 어떤 순간보다 바로 그 기억, 수많은 사람들이 대량 학살되어 소멸되는 감각, 나라 안으로 그 오염된 우라늄 장치를 들여오고 전달받은 남자 혹은 남자들, 아니 남자들이든 여자들이든, 그들의 동기에 대한 어떤 의식 등등. 콘래드 딕슨이나 그와 같은 사람들이 처음 앨버틴을 투약했을 때는 나쁜 맘을 먹지 않았었다. 유행 초기에는 다들 앨버틴을 혼자서 했다. 기억은 대부분의 경우 혼자 경험하는 거니까. 기억을 설명하는 것은 영화 줄거리를 엉성하게 요약하는 것과 마찬가지다. 가령, 내가 로스앤젤레스에 있었을 때 옆 테이블에서 봤던 이런저런 신인 여배우들 애기나 급류 래프팅을 하다 팔이 부러진 일을 말해볼까. 한심한 기억들을 다 꺼내볼까. 다 똑같다. 딸아이가 아장아장 걸음마를 하던 무렵 어딘 가에 머리를 찧고 그렁그렁해졌던 눈망울이라든가, 뭐든 상관없다, 어차피 콘래드 딕슨이 자기 팔에 주삿바늘을 꽂은 다음 도심 지역으로 돌아가 청년 시절을 보낸 맨해튼 남쪽을 바라보다가 무슨 일을 당했는지는 뻔하니까. 콘래드가 그날 프로그래머 자격시험을 보기 위해 컬럼비아 대학교에 갔던 것은 아무려나 잘한 일이었다. 덕분에 유니언스퀘어의 빌딩들 옆에서 어렴풋한 그림자로 사라지는 대신 완벽한 조명 아래서 자신이 일하는 동네 전체를 볼 수 있었고, 속에서 치밀어오르는 욕지기를 느낄 수 있었고, 버섯구름이 넓게 퍼지는 것을 볼 수 있었다. 머릿속의 모든 지식이 한쪽 옆으로 치워지고, 사실의 진공상태, 기억의 진공상태가 되었다. 연거푸 섬광이 보였고, 사람들이 소각되는 것을 느낄 수 있었으며, 전에는 몰랐던 방사선과 항성 표면의 빛과 만물의 증여자에 대하여 조금 알게 되었다. 그는 자신이 아프다는 것을, 이제 폭발 이후의 처음 며칠간을 다시 살아내야 한다는 것을, 모두가 오염된 세포로 인해 고통받고 몸속이 액체 상태가 되어가는 시간을 겪어야 한다는 사실을 깨달았다. 그 상황을 일일이 다시 설명하지는 말자. 중요한 것은, 콘래드는 대폭발을 두 번 다시 경험하고 싶지 않았건만 앨버틴이 그 기억을 되돌렸고, 그는 이 기억의 고리에 갇혀 아무것도 할 수가 없었으므로, 그저 죽는 수밖에 없었다. 그래야 대폭발이 끝나니까. 실제 공간에서든 기억 속의 지구에서든, 과거든 현재든 미래든, 머릿속에서든 현실에서든, 대폭발은 죽음 곁을 맴돌았다.

이게 에두아르도 코르테스와 무슨 상관일까? 자, 그것은 코르테스가 앨버틴 카르텔 관리사업을 벌이기 시작한 시점과, 앨버틴 남용과 약물 상호작용으로 사망자 수가 최고조에 이른 시점이 정확히 일치한다는 사실과 관련이 있다. '약물남용 패턴에 관한 통시적 이론'에 다시 한번 주목하자. 무슨 말인지 알겠나? 요는, 코르테스의 출현이 앨버틴을 사용하는 방법에 어떤 영향을 미쳤는가 하는 것이다. 그 마약 혼합물 자체는, 마약이기나 한지 모르겠지만, 분명 그렇게까지 확 달라지진 않았다. 12개월 만에 거리의 유행으로 번지는 동안 달라진 것은 없었다. 그렇다면 약물남용 패턴에 차이가 생긴 이유를 다른 요인에서 찾아볼 수 있을까? 사람들의 기억을 침범한 대폭발이 왜 코르테스 탓으로 보일까?

기사에 쓰려고 적어둔 기록은 온통 회의론뿐이다. 카산드라가 점안기를 사용하는 동안 나는 그녀의 손을 잡고 있었다. 누더기를 입은 창녀, 앙상하게 마른 여인. 그리고 손을 맞잡은 나의 행동은 기대에 부푼 몸짓처럼 보였을 것이다. 마치 맞잡은 손에서 뭔가 좋은 것이 나오기를 기대하듯. 나는 그녀의 한숨 소리를 들었다. 새장 같은 엘리베이터가 통로 벽의 붉은 비상등을 느릿느릿 지나쳤다. 창녀들은 항상 하나도 에로틱하지 않은 일에 에로틱했다. 이를테면 시간이라든가. 어딘가 다른 시간대의 광란이 그녀를 덮쳤다. 마치 매춘을 하기 직전의 기억으로 흘러들어간 것처럼. 나는 그녀의 손을 잡고 있었다. 방향감각이 없어졌다. 손목시계를 보았다. 날짜를 확인했다는 얘기다. 전자기펄스*에서 기적적으로 살아남은 나의 가짜 롤렉

---

* 핵폭발에 의해 생기는 고강도 전자기파 에너지로 전자제품을 손상시킨다.

428

스에 의하면 내가 앨버틴 기사를 맡은 지 2주가 지났다. 하지만 맹세컨대 나는 불과 이틀 전에 프런트에 로봇 접수담당자가 있고 방탄유리로 뒤덮인 빌딩의 소프트코어 포르노 잡지 사무실에서 어슬렁거렸다. 마지막으로 비품창고에 돌아가 잠을 잔 게 언제였지? 마지막으로 밥을 먹은 게 언제였지? 복도에서 발소리가 나고 대폭발에 관해 새롭게 알게 된 것이 어젯밤 아니었나? 나는 카산드라의 손을 잡고 있었다. 왜냐하면 그녀는 앨버틴에 관한 진실에 닿을 수 있는 미약한 고리였고, 이것이 내가 그 얘기에 소비되지 않고 반대로 그 얘기를 어떻게든 소화해서 주무를 수 있는 마지막 기회 같았다.

그렇게만 되면 이건 특종이다. 특종이란 이런 것이다. 느닷없이, 나는 그녀가 보고 있던 것을 보았다.

카산드라가 말했다. "이것 봐."

주의를 집중한다. 나는 머릿속에서 인터넷 동영상 같은 클로즈업 화면을 보았다. 웬 사내의 팔이 보인다. 흉터가 잔뜩 있고 털이 하도 많아서 무슨 모피 같은 팔뚝이 보이다가 이내 손이 보인다. 벨트로 이두박근을 세게 조인 다음 주삿바늘을 푹 꽂더니 피스톤을 누른다. 처음엔 불편한 듯 끙 신음 소리를 낸다. 푸에르토리코 악센트 같은, 외국 억양이 심한 영어로 사내의 목소리가 위협한다. "난 로어이스트사이드로 돌아갈 거야. 그 새끼를 찍소리 못하게 만들 거다. 두고 봐, 내가 못할 것 같아?" 확실히 언어장애다. 에스^s, 제트^z 같은 치찰음에 문제가 있다. 그러더니 이 사내가, 이 자식이 카산드라를 쭉 훑어본다. 그녀도 화면 속에 있었다. 최소한 이론상 우리가 서 있던 엘리베이터 안은 아니었다. 그녀는 에두아르도 코르테스와 무슨 관계가 있는 것 같았다. 그녀는 그의 배우자였다. 코르테스는 그녀의 손을 잡았고, 두 손을 맞잡고 한 바퀴 돌리니 우리는 거리에 있었다. 더이상 존재하지 않는, 당연하다, 톰킨스스퀘어파크*에 코르테스가 있다. 그는 한 백인 남자를 찾고 있음이 분명했고, 지금 사람들을 헤치고 그 남자가 오고 있다. 일부러 이스트빌리지 빈민가에 사는 예술가처럼, 대충 어떤 느낌인지 알겠지, 세련되고 교양 있게 생겼다. 코르테스는 이 남자를 찾고 있었다. 약간 추레하게도 보이는데, 블랙진과 티셔츠 차림이다. 모든 것은 운명에 의해 이미 결정되어 있었다. 이제 코르테스가 남자를 발견했다.

카산드라의 강박적 기억은 빛과 결합되어 있었다. 도깨비 불빛, 아우라 같은 것. 각각의 세부사항이 편두통처럼 다가왔다. 사물은 노출과다가 되고, 가로등 주위로 태양면의 폭발이 일었다. 우리는 톰킨스스퀘어의 노숙자들 사이로 바삐 움직였다. 흥분해서 헐떡이는 내 숨소리가 들렸다. 나는 더이상 존재하지 않는 공원에 있고, 코르테스를 보고 있고, 그 백인 남자를 보고 있다. 아까 말했던 생김새는 그의 오른쪽 옆얼굴이었는데, 그게 왼쪽 옆모습과 판이하게 달랐다. 오른쪽에서 보면 조용하고 처연한 느낌인 반면, 왼쪽 옆얼굴은 항시 살짝 능글맞은 미소를 띠고 있다. 왼쪽 얼굴은 일그러졌고, 누가 확 찢은 것처럼 입가에서 귀까지 흉터도 있었다. 마치 얼굴에도 금을 그어 확실히 좌우를 나눈 것처럼, 침식작용의 결과물인 양. 카산드라는 이렇게 말하고 있었던 것 같다. "이러지 말자고, 응? 에두아르도? 제발, 에두아르도? 다른 해결 방법을 찾을 수도 있잖아." 그와 동시에 그녀는 내게도 말을 걸고 있었다. 이게 어떻게

---

* 뉴욕 이스트빌리지에 위치한 공원으로 개를 자유롭게 풀어놓는 운동장이 있다.

가능한지는 모르겠지만 기억의 바깥에서, 다른 사람에게 속한 기억의 바깥에서 그녀는 이렇게 말했다. "지금 보고 있는 장면이 이해가 돼?"

나는 말했다. "코르테스가 지금 이 남자를……."

"……죽이려는 거지."

"그럼 이 남자는?"

"중독자 1호."

"누구라고?"

"그 남자는 첫번째 사용자야." 카산드라가 말했다. "앨버틴을 제일 처음 사용한 사람."

"이 남자가 왜 중요한데?"

"컨트롤하기 위해서. 이해가 안 가지?"

"설명해줘."

"중독자 1호는 기억 속에서 살해당할 거야."

무언가 내 안에서 돌연 홍수처럼 빠르게 흘러갔다. 실제 지각일지도 모르고, 단순히 약물남용에 동조하느라 둔해진 감각일지도 모른다. 나는 카산드라가 한 얘기의 심각성을 이해하려고 노력했지만 불가능했다. 이야기의 함의도, 왜 그녀가 내게 이런 얘기를 하는지도 이해할 수 없었다. 내가 아는 한 내게 얘기한다는 것은 죽음을 의미했다. 폭스도 죽었고, 밥도 죽었고, 기억 속 무명의 청년들도 완벽히 제거됐고, 예전에 내게 제보한 사람들까지, 대충 50명쯤 되는 사람들이 한날한시에 사라졌다. 이야기를 추적한다는 것은 시간 그 자체를 추적하는 것이었고, 시간은 자신의 비밀을 철저히 보호했다.

"어떻게 그게 가능해? 그런 건 불가능하다고! 기억 속의 누군가를 어떻게 죽인다는 거야? 말이 안 되잖아."

"맞아. 말이 안 되지, 근데 실제로 그런 일이 일어났어. 다시 일어날 수도 있고."

"하지만 기억이란 건 장소가 아니라고. 머릿속에만 있을 뿐 실재하지 않아. 어디선가 틀어주는 영화가 아니잖아. 화면 속으로 뛰어들어 마구잡이로 난동을 부릴 수 있는 것도 아니고."

"가만히 지켜보기나 해."

나는 통시적 이론에 관해 생각하는 중이었다. 약물남용과 확산의 패턴은 중독자 1호가 죽는 순간 가장 널리 퍼졌고 가장 위협적이었다. 1호의 죽음이 살인임이 밝혀지려는 참이었고, 그것이 내가 목격해야 하는 처음이자 유일한 살인이길 바랐다. 비록 그가 능글맞은 사내라도, 호감이 가지 않고 조롱할 만한 사람이라도, 한낱 마약중독자일 뿐이더라도, 어쨌든, 중독자 1호는 놀라운 기억자였다. 완전하고도 철저하게 앨버틴에 중독된 첫번째 사람으로, 나중에 알게 된 사실이지만, 그는 엄청난 양의 기억 목록을 작성했다. 가령 그가 기억하는 7월의 어느 해질녘 십대와 이십대들이 다니는 웨스트빌리지의 홀수 번대 거리를 비추던 햇살은 완벽했다. 사실이다. 1호도 그것을 알고 있었다. 6월이나 7월 황혼 무렵에 몇몇 특정 길모퉁이에 서서 서쪽을 바라보면, 뉴욕이라는 도시가 위대한 풍경화가들에게 영감을 줄 만한 노을을 품고 있음을 알게 될 것이다. 아니면 완벽한 베이글은 어떨까? 1호는 뉴욕의 신선한 베이글을 잔뜩 시식해봤고, 가장 맛있고 인기 있는 베이글에 관한 기록을 남겼다. 13번가와 대학가에 있는 가게에서 파는 베이글이었는데,

크고 부드럽고 따뜻했다. 중독자 1호는 베이글을 입속에 넣는 순간 느껴지는 맛과 식감에 관해 여러 페이지를 할애했다.

안타깝지만, 지금 내가 해야 하는 작업은 중독자 1호의 삶을 조명하는 것이 아니라 그의 두뇌의 확산패턴을 묘사하는 일이다. 그 패턴은 맨해튼 남부의 방사성 물질 확산패턴과 정확히 닮았다. 코르테스는 1호의 머리에 리볼버를 겨누고, 1호의 얼굴에 나타난 완벽한 오해와 불신의 표정에 나는 가슴이 미어진다. 그의 표정으로 보건대 자신의 죽음이 무엇을 의미하는지 전혀 알지 못함이 분명하다. 코르테스는 리볼버의 방아쇠를 당기고, 중독자 1호는 마치 한 번도 살아 있는 생물이 아니었던 것처럼 쓰러진다. 빌어먹을 마약꾼 새끼, 코르테스가 읊조렸다. 중독자 1호의 바로크적* 기억은 이제 톰킨스스퀘어의 개 운동장에 흩뿌려진 저 신경조직의 일부일까? 운동장의 저 리트리버의 털 위에 끈적끈적하게 뿌려진 저것이, 저 전기 임펄스가, 도심 공원의 피 웅덩이 속에서 사라져가는 저 에너지가, 저것이 기억일까? 나는 그 장면을 보았다. 왜냐하면 코르테스가 그 장면을 보았고, 코르테스가 그 기억을 카산드라에게 전했고, 카산드라가 내게 전했기 때문이다. 개들과 잔디밭에 튄 뇌량**과 기저핵***. 비명을 지르는 여자들. 중독자 1호가 피투성이가 되어 경련하는 동안 근처 노숙자 무리가 몰려들어 눈을 동그랗게 뜨고 묵묵히 바라보았다. 그는 오로지 마약 거래상의 기억 속에서 총에 맞아 살해당했다. 그의 기억도 그와 함께 살해됐다.

---

* 16세기부터 18세기 초에 걸쳐 유행했던 지나치게 화려하고 과장된 예술양식.
** 좌우의 대뇌반구를 연결하는 넓은 띠 모양의 신경섬유 다발.
*** 대뇌피질 아래 백질 내에 있는 신경세포핵 덩어리.

그렇게 된 것이었다. 기억은 기억일 뿐이지만, 그 결과는 진짜였다. 바로 지금 벌어지고 있는 일처럼 실재했다. 그것은 우주의 10분의 1은 원래 눈에 보이지 않는다고 말하는 거나 마찬가지다, 나도 안다. 하지만 조금만 인내심을 가지고 들어주기 바란다. 카산드라의 말에 따르면 코르테스의 위업은, 정보원들에게서 중독자 1호가 과거에 정말로 살아 있던(뉴욕 주립대에 다니고 이름은 페일리이며 영화감독이 꿈인) 인물이라는 사실을 알고 나서, 1호가 죽었을 때 신문에 난 부고기사를 읽고 1호의 사진을 찾아냈던 것이다.

코르테스는 1호에 대한 기억을 조작하고 싶은 마음이 굴뚝같았을 것이다. 아 그래, 내가 그때 저 사람을 크리스토퍼스트리트 부두에서 봤지. 아니면, 포리스트힐스에 있는 할머니 댁에 가는 길에 저 사람을 봤어. 코르테스는 아마 수십 번 시도해봤을 것이다. 이스트할렘의 텅 빈 창고 같은 방에서 앨버틴을 피하주사하면서, 상상 속에서 조우한 1호의 머릿속에 총알을 박아 넣으려는 헛된 시도를 했을 것이다. 하지만 될 리가 있나. 코르테스는 만나는 사람들마다 일일이 얼굴을 확인해야 했다. 상상 속에서 자신이 끼었던 모든 무리, 브로드웨이에서 스쳐지나간 모든 얼굴, 바워리*에서 땅에 코를 박고 쓰러져 있는 사람들, 양키스타디움 스탠드에 서 있는 모든 사람을 하나하나 훑어야 했다. 그는 이야기 속에 들어가기 위해 약을 계속했고, 자전거 메신저 일로 번 돈 대부분을 약물을 사는 데 썼다. 그러던 어느 날, 그는 확신했다.

그 깨달음의 순간에 그는 휑뎅그렁한 자신의 아파트에서 바퀴벌

---

* 뉴욕 시의 싸구려 술집과 여관이 많은 거리로, 주정뱅이와 노숙자 들이 모이는 곳이다.

레를 잡고 있었다. 바퀴벌레를 찾아서 마룻널을 하나씩 뒤집어보다가, 문득 확신이 들었다. 샅샅이 꿰고 있는 바둑판 같은 뉴욕의 거리만큼이나 확실했다. 코르테스는 열여섯살 때 톰킨스스퀘어에서 중독자 1호의 옆을 지나갔다. 핸드볼 시합을 하러 가던 길이었다. 분명 그 옆을 지나갔다. 다른 아무개가 아니라, 바로 그였다. 중독자 1호. 호모처럼 생긴 녀석이라고, 나중에 코르테스는 카산드라에게 묘사했다. 그에게 백인 남자는 몽땅 호모처럼 보였고, 다른 어떤 이유보다 호모처럼 생겼기에 그 빌어먹을 새끼를 빨리 죽이고 싶었다. 물론 다른 이유도 산더미처럼 있었지만. 가장 중요한 것은, 만약 그가 중독자 1호를 자신의 기억 속에서 죽이는 방법을 생각해낼 수 있다면, 그 이후에 일어났던 일련의 사건들이 모두 지워진다는 점이다. 가령 동네 흑인들하고 어울리던 1호가 전에는 헤로인을 거래하던 그놈들한테 앨버틴의 정확한 화학합성물을 주고 제조에 필요한 재료와 기구의 비밀을 넘긴다든가 하는 일 말이다. 만약 코르테스가 그 개새끼를 죽이면 그 미래가 실제 미래가 되지 않을 터였다. 만약 코르테스가 그 개새끼를 죽이면, 코르테스 자신이 그 신디케이트를 컨트롤하게 될 것이다.

시간과 돈을 들이고 약을 하고, 사실상 꼬박 6개월 동안 방 안에 틀어박혀 자기 생의 모든 장면을 훑고, 이웃에 살던 그놈과 같이 있던 시간까지 겪어야 했다고, 코르테스는 카산드라에게 말했다. 에두아르도는 수없이 되풀이해서 이웃의 그 술 취한 새끼를 상대해야 했고, 여기서 이름까지 밝힐 건 없지만, 그놈이, 에두아르도의 삼촌이라고 주장하는 그 작자가, 버려진 빌딩에서, 꼬마 에두아르도에게 자기 것을 내보이며, 포경하지 않은 축 늘어진 페니스를 드러내며, 그 빌어먹을 놈은 더 세우지도 못하고, 모래주머니 모양, 술에 절어서는, 삼촌은 세상에서 제일 외로운 사람이라며, 이 나라에 속하지도 않고 태어난 섬나라로 돌아가지도 못한다고, 어느 누구도 자기보다 더 외로울 리가 없고, 매일 모든 면에서 이렇게 외로움이 사무칠 리가 없으니, 에두아르도 부디 오늘 하루만 자기를 편안하게 해줄 수 없냐고, 자신을 사랑하는 사람으로 대해 달라고, 이번 한 번만, 너무 외로우니까, 마음이 이렇게 아픈데 그 무엇으로도 진정시킬 수가 없다고, 다시는 부탁하지 않을 테니까, 삼촌이 약속할게, 그리고 에두아르도를, 고작 한 줌밖에 안 되는 조그만 꼬마를, 알루미늄 야구방망이조차도 못 드는, 삼촌이라고 주장하는 작자한테 손가락 하나 대지 못하는, 그런 에두아르도한테 나의 여신이네 나의 여사제네 하는 사이, 에두아르도는 이제 앞으로 절대 다시는 다른 사내 앞에서 그런 괴로움을 겪지 않겠다고 맹세했다.

주삿바늘, 점안기, 과거의 동심원. 번번이 삼촌은 그를 꾀려 들었다. 그는 기꺼이, 필요하다면 천 번이라도, 체육복 허리춤에 권총을 찰 때까지, 그것을 겪어낼 생각이었으며 단단히 준비가 되어 있었다. 그는 열여섯살이었고, 문신을 갓 새겼으며, 수백 번 겪은 그날 아침이 돌아왔고, 그는 총을 가지고 있었고, 핸드볼 시합에 가려고 하는데, 개 운동장에서 그 백인 호모를 보았고, 그는 생전 처음 보는 사람처럼 그 백인에게 다가갔다. 사실 에두아르도 코르테스는 그 백인을 속속들이 잘 알고 있었고, 그를 통해 뭔가 이루고 싶었다. 보잘것없는 자전거 메신저로 살았던 지금까지의 인생은 사라지고, 동네 깡패들은 모두 자기 밑에서 일하게 될 것이며, 만약 놈들이 한 번이라도 잘못하면 저 빌어먹을 다리에서 내던져버릴 거고,

남아 있는 다리가 있는지 모르겠지만, 만약 놈들이 자기 구역에서 여자애들한테 손대면, 그건 별개의 범죄인데, 아주 값비싼 대가를, 즉 죽음으로써 값을 치러야 할 것이다. 최우선 순위의 장기적 사업 계획은 에두아르도 코르테스가, 비록 본인의 기억은 형편없는 것일지라도, 기억을 통해 수익을 내는 사람이 되는 것이었다. 일은 그렇게 됐던 것이고, 그 모든 것을 나는 카산드라와 함께 봤다. 코르테스는 순전히 무식하게 힘으로, 기억을 살해함으로써, 아무것도 아닌 양 기억을 길바닥에 흩뿌림으로써 용케도 성공했던 것이었다.

1분 전까지만 해도 중독자 1호는 이스트빌리지를 어슬렁거리고 있었다. 마약에 중독되기 몇 년 전, 심지어 앨버틴이라는 것이 나오지도 않았을 때, 그는 디지털 비디오 프로젝트를 위해 어떻게 돈을 끌어모을 수 있을까 고민하던 중이었는데, 다음 장면에서, 개를 산책시키던 사람들 눈앞에서, 휙 사라져버렸다. 연속된 기억 선상에 있지 않았던 사람들 눈에는 그렇게 보였다. 이것이 대중의 착각에 대한 정말 훌륭한 예시임을, 온라인 경찰기록을 보면, 내가 그랬듯이, 알 수 있다. '목격자들의 주장에 의하면 피해자는, 처음에는 신원미상의 백인으로 알려졌으나 나중에 어빙 페일리(이스트 9번지 433)로 밝혀졌다, 십대 히스패닉 소년과 함께 현장에 있었는데 돌연 사라져버렸다. 연기처럼 사라져버렸어요, 라고 한 목격자는 말했다. 다른 사람들도 동의한다. 이후로 어떤 사체도 발견되지 않았다. 아파트도 텅 비었는데, 가해자의 짓일 가능성도 있다.' 이런 기록이 서버에 저장되어 있어서 다행이다. 경찰청은 먼지가 되었으니.

제련소에서 일하는 사람들은 모두 유니폼을 입고 있었다. 왠지 전체 이야기가 자전거 메신저에 대한 것으로 바뀐 듯, 죄다 자전거 메신저 유니폼이었다. 의미 전달자로서 자전거 메신저. 이들이 에두아르도 코르테스 제국의 조신들이었고, 피로에 찌든 경찰은 최하위 계급으로, 건물을 철통같이 둘러싸고 근처에 누가 나타나면 무전기로 지휘본부에 연락했다. 그리고 자전거 메신저 유니폼을 입고 자전거 메신저 헬멧을 쓴 사내들은 제국의 백부장들이었다. 머리끝부터 발끝까지 말끔히 갖춰 입은 라이크라 유니폼은 무슨 슈퍼히어로 코스튬 같았다. 엘리베이터 문이 열리자, 에두아르도 코르테스의 비밀성전 깊숙이 침투해 들어왔음이 단연코 확실해졌다. 단지 생각만 했을 뿐인데 와버린 것 같았다. 이 비밀 성전은 어떻게 설명할 수가 없고, 웃기고, 지루했다. 아무렴, 지금까지 2주간 조사를 해왔다는 것도 가능한 얘기고, 조사를 위해서는 더이상 밥도 잠도 필요 없다. 아무렴, 어쩌면 나는 실로 위대한 작업을 하는 중이고, 나는 차분하고 파리 한 마리도 못 죽일 것처럼 보이는 정직한 사람이기 때문에, 어쩌면 그래서 전형적인 앨버틴 남용자에게는 허락되지 않는 곳에 들어오게 된 거다. 이곳은 분명 코르테스의 전설적인 다섯 채의 저택 가운데 하나였다. 그는 코카인 생산지의 독재자처럼 마음 내키는 대로 다섯 곳을 들락날락했다.

"에디," 카산드라가 제련 공장의 낮은 조명을 향해 큰 소리로 외쳤다. "당신이 말한 대로 그 사람을 데려왔어."

누가 에디지? 공장은 거대한 기계와 서스펜션 장치, 쇠꼬챙이와 쾅쾅거리는 피스톤, 빙빙 도는 바퀴 등 루브 골드버그*의 우화적인 미래에나 나올 법한 설비를 갖추고 있었다. 거기에는 중심이라고 할

---

* 간단한 일을 복잡하게 해결하는 기계장치를 그려 비효율적인 제도를 풍자한 만화가.

만한 장소도, 왕좌도, 호피무늬 퀼트를 씌운 까만 가죽소파도 없었다. 그리고 그곳의 자전거 메신저 중 내 기억 속의 코르테스, 핸드볼하러 가는 길이던 톰킨스스퀘어파크의 코르테스와 비슷하게 생긴 사람은 아무도 없었다. 어쩌면 약물 부작용으로 망가지기도 했고 빛 독촉도 피하기 위해 성형수술로 얼굴을 바꿨을지도 모른다. 실제로 거기 있는 수십 명의 자전거 메신저들의 얼굴을 훑어보니 다들 비슷비슷하게 생긴 것 같았다. 죄다 유럽계 사람으로 하얗게 세어가는 갈색머리에 파란 눈에다 배가 볼록 튀어나왔다. 로봇인가? 흉흉한 동네에서 힘깨나 쓴다는 양반들인가? 나중에 알고 보니 이들은 외과적으로 모습을 바꾼 에디 코르테스의 그림자 군대였고, 그들 덕분에 코르테스는 동시다발적으로 수많은 장소에, 전설적인 다섯 채의 저택에 동시에 나타날 수 있었다. 에디는 이제 특정인의 이름이 아니라 곧바로 경제 조건을 가리키는 단어였다.

카산드라의 말에 자전거 메신저 몇 명이 건물 중앙으로 모였다. 어쩌면 그들 모두가 위안용 로봇을 변형시킨 모델로, 에디는 낮에는 이들을 직업적으로 부리다가 밤이 되면 오입을 할지도 모른다. 그들 중 하나가 무표정한 얼굴로 물었다. "글 잘 써?"

카산드라는 나를 돌아보았다. "당신이 괜찮은 작가인지 알고 싶어 하네."

"아, 물론." 나는 누구에게랄 것 없이 대답했다. "잘 쓰지. 내 생각엔. 어, 내가 뭘 써줬으면 좋겠어? 정확히 무슨 생각을 하는 건데?"

수군수군 모여들어 협의한다. 협상에선 시간을 아무리 오래 끌어도 충분치 않다. 그리고 아마도 코르테스와 그의 제국에서 시간은 별로 중요치 않을 것이다. 이제 현재라는 시간은 과거의 역조逆潮

가 삼켜버렸다. 누군가 다른 사람이 과거를 다루는 에디의 기술을 알아낸다면, 에디도 중독자 1호처럼 아무 때고 획 사라질 수 있다. 보아하니 그는 영원히 고정된 순간을 보장하기 위해 모두가 똑같이 생기고 특별한 사건은 전혀 생기지 않는 곳으로 들어온 것 같다. 사건은, 종류 불문하고 모조리 위험하다. 에디의 전설적인 다섯 채의 저택은 나른하고 정적인 현재를 특징으로 한다. 그는 서두르지 않고 천천히 시간을 들였다. 자신의 외모뿐 아니라 주변 사람들 모두의 외모를 자주 바꿨다. 그런 식으로 그는 기억을 컨트롤할 수 있었다. 그리하여 그의 일상은 염색, 가짜 수염, 컬러 콘택트렌즈 등 변장과 사칭과 형태 변형에 관계된 물건을 사들이는 일로 점철되어 있었다.

"당신이 그런 일을, 어, 제안하다니 재미있군." 나는 말했다. "왜냐하면 나는 앨버틴의 역사에 관한 기사를 의뢰받아 쓰는 중이었거든. 그 때문에 애초에 카산드라에게 연락을 했던 거고……."

다들 그녀를 쳐다봤다. 혼란스러운 기미가 살짝 엿보였다.

내가 그녀에 대해 충분히 잘 묘사했던가? 어둑한 조명 아래서 보니 그녀 또한 여신 같았다. 비록 낮은 조도에서 중독자들은 항상 빛나게 마련이라는 건 알고 있지만. 에디의 은신처의 비상등 불빛 아래 카산드라는 그 이름이 암시하듯 저주 받은 예언자였다. 그녀는 까다로운 율격의 시를 한 음절씩 속삭이듯 읽어주는 사람이었다. 그녀는 가능성 중의 가능성이었다. 내게 욕망이라는 것은 진짜 오래도록 잠들어 있던 놈이고, 그저 욕망을 위한 욕망일 뿐이었고, 이제는 볼썽사나운 것이었다. 그런데 나는 카산드라와 함께하는 미래에 대한 욕망이 꿈틀거리는 것을 느꼈고, 그녀를 시야에서 놓치고 싶지 않았다. 나는 앨버틴을 추적하면서 여자들을 사람이 아닌 아이디어로 취급했던 데 대하여 죄책감이 들었다. 실제로 나는 카산드라에 관해 거의 아는 것이 없었고, 그제야 그녀도 아시아계라는 사실에 생각이 미쳤다. 중국계거나, 아니면 부모나 조부모가 홍콩 혹은 대만에서 건너온 사람일 것이다. 지금 그녀가 흑갈색 머리를 쓸어 넘기자 얼굴이 보였다. 표정이 슬퍼 보였다.

자전거 메신저들은 다들 폭소했다. 나는 웃음거리가 되었다.

"카산드라라니," 그들이 말했다. "괜찮네. 중국식 이름이야 그게?"

"잘했어. 일급 화냥년다워, 앨버틴. 자 이제 상을 받을 시간이야, 네가 원한다면."

아나운서의 음성이다. 에디가 목소리를 변조하려고 지역방송 아나운서를 고용했나보다.

"잠깐만, 이 사람 이름은……."

그때 퍼뜩 깨달았다. 그녀의 이름을 딴 것이다.

"그녀 이름을 따서 약 이름을 지었나?"

"꼭 그런 건 아니지." 아나운서 음성이 말했다. "약 이름을 따서 이 여자 이름을 지었을 수도 있어. 전후관계는 사실 잘 기억하지 못해. 중요한 건, 양쪽으로 흘러가는 기억이 있다는 거야."

"내 보기엔 앨버틴이라는 이름이 별로 안 어울리는 것 같은데."

"빌어먹을 네가 뭘 알아, 카나리아." 아나운서가 말했다. 문득 나는 그 말에서 에디의 흔적을 발견했다. 그의 버릇이 나왔다. 카나리아. 기자를 지칭하는 속어다.

자전거 메신저들은 카산드라를 둘러싸더니 떠받쳐 들어 루브 골드버그 장치 한가운데 있는 단상 위에 올려놨다. 인공관절 손가락처럼 생긴 기계가 그녀의 누더기 옷을 벗겨냈고, 그녀는 고전 조각품처럼 한쪽 무릎을 세우고 한쪽 팔을 머리 위로 올린 자세로, 제물로 바쳐진 희생양처럼 눕혀졌다. 아마 그녀는 제물이 맞을 것이다. 제물로 바쳐지는 여자를 보는 것은 세상에서 제일 가슴 아픈 일이다. 그러나 이 표현조차 연인이라기보다는 에디가 할 법한 말이다.

"즐겨보실까요?" 자전거 메신저가 소리쳤다.

"부디, 주인님." 카산드라가 말했다.

"좋은 선택입니다. 4마력, 15볼트, 350아르피엠."

나는 귀를 막았고, 그녀의 발목을 머리 위로 들어 올리는 용도의 철제 막대기만 힐긋 보았을 뿐 더이상 보지 않았다. 이유는 단순하다. 기억하고 싶지 않았으므로.

코르테스 카르텔의 자전거 메신저들은 나에 대해서는 다른 생각을 가지고 있었다. 그들은 나를 데리고 복도를 내려가 약물 주사실로 갔다. 드디어 직접 맛보게 되는 것이었다.

내 팔을 잡고 있던 사내가 말했다. "전 사원은 기억 배경 확인을 거쳐야 하거든……."

일주일쯤 전인가, 앨버틴의 의약적 적용을 연구하는 전문가가 쓴 팸플릿을 읽은 적이 있다. 이런 사람은 항상 있다. 그래, 필굿 박사, 앨버틴 옹호론자. 그의 클리닉은 어퍼웨스트사이드에 있었다. 그는 약을 할 때는 늘 방 안을 주의 깊게 살펴보고 나쁜 에너지를 제거해야 한다고 제안했다. 사실 이곳처럼 환각에 빠진 집단 속에서 약을 할 때도 배경과 환경은 똑같이 중요했다.

❖❖❖

카를 구스타브 융과 그 일파의 이론에 조금이라도 과학적 타당성이 있다면, 앨버틴이라 알려진 약물을 사용할 때 우려되는 바의 진정한 근거가 거기에 있다.

그 이유는 단순하게 집단무의식이라고 알려진 융의 이론 개념 때문이다. 융의 이론을 언급하면서 의도하는 바는 무엇인가? 어떤 특별한 상황에서는 기억, 엄밀히 말해 앨버틴 효과의 배타적 영역으로서의 생각은 다른 영역의 뇌기능과 충돌할 수도 있다는 것이다. 융이 가정했듯, 사람들은 저마다 모조 기록을 품고 있고, 그것은 인간의 한 부분이다. 이 가상의 기록이란 것은 문화나 나라에 관계없이 진실로서 통용되는 상징주의의 저장소로 기능한다. 그런 종류의 심상에는 어떤 것들이 있을까? 개중에는 선하고 유용한 이미지도 있다. 이를테면 신의 표상 같은 것. 주의 어린양인 예수, 보리수 아래 부처, 팔이 여럿 달린 가네샤. 이것은 제각기 명상에 도움이 되는 영역이다. 그러나 사악한 이미지 또한 집단적인데, 마녀에 관한 묘사가 그러하다. 실제로 지옥에 대한 끔찍한 서술은 오랜 집단적 역사를 지니고 있다. 현대에 나타난 특정한 심상—CIA 수사관, 다국적 테러리스트—은 '현실'인 동시에 집단적이기도 하다.

따라서, 앨버틴을 비정기적으로 사용하는 사람들에게는 안전한 여행을 위해 몇 가지 규칙을 엄수하길 권한다. 앨버틴 사용시 옆에 있는 사람에 관해 얼마간 알아두는 것이 중요하다. 주변 환경을 알아두는 것도 중요하다. 다시 말해, 장기적 앨버틴 체험에서는 믿을 만한 친구가 대단히 중요한 역할을 한다.

이에 보람찬 기억 체험을 위한 다섯 가지 쉬운 단계를 제안한다. 1)편안한 장소를 찾을 것. 2)친구나 연인을 데려올 것. 3)맛있는 음식을 먹은 후 혹은 만족스러운 성경험 후에 사용할 것, 그러면 그런 일을 다시 하느라 시간낭비할 필요가 없어진다. 4)해로운 기억에서 벗어나고 싶을 때를 대비하여 사진첩을 가까이 둘 것. 5)공포영화와 헤비메탈 음악을 삼가고, 초자연적 이미지와 관계된 것은 무조건 피할 것.

필굿 박사의 충고가 귓전을 맴돌았다. 내가 사는 도시에 무슨 일이 일어났든, 파괴와 폭발의 불꽃을 얼마나 많이 겪었든, 잘나가던 시절이든 지자체원조공사* 시절이든 상관없이, 약물 주사실은 위험지구를 불문하고 사방에 존재했다. 대들보가 드러나고 벽은 무너졌고 전기는 아예 안 들어오고 난방도 안 되고 창문은 깨지고 근처의 매트리스에는 시체가 누워 있다. 약을 할 때 주변에 누가 있는지 알고 신뢰하는 것이 중요하다면, 나는 아주 엿 같은 상황이었다. 씻지도 못한 사람들과 인간의 배설물과 시체들이 널린 이런 곳에 오는 것을 누가 좋아하겠는가?

어둑한 곳에 스툴 하나와 철제 접이식 테이블을 앞에 두고 한 사내가 앉아 있었다. 그는 내게 가까이 오라고 손짓했고, 그때 한 늙은 히피가 바닥에 쓰러졌다. 아마 생애 최고의 잠을 기억하는 중이리라.

---

* 1970년대 중반 뉴욕 시의 재정위기 완화를 위해 설립된 독자적 조합.

뒤에서 코르테스 신디케이트의 직원들이 버티고 서서 내가 똑바로 걷는지 지켜보고 있었다.

"손을 내보시오." 앨버틴 공급자가 말했다. 파멸의 속삭임 같다.

나는 내 손을 보았다. 그리고 폭력이 난무하는 포커 게임이 수백 번 벌어졌을 싸구려 테이블 위에 손을 올려놓았다.

"좀 붙어 있어도 되나?" 깡패들 중 한 명이 말했다. 그는 뒤에서 한 팔로 내 목을 조였다. 다른 놈이 내 팔을 꽉 붙들었다. 점잖게 묘사해서 이 정도다. 내가 도망칠까봐 걱정한 거라면 안 그래도 됐는데. 나는 기자였다. 하지만 도망칠까봐 그런 게 아니라는 생각이 문득 들었다. 그들은 가능하다면 내 여행에 끼고 싶었던 것이다. 자기들의 협력자에 관해 필요한 정보를 알아내기 위해서, 과연 내가 그들의 협력자가 될 것인지 확인하기 위해서, 제국의 역사가로서.

"설마 내가 보는 것을 당신도 볼 수 있다고 생각하는 건 아니겠지?" 나는 물었다. "물리적으로 그게 가능할 리가 없잖아."

바늘이 내 오른팔 위쪽 힘줄 사이를 찔렀다. 피가 주사기 속으로 역류했다. 손가락 마디에 땀이 송송 맺혔다.

"처음인가봐?" 누군가 말했다.

"당연하지." 내가 말했다.

"뭘 알고 싶은지 집중하고 있으면 더 잘돼. 땡그랑. 종소리, 교회 종소리를 생각해. 차분한 선율을 생각하면 돼. 그럼 전체적으로 차분해지고 떠오르는 이미지들이 차분해져. 알고 싶지 않은 것들을 생각하면, 그땐, 쾅……."

전에도 말했다시피, 마침내 앨버틴을 하게 된다면 제일 처음 알고 싶은 것은 내가 이 작업을 어떻게 해냈느냐는 것이었다. 요컨대 미래를 볼 수 있다면, 터무니없이 들리지만, 어쨌든 그게 정말로 가능하다면, 나는 내 원고가 어떻게 나왔는지 보고 싶었다. 바야흐로 나는 진짜 글쟁이가 되는 것이다. 기자는 마감일이면 제 자신의 안위는 아랑곳하지 않는 족속이다. 오로지 원고에만, 원고를 끝내는 데만 관심이 있다. 나는 오로지 원고를 끝내고 싶었고, 잡지에 글을 싣고 싶었다. 단순히 대폭발에서 살아남은 또 한 사람이 아니라 그 이상이 되고 싶었다. 그래서 나는 기억의 그 지점으로 향했다. 하지만 첫 시작은 전혀 그렇게 설명되지 않는다. 나는 종소리에 관해 얘기하는 사내의 말을 듣고 있었는데, 다음 순간 내가 사는 세계 바로 옆에 세계가 하나 더 있고, 그 뒤에도 있고, 연속되는 세계가 순차적으로 늘어서 있는 듯하며, 그곳에서 중요한 서사가 진행되고 있었다. 갑자기 테이블 옆에서 단면 2×4인치짜리 각목 파편이 떨어지고, 그것이 세계적으로 유명한 역사의 한 장면, 고대의 붉은삼나무 가지 사이로 잠자리가 흥겹게 날아다니는 장면처럼 보인다. 어쩌면 그것이 앨버틴이 제일 처음 약속하는 보상이었다. 모든 사물에는 의미가 있다. 갑자기 사건들에 구분이 생겼다. 이유 없이 수백만의 사람들이 소각되어버리는, 그런 빌어먹을 구분과 분리가 아니다. 구분, 의미, 가치. 다시 주위 사물이 과다노출로 밝아지고, 방 안에 있는 사람들 목소리가 들렸지만 마치 고주망태가 된 것처럼, 말은 끈적끈적한 당밀이 되고, 언어가 아니라 물질로서 경험된다. 언어는 당밀이었다. 인생은 이퀄라이저 조정이 엉망인 음악처럼 소리가 깨지고, 세계가 타일처럼 쪼개지고, 방금 나한테 주사를 놨던 사내의 치아 없이 히죽 웃던 얼굴이 미술사의 현대미술 챕터에 나오는 그림처럼 여러 조각으로 나뉘고, 나뉜 조각이 재배치되어, 그는 말 그대로 블록으로 나뉜 머리*가 됐는데, 그때 음악이 들리고, 내 삶에서 나온 모든 소리의 역사가 현재라는 이름하에 하나의 터널이 된 것처럼, 목소리가 들렸고 노래가 들리고, 나는 1950년대 재즈를 짚어내듯 하나하나 끄집어낼 수 있었으며, 거침없이 피아노를 두들기는 사내가 있었고, 터널에서 그것을 끄집어내자 그 옆의 소리들도 들렸는데, 고등학교 때 학교 강당에서 열린 콘서트였고, 로브를 입은 남자애들이 동양풍 카펫에 앉아 불교적인 노래를 불렀고, 세계의 미스터리는 항상 동양풍 카펫과 관련이 있어야 하고, 우린 모두 신비로워야 하므로 로브니 뭐니를 걸쳐야 하고, 내 옆에서 친구인 데이브 와카바야시가 속삭이는 소리가 들렸고, "야, 야구 중계나 듣자", 맞아, 낮 경기가 열리는 날이었는데, 무슨 팀이었지? 투수가 누구였지? 그리고 중국어가 들렸고, 그건 내게 노래나 다를 바 없이 들렸는데, 왜냐하면 모든 종류의 성조가 그 안에 다 있었고, 말소리는 전부 똑같지만 음조가 제각각 달랐기 때문이다.

노래가 점차 불어나다가, 내 삶의 냄새들이 홍수처럼 밀어닥치는데, 그중 몇몇 냄새를 소리 내어 말할 틈도 없이, 내가 앉아 있던 의자가 뒤로 기울어졌고, 약물 주사실에서, 의자가 뒤로 넘어가고, 뒤통수는 뭔가 딱딱한 표면에 닿고, 시트로넬라**, 카다멈***, 비닐 녹는 냄새, 폴라로이드 필름 냄새, 다섯 종류의 향수, 할아버지가 돌아가실 때 나던 냄새, 즉석냉동 미트로프 냄새, 방금 깎은 잔디 냄새, 뉴욕의 웨스트인디언데이 퍼레이드에서는 염소 카레의 냄새가

---

* blockhead. '멍청이'라는 뜻이다.
** 동남아시아 원산 다년생 풀로 강한 레몬향이 나며 향수나 방충제에 이용된다.
*** 신맛 나는 향료.

나고, 폭풍우 직전의 바닷가, 디젤 연소, 첫 섹스 직후의 냄새, 그 충격, 향수 냄새 몇 가지 더, 어디선가 구르고 온 강아지, 7월의 길거리, 신선한 바질, 초콜릿칩 쿠키, 가죽나무, 그렇게 온갖 냄새에 취해 어지러워질 때, 바로 그때 에디의 부하들이 하는 말이 들렸고, 그네들의 달달한 속어로, 저 새끼 돈 있나 뒤져봐, 분명 지금 그들이 하려는 짓이 그건데, 왜냐하면 나는 크게 팔을 벌려 세상을 안고, 세상을 내게 줘, 레이저 쇼를 보여줘, 완벽한 기억을 줘, 어떤 기억이든 상관없으니, 나를 기억의 요양원에 푹 담가줘, 나는 그 어느 때보다 준비되어 있으니까, 내 짧은 인생 동안 이렇게 준비됐던 적은 없으니, 모든 것은 이 순간을 위한 리허설이었고, 과거에 있었던 일에 대한 관찰자로서, 나는 지각을 갈망했고, 마구 쏟아지는 감각의 세찬 급류, 맛과 향, 살갗과 살갗이 닿는 나른함을 갈망했다. 나는 이 여행을 위해 존재했고, 기분이 좋았고, 불합리하게 좋았으며, 거시기가 딱딱해진 것을 무심히 깨달았고, 사실 이제 와서 얘기하긴 좀 민망한데, 그러나 그 순간 나는 과거를 완전히 지배하는 것이, 비록 약물로 유도된 상태라 하더라도, 고독의 정복 못잖게 섹시하다는 것을 알았다. 그것이야말로 진정 도시의 사내가 희롱할 만한 대상이다. 생각해보라, 소외가 밤낮으로 우리의 어깨를 짓누르는데, 섹스라는 난장으로 그 고립감이 얼마나 덜어지는지 생각해보란 얘기다. 그것은 마약을 할 때도 똑같고, 땡그랑 종소리와 같고, 사실 나는 여기 약물 주사실에 누워서 내 위에 올라탄 사내가 내 바지 뒷주머니에 손을 대자 기분이 좋아져서 좀 걱정스러웠다. 바지 주머니에는 보통 지갑을 넣고 다녔지만 지금은 지갑이 없었고, 20달러짜리 지폐 두어 장만 있었는데, 이 경우에는 그것이 나를 곤경에서 구해주었다. 사내는 지폐를 원했고 가져갔다. 나는 나한테서 떨어지라고 소리치고 싶었지만, 입 가장자리에서 침이 질질 흘러 떨어지는 느낌이 들었고, 아무 말도 할 수가 없었으며, 그저 그래, 그래, 그래, 라는 말만 나왔다. 이게 앨버틴의, 빌어먹을 여신의 교훈인가 했을 때, 뭐, 이 음악이 25달러를 내면 나오는 음악이군, 하고 생각했을 때, 잃어버린 시간의 빛의 쇼를 보게 되고, 바로 그때 나는 마룻바닥에서 일어나서 나를 고용했던 포르노 문예잡지사의 로비로 뚜벅뚜벅 들어갔고, 하지만 나는 고용된 게 아니었던 듯, 내가 알고 있던 것과 달랐다. 원고를 맡길 사람은 아직 정해지지 않았고, 나는 작가가 되려는 수많은 사람들 사이에 끼어 줄을 섰고, 사람들은 표절한 원고 뭉치를 들고 있었고, 누가 작가인 척하고 싶어 하는 걸까 하는 의문은 도저히 풀리지 않는 수수께끼였다. 나는 진짜 글을 쓰는 사람이니까, 실제로 내가 부름을 받으리라 기대하고 있었다. 파란 머리의 여자가 데스크의 로봇 접수담당자를 지나 앞으로 나오더니 내 이름을, 케빈 리, 하고 불렀고, 그 말은 왠지 묘하게도 따분해서, 세상에나, 운율을 맞춘 것 같았으며, 나는 일어나서 딴 사람들을 모두 제치고 걸어갔다. 나는, 그래, 그 일을 맡을 거라는 걸 알고 있었고, 왜냐하면 나는 실제로 뭔가를 썼던 사람이니까, 나는 진짜 글을 쓰는 사람이니까, 그리고 어쩌면 이것은 운명이 나를 위해 준비한 것으로, 나는 무기고에서, 이슬라마바드 출신의 컴퓨터 프로그래머와 마분지 상자를 같이 쓰던 그곳에서 나올 것이다. 그 프로그래머는 현재와 같은 전 지구적 환경에서 불행한 국적을 타고 났음에도 불구하고 괜찮은 친구였다.

여자는 파란 머리였다! 여자는 파란 머리였다! 그리고 여자는 살짝 세리나를 닮았고, 나는 세리나와 함께 수업을 빼먹고 보스턴 공원에 가서 술을 마셨는데, 나는 다시 그곳에 있었고, 난생처음인 것처럼, 세리나와 함께, 나는 조금 버벅거리며 그녀에게, 일부러 시간을 내서 나와 대화다운 대화를 해준 사람은 네가 첫번째라고 말했다. 백인 여자애는 처음이라고. 왜냐하면 사람들은 학교에서 아시아계 남자애를 보면 수학 천재니 과학 천재니 하면서, 분명 누구보다 똑똑할 거라고 생각한다고, 그렇게 그녀에게 말했는데, 정말 달콤한 기억이었다. 뭐, 세리나가 자긴 이미 남자친구가 있다고, 어딘가의 대학생이라고 말하기 전까지는 어쨌든 달콤했는데, 세리나는 왜 미리 얘기하지 않았을까, 나는 말할 가치도 없어서, 나는 감정도 없는 애라서? 아니, 아마도 내가 동양에서 온 속을 알 수 없는 애였기 때문이겠지. 그렇지? 세리나는 내가 중국인이라서 말하지 않았던 거야.

그리고 나는 형편없는 장소에, 마약 거래상의 약물 주사실에 있었고, 아마 일은 더럽게 꼬일 텐데, 만약 앨버틴의 역사에 관해서 카르텔을 위해 뭔가 쓰지 않으면, 나는 죽은 중국인 애가 될 것이고, 그게 무슨 상관이람, 내가 알기로 나는 보스턴 공원에서 술에 취한 상태였고, 초록 눈의 여자애를 위해, 훗날 실제로 광고에 나오는 여배우가 될 여자애를 위해 시를 낭송하고 있었다. '햇빛이 기울어진/겨울날 오후/성당 미사곡처럼/무겁게 눌린다.' 나는 지금까지 외운 모든 시를 암송할 수 있었다. 진짜 놀라웠다. 세리나의 표정이 굳어지며 발작적으로 웃어댔고, 너 약간 이상한 애구나, 케빈 리. 모든 게 멋졌고, 모든 게 행복했다, 그 나들이는. 하지만 그때 세리나가 자기 남자친구에 대해서 또 뭔가 얘기했고, 장래희망이 영화

감독인 사람이라고 했다.

그리고 나는 다시 타라, 그 파란 머리 여자와 함께 사무실에 있었다. "맙소사, 리, 무슨 일 있었어요? 얼굴이 말이 아니야. 왜 전화 안 했어? 내가 당신한테 일을 준 건, 당신이 프로라고 생각했기 때문이야, 안 그래? 기사 쓸 기회를 한 번만 달라고 달려들 사람들은 잔뜩 있다고." 사무실 창문에 비친 내 모습을 힐긋 본다. 창밖에는 텅 비고 불에 그은 도시가 있고, 나 자신의 모습이 그 위에 겹쳐 보인다. 나는 2주 동안 죽도 못 얻어먹은 사람처럼 보였다. 수염이 텁수룩하게 돋아서 논두렁에서 일하는 베트남 시골 사람 같았다. 눈은 퀭하니 쑥 들어갔고 빨갛게 충혈됐다. 눈 밑에 멍도 들었다. 바짝 마른 내 입안에서 끈적거리며 성가시게 굴던 뭔가도 딱딱해져서 입가에 말라붙었다. 나는 할 말이 없었다. 기록한 것을 넘겨주는 것 말고는 달리 할 일도 없었다. 2만 9천 단어짜리 노트. 타라는 과장된 한숨을 내쉬며 첫 페이지를 넘겼다. "젠장 이걸로 뭘 어떡하라고, 케빈? 우린 빌어먹을 포르노 잡지란 말이야, 잊었어?" 꿈에서처럼, 나는 아무것도 할 수 없는 무력감을 느꼈다. 나는 그저 사건들이 흘러가는 것을 지켜보기만 했다. 모래처럼 빠져나가는 미래. 그녀의 머리색과 어울리는 파란 연필을 든 타라가 유리창에 비친 그림자 속으로 희미해져가는 모습이 보였다.

그리고 여남은 가지 미래가 더 있었는데, 하나같이 불쾌한 내용이었다. 무기고 관리자인 버트런드의 방에 몰래 들어가 그의 사치스러운 냉장고(무기고 전체를 통틀어 냉장고를 가진 사람은 버트런드밖에 없었다) 안에 들어 있던 비커에 꽉 찬 마약을 훔치던 와중에 어떤 여자한테 들켰는데, 그 여자는 얼마 전에 일부러 나한테 다가와 가족은 어디 있는지 왜 여기서 혼자 사는지 물었다. 냉장고에서 쏟아지는 빛 아래 그녀의 얼굴을 보았고, 그게 방 안의 유일한 빛이었다. 그녀는 군 훈련복을 입고 있었고, 그것이 미래의 유니폼이며, 다들 군 훈련복을 입었고, 다들 초긴장 상태였다. 다음 순간 나는 파크슬로프의 부자들, 대폭발 때 소멸되지 않은 부유한 동네 사람들 속에 있었고, 운동복을 입은 채 장바구니를 든 사람들 틈에 있다가, 갑자기 얼굴을 두 손에 묻은 채 깨어났다.

접이식 테이블에 있던 사내들이 웃고 있었다.

나는 흐르는 콧물을 손등으로 닦았다. 후들거리는 다리로 일어났다.

"좋았소?" 약물 관리인이 물었다. "강장제가 필요할걸. 약을 한 다음에는 다들 그래. 걱정하지 말고. 강장제가 필요할 거요. 자연스럽게 가라앉히려면."

그는 알약을 하나 건넸다.

보안 전문가 중 한 사람이 자기 동료에게 말했다. "평범한 놈이잖아. 제 엄마가 해준 무구가이팬*이나 먹던 중국인 꼬마애랑, 제 돈 쓰기 아까워서 알랑거리는 여자애들 이름 몇 개 정도밖에. 별거 없네."

그런 거였나? 그들에게 난 그런 인간인가? 감상적인 기억 몇 개 정도? 매일 여기서 흔히 지나가는 충분히 예측 가능한 25달러짜리 기억? 그들이 찾고 있는 건 뭐지? 나중에야 알았는데, 그들은 내가 정부 수사관에게 기록을 넘겼다거나 라이벌 조직에 정보를 제공했

---

* 미국식 중국요리. 채소와 닭고기를 넣은 볶음국수.

다거나 하는 증거를 찾고 있었다. 아니면 중독자 1호와 접촉한 적이 있는지, 습득한 정보를 토대로 이야기를 어디까지 짜맞췄는지, 어디까지 아는지, 조사가 어디까지 진척됐는지, 앨버틴 조직망이 내 안에 얼마나 넓게 자리했는지, 그리하여 그것이 그들에게 얼마나 유용할지 알아보는 중이었다.

"됐어, 멍청아." 자전거 메신저가 말했다. "가도 좋아."

문이 열렸고, 나는 수갑을 찬 채로 복도를 따라서, 마치 이미 알게 된 것을 모르는 상태로 되돌릴 수 있다는 듯, 들어왔던 길을 거슬러 다시 나갔다. 그러나 나는 이미 약을 맛보았고, 과거는 비참하게 사라졌다. 나는 이 도시를 지배한 약물에 중독되었고, 이제 나는 그 제조라인 공장에 다시 서 있었다. 카산드라는, 이름이 뭐였든 간에, 보이지 않았고, 코르테스의 TV 아나운서 목소리가 울려퍼지며 나의 신규 고용조건을 아래와 같이 알렸다. "앨버틴의 기원을 알아내고, 그 기원을 포함하여 초창기부터 현재까지 모든 앨버틴의 역사에 관해서 쓰도록. 멋진 말로 치장할 필요도 없고 시간낭비도 하지 말고, 그냥 쓰기만 하면 돼. 당신이 하는 일은 우리에게 가치 있는 일이고, 우리도 그만큼 당신에게 보상할 거야. 기억 보조제로서 우리 제품을 당신에게 충분히 제공하고, 일당도 후하게 쳐주지. 신사답게 정장을 입고, 에디 코르테스의 대변인으로서 품격을 갖추고, 무례한 사람들과 기관은 피하도록. 명심해, 다른 건 일절 신경 쓰지 말고, 글 쓰는 것만이 중요한 거야. 당신은 문장을 빚어내고, 문장이 노래하게 만들기만 해. 그 외의 것은 전부 우리가 책임질 테니."

"괜찮게 들리는군." 내가 말했다. "안 그래도 나는 이미 다른 데서 같은 일을 하고 있으니까."

"아니, 당신은 다른 데서 이 일을 하고 있지 않아. 우리를 위해서 하는 거야. 다른 곳은 존재하지 않아. 그 포르노 잡지는 존재하지 않아. 당신 친구도 가족도 존재하지 않아. 우리가 존재하는 거지."

다리가 얼마나 약해졌는지 실감 났다. 등줄기를 따라 땀방울이 흘러내려 티셔츠를 적셨다. 나는 그저 버티고 있었다. 그게 우리 가족의 방식이었다, 버티는 것. 우리 할아버지는 조국을 등지면서 두 번 다시 고향 생각을 하지 않으셨다. 우리 아버지는 땀 흘리는 모습을 한 번도 보인 적이 없으셨다. 우리 어머니는 타고 있던 비행기가 비상착륙을 한 적이 있었는데 내가 아는 한 전혀 개의치 않으셨다. 코르테스 카르텔의 대표위원들이 어딘가에 있는 모니터나 휴대용 컴퓨터 영상으로 나를 추적하며 감시했고, 믿을 만한 직원들에게 그들의 메시지를 널리 알리고 있었다. 에디 코르테스 기업에서 오늘 나와 같은 대접을 받은 사람이 몇 명이나 있을지 누가 알겠는가? 저 사람을 공장으로 데려와, 항복을 받아내, 그게 안 되면 중립으로 만들어서, 어딘가에 있는 빌딩 잔해 속에 던져두고 와. 총과 스턴건과 소몰이용 막대와, 나 같은 사람 몸뚱이에다 추상표현주의 그림쯤은 대수롭지 않게 그릴 수 있는 진짜 총알이 든 총을 넣고 다니는 자들이 직원으로 일하는 기업이었다. 나는 죽기 전에 거기서 나오려고 노력했고, 그 밖에 다른 생각은 할 수가 없었다. 이제 그들은 나를 테리고 긴 복도를 걸어갔고, 처음 와보는 통로였다. 이 건물은 몇 겹의 층으로 이루어져 있어 지금 있는 곳이 어딘지, 아까는 어디에 있었는지 알기가 어려웠다. 아니면 그다음에 스피커에서 나온 말 때문에 그렇게 느꼈을 뿐인지도 모른다.

"망각을 경계하도록."

그 구내방송을 듣자 '약물남용 패턴에 관한 통시적 이론'을 당신에게 상기시켜야 한다는 게 생각난다. 그 이론에서는 당연히 망각을 동시다발적인 사회적 현상, 앨버틴이 대중에게 침투하는 특정 패턴과 발맞춰 대규모로 진행되는 현상으로 인정한다. 망각의 징후는 설명하기 쉬운데, 왜냐하면 어딘가 다른 곳에서 기억의 공공기반시설을 강화하는 것과 관련이 있기 때문이다. 술을 마시는 사람이라면 다들 알다시피, 술을 마실 때는 어디선가 용기를 빌려오지만, 다른 곳에서는 용기를 잃는다. 중독은 융자라고 할 수 있다. 어젯밤 술집에서 털어놨던 그 놀라운 일은, 개인적으로는 아무에게도 절대 말하지 않았을 그 일은, 딱 한 번 일어나는 일이며, 내일이 되면, 여명이 밝아오면, 지갑과 돈과 작별하고 애인한테 구박당할 때면, 그 용기 있는 발언은 다시는 못하게 된다. 왜냐하면 탈탈털린 상태로 커버도 없는 매트리스에 드러누운 신세가 됐기 때문이다. 당신은 그 용기를 빌렸고, 이제는 사라져버렸다.

그러니까 밤에 앨버틴과 있었던 일도 그런 것이다. 그 영향력이 지속되는 동안은 기억하고 있다. 오늘 밤에 본 과거는 눈부시게 아름다웠고 잊을 수 없었으며(세리나와 공원에 앉아 럼을 마시던 기억, 그녀의 남자친구에 대한 달콤하고도 씁쓸한 고백), 오늘 밤은 사랑에 빠질 뻔한 몹시 아름다운 기억이 있으나, 내일이 되면 기억은 구멍이 숭숭 나 있다. 완전히 꺼진 게 아니라, 부분적인 정전에 가깝다. 한때 알고 있었다는 것까지는 기억나지만, 이제는 희미해져버리고, 깨달음과 이해는 창문으로 흘러나가버린다. 시차로 인한 피로의 초기증상 혹은 소라진*의 부작용과 비슷하다. 내가 이 방에 왜 왔더라? 뭔가 가지러 왔는데. 갑자기 머릿속이 하얗게 되고, 서랍장 앞에 서서 쌓여 있는 옷 무더기를 보며, 옷 색깔들이 참 예쁘네, 저 낡은 청바지 꽤 근사한걸, 이런 생각을 하고 있는 자신을 발견한다. 저 색깔 좀 봐. 참 파랗다. 뭔가 해야 할 일이 있는데, 아무것도 하지 않고, 몸속에서 뭔가 벌어지고 있다는 건 아는데, 뭐라 설명할 수가 없다. 진짜 목이 마르다. 주스나 뭔가를 아까 마셨어야 했는데 까먹고 있었고, 이번엔 물병을 놓아둔 식탁으로 가다가 또 깜박 잊어버리는 거다.

앨버틴의 역사는 망각의 역사가 되었다. 기하급수적으로 늘어나는 망각의 역사. 앨버틴 유통을 맡은 사람들이 구조적인 이유로, 또 시장점유율을 높이기 위해 앨버틴을 사용하기 시작하면서 그들도 중증 중독자들만큼이나 기억력이 나빠졌고, 중증 중독자들은 얼마 안 있어 어김없이 자기 집 주소를 잊어버리고 결국 거리에 나앉아 처음 보는 사람들에게 물었다. 내 이름 알아요? 혹시 내가 어디 사는지 알아요? 그래서 코르테스가 주문한 약물의 역사가 중요했다. 달리 어떻게 미래를 계획하겠는가? 코르테스 엔터프라이즈의 연구개발팀이 읽는 법을 까먹지 않는다면, 그리고 역사의 인쇄물을 갖고 있는 한, 모든 것은 문제없다. 나는 이야기를 쓸 것이다. 그들은 그걸 어딘가에 넣고 열쇠로 잠가버리겠지.

하겠다 말겠다 결정할 새도 없이 나는 화물용 엘리베이터를 타고 내려가고 있었고, 이건 마치 제련소의 항문으로 똥처럼 배출되는 듯했다. 가차 없는 구름의 테두리에서 빛이 새어나오는 새벽이

＊ 신경안정제로 쓰이는 클로로프로마진의 상품명.

었다. 새벽, 요즘은 먼지구름이 다시 시커멓게 뭉치기 전에 수평선에서 빛이라도 한 점 볼 수 있는 유일한 시간대가 새벽이었다. 그런데, 들어봐라, 한 가지 솔직히 털어놔야 할 게 있다. 나는 카산드라가 보고 싶었다. 내가 느끼는 감정이 그랬다. 그녀는 나를 에디 코르테스에게 팔아넘겼고, 자기처럼 나도 그의 신하로 만들었다. 신임과 충성서약, 그런 말들은 단지 기억일 뿐이었다. 따라서 카산드라도 그저 기억일 뿐이었다. 잃어버린 사람. 잠깐 동안 나를 안심시켰던 사람. 약을 더 얻고, 탈산업화시대의 섹스머신 위에서 몇 분을 즐기기 위해서라면 누구라도 팔아넘길 사람. 거기에 뭔가 있었다고 생각하는 건 나뿐일까? 앨버틴 시간으로 1초 동안, 시계의 가장 느린 1초 동안에. 그녀는 부분적으로 잊힌 서사로 들어가는 문지방, 막 과거로 넘어간 시간, 미완성의 표지標識, 창문 블라인드 사이로 들어오는 햇빛 같았다. 맙소사, 마약조직 두목의 아시아계 정부에게 연정을 느끼다니, 나는 바보였다.

햇빛은 풍부하고 실용적이었다. 이 노트를 작성하기 시작한 이후로 낮에 밖에 나와 햇볕을 쬔 지가 내 기억으로는 이번이 처음이었다. 무기고로 돌아가는 길에 나는 공중전화 부스 앞에서부터 블록을 따라 길게 늘어선 줄 맨 끝에 섰다. 고장 나지 않은 유일한 전화였다. 50~60명은 항상 줄 서 있었다. 연결은 불확실했고 전화는 자주 끊겼으며 모두가 다른 사람의 통화 내용에 귀기울이는 바람에 하나같이 금방이라도 폭발할 듯 성난 상태였다. 자동응답 로봇이 친절한 디지털 기계음으로 죄송합니다, 지금 거신 전화는 수신자가 전화를 받을 수 없습니다, 라고 말하는 장면을 상상해보라. 정확히 누가 미안하다는 것일까? 로봇이? 수화기를 들고 있던 남자가 소리쳤다. "그 처방된 약의 이름을 알아야 한다니까! 난 아픈 사람이라고!" 그때 전화가 끊겼다. 어떤 여자는 남편에게 자신을 다시 받아들여달라고 애걸했다. 끊김. 부모를 잃어버린 꼬마가 할아버지네 집을 찾으려 했다. 끊김. 공중전화 부스는 숨겨진 슬픈 사연들을 다량으로 자아내고 있었다.

곧 내 차례가 되었고, 아버지가 전화를 받았다. 과묵한 남자다.

"더이상 전화하지 말라고 했다." 아버지가 말했다.

"네?"

"내 말 들었잖아."

"저 지금……."

나는 열심히 머리를 굴렸다. 얼마나 오래됐지? 시간을 따지는 게 거의 불가능한 일이 됐다. 한번 찔러보는 수밖에.

"3주 만에 전화한 건데요."

"이젠 아무것도 못 준다. 우리 예금도 거의 바닥났어. 상황이 나빠질 때마다 매번 우리한테 전화하지 말고, 지금 처한 곤경에서 빠져나오는 방법을 네 머리로 직접 생각해. 상황을 어렵게 만드는 건 바로 너잖아. 알아들어? 네가 지금 무슨 짓을 하고 있는지 생각해보라고!"

내 뒤에 줄을 선 사람들이 나쁜 소식에 입맛을 다시며 재밌는 얘깃거리에 신나서 고개를 쏙 내밀고 있는 게 보였다. 그들 자신의 생채기는 별로 아프지도 않았다.

"무슨 얘기를 하시는 거예요?"

"전에도 얘기했다." 아버지가 말했다. "어디서 언성을 높이는 게냐."

아버지 본인의 음성은 힘없고 불안했다.

"엄마 바꿔주세요!"

"안 돼."

"엄마하고 얘기할게요!"

이후로 잔소리가 좀더 이어졌다. 너 때문에 네 엄마의 비탄이 끊이질 않는다, 네 엄마는 원래 희생할 줄밖에 모른다, 하지만 넌 그 아낌없는 희생을 마구 탕진했고, 그 냉담한 태도로, 미국식 냉담함으로 엄마의 너그러움을 쿵쿵 짓밟고 다니고, 우리가 널 지금 이 자리까지 끌어올리느라 얼마나 많은 난관을 헤쳐왔는데. 너는 내리사랑이라는 우리의 전통을 농담과 착각으로 만들어버렸다. 너 때문에 망신살이 뻗쳤다, 네가 하는 일들이 창피해서 얼굴을 못 들겠다, 대폭발 때 차라리 죽어버리는 게 나았다.

모범적인 가부장의 질책 같은 것에선 오래전에 벗어난 줄 알았는데. 나는 내 뒤에 줄 서 있는 사람들의 표정을 보았고, 그들의 표정은 내 표정을 반영하고 있었다. 불신. 혼란.

"아버지, 지금 무슨 말씀하시는지 모르겠어요. 제 말 좀 들어보세요."

"어처구니없는 거짓말로 매일 전화하지 마라. 엉뚱한 음모론이나 만들어내고. 시끄럽다. 질렸어. 네 엄마는 자리에서 일어나질 못하고, 나는 눈만 뜨면 네 걱정으로 미칠 것 같다. 우리가 어떻게 살겠니? 제발 좀!"

나는 청중을 위해 당혹스러운 미소를 지은 다음 수화기를 내려놓았다. 쉴 새 없이 잔소리가 이어지던 와중에 뚝. 당연히 나는 최근에 부모님께 전화한 적이 없었다. 어제도 그제도 안 했고, 지난주에도 안 했고, 지지난주에도 안 했다. 원래 전화를 자주 하는 편이 아니다. 사실 나는 사는 곳과 하는 일이 부끄러워 아무한테도 전화하지 않은 적밖에 없다. 그렇다면 지금 이 상황은 어떻게 설명할 수 있을까?

나는 내 뒤에 서 있던 사람을 쳐다보았다. 울적해 보이는 아프리카계 미국인으로, 머리가 희끗희끗하고 강력 테이프로 고정시킨 안경을 쓰고 있다. 비가 내리기 시작했고, 그럴 줄 알았다, 흑요석 같은 검은 빗방울이 그의 안경알 표면에 튀었다.

"좀 전에 전화했었나봐요." 내가 말했다. "그러니까, 전화했었는데 깜박했나봅니다."

그는 나를 밀치고 지나갔다.

잊는다는 것은 이제 위험한 일이었다. 망각자와 얽히고 싶어 하는 사람은 아무도 없었다. 망각자는 단 하나를 뜻했다. 팔에 종기가 생겼고, 가진 것을 마지막 하나까지 다 팔아먹고선, 아파트가 이미 텅 비었다는 사실을 잊은 채, 또다시 팔려는 사람. 최고의 존경, 최상의 감탄은 완벽한 기억을 가진 사람들에게 주어졌다. 그것이 통시적 이론의 한 부분이고, 혹시 아직 그 부분이 없다면, 머지않아 이론의 일부가 되리라 예상한다. 완벽한 기억력의 괴짜들이 공공장소에 나가면 그들을 둘러싸고 접이식 의자가 둥그렇게 놓였다. 그러면 감탄을 연발하는 청중 앞에서 그 괴짜들은 사물의 완벽한 질감을 기억하곤 했고, 참, 그리고 지난 여덟 차례의 대통령 선거에서 패배한 쪽의 러닝메이트들 이름을 전부 댔다. 잠깐, 어디 보자, 그리고 그들의 아내들 이름까지, 선거일의 날씨도. 어떤 경우에는 대규모 사기가 자행되기도 했는데, 완벽한 기억의 괴짜들이 알고 보니 주삿바늘 자국이 잔뜩 난, 우리와 다를 바 없는 사람들이더라하는 얘기다. 약에 취한 그들은 망신을 당하고 사람들에 둘러싸여 다시 비가 내리기 시작하는 거리로 내쫓겼다.

무기고로 돌아와 내 침대 위에 놓인 상자를 발견하고는 몰래 포르노를 볼 때와 같은 스릴을 맛본 이유가 바로 그거다. 아까 공중전화 뒷줄의 남자한테 순발력 있게 잘 대처했던 것처럼 점안기도 잘 다룰 수 있겠지? 큰맘 먹고 주삿바늘을 쓸 수도 있다. 달리 뭐 할 게 있겠는가? 어차피 나를 기다리는 사람은 아무도 없는데. 어쩌면 어젯밤으로, 카산드라에게 말을 걸던 때로 되돌아갈 수 있을지도 모른다. 나는 예비 기도를 올렸다. 이번 주사위 던지기로 부디 사랑의 기억이나 십대 시절 경험한 섹스의 기억이 걸리기를. 아니면 여름방학 때 아르바이트로 돈을 잔뜩 벌어 뒷마당에서 바비큐 파티를 열고 다들 맥주를 마시며 흥겹게 놀았던 때의 기억으로 돌아가기를.

그러나, 아니다, 나는 비품창고에 사는 마약중독자가 될 것이다. 대폭발 후에 캠핑장비 전문매장에서 훔친 랜턴을 써야지. 나는 점안기를 머리 위로 들었고, 중독제 한 방울이 거기 매달려 있었으며, 나는 그것을 머금고 비밀로 간직하려는 조개였다. 점안기 속의 약물 방울은 뉴욕의 검은 빗방울 같았고, 포르노 영화에 나오는 정액 같았고, 천진난만한 발칸 성모상이 흘리는 눈물 같았다. 랜턴은 비품창고 선반 밑에서 빛을 뿜어냈고, 전에 묘사했던 것과 같은 강한 향이 갑자기 몰아닥치는데, 즉 다시 시작되고 있다는 뜻이었다. 내가 향을 알고 있어 다행이었다. 다른 남자들은 그저 서류작업밖에 모른다. 하지만 나는 방금 전까지 함께 벌거벗고 있던 사람들 냄새까지 구별했으니, 자랑할 만하지 않은가. 마약중독자들은 모두 타락한 이상주의자들로, 예전에 가졌던 이상을 버린 이들이다. 나는 시간의 살해자였다. 나는 무기고에서 내 인생의 몇 시간을 꺼내 톱밥제조기 속에 던져 넣었고, 늪에 묻었고, 지하실에 넣고 벽돌로 막아버렸다. 하지만 이런 생각은 캘리포니아에서 우리 집 근처에 살았던 패션학과 학생의 체취에 밀려났다. 그 향은 새로운 대기처럼 나를 압도했다. 베이 지역을 감싸던 여러 겹의 안개와 함께.

한 편의 멋진 영화였다. 적어도 몹시 불쾌한 뭔가가, 약이 불러일으킨 뜻밖의 기억이 머리를 스치기 전까지는 그랬다. 어떻게 그럴 수가 있지? 나는 다시 세리나를 떠올리고 있었고, 보스턴 공원에서, 럼을 마시며, 사실 그녀는 체리코크를 마시고 있었다는 게 기억났고, 그건 예전에 코카콜라에서 '진짜배기'라고 광고했던 바로 그 탄산음료가 아니라서 나는 세리나에게 말했다. "체리코크라니, 아가씨, 그건 콜라가 아냐. 역사적으로 뉴코크* 이후로 신제품 콜라는 나온 적이 없고, 남미 국가들의 설탕 가격 인상에 대한 반작용이었다고 주장하는 사람도 있는데, 하여간 그다음에 나온 콜라들 중에 코카콜라의 적통은 없다고. 무슨 말인지 알아? 진짜 콜라만이 럼에 어울리는데, 네가 여기서 마시려고 갖고 나온 콜라는 멕시코 콜라야. 뭐 그것도 병으로 마실 수 있고 진짜 자당을 함유하고 있긴 하지만." 인상적인 연설이었고 관심을 끌기 위한 얘기였는데, 그렇게 한창 기억 속에서 떠들어대던 와중에(몇 시간 아니 며칠이 흘렀는지 누가 알겠는가) 아까 말했던 그 생각이 떠올랐다.

세리나의 남자친구, 그녀의 시선은 내가 아니라 내 옆으로 향하고 있었고, 그녀가 보고 있던 사람은 중독자 1호였다.

---

* 1985년 코카콜라에서 야심차게 출시한 새로운 콜라. 그러나 시장의 반응은 냉담했고 마케팅은 대실패로 끝났다.

그러니까, 몇 년 전에 말이다. 그가 실제로 중독자 1호가 되기 훨씬 전이다. 그때 우린 고등학생이었고, 중독자 1호는 아직 살해되지도 사라지지도 않았다. 이 버전의 이야기에서는 말이다. 그는 대학생이었고, 영화를 만들고 싶어 했고, 뉴욕 주립대에 다녔고, 다운타운에 살았고, 검은 옷을 주로 입었다. 중독자 1호처럼. 그는 1980년대 미니애폴리스 출신 하드코어 밴드의 음반에 관해 많은 얘기를 해줄 수 있었고, 건축과 정치와 시트콤에 대해 생각이 많았으며, 어쩌면 베이글에 대해서도 아는 게 많을지 몰랐다. 분명 그럴 거라는 느낌이 들었다. 직감이지만, 거의 확실했다. 과거의 이야기에 이전에 없던 교차점이 생겼고, 그 교차점에 내가 들어간 것이었다. 혹은 최소한 나를 포함하는 접점이 생긴 것이었다. 이전의 나는 관찰자였지만, 이제는 관찰만 하는 앨버틴이란 존재하지 않음을 알게 되었다. 앨버틴은 상호작용을 하고 있었다. 이 발견에 나는 심란해졌고 실제로 공포에 질려 부들부들 떨었다. 그래도 약에 취해 기억을 멈출 수가 없었다.

세리나가 말했다. "처음 반 컵을 마시고 나면 이게 콜라인지 체리 코크인지 구분하지 못할걸. 내가 여기에 광택제를 넣어도 넌 모를 거야." 그녀는 방긋 웃었고, 그녀 특유의 미소에 나는 맛이 가버렸다. 얌전히 한쪽 입가만 살짝 올라가는 미소였다. 세리나는 천을 덧댄 청바지를 입고 있었고, 초록색 다트머스 대학교 트레이닝셔츠를 벗고 소매를 잘라낸 티셔츠를 드러내 보였다. 어느 클럽 여자 디제이의 홍보용 티셔츠였고, 티셔츠 아래로 아랫배가 보였다. 비스듬하게 기울어진 가슴선도. 요컨대, 그녀의 미소는 한 번도 경험한 적 없는 일들에 대한 가능성을 보여주었다니까? 내가 그녀의 미소를 음미하는 동안, 반박할 수 없게 만드는 그 미소와 자잘한 아름다운 선들, 그녀의 매혹적인 양 입가에 마치 괄호처럼 생긴 선들에 홀딱 빠져 있는데, 세리나가 희미해지기 시작했다. "가지 마," 나는 말했다. "우린 해야 할 일이 있다고." 그러나 꿈속에서 외치는 것과 다를 바 없었고, 그렇게 소리치다 잠에서 깰 뿐이다. 소리쳐봤자 실제로는 별 도움이 되지 않는다. 오히려 더 빨리 깬다니까. 세리나는 어렴풋이 사라지고, 대신 11월 어느 날엔가 저지의 쇼핑몰에 가는 길에 있던 헐벗은 나무들이 보인다. 가을이다.

나는 점안기를 집어 든다. 내가 기억에 빠져 정신없던 사이 바퀴벌레가 득실거리는 매트리스 위에 내내 놔뒀기 때문에 점안기 끄트머리에 온통 검은 얼룩이 묻은 것 같았고, 그 위로 벌레들이 기어다녔을지도 모른다. 어쨌든 나는 눈꺼풀을 잡아당겼다. 눈구멍이 아팠다.

세리나를 다시 불러낼 계획이었고, 옛날 정신분석 전문의들이 하듯 그녀의 이름을 부를 계획이었다. 이름에는 뭔가 중요한 게 있다. 강한 감정도 중요하다. 어쨌든 무척 아름다운 이름 아닌가? 세리나. 혼란스러운 풍경을 차분히 덮어 감싸는 대양 같은 느낌이다. 어릴 적의 나에게로 가는 이 기묘한 항해의 지도를 그릴 수 있다면, 나는 그녀에게 부탁할 것이다. 아시아 소년이 양키 여자애에게 아주 추상적이고 난해한 시를 통해 자신의 생각을 당당히 밝히려는 것이다. '모든 시간이 영원히 현재라면/모든 시간은 되살릴 수 없다/과거의 존재는 관념일 뿐.'

카산드라가 내게 에디 코르테스에 관해 보여주고 싶다는 이유만으로, 비록 에디에 관한 사실을 내게 발설하는 것 자체가 그녀의 지위를 위험하게 만드는 일일지라도, 그녀가 자신의 의지로 어떻게든 자신이 아는 사실을 내가 볼 수 있도록 해준 거라면, 그게 정말 사실이라면, 앨버틴 전염병에서 사랑과 관심은 중요하고도 유효한 방향타라는 얘기였다. 단순히 악의와 탐욕에 사로잡혀 자기 머리의 어둡고 후미진 곳을 샅샅이 뒤지며 중독자 1호를 뒤쫓았던 에디 같은 사람도 있긴 하다. 기억자는 기억에 취한 상태에서는 항상 결국엔 손을 내밀고 싶은 유혹에 빠졌다. 열정이 충분히 강하다면 그렇게 할 수 있다. 그게 아니라면 어떻게 그걸 보겠나? 달리 계속할 필요가 뭐가 있을까? 수천수백 만의 앨버틴 중독자들이 죄다 틀릴 리가 없다. 그들은 모두 잃어버린, 반짝거리던, 완벽한 사랑의 순간이라는 가능성을 쫓고 있었다. 그들 중에는 기억과 망각의 홍수 속에서 찾으려 했던 천국에 도달한 이들도 있었다. 나는 분명 세리나를 사랑했고, 그녀는 한쪽 입가만 살짝 올라가는 미소를 짓고, 늑대인간 색깔 매니큐어를 칠했고, 사랑은 아무것도 없는 이들에게 좋은 약이고, 나는 아무것도 가진 게 없다. 나의 일거수일투족을 감시하는 자전거 메신저들 외에는.

하지만 세리나에게 다가가기는커녕, 나는 정신 산란한 루프에 갇혔고, 기억할 수 있는 거라곤 어릴 때 듣던 지긋지긋한 노래들 한 보따리뿐이었다. 특히 리키 마틴의 〈엉덩이를 흔들어*Shake Your Bon-Bon*〉는 아주 오래된 노래도 아니었는데, 소리는 쨍쨍거렸고, 마치 샘플링 레이트가 안 좋은 것처럼 들렸다. 알다시피 디지털 음악 초기의 샘플링 레이트는 진짜 깡통 찌그러지는 소리가 났다. 그리고 신시사이저 반복 구간, 비틀스의 시타르 연주 같은 느낌을 내려고 했던 거겠지만, 그다음에 나오는 건 여성 코러스, 그러니까 이건 매력적인 남성 보컬이 남자를 밝힌다는 사실을 숨기려는 시도였는데, 그건 좋다 이거야, 진짜, 하지만 뭐 하러 굳이 그런 척을 해, 이봐, 녹초가 될 때까지 즐기라고. 나는 최소한 7시간 동안 〈엉덩이를 흔들어〉의 세부사항을 검토하고 있었다. 순전히 컴퓨터로 만든 음, 빈약한 음악적 팔레트 속에 인간의 흔적, 가수는 앞부분의 후크를 굳이 자신이 직접 반복할 필요도 없고, 당연히 없지, 프로툴스*로 반복하는 편이 더 듣기 좋은데, 그다음 옛날식 오르간 소리는 흉내만 낸 가짜고, 그 밖에 계속 이어지다가 콩가드럼과 기타가 주고받는 부분은 괜찮다, 그럼 중간의 라틴음악 부분은 어때? 인구통계학적으로 완벽하다! 너무나도 20세기다워! 곡 말미의 트롬본 솔로에 대해서는 생각하고 싶지도 않아, 뒷부분에 묻혀서, 그 열정적인 트롬본 솔로는, 하지만 생각나고 말았어, 곡 구성요소 곳곳에 가수의 카리브해 혈통과 동성애 취향이 배어나온다는 것도 생각났어. 이런 식으로 한동안 계속 가다가 내 생애 통틀어 딱 한 번 들어본 리믹스 버전까지 완벽하게 기억해내고 말았다. 어찌 보면 질적으로 더 우수한 버전이라고 할 수 있는데, 인공적인 것이 가미되어 한결 나았고, 보컬 라인 사이의 모든 여백을 다 들어내서 실질적으로 따라 부르기 불가능한 노래가 되었다. 숨을 쉴 곳이 없었다. 요즘 이 가수에 대해서 생각하는 사람이 있을까, 대폭발 이후에? 내 단언하는데 단 한 명도 없을 거다, 용커스나 포트체스터에 사는 스토커가 아니고서야. 그는 정확히 어디에 있었을까? 대폭발 전에 사우스비치의 동성애자 전용 호텔에 피난처를 마련하는 데 성공했을까? 쇼비즈니스계를 장

---

* 전문 디지털 오디오 소프트웨어.

악했던 기억이 너무나 좋아서 앨버틴의 대규모 신규 수출시장의 유혹적인 손길이 그에게도 예외 없이 미쳤을까? 뉴욕이 그랬듯, 사우스비치도 기억의 소용돌이에 빨려들어갔을까?

세리나를 다시는 볼 수 없을 것 같다는 생각이 들었을 때, 이제부턴 영영 리키 마틴밖에 없겠다 싶었을 때, 바로 그때, 그녀가 내 눈앞에 에테르처럼, 무슨 잔상처럼, 라벤더처럼, 레귤러커피처럼 떠올랐다. 묘한 것은 내가 그녀와 함께했던 시간만을 기억하는 데 익숙해졌다는 점이다. 그 후에는 어떻게 됐는지 잊어버렸다. 잊어버린 이유는 세리나에게 남자친구가 있었기 때문인데, 눈이 단춧구멍만 한 대학생 녀석, 십대 여자애나 쫓아다니는 대학생, 그렇다고 내가 세리나를 포기했단 뜻은 아닌데, 그땐 애착이라는 게 있었고, 어릴 때는, 최소한 세상이 문제 삼기 전까지는, 이런 우정도 유지되는 거다. 고등학교 복도 같은 데 있는 내가 보였고, 거기에 그녀도 있었다. 그녀는 더러운 강화유리를 뚫고 비쳐드는 햇살에 금빛으로 물들었고, 여자와 빛은 폐와 공기처럼 밀접한 사이 같았다. 나는 사물함 옆에 주저앉아 있었다. 세리나는 복도를 건너왔고, 얼룩덜룩한 리놀륨 타일을 밟고 왔는데, 그 타일은 난생처음 보는 것 같았고, 세리나는 노동력 착취로 유명한 브랜드의 스니커즈를 신고 있었기 때문에, 나는 리놀륨을 쳐다보았고, 리놀륨은 그녀와 그녀의 스니커즈 덕분에 나아 보였다.

"너 괜찮니?"

아니. 나는 과호흡을 일으키고 있다. 바로 그때 그랬듯. 과호흡은 언제든 일어날 수 있었다. SAT를 볼 때 나는 과호흡을 일으켰고, 성적이 조금만 떨어져도 그랬다, 아무한테도 얘기하지 않았지만,

어머니만 알고 계셨다. 나는 아시아 애였고, 놀랄 만큼 영리해야 했다. 미적분도 척척 풀어내야 했고, C++부터 비주얼베이식, 자바를 비롯한 빌어먹을 컴퓨터 언어는 뭐든 알아야 했고, 그 모든 것들 덕분에 과호흡이 일어났다.

나는 말했다. "네가 사귀는 남자의 이름을 말해줘. 그 남자의 이름을 알고 싶을 뿐이야. 그거면 돼."

"너 정말 그 얘기를 또 하고 싶은 거야?"

"딱 한 번만."

십대 아이들 한 부대가 헤드폰을 쓰고 옆을 지나갔고, 그애들의 MP3 플레이어에서는 죄 똑같이 틈새시장을 노린 네오그런지*의 병신 같은 장송곡만 흘러나왔다.

"페일리." 세리나가 말했다. "이름은 어빙이야. 좀 괴상한 이름 같지만. 어빙이라니 그 사람한테 전혀 안 어울리는 것 같아. 이제 됐니?"

신은 중국인 아이들에게 엄청난 저주를 내린 게 분명하다. 운명의 까마귀가 심장을 꿰뚫고 날아가도 그걸 보여줄 수가 없으니 말이다. 우리는 입 다물고 속으로만 품어야 했고, 그렇게 하지 않으면 집단의 일부가 될 수 없으니, 그때 내 심정이 바로 그랬던 것 같다. 심장이 물을 너무 가득 채운 풍선이 된 기분이었고, 나는 과호흡으로 헐떡였다.

"케빈," 그녀가 말했다. "그 패닉 좀 어떻게 해야 해. 학교에 상비약이 있을 거야. 알고 있어?"

'내가 널 얼마나 많이 생각하는지 아니?' 나는 얘기하고 싶었다.

---

* 펑크와 헤비메탈이 가미된 얼터너티브록의 한 장르.

'인류 역사에 네가 어떻게 영원히 보존되는지 알고 싶니? 왜냐하면 내가 너에 대해서 써놨으니까, 네가 셔츠 소매에서 팔을 빼는 장면도 써놨고, 네 아이라이너가 번지던 장면도 써놨어. 네 비싼 스니커스의 뒤축이 밖으로 밀리던 장면도 보존해놨어, 넌 맨날 그 스니커스만 신고 다녔지. 너와 천도복숭아에 대해서도 알아, 넌 천도복숭아를 제일 좋아하잖아, 네가 아침에 일어나면 저기압이라는 것도 알아, 커피를 잔뜩 마셔야 겨우 기분이 나아지지, 넌 네 어깨와 등이 살쪘다고 생각하지만, 그건 말도 안 돼. 그 모든 게 다 써 있어. 네가 버스에서 여동생한테 소리 지르던 때도, 나는 전체 대화를 다 적어놨고, 그렇다고 내가 그 대가로 바라는 건 전혀 없어. 여기에 무슨 조건이나 의무가 붙어 있다거나 그런 건 절대 아니니까 부담 갖지 말았으면 해, 네 덕분에 나는 글쓰기를 통해 보존하고 싶다는 생각이 들었을 뿐이니까, 그게 또 아주 좋았던 게, 나는 다른 것들도 보존하기 시작했거든, 가령 보스턴 미술관 앞에서 들은 얘기라든가, 찰스 강에 대해서도 묘사하기 시작했어, 찰스 강에 떠 있는 보트들이라든가, 그런 것들을 모조리 적어두었고, 다 네 덕분에 써 놓게 된 거야.'

　이제 충분하니까 그만! 그 정도면 내 불쌍한 청소년기를 만회하기에 충분했고, 별안간 모든 순간이, 이 순간 저 순간이 하나로 수렴되면서, 코니아일랜드 놀이사격장에 일렬로 나란히 선 오리인형들처럼 다 같이 쨍그랑 종소리를 울렸고, 나는 말했다. "세리나, 시간이 별로 없으니까 잘 들어, 달리 뭐라고 설명해야 할지 모르겠는데, 그러니까 그냥 잘 들어. 네 친구인 페일리한테 뭔가 아주 끔찍한 일이 일어날 거야, 그러니까 그 사람한테 톰킨스스퀘어파크에는 얼씬거리지 말라고 해, 무슨 일이 있어도, 절대 톰킨스스퀘어에는 가지 말라고 전해, 믿을 만한 얘기라고, 그리고 아마 그 사람은 서던캘리포니아 대학교에서 대학원 과정을 하게 될 거야. 내가 아는 사실이라서 네게 말해주는 거야, 부탁이니까 내 대신 그렇게 전해 줘. 나도 알아, 안다고, 정신 나간 것처럼 보이겠지, 하지만 꼭 내가 말한 대로 전해야 해."

그 시점에서, 누가 나를 거칠게 흔들어 깨웠다. 아, 좀! 시간여행의 순간이었다. 기억 속의 기억의 순간이었다. 어쩌면 실제로 일어나고 있던 일일지도 모른다는 점만 제외하면. 나도 확신할 수가 없었다. 코르테스 엔터프라이즈의 자전거 메신저가 내 얼굴을 한 방 갈겼다. 내가 사는 비품창고 안이었다. 말을 할 수 있다면 기뻤겠지만, 알다시피 나는 약에 전 상태였고, 앨버틴 문학의 수많은 이야기들이 시사했듯, 약에 전 상태에서 말하는 것은 라디오의 모든 주파수를 동시에 틀어놓는 것과 같았다. 기억 속에서 아버지가 블랙잭을 할 때 유리하게 돈 거는 법에 관해 일장연설하는 와중에 나는 자전거 메신저의 심술궂은 말소리를 간신히 구별했다. '리, 당신 임무를 소홀히 하고 있잖아.' 아냐, 그렇지 않아, 나는 말하려 했다. 나는 헌신적으로 일하는 노동자라고, 겨우 1시간 전에 집에 돌아와서, 조사를 좀더 하는 중이고, 굉장히 재미있는 이야깃거리를 발견했다고.

"하나도 한 게 없잖아." 자전거 메신저가 말했다. "결과물을 좀 봐야겠어. 리 선생, 이메일에 파일을 첨부해서 우리한테 보내. 지금까지 우린 하나도 못 봤어."

"그럴 리가." 내가 말했다. "지금까지 다 적어놨다고. 여기 어딘가에 있는데. 온갖 기록이 모두 있어."

가령 디지털 녹음기도 있다. 하지만 배터리가 나갔다.

"말이 안 통하는군." 자전거 메신저가 대꾸했다. "또 듣자하니 합의에 따라 우리가 당신에게 준 제품을 당신이 딴 데로 넘기고 있다던데."

"말도 안 돼!"

"당신 책무를 우리가 일일이 다 상기시켜줘야 알겠나, 응?"

"그만 좀 해." 내가 말했다. "나도 그렇게 바보는 아냐."

자전거 메신저는 비품창고 출입문을 활짝 열었다. 나는 문 밖에도 세상이 있다는 사실을 까먹고 있었던 것 같다. 그리고 문 앞 복도에는 포르노 문예지의 타라가 서 있었다. 머리는 마구 헝클어졌고, 아무한테도 자기 모습을 보이고 싶지 않은 것 같았다. 내가 물었다. "타라, 여기서 뭐 하는 겁니까? 마감까지는 최소한 2주는 더……."

"점안기를 갖고 있다면서. 지금 뭐가 어떻게 돌아가는지 모르겠는데, 돈은 줬으니까, 이제 약을 받아갈 수 있을까? 약만 받으면 여기서 꺼져주지."

나는 코르테스의 직원에게 필사적으로 설명했고, 그를 봤다가 타라를 봤다가 하는 동안, 타라는 그대로 서서 나를 지켜보았다. 나는 시간을 벌면서, 이 사람들이, 이 자전거 메신저와 타라가, 앨버틴 이론에 의해서, 지금 내가 '기억하는 미래'의 일부인지 아닌지 확인할 방법이 없을까 열심히 머리를 굴렸다.

"앨버틴에 관한 기사를 나한테 맡겼어요, 안 맡겼어요?"

타라가 말했다. "약이나 주라니까, 여기서 나가게."

그때 무기고에서 거주공간을 나눠주는 관리자인 버트런드가 끼어들었다. 일하던 주유소에서 막 돌아온 듯 기름때를 뒤집어쓴 채로 문간에 섰는데, 하지만 내가 아는 한 버트런드는 중독자였으며 개인 위생이라면 애당초 포기한 사람이었고, 그는 동정을 가장하며 나를 빤히 쳐다봤다.

"케빈, 들어봐, 우린 자네에게 기회를 줬다고. 다른 방법도 찾아봤지. 몇 달간 봐주기도 했고. 자네를 위해서 변명도 해줬어. 시궁창에 쓰러져 있던 자네를 우리가 건져냈잖아. 하지만 여기 무기고에 사는 사람들이 당신 방 앞을 지나기가 무섭대. 뭔 일이 벌어질까 봐 불안하다고. 그러니까 어디로 좀 옮겨줄 수 없을까?"

나의 초기 정보원인 밥마저 버트런드 뒤에 서서 허리에 손을 얹고 있었다. 그는 나를 비난하는 사람들을 헤치고 나한테 다가오려 했다.

신중히 생각하는 게 환상을 보는 것보다 더 중요한 순간이었다. 극도로 위험한 용량의 앨버턴이 이미 나의 간과 두뇌활동을 압도하고 있었고, 현실은 내가 주파수를 잘 잡을 수 있는 방송이 아니었다. 그러니까 내 말은, 내가 다시 잠수해 들어갔다는 얘기다. 이 모든 사람들의 눈앞에서.

이내 나는 매사추세츠 어딘가의 볕 잘 드는 베란다를 어슬렁거리고 있었다. 집들이 전부, 사방 어디를 둘러봐도, 한 치도 다름없이 똑같아 보였다. 내 장담하는데 분명 방마다 전기 벽난로가 설치되어 있을 것이다. 캐드로 설계한 다음 굴착기로 지역 전체를 밀어버리고 하나로 통일시킨 것 같았다. 그러나 나는 각각의 사소한 차이를 기억했고, 어떤 사람, 어떤 가족이 10분 이상 여기에 살았던 각각의 흔적을 기억했다. 세리나가 사는 동네의 사람들은 현관 앞 베란다에 핼러윈 호박을 갖다 놓았다. 그리고 저쪽에서 외팔이 남자가 공용지의 잔디를 깎고 있었다. 방금 깎은 잔디의 황홀한 냄새. 방충망을 뚫고 들어오려는 말벌의 날갯짓 소리.

세리나는 오늘 학교에서 내가 진짜 무서운 얘기를 했다고 거듭 강조했고, 내가 그런 얘기를 한 게 과호흡 때문에 패닉에 빠져서 그런 건지 알아야겠다고 했다. 과호흡 증상 때문에 그런 정신 나간 얘기를 한 건지, 만약 그렇다면, 혼자 떠안고 고민하는 것보단 누군가한테 그걸 말하는 게 낫지 않겠냐고. 세리나는 자기가 위중한 정신질환에 대해 알고 있다면서, 그런 것에 대해 잘 안다면서, 내가 그녀의 특별한 친구고 나에게 정신질환이 있다고 해도, 나는 여전히 그녀의 친구라는 걸 알아줬으면 한다며, 그러니까 걱정하지 말라고 했다. 그러니까 이제 좀 설명해줄래?

"들어봐, 나는 내가 무슨 말을 했는지 알아. 또 네가 내 말을 믿을 이유도 없긴 해." 나는 설명하려고 노력했다. "하지만 사실이 그래, 내가 미래에 관해서 네게 얘기할 수 있는 이유는 내가 미래에 있기 때문이야. 우리가 가깝게 지낸 4개월이 자꾸 돌아와서, 거듭 반복되는 거야, 가령 우리가 보스턴 공원에 갔던 그날처럼. 자꾸 되돌아온다고. 난 미래에 관한 모든 얘기를 해줄 수 있어, 뉴욕에 대해서, 핵폭탄을 맞고 폐허가 된 뉴욕과, 약물에 대해서, 앞으로 유행할 약물에 대해서. 내가 앞으로 얼마나 더 오래 여기 있을지에 관해서. 하지만 중요한 건 그게 아냐. 왠지 모르겠지만 중요한 건 너라고. 세리나, 미래의 트립티카*에서 네가 바로 트롱프뢰유**야. 너는 그 남자를 아니까. 페일리 말이야. 그러니까 내 말을 믿어야 해, 비록 내가 너라도 내 말을 못 믿을 것 같지만. 그래도, 중요한 건, 아까 내가 했던 말을 꼭 그 사람한테 얘기해야 해. 어쩌면 아무 일도 일어나지 않을지도 몰라, 이런 건, 정말 일어나지 않았으면 좋겠어. 어쩌면 내가 이 말을 너에게 하고 있다는 이유만으로 미래가 깡그리 달라질지도 모르지. 하지만 그건 나중에 생각할 일이고. 지금 우리가 집중해야 하는 일은 페일리한테 위험하다는 사실을 알리는 거야."

"사실은, 케빈, 내 생각에 우리가 해야 할 일은 네 엄마한테 알리는 거야."

현관 앞 베란다에는 물론 핼러윈 호박이 있었다. 가을이었고, 그건 나쁜 소식이었으며, 약효가 떨어지고 있다는 얘기였고, 강장제가 절실히 필요했고, 모든 장면이 소용돌이치며 전자기가 약화되며 꺼지듯 이야기는 사라졌다. 세리나는 가버렸고, 나는 무기고의 내 방으로 돌아오는 대신, 어딘가에서, 잃어버린 현재에서 붕 떠 있었고, 비품창고에서 쫓겨나려는 참이었으며, 다시 기자로서 일하는 중이었고, 안도의 한숨이 나왔다. 오늘이 며칠인지 알 수가 없었다. 과거를 기억하는 건지 미래를 기억하는 건지, 아니면 우연히 현재에 있게 된 건지도 모르겠다. 앨버틴 때문에 몽땅 얼크러졌다. 뭐가 뭔지 혼란스러웠다. 그리하여 내가 지금 인터뷰하는 사람은, 앨버틴 위기에 관한 이론을 제시한 전염병학자는, 내가 전에 얘기한 그 사람인데, 그는 전염병학자가 아니었고, 신분을 숨기기 위한 거짓말이었다. 사실 그는 인류학자 언스트 웬트워스였다. 우리는 브루클린 대학교에 있는 그의 연구실에서 만났는데, 더이상 연구실이

＊ 교회 제단에 세워놓는 세 폭짜리 성화聖畵.
＊＊ 실물로 착각할 정도로 대상을 정밀하게 묘사한 눈속임 그림.

라고도 할 수 없는 것이, 지금 대학 캠퍼스 내에는 대략 3만 명의 집 없는 사람들이 살고 있었다. 밤이면 자경단이 습격하여 한쪽 중정에 살던 아랍 사람들을 캠퍼스 밖으로, 위험지구의 거리로 쫓아냈고, 거리에선 하룻밤에 적어도 두세 번씩 에디 코르테스의 부하들이 무작정 쏘아댄 탄환들이 날아다녔다. 참호전이었다. 브루클린 대학교에서 고등교육을 받는 사람은 없었다. 웬트워스는, 한 방에 책상 6개가 있고 그 두 배쯤 되는 수의 파일 캐비닛이 유리창 쪽에 밀어붙여져 있는 연구실로 꾸역꾸역 들어갔다.

그는 인터뷰의 맥락을 따라가느라 애를 먹었다. 나도 마찬가지였다. 어떤 질문을 했는지 안 했는지 오락가락했다.

Q: 체크 체크 마이크 체크. 아, 좋습니다, 앨버틴의 기원에 관해 아는 바가 있으십니까?

A: 사실 그 기원에 관해 아는 사람은 아무도 없습니다. 가장 설득력 있는 이론은, 최근 들어 상당히 주목받게 된 가설인데, 앨버틴에 기원 자체가 없다는 겁니다. 물리학 교수들은 앨버틴의 확산이 최근 강하게 퍼붓는 성간星間 암흑물질 소나기에서 비롯됐을 가능성을 제시했습니다. 이 암흑물질의 영향은 매우 강력해서, 그로 인해 시간이 바로 지금처럼 완전히 다공질이 되어 무작위적으로 변화한 겁니다. 특정 아원자 구성입자가 다른 입자들과 충돌한 거죠. 이것은 순수하게 앨버틴이 원인이라기보다는 시공 장애와 양자 불확정성의 부작용에 불과하다는 점을 시사합니다. 앨버틴은 원인이 아니므로 따라서 기원도 없고, 우리가 알 만한 특별한 시발점도 없는 거죠. 통계학에 기초해서 그저 하

나의 경향성을 띠고 나타난 겁니다.

Q: 그것이 하나의 가능성이라는 점을 감안해도, 어째서 앨버틴 효과가 뉴욕에서만 눈에 띄는 걸까요?

A: 더욱 도발적인 질문은, 양자 불확정성에 따르면, 뉴욕이 실제로 존재하는가, 하는 것이겠지요. 최소한 이론물리학의 가설을 받아들인다면 그것은 논리적 귀결입니다. 통 속의 뇌*인 셈이죠. 뉴욕은 사악한 과학자들이 제공하는 환상인데, 여기서 사악한 과학자란 바로 앨버틴을 가리킵니다. 앨버틴은 우리로 하여금 어떤 특정한 뉴욕, 종말 이후 정신적 외상후성 차원과 강박에 시달리는 뉴욕을 믿도록 만듭니다. 그러나 아마 이 집단환각은 다만 현재의 상황을 합리화하는 방법에 불과할 겁니다. 지금 일어나고 있는 사건들은 선형線形의 시간상에 존재하는 것이 거의 불가능하거든요.

Q: 그럼 어쩌면 캔자스시티 사람들도 비슷한 환각을 볼 수 있겠군요. 캔자스시티는 지금 급속히 확산되는 약물 전염병의 중심지니까. 그리고 탬파와 리노, 해리스버그도 마찬가지겠네요?

A: 그럴 수도 있죠. 그 비슷하게. (침묵) 혹시 좀 갖고 계시면 하나만 빌려주시면……?"

Q: 조금밖에 안 남았지만, 네, 쓰세요, 즐기시죠. (진지한 어조로) 앨버틴 체험을 유형별로 나누어 정리하려는 시도를 하신 적이 있습니까?"

A: 음, 소시오패스들은 약을 하면 무척 고생하는 것 같더군요.

---

* 세계가 존재하는 방식에 대해 데카르트가 제시한 회의론으로, 우리가 뇌만 남아서 전기 자극을 통해 현실을 살아간다고 착각하는 건지 실제로 살고 있는 건지 알 수 없다는 이론.

그건 알고 있습니다. 사실 아주 특이한 현상이죠. 유통망 대부분을 소시오패스들이 장악하고 있으니까. 하지만 복용 초기에 소시오패스들은 대체로 앨버틴 체험을 위축시켰어요. 운전자 교육 시험이 몇 시간이고 끝없이 반복되는 기억을 하겠죠. 소시오패스라 함은, 정신 내적으로 유대감이 빈약하고 대인기술이 취약한 개인을 특별히 지칭하는 겁니다. 공감능력이 결핍된 사람들 말입니다. 그런 사람들이 앨버틴에서 많은 쾌락을 얻을 거라고 상상하긴 힘듭니다. 한편 앨버틴 사용 스펙트럼의 최상위에는 진위가 모호한 체험도 있다는 것을 물론 알고 계시겠죠. 미래의 사건을 기억한다고 주장하는 사람, 다른 사람들의 기억을 봤다고 주장하는 사람, 기억과 상호작용했다고 주장하는 사람, 기타 등등. 그런 체험도 실재하며, 처음에 저희는 그것이 저를 포함해 여기서 연구를 수행하는 대다수 사람들을 특징짓는 현상으로, 이게 맞는 표현인지 모르겠습니다만, 계몽된 사람들에게만 일어나는 일이라고 여겼습니다. 요컨대, 반역사적인ahistorical 기억 행위는 가장 건강하고 지성을 갖춘 인물들에게서 발현되는 소원 성취의 한 양상이라는 거죠. 하지만 곧 악의와 증오와 지독한 분노 역시 그러한 일화를 생성하는 데에 마찬가지로 효과적이라는 사실을 알게 됐습니다. 하여간 어느 쪽의 경우든, 그러한 보고가 빈번하다는 사실 자체가 확실히 우리의 관심을 끌기에 충분했습니다. 만약 그게 진실이라면, 반역사적 기억 행위는, 시간이라는 직물이 저희가 생각했던 것만큼 일관성 있게 직조된 것은 아니라는 점을 시사합니다. 처음에 저희는 논리적으로 불가능한 이러한 체험이 팩트 단계에서 '진실'인지 아닌지 분석하려

했습니다만, 지금은 그것이 반복 가능한지, 다수에게 보여질 수 있는지에 더 흥미를 갖고 있습니다.

Q: 선생님의 그 유형별 정리는 앨버틴의 기원을 밝히는 데 도움이 됐나요?

A: 이곳 대학에서 과학을 연구하는 학자들이 가장 설득력 있는 이론으로 받아들이는 것은 앨버틴의 기원을 한정 지을 수 없다는 겁니다. 무한하다는 거죠. 앨버틴은 난데없이 지구상에 등장했고, 어떤 철학적이고 형이상학적인 무작위에 따라 각기 다른 장소에 동시다발적으로 출현했습니다. 그 현상을 설명하는 완벽한 방법이 달리 없어요. 이 관점에서 보면, 앨버틴이 야기하는 무질서가 워낙 극심하여 그 기원이 말소되는 순간 출생이 은폐된 겁니다. 단 하나의 기원을 갖는다는 것은 비선형적 변수에 위배되니까요. 기원에 관한 부분은 아까 얘기하지 않았나요?

Q: 이런, 선생님 말씀이 맞는 것 같군요. 좋습니다, 잠시만요. (마음을 가다듬고)저기, 특정 이야기를 바꾸기 위해서, 즉 특정 과거나 미래를 바꾸기 위해 앨버틴의 기원을 조작하고, 실질적으로 약물을 컨트롤하는 것이 가능하다고 보십니까? 가령, 앨버틴 범죄 신디케이트의 출현이라든가?

A: 물론이죠, 제가 아는 지인들도 그런 일을 많이 했습니다. 연구 실험용으로. 달리 선택의 여지가 없었습니다. 하지만 지금 저는 그 정도까지 자유롭게 실험하지는 못합니다.

Q: 전염병에 대해서 어떻게 할 것인가 하는 문제로 돌아가보지요. 특별히 정리된 정책이 있으십니까?

A: 그에 대해 몇 가지 좋은 생각이 있습니다. (숙고한다.) 자, 잠시

만 기다리세요. 그 주제를 다룬 제 논문을 좀 살펴보겠습니다. 여기 어디 있는데. (책상 위의 원고더미를 뒤적인다.) 요즘 기억력이 너무 나빠져서. 됐어요, 제 의견으론, 인간의 기억은 본질적으로 불완전하다는 점에서 앨버틴의 미덕이 발견될 거라고 생각합니다. 우리는 매일 과거의 아주 사소한 부분까지 상기할 수 있긴 하지만 그래도 그 기억이 원하는 만큼 완벽하지는 않다는 사실에 애석해합니다. 그러한 기억의 불완전성은 인간이라는 동물에 내재된 본성이고, 그 문제가 지속되는 한, 앨버틴 신디케이트는 약물을 이용할 수 있을 겁니다. 따라서 그 억제 전략은 다른 방향에서 나와야 합니다. 궁극적으로 유용한 단 한 가지 방법은 약물의 유통 범위를 극단적으로 넓히는 겁니다. 모든 사람이 누릴 수 있게 해야 해요.

Q: 그게 어떻게 도움이 되죠?

A: 앨버틴의 장기적 부작용이 망각이기 때문입니다. 그렇다면 우리가 앨버틴이 존재한다는 사실 자체를 아예 잊게 만드는 것도 가능하다는 얘기죠. 모두가 합심해야 합니다, 이해가 가시죠? 한 가지 예를 들어보겠습니다. 헤로인 중독이 어느 정도에 이르면 그 약물의 효과를 더이상 느끼지 못합니다. 금단증상만 겪게 되죠. 비슷한 결과가 여기서도 일어납니다. 어느 정도에 이르면, 모두가 망각을 피하려고 노력하게 됩니다. 일을 제대로 할 수가 없고, 직장이 어딘지조차 기억하지 못하게 되니까요. 그러다가 곧 약물 체험 자체에까지 망각이 영향을 끼치면 기억은 점점 희미해집니다. 치태가 급속도로 많이 끼는 등 여러 가지 해부학적 부작용도 나타나기 시작합니다. 그러한 망각이 만연하게 되면 모

든 사람이 자신이 중독자라는 사실을 잊고, 기억하기 위해서 앨버틴이 필요하다는 것도 잊고, 기억이 불완전하다는 것도 잊고, 그리하여 시민의 심리에서 공통분모가 가장 낮은 수준으로 되돌아가는 겁니다. 손상을 입긴 했어도 다들 똑같아지니까.

Q: 그것을 실천할 방법이 있습니까?

A: (언스트 웬트워스는 이제까지와는 다른 눈빛으로 질문자를 슥 훑어본다.) 상수도에 넣을 계획입니다.

Q: 이미 시도해봤던 방법 아닌가요?

A: 그게 무슨 말이죠?

Q: 어디선가 듣기로 최근에 상수도를 습격하려던 계획이 무산됐다고 하던데.

A: 진짜요?

Q: 글쎄요, 누가 허위 정보를 흘린 게 아니라면.

A: (웬트워스가 소리친다.) 맙소사, 이걸 다 녹음하고 있었어?

당연히 방에는 도청장치가 되어 있었고, 그 외침을 신호로 학자들 한 무리가 웬트워스의 연구실로 몰려들어와 내게 눈가리개를 씌우고 끌고 나갔다. 나는 저항하지 않았다. 내가 풀려난 곳은 브루클린 대학교 천문학 연구실이었다. 눈가리개를 조심스럽게 풀어준 사람은 언스트 웬트워스였다.

"만반을 기할 수밖에 없었음을 이해해주십시오. 바로 엊그제 언어학과의 클로드 재닝스 교수가 눈앞에서 아내가 사라지는 장면을 봤어요. 자기 집 부엌에서, 앨버틴 전염병에 관련된 정치적 글쓰기의 종말에 관해 얘기하고 있었는데, 사라져버린 겁니다. 눈 깜짝할 사이에. 누가 그들의 대화를 내내 엿듣고 있었던 것처럼. 앨버틴에 관한 언급과 그것을 주제로 글을 쓰겠다는 초기 단계의 계획만으로도 그녀를 타깃으로 삼기에 충분했던 모양입니다."

천문학 연구실의 어두침침한 빛에 눈이 적응됐다. 일어나서 하늘을 한번 올려다볼 수 있는 천문관측대를 제외하면 내부는 온통 콘크리트였고 기능적이었다. 트위드재킷과 카디건 차림의 사람들이 나를 둘러싸고 있었다. 나비넥타이도 두어 명 있고, 카키색 슬랙스도 있었다.

"와, 진짜 케빈 리다! 우리 연구실에 케빈 리가 있다니!" 사람 좋은 웃음소리가 들렸다.

어라?

웬트워스가 조심스럽게 설명을 계속했다. "저희는 시간이 흘러도 잊지 않도록 사건들을 표시하기 위한 체계를 개발했습니다. 공공장소에 나갈 때는 항상 시간과 날짜를 알 수 있는 포스터나 표식을 갖고 다닙니다. 그런 식으로 하면 앨버틴을 통해 특정 사건을 찾으러 과거로 여행할 때 엉뚱한 날짜로 날아가지 않지요. 또 여러 색깔의 옷을 가지고 다닙니다. 빨강은 경계하라는 뜻이고, 초록은 아무 이상 없다는 뜻이죠. 이해하시겠지만, 이것은 질서를 되찾기 위한 작전이고, 현재로서는 특별히 혁명적인 음모입니다. 저희가 기억을 분류하면서 부가적으로 알게 된 사항은, 24시간 약물을 복용하며 그 작업만 하는 친구들이 따로 있습니다. 특정 인물들이 반복적으로 나타난다는 겁니다. 대부분의 필수적인 앨버틴 결절점에 기억 촉매제로서 존재하는 인물을 말하는데, 예를 들어 에두아르도 코르테스가 그런 기억 촉매제입니다. 별로 긍정적인 촉매제는 아니죠. 또 매우 특이한 예도 몇 명 들어드릴 수 있습니다. 10년인가 15년 전의 한 토크쇼 진행자도 상당히 자주 나타나는 듯한데, 아마 이름이 워낙 기억하기 쉽기 때문일 겁니다. 리지스 필빈*이라고. 저희는 필빈 근처에 있을 때 항상 빨간 옷을 입습니다. 아직 그가 어떤 의미인지 모르지만, 지금 알아내려고 노력중입니다. 그리고 당신도 있지요."

"저요?"

망원경 근처에 서 있던 한 박사과정 대학원생이 무심하게 입을 열었다. "앨버틴 전염병을 야구선수 카드라고 보면, 당신은 수집할 만한 카드죠. 공격력 좋은 유격수쯤 될 겁니다."

"우리가 세운 한 가지 가설은," 웬트워스가 말했다. "당신이 작가이기 때문에 중요하다는 겁니다."

"네, 하지만 전 그리 대단한 작가도 못 되는걸요. 출판된 책도 거의 없고."

웬트워스는 그 통통한 손으로 손사래를 쳤다.

"그런 건 중요하지 않아요. 저희는 그동안 애초에 누가 당신에게 기사를 맡겼는지 알아내려고 노력했습니다. 잡지사의 그 편집자는 아니었어요. 그건 확실합니다. 그 여자는 그냥 평범한 중독자일 뿐이에요. 그 여자 위의 누군가였고, 그게 누구인지만 알아내면, 프로스트 커뮤니케이션과 코르테스 기업의 유착 고리를 밝힐 실마리에 가까이 다가갈 수 있을 겁니다. 그 연관사슬 위쪽 어딘가에서, 당신은 이 순간을 위해 준비되고 있었어요. 만약 당신이 단순히 앨

---

* 1960년대 배우이자 가수, 토크쇼와 게임쇼 진행자로 유명한 방송인.

버틴의 상징이 아니라면 말이죠. 물론 그런 가정도 가능합니다만."

웬트워스는 싱긋 미소를 지었고, 그러자 어둑한 불빛 속에서 담뱃진에 찌든 이가 빛났다. "게다가 당신은 뉴욕이라는 용광로의 걸쭉하게 휘저은 액즙에서 태어난 영웅이죠. 그 점에서 우린 아주 만족스러워요. 혹시 궁금하다면, 우린 당혹스러울 정도로 당신에 대해서 잘 알고 있습니다. 좋아하는 음식, 사용하고 있는 치약 종류까지 알죠. 걱정하지 말아요, 그런 걸로 커튼 뒤에서 심하게 까대고 그러진 않을 테니."

나중에 알고 보니, 당연하지만, 브루클린 레지스탕스의 지지층은 무척 생각이 많은 사람들이었다. 여자들도 있었는데, 표정이 매우 안 좋은 것이, 레지스탕스에 참여는 하고 있지만 남성 중심의 권력구조에 지대한 의구심을 갖고 있는 것 같았다. 얌전한 치마나 덜 예쁜 정장 바지를 입은 여자들, 가령 해체이론가 제스 시몬스 같은 사람은 상수도에 약을 타는 것은 앨버틴의 이동표지 시스템을 그대로 수용하는 처사이며, 그것은 당연히 실증적인 천체물리학적 사건이 아니라, 그보다는, 미제국주의가 야기한 불안정성의 위기에 대한 상징적 반발에 불과하다고 주장했다. 아프리카계 미국인도 두어 사람 보였는데, 트위드재킷과 코듀로이 바지 차림에 화려한 색의 토가 비슷한 것을 걸치고 있었다. 그들은 경제긴급조치에 개입하여 도심 빈곤층 사이에서도 약물 거래가 이뤄지도록 해야 한다고 주장했다. 또한 최고의 탈식민주의 작가 장 피에르 알 사디르도 있었다. 그는 도시의 무질서에 대항하여 승리하는 길은 앨버틴 카르텔에 침투하는 방법뿐이라고 주장했다. 알 사디르는 알제리 여권을 소지하고 있다는 이유로, 뉴욕에 폭탄을 터뜨린 음모에 참여했다는 얘기가 돌았다. 그런데 그가 지금 여기서, 애국자들로 보이는 인사들과 논쟁을 벌이고 있었다. 평소라면 이들 학계 유명인사들은 그 어느 사안에 대해서도 의견일치를 보지 못했을 텐데, 현재 상황은 시대의 절박함을 방증하는 것이었다. 알다시피 이 사람들은 서로를 미워했다. 3년 전에 컬럼비아 대학교수회의에 가봤다면, 알 사디르가 총장의 면전에서 시몬스더러 오만한 나르시시스트라고 욕하는 장면을 목격했을 것이다. 뭐 그렇다는 얘기다. 하지만 내분은 이제 옛날 얘기가 됐고, 레지스탕스들은 세부 전략을 세우기 시작했다. 내가 근처를 어슬렁거리고 있을 때도 이따금씩 붉은 옷에 대한 기호학적 토론을 벌이기도 했고, 시스템으로서 시간이 본질적으로 남근로고스중심주의*인가, 그리하여 현 시간의 개략적 형태로서 서사 공간의 표상은 구순형口脣形이 나은가 음순형陰脣形이 나은가에 관한 논쟁이 벌어지기도 했다.

"그러니까 여러분한테 계기판이나 기계 같은 것이 있어서, 특정 연도의 날짜와 시간과 초까지 맞춰 곧장 그때 기억으로 돌아갈 수 있다는 말이죠?" 내가 물었다.

"설마요." 웬트워스가 말했다. "실은 바로 옆방에 간이침대가 많이 있는데……."

"약물 주사실 같은 건가요?"

"비슷한 거죠. 저희는 다수의 조교를 고용해 장기간 쾌적한 투약 환경을 유지하고 상태를 관찰합니다. 당신이 어떻게 생각하든, 우리는 서로 많은 관심과 애정을 기울이고 있고, 이곳에서 수많은 이야기

---

* 프랑스 해체주의 철학자 자크 데리다가 처음 쓴 용어로 가부장제 이념과 유사하다.

와 수많은 추측과 절망과 환희와 계획이 번개처럼 지나갑니다. 그거 아세요? 우리는 우리 스스로를 역사를 위한 마약꾼이라고 생각합니다. 그중에 당신은 필수불가결한 요소지요. 한번 가서 보실까요?"

　레지스탕스의 약물 주사실이 코르테스의 주사실보다 훨씬 나았다고 말할 수 있다면 좋았겠지만, 현실은, 유일한 차이점이라곤 이 사람들은 주삿바늘을 사용한 후에 매번 살균하고 탈지면으로 바늘 자국을 문지른다는 것밖에 없었다. 이들 중 종기와 농양으로 고생하는 사람은 없었다. 그 외에는 아주 약간 더 나아 보였을 뿐이다. 우리 시대 최고의 학자들이 앨버틴, 그 빌어먹을 여신의 기원을 찾기 위해, 앨버틴이 낳은 혼돈을 수습하기 위해, 간이침대에 누워 침을 질질 흘리며 지난 50년간의 문화적 잡음, 텔레비전 프로그램, 빌보드 차트, 포르노, 신문광고 들과 싸우고 있었다. 또다른 중요한 차이는, 이 사람들은 약물을 거리에서 사는 게 아니라 직접 합성해서 만들고 있었다. 화학자들과 생물학자들이 약물을 섞어 제조하고, 그 약물이, 말하자면, 종소리를 울렸다. 그들은 앨버틴의 화학적 구조에 대해서도 내게 설명해주었는데, 대충 이런 모양으로 보였다.

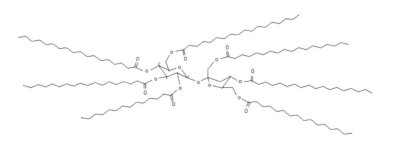

이 화합물의 효과는, 신경전달물질에 도달하는 고농도 산소포화 혈액량을 증가시켜 전기자극을 활성화하는 것과 관련이 있는 듯했다. 전혀 어려운 일이 아니었다. 오히려 이전에 아무도 이것을 해본 적이 없다는 것이 놀라웠다. 단지 관상학적 측면에서 앨버틴은 노화작용과 마찬가지로 세포를 소모하는 경향이 있다는 게 문제였다. 앨버틴은 신경화학적인 스테로이드 남용의 일종이었다.

나는 운이 좋았다. 제스 시몬스가 나의 여행을 도와주는 조교를 자원했고, 그녀와 웬트워스가 방 한가운데 어색하게 서서, 마치 르네상스를 공부하는 대학원생처럼, 내 팔에 고무줄을 묶었다. 다시 묶이다니, 무척 설레는 일이었다. 기사 따윈 이미 안중에도 없었고, 그저 앨버틴을 맞고 어디로 넋이 빠질 것인가 하는 것만이 나의 관심사였다. 나는 앨버틴의 황홀경에 빠지고, 그 가르침에 압도되면서 과거, 현재, 미래가 뒤엉킨 시간의 소용돌이로 인지감각이 전환되는 꿈을 꾸었다. 영접은 네온이 되어, 예전에 타임스퀘어를 처음 봤을 때처럼 수천수백 개의 이미지가 몰려드는 기분이었다. 디즈니 버전을 말하는 게 아니라, 매춘부와 거리에 난무하는 폭력과 미쳐 날뛰는 사람들 버전을 얘기하는 거다. 앨버틴은 뉴욕 네온사인의 도가니탕 같았다. 귀신 들린 음악의 카탈로그였다. 고무줄이 풀렸고, 내 옆에서 한숨 소리가 났으며, 나를 감싸 안는 제스의 팔과, 앉아 있는 언스트 웬트워스의 부드러운 허리가 느껴졌다. 그리고 우리는 앨버틴의 울창한 숲으로 데굴데굴 굴러들어갔다. 나는 다시 무기고에 있었고, 자전거 메신저 한 무리가 나를 밖으로 끌어냈으며, 나는 타라와 버트런드와 밥에게 외쳤고, 내 노트 좀 잘 챙겨줘, 잘 보관해줘, 그리고 자전거 메신저들이 나를 마구 두들겨 패는데, 속에서 패닉이 올라오는 게 느껴지고, 정말 느껴졌고, 나는 말했다. "날 어디로 끌고 가는 거야?" 정부에서 배급한 맥도널드 햄버거와 치즈를 들고 집으로 돌아오는 무기고 주민들을 지나쳤고, 그 사람들 머리에는 머리털이 한 올도 없고, 무기고 주민들은 몽땅 암이 발병했고, 이번 주말에 화학요법을 받을 예정이었고, 모두 붉은 옷을 입고 있었다. 다큐멘터리의 해설 같은 목소리가 들렸다. "이런 장면을 봐야 하다니 안타깝군요. 이미 다 잊어버린 거라면 낫겠지만." 그리고 자전거 메신저들은 나를 지프에 태운 채 브루클린을 한 바퀴 돌았고, 텅 빈 우리 동네를 왔다 갔다 하는데, 그 와중에 내내 내 엉덩이를 발로 찼고, 결국 나는 입술이 찢어지고 피가 났고, 멍든 눈은 퉁퉁 부어 감겨버렸다. 우리는 바다 앞 부둣가에서 잠시 멈췄다. 메신저들은 달리는 지프에서 나를 발로 차 내던졌고, 마지막 한 벌뿐인 청바지가 유리 파편과 돌멩이에 찢겼다. 무릎과 엉덩이도 깊이 찔리고 베였다. 그러나 신디케이트는 나에게 볼일이 아직 남아 있었다. 제복을 입은 코르테스의 추종자들이 몇 사람 더 나와서 나를 공장 안으로, 으스스한 교육 시설로 데리고 들어갔다. 그들이 약물을 제조하는 곳이었다.

여기였다. 노동력 착취의 현장. 브루클린 다운타운에는 남아 있는 건물이 몇 개 없었고, 알다시피 그 망할 핵폭탄의 유효범위 내에 있었기 때문에, 부둣가에 있던 건물 대부분이 돌무더기로 변했다. 하지만 이 건물은 용케도 여기 아직 서 있었고, 그 말인즉슨 에디 코르테스가 자기 회사의 생산직 직원들을 방사능 위험지구에서 일하도록 했다는 뜻이다. 물론 그게 별로 중요하지 않은 게, 아마도 직원들 대부분은 약에 절어 있었을 것이다. 어쩌면 그게 이 직업의 강점일지도.

"여기서 뭘 하려고?" 놈들은 감시카메라가 달린 정문을 지나 건물 안으로 나를 끌고 갔고, 현관홀을 지나는데 그곳은 맨 처음에 내게 앨버틴 기사를 맡긴 포르노 문예잡지사의 접수처와 놀랄 정도로 비슷했다. 심지어 잡지사와 똑같이 리모트컨트롤 접수담당 로봇도 있었다.

"때가 되면 다 알게 될 거야."

"그래? 지금 내가 마감이 엄청 밀려서……."

"까불지 마, 아주 작살을 낼 거니까, 알아들어?"

복도를 계속 지나고, 미로 같은 내부 연결로를 통과하자, 어느 사무실이 나왔다. 그들은 지체 없이 바로 손짓해서 나를 들여보냈다. 타이프를 치던 여자와 남자 들의 표정에는 무기력한 공포가 어렸다. 방 안의 모든 사람들이 붉은 스웨터와 붉은 넥타이와 붉은 양말 차림이었다. 우리는 세 종류의 양치식물 화분 옆을 지나갔고, 에디가 노동환경의 질을 높이기 위해 야자수 화분 같은 걸 구비해놓는 데 부당이득을 쓰다니, 나는 속으로 그에게 박수를 보냈으며, 그때 거기 있던 총무과 비서가 누군지 알아보았다.

디애나. 그녀를 기억하는지? 기억이 안 난다면, 점잖은 독자여, 당신은 약을 끊어야 한다. 그녀는 누군가 수원지에 약을 타려 한다고 내게 알려준 인물이었다. 나중에 고와너스 운하 근처에서 창녀가 된 캐릭터다. 이 점은 짚고 넘어가야겠는데, 그 지역 대다수 사람들의 상태에 비하면 디애나의 모습은 아주 훌륭했다. 내가 그녀를 인터뷰했을 당시에는 손가락 수보다 치아 수가 적었는데, 지금 보니 치아재건 수술을 받은 게 분명했다. 몸에 착 붙는 실크 블라우스를 입고 있었는데, 내 각도에서 보면 미니스커트 같았다. 당연히 긴팔 옷이었다. 우리는 동시에 서로를 알아보았고, 각자 불쾌해했다. 그녀는 눈이 휘둥그레졌고, 혹시 들키진 않았는지 재빨리 주위를 힐긋 둘러보았다. 지금 디애나는 에디 밑에서 일하고 있는 건가? 하렘으로 흘러들어온 또 한 사람의 고용인인가?

그때 정지 순간이 찾아왔고, 이것은 완전히 주관적인 시간구역에서만 가능한 것인데, 내 주위에서 소동이 시작됐음을 알게 되었고, 그 소동은 제스 시몬스와 언스트 웬트워스와 관계된 듯했으며, 아까 내가 고문당하고 납치당하는 동안에는 너무나도 조용히 있어서 나는 그들이 내 주위를 맴돌고 있다는 사실을 까맣게 잊고 있었다. 그들은 내가 아는 것을 알고 있었고, 내가 본 것을 보았던 것이다. 제스가 언스트에게 이렇게 말하는 것이 들렸다. '아뇨, 내가 해야 해요, 저 사람은 여자고, 그게 누가 됐든 남자가 여자한테 총을 쐈다는 말이 나오게 하고 싶진 않군요.' 그리고 제스 시몬스는 내 기억에서 성큼성큼 걸어나오면서 슬픈 눈빛으로 나를 쳐다보았다. 알고 보니 제스는 소음기를 끼운 커다란 총을 들고 있었고, 그녀가 현장에 나타나자마자 코르테스의 부하들 또한 위치를 잡고 기관단총으로 맞섰으며, 사방에서 고함이 난무하며 저 사람을 여기서 끌어내, 여기서 내보내라고, 하는데 마치 나를 이 방에서 제거함으로써 디애나를 이 장면과 이 이야기에서 없앨 수 있다는 듯 소리를 질러댔다. 나는 책상에 매달려 있었다. 놈들은 기관총 개머리판으로 나를 마구 팼고, 마침 고개를 들었을 때 디애나가, 그녀의 성이 무엇이든 간에, 성이 있긴 했던가, 소음기의 총성과 둔탁한 쉭 소리와 함께, 사라졌다. 디애나가 앉아 있던 자리는 텅 비었고, 그녀가 손에 들고 있던 스카치테이프는 잠시 공중에 떠 있다가 둔탁한 소리를 내며 융단 위로 떨어졌다. 타이핑룸의 남녀는 비명을 질렀고, 너도 나도 손을 들어 입을 가렸다. 그때 코르테스의 부하들이 방 안을 향해 총을 쏴대기 시작했다. 목격자들을 가능한 한 많이 제거하려고. 디애나를 살려두어 자신들의 계획이 발각되기를 원치 않았던 제스와 언스트처럼, 코르테스도 이 장면을 기억하는 말단 일꾼들을 살려두고 싶어 하지 않았다. 시간의 무질서를 해결하는 방법은, 가능한 한 모든 시간 인지자를 말소하는 것이라는 듯. 나는 코르테스의 타이피스트들이 학살되는 이 엄숙한 현장을 이야기에 넣고 싶었고, 그러므로 내가 이 사실을 계속 얘기하더라도, 그 사람들에게도 가족이 있음을 내가 간과하고 있다고는 생각지 말기 바란다. 알기 때문에 계속하려는 것이다.

얼른 몸을 빼내려는데, 놈들이 내게 욕설을 퍼붓고, 누가 내 발을 잡고 복도 옆 특징 없는 빈 칸막이 사무실로 끌고 가는데, 거기서 나도 죽임을 당할 것이다. 한편, 언스트 웬트워스는, 제삼자의 위치에서 내려다보듯 또 설명의 시간을 가졌다. "디애나는 우리가 지금 실행하려는 상수도 접근을 위한 여행 계획을 알고 있었고, 당신이 많이 도와준 덕분에 감사히도 우린 그 구멍을 막을 수 있게 됐어요. 당신은 밀고자의 정체를 아는 유일한 사람이었습니다. 제스가 마지막 몇 분 동안 당신 옆에 바싹 붙어 있을 텐데, 끝내기 전에 당신이 알아야 할 게 한 가지 더 있어요, 그런 다음에 케빈 당신은 자유입니다, 당신의 미래에는 거대한 망각이 존재하겠지만. 부디 당신이 만화를 그리거나 창고에서 로큰롤 밴드를 만들기 바랍니다. 뭘 하든 여기서 멀리 떨어진 곳으로 가서 하길 바라고요."

그러더니 사무실 문이 열렸다.

카산드라가 거기 앉아 있음을 당신은 이미 알고 있었으리라 생각한다. 미국 수출시장에 대항한 국제적 반발에 용케도 관여하지 않았던 이탈리아 디자이너가 만든 진짜 최고급 사무용 정장을 입고 있었다. 나중에 알게 된 사실인데, 코르테스 엔터프라이즈는 자신들이 소유한 증권중개회사를 이용해 부분적인 주식공모를 하려던 참이었다. 그래서 증권전문가들한테 좋은 인상을 주려고 사무실을 잔뜩 꾸며놨던 것이다. 카산드라는 내 필력으로 감당하지 못할 만큼 아름다웠다. 아름다움이란 궁극적으로 언어 외적인 것이니까. 비록 그것이 기억과 관련된 것이긴 했지만. 그녀는 빨간 나비넥타이를 매고 있었다. 코르테스의 부하 중 한 사람이, 에디 본인일지도 모르지만, 물었다. "케빈, 당신 친어머니도 기억하지 못하겠지?"

"어머니라고? 지금 도대체 무슨 소리 하는 거야?"

카산드라는 지난번에 봤을 때보다 한결 깨끗했다. 생각해보니 그게 벌써 넉 달 전이었다. 단언할 수는 없지만. 그래도, 그녀는 약간의 차이는 있을지언정 내 또래였고, 아마 몇 살 더 어릴 텐데, 어떻게 그녀가 내 어머니가 될 수 있겠는가?

카산드라에 대해 한 가지 말해두고 싶은 것은, 그녀는 어머니들만이 짓는 연민 어린 애달픈 표정을 하고 있었다는 점이다. 그녀는 내게 괜찮냐고 물었다.

하지만 코르테스의 깡패들이 이 다정한 순간에 끼어들었다.

"좋아, 둘 다 약물 주사해."

"잠깐," 내가 말했다. "나는 이미 약에 취한 상태고, 벌써 다른 사람의 기억 속에 있는 상태야. 난 이게 내 기억인지 아닌지조차 몰

라. 당신들이 나한테 약을 주사하면, 그건 기억 속의 기억인 셈이지, 안 그래? 우리가 현재로 돌아가면, 거기서 나는 걸음마 하는 꼬마가 되는 건가?"

"그 망할 입 좀 닥쳐."

카산드라는 알아서 팔을 내밀었고, 그래서 나도 상처투성이가 되어버린 팔을 내밀었으며, 하도 상처가 많아서 놈들은 혈관을 찾지도 못했다.

"목에다 놔버려."

놈들은 내 목에 주사를 놨다. 한마디 양해도 구하지 않고.

나는 처음 앨버틴에 관해 알아낸 이후 축적된 모든 사건에서 멀어져, 황홀한 나락으로 빙글빙글 빨려들어갔다. 중국인 이민 가정의 가장인 우리 할아버지에 대한 나의 첫 기억은 할아버지의 심장 수술 직후다. 내가 세살 반 정도 됐을 무렵일 것이다. 나는 그 기억을 믿지 않았다. 시간을 이해할 수 있는 나이가 되기 전 어린아이에게 일관된 기억이 가능하다고 생각지 않았다. 그 전에는 뭐가 있지? 그 전에 오는 것은 황홀한 나락이다. 시간의 교수대 전에. 기억의 수레바퀴가 텅 빈 하늘에서 돈다. 하여간, 할아버지는 우리 집 거실에서 지내셨는데, 거실의 들것에 누워 계셨고, 모르핀을 맞으셨다. 한 달은 좋이 모르핀을 맞으셨다. 할아버지의 무자비한 미소가 생각난다. 내가 지금 아프지만, 난 너를 위해 여기에 왔고, 그러니 넌 아프지 말아야 한다. 그러니 이제 가서 뭔가 하렴. 나의 희생을 발판으로 넌 해변에서 즐기렴. 그 모습이 내 의식 속에서 잠시 맴돌았다. 거기서부터 기억의 회오리가 휘몰아쳐 수영을 배우지 못한 수영 수업에 내려앉았더니 그다음엔 케이프코드에서 보낸 여름,

해변 모래사장의 산책으로 이어지고, 어린 시절로 거슬러올라가, 하나의 연상에서 다음 연상으로 도약하는데, 모든 기억에는 해변이 있고, 모든 기억이 함께 노래하고, 각양각색의 파이를 보여주고, 마치 이것이 내 생애 마지막 주마등인 양, 이 머릿속의 화면 스크롤을 이용해 내 짧은 생애에 관한 다큐멘터리를 만들려는 것 같았다. 만물이 장미였다. 나는 초등학교 때 우리 반에서 가장 똑똑한 아이였고, 반장을 맡았다. 그리고 야구 팀에선 유격수였다. 만물이 장미였다. 세리나가 나타나기 전까지. 세리나, 나의 일상에 몰래 다가온 이름 모를 두려움과 정확히 같은 시기에 출현한 사람. 나는 우리 부모님이 아는 아시아 아이 중 유일하게 패닉을 일으키는 아이였고, 아시아인들은 절대 패닉에 빠지지 않거나 혹은 절대 발설하지 않았으며, 나 원, 진짜로 그렇다니까, 그날 오후처럼, 정부에서 주관하는 현장실습 시험을 치러 가야 했는데 설사가 나는 바람에 화장실에 앉아 있었고, 아버지는 화장실 문밖에 서서 세상에서 가장 가혹한 언어로 나더러 가문의 수치라고 말했다. 도대체 넌 뭐가 되려고, 사회의 낙오자가 되려고? 세탁소에서 일하게? 내가 옷 수선을 하는 동안 넌 손님들 옆에서 시 낭송을 할 거냐? 네 할아버지가 어떤 심정으로 상하이를 떠나 미국에 오셨는지 생각해봤느냐…… 기타 등등, 그때 아버지를 말리는 어머니의 목소리가 들렸고, 우리 어머니는 미생물학자 아니면 전염병학자였고, 내가 어머니 직업을 기억하지 못했던 건, 어머니는 사실 집에 계시는 법이 없었고, 항상 일하는 중이었다. 자, 어서.

　나는 코르테스의 하인들한테 소리쳤고, 헤이, 니들, 한 방 더 놔줘, 종소리가 안 들려, 종탑에 종이 한 개도 없다니까, 놈들이 내 뒤통수를 때리면서 빌어먹을 입 좀 다물라고 할 때, 나는 여전히 목에 난 주사 자국을 젖은 헝겊으로 누르고 있었으며, 그다음에 대관람차를 탔는데, 아버지의 술 달린 로퍼가 보였고, 바로 그때 제스 시몬스가 다시 내게 말을 걸었고, 문득 나는 그녀의 목소리를 알아들었다.

"케빈, 여기까지가 이야기의 끝이에요. 이제 조금 있으면 끝나는데, 당신 어머니가 책상 너머로 손을 뻗어 당신의 손을 잡을 거예요, 케빈, 그게 이제 가야 한다는 신호예요. 얘기는 이렇습니다. 이다음 당신 인생의 10분 덕에 우리는 에디 코르테스한테 들키기 전에 수원지에 약을 탈 수 있게 돼요. 우리는 방금 수원지에 약을 타는 계획을 밀고한 사람을 제거했고, 그래서 시간 맞춰 자유롭게 돌아갈 수 있었고, 이 도시를 위한 우리의 단합된 마음으로 상수도량을 증가시켰어요. 그게 무슨 뜻인지 알죠, 케빈, 즉 에디가 폭탄을 떨어뜨릴 시간이 없었다는 얘기예요, 케빈. 핵폭탄. 에디 코르테스는 우리가 수원지에 약을 타는 것을 막기 위해 핵폭탄을 쓴 것 같아요. 또 코르테스가 폭탄을 맨해튼 남부에 떨어뜨린 건 당신이 2008년 가을에 거기 살기 때문입니다. 에디 코르테스는, 외국계 중에서도 그다지 높은 교육을 받지 못한 스파이이죠, 우라늄 폭탄을 터뜨려서 코르테스 엔터프라이즈의 지배력을 강화하고, 당시 역사의 교차점에서 이스트빌리지에 살던 레지스탕스의 핵심인물 대다수를 제거하려고 한 거예요. 그러니까 다음 몇 분 동안은 천천히 보세요, 이건 우리에게 놀라운 선물이자 필요한 요소니까요. 장 피에르 알 사디르가 미니밴을 몰고 아직 남아 있는 주간고속도로를 달리고 있어요. 시디플레이어로 듀크 엘링턴을 틀어놓고 있을 겁니다, 그는 기억이 깨끗이 지워지기 전에 뭔가 굉장한 음악을 듣고 싶어 하거든요. 케빈, 당신은 이번 이야기의 영웅이에요. 당신에게 미리 말해주지 못해서 다들 무척 미안해하고 있어요. 또 당신이 이런 식으로밖에 알게 될 수 없었던 것에 대해서도. 우린 지난 몇 달 동안 일어난 충격적인 사건을 당신이 모두 알았으면 했고, 당신이 이겨낼 수 있을 거라고 확신했습니다. 극소수의 사람들처럼. 당신은 우리를 위해 이야기를 엮어낸 꼬마죠. 우린 당신이 자랑스러워요. 당신이 우리 아들이었으면 좋겠어요. 어떻게 보면 이제 우리 아들인 셈이죠. 무슨 도움이 될지 모르겠지만. 어머니와 얘기한 후에 맨해튼으로 돌아갔는데 도시가 여전히 박살나 있다면, 그게 신호입니다. 파괴된 맨해튼. 당신이 탄 페리 운전수는 녹색 옷을 입고 있을 거예요. 그건 에디가 당신을 찾으려고 과거로 돌아가지 않는다는 뜻이죠. 즉 에디가 자기에게 득이 되는 현재를 만들기 위해 과거를 컨트롤하려던 것을 포기했다는 말이에요. 뭐, 혹은, 우리가 저수지를 오염시키는 바람에 에디가 대폭발을 일으키겠다는 아이디어를 떠올린 미래 자체가 소거되고, 그 경우에는 맨해튼이 아무 일 없이 멀쩡하겠고, 약물 전염병과 브루클린 레지스탕스를 포함한 지금의 현재가 모조리 없었던 일이 되겠죠. 그러면 그 시간 선상 어딘가에서, 어딘지는 우리도 아직 확실히 몰라요, 망각이 작동할 가능성이 있고, 당신은 이 이야기의 핵심 사건 몇 가지를 잊어버릴 수도 있습니다. 오늘 저녁 집에 도착할 무렵이면 맨해튼이 도시였다는 사실조차 잊을 수도 있어요. 어쩌면 이 모든 사건을, 이 끔찍한 일들을, 이 외로움을, 지금 내가 당신에게 하고 있는 얘기조차 깡그리 잊을지도 모르죠. 사실, 우린 망각 지점을 정확히 짚어내 표적으로 삼으려고 했습니다, 케빈, 그렇게 해서 대폭발에 대한 당신의 기억을 완전히 제거하려고 했어요. 그날 당신은 실제로 매우 끔찍한 시간을 보냈거든요. 지독한 장면들을 보았죠. 그래서 만약 당신이 그날 일을 잊게 된다면, 당신은 최초로 위치표적화된 망각자가 되는 겁니다. 하지만, 만약 미래에, 다음 망각 동안에, 당신이 당신 인생에 일어났던 이런저런 사건들을 기억하고 싶다면, 미래에 암시를 남겨둘게요, 케빈, 당신은 디지털 음성기록을 틀기만 하면 돼요.

　그때 어머니가 과거의 기억 속에 슬쩍 끼어들었다. 어머니는 무척 아름다웠다. 어머니를 볼 때마다 그렇게 생각했다. 어머니가 브루클린의 그네에 앉아 있던 카산드라였을 때조차도. 나는 아름다움에 눈이 멀어 어머니의 얼굴에 새겨진 세월의 금도 보이지 않았다. 여기 기억 속에서 어머니는 다시 어려졌고, 완벽하고, 젊고 똑똑하며, 빛바랜 흑백사진 속의 인물 같다. 어머니는 내게 오래된 사진처럼 보이고, 앞으로도 항상 그렇겠지, 나를 화장실에서 데리고 나와 아버지한테서 멀찌감치 떨어뜨려놓고, 세리나한테서 전화가 왔다고 말하는데, 어머니는 메트로놈을 틀어놓은 듯 또박또박 신중하게 각 음절을 발음한다. 생각보다 그리 나쁘지 않다. 만약 내가 이 과거의 컬러 밸런스를 다시 조정한다면, 군청색을 더 올리겠다. 모든 게 너무 노랗다. 어머니는 나를 거실로 데려간다. 할아버지가 심장수술을 하고 나서 주무시던 곳이다. 어머니는 나를 앉힌다. 그리고 진단을 내린다. 어머니는 말한다. '지금까지 엄마가 너의 화학적 문제에 관해 아주 많은 연구를 했어. 그 주제에 관해 수많은 전문가 친구들과 얘기해왔고. 네가 시간 여유가 될 때, 주말쯤에, 같이 전문가를 찾아가서 얘기해보자. 하지만 그 전에, 네가 엄마 말을

들어줬으면 하는 게 한 가지 있어.'

그리하여 그것이 등장했다. 마개로 막은 비커에 담긴 것.

"엄마 말 듣고 한번 마셔봐. 네가 친구들하고 어울려 피워대는 것보다 훨씬 더 재미있을 거야."

"엄마, 이거 꼭 먹어야 해요?"

"엄마가 하는 말이잖니."

"이게 뭔데요?"

"리튬, 우울증 치료제 몇 가지, 그리고 우리가 지금 연구하고 있는 기억력 개선제를 시럽에 탔어. 지각력을 예리하게 향상시켜줄 거야. 시험 보는 데 도움이 되겠지. 아스파탐*도 넣었어."

고릿적 흑백영화에 나오는 예의 실험실 장면 같았다. 나는 쭉 들이켰다. 그리고 실제로 시험에서 일등을 했다. 그걸 까맣게 잊었던 것이다. 난 그 약을 세리나에게 주었고, 세리나는 자기 남자친구인 페일리한테 주었다. 우리는 그 약을 앨버틴이라고 불렀다. 아스파탐하고 발음이 비슷해서. 하여간 대충 그랬던 걸로 기억한다. 나는 그 약을 다른 애들한테 주었고, 우린 모두 시험을 아주 잘 봤다. 한 동네 사는 아이 셋이서, 재미로, 그리고 시험점수 좀 잘 받겠다고, 전 인류의 미래를 망친 것이다.

나는 눈을 뜨고 싶지 않았다. 알고 싶지 않았다. 책상 너머 카산드라의 얼굴을 보고 싶지 않았다. 내 어머니였을지도, 코르테스 신디케이트의 화학 책임자였을지도, 레지스탕스에게 정보를 넘겨준 사람이었을지도, 젊은 여자였을지도, 내 전화를 받지 않으려 하면

---

* 단맛이 매우 강한 식품감미료.

서 뉴턴의 우리 집에 있었을지도, 슬픈 눈빛의 나이 든 중국인 여자였을지도 아닐지도 모르는 카산드라. 방 저쪽에서 자신을 합리화하는 그녀의 목소리를 듣고 싶지 않았다. "내가 왜 그렇게 했는지 시간이 지나면 알게 될 거다." 알고 싶지 않았다. 코르테스의 부하들이 나를 가지고 무슨 계획을 세웠는지 알고 싶지 않았고, 내가 왜 중독자 0호가 되었고, 왜 이런 일을 겪고 있는지 알고 싶지 않았다. 나를 고문해서 정보를 캐내려고 했는지, 아니면 아직도 자기들이 원하는 대로 역사를 기록하도록 종용하려는 목적인지 그 이유를. 결국 어느 기억이 다른 기억 속에 있는 건지, 다른 진실들을 압도하는 하나의 진실이 있는지, 나는 알고 싶지 않았다. 앞으로 몇 분의 시간 뒤면, 상수도는 약물로 끓어오를 테고, 그것은 8주 전이 된다. 수원지 근처에 있던 경찰은 피 웅덩이 속에 얼굴을 박은 채 발견될 테고, 브루클린과 퀸스, 스태튼 섬, 브롱크스의 수도관에서는 평소보다 더 파란 물이 나올 테고, 거리에서 사람들은 춤을 추겠지, 마치 지금 내가 얘기하는 이 모든 것들이 아예 없었던 일인 양. 그러니까, 대폭발 후 즉각 방출된 방사능처럼 달콤한 망각이 휩쓸지 않는다면 말이다. 내가 이 모든 것을 잊지 않는다면, 어떻게 해서 내가 그곳에 왔는지, 무엇을 알고 있었는지, 그것을 알게 된 순서, 거기에 나온 등장인물들, 내 자신의 이름, 대단원의 결말을 잊지 않는다면.

기억이란 뭐지? 기억은 그루브다. 스타들이 총출동한 흥겨운 무대, 춤추는 당신, 가슴속 절망을 쫓는 것, 이미 사라진 것을 쫓는 것, 너무나 덧없기에 흔적으로밖에 알 수 없는 것, 어떻게 특정 기타 선율이 벼락처럼 세월을 소환하는지, 갓 딴 체리의 맛이 어떻게 전쟁 전 현관 앞 베란다에서 어슬렁거리던 게으른 몽상가들을 기억나게 하는지, 이 모든 이야기들은 굴러간다. 기억은 그루브고, 거짓이고, 바로잡을 수 없는 이야기며, 더 나은 장소다. 기억은 나쁜 년이고, 수치의 공장이고, 저주인 동시에 위안이다. 그리고 바로 그 지점에서 내가 기자로서 폭로하려던 게 좌절된다.

하지만 몇 가지 마지막 토막뉴스는 들려줄 수 있다. 만약 당신이 미래가 어떤 모습인지 궁금하다면, 과거에서 온 시민 중 한 사람이라면, 미래가 어떻게 됐는지 들려주겠다. 내가 이야기할 것은 우선, 점잖은 독자여, 브루클린브리지가, 뉴요커들의 광기에 의해 지어진 건축물 중 가장 아름다운 그 다리가, 사라졌다는 것이다. 브루클린브리지는 없어졌다, 아니 최소한 뉴욕 쪽 절반은 날아갔다. 브루클린 쪽의 다리는 첫번째 교각까지만 뻗어 있고 이후로는 부서져내렸다. 〈밀로의 비너스〉의 팔처럼. 그것은 도시 각 지역 간의 이상적인 관계를 제시한다, 제시할 뿐이다, 실제 관계가 그렇다는 게 아니라. 어쩌면 지금 대담한 연인들이 그곳에 가는 이유는, 갑상선암에 걸린 연인들이 한밤중에 다리에 올라간 것은, 이때가 드디어 뉴욕 역사에서 밤하늘을 볼 수 있는 시간이기 때문에, 바람이 뉴저지 쪽으로 부는 때라서다. 그들은 다리에 올라가, 그 연인들은, 경찰 저지선을 뛰어넘어, 그 나무판자 길을 따라, 아직 남아 있는 부분을 걸어서, 이스트 강을 굽어보며, 자신의 헌신적인 애정을 믿어달라고 항변한다. 내겐 시간이 별로 없어, 그래서 당신한테 말하고 싶은 게 몇 가지 있어. 조금 더 얘기해볼까. 지금 이 순간이 내게는 영원이니까. 바로 그렇기 때문에 나는 이 기록을 구술하고 있는 것이다. 내가 지금 뭘 하냐면, 브루클린 쪽 베이 리지에 있는 페리 사공을 발견하고,

그는 늙은 아일랜드인이며, 초록색 윈드브레이커를 입은 그 아일랜드 뱃사공에게 새 동전을 건네고, 그의 커다란 개를 가볍게 토닥인다. 내가 말하길, 저쪽 편에 볼일이 있어요, 사공이 말하길, 안 돼, 이 사람아, 나는 저쪽을 가리키며 말한다, 볼일이 있다고요, 사공이 말하길, 저기에 볼일 있는 사람이 누가 있다고, 하지만 나는 있어요, 나는 그에게 말하고, 제 나름대로 보답할게요, 라고 하자 그는, 저쪽엔 아무것도 없어, 라고 말하지만 결국 제안을 받아들이고, 우리는 물 위로 나아가며, 물살은 세고, 파도는 사납고, 마치 자연이 이 도시에 자행된 실험을 바다로 쓸어내리고, 상처를 씻어버리고, 우라늄 찌꺼기와 잔해와 인간의 미립자를 떠내려보내고 싶어 하는 듯, 우리는 강 위에 있고, 바로 저기가 여신상이 있던 자리인데, 조만간 프랑스에서 새것을 보내주겠지, 그리고 저기 저쪽 끝에는 뉴욕플라자가 있었는데, 나는 사공에게 바다 쪽으로 더 나가달라고 부탁하고, 바위와 말뚝 하나하나까지, 남아 있는 I자형 철제빔 모두, 전부 다 알고 싶어서, 우리는 사우스스트리트 항구도시의 흔적을 지나고, 이곳에 우리가 잃은 것들이 있고, 아마 여기서 보였을 텐데, 뾰족한 첨탑의 뉴욕 신청사, 시청, 세계무역센터, 증권거래소, 그 많던 주식거래인들은 다 어디로 갔을까, 지금 그 사람들은 뭘 할까, 몬트클레어나 그리니치에 있을까, 그다음에 차이나타운이다, 거의 중국까지 폭발해서, 기반암까지 다 날아가고, 캐널스트리트에서 분리되고, 캐널스트리트는 다시 예전대로 운하가 되고, 리틀이탈리아도 사라지고, 마피아 소굴도 다 없어지고, 지금 그들은 모두 뉴저지 쪽에서 일하며, 거기서 앨버틴 시장을 장악하려고 기를 쓰고, 소호가 사라지고, 뉴욕대가 날아가고, 제켄도르프 타워가 없어지고, 유니언스퀘어파크가 없고, 앤디워홀 공장이 있던 자리, 맥스 캔자스시티*가 있던 자리, CBGB 뮤직클럽**, 그리고 엠파이어스테이트 빌딩이 사라졌고, 그 빌딩이 옆으로 무너지면서 5번가 남쪽에서 플랫아이언 지구까지 완전히 풍비박산됐고, 그 지역은 원래 '레이디스 마일'로 알려진 쇼핑천국이었고, 꽃시장도 없고, FIT***도 사라지고, 사실, 사람들 말로는 아직까지 제법 멀쩡히 서 있는 유일한 건물은, 아테네의 아크로폴리스처럼, 뉴욕공립도서관이라는데, 여기서는 보이지 않는다. 다리들은 무너졌고, 59번가 트램은 사라졌고, 맨해튼 섬의 어느 구역에 페리가 가까이 가자, 아마 스투이페산트 빌리지가 있던 자리 같은데, 나는 말한다, 여기서 내려주세요, 2마력짜리 잔디 깎는 엔진을 장착한 보트를 옆에 대주세요, 저 들어갈 거예요, 톰킨스스퀘어에 갈 거예요, 아저씨, 나는 돌아갈 거예요, 이민자 거주구역을 지나서, 이제 나는 섬의 동쪽 끝에 발을 디뎠고, 이탈리아인들이, 아일랜드인들이, 푸에르토리코인들이 발을 디뎠던 바로 그 장소에, 이제 내가 가려 한다, 맨해튼이 돌무더기 폐허인 한 얼마나 위험하든 상관없으니까, 나는 들어간다, 유리와 모래로 이루어진 사막 같고, 유리로 녹아버린 매립지인 그곳에, 그리고 나는 목소리들을 듣는다, 들린 지 좀 됐는데, 목소리들이 다 서로 중첩되어, 100하고도 50가지 언어로 떠들어대는데, 무슨 말을 하는지 일일이 알아들을 수는 없지만, 이 한마디는 알겠다. 헤이, 이제 우리가 얘기할 차례라고.

---

* 1960년대와 70년대에 뉴욕의 문화예술인들과 정치인들의 집합소였던 나이트클럽 겸 레스토랑.
** Country, BlueGrass, and Blues. 아메리칸 펑크와 뉴웨이브 밴드의 산실이었다.
*** Fashion Institute of Technology. 뉴욕 주립대 내에 설립된 패션전문학교로 수많은 유명 패션 디자이너들을 배출했다.

크리스 오퍼트
척의 버킷

공기펌프로 자전거 타이어에 바람을 넣은 다음 나는 자전거를 타고 천천히 시내를 가로질렀다. 도중에 안경을 고쳐 쓰느라 두 번 멈췄다. 안경다리에 동여맨 싸구려 테이프가 덜렁거렸다. 설상가상으로 왼쪽 안경알은 희부옇게 흐려서 앞이 안 보였다. 그쪽은 원래 시력이 더 좋은 눈인데. 1년 전이었다면 이렇게까지 망가진 제반상황에 꽤나 당황했겠지만, 현재의 나는 파라미터상으로 볼 때 대략 혹독한 중년의 위기라는 것을 겪는 중이다.

최근 나는 형제들끼리 주고받는 이메일에 참조수신인으로 끼어 있는 것 외에는 가족과의 연락이 전부 끊겼다. 아내와 헤어지고 이사한 집은 예전 집에서 겨우 몇 블록 떨어진 곳이다. 그리고 새집에서는 밤마다 유령이 나와 나를 못살게 굴기 시작했다.

나는 아이오와 대학교 캠퍼스의 밴 앨런 관館에 자전거를 기대어 세웠다. 밤하늘의 밴 앨런 벨트*를 발견한 물리학 교수의 이름을 따서 지은 건물로, 그는 로켓과 풍선의 중간쯤 되는 '로쿤'의 발명자이기도 하다. 몇 년 전에 여기서 중국인 대학원생이 총기를 난사하여 물리학 교수 몇 명이 사망한 사건이 있었다. 그 이후 보안이 강화됐는데, 나는 얼마 전까지 아이오와 대학교에서 겸임교수로 문예창작을 가르쳤던 관계로 아직 교수 신분증이 있어 그걸 보여주고 경비를 통과했다. 그리고 찰스 앤드루스 교수가 연구실에서 나올 때까지 30분을 기다렸다.

나는 아이오와 시내에 있는 수십 년 전통의 어느 취미 포커 게임장에서 처음 척**을 만났다. 척은 그야말로 봉이어서 확연히 수준이 떨어지는 선수였지만, 진심으로 승패에 개의치 않았기 때문에 호감이 갔고 매력적이었다. 그는 게임에서 이길 확률 자체를 연구하기 위해 그 판에 끼어 있었다. 그는 존 케이지***, 재스퍼 존스****, 리처드 파인만*****과 같이 게임을 한 적도 있었다. 척은 내가 그 세 사람의 작품을 모두 알고 있다는 사실에 감탄했다. 그 이후로 우리는 정기

---

* 대기권 밖에 있는 고에너지 방사선 띠.
** 찰스의 애칭.
*** 세계적인 전위음악가이자 작곡가.
**** 미국의 팝아트 미술가.
***** 미국의 물리학자로 1965년 노벨물리학상을 받았다.

적으로 만나 점심을 먹으며 나의 소설과 그의 연구에 관해 얘기를 나눴다.

어젯밤에는 유령이 여러 번 나를 깨워댔고, 새벽녘에는 침대 머리맡 협탁에서 떨어진 안경을 발로 밟고 말았다. 또 차의 시동이 걸리지 않았다. 기어 변속이 안 되는 자전거와 테이프로 땜질한 안경으로 그럭저럭 버티고 있지만 안경테가 휘어서 안경알이 자꾸 빠졌다. 본드로 렌즈를 붙여보려고 했는데 안경알만 부옇게 얼룩졌다. 나는 단편소설을 쓰려고 컴퓨터 앞에 앉았다. 한 사내가 자신을 복제했는데 복제품 클론이 죽어서 밤마다 귀신이 되어 사내에게 나타난다는 이야기였다. 소설은 2주째 서두 부분에서 막힌 상태였다.

나는 반 시간가량 혼자 괴로워하다가 클론에 관한 정보를 얻으려고 척에게 전화를 걸었다.

"클론 따윈 개나 줘버려." 척은 전화에 대고 말했다. "클론 연구의 최종 목표는 스워피 군대를 만드는 걸세."

"그게 뭔가?"

"최정예 엘리트 군인, 스워퍼더라는 이름의 암살 전문 스나이퍼를 복제한 거지. 놈들은 이제 스워피들을 무슨 복사기처럼 찍어내고 있어."

"흠, 그 얘기를 내 소설에 써먹을 수 있겠군."

"나라면 그러지 않겠네." 척이 말했다. "스워피라는 용어 자체가 일급기밀이야. 자네가 그걸 소설에 쓰면 놈들이 쫓아올걸."

"뭐, 사실은 귀신 얘기 비슷한 걸 쓰고 있거든."

척의 조심스럽던 어조에서 갑자기 강한 흥미가 묻어났다.

"왜 하필 귀신인가, 크리스?"

"좀 복잡한 얘긴데."

"양자물리학도 그렇다네. 하지만 난 그럭저럭 잘해오고 있잖나."

"개인적인 얘기라서." 내가 말했다.

"얘기해보게."

"내가 사는 곳에 귀신이 나오는 것 같아."

"처음부터 그랬나?"

"아니, 한 달쯤 됐어."

"가능한 한 빨리 내 연구실로 오게."

나는 그러마고 전화를 끊었다. 귀신처럼 비합리적인 것에 척이 호기심을 보인다는 게 놀라웠다. 슬프지만 글을 쓰지 않을 수 있는 핑곗거리라면 뭐든 환영이었으므로, 나는 자전거를 타고 그의 사무실로 달려갔다.

척은 하얀 실험가운을 중세 망토처럼 휘날리며 성큼성큼 복도를 걸어왔다. 그는 첫번째로 마주친 경비실에서 나의 신원을 보증한 후 몇 차례 보안 지점을 통과하여 그의 연구실임이 분명한, 프랜시스 베이컨*의 작업실을 연상시키는 끔찍한 잡동사니의 아수라장으로 나를 안내했다. 무릎 높이까지 쌓인 서류, 책, 그림, 빈 탄산음료 캔, 초코바, 포장지의 잔해 사이로 비좁은 통로가 나 있었다. 벽에 걸린 칠판 한가득 방정식이 휘갈겨 있었다. 최신 설비는 하나도 눈에 띄지 않았다. 기계는 전혀 없고 심지어 컴퓨터도 없었다. 척은 이 난장판 속에서 아주 안락해 보였고, 쓰레기통 하나를 뒤집더니 내게 그 위에 앉으라고 권했다.

---

* 영국의 철학자, 정치가. 근대과학의 방법론에 큰 영향을 미친 경험론의 선구자.

"그 귀신 건 말인데," 척이 말을 꺼냈다. "처음부터 끝까지 전부 듣고 싶네."

나는 미주알고주알 얘기를 풀었는데, 지껄이면 지껄일수록 내 귀에도 참으로 어처구니없이 들렸다. 지난 4주간 나는 잠을 거의 못 잤다. 매트리스도 바꿔보고 자는 자세도 바꿔봤다. 뜨거운 목욕과 따뜻한 우유, 심호흡, 발레리안,* 멜라토닌,** 지압 요법까지 안 해본 게 없다. 목뒤에 베개도 받쳐보고, 다리 사이에 쿠션도 끼고, 허리 밑에도 깔고, 뜬 공간은 다 메워서 누워봤지만 아무 소용이 없었다. 여전히 귀신은 밤마다 나를 깨웠다. 퍼뜩 잠에서 깨면 그것은 시야를 살짝 벗어난 자리에 숨어서 나를 지켜보고 있었다.

척은 시간대와 빈도, 투명도, 소리, 냄새, 방의 온도 등 세세한 부분까지 자세히 물어봤다. 우리가 친구가 된 이후 처음으로 나는 그의 주의집중을 오롯이 받았고, 키클롭스의 꼼꼼한 검사를 통과하는 기분이었다. 그는 나의 식생활과 음주 습관, 복용 약물과 비타민, 정신질환 가족력 등을 꼬치꼬치 캐물었다. 내 대답이 끝나자 그는 자신의 내면으로 시선을 돌린 듯 눈을 감은 채 꼼짝 않고 앉아 있었다.

"우선," 그가 입을 열었다. "세상에 귀신이란 것은 존재하지 않는다네."

"나도 알아."

"죽음이란 인식이 종료되고 세포가 부패한다는 것을 뜻하지. 사후를 상상한다는 것은 몹시 끔찍한 개념이야. 불멸이라는 것은 모

---

* 쥐오줌풀에서 채취한 진정제.
** 불면증 치료에 쓰이는 호르몬제.

든 종교와 수많은 미신의 공통분모지. 그럼에도 불구하고, 나는 자네의 말을 믿네."

"어쩌면 내가 미친 걸지도 몰라."

"그럴 수도 있지." 그가 말했다. "자네 인생에서 이 일과 관련해 정상참작이 될 만한 상황이 있었나?"

"6개월 전에 이혼했지."

"내 말은 지난 한 달 동안 말일세."

나는 진실을 인정하는 데 굴욕감을 느끼며 고개를 끄덕였다.

"소설을 쓸 수가 없었네."

내가 사정을 설명하는 동안 그는 등대지기처럼 참을성 있게 들었다. 한 달 전, 마이클 셰이본으로부터 그가 객원편집을 맡고 있고 요새 잘나가는 뉴욕의 매거진 《맥스위니스》에 실을 장르소설 한 편 써달라는 청탁을 받았다. 하지만 나는 거절했다. 왜냐하면 내 아버지가 다양한 필명으로 150편도 넘는 장르소설을 출간한 소설가였고, 오래전부터 나는 지금까지 해온 것 이상으로 아버지를 표절할까봐 전전긍긍했기 때문이다.

그러다가 마이클이 하도 졸라대는 통에 결국 나는 그 일을 승낙하고 말았다. 그날 밤 귀신이 날 깨웠고, 나는 몇 시간 동안 어둠 속에 누워서 내가 더이상 아무것도 쓰고 싶어 하지 않는다는 사실을 자각했다. 실은 나는 결코 작가가 되고 싶지 않았다. 그저 아버지가 나를 좋아해주실까 해서 이 직업을 택한 것뿐이었다.

나는 마이클에게 도저히 못하겠다고 이메일을 보내면서, 장르소설은 우리 아버지의 작업과 너무 밀접하다고 핑계를 댔다. 마이클은 어렸을 때 우리 아버지가 쓴 책들을 읽었다며 그런 아버지를 두었다는 게 멋지지 않냐고 답신을 보내왔다. 그러면서 같이 참여하는 작가는 할란 엘리슨*이라고, 거의 30년 전 월드SF컨벤션 때부터 지금까지 기나긴 세월을 우리 아버지와 공공연하게 반목해온 SF작가의 이름을 들먹였다.

그리고 나는 안경을 부숴먹었고, 차가 퍼졌고, 재정 파탄에서 벗어나려는 필사적인 노력의 일환으로 소설로 돌아왔다.

"그러니까," 내가 이야기를 모두 끝내자 척이 말했다. "자네는 작가로서 슬럼프에 빠졌다는 거군."

"아냐, 난 슬럼프 따위는 믿지 않네. 다른 예술가들은 이런 식으로 괴로워하진 않지. 발레리나가 춤을 끝내지 못했다는 얘기 들어봤나. 이건 그냥 이야기가 마무리되지 않는 거야. 그리고 이런 일은 난생처음이라서 그 귀신 때문인 것 같다는 말이지."

"내가 볼 땐 아귀가 딱 들어맞는 얘기인데."

"무슨 뜻인가?"

"시간여행일세, 크리스."

"아, 어렵하겠나. 차라리 클론 얘기나 좀 해보게."

"이메일은 어떤가. 가령 자네가 어떤 사람한테 이메일을 보냈는데, 상대는 일주일 동안 메일을 확인하지 않았어. 그럼 자네의 메일은 과거에서 온 건가, 아니면 미래에 받은 건가?"

"내 생각엔, 그게 그거 같은데."

"바로 그걸세! 모든 행위는 자취를 남긴다네. 시간 속에서도 마찬가지지. 우리가 귀신이라고 부르는 것은 사실 시간여행자의 흔적

---

* 강박적으로 글을 쓰며 괴팍하고 까다롭기로 유명한 미국의 SF작가.

이고."

"와! 그럼 이제 자네가 타임머신만 발명하면 되겠군."

"발명했어. 한 달 전에. 침팬지로 테스트하고 있었지."

척은 거짓말을 하지 못한다. 거짓말은 그의 과학 개념에 위배되는 것이다. 나는 이렇게까지 엄숙한 표정의 척은 처음 봤다. 열정으로 상기된 얼굴의 피부가 경련을 일으키기는 했지만. 포커 게임이 끝난 후, 척은 내게 자신의 가장 큰 비밀을 털어놓았다.

"나는 여자와 자지 않아. 게이거든. 그리고 남자와도 자지 않아, 남자들은 다 돼지 같은 놈들이니까. 나는 내 연구를 사랑하고, 그걸로 족해."

척은 항시 쓰고 다니는 야구모자를 끊임없이 만지작거리는 등 이상한 버릇이 있는 괴짜였다. 그를 보고 아이오와 시에 거주하는 천재이자 학계 지성의 총아라고는 아무도 생각지 못할 것이다. 그러나 만약 어떤 괴상한 녀석이 타임머신을 발명했다고 주장한다면, 그건 바로 척이다.

"흠," 내가 말했다. "어디 한번 보여주게."

척은 큰 걸음으로 좁은 원을 그리며 빙빙 맴돌고 신들린 래퍼처럼 마구 손짓을 해가며 말했다.

"우선, 수학적으로 방대하다네. 도저히 감당이 안 될 정도지만 그래도 대단히 우아하고 명쾌하지."

"수학은 생략하자고, 척. 그 부분은 자네를 믿네."

"시공간은 굴절된다네. 그 말인즉슨 특정 지점들 사이에 지름길이 가능하다는 얘기지."

"아, 그렇고말고." 나는 그게 상식이라도 되는 양 맞장구쳤다. "자네 지금 웜홀에 관해서 얘기하는 거지? 영화에서 봤어."

척은 현관 앞에다 똥을 싸놓은 강아지 쳐다보듯 나를 보았다. 참을성 있게 조곤조곤 설명하고 있지만 분명 짜증난 말투였다.

"나는 ERB라는 명칭을 선호한다네. 아인슈타인-로젠 브리지의 약어지. 그들이 1930년대에 그것을 발견한 이후로."

"자넨 어떻게 거기 들어갔나?"

"생각해보면 간단한 방법이 있네. DNA를 복사한 다음 그 화상을 디지털 정보로 전환해. p브레인에 각각의 바이너리 숫자를 붙이고, 입자 빔을 사용해서 ERB로 보내는 거지. 그럼 짜잔!"

"아주 쉽군그래. 기름 안 두르고 달걀프라이하는 것처럼 쉬워."

"그런데 여기엔 두 가지 문제점이 있어." 그가 말했다. "시간여행은 일방통행이야."

"거기서 못 나오는 건가?"

"못 나오긴. 그건 말도 안 돼. 소설가들이 지어낸 얘기지. 이메일을 생각해보게. 자네가 메일을 보내도 상대방이 인터넷에 접속되어 있지 않으면 메일을 못 받잖나. 그러니 지금 현재로선 일방통행이라는 얘기일세. 도착지에서 정보를 재구성하는 기계를 만들 때까지는. 그리고 사실 만드는 건 어렵지 않은데, 수학적 계산에 양자컴퓨터가 필요해."

"그건 또 뭔가?"

"바이너리 코드를 표현하기 위해 전자의 스핀을 사용하는 컴퓨터야. MIT의 아이크 촨이 하나 만들어서 쓰긴 하는데, 이 분야는 아직 역사가 짧아서."

"문제점이 두 가지라고 했는데."

"목적지 제어 문제가 있어." 그가 말했다.

"제어할 게 뭐 있나? 디모인에 가기로 했다면 디모인은 항상 그 자리에 있잖아. 디모인의 위치는 절대 안 변하는데."

"자네 생각을 이 모델에 맞게 변용할 필요가 있어. 젖어서 잔뜩 엉킨 대걸레가 양동이, 그러니까 버킷 속에 들어 있다고 상상해보게. 그게 시간이야. ERB는 버킷 속으로 들어가는 루트지. 그런데 대걸레의 어느 가닥에 내려앉게 될지는 알 수가 없는 거야."

"디모인에 가는 버스를 탔는데 시더 래피즈에서 내렸다는 거군."

"웃자고 한 얘기지, 크리스? 어쨌든 근접한 비유일세. 더 정확히 말하자면 버스 정류장에 가서 제일 처음 오는 버스를 탔는데, 이게 곧 출발한다는 건 알지만 어디로 가는지는 모른다는 거지."

"그런 건 우리 집 귀신이랑은 아무 상관 없잖나."

"귀신이 아닐세, 크리스. 자네는 이동성과 지각력이 있는 p브레인 군집에 내재된 디지털 정보를 인지한 거야. 그 귀신이 난데없이 나타나지 않았나?"

"대략 한 달 전쯤."

"내가 타임머신을 완성한 것과 동시야. 나의 가설에 따르면, 자네 자신이 자네를 찾아온 거지. 오늘 자네가 여기 왔다는 사실이 그 방증일세. 이젠 자네를 버킷 속으로 보내는 수밖에 없겠어. 시간 계약에 대한 우리의 목표를 완수해야 해. 자네 귀신이 그렇게 하라고 강요하는 셈이지."

"정신나갔군, 척."

"아니, 어젯밤에 자네가 스스로 귀신이 되어 나타났을 때 글자 그대로 자네의 정신이 나간 거지."

"나를 억지로 ERB에 밀어넣어 대걸레 자루에서 버킷 속으로 보내진 못할걸, 디모인에서는."

"한번 해보는 데 뭐가 필요한가?"

"새 안경하고," 내가 말했다. "자동차."

"내 자동차를 쓰게, 크리스. 나는 연소엔진을 혐오해. 지금까지 지난 세월이 얼만데 기술혁신이라곤 거의 없다니 그게 뭔가. 그리고 내 보험으로 새 안경을 마련해주겠네."

그가 이렇게 순순히 응할 줄 알았다면 현금으로 말해볼걸, 하고 나는 한숨을 내쉬었다.

"크리스," 척이 말했다. "자네가 잃을 게 뭐가 있나?"

말이 났으니 말인데, 나는 목숨 빼고는 잃을 게 없었고, 나의 현 상황도 썩 마음에 들지는 않았다. 20년 전 나는 위대한 미국 소설가를 목표로 야무지게 출발했다. 뉴욕에서 문인들과 함께 살고 싶었지만, 실은 옥수수와 콩과 백인들에 둘러싸인 조그만 중서부 마을에 살면서 친구도 거의 없고 백수에 이혼남이었다. 가구와 살림은 몽땅 중고였고, 심지어 보험도 들어놓은 게 없었다. 외로웠고 일은 진도가 나가지 않았다. 척이 나를 미래로 보내준다면, 거기서 내 소설을 읽고 돌아와 결말을 쓰면 되겠다는 생각이 머리를 스쳤다.

"알았네." 내가 말했다. "한번 해보지."

"좋아." 척은 고개를 끄덕였고, 기쁨을 애써 억누르며 좋아 어쩔 줄 모르는 눈빛이었다. "혈액 샘플을 채취해 자네 DNA를 전부 디지털화해야 한다네."

나는 척의 안내에 따라 의사 진료실처럼 설비를 갖춘 조그만 방으로 들어갔다. 양말까지 다 벗고, 순식간에 수많은 항목의 건강검진을 받았다. 척은 나의 혈액을 기계에 넣었고, 기계는 나의 DNA를 추출해 바이너리 코드로 변환하기 시작했다. 그는 준비할 일이 더 있다며 방을 나갔다.

나는 다른 사람들도 소설을 쓰기 위해 이런 극단적인 모험을 감행할까 궁금해졌다. 일반적인 SF작가라면 아마 커피를 들이켜듯 시간여행 아이디어를 옳다구나 차용하겠지. 그러다 문득 아버지가 해주신 말씀이 떠올라 낄낄 웃음이 나왔다. 에드거 라이스 버로스*는 처음 책을 낼 때 독자들이 자신을 미쳤다고 생각할까봐 '노멀 빈'** 이라는 필명을 썼다고 한다. 나도 한때는 필명을 쓸까 생각했다. 아버지의 유일한 SF소설인 『성은 버티고 있다』는 켄터키에 사는 한 소설가의 얘기였고, 내가 생각했던 필명은 그 주인공의 아들 이름이었다. 하지만 그러면 우리 아버지가 내 글쓰기에 너무 많은 영향을 주었다는 것을 인정하는 셈이 되므로 그만두었다. 게다가 아버지는 한 다스도 넘는 필명을 사용하는 사람이었고, 나는 그를 닮고 싶지 않았다.

아버지는 기본적으로 검과 마법의 판타지에 소프트와 하드코어를 넘나드는 포르노를 가미한 소설을 쓰는 작가다. 그러나 내가 어렸을 때만 해도 아버지는 할란 엘리슨과 함께 SF 분야의 젊은 피로 두각을 나타내고 있었다. 두 사람이 갈라선 후, 아버지는 저녁 식탁에서 엘리슨 흉내를 내곤 했다. 새된 목소리에 빠른 말투로 욕을 잔뜩 섞어가며 자신을 '알란 헬레이저'라고 불렀다. 그 무렵 나는

---

* 1875~1950. 미국 소설가로 영화 〈타잔〉의 원작자.
** Normal Bean. '멀쩡한 놈'이라는 뜻.

아버지를 모방하는 단계여서 엘리슨의 작품을 일부러 읽지 않았다. 몇 년 후 아버지가 나를 싫어한다는 사실을 깨달은 뒤 나는 엘리슨의 전 작품을 읽었고, 특히 그의 단편들이 마음에 들었다.

척이 방으로 들어와 내게 준비됐냐고 물었다.

"물론이지." 내가 말했다.

"잘 듣게, 크리스." 그가 말했다. "침팬지는 달라져서 돌아왔어…… 건강했지만 뭔가 달랐지. 처음에 내가 진정제를 놨는데 어쩌면 그 때문일지도 몰라."

"어떻게 달랐는데?"

"뭐라 설명하기 힘든데, 좀더 빠릿빠릿해진 느낌이랄까."

"알았네. 하지만 진정제는 쓰지 말게. 소설을 끝내야 하거든."

척은 나를 넓은 방으로 데려갔고, 거기에는 속이 들여다 보이는 합성수지 뚜껑이 달린 큼지막한 철제 탁자가 있었다. 탁자 밑에는 마구 뒤엉킨 케이블 망이 달려 있었고, 바닥을 따라 길게 이어져 의외로 작은 컴퓨터 장비 제어반에 연결되어 있었다. 척은 모든 것이 디지털 영상으로 기록될 거라고 설명했다. 나는 탁자 위로 올라가 젤 같은 물질 속에 누웠고, 젤은 내 몸에 딱 맞게 변형되었다. 척은 조심스럽게 뚜껑을 닫았다.

"이건 뭐에 쓰는 거야?" 내가 말했다. "이것 때문에 꼭 관 속에 누운 것 같은데."

"산소 공급량을 적절히 유지하기 위해서네. 조그만 센서들이 내장되어 있어서 자네의 바이털을 모니터링하지. CT 스캔과 엑스레이 촬영과 MRI도 할 수 있어. 장비는 그 세 개가 다지만. 이게 원래 어디에 쓰이냐면……."

"알았네. 됐다고, 됐어."

"기분은 어떤가?"

"거지 같군, 대체로."

"크리스, 자네는 선구자야. 버킷에 들어간 첫번째 인간이라고."

"무슨 일이 벌어질까?"

"모르지."

"뭐, 그럼 그 망할 것을 시작하게."

척은 뚜껑을 닫았다. 내가 미친 사람을 믿은 게 아닌가 하는 생각이 머리를 스쳤다.

멀리서 윙윙거리는 소리를, 들었다기보다 느꼈다. 매미가 내 피부에 앉아 쓰르르 우는 것 같았다. 살면서 나는 여러 번 명상을 시도해봤고, 자는 것도 깬 것도 아닌 기묘한 최면 가수면 상태에 이른 적이 적어도 세 번은 있었다. 우리 고등학교에 왔던 떠돌이 최면술사한테 걸려 엘비스처럼 노래했던 적도 있고, 또 케빈 베이컨 영화에서 그가 최면에 걸렸을 때 나도 덩달아 최면에 걸렸으며, 아주 어렸을 때 아버지가 나를 소파에 뉘어놓고 최면을 걸었던 적도 있다. 그때 나는 어둠 속에서 아버지와 걸었던 것만 기억나는데 깨어보니 아버지는 겁에 질려 내 옆에 무릎을 꿇고 앉아 있었다. 오랫동안 그때 무슨 일이 있었는지 궁금했고, 심지어 기억을 떠올리기 위해 다시 최면에 걸려볼까 하는 생각도 했다. 그런데 지금 내가 척의 연구실에서 또다시 가수면 비슷한 상태가 된 것이다. 얼마인지 모를 시간이 흐르고, 돌연 나는 내 생애 최대의 자유를 인지하게 되었다.

내게 가해지던 중력이 사라졌다. 물도 없는데 부력이 느껴졌고,

공기도 없는데 공중에 떴다. 나는 움직일 수 있는 지각력이 되었다. 그러나 전통적인 방식으로는 볼 수도, 들을 수도, 느낄 수도, 냄새를 맡을 수도, 맛을 볼 수도 없었다. 나는 '공감'이었다. 나는 만물이었다. 벌새의 날갯짓을 일일이 구별하여 느낄 수 있었고, 눈송이 하나하나의 극미하게 다른 생김새를 구분할 수 있었다. 가장 작은 물방울이 비가 되어 땅에 떨어지고 증기가 되어 상승하다 다시 떨어지는 경로를 좇을 수 있었다. 해바라기부터 쿼크*까지, 버뮤다 삼각지대부터 아메바까지, 어떻게 존재가 서로 맞물려 돌아가는지 이해하게 되었다. 나는 지知의 순수한 기쁨을 만끽했다. 나라는 것은 없었다. 난생처음으로 나는 내 자신을 좋아하게 되었다, 정확히는 나라는 것이 존재하지 않았기 때문이다.

나는 서서히 가수면 상태의 나 자신을 바라보고 있음을 깨닫게 되었다. 시계의 문자판이 붉게 번졌다. 광입자를 한 번에 하나씩 조준하여 광선을 쏘아 보내듯, 나는 나의 의식을 방 쪽으로 겨냥했다. 나는 어느 방향으로든 움직일 수 있는 보이지 않는 인지정보의 패킷**이었다. 닫힌 방문 너머 복도로 의식을 보냈을 때, 분자 한 개의 마찰도 느끼지 않고 쉽게 통과하자, 나는 방문도 나처럼 더도 덜도 존재하지 않음을 깨달았다. 이것은 진정 경계 없는 세계였다. 나는 다시 방으로 들어가 침대에서 뒤척이는 나의 물리적 실체를 지켜보았다. 브래지어가 방바닥에 떨어져 있었고, 퍼뜩 나한테 애인이 있다는 것을 알게 되었다. 그러나 나는 결혼도 한 상태였다.

---

* 소립자를 구성하는 것으로 여겨지는 기본적인 입자.
** 데이터의 전송 단위.

나는 나의 시냅스를 집필 책상 쪽으로 움직였고, 거기에는 내가 쓴 귀신 얘기의 초고가 단정히 쌓여 있었다. 내가 처음 쓴 내용에서 바뀐 부분이 그냥 머릿속으로 흘러들었다. 이야기가 완성된 건 아니었지만, 그래도 더 추가되었고, 더 상세했으며, 내가 한 달 동안 붙잡고 있던 것과는 서두 부분이 달랐다. 별안간 직관이 밀려들며 내가 여기 써놓은 것을 모조리 알게 되었다. 그다음에 내가 이미 그것을 알고 있었음을 깨달았다. 인지가 모든 방면으로 확장되어, 마치 끝없이 서로를 비추는 무한한 숫자의 거울 속을 들여다보는 것 같았다.

방 모서리가 불분명해지면서 현실감이 없어졌고, 벽이 팽창하는 동시에 수축했다. 의식이 흐려짐을 느끼고 나는 지각력을 침대 위의 형체 쪽으로 몰아갔다. 찰나의 순간 침대 위의 내가 눈을 떴지만 나는 이미 사라지고 없었다.

투명 합성수지 뚜껑 때문에 척의 얼굴이 확대되고 왜곡되어 캐리커처처럼 보였다. 척은 손바닥만 한 컴퓨터의 좁쌀만 한 키를 조작하여 뚜껑을 열었다. 뚜껑이 열리면서 따뜻한 바람이 첫 몸을 훑고 지나갔다.

"내 이름이 뭐지?" 그가 물었다. "당신은 누구지? 여긴 어디지?"

"척, 크리스, 연구실. 종이와 연필이 필요해."

그는 서둘러 필기구를 가지러 갔고, 나는 테이블 아래로 다리를 대롱대롱 늘어뜨리고 앉았다. 연못에 돌을 던졌을 때 동심원이 퍼지는 것처럼 미래 정보에 대한 기억이 내게서 멀어지는 것을 느낄 수 있었다. 척은 내게 연구 노트를 주었고, 나는 재빨리 버킷 속에서 내 정신이 그러모은 소설 내용의 변화를 모조리 적었다.

"뭐라고 쓴 건가?" 척이 말했다. "자네 손글씨는 겔만*보다 더 악필이군."

"내 소설에서 고쳐진 내용들이야."

"자네 그걸 어떻게 읽었나?"

"읽은 건 아니고, 그냥 내가 써놓은 걸 자연스럽게 알게 됐어."

"텔레파시처럼?"

"아니, 그때 나의 물리적 실체는 자고 있었어. 설명하기가 어렵군. 단지 거기에 존재하는 것만으로 내 인생이 어떠한지 알게 된 거야."

"미래에 있었나?"

"모르겠네. 애인이 있었어. 하지만 결혼도 한 상태였지. 지금 난 이혼한 상태니까 그게 내 미래일 리는 없지 않나."

"그게 자네가 버킷에 들어갔다는 증거야. 대걸레의 가닥들은 저마다 동시에 일어나고 있는 현실이라네. 자네는 과거나 미래로 움직였다기보다, 자네가 존재하는 시간을 완전히 갈아치운 거지."

"자네 말은 그러니까 대걸레의 가닥 하나하나가 다 다른 현실이라는 얘긴가?"

"십중팔구는. 자기들끼리 꼬였을 수도 있고. 가닥이 닿는 각 지점이 양쪽 현실의 공통분모가 되겠지."

"그럼 지금은 어떻게 되는 건가, 척? 자네와 내가 얘기하고 있는 이 현실은?"

"그냥 또다른 대걸레의 한 올이지."

"아까 거기로 다시 들어가고 싶은데."

---

* 노벨물리학상을 수상한 미국의 이론물리학자.

"위험할지도 몰라."

"가겠네, 척. 그곳은 열반이었어. 환희, 황홀, 천국. 지복至福이었다고. 내 생에 그런 느낌은 처음이었어. 아마 앞으로도 겪을 일이 없겠지."

"알았네, 크리스."

"게다가 소설도 끝내야 하고."

그다음 12시간 동안 척은 나를 시간 버킷 속에 밀어넣었고, 거기에는 매번 다른 현실이 갈아들었다. 여행을 할 때마다 나의 정신은 전과 똑같이 무제한의 인식 영역으로 미끄러져 들어갔다. 그건 마치, 설계와 배선과 배관과 삐걱거리는 바닥과 빽빽한 창문까지 완벽하고 상세하게 잘 아는 집에서 수년간 살고 있었는데 어느 날 문득 보니 지금까지 몰랐던 방이 하나 더 있더라, 하는 기분이었다. 찬란한 빛을 뒤집어쓴 듯했다. 이제 나는 그 방에서만 지내고 싶어졌다. 그곳에는 움직임의 마찰이 없는 평온한 자유가 있었다. 나의 의식은 돌고래처럼 유유히 헤엄쳐 다녔다. 나는 각각의 현실에서 내 방에 들어갈 때마다 차이점을 알아차렸는데(미묘하게 달라진 것도 있었고, 놀랄 만큼 극단적으로 바뀐 것도 있었다), 어느 가닥에서든 나의 직업은 변함없이 작가였다.

다중현실로 갈아타는 사이사이에 척은 내 목에 건 과학기술의 끈을 잡아당겨 나를 다시 연구실로 홱 잡아채서는 나의 체온과 혈압과 맥박을 기록했다. 그는 나중에 분석할 요량으로 나의 DNA를 긁어모았다. 혈액을 채취하고 청력과 시력, 반사신경, 민첩성을 확인했다. 테스트 결과는 모두 정상이었다. 신체적 변화가 없는 이상, 버킷에 좀더 오랫동안 머물 수 있겠다는 데 우리는 의견을 같이했다.

척이 건강검진을 하는 동안 나는 지금까지 알게 된 것에 근거하여 소설을 다시 썼다. 매 현실마다 소설의 도입부가 달랐고 완전히 갈아엎은 수준이어서 나는 도무지 소설을 완성시킬 수가 없었다. 버킷 속으로 몇 번 더 여행을 갔다 온 후에야 어떤 평행현실에서도 완성된 소설은 없다는 점이 분명해졌다. 영원히 수정중이라는 덫에 걸린 것이었다.

척은 내가 뫼비우스 타임루프에 빠져서 어느 지점에서 출발하든 관계없이 쳇바퀴를 도는 것이 아닐까 추측했다. 연안수로에서 작은 보트들은 무조건 바다로 흘러가는 것처럼 말이다. 결국 나는 소설을 포기하고 매번 다른 현실 가닥에서 나의 인생을 총체적으로 이해하는 데 주력하기로 했다. 기억을 좀더 오래 유지하는 법을 연습해서 익혔다. 나는 방에서 자고 있는 나 자신의 형체에 조금씩 의식을 더 가까이 몰아갔고, 마침내 나의 머릿속에 들어가 과거와 미래를 포함한 내 생의 모든 측면을 즉각 알아차리는 요령을 터득하게 되었다.

척은 이에 대해 지극한 관심을 보였고, 내가 시간을 타는 법을 익혔다는 가설을 세웠다. 나는 돌아올 때마다 신속하게 각각의 현실의 개요를 연구 노트에 휘갈겼다. 그 내용은 다음과 같다.

시간여행 때문에 만성관절염이 생겨 기氣 치료사를 찾아가고, 자연식 요법과 요가, 명상, 티베트 순례를 하게 된다. 티베트에서 쓴 여행서가 중국에서 금지서적이 된다.

우리 아버지와 할란 엘리슨은 『보다 위험한 비전』*이라는 단편소설집을 공동편집하면서 내게 두 사람의 불화와 그 후 이어진 화해를 자세히 다룬 서문을 써달라고 하고, 그 사명을 나는 완수하지 못한다.

나는 재혼해서 쌍둥이 딸을 둔 아버지가 되지만 아이들이 자동차 사고로 세상을 떠나는 바람에 이름을 바꾸고 라스베이거스로 가서 블랙잭 딜러로 일하다가 전직 매춘부와 결혼한 다음 타호 호숫가에서 중고서점을 연다.

시간여행 체험을 기록한 책을 출간하고 과학계와 문학계 양쪽에서 놀림거리가 되어 술에 취해 집으로 오는 도중에 웬 정신분열증 환자가 휘두른 칼에 세 번 찔린다.

나는 아내와 화해하고, 명문대에서 높은 연봉의 종신교수직을 얻어 동부 해안으로 이주하며, 대학에서는 교원 자녀에게 일류대학 학비를 전액 지원한다.

나는 시간여행에 관한 단편소설을 발표하고, 장편으로 개작한 소설이 성공적으로 영화화되어 조디 포스터와 결혼하기에 이르며, 집에서 나는 조디와 불어로만 대화하고, 밥 딜런과 짐 자무쉬, 줄리안 슈나벨과 어울린다.

---

* 할란 엘리슨이 편집하여 유명해진 과학소설선집 『위험한 비전 *Dangerous Visions*』을 패러디한 것이다.

결혼생활은 실패했고, 최근에 쓴 소설은 출간을 거절당했고, 교수 자리는 찾을 수 없고, 해서 나는 자살을 감행한다.

어린 시절의 기억을 토대로 기이하고 비참하면서도 역동적인 가족사를 책으로 펴내고, 평단에서는 불필요하게 자아도취적이라는 혹평을 받지만 책은 베스트셀러가 된다.

나는 철도 모형에 관한 소설로 퓰리처상을 받고, 막연히 만화책을 소재로 한 소설이 진도가 잘 나가지 않아 실의에 빠진 동료 작가 마이클 셰이본에게 후원을 제의한다.

물리학 박사학위를 받으러 학교로 돌아와 찰스 앤드루스 교수가 발견한 모든 업적이 내 것임을 주장하고, 그 결과로 하버드 대학교의 석좌교수가 된다.

향후 30년간 아이오와 대학교에서 겸임교수로 일하며 세 권의 소설집과 세 권의 회고록, 몇 권의 장편소설을 출간하여 주요 문학상 후보에 오르고, 억울하게도 노망이 나는데 어린 아가씨들과 잇달아 사귀면서 그 사실을 감춘다.

척이 시간여행자의 신체를 재구성할 수 있는 장치를 발명하자 나는 과거로 돌아가 아버지를 죽이고, 그 즉시 내 존재는 할란 엘리슨의 사생아로 바뀌면서 캘리포니아에 사는 마음씨 좋은 셰이본 부부에게 입양된다.

프랑스로 이민하여 10년 전에 먼저 이민와 있던 노먼 스핀래드*와 미래 세계에 관한 영화 각본 몇 개를 공동작업하고, 아이오와로 돌아와 젖소목장 상속녀와 결혼하여 평화롭게 목장에서 여생을 보낸다.

아버지의 임종을 지키기 위해 본가로 가서 그동안 잘못한 일에 대해 서로 용서를 구하고, 아버지가 실은 나를 사랑했지만 당신 자신의 어린 시절 트라우마 때문에 그것을 표현하지 못했다는 것을 알고 아버지가 돌아가실 때까지 손을 꼭 잡아드린다.

미군이 스워퍼드 계획을 누설했다는 혐의로 나를 반역죄로 체포하고, 미국시민자유연맹은 이에 격분해서 국토안보법에 의한 시민권 침해에 격렬히 항의했으나 무위로 끝난다.

《맥스위니스》의 발행인 바브 버셰가 내 소설을 출간하기를 거부해서 우리는 장기간에 걸친 문학적 반목에 돌입하고, 찰스 앤드루스 교수가 유명 과학저널에 자신의 성과를 발표하여 내 소설의 정당성이 입증되자 버셰는 나를 《맥스위니스》의 객원편집자로 모신다.

시간여행으로 인하여 심각한 정서장애를 일으키고, 증상을 완화시키는 약을 먹지만 이후로 계속 기운이 없고 비실비실해져서 소설을 쓰지 못해도 아무렇지도 않게 된다.

---

* 미국의 SF소설가로 휴고상과 네뷸러상을 수상했고 영화 〈스타트랙〉 각본에도 참여했다.

나는 필명으로 추리소설 시리즈를 써서 떼돈을 벌고 로드아일랜드에 있는 제임스타운으로 이사하여 화가와 함께 살면서 일찍 센 머리를 길게 기르고 완전히 은둔자가 된다.

이 소설을 출간한 후 할란 엘리슨과 우리 아버지, 마이클 셰이본, 찰스 앤드루스 교수, 아이오와 대학교 물리학과에 고소당하고, 6년에 걸친 소송 끝에 명예훼손에 관한 21세기적 판례를 남기게 되며, 그로 인한 스트레스로 습진과 위궤양, 천식이 악화되어 끝내는 암에 걸린다.

이 소설로 SF상 후보에 오르며, 월드SF컨벤션에 참석하여 할란 엘리슨을 만나고, 그의 조언을 듣고 쓴 SF소설이 엄청난 인기를 얻어, 아주 어렸을 때부터 원했지만 아버지에게 반항하느라 좌절된 문학적 갈망이 충족된다.

이 소설은 단편집에서 가장 형편없는 작품이라고 퇴짜 맞고, 이로써 나의 경력은 침체일로를 걷게 되어, 전에는 얕잡아보던 조그만 공립학교 작문 선생으로 전락한다.

아이오와 대학교에서 나를 전임교수로 채용하지만 가르치는 일이 너무 힘들어 종신재직권을 따낸 후에는 책 쓰기를 그만두고, 한때는 잘나갔으나 학계 안에 눌러앉은 작가들 대열에 합류한다.

논픽션으로 유명세를 타서 잡지 일을 하게 되고, 이후로 줄곧 해외에서 르포 기사를 쓰며 흥미진진하고 모험적인 삶을 살다가 은퇴하여 프랑스 남부에서 여생을 보낸다.

귀신이 무서워 잠을 못 자 신경쇠약으로 고생하다 전문 상담가를 찾아가서 과대망상 진단을 받고 앰비언과 자낙스, 프로작, 리탈린 중독이 됐다가 완치된 후 그때 경험을 토대로 책을 내서 텔레비전 토크쇼의 MC를 맡게 된다.

여태껏 켄터키에 관해 쓴 내 작품들이 암울하고 예민하다는 것을 모르고 있다가, 재밌는 이야기를 쓰는 게 즐겁다는 것을 깨닫고 인기 장르를 모조리 섭렵하기로 야심찬 계획을 세우고 실행에 옮겨 평론가들의 심기를 불편하게 만들고, 서점 직원들은 내 책을 어느 분야 서가에 놔야 할지 갈팡질팡한다.

척은 느닷없이 실험을 중지했고, 이후로 사흘 동안 나는 실질적으로 아무 기억이 없다. 나중에 척이 버킷에 있을 때의 내 반응을 비디오테이프로 보여주며 얘기해주었다. 내 손과 발이 규칙적으로 경련을 일으켰다. 호흡이 얕아졌지만 심박은 매우 빨라졌다. 마치 미지의 언어로 들리지 않는 말을 조어하듯 믿기 힘들 정도로 빠르게 입술을 놀렸다. 척은 그것이 바이너리 코드임을 알아차리고 그것을 다양한 소프트웨어 프로그래밍언어 패턴으로 변환하기 시작했다.
　나는 3주 동안 누워서 안정을 취했고, 나 자신이 찾아오는 으스스한 경험을 피하기 위해 소파에서 잠을 청하기 시작했다. 학부 때 밤샘 공부하던 시절이 생각날 정도로 나의 몸뚱이는 완전히 파김치가 된 기분이었다. 이제는 잠을 자도 피로가 가시지 않았다. 잠이 들면 대걸레 가닥의 기억 중 하나가 봇물 터지듯 머릿속으로 쏟아져들어왔다. 평행현실을 다시 겪을 때마다 평생분의 감각지각력이 응축된 강렬한 체험 때문에 몇 시간씩 무력감과 허탈감에 휩싸였다.

척은 전화로 계속 연락을 유지했다. 그는 나를 병원으로 데려가 모든 항목에 걸쳐 건강검진을 받게 했고, 결과는 아무 이상 없었다. 소파에서 자려고 하는 것이 우울증 증상일 수도 있다며 의사는 우울증 치료제 처방전을 써주었지만 일절 먹지 않았다. 척은 또 안경 두 개를 사주고 그의 경차도 넘겨주었다. 그는 내 몸이 25차례의 타임버킷 점프를 견디느라 한계에 다다른 거라고 생각했다. 최근 진전된 통일장 이론에 따르면 그 숫자는 과학자들이 상정한 우주의 차원 수에다 현재 내가 살고 있는 차원 하나를 더한 수와 일치했다.

척에게 그게 아니라고 어떻게 말해야 될지 모르겠다. 내가 버킷에 25번 들어간 건 사실이다. 하지만 내 등골을 오싹하게 만든 것은, 슬쩍 보기에도 각각의 현실 가닥들이 무한히 가지를 치고 있다는 점이었다. 대동소이한 삶을 살고 있는 크리스 오퍼트가 동시에 수백수천만 명이 존재했다. 그 수많은 나의 다른 생들을 알고 나니 지금 이 현실에 나를 붙잡아두던 힘이 사라지고 말았다. 모래 늪에 머리 꼭대기까지 잠겨 발아래 단단히 디딜 곳도 없고 머리 위에 잡을 것도 없는 기분이었고, 쓰지도 못할 정보만 사방에 끊임없이 넘쳐났다.

《맥스위니스》원고 마감일이 지났다. 마이클 셰이본은 이메일로 조심스럽게 찔러보더니 내가 대답을 하지 않자 전화를 걸어왔다. 나는 이야기가 지지부진하다고 둘러대며 좀 빼주면 안 되겠냐고 했다. 그는 지면이 이미 배정돼서 안 된다고 거절했고, 나는 시간을 좀더 주면 대충 짜맞춰보겠다고 했다.

다음 날 나는 동부 켄터키 애팔래치아 지방의 산기슭에서 보낸 나의 괴상한 유년기에 대해 쓰기 시작했다. 과거에 대한 기억력은 경이적으로 향상되었다. 모호하던 세부사항까지 놀랄 만큼 똑똑히 기억났다. 그날 밤 나는 내 방 침대로 돌아가 밤새 한 번도 깨지 않고 푹 잘 잤다. 집을 나서자 기분이 상쾌했고 정신은 더욱 또렷했다. 서서히 나는 사람들이 나를 좋아한다는 사실을 깨달았다. 나 자신조차도 나를 좋아하게 되었다.

척과 나는 종종 만나서 어색한 점심을 함께했는데, 척은 버킷에 관한 얘기는 일부러 피했다. 그는 음식에 거의 손을 대지 않았고 몹시 수척해 보였다. 그러다 연락이 끊겼고, 신문에서 그가 자기 연구실에서 시체로 발견되었다는 기사를 읽을 때까지 나는 그를 까맣게 잊고 지냈다. 사인은 심장마비였다. 사망시의 구체적인 정황은 공개되지 않았지만, 캠퍼스 내에 떠도는 소문에 의하면 유리관 안에서 숨진 채 발견되었다고 한다. 정체를 알 수 없는 정부기관 사람들이 그의 장비를 없앴고, 연구실은 창고로 바뀌었다. 그의 임용기록은 철저히 말소되어 대학에서는 그에 대한 언급이나 문헌이 일절 남아 있지 않았다.

나는 그 물리학 연구실에 찾아갔던 일을 아무에게도 얘기하지 않았지만 종종 그에 관해 생각해보았다. 척은 나를 이용해 인체실험의 맛을 봤으니 다시 침팬지 실험으로 돌아가기 어려웠을 것이다. 만약 그가 버킷 속에서 죽었다면, 그의 의식은 현실의 어느 한 가닥에 영원히 고립되었을 것이다. 그렇다면 척은 진짜 유령이 된 첫번째 인간인 셈이다.

에이미 벤더

소금후추통 살인사건

두 구의 시체는
교외 주택의 거실 카펫 위에
서로 얼굴을 마주한 채
차갑게 누워 있었다.
태아처럼 팔다리를 아무렇게나 뻗고
쓰러진 쪽은 남편이었고,
남편의 배를 머리로 들이받듯
앞으로 쓰러진 쪽은 아내였다.
그 아래 카펫은
피와 침으로 범벅이었다.

팀원들이 들어와 지문과 단서를 확인하는 동안, 나는 필요한 샘플을 모으고 하얀 선을 그어 시신의 위치를 표시했다. 발로 뛰는 수사는 딱 질색인지라 나는 높은 의자 하나를 차지하고 앉아 조용히 집 안을 관찰했다. 아이보리색 카펫, 아이보리색 벽지, 갈색 소파, 나무 의자. 평범하다.

로즈마리 향기가 희미하게 느껴져 주방으로 주의를 돌렸다. 개방형 조리대 너머로 부엌 벽을 따라 일렬로 구리 냄비와 프라이팬, 묶어 말린 마늘, 그리고 여러 줄로 진열된 소금과 후추 통들이 보였다. 총 14쌍이다. 팀원들이 감식도구를 사용해 가구며 집기 들을 몽땅 뒤집어놓는 동안 나는 내 노란 수첩에 딱 한 단어를 썼다. 소금후추통. 나는 이런 종류의 일에 감각이 있다. 꼼꼼한 성격도 못 되고 주먹질도 서툰 내가 이 직업에 이렇게 오래 붙어 있을 수 있는 유일한 이유다.

그날 오후 나는 10통의 전화를 걸었다. 나의 전화 매너는 형편없는 수준이다. 놀랍게도 나의 전화를 받은 사람들 중 부부의 죽음에 특별히 충격을 받은 사람은 아무도 없었다. 깨진 창문은 하나도 없고, 억지로 문을 연 흔적도 없습니다, 나는 그들에게 말했다. 사람들은 수화기 저편에서 초등학생들처럼 가만히 나의 다음 말을 기다렸다.

"혹시 짐작 가는 용의자가 있습니까?" 나는 물었다. "동기가 있다거나? 수상한 행동을 보였다거나?"

없어요, 없습니다, 없죠.

"혹시," 마지막으로 나는 이렇게 물었다. "그 두 사람이 소금후추통을 왜 이렇게 많이 모았는지 아십니까?"

나는 두 사람의 이웃과 직장 상사, 의사, 친구 한 명과 이야기를 나눴다. 그러나 두 사람이 왜 죽었는지, 빠듯한 살림살이에 왜 굳이 입주 요리사를 두었는지, 왜 혈압이 위험수치까지 곧장 올라갔는지, 그리고 도자기 나무 유리 금속으로 된 소금후추통들을 왜 그리 잔뜩 모았는지에 대해 내게 설명해줄 수 있는 사람은 아무도 없었다.

　"그 집에서 몇 번 저녁을 같이 먹었는데," 친구라는 사람이 말했다. "내 기억에는 그냥 평범하게 생긴 통만 썼어요."

　그날 밤 나는 그 집에 머물렀다. 시신은 영안실에서 검시하는 중이었다. 요리사는 집에 없었고, 나는 손님용 침실의 두툼한 이불 위에 누워 증거품에는 일절 손대지 않고 다만 편안히 쉬면서 귀를 기울였다. 이 집과 그 안에 살던 거주자들의 진정한 분위기를 느끼려면 하룻밤 묵는 수밖에 없었다. 이 동네에선 지극히 일반적인 주택이었다. 단층짜리 전원주택 스타일로 침실 두 개와 서재 하나가 있었다. 벽에 걸린 그림들은 아늑한 풍경화였다.

　손님방에서 나는 말들이 뛰노는 수채화 밑에서 잤다. 가구며 인테리어며 하나같이 평범해서 딱히 기억에 남지 않았다. 소파나 의자는 뭐였는지 기억도 안 나고, 이 부부의 취향이 워낙 수수해서 부엌의 소금후추통이나 열심히 살폈다. 개중에는 장인의 솜씨라고 할 만한 작품도 있었다. 마호가니와 오크에 지그재그 무늬를 새긴 것이나 크리스털을 다이아몬드 모양으로 세공한 것은 분명 꽤나 비쌌을 것이다. 초록색 도자기로 만든 재밌게 생긴 한 쌍의 개구리도 있었다. 소금통은 지팡이를 짚었고, 후추통은 모자를 썼다. 매우 모던하고 네모반듯하게 각진, 크롬과 유리로 만들어진 것도 있었다. 저마다 다양한 높이로 곡물이 채워져 있었다. 집은 몹시 조용해서 옆집 고양이가 네발로 부드럽게 타박거리며 인도를 걸어가는 소리까지 들렸다.

나는 검시관한테서 걸려온 전화에 잠이 깼다. 검시관이 설명하기를, 남편은 오후 5시에 복부를 칼로 찔렸으며, 아내는 2시 45분에 독약을 마셨는데 정확히 2시간 반 후에 효력이 나타났다. 두 사람은 1분 차이도 나지 않게 거의 동시에 사망했다. 아내가 먹은 늦은 점심은 소금기 없는 치킨포트파이 조금, 후추를 친 야채샐러드, 갓 짜낸 신선한 포도주스 한 잔이었다. 독약은 아내의 물컵 안에 침전된 소량이 발견됐다. 아내는 손가락 끝부분을 베였고, 붕대로 깔끔하게 감은 상태였다.

"칼에 묻은 지문은요?" 내가 물었다.

"아직 결과가 안 나왔네." 그가 말했다.

"누가 시내에 나와서 독약을 샀다는 기록은?" 나의 질문에 그는 그건 자기 영역이 아니라고 대답했다. 그 문제에 관해서는 나의 팀원이 곧 보고할 것이다. 오늘 팀원들은 근처 약국을 모두 찾아다니며 판매 기록을 모아올 터였다.

검시관은 강직한 성품의 사내였다. 베트남전에서 싸웠고 난초를 키웠다. 나는 그에게 거듭 감사를 표했지만, 그는 어색해하다가 전화를 끊었다.

나는 치킨수프 한 그릇과 샌드위치를 주문하고 나서 남편의 혈흔이 있는 거실에 앉아 몇 시간을 보냈다. 카펫에 둥글게 흩뿌려진 핏자국은 마치 남편이 자신의 피로 아내를 감싸 안은 듯이 보였다.

오후 6시에 보고가 들어왔다. 아내의 중지와 엄지 지문이 칼 손잡이에 잔뜩 묻어 있었다. 붕대를 감지 않은 손가락 두 개다. 그리고 남편은 나흘 전에 동네 약국에서 자기 이름을 그대로 대고 독약을 샀다. 다시 말없는 사람들한테 전화를 걸었더니 그들 모두가, 갑자기, 떠들어대기 시작했다. 부부는 서로를 미워했다, 라고 사람들은 털어놓았다. 죽일 만큼 미워했습니까? 내가 물었다. 사람들은 긍정에 가까운 신음 소리를 흘렸다. 막판에 친구가 말하기를, 아내는 남편에게 거의 말을 걸지 않았고, 남편은 낙심한 모습으로 산책을 하도 오래 다녀서 고개를 숙이고 걸어가는 그의 모습을 이웃 주민들 모두가 최소한 하루에 두 번은 볼 수 있었다고 했다.

"이해는 못 하겠지만," 한 이웃이 말했다. "놀랍지는 않아요."

자, 문제는 이거다. 그들이 서로를 죽인 것이 맞다고 하면, 아내는 남편을 찔렀을 때 자신이 독약을 먹었다는 사실을 알았을 리가 없다. 남편은 조용하고 고통 없는 독약을 선택했고, 그 병을 매우 찾기 어려운 곳에 숨겼다. 우리가 아직도 그 병을 발견하지 못했으니. 사실, 두 사람 사이의 가장 큰 차이점은 살인 도구의 선택에서 드러났다. 아내는 남편이 고통을 겪고 자신의 살해 의도를 알기를 바랐기에 명시적이고 물리적인 방법을 선택한 반면, 남편은 비밀리에, 아내가 자신한테 무슨 일이 생겼는지 알지도 못한 채 죽어가도록 만들 수 있는 몇 안 되는 방법 중 하나를 골랐다. 아마도 남편 쪽이 아내를 향한 미움을 더 수치스럽게 여겼을 것이고, 또한 아내가 고통을 겪지 않기를 바랐을 것이다. 그럼에도 불구하고 부부의 가장 큰 유사점은 시기의 선택에서 드러났는데, 둘은 완전히 별개의 방법으로 똑같은 날짜에 똑같은 죽음의 순간을 계획한 것으로 보았다. 확실히 이건 대단한 일이다. 방법은 달랐지만 때는 완벽히 일치했다. 도무지 이해가 안 간다. 한 사람은 배에서 피를 흘리고, 다른 사람은 입에 거품을 물고, 나란히 카펫 위에 누워 서로 연결된 듯 의미심장한 눈빛을 교환하는 두 사람을 상상해본다. 미움의 본질은 사랑의 본질만큼이나 종잡을 수가 없다. 나는 그저 두 사람 사이에 아이가 없다는 사실에 안도한다.

양념통의 딜레마로 돌아가자. 나는 저녁을 먹고 나서 부부가 각자 다니는 미용실에 전화를 걸고 매우 불친절한 처남과도 통화를 했지만, 예의 소금후추통에 관한 얘기에 관심을 갖는 사람은 아무도 없었다. 통화하는 상대방의 목소리에서 짜증이 느껴졌고, 늘 겪는 일이지만 여전히 기분은 나빴다. 나는 집에 가서 샤워를 하고, 정신을 못 차리고 비몽사몽하는 애인과 짧은 대화를 나눴다. 침대에서 잠들기 직전 전화 한 통을 받았는데, 독약 병이 요리사 침실의 욕실 세면대 밑에서 발견됐다고 한다.

"요리사를 탐문한 사람 있나?" 상관이 물었고, 나는 당황해서 헛기침을 했다. 몇 번 요리사에게 연락해봤지만, 요리사는 잠시 애도할 시간을 갖겠다고 했고, 다음 날 아침에야 집에 돌아와 천천히 짐을 쌀 예정이었다. 부부는 아주 부자는 아니었지만, 아내와 남편 둘 다 입주 요리사를 두는 사치가 그들의 행복에 중요한 요소라고 생각했다. 그래서 두 사람은 차 한 대를 같이 썼고, 외식도 안 하고 휴가도 거의 가지 않았다.

요리사는 부엌에서 오후에 먹을 간식을 만들고 있었다. 짐은 아직 싸지도 않았고, 집은 내가 나왔을 때 그대로였다. 부부는 결혼한 지 25년이 됐고, 요리사는 생각했던 것보다 나이가 많았다. 머리는 하얗게 셌지만 손끝은 여전히 맵고 야무졌다. 고용주의 비보에 슬퍼 보이긴 했지만, 그렇다고 아주 슬퍼하는 것 같지도 않았다. 용의자로서 요리사를 배제할 생각은 없다. 특히 지금처럼 독약이 든 병이 비닐에 싸여 검시관의 책상에 떡하니 놓여 있는 경우엔. 얘기를 하는 동안 요리사는 완벽한 칠면조 샌드위치를 만들었다. 빵은 삼각형으로 자르고, 가스레인지에서 살짝 그릴구이를 했다.

"아내 분은 소금을 좋아했고, 남편 분은 후추를 좋아했어요." 요리사가 말했다. "소금과 후추라는 한 쌍은 두 사람의 관계를 나타내는 상징과도 같았지요." 요리사는 그릴 위의 샌드위치를 가볍게 뒤집어서 하나는 노란 접시에, 다른 하나는 빨간 접시에 담고는 후자를 내게 건넸다.

"고맙습니다." 나는 감사를 표했다. 빵 가장자리가 먹음직스러운 갈색으로 바삭했다. 요리사가 자신의 것을 한입 베어 물 때까지 기다렸다가 나도 먹기 시작했다. "어째서 그렇습니까?"

"음," 요리사는 샌드위치를 꼭꼭 씹어 넘겼다. "두 사람은 소금과 후추를 결혼의 본보기로 삼았어요. 혼인서약을 할 때 여자는 소금이고—음식의 원래 향을 더욱 강하게 하죠, 남자는 후추이며—새로운 면을 덧붙입니다, 훌륭한 식사에는 반드시 그 둘이 필요하다고 낭독하기도 했고요. 실제로," 요리사는 식탁에 몸을 기댔다. "웨딩케이크 꼭대기에 남녀 인형이 아니라 소금후추통 미니어처를 올려놨어요."

"설마요." 나는 샌드위치를 씹으며 우물거렸다.

요리사는 고개를 끄덕였다. "사진을 보여드리죠." 요리사는 거실로 나갔고, 내가 다시 한입을 베어 물기도 전에 하얀 웨딩앨범을 들고 와서 펼쳤다. 환히 웃고 있는 매력적인 얼굴들 가운데, 소금후추통이 놓인 웨딩케이크가 있었다. "속에 딸기 크림을 넣은 하얀 케이크였죠." 요리사가 말했다. "상당히 담백했어요."

"이 부부를 싫어할 만한 이유가 있었습니까?" 나는 지나가듯 물었다. "좋은 고용주였나요?"

"네." 요리사가 답했다. "좋은 분들이고 좋아했어요. 사건은 이미 풀린 게 아닌가요?"

"해결된 것 같습니다." 내가 말했다. "다만 저 소금후추통을 기억하는 사람은 아무도 없는 것 같더라고요." 나는 사진에 흘린 샌드위치 부스러기를 열심히 치웠다. "이거 참 맛있네요, 근데."

요리사는 어깨를 으쓱했다. "결혼식 이후로 내내 이 집에 있었어요." 요리사는 앨범 속에서 케이크 접시를 나르는 자신의 모습을 짚었다. 풍성한 갈색 머리였다. "그리고 소금후추통은 두 사람이 매년 결혼기념일에 서로에게 선물했죠."

요리사는 앨범을 덮었다. "사건은 종결됐어요." 요리사가 말했다.

나는 앨범을 도로 펼쳤다. "단," 나는 청첩장에 적힌 날짜를 가리켰다. "소금후추통은 14쌍밖에 없는데요. 이들이 결혼한 건 25년 전인데……."

"26년이에요." 요리사는 바닥에 놓여 있던 레몬이 든 투명한 봉지를 집어들었다. "아무튼."

나는 기다렸다.

"무슨 일이냐 하면," 요리사는 레몬을 꺼내 반으로 자르며 입을 열었다. "결혼한 지 14년이 지났을 때 바깥분이 후추에 알레르기가 생겼어요. 흔히들 그러잖아요. 그리고 안주인은 혈압이 너무 높아져서 소금기를 끊어야 했지요. 이제 안주인은 후추만, 바깥분은 소금만 써야 하게 생긴 거죠. 바깥분은 짠 게 뭐가 좋냐며 소금을 싫어했고, 그 때문에 안주인은 속이 상했어요. 안주인은 음식의 본래 향을 가린다며 후추를 싫어했어요. 그 때문에 바깥분도 무시당하는 기분이었죠. 그 후로 시간이 흐를수록 안주인은 시들시들 기운이 없어졌고, 바깥분도 점점 활기를 잃었어요."

"정말로?"

"제 보기엔 그랬어요." 요리사가 말했다. "그리고 실제로도 그런 것 같았고."

나는 샌드위치 접시에 남은 부스러기까지 손가락으로 꾹꾹 눌러서 찍어 먹었다.

"그래서 그들에 대한 미묘한 분노가 점점 자라났나요?" 나는 물었다.

요리사는 나를 보며 빙긋 웃었다. "아뇨," 그녀가 말했다. "왜, 형사님은 그들이 서로 죽였다고 생각지 않으시나요?"

"당신 방에서 독약이 든 병을 찾았거든요."

요리사는 자리로 돌아와 앉았다. 나는 아무 말도 하지 않았다. 이럴 때는 항상 침묵이 최선이다. 요리사의 눈빛이 흐려지더니 초점을 잃었다.

"놀랍지 않네요." 잠시 후 요리사는 나직이 말했다. "분명 바깥분이 일부러 거기에 놔뒀을 거예요. 바깥분은 늘 제가 어떻게든

다 해결해주길 바라셨지요. 저도 노력했어요. 그게 요리사의 일이니까요."

요리사는 큰 유리병에 레몬즙을 짜 넣었다. 그녀는 한숨을 내쉬고는 우아한 어깻짓으로 레모네이드 양을 점점 늘려가며 나무국자로 저었다.

"하지만 훌륭한 요리사는 소금과 후추의 비율 따위는 신경 쓰지 말아야 해요." 그녀가 말했다. "통제가 불가능하거든요. 완벽하게 간을 맞춘 고기에 소금을 왕창 들이붓는 행동이나 이상적인 조합의 베샤멜소스*를 후추로 더럽히는 꼴을 지켜보는 것은 요리사로선 악몽이죠. 요리사의 불면은 바로 거기서 시작돼요. 그래서 아예 신경을 꺼야 하죠. 아무리 고민해봤자 수가 없으니. 수가 없잖아요."

요리사는 레모네이드를 컵에 반쯤 따르더니 한 모금 맛을 봤다. "너무 달군." 요리사는 레몬 네 개를 더 꺼내 정확히 반으로 잘랐다. "레모네이드가 너무 달면, 특징 없는 과즙에 감각을 잃게 돼요."

요리사의 표정이 굳어지고 미간이 접혔다. "형사님, 저는 이 집에서 26년을 일했어요. 만약 주인 내외가 나의 전문성을 신뢰했다면, 십중팔구 이런 일은 벌어지지 않았을 겁니다."

나는 저도 모르게 요리사를 위로하고 싶었지만 그녀는 눈을 꼭 감고 있었다. 마지막 빵 부스러기까지 다 해치운 후 나는 그녀에게 진지하게 감사를 표하려고 했다. 하지만 그녀는 식탁 앞에서 혼자

---

* 생선 요리에 주로 곁들이는 가장 대표적인 화이트소스.

생각에 잠긴 채 한 번에 설탕을 4그레인*씩 유리병에 넣어 젓고 나무국자로 맛을 보고 다시 설탕을 넣고를 반복했다.

"시간 내주셔서 감사합니다." 나는 듣는 이 없는 인사를 했다.

요리사는 아니었다. 나는 그녀를 전적으로 믿었다. 이웃사람도 아니었다. 외부 사람과 관련된 일이 아니었다. 증거는 집 안에 있었다. 그렇다면, 크고 작은 수수께끼가 전부 풀렸다면, 나는 왜 아직도 이 사건에 매달리는가? 나의 상관이 계속 지적하는 것도 그거였다. 그는 내게 도시 서쪽에서 일어난 새로운 살인사건을 맡기려고 했다. 자녀 일곱을 둔 아주 재산이 많은 영감탱이가 살해됐는데, 자식 중 하나가 아버지를 죽인 것 같았다. 하지만 그런 사건은 지루했다. 꼬인 호스가 수압에 풀리면서 물을 내뿜듯, 그런 건 내버려둬도 저절로 풀릴 터였다.

대신에 나는 난초 비료를 사들고 검시관을 만나러 갔다. 머릿속에서 계속 그 마지막 장면이, 남편과 아내가 서로의 손에 함께 죽어간다는 사실을 깨닫는 그 순간이 떠나질 않았다. 어찌 보면 그들은 상대방이 제일 좋아하는 양념의 방식대로 서로를 죽임으로써 사실상 서로의 개성을 맞바꾼 격이었다. 아내는 칼을 선택했다. 몸뚱이에 매운 공격을 가한다는 점에서 확실히 '후추다운' 방법이었다. 검시관은 내가 사온 난초 비료에 감사를 표하고 독약에 대한 나의 가정을 확인해주었다. 남편이 고른 독약은 혈류 속의 염분을 높여 탈수증세로 사망에 이르게 하는 약이었다.

---

* 1그레인은 0.05그램이다.

말했다시피 내게는 애인이 있다. 소금후추 커플이 계속 머릿속을 맴돌았던 이유는 아마 애인 때문일 것이다. 사건은 종결되었고 서류는 파일 캐비닛 속에 묻혔지만, 나는 아직도 그들이 생각난다. 전원주택 스타일의 그 집은 미시간에서 이사 온 식구 수 적은 가족에게 싼값에 팔렸다. 그들은 살인사건에 관해서는 듣지 못했다. 요리사는 일반 가정요리에서 손을 떼고 지금은 혼자 조그만 케이터링 사업을 하고 있는 것으로 안다. 내가 만약 결혼을 하게 되면 꼭 그녀를 고용할 것이다. 미신을 믿는 내 애인은 아마 허락하지 않겠지만.

나는 애인을 정말로 사랑한다. 나와 다른 점과 비슷한 점 모두 사랑한다. 하지만 훗날 언젠가는 그녀가 나라는 사람을 정의하는 항목이 내게서 사라질지도 모른다. 내 몸이 따라주지 않을지도 모른다. 침대에서 그녀와 마주했는데, 그녀의 몸은 여전히 끝내주는데, 어떻게 해야 할지 모르는 상황이 오게 될지도 모른다. 혹은 앵무새 가게에서 봤던 애인의 그 초롱초롱한 눈빛이 사라지고, 흔한 단어도 까먹고 생각이 안 나 헤매게 될지도 모른다.

동반자살을 저지르는 커플은 셰익스피어의 위대한 연인 격으로 쳐주지만, 정확히 똑같은 시간에 서로를 살해한 커플은 온갖 신문에서 미친듯이 기사로 내보낸다. 가족들조차 헛기침을 하고 되도록 짧게 전화를 끊어버렸다. 그들은 길고 복잡한 모든 절차를 생략하고 싶어 했다. 나는 수없이 탐문수사를 하면서 말할 수 없는 역겨움과 우월감을 감지했다. 하지만 내게는 아름다워 보였다. 종국에는 두 사람이 궁극적인 양보의 몸짓을 이루었음을, 자신들의 결합이 완벽한 원을 그렸음을 끝내 깨달았으니 이 얼마나 적절한가.
칼이나 독약보다 더 잔인하게 두 사람을 죽인 것은 필경 그 달콤하
고도 쓰디쓴 깨달음이었을 것이다.

할란 엘리슨   # 다들 안녕이다

소수素數와 마찬가지로, 최고의 농담은 단 한 줄로 완벽하다.
                                          — 대니얼 매너스 핑크워터*

　남자는 자신이 '해소할 수 없는 완벽함의 핵심'에 다가가고 있음
을 알았다. 왜냐하면 배스킨라빈스의 '이달의 맛'이 참치초콜릿이
었으니까. 기억력이 제대로만 작동한다면(작동한다, 진짜로! 그래주
기만 하면! 아니, 아니다, 전혀 작동하지 않았다…… 이놈의 기억력은,
송로버섯초콜릿을 먹으면서, 아니 하나씩 입에 넣어달라고 칭얼거리
며, 두 손 두 발 다 내려놓고 그냥 퍼져 있었다) 남자는 지금 네팔에
있었다. 아니면 부탄에. 어쩌면 탄누투바**일지도.
　남자는 어젯밤 모스브리스의 작고 쓸쓸한 마을의 그리 호화롭

---

* 『꼬마 화가 삼총사』 『내 살 건드리지 마』 등을 지은 미국의 어린이책 작가.
** 러시아 연방 투바공화국의 옛 이름. 시베리아 남서부에 위치한 불교국가다.

다고는 말할 수 없는 어느 여관(알고 보니 숙박업소가 아니라 원래는 도축장이었다)에서 지냈고, 이튿날 아침이 훌쩍 지난 지금 이 시각까지도 콧구멍에서 포름알데히드의 명한 기운을 떨칠 수가 없었다. 남자의 겁먹은 야크는 제 몸뚱이만 한 짐을 지고 낮은 산맥들 옆구리에 바싹 붙어 협곡을 빙빙 돌며 끝이 안 보이는 오르막길을 가던 중에 쓰러졌다. 얼어붙은 하늘이 날개를 내리고 휴식을 취하는 천공의 기둥이자, 천 개의 봉우리를 지닌 '대지의 어머니' 초모룽마*의 우뚝 솟은 그 태곳적 암벽대를 향해 올라가다 벌어진 일이었다. 그 천상의 광대무변 위에 잔잔히 쌓인 눈은 겉보기와 달리 무척 두텁고 깊었다. 산봉우리, 깊은 틈새, 낭떠러지 그리고 언월도의 날처럼 휘어진 드넓은 빙판마다 너덜너덜한 커튼 혹은 두껍고 촘촘한 휘장처럼 눈발이 휘날렸다. 눈은 이 높은 곳까지, 티베트 원주민들이 세계의 모신母神이라는 뜻으로 초모룽마라고 부르는 이 신성한 히말라야의 거대한 암석까지 위풍당당하게 장악했다.

콜먼은 방랑벽에 몸살을 앓았다. 산야를 배회하는 기벽, 낯선 풍경과 장소를 보고 싶은 충동, 집을 떠나고 싶은 욕구, 그 모든 것이 그를 괴롭혔다. 제일 문제는 배회증**이었고, 그것은 저주였다.

여행 강박증. 역마살.

스물한살이 되기 전에 미국의 50개 주를 돌았다. 스물일곱이 되기 전에 남미의 모든 국가를 가봤다. 서른살 생일까지 유럽과 아프리카의 대부분 지역을 여행했다. 서른셋 무렵에는 호주, 뉴질랜드,

---

* 에베레스트 산의 티베트어 이름.
** 특별한 목적지 없이 여기저기 쏘다니는 징후를 보이는 정신질환. 이름과 사는 곳도 잊고, 자신이 왜 지금 이 장소에 있는지 모르는 경우도 있다.

남극과 대부분의 아대륙을 돌아보았다. 일주일 후면 서른아홉살 생일을 맞게 되는 지금까지, 이 얼어붙은 미지의 땅만 제외하고는 아시아도 안 가본 곳이 없었다. 평평한 땅만 선호했던 콜먼이 이제 '피할 수 없는 현실의 근원'을 향해 오르고 있었고(인터넷이 되는 초박형 태양전지 노트북에서 '벤&제리' 아이스크림이 얼마 전 '시 멍키 Sea Monkey'라는 신제품—사실 그건 절인 새우맛 셔벗에 불과했다—을 출시했다고 알렸으므로 그는 목적지가 얼마 남지 않았음을 알았다), 만약 자신이 지금까지 의심의 여지없이 신봉해온 '불가사의 백과사전'이 전하는 지식이 틀림없다면 그의 머리 위 어딘가, 즉 이 히말라야의 얼어붙은 폭포 위쪽 어딘가에서 '야간 지각력의 집대성'을 찾을 거라고 확신했다. 아니면 '신탁의 오록스*의 심연'이나 혹은 '절대 판단의 핵심'이라도 발견하게 될 터였다.

세상에는 참 책이 많았다. 그냥 겁나게 많았다. 그런데 내용이 서로 일치하는 책은 단 두 권도 없었다. '궁극의 기본원리'를 가리키면서 저마다 다른 명칭을 사용했다. 어떤 책은 '절대 판단의 핵심'이라고 했고, 또다른 책은 '세계 지성의 중심'이라고 했으며, 또 어떤 책에서는 도저히 이해 불가능한 용어를 썼다, 일명 '접합된 동시성의 초점'. 아마도 책이 너무 많았던 게다. 그러나 피할 수 없는 진실이란 그 호언장담의 아수라장을 뚫고 선명하게 빛나며 항상 존재했다. 과연 세상의 중심이란 것은 존재했다. 그게 샹그릴라든 유토피아든 천국의 에덴이든 극락정토든, 아니면 '주격 과장법의 붉은 길'이든 '최후이자 최고의 과다집중 믿음의 다공성 막'이든, 계

---

* 유라시아 대륙에 넓게 분포했던 현생 소의 조상으로, 17세기에 멸종했다.

곡인지 잔디밭인지 언덕인지 봉우린지 물속인지 벌판 한가운데인지는 모르겠지만 하여간 그런 곳이 분명 존재하긴 했다. 콜먼이 여행할 수 있는 장소, 세계의 바람이 합류하는 지점, 태곳적 요람 안에서 흔들리는 우주의 소리가 운명의 약속과 뒤섞이는 곳.

문제는 그곳이 어디에 있는가였다.

네팔, 카트만두, 부탄, 몽골, 티베트, 투바공화국, 켐벌룽…… 이 위 어딘가에 분명 있어야 했다. 다른 곳은 이미 다 찾아봤다. 콜먼은 아주 확실해질 때까지 검색 범위를 세심하게 좁혔고, 마지막엔 진리의 빛을 관통하여 기어이 '야간 지각력의 집대성'인가 뭔가에 도착할 것이고, 그다음엔, 아마도 그다음에야 지구 끝까지 헤매고자 하는 그의 가량없이 비정상적인 욕구도 포만감을 느낄 터였다.

콜먼은 자신만의 외딴 고독의 신전에서 이다음부터는 평범한 삶을 누리게 되길 기도했다, 집, 가정, 친구, 이런 목표가 아닌 다른 목표…… 고통받지 않는 여행자로 존재하는 것 외에 생의 목표라는 것 자체가 없어도 좋았다.

그런데 그의 야크가 그만, 도중에, 산길에서 죽어버렸다. 대분수령을 지나 만년설의 사지死地까지 꾸역꾸역 그를 실어 날라야 한다는 사실에 순수한 공포심을 느끼고 죽어버린 거라고 그는 추측했다. 야크는 통찰력이 대단하고 본능적 직관이 매우 뛰어나다……고는 못해도 여하간 상당히 감이 좋은 짐승이라고 널리 알려져 있다. 그러나 고귀한 동물인 야크에게도 불명예스러운 죽음이란 것이 미지의 개념은 아니었던 것이다.

콜먼은 이 위엄 있는 짐승을 소생시키기 위해 몇 가지 간단하고도 특별한 만병통치약을 시도해보았다. 기름에 끓인 두꺼비로 즙을 낸 해열제, 호랑가시나무 잎을 꿀과 섞어 솥에 넣고 재가 될 때까지 태워 만든 시럽, 살아 있는 도마뱀의 혀를 강제로 한입에 꿀꺽 먹이기(야크가 완전히 죽은 상태여서 매우 어려운 작업이었다), 쑥국화를 달인 차, 마편초로 만든 차.

전혀 도움이 되지 않았다. 야크는 죽었다. 콜먼은 얼어붙은 사지를 두 발로 걷게 생겼다. 유토피아로, 샹그릴라로, 최소한, '신화적 상상의 무한히 마르지 않는 원천'으로 가는 길에 말이다. 그저 책이 너무 '많았던' 것이다.

콜먼은 이 상황을 받아들였다. '이 짐을 다 갖고서는 해낼 수 없을 거야.' 그러다 보니 필연적으로 이런 생각이 꼬리를 물었다. '이 짐이 없어도 성공하지 못할 거야.' 그는 죽어버린 고귀한 짐승의 등에서 짐을 내리고, 그 위험한 비탈길에서, 물건을 두 무더기로 나누기 시작했다. 오른쪽 무더기에 물건이 하나씩 추가될 때마다 그의 생존률도 희박해졌다. 콜먼은 짙은 색 고글을 이마 위로 올리고, 자신을 굽어보는 암벽대를 맨눈으로 노려보았다. 히스테릭한 눈발이 점점 굵어졌다. 당연한 얘기지만, 눈폭풍이 다가오고 있었다.

그는 자신이 '돌이킬 수 없는 확실성의 중심'에서 그리 멀지 않은 곳에 있음을 알았다. 그의 노트북이 신나게 알림음을 내면서 오스트리아가 풍수지리를 국교國敎로 지정했을 뿐만 아니라 몬테비데오*가 이름을 '행복의 땅'으로 바꿨다고 알렸기 때문이다. 몬트리올의 한 투자은행 간부는 토막난 시체로 발견됐으며 그의 신체 각 부위가

---

* 우루과이의 수도.

시내 쓰레기통 여기저기에 버려졌다는 뉴스도 있었지만, 콜먼은 그게 그렇게 의미심장한 흉조라고는 생각지 않았다.

산꼭대기부터 휩쓸며 내려온 눈폭풍이 그를 덮쳤다. 대분수령을 건너 경사면에 겨우 발을 디디고 정상을 향해 오르기 시작한지 2시간도 안 된 시점이었다. 꼭대기는 적란운에 가려 보이지 않았다. 암석이라도 갈아버릴 기세인 뽀얀 연마제 같은 눈발이 크레바스에서 폭발하듯 분출했다. 길길이 날뛰는 바람에 눈과 얼음이 레이스 달린 커튼처럼 사납게 소용돌이치며 나부꼈다. 콜먼은 자신이 진정한 추위를 몰랐다고, 예전에 얼마나 추웠든 이런 추위는 난생처음이라고 생각했다. 몸 여기저기가 삐거덕거리며 신음했다.

그는 계속 올라갔다. 달리 선택의 여지가 없었다. 결국 그는 '불가능한 은유의 실체성'에 도달하든가, 아니면 억만 년 후 지구의 양극이 이동하여 이곳이 몽땅 질척질척한 저지대가 되면 그때 이 행성을 물려받은 종족에 의해 발견되든가 할 것이다.

콜먼은 수세기 동안 얼어붙어 있게 될(완벽하게 냉동된) 시체가 어떤 자세를 취하면 좋을지 몇 시간 동안 차가운 머리로 심사숙고했다. 파리의 아담한 공원에 있는 로댕의 조각상이 떠올랐고, 그게 모파상인가 발자크인가 하여간 둘 중 한 사람한테 바치는 오마주였던 것 같은데, 그 오른손을 구부린 모양과 손가락의 위치가 생각났다. 그는 딱 그 자세로 무덤에 봉인된 자신의 모습을 그려보았다. 영겁의 빙하 속에서 툭 튀어나온 조각 같은 손과 쫙 펼친 손가락. 그렇게 새하얀 죽음의 조각상에 관해 몽상하며 얼음용 도끼를 들고 얼어붙은 빙판길을 몇 시간째 터벅터벅 걸었다.

마침내 그는 앞으로 고꾸라져 꼼짝하지 않고 누웠고, 눈폭풍이 포효하며 그 위를 덮쳤다. 영혼의 그릇 안쪽 얼어붙지 않은 내부에는 오직 고요만이 존재했다.

그는 얼어 죽지 않고 멀쩡히 깨어났는데, 나중에야 그게 기적 같은 일이라는 생각이 들었다(실제로는 눈폭풍이 금방 지나갔고 바로 위에 있던 급경사면이 충분히 대피소 역할을 했다는 사실로 쉽게 설명됐다). 그는 일어나 눈밭에서 지팡이를 파내 집어든 다음 산정상을 쳐다보았다.

저 위 높은 곳에서, 오로지 푸른 응달만이 넓게 펼쳐진 빙판의 맞은편, 마지막 빛 웅덩이 속에서 찬란하게 빛나는 것을 주시했다. 그것은 그가 방랑의 세월 동안 전 대륙을 쏘다니며 추구해왔던 궁극의 유토피아, 이 산에 오른 목표였다. 수많은 책들이 약속했던 대로 거기에 있었다. '우주의 명료함에 대한 단 하나의 계획'이란 것이. 중심, 핵심, 중추, 모든 해답이 상주하는 곳. 그는 잃어버린 샹그릴라를, 진짜 이름이 뭐든 간에 하여간, 그것을 찾아낸 것이다. 눈폭풍이 깨끗이 물러간 후 저물어가는 오후의 선명함 속에서, 그는 저 위쪽 정상에 솟아오른 금빛 구조물을 보았다. 두 개의 포물선이 쌍둥이 아치처럼 맞붙어 있는 모양새는 이루 말할 수 없는 차분함과 안도감을 주었다. 저런 모양을 포물선이라고 하지, 그는 생각했다.

피곤이고 뭐고 안중에 없었다. 시들한 세상살이도 없었다. 아이젠을 끼운 부츠 속 세 겹의 보온양말 안에서 그의 왼발가락 전부와 오른발가락 세 개가 동상으로 검게 변한 것조차 그는 알아차리지 못했다.

콜먼은 기쁨에 겨워 찬란한 금빛 구조물을 향해 올라갔다. 그곳에 들어가고 싶어 죽을 지경이었다. 마침내 그는 '드러난 진실의 무덤'에 도착했다. 세상에는 훌륭한 책이 셀 수 없이 많고, 오 이 멋진 날이여, 그 책들은 전부, 단 하나도 빠짐없이, 모조리, 전적으로 옳았다. '가없는 계시의 중심점'. 명칭이야 뭐든 간에.

안쪽은 무척 깨끗했다. 사실 반짝반짝 윤이 났다. 발밑의 타일은 얼룩 한 점 없이 거울처럼 반들반들하여 마음을 가라앉혀주었다. 벽은 완전 새것 같았는데, 남을 배려하듯 부드럽고 매력적인 파스텔 색조였다. 도처에 테이블과 의자가 놓였고, 한쪽 끝에는 번쩍이는 금속으로 만들어진 멋진 카운터가 있는데, 거기에 콜먼의 피폐한 행색이 비쳤다. 흠 없이 깔끔하게 은색으로 빛났지만 분명 창백하고 완전히 기진맥진한 모습이었다. 눈에 반사된 햇볕으로 그을려 뺨이며 턱, 코 여기저기의 껍질이 벗어졌다. 두 눈은 단백질로 코팅된 듯 어딘가 초점이 맞지 않았다. '융합된 계시의 성소'는 조명이 환했고, 번쩍이는 인테리어는 반짝이는 마법의 금속 카운터 쪽으로 시선을 이끌었다. 콜먼은 설산용 지팡이를 축 늘어뜨리고 어기적어기적 앞으로 걸어갔다. 그는 산에서 내팽개쳐져 죽다 살아나 휴식과 청결과 빛과 구원의 오아시스에 찾아든 사람이었다.

반짝이는 금속 카운터 뒤에는 삼십대 후반의 남자가 서 있었다. 그는 콜먼을 향해 환한 미소를 지었다. 멋진 얼굴이었다.

"안녕하세요! '필연적인 혼란의 근원'에 잘 오셨습니다. 무엇을 주문하시겠습니까?"

콜먼은 못 박힌 듯 말을 잃고 서 있었다. 그는 자신에게 요구되는

바가 무엇인지 정확히 알았지만(종류에 관계없이 모든 불가사의 백
과사전들은 전부 다 '말로 작동되는 장치, 패스워드, 성소 중의 성소에
들어가려면 반드시 말해야 하는 문장'이 있음을 명시하고 있었다), 그
'열려라 참깨'가 여기서는 무엇인지 전혀 오리무중이었다. '무아지
경 속 입장 허가의 '가딜루'*. 콜먼은 할 말을 찾지 못하고 애원하는
눈빛을 담아 카운터에 있는 남자를 쳐다보았다.

　그리고 이렇게 운을 떼웠다. "어……."

　그때 "메뉴에서 골라주세요"라고 카운터의 남자가 말했다. 그는
세련된 황토색 가운을 입고 조그맣고 네모난 마분지 모자를 쓰고
있었다. 콜먼은 딱 그렇게 생긴 약식 군모를 쓰고 〈부기우기 버글
보이〉를 노래하던 앤드루스 시스터스의 옛날 영화 속 장면이 생각
났다. 남자는 반짝이는 카운터 위쪽에 걸린, 노란 바탕에 검은색
글자로 쓰인 메뉴판을 가리켰다. 콜먼은 무엇을 고를지 한참 고민
했다.

황소는 느리지만 땅은 기다린다

준비된 자가 기회를 잡는다

세월이 쌓여야 정든 집이 된다

죽음은 동네방네 소문내며 찾아오지 않는다

나는 당신의 에너지가 좋아

---

* 스코틀랜드에서 창문으로 구정물을 버릴 때 보행자에게 피하라고 외치던 말.

산사태는 벌써 시작되었고, 조약돌 주제에 좋네 싫네 하기엔 늦었다

쥐구멍에도 볕 들 날이 있다

뒤돌아보지 마라. 무언가 네 뒤를 바짝 쫓고 있을지 모른다[*]

그래, 사는 건 힘들다. 하지만 사는 게 쉬웠으면 다들 살았겠지

인생은 샘이다

알라를 믿어라, 그래도 낙타 고삐는 매라

개가 짖는다고 달이 떨어지랴

자라 보고 놀란 가슴 솥뚜껑 보고 놀란다

철드는 데 평생 걸린다

거의 다 왔지만 아직 멀었다

공수래공수거

※ 프렌치프라이는 별도 주문입니다.

❖❖❖

　콜먼은 고통스럽게 깊은 한숨을 내쉬었다. 여기까지 왔는데, 몇 마디 말 때문에 기회를 날리다니…… 상상할 수도 없었다. 오만 가지 생각이 다 들었다. 노트북에는 인류가 존재했던 지난 6000년간 축적된 철학과 격언과 주석이 들어 있었고, 그 깊은 성찰들을 몽땅 꺼내볼 수야 있었지만, 그 많은 경구 중 오직 하나만이, 마치 소수素數처럼, 그에게 지혜의 문을 열어줄 터였다. 이 '우주적 불변성'의 수문장이 받아들일 단 하나의 문장. 지금 이 순간에 서빙될 심

---

[*] 전설적인 흑인 투수 사첼 페이지의 명언.

554

장육heartmeat 중 극소량인 미지의 속고갱이.

콜먼은 잠시 시간을 끌어보기로 했다. 그는 황토색 가운을 입은 카운터의 남자에게 말했다.

"어…… 저중에…… 인생은 샘이다? 저건 저도 압니다. 그러니까 저한테 농담하신 거죠? 인생은 샘이다……."

카운터의 남자는 충격받은 얼굴로 그를 바라봤다.

"인생이 샘이 아니라고요?"*

콜먼은 남자를 빤히 쳐다보았다. 하나도 재미있지 않았다.

"그냥 농담입니다." 카운터의 남자가 활짝 웃으며 말했다. "저흰 항상 옛날 농담을 가져다가 '영원한 진실'과 섞어 버무려봅니다. 인생은 약간의 장난과 소규모 버라이어티 쇼가 되어야 하지 않겠습니까? 어떻게 생각하세요?"

콜먼은 당혹스러웠다. 그는 여유가 결여된 사람이었다. 그는 한 번 더 시간을 끌어보기로 했다.

"그럼, 어, 성함이 어떻게 되십니까?'

"서빙을 담당하고 있는 루입니다."

"루 님, 어떤 분이신지, 성자님, 혹시 근처 사원에서 오신 수도승이신가요? 왠지 낯이 익습니다만."

루는 악평과 그에 대처하는 법에 익숙하다는 듯 나직이 낄낄거렸다.

"오, 전혀 아녜요, 전 성자가 아닙니다. 아마 풍선껌 카드에서 절 보

---

* 어떤 이가 천신만고 끝에 산속의 구루를 찾아가 인생의 의미를 물었더니 '인생은 샘이다'라는 화두를 얻었고, 그게 무슨 뜻이냐고 묻자 구루는 깜짝 놀라 "그럼 인생이 샘이 아니란 말인가?" 하고 되물었다는 우스갯소리.

셨을 거예요. 소싯적에 야구를 좀 했거든요. 제 성은 부드로입니다."

콜먼은 철자가 어떻게 되냐고 물었고, 부드로는 철자를 불러주었으며, 콜먼은 배낭을 테이블 위에 놓고 노트북을 꺼내 구글을 띄운 다음 '루 부드로'를 검색해보았다.

콜먼은 화면에 뜬 내용을 읽었다.

그는 한참 동안 멍하니 모니터를 쳐다봤다. 그리고 다시 카운터로 갔다.

"1948년 클리블랜드 인디언스의 감독 겸 선수로 월드시리즈에 나갔군요. 유격수였고, 152경기, 560타수, 199안타, 116타점. 사상 최고의 프랜차이즈 스타였고, 평균 3할5푼5리 타율에 장타율과 출루율을 더하면 무려 9할8푼7리! 그런 당신이 도대체 여기서 뭐 하는 겁니까?"

부드로는 앙증맞은 마분지 모자를 벗고 잠깐 머리를 긁더니 한숨을 내쉬고 말했다.

"라다만토스의 원한을 사서요."

콜먼은 역시 할 말을 잃고 쳐다보았다. 제우스에게는 세 아들이 있다. 그중 한 명이 라다만토스이고, 원래는 사후세계의 심판관인데 천국의 장소 선정을 맡았으며 처음엔 아주 좋은 이웃으로 여겨졌다. 그러나 호머와 베르길리우스의 사이 어디쯤에서 불꽃머리 라다만토스는 타르타로스*로 다시 발령이 났고, 그곳은 모든 자동차 클럽의 제단화祭壇畵에 지옥으로 묘사되어 있었다. 죽은 자들의 엄격한 재판관. 티끌만 한 죄 하나도 절대 놓치는 법이 없다. 그 때문

---

* 지옥의 가장 밑바닥. 나락.

에 라다만토스는 벽창호의 대명사가 되었다.

"뭣 때문에 그가 당신한테 화났답니까?"

"보스턴 브레이브스와 월드시리즈 1차전에서 밥 레몬 대신 베어든을 투수로 기용했거든요. 1대0으로 졌죠. 그 시합에 거금을 걸었었나봐요."

그때 꽤 젊어 보이는 날씬한 흑인이 황토색 가운을 입고 마분지 약식 군모를 쓰고 안에서 나왔다. 부드로는 엄지손가락으로 흑인을 가리켰다.

"래리 도비, 좌익수죠. 아메리칸리그에서 활약한 첫번째 흑인입니다."

도비는 웃으면서 살짝 경례를 하고 콜먼에게 물었다.

"아직 못 정하셨나요?"

콜먼은 고개를 저었다.

그러자 도비는 "그래요, 행운을 빕니다" 하더니 라틴어로 덧붙였다. "디피칠리아 콰에 풀크라."* 콜먼은 무슨 말인지 전혀 알아듣지 못했지만 도비가 덕담을 한 것 같았다. 그는 감사를 표했다.

루는 안쪽을 가리켰다. "저쪽은 우리의 드라이브스루 담당인 조 고든입니다. 훌륭한 2루수였죠. 3루수 켄 켈트너는 포수인 짐 헤건과 함께 그릴 담당입니다. 밥 펠러**는 팔이 다 나을 때까지 유지보수 일을 하고요. 레몬과 스티브 그로맥***은 야간조를 맡고 있어요. 그리고 우리의 프렌치프라이 담당은 다름 아닌 마운드의 전

---

* Difficilia quae pulchar. 탁월함을 얻기란 어려운 법이다.
** 1936년부터 1956년까지 클리블랜드 인디언스에서 활약한 강속구 투수.
*** 1941년부터 1953년까지 인디언스에서 활약한 투수.

설 리로이 '사첼' 페이지*입니다. 헤이, 사첼, 새로 온 손님한테 인사하세요!"

사첼 페이지는 부글부글 끓는 식물성 기름이 가득 든 깊은 냄비에서 감자가 반쯤 든 튀김망을 들어 싱크대 끝에 탁탁 쳐서 여분의 기름을 털어내고는, 콜먼을 향해 환히 웃어 보였다. "저기 메뉴판에 제 거 보이죠?" 그는 경구가 쓰인 표지판을 고갯짓으로 가리키며 말했다.

"자," 황토색 가운을 입은 카운터 담당이자, 1948년 클리블랜드 인디언스 월드시리즈 챔피언 당시 유격수 겸 감독이었던 루 부드로가 말했다. 아마도 그는 라다만토스의 원성을 단단히 샀나보다. "주문하시겠습니까?"

시간이 다 됐다. 콜먼도 이것이 최후의 순간임을 알고 있었다. 지금 그가 하는 말에 따라 그의 운명은 출입허가와 강제퇴거 둘 중 하나로 결정될 것이다. 그는 직감적으로 꽂히는 메뉴를 하나 고르려고 열심히 메뉴판을 들여다보았다. 분명 저것들 중 하나여야 했다.

별의별 생각이 다 들었다. 저것들 중 하나여야 했다.

그는 멈칫했다. 순간 대뇌피질의 시상**이 잠깐 정지됐다. 왜 저것들 중 하나여야 하지?

인생은 샘이 아니었다.

입구에, 핵심에, 결합에, 중심에, '궁극의 포털'에 신이 있다면, 신

---

* 니그로리그에서 전설적인 기록을 써내려가다가 흑인 차별이 철폐된 후 42세의 나이로 인디언스에 입단했다. 59세에 메이저리그 최고령 투수 등판 기록을 남겼다.
** 감각이 소뇌와 바닥핵에서 대뇌피질로 전달될 때 중계 역할을 하는 회백질 덩어리.

에게 할 말은 딱 하나뿐이었다. 그게 신이건, 아니면 그저 최저임금을 받는 아르바이트 노동자건, 단 하나의 문장만이 말이 통했다. 콜먼은 허리를 곧추세우고, 긴장했던 이마를 펴고, 만약 이것이 신과 조우하는 입구라면 입장 허가를 받아낼 수 있는 유일한 문장을 읊었다.

"유태인 점장님을 불러주시오."

왜소한 체구의 씩씩한 유격수는 활짝 웃으며 고개를 끄덕이고 말했다. "슈퍼 사이즈로 드릴까요?"

켈리 링크   **고양이가죽**

　고양이들은 하루 종일 마녀의 집을 들락거렸다. 유리창은 열려 있었고, 문도 열려 있었고, 벽과 다락방에는 고양이 전용 문과 비밀 문도 있었다. 고양이들은 크고 날씬하고 조용했다. 고양이들의 이름을 아는 사람은 없었고, 이름이 있다한들 마녀 혼자만 알았을 것이다.

　하얀 고양이도 있고 얼룩 고양이도 있었다. 풍뎅이처럼 새카만 고양이도 있었다. 고양이들은 마녀가 시킨 일을 하느라 분주했다. 몇몇 고양이는 산 것을 물고 마녀의 침실로 들어갔다. 다시 나올 때는 빈 입이었다.

　고양이들은 빠르게 걷고, 살금살금 다니고, 휙 뛰어오르고, 등을 말아 웅크렸다. 하여간 바빴다. 움직임은 고양이답게 날렸고, 시계태엽 장치처럼 정확했다. 부숭부숭한 꼬리는 시계추처럼 실룩거렸다. 고양이들은 마녀의 아이들을 전혀 개의치 않았다.

560

이때쯤 마녀에겐 살아 있는 아이가 셋 있었다. 한때는 수십 명, 아니 더 많았을지도 모르겠다. 아무도, 분명 마녀 자신도, 굳이 아이들을 다 세어보는 수고를 들이지 않았다. 아무튼 한때 이 집은 고양이와 아이들로 미어터졌다.

　마녀들은 보통 사람들처럼 아이를 가질 수 없으니(마녀의 자궁에는 지푸라기와 벽돌과 돌멩이 같은 것이 잔뜩 들었고, 마녀가 아이를 낳으면 토끼, 고양이, 올챙이, 집, 실크드레스 같은 것들이 나왔다. 아무리 마녀라도 후손은 있어야 하고, 아무리 마녀라도 엄마가 되고 싶어 하니까) 다른 방법을 써서 아이를 얻었다. 즉 훔치거나 구입하거나 만들었다.

　마녀는 특정한 빨간색 머리칼을 가진 아이들에게 심취해 있었다. 쌍둥이는 도저히 참을 수가 없었지만(쌍둥이는 그릇된 마법의 결과다), 가끔씩은 종류별로 세트를 맞춰 애들을 구비하려고 했다. 마치 체스 세트를 맞춰놓으려는 것 같았다. 마녀의 가족이라기보단 마녀의 체스 세트라고 하는 편이 사실에 가깝겠다. 아마 다른 가족들도 마찬가지겠지만.

딸아이 한 명은 마녀의 허벅지에서 혹처럼 자랐다. 다른 아이들은 마녀가 뜰에서 나는 것들로 만들거나, 고양이가 물어다준 잡동사니를 써서 만들었다. 닭에서 떼어낸 기름덩어리를 싸서 버린 알루미늄 포일이라든가, 망가진 TV 세트라든가, 옆집에서 내버린 마분지 상자라든가. 이분은 원래 근검절약이 몸에 밴 마녀다.

그렇게 해서 만들어진 아이들 중 몇몇은 달아나기도 했고 죽기도 했다. 마녀가 그저 어디에 놓고 잊어버리거나, 실수로 버스에 놔두고 올 때도 있었다. 당신은 그 아이들이 나중에 좋은 가정에 입양되거나 친부모와 재결합하기를 바라시겠지. 하지만 이 이야기에서 해피엔딩을 기대한다면, 여기서 그만 책을 덮고 그런 아이들과 그런 부모들과 그런 재결합을 그냥 상상하시라.

계속 읽고 있나?

마녀는 침대 위에서 죽어가고 있었다. 마녀와 적대관계인 랙이라는 이름의 마법사의 독에 당했다. 독이 있는지 없는지 마녀의 음식을 미리 맛보는 아이인 핀도 죽었다. 마녀의 접시를 깨끗이 핥았던 고양이 세 마리도 죽었다. 마녀는 자신을 죽인 자가 누구인지 알아내고는 여기저기서 시간을 간신히 끌어모았다. 죽느라 바쁜 와중에도 복수를 하기 위해서. 일단 이 복수라는 현안이 마녀의 머릿속에 새카만 공처럼 감겨서 형체를 갖추고 만족스럽게 일단락되자, 마녀는 자신의 재산을 남아 있는 세 아이들에게 나누어주기 시작했다.

마녀의 입 가장자리에는 토사물이 묻었고, 침대 발치에 놓인 대야에는 검은색 액체가 가득했다. 방에서는 고양이 오줌과 젖은 성냥 냄새가 났다. 마녀는 자신의 죽음을 낳듯 헐떡였다.

"플로라에게는 나의 자동차를 주겠다." 마녀가 말했다. "또 내 지갑도. 지갑 속에 마지막 동전 하나를 늘 남겨놓는다면 돈은 절대 마르지 않을 거야, 우리 아가, 나의 낭비벽 심한 방탕아, 나의 독약, 우리 예쁘기 그지없는 플로라. 내가 죽으면 집 바깥쪽 길을 따라 서쪽으로 가거라. 이것이 나의 마지막 조언이란다."

마녀의 살아 있는 아이들 중 맏이인 플로라는 빨강머리였고 스타일이 좋았다. 플로라는 아주 오래전부터 마녀가 죽기를 참을성 있게 기다려왔다. 플로라는 마녀의 뺨에 키스했다.

"고맙습니다, 어머니."

마녀는 숨을 헐떡이며 플로라를 쳐다보았다. 마녀는 이미 정해진 플로라의 인생을 손바닥 보듯 훤히 볼 수 있었다. 아마도 모든 어머니들이 다들 웬만큼은 볼 수 있겠지.

"잭, 내 사랑, 나의 새 둥지, 나의 끼니, 나의 죽 한 모금," 마녀가 말했다. "너는 내 책을 가지렴. 이제 내가 가려는 곳은 책이 필요 없으니까. 그리고 집을 떠날 때는 동쪽으로 향해라. 그러면 지금보다 더 슬플 일은 없을 거야."

한때는 싸구려 실로 깃털과 나뭇가지와 달걀 껍질을 칭칭 동여맨 조그만 뭉치였던 잭은 용감한 청년이 되었으며 거의 다 자란 성인이었다. 잭이 글을 읽을 줄 안다면 고양이라고 못 읽을 것 없다. 하지만 잭은 고개를 끄덕이고 어머니에게 키스했다. 똑바로 응시하는 마녀의 두 눈에 한 번씩, 그리고 마녀의 잿빛 입술에도.

"자 그럼 우리 스몰에게는 무엇을 물려주지?" 마녀는 발작적으로 경련을 일으켰다. 또 대야에 속엣것을 게워냈다. 고양이들이 달려와서 대야 가장자리에 기대어 마녀의 토사물을 조사했다. 마녀의 손이 스몰의 다리를 더듬어 잡았다.

"아, 엄마로서 아이들을 남기고 떠나는 건 참으로 어렵고도 어려운 일이구나, 그보다 더 어려운 일도 해내긴 했지만. 아이들에게는 엄마가 필요하지, 비록 나 같은 엄마라도 말이야." 마녀는 눈물을 훔쳤다(마녀는 울지 못한다는 게 정석이긴 하지만).

스몰은 아직도 마녀의 침대에서 마녀와 함께 잤고, 아이들 중 가장 어렸다(당신이 생각하는 것만큼 어리진 않겠지만). 스몰은 침대에 앉아 있었고, 울지 않았는데, 그건 단지 마녀의 아이들에게 울음의 쓸모를 가르쳐준 이가 없었기 때문이다. 스몰은 가슴이 찢어지는 것 같았다.

스몰은 열살이었고, 저글링과 노래를 할 줄 알았으며, 매일 아침 마녀의 비단결 같은 긴 머리카락을 빗기고 땋아주었다. 세상 모든 엄마들은 스몰 같은 아들을, 곱슬머리에 달콤한 숨결과 다정다감한 마음씨를 가진 아들을, 맛있는 오믈렛을 만들 줄 아는 아들을, 머리빗을 든 부드러운 손길뿐 아니라 듣기 좋고 성량이 풍부한 노래하는 듯한 목소리까지 가진 아들을 바라 마지않을 것이다.

스몰이 말했다. "어머니, 돌아가실 수밖에 없다면 그러셔야겠죠. 그리고 제가 어머니와 같이 갈 수 없다면, 열심히 살아서 어머니의 자랑스러운 아들이 되도록 최선을 다할게요. 옆에 두고 어머니를 기억할 수 있도록 어머니의 머리빗을 주세요. 그러면 제 힘으로 세상을 헤쳐나갈게요."

"그렇다면 내 머리빗을 가져가거라." 마녀는 스몰을 바라보며 가쁜 숨을 헐떡이고 또 헐떡였다. "나는 너를 가장 사랑한단다. 나의 부싯깃 상자와 성냥을 가지렴, 또한 나의 복수도. 그러면 나는 너를 자랑스러워 할 것이고, 안 그러면 내 자식도 알아보지 못할 거야."

"이 집은 어떻게 하지요, 어머니?" 잭이 물었다. 잭은 집이 마음에 들지 않는다는 투였다.

마녀가 말했다. "내가 죽으면, 이 집은 아무짝에도 쓸모가 없어질 거다. 내가 이 집을 낳았단다. 아주 오래전이었지. 인형의 집이었던 것을 이렇게 키웠어. 아, 세상에 이토록 사랑스럽고 귀여운 인형의 집은 다시 찾아볼 수 없었단다. 방이 여덟 개고, 양철 지붕에, 어디로도 닿지 않는 계단이 하나 있었지. 내가 이 집을 소중히 키웠고 요람에 넣고 잠들 때까지 흔들었더니 점점 자라서 진짜 집이 되었구나. 집이 그 어버이인 나를 얼마나 잘 보호하는지, 엄마에 대한 아이의 의무를 어찌나 잘 아는지 보렴. 이젠 이 집 상태가 어떤지, 얼마나 초췌해지고 내가 이리 죽어가는 것을 보며 아파하는지 너희들도 아마 알 수 있을 거다. 집은 고양이들에게 맡기거라. 고양이들이 알아서 잘할 거야."

그 와중에도 고양이들은 계속 방을 들락날락 바삐 뛰어다니며 이것을 갖다놓고 저것을 가져간다. 고양이들은 게으름을 피울 틈도, 쉴 틈도, 낮잠 잘 틈도, 밤잠 잘 틈도, 죽을 틈도, 심지어 애도할 틈도 없는 것 같다. 고양이들은 이미 이 집이 자신들 것이라도 된 양 주인의 풍모를 보인다.

마녀는 진흙과 모피와 유리 단추와 장난감 병정과 꽃삽과 모자핀과 압핀과 연애편지(주소를 잘못 썼거나 금액이 모자란 우표를 붙

여서 한 번 읽히지도 못한 편지)들을 토하고, 붉은 개미 열두 연대를
게웠다. 개미는 모두 강낭콩처럼 길고 넓적하다. 개미 연대는 위험
하고 악취 나는 토사물을 헤엄쳐 건너, 대야 가장자리로 기어올라,
반짝반짝 빛나는 리본처럼 줄지어 바닥을 가로질러 행진한다. 개
미들은 주둥이로 시간의 파편을 물어 나르고 있다. 그렇게 잘게 나
뉜 조각이라도 시간은 역시 무겁다. 그래도 개미한테는 억센 턱과
강인한 다리가 있으니까. 개미들은 건너편 벽을 기어올라 유리창
너머로 사라진다. 고양이들은 바라보기만 할 뿐 방해하지 않는다.
마녀는 숨을 몰아쉬고 콜록거리더니 이내 잠잠해진다. 양손이 침
대를 한 번 치더니 금세 기척이 없다. 그래도 아이들은 마녀가 정말
죽었는지, 더이상 할 말은 없는지 확인하기 위해 기다린다.

마녀의 집에서는 죽은 것들이 더 수다스러울 때가 있다.

그러나 이번에는 마녀도 딱히 더 할 말이 없다.

집이 비탄에 잠긴 소리를 내고, 고양이들이 일제히 애처롭게 야
옹거리기 시작하고, 마치 뭔가 떨어뜨리고 오는 바람에 다시 찾으
러 가야 한다는 듯(절대 찾지 못할 텐데) 빠른 걸음으로 방 안을 들
락거린다. 비로소 아이들은 우는 법을 알게 되지만 마녀는 더할 나
위 없이 잠잠하고 조용하며 얼굴에는 엷은 미소가 드리워져 있다.
마치 모든 일이 딱 마음에 들게 이루어졌다는 듯. 아니면 마녀는
다음 이야기를 기다리고 있는지도 모르겠다.

아이들은 마녀를 반쯤 자라다 만 인형의 집 중 하나에 묻었다.
1층 거실에 마녀를 억지로 밀어넣고, 내벽을 부숴서 마녀의 머리를
주방 한구석 간이식탁 위에 뉘었더니 발목이 침실 방문으로 길게

삐져나왔다. 스몰은 마녀의 머리를 빗겼다. 돌아가신 어머니에게 무엇을 입혀야 할지 몰라 옷장의 옷을 전부 다 꺼내 페티코트와 코트와 드레스 더미에 묻혀 마녀의 하얀 사지가 안 보일 때까지 겹겹이 계속 입혔다. 어쨌거나 상관없었다. 일단 인형의 집 문을 못으로 박고 나자, 보이는 거라곤 부엌 창문 안쪽에 닿은 마녀의 붉은 정수리와 침실 창문 셔터에 부딪는 마녀의 닳아빠진 무도화 뒷굽밖에 없었다.

손재주 좋은 잭이 인형의 집에 바퀴 한 쌍과 마구를 달아서 끌고 갈 수 있게끔 만들었다. 아이들은 마구를 스몰에게 씌웠다. 스몰이 끌고 플로라가 밀고, 잭은 집에게 계속 말을 걸어 달래가며 언덕을 올라 묘지로 내려갔다. 고양이들은 그들 옆에서 나란히 걸었다.

고양이들은 털갈이를 하는 것처럼 꾀죄죄해 보이기 시작한다. 입에 물고 있는 것은 없는 것 같다. 떠나간 개미들은 숲을 지나 마을로 들어가 당신의 집 뜰에 시간의 조각을 이용해 보금자리를 지었다. 그곳에 가만히 확대경을 대고 개미들이 춤추며 불타는 것을 들여다보면 시간에 불이 붙을 것이고, 그럼 쏜살같이 불타버린 시간을 아쉬워하게 되겠지.

묘지 문밖에서 고양이들은 마녀를 위한 무덤을 팠다. 아이들은 부엌 창이 아래로 향하게 인형의 집을 기울여 무덤에 넣는다. 하지만 그래 놓고 보니 무덤이 너무 얕아 집이 무덤 양끝에 불안정하게 걸치게 된다. 스몰이 울기 시작했다(이제 우는 법을 알게 됐으니 남은 평생을 우는 연습에 쓰려는 것 같다). 죽어서 제대로 묻히지도 못하고 영원토록 거꾸로 잠들 것을 생각하니 너무 비참한 것 같았다. 밖으로 나온 지붕널 위로 비가 내리는 것도 느끼지 못하고, 빗방울이 집 안으로 스며들어 입으로 들어가 익사하게 된다면, 비가 올 때마다 처음부터 다시 죽는 것을 반복해야 한다면, 그 얼마나 지독한 일인가.

인형의 집 굴뚝이 부러져 바닥에 떨어졌다. 고양이 중 한 마리가 그것을 줍더니 기념품인 양 가져가버렸다. 그 고양이는 굴뚝을 숲속으로 가지고 들어가 한 입씩 와그작와그작 먹어치웠고, 이 이야기에서 사라져 다른 이야기로 들어가버렸다. 이제 신경 끄자.

다른 고양이들은 흙을 한 입씩 물어 날라서 무덤 위에 뿌리고 앞발로 집 주변에 흙을 쌓았다. 아이들도 도왔고, 일이 다 끝났을 때는 조그만 흙무덤 꼭대기로 침실 유리창만 눈알처럼 빠끔 보여서, 그럭저럭 마녀를 제대로 묻은 셈이었다.

집으로 돌아가는 길에 플로라는 잭과 시시덕거리기 시작했다. 장례식용 검은 양복을 입은 잭의 모습이 마음에 든 모양이었다. 두 사람은 이제 다 컸으니 앞으로 어떻게 할지 서로의 계획을 얘기했다. 플로라는 친부모를 찾고 싶었다. 그녀는 예쁘니까 누군가 돌봐주고 싶어 할 사람이 있을 것이다. 잭은 부자와 결혼하고 싶다고 말했다. 두 사람은 계획을 세우기 시작했다.

스몰은 한 발짝 뒤처져 걸었고, 종잡을 수 없는 고양이들이 자꾸 그의 발목에 감겼다. 스몰은 마녀의 머리빗을 주머니에 넣고 무늬가 새겨진 뿔테 손잡이를 어루만지며 마음을 다독였다.

집에 도착해보니 집은 비탄에 잠겨 위험해 보였고, 스스로 세상을 하직하기 시작한 것 같았다. 플로라와 잭은 집 안에 들어가려 하지 않았다. 두 사람은 애정 어린 손길로 스몰의 손을 꼭 잡고, 함께 가지 않겠냐고 물었다. 스몰은 같이 가고 싶었지만, 그럼 누가 마녀의 고양이를 돌보고, 마녀의 복수를 하지? 그래서 스몰은 플로라와 잭이 함께 차를 몰고 떠나는 모습을 지켜보았다. 두 사람은 북쪽으로 갔다. 세상 어느 아이가 엄마 말씀을 귀기울여 듣겠는가?

잭은 마녀의 장서를 가져갈 생각이 애초에 없었다. 자동차 트렁크에 그걸 다 넣을 공간이 없다고 둘러댄다. 잭은 플로라와 그녀의 요술 지갑에 의존할 생각이다.

스몰은 마당에 앉았다. 배가 고프면 풀을 뜯어 먹으면서 그게 빵이고 우유고 초콜릿 케이크라고 상상했다. 마당 수돗가에서 물을 마셨다. 사위가 어둑해지기 시작하자 이렇게 외롭고 쓸쓸한 적은 난생처음이었다. 마녀의 고양이들은 그리 좋은 친구가 못 되었다. 스몰은 고양이에게 할 말이 없었고, 고양이도 그에게 할 말이 없었다. 집에 대해서도, 장래에 대해서도, 마녀의 복수에 대해서도 혹은 오늘 밤 어디서 잘 것인가에 대해서도. 스몰은 마녀의 침대 이외의 곳에서는 잠을 자본 적이 없어서, 결국 다시 언덕을 넘어 묘지로 내려갔다.

고양이 몇 마리가 여전히 무덤을 오르락내리락하면서 풀과 나뭇잎과 새의 깃털과 제 몸에서 빠진 털로 봉분 밑단을 덮고 있었다. 모양은 좀 이상해도 막상 누워보니 아늑한 둥지 같았다. 고양이들이 여전히 분주한 가운데(고양이들은 언제나 분주하다) 스몰은 침실의 차가운 유리창에 뺨을 대고 주머니 속의 머리빗을 가볍게 움켜쥔 채로 잠들었다. 그러나 한밤중에 깨어보니, 풀내음 나는 따스한 고양이들의 몸뚱이에 머리부터 발끝까지 푹 감싸여 있었다.

꼬리 하나는 스몰의 턱을 목도리처럼 감고 있고, 몸뚱이들이 하나같이 쌕쌕 숨을 들이쉬고 내쉬며, 콧수염과 앞발을 실룩거리고, 보드라운 배가 오르락내리락한다. 다들 정신없이 기진맥진 분주한 잠을 자고 있는데, 단 한 마리만, 스몰 머리 가까운 곳에 앉은 하얀 고양이만 그를 쳐다보고 있다. 처음 보는 고양이지만, 언제나 꿈에서는 등장인물들을 이미 알고 있는 것처럼 스몰은 이 고양이를 안다. 고양이는 귀와 꼬리와 앞발에 장식처럼 불그스름하게 난 한 다발의 털을 제외하고는 온통 새하얗다. 마치 누가 가장자리만 불꽃으로 장식해놓은 것 같다.

"네 이름은 뭐야?" 스몰이 묻는다. 전에는 한 번도 마녀의 고양이들에게 말을 건 적이 없었다.

고양이는 발을 들고 자신의 은밀한 부분을 핥는다. 그리고 스몰을 쳐다본다. "어머니라고 부르렴." 고양이가 말한다.

그러나 스몰은 고개를 회회 젓는다. 고양이를 어머니라고 부를 수는 없다. 고양이 이불 속에서, 창유리 아래에서, 마녀의 스페인 무도화 뒷굽이 달빛을 마시고 있다.

"좋아, 그럼 '마녀의 복수'라고 부르렴." 고양이가 말한다. 고양이는 입을 움직이지 않는다. 스몰은 고양이의 말을 머릿속으로 듣는다. 고양이의 음성은 푹신하면서도 날카로운 것이, 꼭 바늘로 만든 담요 같다. "그리고 내 털을 빗겨도 좋아."

스몰은 일어나 앉아 자고 있는 고양이들을 밀치고 주머니에서

빗을 꺼낸다. 짧고 빳빳한 빗살에 찍혀 스몰의 분홍색 손바닥에 자잘하게 눌린 자국이 남았다. 무슨 암호 같다. 스몰이 암호를 읽을 수 있다면 다음과 같이 적혀 있을 것이다. '내 털을 빗겨.'

스몰은 마녀의 복수의 털을 빗긴다. 털 속에는 무덤의 흙도 있고, 붉은 개미도 한두 마리 있다. 털에서 떨어진 개미는 총총 달아난다. 마녀의 복수는 땅바닥을 향해 고개를 숙이고 주둥이로 개미를 낚아챈다. 주변의 고양이 더미가 하품을 하고 몸을 긁는다. 그들은 할 일이 있다.

"마녀의 집을 태워야 해." 마녀의 복수가 말한다. "그게 첫번째야."

스몰의 빗이 엉킨 털에 걸리고, 마녀의 복수는 머리를 돌려 스몰의 손목을 문다. 그러더니 스몰의 엄지와 검지 사이의 연한 살을 핥는다. "이제 됐어." 고양이가 말한다. "해야 할 일이 있어."

그래서 그들은 모두 집으로 돌아간다. 스몰은 마녀의 무덤에서 점점 더 멀어져 캄캄한 길을 비틀거리며 걸어간다. 고양이들은 빠른 걸음으로, 횃불처럼 눈을 빛내며, 세상으로부터 단절된 둥지나 카누 혹은 울타리를 지을 심산인 양 잔가지와 큰 가지를 입에 물고 스몰을 따라간다. 도착해보니 집 안은 환하고, 고양이들이 늘어나 있고, 부싯깃이 쌓여 있다. 집은 마치 누군가 숨을 불어넣고 있는 악기처럼 소리를 낸다. 고양이들은 불쏘시개로 쓸 것을 찾느라 문 안팎으로 바삐 드나들며 다들 끊임없이 야옹야옹 울고 있다. 마녀의 복수가 말한다. "먼저 문이란 문은 죄다 빗장을 걸어 잠가야 해."

그래서 스몰은 1층에 있는 모든 문과 창문을 잠그고, 마녀의 복수는 비밀 문과 고양이 문과 다락방 문과 천장과 지붕에 있는 문의 걸쇠를 내린다. 열려 있는 비밀 문은 단 하나도 없다. 이제 모든 소음은 집 안에서 나고, 스몰과 마녀의 복수는 집 바깥에 있다.

고양이들은 부엌문을 통해 모두 빠짐없이 집 안으로 들어갔다. 마당에는 단 한 마리도 남아 있지 않다. 마녀의 고양이들이 나뭇가지를 착착 쌓고 있는 모습이 창문을 통해 보인다. 마녀의 복수는 스몰 옆에 앉아 그걸 바라보고 있다. "이제 성냥을 그어 안에 던져넣어." 마녀의 복수가 말한다.

스몰은 성냥을 켠다. 그리고 집 안으로 던져넣는다. 세상 어느 사내아이가 불장난을 마다하겠는가?

마녀의 복수가 말한다. "이제 부엌문을 닫아."

하지만 스몰은 그럴 수 없다. 고양이들이 전부 다 집 안에 있는데. 마녀의 복수가 뒷발로 서서 부엌문을 밀어 닫고 잠근다. 집 안에서는 성냥불이 어딘가로 옮겨붙었다. 불길이 바닥을 따라 번지며 부엌 벽을 타고 오른다. 불붙은 고양이들이 집 안의 다른 방으로 달려간다. 스몰은 그 모든 장면을 창문을 통해 바라본다. 유리창에 얼굴을 대고 서 있는데, 처음엔 차다차던 유리창이 따스해지더니 금방 뜨거워진다. 불붙은 나뭇가지를 입에 문 불붙은 고양이들은 부엌문과 집 안의 다른 문들을 밀쳐대지만 전부 잠겨 있다. 스몰과 마녀의 복수는 마당에 서서 마녀의 집과 마녀의 책과 마녀의 소파와 마녀의 냄비와 마녀의 고양이들이, 그녀의 고양이들마저, 한 마리도 남김없이 불타는 것을 바라본다.

집에 불을 지르면 절대로 안 된다. 고양이한테 불을 붙이면 절대로 안 된다. 집에 불이 났는데 두 손 놓고 바라보기만 해서는 절대로 안 된다. 그런 일을 하라고 시키는 고양이의 말을 들어서는 절대로 안 된다. 어머니가 그만 보고 들어가서 자라고 하면 엄마 말씀을 들어야 한다. 어머니의 복수를 잘 새겨들어야 한다.

마녀를 독살하면 절대로 안 된다.

아침이 되자 스몰은 마당에서 잠을 깼다. 숯검댕이 기름 낀 담요처럼 온몸을 뒤덮고 있었다. 새하얗고 빨갛고 깨끗한 냄새가 나는 마녀의 복수는 스몰의 품에서 몸을 동그랗게 말고 자고 있었다. 마녀의 집은 아직 서 있지만, 유리창은 녹아서 집의 전면부로 흘러내렸다.

마녀의 복수가 일어나 상어 껍질처럼 깔깔한 조그만 혓바닥으로 스몰을 핥았다. 고양이는 빗질을 해달라고 했다. 그러고선 집 안으로 들어가 조그만 꾸러미를 물고 나왔다. 흐물흐물하고 축 늘어진 것이 아기 고양이 같았다.

고양이가죽이다. 단지 이젠 고양이 몸이 그 속에 없을 뿐.

스몰이 가죽을 집어드니, 가볍고 헐렁한 가죽에서 뭔가 반짝이는 것이 굴러떨어졌다. 기름이 묻어 미끌미끌한 금화였다. 마녀의 복수는 수십 벌의 고양이가죽을 들고 나왔고, 그 속에 모두 금화가 들어 있었다. 스몰이 횡재한 재산을 세는 동안, 마녀의 복수는 자기 발톱을 하나 뽑고, 마녀의 자궁에서 마녀의 긴 머리칼을 하나 뽑았다. 그리고 재단사처럼 풀밭 위에 책상다리를 하고 앉아 고양이가죽들을 엮어 가방을 만들기 시작했다.

스몰은 몸을 떨었다. 아침으로 먹을 거라곤 풀밖에 없었는데, 풀은 새카맣게 탔다.

"추워?" 마녀의 복수가 물었다. 그러고는 가방을 한옆에 밀어두고 다른 고양이가죽을 하나 집어들었다. 새까맣고 질 좋은 가죽이었다. 고양이는 날카로운 발톱으로 한가운데를 쭉 쨌다. "따뜻한 옷을 만들어줄게."

고양이는 검은고양이와 얼룩고양이의 모피를 사용했고, 회색과 흰색 줄무늬 털로 발 부분 그러니까 소매 가장자리에 장식을 달았다.

고양이는 옷을 지으며 스몰에게 말했다. "예전에 바로 이 땅에서 전투가 있었다는 거 알고 있어?"

스몰은 모른다고 고개를 저었다.

"마당이 있는 곳이라면 어디든," 마녀의 복수는 앞발로 땅을 긁으며 말했다. "내 단언하는데, 이 밑에는 사람들이 묻혀 있어. 이거 봐." 고양이는 작고 검붉은 핏덩이를 파내더니 입안에 쏙 넣고는 혓바닥으로 깨끗이 닦았다.

그리고 조그맣고 동그란 것을 뱉었는데, 스몰이 보니 상아로 만든 군복 단추였다. 마녀의 복수는 흙 속에서 단추를 몇 개 더 파내어(마치 상아 단추가 땅속에서 자라는 것 같았다) 고양이가죽에 꿰매어 붙였다. 눈구멍 두 개를 뚫은 후드 모자와 근사한 고양이 수염도 멋들어지게 만들어 달고, 뒤쪽에는 우아한 고양이 꼬리도 네 개 더 박았다. 스몰이 입으려면 꼬리 하나로는 부족하고 이 정도는 되어야 한다는 듯. 또 꼬리마다 하나씩 방울도 달았다. 고양이는 스몰에게 말했다. "입어봐."

스몰이 그 옷을 입자 방울 소리가 딸랑딸랑 울린다. 마녀의 복수는 깔깔 웃는다. "아주 잘생긴 고양이인데그래." 고양이가 말한다. "세상 어느 엄마라도 자랑스러워 할 거야."

고양이가죽 안쪽은 부드럽고, 스몰의 피부에 살짝 들러붙는다. 머리 위로 후드를 덮어쓰니 세상이 사라진다. 눈구멍을 통해 세상의 또렷한 부분(풀, 금화, 책상다리를 하고 앉아 가죽으로 가방을 엮고 있는 고양이)만 보인다. 느슨하게 꿰맨 솔기 사이로, 가죽이 축 늘어진 가슴 부분과 단춧구멍 틈새로 공기가 새어든다. 스몰은 손가락 없이 뭉툭한 고양이 앞발로 뱀장어 같은 꼬리 한 다발을 들고 앞뒤로 흔들어 방울 소리를 듣는다. 방울 소리, 새카맣게 타서 구워진 대기의 냄새, 따뜻하고 잘 들러붙는 옷, 바닥을 디딜 때 느껴지는 새 털가죽 느낌. 스몰은 잠이 들고, 개미 떼 수백 마리가 와서 자신을 살며시 들어 침대로 옮기는 꿈을 꾼다.

스몰이 다시 후드를 뒤로 젖혔을 때 마녀의 복수는 바느질을 다 끝냈다. 스몰은 고양이가 금화를 가방에 넣는 것을 도왔다. 마녀의 복수는 뒷발로 서서 가방을 앞발로 부여잡고는 어깨에 걸머졌다. 금화가 서로 부딪혀 미끄러지며 야옹거리고 쉿쉿거렸다. 가방은 풀밭 위에 질질 끌려 재가 묻었고, 땅에는 길게 녹색 자국이 남았다. 그러나 마녀의 복수는 공기 주머니를 걸머진 듯 성큼성큼 걸었다.

스몰은 다시 후드를 쓰고 네발로 엎드렸다. 그리고 종종걸음으로 마녀의 복수를 뒤따랐다. 둘은 활짝 열린 마당의 문을 빠져나와 숲으로 들어갔고, 마법사 랙이 사는 집으로 향했다.

숲은 전보다 자다. 스몰은 자라는 중인데, 숲은 줄어드는 중이다. 나무들이 베어졌다. 집들이 들어섰다. 잔디밭이 깔렸고, 도로가 놓였다. 마녀의 복수와 스몰은 그렇게 생긴 도로 중 한 곳을 따라 걸었다. 스쿨버스가 지나갔다. 안에 탄 아이들이 창밖을 내다보다가 마녀의 복수가 성큼성큼 걸어가고 그 꽁무니에 고양이가죽을 뒤집어쓴 스몰이 따라가는 것을 보고 와자하게 웃음을 터뜨렸다. 스쿨버스가 지나간 뒤 스몰은 고개를 들고 눈구멍으로 밖을 쳐다보았다.

"이런 집들엔 누가 살아?" 스몰은 마녀의 복수에게 물었다.

"그건 틀린 질문이야, 스몰." 마녀의 복수가 스몰을 내려다보며 이렇게 말하고, 다시 성큼성큼 걸어갔다.

야옹, 고양이가죽 가방이 소리 낸다. 짤그랑.

"그럼 바른 질문은 뭐야?" 스몰이 물었다.

"저 집들 아래엔 누가 사는지 물어봐." 마녀의 복수가 말했다.

스몰은 얌전히 시키는 대로 했다. "저 집들 아래엔 누가 살아?"

"정말 좋은 질문이야!" 마녀의 복수가 말했다. "보다시피, 모든 사람이 다 자기 집을 낳을 수 있는 건 아냐. 대신 사람들은 보통 아이를 낳지. 그리고 아이를 갖게 되면, 아이를 넣어둘 수 있는 집이 필요해. 아이들과 집이 있는 거지. 사람들은 대개 전자는 낳고, 후자는 지어야 해. 그게 저런 집들이야. 예전에는 남자와 여자 들이 집을 지으려면 먼저 땅굴을 팠어. 그리고 그 땅굴 속에 작은 방을 만들었어. 조그맣게 나무로 만든 원룸인 셈이지. 그리고 땅굴 속 집에 넣을 아들과 딸을 훔치거나 샀지. 그런 다음 그 조그만 첫번째 집

위에 다시 집을 짓는 거야."

"그 조그만 집 뚜껑에 문은 달았어?" 스몰이 물었다.

"문은 안 달았어." 마녀의 복수가 말했다.

"그럼 아들과 딸은 어떻게 거기서 나와?" 스몰이 물었다.

"아들과 딸은 그 조그만 집 안에 계속 있는 거야." 마녀의 복수가 말했다. "거기서 평생을 살았고, 지금도 여전히 그 집 안에 살고 있어. 사람들이 사는 집 아래에서 말이야. 그리고 위에 있는 집에 사는 사람들은 자기들 맘대로 왔다 갔다 하면서도, 자기네 발밑의 조그만 집 속 조그만 방 안에 있는 아이들이 어떻게 사는지는 전혀 관심이 없어."

"하지만 부모님들은?" 스몰이 물었다. "자기 아들과 딸을 찾아가 보지도 않았어?"

"아." 마녀의 복수가 말했다. "그럴 때도 있고 안 그럴 때도 있고. 어쨌든, 누가 저 집들 아래 살고 있냐고? 그건 오래전 얘기야. 지금은 사람들이 집을 지을 때 아이 대신에 고양이를 묻어. 고양이를 집 고양이라고 부르는 이유가 바로 그 때문이지. 그러니까 지금 우리는 정신 똑바로 차리고 걸어야 해. 보다시피, 여기엔 새로 짓는 집들이 많으니까."

과연 그러하다. 둘은 남자들이 조그만 땅굴을 파고 있는 공터 옆을 지난다. 처음에 스몰은 후드를 뒤로 젖히고 서서 걷다가, 다시 후드를 뒤집어쓰고 네발로 걷는다. 되도록 남의 눈에 띄지 않으려고 몸집을 조그맣게 줄인다. 꼭 고양이가 그러듯. 하지만 꼬리에 달린 방울이 흔들리고 마녀의 복수가 걸머진 가방에서 동전들이 부딪히며 야옹거려서 남자들은 일손을 멈추고 고양이와 소년이 지나가는 모습을 지켜본다.

세상에는 마녀가 몇 명이나 있을까? 하나라도 본 적이 있나? 마녀를 보면 마녀다! 하고 알까? 마녀를 보면 어떻게 반응할까? 말이 나왔으니 말인데, 고양이를 보면 고양이다! 하고 알 수 있나? 정말?

스몰은 마녀의 복수를 뒤따랐다. 무릎과 손바닥에는 굳은살이 박였다. 가끔 가방을 들어주고 싶을 때도 있었지만 너무 무거웠다. 얼마나 무겁냐고? 아마 당신도 못 들걸.

둘은 개천에서 물을 마셨다. 밤에는 고양이가죽 가방을 열고 그 안에 기어들어가 잤으며, 배가 고프면 동전을 핥았다. 동전은 황금색 기름을 흘리는 것처럼 항상 기름졌다. 길을 가면서 마녀의 복수는 노래를 불렀다.

난 엄마가 없어
우리 엄마도 엄마가 없고
우리 할머니도 엄마가 없고
우리 증조할머니도 엄마가 없고
우리 고조할머니도 엄마가 없고
너도 엄마가 없어
이 노래를 너에게
불러줄
엄마가

가방 속 동전들도 야옹야옹 따라 불렀고, 스몰의 꼬리에 달린 방울도 박자를 맞췄다.

매일 저녁 스몰은 마녀의 복수의 털을 빗긴다. 매일 아침 마녀의 복수는 스몰의 온몸을 핥아준다. 귀 뒤쪽과 오금을 닦아주는 것도 빼먹지 않는다. 그러고 나서 스몰이 고양이가죽을 뒤집어쓰면, 또 한 번 깨끗이 손질해준다.

어떤 때는 숲속에 있었고, 어떤 때는 숲이 마을이 되었다. 그러면 마녀의 복수는 스몰에게 마을의 집에 사는 사람들에 관해, 그 집 아래에 있는 집에 사는 아이들에 관해 얘기해주었다. 한번은, 숲속에서, 마녀의 복수가 스몰에게 예전에 집이 있던 자리를 보여주었다. 지금은 부드러운 녹색 이끼가 낀 주춧돌과 굵은 밧줄로 잡아세운, 담쟁이덩굴이 휘감긴 굴뚝밖에 남아 있지 않았다.

마녀의 복수는 주춧돌 주위를 시계방향으로 돌면서, 고양이한테도 소년한테도 속이 비어 울리는 소리가 들릴 때까지 풀이 무성한 땅을 가볍게 두드렸다.

마녀의 복수는 네발로 엎드려 앞발의 발톱으로 땅을 파헤치고 물어뜯었고, 이윽고 나무로 만든 조그만 지붕이 드러났다. 마녀의 복수는 지붕을 똑똑 노크했다. 스몰은 꼬리를 초조하게 흔들어댔다.

"흐음, 지붕을 뜯어내 가엾은 아이들을 꺼내줄까?" 마녀의 복수가 말했다.

스몰은 땅속 지붕 가까이 기어갔다. 지붕에 귀를 대보았지만 아무 소리도 들리지 않았다. "안에 아무도 없어."

"낯을 가리는 아이들인가보지." 마녀의 복수가 말했다. "아이들을 꺼내줄까 아니면 그대로 놔둘까?"

"꺼내줘야지!" 스몰은 이렇게 외쳤지만, 원래 말하고 싶었던 뜻은 이거였다. "아이들을 내버려둬!" 아니면 속으로는 반대로 생각하면서 "그대로 놔둬!"라고 말했는지도. 마녀의 복수가 스몰을 쳐다보았다. 그때 스몰은 무슨 소리를 들은 것 같았다. 자신이 웅크리고 가만히 앉아 있던 자리 밑에서, 들릴락 말락 무슨 소리가 났다. 흙투성이에 무너져가는 지붕을 긁는 소리.

스몰은 벌떡 일어나 비켰다. 마녀의 복수는 돌로 힘껏 내리쳐 지붕에 구멍을 뚫었다. 안을 들여다보니 칠흑처럼 캄캄했고 희미하게 바싹 마른 냄새가 났다. 둘은 땅바닥에 앉아서 뭐가 나올까 하고 기다렸지만 아무것도 나오지 않았다. 잠시 후 마녀의 복수는 고양이가죽 가방을 걸머졌고, 두 사람은 다시 길을 떠났다.

그 후로 며칠 동안 스몰은 작고 마르고 차갑고 더러운 누군가가 혹은 무언가가 자기들을 따라오는 꿈을 꾸었다. 그러던 어느 날 밤 그것은 소리 없이 사라져버렸고, 어디로 갔는지 스몰은 결코 알지 못했다. 하지만 만약 당신이 숲속 그 자리에 가게 되면, 고양이와 소년이 주춧돌 옆에 앉아 기다리던 그곳에 가게 되면, 그들이 꺼내준 것과 만나게 될 것이다.

스몰의 어머니인 마녀가 마법사 랙과 싸운 이유는 아무도 몰랐다. 비록 스몰의 어머니인 마녀가 그 때문에 죽었지만 말이다. 마법사 랙은 잘생긴 남자였고 자신의 아이들을 매우 사랑했다. 랙은 왕궁이나 대저택, 하렘 안의 아기 침대에 누워 있던 아이들을 훔쳐왔다. 아이들의 원래 신분에 걸맞게 비단옷을 입히고 황금 왕관을 씌우고 황금 그릇에 밥을 먹였다. 아이들은 황금 잔으로 물을 마셨다. 랙의 아이들은 부족한 것이 아무것도 없다고들 했다.

아마도 마법사 랙이 스몰의 어머니인 마녀가 아이들을 키우는 방식에 관해서 뭐라고 한마디했거나, 마녀가 자기 아이들의 빨강 머리를 뽐냈을 수도 있다. 하지만 그 밖에 다른 이유도 있었을 것이다. 마녀와 마법사 들은 뽐내기 마련이고 또 싸움도 곧잘 하니까.

스몰과 마녀의 복수가 마침내 마법사 랙의 집에 다가가자, 마녀의 복수가 스몰에게 말했다. "저 추한 몰골 좀 봐! 나는 더 근사한 똥을 싸서 나뭇잎 밑에 묻었다고. 그리고 저 냄새는 또 어떻고, 하수관이 새나봐! 이웃집들은 어떻게 이런 악취를 다 참는 거지?"

남자 마법사들은 자궁이 없으므로 다른 수단을 동원하여 집을 얻거나 아니면 다른 마녀한테 산다. 하지만 스몰이 보기에 랙의 집은 굉장히 근사했다. 스몰이 마녀의 복수 옆에서 진입로에 엉덩이를 깔고 앉아 있자니, 창문마다 한 명씩 왕자와 공주 들이 그를 내려다보았다. 말은 안 했지만 스몰은 누나와 형들이 그리웠다.

"가자." 마녀의 복수가 말했다. "좀 떨어져서 마법사 랙이 집에 돌아올 때까지 기다리자."

스몰은 마녀의 복수를 뒤따라 숲으로 되돌아갔는데, 조금 있으니 마법사 랙의 아이들 중 두 명이 금으로 된 바구니를 들고 집에서 나왔다. 두 아이는 숲으로 오더니 블랙베리를 따기 시작했다. 마녀의 복수와 스몰은 가시덤불 속에 앉아 아이들을 관찰했다.

스몰은 누나들과 형들 생각이 났다. 블랙베리의 맛과 입안에서 느껴지는 감촉을 떠올렸다. 기름 맛과는 전혀 달랐다. 가시덤불 깊숙한 안쪽에서 스몰은 고양이가죽 옷의 모자를 젖히고 얼굴을 덤불에 댔고, 블랙베리 하나가 스몰의 입술에 맞고 땅에 떨어졌다. 바람이 덤불을 뚫고 지나갔고, 스몰의 가죽옷이 펄럭여 모피 속 피부에 소름이 돋았다.

마녀의 복수는 스몰의 등허리에 포근히 기댔다. 고양이는 스몰의 꼬리뼈 쪽에 엉킨 털을 핥아서 골라주었다. 공주들이 노래를 부르고 있었다.

스몰은 마녀의 복수와 함께 가시덤불 속에서 살기로 결심했다. 블랙베리를 먹고 살면서, 딸기를 따러 오는 아이들을 염탐하고, 마녀의 복수는 이름을 바꿀 것이다. '어머니'라는 이름이 블랙베리의 감미로운 맛과 함께 스몰의 입속에 맴돌았다.

"지금이야. 나가." 마녀의 복수가 말했다. "나가서 새끼 고양이처럼 까불어. 장난치듯이. 네 꼬리를 쫓아 빙빙 도는 거야. 수줍은 듯, 하지만 너무 낯가리지는 말고. 말은 걸지 마. 아이들이 널 귀여워하게 만드는 거야. 물면 안 돼."

고양이는 스몰의 궁둥이를 밀었고, 스몰은 가시덤불에서 데굴데굴 굴러나와 마법사 랙의 아이들 발치에 대자로 뻗었다.

조지아 공주가 소리쳤다. "이것 봐! 귀여운 고양이야!"

언니인 마거릿은 미심쩍다는 듯 말했다. "하지만 꼬리가 다섯 개야. 저렇게 꼬리 많은 고양이는 처음 보는걸. 그리고 가죽이 단추로 여며져 있고 덩치도 거의 너만큼 크잖아."

그래도 스몰은 껑충거리며 뛰어다니기 시작했다. 꼬리를 앞뒤로 흔들어 방울을 울렸고, 그 소리에 제가 놀라는 시늉을 했다. 처음엔 제 꼬리를 보고 놀라 도망치다가, 그다음엔 꼬리를 쫓아다녔다. 두 공주는 블랙베리가 반쯤 든 바구니를 내려놓고, 바보 야옹이라고 부르며 스몰에게 말을 걸었다.

처음에는 공주 옆에 가까이 가지 않으려고 했다. 그러다 서서히 길이 드는 척했다. 털을 쓰다듬게 해주고 블랙베리를 얻어먹었다. 공주가 머리에 매단 리본을 쫓아다니기도 하고, 사지를 쭉 뻗고 드러누워 배에 달린 단추를 보여주니 공주들은 감탄했다. 그때 마거릿 공주가 스몰의 가죽을 홱 잡아당기더니 한 손을 헐렁한 고양이 가죽 속으로 집어넣어 스몰의 소년다운 피부를 만졌다. 스몰은 앞발로 공주의 손을 탁 쳐서 밀어냈고, 마거릿의 동생인 조지아가 고양이는 배 만지는 거 싫어한다고 아는 척했다.

스몰과 공주들이 모두 사이좋은 친구가 됐을 때쯤, 마녀의 복수가 덤불에서 나와 뒷발로 서서 노래를 불렀다.

난 아이가 없어

우리 아이도

아이가 없고

우리 손주도

아이가 없고

우리 증손주는

콧수염도

꼬리도 없어

그 모습을 보고 마거릿 공주와 조지아 공주는 손가락질을 하며 배꼽을 잡고 웃었다. 노래하는 고양이는 생전 듣지도 못했고, 뒷발로 건는 고양이는 생전 보지도 못했다. 스몰은 다섯 꼬리를 맹렬하게 휘둘렀고, 등을 둥글게 구부리고 고양이가죽의 털을 몽땅 세웠는데, 그 모습을 보고도 공주들은 까르르 웃었다.

바구니 가득 블랙베리를 따 담은 공주들이 숲에서 돌아갈 때, 스몰은 그들 발치에서 유유히 걸었고, 마녀의 복수가 그 뒤를 따랐다. 그러나 황금이 든 가방은 가시덤불 속에 숨겨놨다.

그날 저녁 마법사 랙은 두 손 가득 아이들에게 줄 선물을 가지고 집으로 돌아왔다. 남자애 한 명이 현관으로 달려가 아버지를 마중하며 이렇게 말했다. "숲에서 마거릿과 조지아를 따라온 게 뭔지 보세요! 우리가 키워도 돼요?"

식탁에는 아직 저녁이 차려지지 않았고, 마법사 랙의 아이들은 아직 숙제하러 앉지 않았고, 마법사 랙의 공식 알현실에는 꼬리가 다섯 개인 고양이가 빙글빙글 맴돌고 있었고, 또다른 고양이 한 마리는 무엄하게도 그의 옥좌에 앉아 노래를 불렀다.

그래!
네 아버지의 집은
제일 밝고
제일 햇볕에 그을렸고
제일 크고
제일 비싸고
제일 달콤한 냄새가 나는

집이지
똥구멍에서 나온
집치고는

마법사 랙의 아이들은 이 노래를 듣고 포복절도하다가 마법사가, 제 아버지가, 거기 서 있는 것을 보았다. 아이들은 이내 조용해졌다. 스몰은 빙빙 돌던 것을 멈췄다.

"너구나!" 마법사 랙이 소리쳤다.

"나다!" 하고 외치며 마녀의 복수는 옥좌에서 뛰어올랐다. 무슨 짓을 하려는 건지 어느 누구도 미처 알아차리기 전에, 고양이는 마법사 랙의 목을 한입에 물어뜯었다. 랙이 말을 하려고 입을 벌리자 피가 뿜어져나왔고, 마녀의 복수는 이제 하얀 고양이라기보다 빨간 고양이였다. 마법사 랙은 쓰러져 죽었고, 붉은 개미들이 랙의 목에 난 구멍과 입에서 열 맞춰 밖으로 나왔다. 개미들은 마녀의 복수가 랙의 목을 꽉 물었던 것처럼 시간의 조각을 입에 꽉 물고 있었다. 고양이는 랙의 목을 놓았고, 랙은 자신의 피가 고인 바닥에 누워 뻗었다. 고양이는 한참 동안 배를 곯은 것처럼 허겁지겁 개미들을 잡아 꿀꺽꿀꺽 삼켰다.

이런 일이 벌어지는 동안, 마법사 랙의 아이들은 서서 멀뚱히 바라볼 뿐 아무 짓도 하지 않았다. 스몰은 꼬리를 발치에 말고 바닥에 앉아 있었다. 입에는 피칠갑을 하고 개미와 시간을 배불리 먹은 마녀의 복수가 일어나서 아이들을 찬찬히 둘러보았다.

"가서 내 고양이가죽 가방을 가져와." 고양이는 스몰에게 말했다.

알고 보니 스몰은 움직일 수 있었다. 스몰 주위의 공주와 왕자들은 꼼짝도 하지 않았다. 마녀의 복수가 시선으로 그들을 붙잡아 놓고 있었다.

"도움이 필요할 것 같아." 스몰이 말했다. "혼자 들기엔 가방이 너무 무거워."

마녀의 복수는 하품을 했다. 고양이는 발을 핥고 입가를 쓰다듬기 시작했다. 스몰은 가만히 서 있었다.

"좋아." 고양이가 말했다. "저기 크고 힘센 여자애들을 데려가. 마거릿 공주와 조지아 공주 말이야. 걔네들이 길을 아니까."

마거릿 공주와 조지아 공주는 다시 움직일 수 있게 됐다는 것을 알고 사시나무 떨듯 떨기 시작했다. 두 공주는 용기를 내어 스몰을 따라나섰다. 둘은 서로 손을 꼭 잡고, 아버지인 마법사 랙의 시신을 외면하며 공식 알현실을 나와 숲으로 갔다.

조지아는 울기 시작했다. 마거릿 공주는 스몰에게 이렇게 말했다. "우릴 놔줘!"

"어디로 가려고?" 스몰이 말했다. "세상은 위험한 곳이야. 세상에는 나쁜 마음을 먹는 사람들이 있어." 스몰이 후드를 뒤로 젖히자, 조지아 공주는 더욱 크게 울었다.

"우릴 놔줘." 마거릿 공주가 거듭 말했다. "우리 부모님은 여기서 걸어서 사흘이 안 걸리는 곳에 있는 나라의 왕과 왕비야. 우릴 다시 보면 기뻐하실 거야."

스몰은 아무 말도 하지 않았다. 셋은 가시덤불 있는 곳까지 왔고, 스몰은 조지아 공주에게 고양이가죽 가방을 찾아오라고 시켰다.

공주는 가방을 들고 나오면서 여기저기 긁혀 피가 났다. 가방은 가시덤불에 걸려 끝부분이 찢겼다. 금화가 번들거리는 기름방울처럼 뚝뚝 땅에 떨어졌다.

"네 아버지가 우리 어머니를 죽였어." 스몰은 설명했다.

"그리고 그 고양이가, 네 어머니의 귀신이, 우릴 죽이거나 그보다 더 나쁜 짓을 하겠지." 마거릿 공주가 대꾸했다. "우릴 놓아줘!"

스몰은 고양이가죽 가방을 걸머졌다. 그 안에 동전은 하나도 남아 있지 않았다. 조지아 공주는 네발로 엎드려 동전을 주워 제 주머니에 넣고 있었다.

"그 사람이 네 아버지 맞아?" 스몰이 물었다.

"그 사람은 그렇게 생각했지." 마거릿 공주가 말했다. "하지만 그 아저씨가 죽었다고 해서 슬프지는 않아. 나는 크면 여왕이 될 거야. 그럼 왕국 내의 마녀와 마법사를 죄다, 그들의 고양이까지 몽땅 사형시키는 법을 만들 거야."

그 말을 듣고 스몰은 겁이 났다. 스몰은 고양이가죽 가방을 들쳐 메고 두 공주를 숲속에 남겨둔 채, 마법사 랙의 집을 향해 달렸다. 두 공주가 마거릿 공주의 부모님이 계신 집까지 무사히 갔는지, 아니면 산적들 손아귀에 들어갔는지, 아니면 가시덤불 속에서 살았는지, 아니면 마거릿 공주가 커서 자기 말대로 자기 왕국 내의 마녀와 마법사와 고양이 들을 죄다 없앴는지 스몰은 결코 알지 못했으며, 나도 모르고, 당신도 모른다.

스몰이 마법사 랙의 집으로 돌아오자 마녀의 복수는 대번에 사태를 파악했다. "신경 쓰지 마." 고양이가 말했다.

공식 알현실에는 왕자도 공주도 없었다. 아이들은 한 명도 없었다. 마법사 랙의 시신은 그대로 바닥에 누운 채였지만, 마녀의 복수가 토끼가죽 벗기듯 껍질을 벗겨 바느질하여 가방으로 만들었다. 가방은 꿈틀거리며 몸부림쳤고, 마치 마법사 랙이 아직 살아서 가방 안 어디엔가 들어 있는 것처럼 양옆이 뒤틀렸다. 마녀의 복수는 한 손으로는 마법사가죽 가방을 잡고, 다른 손으로는 고양이를 잡아 가방 주둥이 속으로 쑤셔넣는 중이었다. 고양이들은 가방 속으로 들어가며 구슬프게 울었다. 가방 안은 비탄의 통곡으로 가득했다. 그러나 마법사 랙의 버려진 육신은 무력하게 축 늘어져 있었다.

껍질이 벗겨진 시체 옆 바닥에는 조그만 금관이 쌓여 있었고, 얇고 투명한 것들이 바람에 실려 방 안을 날아다녔다. 그 얇게 벗겨진 얼굴에는 놀란 표정이 떠올라 있었다.

방구석과 옥좌 밑에 고양이들이 숨어 있었다. "가서 잡아와." 마녀의 복수가 말했다. "하지만 제일 예쁜 세 마리는 놔둬."

"마법사 랙의 아이들은 어디 갔어?" 스몰이 물었다.

마녀의 복수는 턱짓으로 방 안을 휘 가리켰다. "보다시피, 껍질을 벗겨냈더니 속은 다 고양이더라고. 지금은 저렇지만 1~2년쯤 지나면 저 껍질도 다 벗고 새로운 것이 될 거야. 아이들은 원래 크는 법이니까."

스몰은 온 방 안을 휘저으며 고양이들을 쫓아다녔다. 고양이들도 제법 빨랐지만, 스몰은 더 빨랐다. 고양이들도 민첩했지만, 스몰은 더 민첩했다. 스몰은 오랫동안 고양이 옷을 입고 지냈다. 그는 고양이들을 한쪽 모서리로 몰아넣었고, 마녀의 복수가 그것들을 잡아 가방 속에 넣었다. 결국 공식 알현실에는 세 마리 고양이만 남았고, 그 세 마리는 누구라도 키우고 싶으니 달라고 할 만큼 예쁜 고양이 트리오였다.

"잘했어, 그것도 빠르게." 마녀의 복수는 이렇게 칭찬하고 바늘을 꺼내 가방 주둥이를 꿰매버렸다. 마법사 랙의 가죽은 스몰을 보며 환하게 웃었고, 힘없이 벌어진 랙의 피 묻은 입술 사이로 고양이 한 마리가 고개를 내밀고 구슬프게 울었다. 마녀의 복수는 랙의 입도 꿰맸고, 반대편 구멍도 꿰매 막아버렸다. 집이 나온 구멍이었다. 마녀의 복수는 랙의 귓구멍과 눈구멍과 콧구멍만 남겨두었는데, 털가죽으로 가득 찬 그곳은 고양이들이 숨쉴 수 있도록 열어놓았다.

마녀의 복수는 고양이가 한가득 든 가죽 가방을 어깨에 걸머지고 일어섰다.

"어디로 갈 건데?" 스몰이 물었다.

"이 고양이들한테는 엄마 아빠가 있어." 마녀의 복수가 말했다. "아이들을 몹시 보고 싶어 하는 부모님들이 있다고."

마녀의 복수는 스몰을 물끄러미 바라보았고, 스몰은 더이상 묻지 않기로 했다. 스몰은 새 고양이 옷을 입은 공주 두 명과 왕자 한 명과 함께 집 안에서 기다렸고, 마녀의 복수는 강가로 내려갔다. 아니면 시장에 갖고 가서 팔았을지도 모른다. 아니면 저마다 고향 왕국으로, 원래 집의 친부모에게 돌려보냈을지도 모른다. 아니면 아이들이 원래 친부모에게 맞게 돌아갔는지 제대로 확인하지 않았을지도 모른다. 어쨌든 마녀의 복수는 일을 서둘렀고, 고양이들이란 밤에 보면 그놈이 그놈처럼 비슷해 보이기 마련이니까.

마녀의 복수가 어디로 갔는지 본 사람은 없다. 하지만 마법사 랙이 훔친 아이들의 부모인 왕과 왕비가 사는 왕궁보다는 시장이 가깝고, 강은 더 가깝다.

마녀의 복수는 랙의 집으로 돌아와 집 안을 둘러보았다. 집은 장난 아니게 악취를 풍기기 시작했다. 스몰의 코에도 냄새가 느껴질 정도였다.

"마거릿 공주가 너한테 몸을 허락했나보지." 마녀의 복수는 볼일을 처리하는 동안 그에 대해 생각하고 있었다는 듯 입을 열었다. "그래서 걔네들을 놔준 거야. 뭐 괜찮아. 걔는 꽤 예쁜 고양이였으니까. 나라도 놔줬을 거야."

마녀의 복수는 스몰의 얼굴을 쳐다보았고, 그의 어리둥절한 표정을 알아차리고는 얼버무렸다. "신경 쓰지 마."

마녀의 복수는 발에서 기다란 실과 코르크를 꺼냈고, 마법사 랙에게서 잘라낸 기름덩어리를 코르크에 발랐다. 마녀의 복수는 코르크를 착하고 재빠른 조그만 쥐라고 부르며 실에 꿰었고, 실에도 기름칠을 한 다음, 꼬물거리는 코르크를 스몰의 무릎 위에 웅크리고 있던 얼룩 고양이에게 먹였다. 조금 있다가 다른 코르크를 꺼내더니 또 기름칠을 해서 귀여운 검정 고양이에게 먹였고, 또 앞발이 하얀 고양이한테도 먹여서, 세 마리 고양이를 모두 실로 부릴 수 있게 되었다.

마녀의 복수는 고양이가죽 가방의 찢어진 부분을 기웠고, 스몰이 금관을 가방에 넣었더니 예전하고 비슷하게 무거워졌다. 마녀의 복수는 가방을 걸머지고 스몰은 기름칠한 실을 입에 물었다. 그리하여 그들이 마법사 랙의 집을 떠날 때 세 마리 고양이는 스몰 뒤를 따라 달려야 했다.

죽은 마법사 랙의 집을 나올 때 스몰은 성냥을 켜서 집에 불을 놓는다. 하지만 똥은 탄다고 해도 천천히 타니까, 누군가 가서 불을 끄지 않았다면 그 집은 지금도 계속 타고 있을 것이다. 그리고 나중에 언젠가는 누군가 그 집 옆에 흐르는 강에서 낚시를 하게 될 테고, 그 낚싯줄에는 고양이가죽 옷을 입고 흠뻑 젖은 채 슬퍼하며 꼼지락거리는 왕자와 공주가 가득 든 가방이 걸릴 것이다. 이것이 남편이나 아내를 얻는 방법 중 하나다.

스몰과 마녀의 복수는 쉬지 않고 걸었고, 세 마리 고양이는 그들 뒤를 따랐다. 그들은 스몰의 어머니인 마녀가 살던 곳에서 아주 가까운 작은 마을에 도착했고, 마녀의 복수는 마을 푸줏간 주인에게 방을 하나 얻었다. 그들은 새장을 사서 주방에 있는 고리에 걸었고, 기름칠한 실은 자르고 세 마리 고양이를 그 안에 넣어두었다. 스몰은 목걸이와 목줄을 사서 가끔 한 마리씩 목줄을 씌워 산책을 나가 마을을 한 바퀴 돌았다.

이따금 자기 고양이 옷을 입고 나가 어슬렁거릴 때도 있었는데, 그 모습을 마녀의 복수에게 들키면 무척 혼이 났다. 세상에는 시골풍도 있고 도회풍도 있는 법인데, 스몰은 이제 도회풍 멋쟁이 소년이 되었다.

마녀의 복수는 살림을 했다. 청소하고 요리하고 아침이면 스몰의 이불을 갰다. 마녀의 고양이라면 으레 그러듯, 마녀의 복수도 늘 분주했다. 마녀의 복수는 냄비에 금관을 녹여 금화로 만들었다. 은행에 계좌를 텄고, 스몰을 사립학교에 입학시켰다.

마녀의 복수는 실크드레스를 입고 장갑을 끼고 무거운 베일을 썼으며, 근사한 마차를 타고 스몰을 옆에 앉히고 볼일을 보러 다녔다. 집을 지을 땅을 샀고, 스몰이 울든 말든 매일 아침 아이를 학교로 쫓아보냈다. 그러나 밤이면 옷을 벗고 스몰의 베개 위에서 잤고, 스몰은 고양이의 붉고 하얀 털을 빗겼다.

가끔 밤에 잘 때 마녀의 복수는 경련하며 신음 소리를 흘렸고, 스몰이 무슨 꿈을 꿨냐고 물으면 고양이는 이렇게 대답했다. "개미 때문이야! 빗으로 빗어서 잡아낼 수 없니? 나를 사랑한다면 얼른 개미를 잡아줘."

하지만 개미는 한 마리도 없었다.

어느 날 스몰이 집에 돌아와보니 앞발이 하얀 작은 고양이가 없어졌다. 마녀의 복수에게 물으니 새장에서 빠져나와 열린 창문으로 뛰쳐나갔는데, 어떻게 하나 생각할 겨를도 없이 까마귀가 휙 내려와 작은 고양이를 채어가버렸다고 했다. 몇 달 후 그들은 새집으로 이사했고, 스몰은 문을 드나들 때마다 작은 고양이가 거기 어두운 데, 문간에, 발밑에 있을지도 몰라 조심하고 또 조심했다.

스몰은 점점 자랐다. 학교에서도 마을에서도 친구를 만들지 않았는데, 알다시피 다 크면 친구는 필요 없다.

어느 날 스몰과 마녀의 복수가 저녁을 먹는데 현관문을 두드리는 소리가 들렸다. 스몰이 문을 여니, 초췌하게 여윈 플로라와 잭이 서 있었다. 잭이 그렇게 꼬챙이 다발처럼 보인 건 처음이었다.

플로라가 외쳤다. "스몰! 많이 컸네!" 플로라는 아름다운 두 손을 꼭 맞잡으며 눈물바람을 했다.

잭은 마녀의 복수를 보며 말했다. "근데 넌 누구야?"

마녀의 복수는 잭에게 말했다. "내가 누구냐고? 난 네 엄마의 고양이고, 넌 두 치수 큰 옷을 입은 마른 꼬챙이 한줌이지. 어쨌든 네가 입 닥치고 있겠다면 나도 아무한테도 얘기하지 않겠어."

잭은 그 말을 듣고 코웃음을 쳤고, 플로라는 눈물을 거뒀다. 플로라는 집 안을 둘러보기 시작했다. 햇볕 잘 들고 크고 말끔히 정돈된 집이었다.

"너희 둘 다 들어와도 공간은 넉넉해." 마녀의 복수가 말했다. "스몰만 괜찮다면."

가족이 다시 모두 모이다니, 스몰의 심장은 기쁨으로 터져나갈 것 같았다. 그는 플로라에게 방 하나를 보여주었고, 잭에게도 다른 방을 보여주었다. 그러고 나서 아래층으로 내려가 두번째 저녁을 먹으며 스몰과 마녀의 복수는 플로라와 잭이 겪은 모험담에 귀기울였다. 새장 속의 고양이들도 귀기울였다.

소매치기가 플로라의 지갑을 훔쳐가는 바람에 그들은 마녀의 자동차를 팔았고, 그 돈을 카드 게임으로 날렸다. 플로라는 친부모를 찾았지만 그들은 플로라를 필요로 하지 않았다. (플로라는 다시 팔기에 나이가 너무 많았다. 그녀도 부모가 뭐 하는 사람들인지 깨달았을 것이다.) 플로라는 백화점에 일자리를 구했고, 잭은 극장에서 표를 팔았다. 두 사람은 싸우고 화해하고를 반복했고, 각자 다른 사람들과 사랑에 빠졌다가 수없이 좌절했다. 마침내 두 사람은 마녀의 집으로 되돌아가 무단거주해도 될지 혹은 뭔가 갖고 나와 팔아치울 게 있는지 알아보기로 했다.

그러나 집은 당연히도 불타 무너졌다. 그다음에 어떻게 할지 논의하다가 잭이 마을에서 동생 스몰의 냄새를 맡았다. 그리하여 두 사람은 이곳에 오게 되었다.

"여기서 우리랑 같이 살아." 스몰이 말했다.

잭과 플로라는 그럴 수 없다고 거절했다. 그들에게는 야망이 있다고 했다. 그들은 계획이 있었다. 1~2주 정도 머문 다음 다시 떠날 것이다. 마녀의 복수는 고개를 주억거리며 그도 일리는 있다고 대꾸했다.

날마다 스몰은 학교에서 돌아와 플로라와 같이 2인용 자전거를 타고 밖에 나갔다. 혹은 집에서 잭한테 두 손가락으로 동전 집는 법이라든가 컵에서 컵으로 옮겨가는 달걀 위치를 알아내는 법을 배웠다. 마녀의 복수는 브리지 게임을 가르쳐줬는데, 플로라와 잭은 한 팀이 될 수 없었다. 두 사람은 남편과 아내라도 되는 양 쌈박질을 해댔다.

"누나는 뭘 하고 싶어?" 어느 날 스몰이 플로라에게 물었다. 누나에게 기댄 채로, 자기가 여전히 고양이였다면 누나 무릎에 앉을 수 있을 텐데 아쉬워하면서.

플로라는 스몰의 머리를 쓰다듬으며 말했다. "뭘 하고 싶냐고? 평생 돈 걱정 안 하고 싶어. 절대 바람 안 피우고 날 버리지도 않을 남자랑 결혼하면 좋겠어." 그렇게 말하면서 플로라는 잭을 쳐다보았다.

잭이 말했다. "난 말대꾸하는 법도 없고, 이불을 머리 꼭대기까지 뒤집어쓰고 하루 종일 침대에 누워 질질 짜지도 않고, 날 나뭇가지 묶음이라고 부르지도 않는 아내가 있으면 좋겠다." 그렇게 말하면서 잭은 플로라를 쳐다보았다.

마녀의 복수는 스몰한테 입히려고 짜고 있던 스웨터를 내려놓았다. 마녀의 복수는 플로라를 쳐다보고, 잭을 쳐다보고, 그다음에 스몰을 쳐다보았다.

스몰은 부엌에 가서 새장 문을 열었다. 그는 두 마리 고양이를 꺼내 플로라와 잭한테 가져다주었다. "여기," 스몰이 말했다. "누나를 위한 남편이야. 그리고 형을 위한 아내. 공주와 왕자인데, 둘 다 아름답고, 교양 있게 잘 자랐고, 의심의 여지없는 부자야."

플로라는 조그만 수고양이를 잡아 올리고는 말했다. "장난치지 마, 스몰! 고양이랑 결혼하는 사람이 어디 있니!"

마녀의 복수가 말했다. "요는, 그 고양이가죽을 비밀 장소에 잘 숨겨야 해. 걔네들이 삐치거나 너한테 못되게 굴면, 다시 고양이가죽에 꿰매 넣고 가방에 담아 강에 던져버려."

그리고 발톱으로 얼룩무늬 고양이 옷의 가죽을 쫙 찢었더니, 플로라는 벌거숭이 남자를 잡고 있었다. 플로라는 비명을 지르며 남자를 땅에 떨어뜨렸다. 남자는 잘생기고 날씬하고 왕자다운 기품이 있었다. 누가 봐도 고양이로 착각할 리 없는 남자였다. 그는 일어서서 아주 우아하게 절을 했다. 벌거벗고 있었지만서도. 플로라는 얼굴이 빨개졌지만 무척 기뻐하는 눈치였다.

"왕자와 공주가 입을 옷 좀 가져와." 마녀의 복수는 스몰에게 말했다. 스몰이 옷을 가지고 돌아왔을 때 벌거벗은 공주가 소파 뒤에 숨어 있었고, 잭은 그녀를 곁눈질로 훔쳐보고 있었다.

그로부터 몇 주 후에 두 건의 결혼식이 있었고, 그 후에 플로라는 새로 얻은 남편과 함께 떠났고, 잭은 새로 얻은 아내와 함께 떠났다. 아마도 행복하게 잘 살았을 것이다.

마녀의 복수는 그날 저녁 식탁에서 스몰에게 말했다. "네 아내가 될 사람은 없네."

스몰은 어깨를 으쓱했다. "난 아직 한참 어리니까."

하지만 아무리 발버둥 쳐도 스몰은 나이를 먹어가고 있다. 이제 고양이가죽은 어깨가 간신히 들어간다. 단추를 잠그면 너무 꼭 끼어 팽팽하게 당겨진다. 다 크면 나오는 털(사람 털 말이다)이 나기 시작했다. 밤에는 꿈을 꾼다.

마녀인 그의 어머니의 스페인 무도화 뒷굽이 창문을 때린다. 공주가 가시덤불에 매달려 있다. 공주는 드레스 자락을 끌어올리고 있고, 그래서 속에 있는 고양이 털이 보인다. 이제 공주는 집 아래에 있다. 공주는 스몰과 결혼하고 싶어 하지만, 그가 공주에게 키스하면 집이 무너질 것이다. 그와 플로라는 다시 어린아이가 되어 마녀의 집에 있다. 플로라는 치맛자락을 들추고 말한다. 내 야옹이* 보여? 안에서 고양이가 그를 내다보고 있지만, 그렇게 생긴 고양이는 처음 본다. 그는 플로라에게 나도 야옹이가 있다고 말한다. 하지만 그의 야옹이는 생긴 게 다르다.

마침내 스몰은 숲에서 그 조그맣고 굶주린 벌거벗은 것이 사라졌을 때 무슨 일이 있었는지 알아차린다. 그것은 스몰이 자고 있을 때 그의 고양이가죽 속으로 기어들어와 그의 피부 속으로 파고들었다. 그것은 지금 그의 가슴팍에 둥지를 틀고 있는데 여전히 춥고 외롭고 허기진 상태다. 그것이 안에서부터 스몰을 파먹으면서 점점 커지고 있으니, 나중에 스몰은 하나도 남지 않게 될 것이고, 그 이름 없는 굶주린 아이가 스몰의 가죽을 입게 될 것이다.

스몰은 자면서 끙끙 앓는 소리를 낸다.

---

* pussy. 여성의 성기를 뜻하는 은어이기도 하다.

마녀의 복수의 가죽에는 개미들이 있다. 개미들은 가죽 솔기 틈새로 빠져나와 이불 속으로 행진해 들어와 스몰의 털이 자라는 은밀한 부위를 꼬집는데, 그게 꽤나 쓰리고 아프다. 스몰은 꿈을 꾼다. 마녀의 복수가 일어나서 다가와 그의 온몸을 핥아주니 통증이 눈 녹듯 사라지고, 유리창도 녹아 사라지고, 개미들이 기름칠한 기다란 실을 타고 어디론가 행진하여 가버린다.

"너는 뭘 하고 싶어?" 마녀의 복수가 묻는다.

스몰은 더이상 꿈을 꾸는 중이 아니다. 그는 대답한다. "우리 어머니가 보고 싶어!"

달빛이 유리창을 통해 침대를 비춘다. 달빛 속 마녀의 복수는 매우 아름답다. 여왕처럼, 나이프처럼, 불타는 집처럼, 고양이처럼 보인다. 털이 반짝반짝 빛난다. 잡아당긴 바늘땀처럼, 왁스처럼, 실처럼 콧수염이 밖으로 뻗었다. 마녀의 복수가 말한다. "네 어머니는 죽었어."

"그 가죽을 벗어봐." 스몰이 말한다. 스몰은 울고, 마녀의 복수는 그의 눈물을 핥아준다. 스몰은 온몸의 살갗이 따갑고, 집 아래에서 무언가 조그만 것이 구슬피 울어댄다. "우리 어머니를 돌려줘." 스몰이 말한다.

"만일 내가 네가 기억하는 것처럼 아름답지 않다면 어떡할래?" 스몰의 어머니가, 마녀가, 마녀의 복수가 말한다. "내 속은 개미투성이야. 가죽을 벗으면 개미들이 전부 쏟아져나올 거고, 그럼 나는 한 조각도 남지 않을 거야."

스몰이 묻는다. "왜 나를 혼자 남겨두고 떠난 거예요?"

그의 어머니인 마녀가 대답한다. "엄마는 너를 혼자 남겨두고 떠난 적이 없단다, 단 한 순간도. 나는 네 옆에 머물 수 있도록 나의 죽음을 고양이가죽 속에 넣고 꿰맸는걸."

"그거 벗어요! 어머니를 볼 수 있게요!" 스몰이 말한다.

마녀의 복수는 고개를 흔들며 말한다. "내일 밤에. 내일 밤에 다시 내게 말해보렴. 어떻게 넌 내게 그런 일을 해달라고 할 수 있니? 그리고 내가 어떻게 너에게 안 된다고 말할 수 있겠니? 넌 네가 지금 내게 무엇을 요구하고 있는 건지 알기나 하니?"

밤새 스몰은 어머니의 털을 빗긴다. 그의 손가락은 고양이가죽의 솔기를 찾고 있다. 마녀의 복수가 하품을 하면, 스몰은 혹시나 어머니의 얼굴을 볼 수 있을까 해서 입속을 슬쩍 들여다본다. 그는 자신이 점점 작아지는 것을 느낀다. 아침이면 고양이가죽 옷을 입을 때 단추를 간신히 잠글 정도로 작아질 것이다. 하도 작고 뾰족해서 개미로 착각할 만큼 작아질 테고, 그러면 마녀의 복수가 하품을 하며 입을 벌릴 때 그 속으로 기어들어가 배 속까지 내려가 자기 어머니를 찾아볼 것이다. 할 수 있다면 어머니가 고양이가죽을 찢고 밖으로 나올 수 있도록 도울 것이고, 어머니가 나가지 않으려 한다면, 그땐 그도 나가지 않을 것이다. 스몰은 거기서 계속 살 생각이다. 선원들이 가끔 자신을 집어삼킨 물고기의 배 속에서 살듯이, 어머니의 가죽이라는 집 안에 살며 어머니를 위해 살림을 할 것이다.

이야기는 이렇게 끝난다. 마거릿 공주는 자라서 마녀와 고양이를 죽이게 된다. 마거릿 공주가 안 한다면, 누군가 딴 사람이 그 일을 해야 할 것이다. 세상에 마녀라는 것은 없고, 고양이라는 것도 없다. 다만 사람들이 고양이가죽을 뒤집어쓰고 있을 뿐이다. 그들도 다 나름대로 이유가 있다. 개미들이 그 가죽 안에 들어 있는 시간을 몽땅 가져가 더 좋은 새집을 짓기 전까지, 그런 식으로 영원히 행복하게 잘 살지 말란 법은 없지 않은가?

짐 세퍼드

테드퍼드와 메갈로돈

출발할 때는 책도 좀 가져왔지만
그중 상당수를 작은 배로 옮기는 와중에
잃어버렸다. 화물 운반대 하나가 엎어져 짐 상자를
배 옆구리에 쏟아버린 것이다. 그나마 항해력은 건졌으니
다행인가. 유실된 책들 중에는 심슨과 엘드리지*의
저서도 있었고, 『연골어류의 골학骨學과 유연관계』도 있었고,
『소년 동요집』도 있었고, 밸푸어**의 『판새류의 발생』도
있었으며, 더불어 어린 시절의 편린인 비들 소년 총서와
『잠이 확 달아난 네드: 소년 마법사』도 있었다.

---

* 미국의 고생물학자이자 진화생물학자.
** 영국의 동물학자이자 근대발생학의 창시자로 상어의 발생을 연구했다.

머리 위에 펼쳐진 성간 공간은 먹물보다 검었다. 그날 밤 테드퍼
드는 항해력에 '찬란한 빛이 촘촘히 박힌 벨벳'이라고 적었다. 저 위
에서 무슨 은하계 단체 회동이라도 열린 것 같았다. 별들이 저쪽 수
평선에서 둥근 호를 그리며 떠올라 이쪽 수평선으로 졌다. 빙산 주
위의 바다는 묘하게 고요해 보였다. 잔잔한 물결이 제일 먼저 닿는
카약의 뱃머리를 살며시 어루만졌다. 냉기는 별에서 불어오는 바람
처럼 느껴졌다.

올해로 서른셋인 로이 헨리 테드퍼드와 그의 여행 보급품 한 무
더기는, 대략 동경 146도, 남위 58도 근방 어딘가에 위치한 손톱만
한 섬의 낭떠러지 사면에 바람을 피해 진을 치고 있었다. 남극해의
아델리 섬에서 700마일 떨어진 해상이었고, 공식 발행된 지도 중
어느 것을 뒤져봐도 가장 가까운 육지까지는 400마일 거리였다.
동쪽에 마뜩찮게 작은 얼룩처럼 점 하나 찍힌 것이 매콰리 섬이다.
1923년의 어느 맑은 한여름 밤이었다.

테드퍼드가 있는 섬은 얼음으로 뒤덮인 바위섬 3개가 4분의 1마
일에 걸쳐 옹기종기 길게 이어진 곳인데, 저 남쪽 끄트머리의 대양
항로와 어로 수역에서도 한참 떨어져 있어 본인이 직접 이곳까지
챙겨온 손으로 그린 해도에만 나와 있었다. 해도에는 휴벨먼스의
가시철망 같은 손글씨로 '죽은 자들의 섬'이라는 설명이 그가 대충
어림잡은 경위도 근사치와 함께 적혀 있었다. 그 아래에 휴벨먼스
는 카디마카라, 즉 '꿈의 시대*의 동물들'이라는 뜻의 호주 원주민
단어를 두꺼운 볼드체로 인쇄해놨다.

---

* 호주 창세신화에서 세계가 창조된 지복시대.

테드퍼드의 보급용 짐에는 비상용 건빵 21파운드, 비스킷 가루 2캔, 사탕 한 봉지, 말린 과일 한 자루, 캠핑용 스토브, 항해력을 싼 방수포, 독서용 랜턴 2개, 등유통 4개, 1인용 방수텐트, 침낭, 여벌 외투와 장갑, 여벌 장화, 칼, 조그만 공구 한 세트, 방수포로 두 겹 감싼 성냥갑, 특별 제작된 마호가니 케이스에 넣고 방수포 주머니에 담은 상자형 카메라, 리볼버 한 자루, 블랜드 .577 액시트 익스프레스 한 자루가 들어 있었다. 블랜드는 두 번 쏴봤는데 두 번 다 총의 반동을 못 이겨 뒤로 자빠졌다. 블랜드를 테드퍼드에게 판 멜버른의 사냥꾼은 어깨에 짊어질 수 있는 야포와 다를 바 없다며 큰소리쳤다.

테드퍼드는 이제 안부를 전하거나 말 한마디 주고받거나 추억 한 자락 나누려면 400마일을 가야 했다. 모든 것이 순조롭게 잘 풀린다고 해도 두 달 후에나 낯익은 얼굴을 다시 볼 수 있을 터였다. 그의 어머니는 정기적으로 편지를 보내 와서 머리도 좋은 젊은 애가 제 발로 그런 삶을 살겠다고 기어들어가다니 이건 뭔가에 단단히 씐 게 틀림없다고 넋두리를 늘어놓았는데 지금은 그마저도 소식이 끊겼다.

그의 계획은 이론상으로는 나무랄 데가 없었다. 기상 악화나 높은 파도로 인해 지금의 이 카약으로 귀환하는 것이 여의치 않을 경우에 대비하여 진즉에 보급품 저장고를 실은 다른 카약을 세번째 섬, 즉 가장 서쪽에 위치한 섬에 남겨두었다.

테드퍼드는 애들레이드 대학교에서 J. H. 테이트의 문하에 들어갔다. 테이트 교수는 맥주통을 고고학 수집 장비 중 하나로 삼음으로써 자신의 현장 연구에 지원하는 사람들을 가려냈고, 테드퍼드를 진화론과 고생물학의 세계로 안내했으며, 이따금 열리는 디너 파티에서 〈티퍼레리까지 아득히 먼 길〉* 곡조에 맞춰 다음과 같은 노래를 걸쭉하게 뽑아서 모임에 활력을 불어넣었다.

창고기**로부터 아득히 먼 길,
우리까지 오려면 한참 멀었다
창고기에서 싸가지 없는 인간 종까지
아득히 먼 길이다
잘 있어라, 지느러미와 아가미구멍
어서 오너라, 치아와 체모
창고기로부터 아득히 먼 길,
하지만 우린 모두 그로부터 왔다!

2년 동안 열심히 조수 노릇을 했지만 현장과의 괴리감, 부족한 자금 지원, 보잘것없는 발굴 결과를 직시하게 되자 열정은 사그라들 수밖에 없었다. 테이트 교수의 말마따나, 케케묵은 이빨 하나에 3개월씩 매달리는 꼴이었다. 테드퍼드는 지방 측량사무소에 사무원으로 취직했고, 그 일을 하다 보니 동네에서 떠도는 얘기나 쉬쉬하는 사건들, 기묘한 것을 봤다는 목격담 등이 자연스럽게 귀에 들어왔다. 그는 저도 모르게 남는 시간에 그런 얘기들을 하나씩 캐면서 동네 사람들만 아는, 세상에는 거의 알려지지 않은 동물들을 추적했다. 그런 괴담을 들었을 때 그는 분석과 논리적 해부 및 재구

---

* 1차 세계대전 당시 영국 수병들이 즐겨 부르던 행진곡 풍의 노래.
** 척색동물의 한 종류로 척추동물의 기원 연구에 중요하다.

성의 방법으로 접근했다. 또한 그의 밑천은 진득한 끈기와 관찰하고자 하는 욕구, 끝 모를 불편에 대한 인내, 그리고 고모가 물려준 신탁예금이었다. 깊은 못에 살면서 밤에는 여기저기 빌라봉*을 돌아다닌다는 괴생물체 '버니프'를 찾는답시고 겨우내 한 달 동안 쫓아다녀서 발견한 거라곤 겨우 화석이 다 된 거대한 캥거루 뼈다귀 몇 개뿐이었다. "태산보다 높은 새"라는 '페어링멀'에 매료되기도 했으나 알고 보니 바위에 그려진 그림에 불과했다. 여름에는 지글지글 타오르는 심성암 저반 위에서 노릇노릇하게 구워지며 전설 속의 '카디무르카'가 나타나기를 기다렸다.

그 모든 방황은 어느 날 한 어부가 그에게 심해에서 저인망으로 건져 올린 이빨을 보여주었을 때 종지부를 찍었다. 그 물건은 딱 보기에 거대하고 희끄무레한 삼각형이었고, 스콘처럼 두꺼웠으며, 뿌리 쪽은 거칠거칠했지만 날 쪽은 법랑질이 반짝반짝 빛났고, 테두리에는 톱니 같은 굴곡이 센티미터당 20개쯤 나 있었다. 압권은 무게였는데, 이빨 한 개 무게가 거의 1파운드나 됐다.

전에 신생대 제3기 마이오세 석회암층에서 이와 같은 이빨을 여러 개 본 적이 있었다. 테이트 교수가 단언한 바에 따르면 그 이빨의 주인은 생물과학자들이 '카르카로돈 메갈로돈' 혹은 '큰 이빨'이라고 밝힌, 백상아리의 가까운 조상이지만 그보다 거의 세 배는 더 커다란 놈이었다. 이 괴물 상어는 그 아가리 속에서 성인 남자가 똑바로 서 있을 수 있을 정도였고, 대가리가 유난히 크고 육중했다. 그런데 테드퍼드의 손에 들어온 이빨은 흰색이었고, 그 말인즉슨

---

* 우기에만 형성되는 호주의 건천乾川.

이것의 주인은 아주 최근에 멸종했거나 혹은 아예 멸종되지 않았다는 얘기였다.

테드퍼드는 이 발견에 대해서《태즈메이니아 자연과학 저널》에 투고했다. 편집부에서는 원고를 접수하기는 했지만 테드퍼드가 붙인 자극적인 제목은 사양했다.

그러고 나서 거의 1년이 지난 어느 날, '와남불*의 바다괴물'에 관한 신문기사가 그의 눈길을 끌었다. 참치잡이 어선을 타던 어부 11명과 한 소년이 몇 날 며칠을 바다에 나가기 거부하게 된 사건에 관한 내용이었는데, 그 참치잡이 어선 3척의 모항母港 이름을 따서 와남불의 바다괴물이라는 제목이 붙었다. 어부들은 자기들끼리만 아는 대륙붕 옆 아주 깊은 바다로 푹 꺼지는 먼 바다 어장에서 고기를 잡고 있었는데, 그때 말도 안 되는 비율의 거대한 상어 한 마리가 어선들 사이로 쑥 올라왔다가 사라졌고, 그 와중에 그물과 어선 한 척과 개 한 마리도 같이 바닷속으로 끌려 들어 갔다. 뒤집힌 배에 탔던 소년이 "저게 큰 물고기의 지느러미인가요?" 하고 소리친 직후에 모든 게 엉망진창 아수라장이 됐던 것이다. 그래도 개를 제외하고는 모두 무사히 소용돌이에서 빠져나왔다. 어부들은 그것이 생전 듣도 보도 못한 괴물이었다고 하나같이 입을 모았다. 지역 해양경찰과 치과의사 겸 박물학자인 B. 휴벨먼스의 입회하에 진행된 인터뷰에서 어부들은 매우 구체적으로 상황을 설명할 것을 요구받았고, 그들이 답한 세세한 정황은 전부 똑같았다. 그 생물의 몸길이에 관해서도 다들 한결같은 의견을 내놓았는데, 일견 황

---

* Warrnambool. 호주 멜버른 근처의 항구도시로 고래잡이로 유명했다.

당하게도 최소 65피트는 된다는 것이었다. 자기들 항구에 있는 선창 창고의 길이만큼은 되어 보였다는 것이 그들의 공통된 얘기였다. 설명을 들어보니 이들 어부들은 바다에서 잔뼈가 굵을대로 굵어 온갖 궂은 날씨에 익숙하고 더욱이 각종 상어에 대해서도 빠삭했다. 고래상어와 돌묵상어도 다 본 적이 있었다. 어부들은 그 생물이 해수면으로 치솟았다가 곧바로 다시 잠수하는 바람에 바다가 들끓었던 상황을 실감 나게 묘사했다. 그건 고래가 아니었다고, 어부들은 주장했다. 무시무시한 대가리를 보았다는 것이다. 그 생물의 등지느러미 크기나 어마어마한 몸통 폭이나 귀신처럼 희끄무레한 색깔이나, 어부들의 의견은 서로 한 치도 어긋남이 없었다. 그들의 말이 허언이 아닌 듯한 가장 큰 이유가, 신빙성의 측면에서 볼 때, 근 일주일간 일당을 포기하면서까지 죽어도 바다에는 나가지 않겠다고 버텼다는 사실이다. 인터뷰에 동석했던 그들의 아내들이 지적했듯, 그들은 일당을 포기해도 될 만한 형편이 아니었다.

테드퍼드가 일주일 만에 겨우 짬을 내서 와남불에 도착했을 때는 아무도 그 얘기를 꺼내려 하지 않았다. 어부들은 동네 웃음거리가 됐다고 진절머리를 내며, 자기들 말고 누구 딴 사람이 제발 좀 그놈을 봤으면 좋겠다고 하소연했다.

테드퍼드가 일터로 돌아와 책상머리에 앉자마자 또다른 이야기가 날아들었다. 일주일 동안 매일 아침마다 사건이 하나씩 터졌고, 그들 사이의 연관성은 오직 테드퍼드만이 알아보았다. 태즈메이니아 남쪽 해상에서 작은 배 한 척이 침몰하여 선원들이 행방불명됐다. 그날 바다는 잔잔했다. 30미터짜리 트롤선이 깊은 바다라고 표시된 해역에서 암초에 부딪혔다. 힙스 만 근처 해안에 고래 사체가 밀려왔는데 머리는 온데간데없고 여기저기 깊이 팬 자국이 있었다.

몸을 빼낼 여유가 생기자마자 테드퍼드는 새벽 기차를 잡아타고 다시 와남불로 내려가서 치과의사인 B. 휴벨먼스를 찾아갔다. 휴벨먼스는 잘난 척 거드름이 장난 아닌 데다 시끄럽게 말 많은 괴짜였고 집 뒤켠에 자신이 직접 지은 연구실을 피난처 삼아 틀어박혀 지냈다. 휴벨먼스가 테드퍼드에게 짜증스럽게 설명했듯, 그는 오후만 되면 자기 연구실에 처박혀 부모의 우려는 외면한 채 곤충학 및 동물학 연구에 매진했다. 관련 서적이 연구실 벽면을 가득 채웠고, 방은 어둡고 좁아서 숨이 막힐 것 같았다. 휴벨먼스 박사는 지역 과학협회의 간사였다. 최근까지만 해도 그는 특정 종류의 배설물에서만 발견되는 작지만 무시무시하게 생긴 곤충을 연구하고 있었는데, 어부들 얘기를 접한 뒤로는 바다괴물에 완전히 꽂혔다. 책과 지도와 도표가 첩첩이 쌓인 넓은 책상을 앞에 두고 회전의자에 앉아서 휴벨먼스는 테드퍼드의 방문 시간을 단축하기 위해 최선을 다해보자고 했고, 그 말이 테드퍼드로서는 달가울 리가 없었지만, 휴벨먼스에게는 그의 방문이 이루 말할 수 없이 귀찮은 일이었다. 휴벨먼스는 말을 하는 동안 뭔가를 질겅질겅 씹으면서 테드퍼드에게는 그게 구강청정용 식물 뿌리라고 얼버무렸다. 또 앙증맞은 뿔테 선글라스를 조몰락거리거나, 유난히 뾰족하게 기른 턱수염을 만지작거리기도 했다.

휴벨먼스는 도움 따위는 원하지 않았고, 미치광이로 취급 받는 것에 더할 나위 없이 만족했다. 그는 일반적인 인간의 두뇌가 새로운 지식을 접했을 때 받아들이지 않고 저항하는 것이 자연의 경이로움 중 하나가 아닐까 생각했고, 동료 과학자들의 태도는 그의 이런 의혹을 공고히 해줄 뿐이었다. 새로운 것이 대두되면, 협회원들은 옛 방식을 마냥 고수하다가 결국 막판에야 성채를 버리고 마지못해 백기를 흔들며 끌려나왔다. 뭐 그거야 좋다. 어차피 조만간 그렇게 다들 끌려나오게 될 테니까.

신문에 나온 얘기 이외에 휴벨먼스가 뭔가 더 정보를 쥐고 있을까? 테드퍼드는 그것이 알고 싶었다.

휴벨먼스는 그런 정보가 있으면 오죽 좋겠냐고 퉁명스럽게 쏘아붙였다. 당시 어부들의 인터뷰를 통해 확실해진 것은 적어도 그 괴물의 존재를 믿는다고 손가락질할 사람은 없겠구나 하는 정도였고, 그는 그 정도면 만족한다고 했다. 하지만 실제로는 다른 정보를 더 알고 있었다. 처음에 휴벨먼스는 정곡을 찌르는 질문은 모두 회피하면서 그 이상의 것에 관해서는 도무지 입을 열지 않았다. 그가 연구하고 있는 곤충은 극심한 악취를 풍기거나 불쾌한 분비물을 내서 새들한테 잡아먹히지 않는 것 같았다. 숨 막히게 비좁은 방 안에 오래 앉아 있을수록 그 냄새가 스멀스멀 휴벨먼스의 옷에서 뿜어져 나왔다.

그러나 테드퍼드가 이야기에 별 감흥이 없는 척하면서 오래 앉아 있을수록, 이 발끈하기 쉬운 성격의 벨기에 사람은 더욱 많은 정보를 주워섬겼다. 자기 동료 치과의사 중 한 명이 카워드 스프링스와 보피치 근처에 사는 원주민 몇 명과 친해졌는데, 그 원주민들이 하는 말이 저 남동쪽에 사람들이 잘 모르는 섬이 있고 그곳의 깊은 심해에 신령이 살고 있으며, 그 신령은 무시무시하고 사악해서 마주치면 큰일 난다는 것이었다. 또한 그 동료 의사가 전하길 원주민들의 말 중에는 '바다를 집어삼키는 상어'라는 단어가 있다고 했다. 휴벨먼스는 어부들이 쓰는 석판 조각도 보여주었다. 흔적도 없이 사라진 어선에서 나온 것이라는데, '제발 살려주세요. 우리가 죽기 전에 빨리 찾아주세요'라고 쓰여 있었다.

테드퍼드가 그다지 감명받지 않은 것으로 보이자, 마침내 휴벨먼스는 무척이나 거들먹거리면서 잠긴 캐비닛을 열고 전에 테드퍼드가 본 것과 동일한 이빨(흰색이다)을 꺼냈다. 와남불의 어부들이 넝마가 된 그물에서 빼낸 것이었다.

게다가 어금니 안쪽으로 구장청정용 뿌리를 씹으면서 그 치과의사가 하는 얘기가, 자기가 문제의 어장 위치를 알아냈다는 것이다. 어장은 물론이고 그 남동쪽에 있다는 섬의 위치까지.

테드퍼드는 참지 못하고 충격과 흥분의 기색을 내보이고 말았다.

휴벨먼스는 계속해서 이야기를 이어갔다. 수색 작업에는 2주 정도가 걸렸지만, 전반적으로는 본인의 기발한 두뇌 회전과 성과 덕분에 자신감이 붙었다. 그놈을 잡지는 못하더라도 하여간 존재라도 확인하기 위해서 며칠 내로 그곳으로 떠날 예정이다, 라고. 테드퍼드는 자신도 그 여행에 동행할 수 있는지 물었다. 천만의 말씀이라는 대답이 돌아왔다.

두 사람 모두 이 무자비한 거절에 대해 한참 동안 곰곰 생각해본 뒤, 휴벨먼스는 혼잣말하듯 중얼거렸다. "우리가 지금 얘기하고 있는 것은 이 행성이 배출한 포식자 중 향유고래를 제외하고는 가장 거대한 생명체일 거요." 그러더니 심연을 응시하는 얼굴이 되어 침묵에 빠져들었다.

마침내 테드퍼드가 무기로는 무엇을 가져갈 생각이냐고 묻자, 휴벨먼스는 성경의 욥기를 인용했다. "그것은 쇠를 지푸라기로, 구리를 썩은 나무로 여기니."* 그 말에 테드퍼드가 "그럼 무장하지 않은 채로 가실 거라는 뜻입니까?"라고 반응하자, 휴벨먼스는 이렇게 명랑하게 대꾸할 뿐이었다. "그것은 해심을 가마솥처럼 끓게 한다."**

테드퍼드는 작별인사를 하면서 다음 날에도 다음 날에도 그다음 날에도 또 들르리라 마음먹었지만, 이튿날 아침 와보니 휴벨먼스는 이미, 그의 살림을 맡아 해주는 아주머니의 표현을 빌리자면, '항해'를 떠나버린 후였다. 그리고 그는 다시는 돌아오지 않았다.

결국 테드퍼드는 아주머니에게 무슨 소식이 있으면 꼭 알려달라고 부탁했고, 그로부터 2주 후에 그 사람 좋은 아주머니가 편지를 보내왔다. 휴벨먼스가 빌린 배 토니 호의 선미 일부가 태즈메이니아 해안에 떠밀려 왔다고.

테드퍼드는 그 가엾은 양반이 어쩌다 행방불명됐는지 실마리를 찾을 수 있을지도 모른다며 휴벨먼스의 연구실에 들어가게 해달라고 아주머니를 설득했고 방 안 전체를 뒤집어엎다시피 샅샅이 뒤진 끝에 휴벨먼스의 수첩과 귀중한 지도 사본을 발견했다. 거기에 모든 것이 담겨 있었다. 3개의 섬 중 한 군데에 비밀 통로가 있으며, 석호로 들어가는 그 숨겨진 입구를 제외하고는 완전히 바위와 얼음에 둘러싸여 있다. 반달처럼 튀어나온 원형 돌출부 아래 해수면 근처에서 푸른빛이 도는 얼음을 찾아야 하며, 노를 저어 그곳을 열심히 통과해야 한다. 그곳이 바로 미지의 세계로 향하는 그만의 비밀 통로가 될 것이다.

---

* 욥기 41장 19절.
** 욥기 41장 23절.

그때쯤 해서는 친구들도 그가 하는 말 대부분이 불만투성이라는 것을 알아차렸고, 그는 자신을 둘러싼 억압적인 세상에 대해 공공연하게 떠들고 다니기 시작했다. 죄다 구석탱이로 몰아넣어 격리하고, 몽땅 상자에 욱여넣고 깨끗이 정리해버린다, 아니 동물학이란 게, 아니 고생물학이란 게 강박적으로 상자를 재정리하는 일이던가? 과학이 존재하지 않는다는 주장을 깨닫는 것, 그것이야말로 진정한 공헌이었다.

그는 자신이 세상을 편견 없는 눈으로 바라보고 합리적으로 판단하는 사람이라고 믿고 싶었다. 그때까지도 연락이 닿는 극소수의 친구들이자 별로 부담을 주지 않는 지인들과 주고받은 편지에서, 그는 스스로를 대자연의 수수께끼 앞에서 탄원하는 사람으로 묘사했다.

종종 테드퍼드는 혼자 있고 싶어 하는 욕구만이 자신의 유일한 통찰력인 것처럼 느껴졌다. 그는 거울 앞을 지나며 자신이 주어진 문제를 이미 간파하고 앞으로 닥칠 문제까지 예견한 사람처럼 행동한다는 것을 깨달았다.

그는 자기가 특별히 수줍음을 타는 사람이라고 생각지 않았다. 누가 부르면 어김없이 응답했다. 예전에 한 여자에게 청혼한 적이 있는데, 여자는 눈에 띄게 움찔하더니 그간의 우정이 너무 좋았고 즐거워서 우정이 깨지면 안타까울 거라고 대답했다.

그의 첫 기억은 숟가락으로 벽난로 선반을 두드리던 것이었다. 아버지가 지금 뭐 하냐고 묻자, 그는 이렇게 대답했다. "신나는 음악을 연주하고 있어요."

선박 건조로 떼돈을 번 집안의 딸이었던 그의 어머니는 이런 애기를 곧잘 했다. "나는 몇십 년에 걸쳐 지속적으로 내 에메랄드의 등급을 높였지."

어렸을 때는 자신의 머릿속에 아무도 볼 수 없는 그림이 잔뜩 들어 있다고 생각했다. 이상한 생각과 아이디어가 꽉꽉 들어찬 묵직한 공기를 마시는 기분이었다. 그는 시골 읍내에서도 멀리 떨어진 곳에서 형 프레디와 함께 자랐고, 형은 그의 가장 친하고 유일한 친구였다. 프레디는 테드퍼드보다 두 살 많았다. 형제는 유칼립투스 숲의 낮은 덤불 속에 덫을 놓고 주머니토끼*와 쥐캥거루를 잡았고, 프레디는 동생에게 턱수염도마뱀과 스케일리풋**한테 물리지 않는 법을 가르쳐주었다. 형제는 어딜 가든 서로를 자전거 핸들에 태워서 같이 다녔고, 잔심부름도 같이 했다. 부모의 눈에는 아들 둘이 달라도 그렇게 다를 수가 없었다. 프레디는 키가 크고 금발이었으며, 열네살 때 성년이 되면 내륙 오지에서 길 잃은 영혼들을 보살피라는 소명을 받았다고 선언했다. 반면 도무지 얌전히 정리되지가 않는 갈색머리에 왜소한 체구의 로이는 원체 가만있지를 못해서 피클 병이나 집에서 담근 와인 병을 툭하면 깨먹기 일쑤였다. 프레디가 동네 병원에서 봉사를 하면 로이는 지저분하고 오래된 뼈다귀를 수집하거나 집 주위에 늘어놓았다. 사실 프레디의 유일한 결점은 동생을 좀더 완벽히 바꾸지 못했다는 것뿐인 듯했다.

모든 것이 엉망이 되기 전까지는 그랬다. 로이의 열네 번째 생일 하루 전날, 프레디가 심부름으로 제재소에 갔다가 원형 톱에 걸려 흉골부터 허벅지까지 잘려버리기 전까지. 프레디는 이틀 만에 사

---

* 긴 코에 꼬리가 긴 호주산 작은 동물. 주로 곤충을 잡아먹고 산다.
** 호주산 발 없는 도마뱀의 총칭.

망했다. 동생은 형이 입원한 병원에 두 번 찾아갔지만, 그때마다 형은 동생을 무시했다. 죽기 바로 직전, 로이가 보는 앞에서, 프레디는 어머니에게 천사의 노랫소리가 들리냐고 물었다. 어머니는 또다시 쓰러져서 흐느꼈고, 들리지 않는다고 말했다. "정말 아름다운 곳이에요." 프레디가 말했다. 그리고 프레디는 죽었다.

테드퍼드의 아버지는 두 번 다시 그 사고에 대해 언급하지 않았다. 어머니는 이모에게만 얘기했다. 이모한테는 미나라는 딸이 있었는데 일곱살 때 지독한 감기에 걸려 죽었다.

아버지는 주의를 다른 데로 돌리는 순간 없어져버리는 사람이 되었다. 그는 그저 움직임의 감각을 찾으러 떠나버린 듯했다. 말 한마디에 한참을 생각하고 슬픈 의미를 찾아내 곱씹는 방법을 연구하고 발전시켰다. 어머니는 그것이 신의 뜻이라고 여겼다. 그녀는 프레디 같은 사람들을 이 땅에 보내 모든 사람들에게 행복을 주고나서, 다시 그들을 데려가 사람들로 하여금 선함에 눈뜨게 하는 것이 신의 섭리라는 믿음을 서서히 키워나갔다.

테드퍼드는 그 사고가 있은 지 한 달 뒤, 생 양파를 입에 가득 물고 손에는 과도를 쥔 채 길가에서 잠든 채로 발견되었다.

형이 그를 만나기를 거부한 것에 대해 그에게 물어보는 사람은 없었다. 만약 누가 물어봤다면 그는 형이 죽을 때까지 자신의 인생은 성가신 골칫거리였다고 대답했을 것이다.

새벽은 수평선을 따라 긴 틈을 내며 다가왔다. 첫날밤은 그럭저럭 잘 넘겼다고, 테드퍼드는 텐트 입구 자락에서 밖을 내다보며 생각했다. 잠도 조금 잤다. 덧옷을 껴입는 동안 텐트 벽이 바람을 받아 마구 펄럭였다. 어제 노를 저었더니 팔과 등이 아팠다. 차갑고 축축한 바람이 소매와 셔츠 등판을 동그랗게 부풀렸다.

간밤에 독서용 손전등을 끄는 순간 문득 그런 생각이 들었다. 앞으로 두 달 동안 나는 달에 있는 것만큼이나 다른 사람의 도움을 받을 길이 없구나. 사소하지만 심각한 사고라도 나면 기댈 것은 오직 자기 자신의 능력밖에 없었다.

테이트 교수는 테드퍼드의 유별나고 기묘한 행동을 기록한 후에 종종 이렇게 말하곤 했다. 아이를 낳은 어머니들이 다 다르고 아이를 키워낸 경험이 천차만별이듯 세상에는 다양한 종류의 사람들이 있으며, 똑같은 바람에서도 다양한 음색이 난다. 테드퍼드는 시도 때도 없이 자신의 마음을 사로잡고 놔주질 않는 카르카로돈 메갈로돈의 이미지를 어느 누구에게도 제대로 표현할 길이 없다는 것을 차츰 깨닫게 되면서, 측량사무소 생활이 자신에게 맞지 않음을 천천히 자각하게 됐다.

몽상 속에 상주하는 그 생물은 심지어 바닷속 배경이 아닌 데서도 나타났다. 한번은 교회에서 예배드리던 중에 그것의 이름을 소리 내어 말한 적도 있었다. 카르카로돈 메갈로돈에 관한 한, 그는 여전히 동굴인이었다. 마법 같은 벽화에 홀려 자기가 직접 그려놓고도 바닥에 엉덩이를 대고 쪼그려 앉아 멍하니 바라보는 원시인이었다.

철없는 행동일지는 몰라도, 최소한 그는 문제에 적극적으로 대처하기로 결심했고, 그 생물을 아무 사심 없이 있는 그대로 보고, 그 결과를 받아들일 준비가 되어 있었다. 부츠 끈을 매면서 자신은 그 생물에 투사된 자신의 공포와 즐거움이 아니라 그 생물 자체가 보고 싶은 거라고 스스로를 납득시켰다.

1500만 년 전에는 그런 괴물들이 생물의 지배자이자 시간의 지배자였다. 이후 놈들은 그 오랜 세월이 지나는 동안 거의 변하지 않았고, 몇몇 뒤처진 놈들만 남아서 전멸의 위기에 몰릴 때까지 쭉 그런 식으로 살아왔다. 생±은 놈들을 에둘러 가버렸고, 놈들은 낙오자가 되었다. 과학이 인정한 괴물도 있고, 존재를 모르는 괴물도 있었다. 홍적세 동안 북반구에 만년설이 형성되고 남반구의 만년설이 확장되면서 해수면이 급격히 낮아졌고, 그와 함께 호주와 남극 대륙 주위의 대륙붕이 드러났으며 심해의 고립된 바다에 온갖 해양생물이 갇혔다. 테드퍼드는 그 몇몇 심해 지역(차고 영양이 풍부한 저층류에 인접한 곳인데, 그 해류는 남극대륙 끝에서 발원하여 북쪽으로 세계의 모든 대륙을 향해 흐르는 것 같았다)에 그의 목표물이 살고 있고, 종종 먹이를 찾아서 특정 먼 바다의 해수면까지 올라오는 것이라고 확신했다.

인간은 바다 표면의 몇 퍼센트나 탐험해봤을까? (심해 해구는 아예 논외로 치자.) 시끄러운 엔진 소리를 내며 똑같은 해로만 왔다 갔다 하는 주제에 대양에는 특이한 볼거리가 하나도 없다고 자신 있게 말하는 바보들도 있었다. 모두가 다녀본 그 좁은 해로 외에는 캄캄한 암흑지대였다. 테드퍼드는 지금 유럽만 한 크기의 미탐험 지대에 있다. 그는 깜짝 놀랄 만한 이야기의 무대에 와 있는 것이다. 그는 언제나 깜짝 놀랄 만한 이야기를 위해 살아왔다. 그의 첫날 수색은 집채만 한 파도가 캠프에서 몇 발짝 떨어진 곳에 묶어둔 카약을 집어삼키는 바람에 무위로 돌아갔다. 그는 오후 내내 부들부들 떨리는 손으로 물에 빠진 카메라를 분해해서 이상이 없는지 확인했다. 이

틀날 수색은 텐트 밖의 비탈진 빙판길에서 미끄러져 발목을 심하게 삐는 바람에 중단됐다. 사흘째 아침은 새벽부터 날씨가 거무칙칙한 것이 불길하더니 카약을 준비할 때쯤 딱 맞춰 얼음폭풍이 불어닥쳤다. 넷째 날은 맑게 개어 환히 밝았지만 그는 줄곧 텐트 속에 누워 있었다. 춥고 젖은 채 발목은 욱신거렸고, 지금까지와는 달리 만사가 잘 풀릴 거라는 것조차 믿고 싶지 않은 기분이었다.

마침내 몸을 일으켜 서둘러 겉옷을 챙겨 입고, 눈부신 햇볕 속에서 잠시 동안 카약의 조정대에 결빙된 얼음덩이를 쪼아냈다. 아침은 말린 과일과 홍차로 때웠다. 바다는 잔잔했다. 방수포 주머니에 카메라와 라이플을 넣고서 카약 뱃머리의 수납 바구니에 담았다. 나침반을 목에 걸고 지도 뭉치를 재킷 주머니에 넣고 자리에 앉은 다음 노로 빙판을 힘껏 밀었다. 조그만 텐트가 그의 귀환을 기다리는 것 같았다.

그는 바람이 없는 섬의 사면을 따라서 동쪽으로 움직였다. 생각보다 훨씬 큰 섬이었다. 몇몇 바위에서 구아노*가 몇 줄 보이기는 했지만 그 밖에 생명의 흔적은 없었다. 노를 저으니 발목의 통증이 좀 완화되는 듯했고, 빙하는 보행 속도 정도로 미끄러져 갔다. 종종 물속에 잠긴 얼음 암초 같은 것을 피해 돌아가야 했다.

동쪽 끝에 있는 섬이 도넛처럼 생긴 엷은 안개 틈으로 모습을 드러냈다. 출렁거리는 작은 보트에 앉아서 보기에는 셋 중에 이 섬이 제일 컸다. 섬 주위의 파도가 좀더 자잘하고 불규칙한 모습을 보여주는데 아마도 그 너머 대양에서 밀려온 파도 때문일 것이다. 그는

_____

* 바닷새의 배설물.

남은 시간 동안 섬을 두 바퀴 돌았고, 두번째는 더욱 천천히 돌았다. 푸른빛이 도는 얼음도, 반구형 돌출부도, 숨겨진 입구도 보이지 않았다. 꼼꼼히 순회를 마치고 나서 테드퍼드는 맥이 빠졌지만, 즉각 나약한 자신을 호되게 꾸짖었다.

해가 점점 기울고 있었다. 남쪽 먼바다 수평선 이쪽 끝에서 저쪽 끝까지 빙원이 펼쳐져 있었고, 빙산 꼭대기는 돛대보다 더 높이 솟아 있었다. 낙심한 채 저녁놀이 퍼지는 동안 출렁이는 배 위에서 손을 놓고 있다가, 다시 노를 저어 이번에는 100야드가량 해안에서 떨어져 한 바퀴 돌면서 아까와 다른 각도에서 관찰했다.

북쪽 면을 반 바퀴쯤 돌았을까, 별안간 어느 해상 빙판 위로 50피트가량 올라간 곳에서 뭔가 누르스름한 것이 눈에 들어왔다. 그는 애써 흥분을 가라앉히며 몇 분 동안 다양한 접근법을 고민해보았다. 노를 이렇게도 저어보고 저렇게도 저어보고 한 끝에 마침내 될성부른 루트를 찾아냈다. 카약을 안전히 매어둘 곳을 찾느라 30분을 허비했다. 드디어 빙판을 오르기 시작했을 때는 낙조가 1시간도 채 남지 않은 시각이었다.

발목을 삐었어도 등반은 우려했던 것보다 쉬웠다. 꼭대기에 올라보니, 얼음으로 뒤덮인 볼록한 바위를 방풍벽 삼아 최근에 야영한 흔적이 있었다. 고기 깡통과 오래된 병들이 굴러다녔다. 조그만 가죽 가방에 들어 있던 짐은 태워버린 것 같았다. 남아 있는 것은 공책 두 권과 샤프펜슬 하나뿐이었다. 공책은 새것이었다.

테드퍼드는 이게 다 휴벨먼스의 자취라고 추측했다. 아마 계약해놓은 배를 멀리서 기다리게 하고, 남은 여정을 혼자 꾸려왔을 것이다.

그런데 이젠 어떻게 한다? 테드퍼드는 깡통 사이에 웅크리고 앉았고, 잡생각만 맴돌 뿐 집중이 되지 않아 미칠 것 같았다. 일어나보니 햇살이 급속도로 줄고 있어 지체 없이 내려가지 않으면 안 될 지경이었고, 바로 그때, 화살표 모양으로 쌓아놓은 돌무더기가 보였다. 화살의 끝은 서쪽을, 즉 그의 텐트가 있는 섬을 가리키고 있었다.

그날 저녁은 침낭 속에서 바람에 미친듯이 펄럭이는 텐트 소리를 들으며 보냈고, 이 조그만 만의 염분을 측정하는 방법은 뭐가 있을까 열심히 궁리했다. 아침이 되자 텐트의 캔버스 천 안쪽에 종잇장처럼 얇은 얼음 크리스털이 맺혀 환상적인 디자인의 벽걸이 작품이 만들어졌다.

동쪽의 일출은 프리즘 띠가 되어 수면 근처에선 보라빛이었지만 위로 갈수록 금빛으로 물들었다. 저 보라빛 선을 마주한 채로 달리는 증기선이랄지 인간의 자잘한 일상사랄지 하는 것들을 떠올리기란 영 쉽지 않았다. 그는 태즈메이니아 남동부 해안의 호바트에서 남인도양을 지나는 배를 고생 끝에 확보했다. 호바트는 증기선도 다니고 철도와 자동차도 있는 항구도시였지만 동네 전체가 세계의 끝에 가까운 느낌이었다. 특히 밤에는. 테드퍼드는 날이 다 새도록 잠 못 이루고 여기저기를 배회했고, 항구 근처 언덕배기에서는 섬뜩한 소음이 몇 겹으로 발산됐다. 그는 술집에서 시간을 좀 보냈지만, 어부와 항만 노동자들의 과학에 대한 전반적인 무관심이 걸림돌이었다. 배는 그가 항구도시에서 머문 지 사흘째 되는 날 동이 트기 전 어둠 속에서 출항했고, 계류장을 나와 항구에서 멀어지면서 이제 고생길이 훤하구나 하고 생각했던 걸로 기억한다.

비옷을 입은 세 사람이 차가운 안개비를 맞으며 그가 탄 배 옆의 부둣가를 걷고 있었다. 테드퍼드는 큰 소리로 그 사람들에게 마지막으로 작별인사나 던져볼까 하다가 말았다. 그는 항구를 떠나 해로로 접어드는 크고 작은 배들을 바라보았다. 갑판의 조명을 환히 밝힌 배도 있었고, 메인 돛대의 정박등만 켠 채 어둠 속을 나아가는 배도 있었다. 그가 타고 있는 배의 불빛이 다른 배의 툭 튀어나온 이물이나 고물 위를 훑고 지나가면 그중 몇 척은 선명船名을 알아볼 수 있었다. 바지선과 소형 배들이 더 짙은 어둠 속으로 모여들었다. 증기선 굴뚝 근처에서 크고 환한 등이 석탄 적재소와 부둣가를 비췄다.

해가 뜰 때까지 테드퍼드는 모든 파도는 쌍둥이고, 하나의 파도는 자기 짝을 찾아 나선 거라는 상상을 하며 시간을 보냈다. 휴벨먼스가 말한 좌표에서 서쪽으로 겨우 몇 마일 떨어진 곳에 3개의 섬이 보였다. 그는 배가 다시 자신을 데리러 올 날짜를 정하고, 선체의 사다리를 타고 내려가 짐이 가득 실린 카약에 몸을 싣고, 항해사에게 힘차게 손을 흔든 다음 본선에서 멀어졌다. 그때는 두 대의 카약을 단단히 연결해둔 상태였다. 그는 딱 한 번 뒤돌아봤는데 그때쯤 배는 이미 사라진 후였다.

테드퍼드는 고기 깡통을 열어 아침을 든든히 먹었다. 밥을 먹으면서 야영지 주변의 눈이 조그만 초승달 모양으로 층층이 쌓인 생김새를 관찰했다. 마치 바람이 불지 않는 사면을 티스푼으로 떠낸 것 같았다.

그는 자신이 삶을 사랑했다고 여기고 싶었다, 색다름과 평이함과 절정과 바닥까지, 그 모든 면면을 구석구석 전부 다! 다른 사람들도 자기처럼 일상, 그냥 평범한 모든 일에서 느껴지는 단순한 감정으로 극도의 만족감을 얻는지 궁금했다.

그는 바람이 강해지기 전에 바람이 불어오는 쪽부터 시작하기로 했다. 그가 출발하자 슴새 한 마리가 한가롭게 날개를 펴고 머리 위를 지나갔다. 처음 접하는 생명의 징후다. 반 시간 후 대양 쪽에서 고래가 공중으로 김 서린 분수를 뿜는 장면을 보았다.

한 번 더 섬 둘레를 돌았지만 아무것도 발견하지 못했다. 다시 해안에 바싹 붙어서 도는데 카약이 자꾸 바위에 긁히고 부딪혔다. 움푹 꺼져 비바람이 닿지 않는 구멍에서 화살표를 또 찾았는데, 이번 것은 급하게 바위에 새긴 것이었다. 화살은 좀 의심스러운 좁고 후미진 곳을 가리켰고, 요리조리 잘 들어가보니, 대기실처럼 기묘하게 넓은 공간이 나왔다. 카약 밑의 바다는 무한히 깊어진 느낌이었다. 잔물결 소리가 폐쇄된 공간에서 지나치게 크게 울렸다. 물밑으로 2피트에서 4피트 길이의 굼뜬 초록색 물고기가 빽빽하게 떼를 지어 몰려다니는데 아마 볼락이 아닌가 싶었다.

정면에는 높이 30피트의 빙벽이 있었다. 그는 카약을 앞뒤로 부딪히며 조금씩 몰았다. 바람은 천연 굴뚝을 타고 아래로 떨어지며 농간을 부렸다. 들어갈 만한 입구가 통 보이지 않아 그는 그냥 앉아서 기다렸다.

그러나 늦은 아침이 되자 해가 머리 위 맞은편 벽을 선명하게 비추면서 얼음 너머로 높이 10피트가량의 산등성이가 보였고, 그 한가운데로 너비 6피트 정도로 길게 갈라진 틈이 입을 벌리고 있었다. 틈새 너머로 얼어붙은 폭포가 연한 회청색을 띠었다.

테드퍼드는 빙벽을 마구 깼고, 얼음판이 떨어져나와 첨벙하며 물속으로 소용돌이를 일으키며 사라졌다. 그는 노 끝을 얼음에 박고 노로 배를 밀면서 계속 파내려갔고, 그의 오른손 아래서 거대한 푸른 동굴이 입을 벌렸다.

동굴을 빠져나오자 눈앞이 온통 빛에 잠긴 기분이었다. 사방이 눈과 얼음에 반사된 햇빛 천지였다. 손갓을 하고 몇 분이 지나서야 겨우 눈이 빛에 익숙해졌다.

그는 빙벽으로 둘러싸인 네모난 만 안쪽에 있었고, 폭이 어림잡아 400야드가량 되어 보였다. 바다는 아까보다 더 깊어진 듯했고, 묘하게 짙은 감빛으로 번졌다. 모래사장도, 절벽에서 튀어나온 바위도 없었다. 빙벽의 가장 높은 곳은 70피트쯤 됐다.

위쪽의 대기는 완벽한 시야를 보장하는 것 같았다. 태양에서 멀리 떨어진 곳에, 짙은 자주빛 하늘에, 별이 하나 떠 있었다. 공기는 아주 쾌청했다.

그는 기다렸다. 만을 한 바퀴 돌았다. 조심스럽게 식욕이 생겨났다. 바닷속 어디를 들여다봐도 커다란 물고기 떼가 물속을 휘저으며 돌아다녔다.

필요하다면 하루 종일이라도 기다릴 작정이었다. 밤을 새울 작정이었다. 라이플과 랜턴을 두 번씩 확인하는 동안, 카약은 앞뒤로 흔들흔들 부유했고, 수평으로 고정시킨 노의 납작한 옆면을 따라 물이 뚝뚝 떨어졌다. 그는 카메라를 케이스에서 꺼냈다.

물고기 떼는 원을 그리며 자기들끼리 쫓아다녔고, 종종 수면 위로 튀어오르기도 했다. 그는 기다렸다. 오후가 절반쯤 지나자 서쪽 멀리서 절벽에 걸린 빙하가 무너지는 폭발음이 쿵 하고 울렸다. 해가 떨어지기 시작했다. 작은 만에 드리워진 그림자는 점점 차가워지는 듯했다. 그는 건빵 몇 개로 끼니를 때우고 물을 한 모금 마셨다.

배 밑에서 거대한 용승*이 마치 액체 돔처럼 솟아오르더니 다시 잠잠해졌다. 그는 카메라를 잡았고, 잠시 후 라이플도 손 닿는 곳에 갖다났다. 고동치던 맥박은 한참 후에 제자리를 찾았다. 창백한 달이 빙벽에서 그리 높지 않은 곳에 떠올랐다. 그가 바라보는 동안 달무리가 졌다. 기온이 뚝뚝 떨어졌다. 숨을 쉬면 입김이 동그랗게 생겼다.

만에 들어와 물 위에 떠 있은 지 6시간쯤 된 것 같았다. 다리가 뻣뻣해지고 엉덩이가 배겼다. 발을 돌려보니 발목이 찌릿하면서 통증이 도졌다.

날씨에 관한 한 운이 좋았다는 생각이 들었다. 남극은 남반구에서 폭풍을 빚어내는 술통이나 마찬가지인데 말이다.

이제 어둠은 더욱 완벽해져 칠흑처럼 캄캄했다. 그는 랜턴을 켰다. 랜턴으로 주위를 한 바퀴 비춰보니 온통 바위나 얼음판 그림자뿐이었다. 그림자는 바위나 얼음판이 되었다. 쪽빛 유리처럼 미동도 없는 바다에서 그는 노를 들어 젓기 시작했고, 한 번 저을 때마다 빛나는 해수면 위로 물결이 점점 더 많이 퍼져나갔다.

그는 노를 저으면서 테이트 교수가 가르쳐준 생의 기본적인 특징을 스스로에게 되풀이했다. 살려는 의지, 살려는 힘, 살려는 지능 그리고 소소한 위험을 극복하는 적응력. 생은 스스로의 힘으로 앞을 향해 나아가며, 그 방식은 환경과의 투쟁에 의해 구축되고 형성된다.

---

* 심층수가 해면으로 솟아오르는 현상.

그는 노를 저으며 아버지가 들려줬던 노래를 흥얼거렸다.

머리 위에는 단풍나무 꽃봉오리
단풍나무 위에는 달
달 위에는 총총 빛나는 단추들
그건 천사의 신발에서 떨어진 거야

그는 배를 멈추고 다시 표류했고, 잠에서 깨자마자 시야를 확보할 수 있도록 뱃머리를 돌렸다. 프레디 형은 늘 그를 가리켜 '꿈꾸는 달'이라고 불렀는데, 그가 항상 몽상에 빠져 있기 때문이었다. 야영지에 두고 온 테드퍼드의 항해력에는 멜버른 과학협회 회원증과 하나뿐인 형의 사진이 들어 있었다. 키 크고 잘생긴 금발 소년의 흐릿한 모습.

머리 위에서 남극광이 비누 거품처럼 투명한 초록과 핑크빛 커튼이 되어 피어났다. 남극광 너머로 별들이 보였다. 오로라가 동쪽 하늘 전체를 메웠다. 빛의 휘장이 아롱아롱 드넓게 펼쳐졌다.

그곳 만에서, 둥근 지구의 파도 위에서 들썩이며, 그는 인간이 어떻게 에덴동산과 황금시대를 꿈꾸게 됐는지 이해하게 되었다. 그는 평생 동안 기록을 훑으며 알아낸 것보다 카르카로돈 메갈로돈에 관하여 더 많은 것을 알고 싶었다. 그가 가진 도구로 알아낼 수 있는 것보다 더 많은 것이 궁금했다. 지금 그가 주의를 기울일 만한 것이라곤 꿈인지 아닌지 모를 소리, 아주 크면서도 들리지 않는, 만에서 진동을 발생시키는 듯한, 최저 주파수대에서 공명하는 저 소리뿐이었다. 그 소리와 함께, 이 세상을 등지는 자신의 모습을 떠올리니 어쩐지 울컥했다. 얼음 성벽 저 높은 곳에서 내려다보듯 자신이 죽어가는 모습을 상상하니 기분이 묘하면서도 애틋했다. 추위는 그악스러웠고, 몸의 근섬유 하나하나에 냉기가 스며든 기분이었으며, 의식은 불굴의 노력에서 오는 황홀경에 빠져든 느낌이었다. 바람은 무수히 많은 미세한 알갱이를 들까부르며 살아 숨 쉬는 것처럼 느껴졌다. 발목이 욱신거렸다.

해저에서 소리를 들었을 때는 자신이 착각한 줄 알았다. 그때, 좀 더 분명하게, 무언가 해수면을 때렸다. 랜턴을 들어 비추니 난류의 자취밖에 보이지 않았다.

그는 노를 저었다. 달빛 아래서 첨벙거리니 은빛 파문이 번져나갔다. 수은으로 채워진 바다를 노 저어 가고 있다고 해도 좋았다.

달이 사라지더니 그를 어둠 속에 홀로 남겨두었다. 그는 어둠을 뚫고 미끄러져, 대기중의 악취를 맡으러 수면까지 올라온 그것에 매우 가까이 다가갔다. 그리고 처음으로 공포를 느꼈다. 랜턴을 가랑이 사이에 끼우고 노를 올려놓은 다음 블랜드의 개머리판을 바싹 끌어당겼다. 놈은 그를 둘러싼 무시무시한 세상의 상징이었고, 자연이 주는 공포의 표상이었다.

만의 수면이 물결치기 시작했다. 캄캄한 어둠 속에서 그의 작은 배도 덩달아 상하좌우로 흔들리며 요동쳤다. 거의 막바지에 다다랐지만 그는 쾌활한 기분을 잃지 않았다, 아니 잃으려 하지 않았다. 지금까진 일이 잘 풀리지 않았지만 이제 그는 불평할 이유가 없었다.

형은 왜 나를 보지 않겠다고 거부했을까? 형은 왜 나를 보지 않겠다고 거부했을까? 눈물이 솟았고, 랜턴의 조그만 불빛이 번지며 반짝거렸다.

만 위에서 커튼을 젖힌 듯 달빛이 다시 모습을 드러냈다. 달 위의 별들은 바람을 받아 부푼 캐노피 위를 오르락내리락하는 것 같았다. 하지만 바람은 없었고, 모든 것이 미동도 없이 완벽하게 정지된 상태였다. 사방이 고요했다. 심장박동이 귓속에서 둥둥 울리기 시작했다.

바다가 쑥 내려가며 소용돌이쳤다. 해수면 바로 아래서 물고기 떼들이 공황상태에 빠져 흩뿌린 한 줌의 표창처럼 쏜살같이 산개했다.

저 깊은 곳에서 어렴풋한 빛이 보였다. 그것은 올라오면서 물고기의 형태를 갖추었다. 빛은 인광처럼 보였고, 희미한 빛에 윤곽이 불분명하게 흔들렸다.

달빛의 반사가 집중된 곳에서 바다가 마구 날뛰더니 물마루가 용솟음치며 상어가 수면을 뚫고 치솟아올랐다. 그 몸체가 테드퍼드의 머리 위로 우뚝 섰다. 물보라가 튀며 그 뒤편의 빙벽이 사라졌다.

해저면 자체가 수면 위로 올라온 것 같았다. 놈이 다시 물속으로 뛰어들자 그 여파로 카약이 6~7피트가량 반대편 벽으로 튀어올랐고, 그는 간신히 제자리를 지킬 수 있었다. 랜턴도 라이플도 사라져버렸다.

카약은 역류에 휘말려 만 한가운데로 나아갔다. 그는 흠뻑 젖어 부들부들 떨었다. 바닷물과 얼음이 다리 주위에서 끈적끈적하게 엉겼다. 패닉이 전기 스파이크처럼 그를 덮쳤다. 방수포 주머니에 넣은 카메라가 바로 옆에서 뒤집어져 깐닥거리더니 이내 가라앉았다. 파도가, 어떤 움직임이 카약 주위를 빙글빙글 선회하기 시작했다. 수면 위로 올라온 등지느러미는 몸체와 이어진 부분에 거품 옷

깃을 달고서 낭창거리며 물방울을 뚝뚝 흘리는데, 그 자체로 거의 사람 키만 했다. 그 짐승의 몸뚱이 전체는 공포의 퍼레이드처럼 유유히 흘러갔다. 몸길이는 50피트로 추정됐다. 몸통 폭은 12피트. 지느러미가 달린 노면전차였다.

놈도 테드퍼드를 더 잘 보려는 듯 옆으로 몸을 틀었다. 크기도 엄청 크고 하얀 머리와 대조적으로 새카만 놈의 눈은 말썽쟁이 요정처럼 보였다. 놈은 물밑으로 들어가 어둠 속으로 작아지는가 싶더니 저 아래 깊고 캄캄한 곳에서 거대한 입을 벌려 몇 겹의 이빨을 드러내며 다시 부상했다.

테드퍼드는 자신이 발견해낸 이것을 갖고 어디로 갈 수 있으며, 다시 제자리에 갖다놓을 수나 있을까? 이 생물의 중요성을 누가 알아줄 것인가? 누가 그 상실감을 알아줄 것인가? 누가 이별을 알아줄 것인가? 약점이 까발려지는 두려움을 누가 알아줄 것인가? 상어의 아가리가 테드퍼드의 카약 이물과 고물 양쪽에서 솟았고 그 바깥쪽으로 물보라 커튼이 흩뿌려졌다. 하늘과 땅이 뒤바뀌며 그는 빙 돌아 달을 마주했고, 고래 배 속의 요나가 퍼뜩 머리를 스치면서 그가 바라고 원했던 모든 것, 아니 그 이상이 이루어지려던 찰나, 그만 먹혀버렸다.

로리 킹　　　　　　　　　　　　**어둠을 잣다**

　　　　　　　　　　　—수전 오렛과 조 킹에게 감사를 보내며

　어쩌면 우린 모두 장님이다, 마음의 눈으로도 한눈에 모든 것을 보지는 못한다. 그리고 우리는 모두 죽는다, 다만 어떤 이들은 다른 이들보다 좀더 빨리 죽을 뿐이다.

　그러나 이런 진부한 격언은 캄캄한 데서 무섭지 않은 척 휘파람을 부는 짓에 불과하며, 마음을 다스리고 공포를 다독이며 생기를 갉아먹는 쥐새끼 같은 불안을 떨치기 위한 주문에 지나지 않는다. 사실대로 말하면, 재나는 죽어가고 있고 수즈 블랙스톡은 캄캄한 데서 휘파람을 불기보단 화톳불을 질러서 아예 어둠을 날려버리는 타입의 여자였다. 수즈는 위로받고 싶지 않았다. 지금처럼 잠에서 깨어 눈을 떠도 변함없이 어둠에 직면할 때도. 이런 젠장, 그녀는 생각했다, 완전히 갔군, 장님이 됐어.

　작별인사를 할 새도 없이, 마지막으로 눈을 깜박여 뭔가를 응시할 순간도 주지 않고, 자고 있는 새에 시력이 완전히 사라진 것이다.

그때 이성이 팔꿈치로 쿡 이마를 찔렀다. 밖이 정말로 캄캄해서 그런 걸지도. 여긴 어차피 가로등도 없는 곳이니, 그렇다면…….

아니다. 수즈는 그냥 잠에서 깬 게 아니었다. 뭔가 그녀를 깨운 것은…… 그래, 땅 파는 소리, 삽의 날이 흙에 꽂히는 소리였다. 그 말인즉슨 앤디 할아범이 이곳에 있다는 뜻이었다. 그러나 막노동꾼들은 한밤중에 일하지 않는다. 아무리 앤디처럼 괴팍한 건설 일용직 어르신이라도 말이다.

그럼 맞군. 수즈의 시신경이 투쟁을 포기했고, 한밤중에 영업 종료를 고하고 죽어버린 것이다. 그녀는 마실 물도 없이 사막에 버려진 적도 있었고, 눈폭풍에 고립된 채 일주일을 보낸 적도 있었지만, 지금처럼 베개 위에 연약한 눈물을 뚝뚝 흘리는 것 외엔 무력하게 퇴화한 혹 두 개만 얼굴에 남기고 이렇게 완벽히 유기되긴 난생처음이었다. 수즈는 등을 대고 누워 부드럽고 쓸모없는 피부와 축축하고 비겁한 속눈썹을 쑤셔보다가, 자기 시력이 사라지는 순간조차 알아채지 못했다는 사실에 갑자기 울화가 치밀어 눈두덩을 힘주어 짓눌렀다. 그랬더니 반작용으로 밤이 환하게 타올랐다.

수즈는 순간 얼었다가 벌떡 일어나 침대 가장자리 아래 놓인 커다란 손전등을 집어들었다. 이런 상황을 예상해, 세상의 빛이 아직 자신을 위해 살아 있는지 확인해야 할 때를 대비해 거기에 손전등을 놔두었다. 수즈는 더듬거리며 손잡이를 찾다가 손전등을 떨어뜨렸고, 다시 달려들어 잡아서 엄지로 스위치를 밀었다. 빛이다! 휘황찬란한 빛의 영광이 눈을 멀게 하려는 듯 그녀의 망막을 맹렬히 공격했고, 안도감에 머리가 핑핑 돌았다. 수즈는 심지어 웃음을 터뜨렸고, 사과의 뜻으로 눈꺼풀을 가볍게 두드리며 속눈썹의 습기를 애무했다. 조금 전 꽉 눌렀던 데서 살짝 통증이 느껴졌다.

땅을 파던 삽날 소리가 다시 생각난 것은 그로부터 5분은 좋이 흐른 후였다. 확실히 건설 막노동꾼은 아니었다. 앤디 할아범이 늙고 성실한 괴짜긴 했지만 한밤중에 이 숲속까지 들어올 리는 만무했다. 잠시 후 수즈는 전등을 침대 가장자리 밑 원래 자리에 잘 갈무리해놓고 도로 이불 속에 누워 지난 5주 동안 해왔던 고민을 다시 시작했다. 도대체 내가 뭘 하려는 거지?

수즈 블랙스톡은 언제나 두려움에 정면으로 맞서는 여자였다. 첫 걸음마를 떼던 그날부터 그녀는 왈가닥, 겁 없는 꼬마, 물불 안 가리는 애로 불렸다. 성인으로서 그녀의 인생 패턴은 고등학교 때 남자친구가 처음엔 소유욕을 보이더니 얼마 못 가 폭력을 휘둘렀을 때 결정되었고, 그녀는 필사적으로 자존감을 찾기 위해 가라테 학원에 등록했다. 그리하여 얻은 교훈은 이랬다. 인생이 네게 침을 뱉을 때, 물러서서 자유롭게 놔두어라. 그녀는 열아홉살에 104달러를 갖고 유럽으로 떠나 이후 6년 동안 히치하이크와 도보로 다섯 대륙을 횡단했고, 11달러와 잔돈 몇 푼을 들고 집으로 돌아왔다. 나이 서른하나에는 위협과 협박으로 점철된 지저분한 이혼 과정에서 스카이다이빙을 시작했고, 뛰어내릴 때마다 매번 자살에 가까운 짜릿한 돌진을 감행해 인생의 찌꺼기를 고갱이만 남을 때까지 벗겨냈다. 4월에 어머니가 돌아가시고 이어서 4주 후에 친한 친구가 세상을 떠난 서른일곱에는 암벽등반을 했다. 그로부터 몇 년 후 주변 세계가 동시에 여섯 조각으로 분해되어 무너져내리자 동굴에 들어가 자신의 밀실공포증을 집어삼켰다. 그럴 때마다 매번 어깨 너머로 자신을 응시하는 죽음이 그녀를 침착하게 만들어주었다. 죽음과 희롱하고 돌아서 나오면 그녀는 강해지고 상쾌해졌다. 이번엔 낙하산이 펴질까? 저 조그만 바위 돌출부가 내 몸무게를 지탱할까? 내 위의 저 어마어마한 무게의 땅덩어리가 지금 한숨을 내쉬며 주저앉기로 마음먹지 않을까? 삶이 통제 범위를 벗어나 요동칠 때는, 죽음을 붙잡고 가만히 노려보는 것만이 견딜 수 없는 압력을 빼내는 유일한 방법 같았다. 죽음 앞에서 그녀는 가장 생기로웠다.

그러나 이번처럼 서서히, 경미하지만 치명적으로 그녀의 삶을 장악하는 압력은 처음이었다. 안구의 방수房水가 조금씩 줄어들며 흐름에 장애가 생기고, 그 결과 안압이 높아져 시신경이 손상된다. 녹내장이었다. 분노가 아니라 인내와 겸손으로 견딜 수밖에 없는 압력이었다.

수즈는 마흔여덟살이고, 지금껏 사막의 유목민이나 정글의 반란군과 살아왔으며, 3개국에서 강도와 맞서 싸웠고, 에베레스트에서 발가락을 잃은 여자였다. 그런데 이젠 숲속 오두막에 앉아 아직 잘 알지도 못하는 애인이 죽거나 회복되기를 기다리는 신세였다. 정말이지 수즈는 인내와 겸손에는 젬병이었다.

그녀는 자기 것이 된 지 겨우 10주에 불과한 침대에 누워 인생 최고의 순간들을 반추했다. 낙하산 줄이 엉키는 바람에 애리조나 사막이 자신을 덮쳐오던 순간, 에티오피아 강도의 총열을 내려다보던 그 느낌, 오른발이 바위 위에서 디딜 곳 찾았을 때의 엄청난 쾌감, 아래로 스코틀랜드의 벌판을 200피트 남겨두고 자유낙하를 멈추었던 경험. 공포와 환희 사이의 틈새는 아주 좁아서 없는 거나 마찬가지였다. 그리고 이제는 안구 속의 미세한 압력이 그녀를 그 틈새로부터 멀찍이 끌어당겨 두 번 다시 그 기분을 맛보지 못하게 할 터였다.

동이 틀 때쯤 수즈는 꾸벅꾸벅 졸았고, 눈을 떴을 때는 방 안을 환히 비추는 햇살 덕분에 패닉의 순간은 짧았다. 그래도 여전히 공포는 존재했고, 수즈는 그게 죽도록 싫었다.

수즈는 코트니도 싫어하게 되었다. 비록 티 내지 않으려고 조심하긴 했지만. 코트니는 열여섯살하고도 6개월이 지난 수즈의 이웃집 아이이자 가사도우미 겸 잔심부름꾼이었다. 아니 정확히 말하자면 재나의 이웃이었는데, 특별히 불확실한 이 시기에 수즈에게 넘겨진 아이였다. 재나가 여기 산 지는 5주밖에 되지 않았고, 아마도 다시는 여기서 살지 않을 것이다. (이 사실을 직시할 때가 되었다.) 그래도 코트니는 계속 왔고, 여름이 된 지금은 일주일에 4번씩 오전에 와서 수즈를 도왔다. 영수증을 정리하고, 장을 보고, 수즈가 약속이 있으면 시내까지 태워다주고, 까맣고 하얀 것밖에 분간이 안 되는 시력 이상을 필요로 하는 일상의 살림살이를 처리해주었다. 코트니는 기이할 정도로 보수적이었지만, 그 나이 또래의 여자애치고는 사리분별이 밝은 아이임을 수즈도 인정할 수밖에 없었다. 또 모든 물건을 정확히 제자리에 두는 대단히 값진 재주의 소유자여서, 수즈가 밤에 불 꺼진 집 안을 배회해도 널브러진 전기 코드에 걸려 넘어진다거나 함부로 둔 의자에 정강이를 부딪히는 일은 없었다. 수즈는 아이의 강박증이 고마웠기에 유머 감각의 철저한 부재를 너그러이 봐주기로 했으며, 아이한테 너무 자주 쏴붙이지 않도록 최선을 다했다.

오늘은 화요일이므로, 두 사람은 그 주의 우편물을 정리했다. 먼저 고지서들부터.

"담보대출 고지서하고, 앤디 할아버지의 계산서하고, 보험이에요." 코트니가 수즈에게 말했다.

"집이야 차야?"

"집이네요."

"그럼 전부 다 은행으로 보내." 자동차보험이었다면, 코트니가 수즈를 위해 재나의 차를 몰고 있었으므로 수즈는 자기 돈으로 보험료를 냈을 것이다.

"그리고 전기요금 고지서요. 와, 확실히 많이 줄었네요." 코트니는 마치 요금을 절약한 것이 제 덕인 양 말했다. "엄마한테 3월 요금은 어땠냐고 물어보니까, 미터기를 확인해봐야 알 거라셨어요."

얼씨구, 수즈는 생각했다, 이젠 이 여자애네 온 가족이 재나가 쓰는 가전제품 종류까지 다 알겠군.

"그거하고 전화요금은 제가 가져가서 낼게요."

가스요금 고지서가 오면 그것도 코트니를 시켜 내게 해야 할 것이다. 수즈는 그런 비용은 자신이 지불해야 한다고 생각했다. 생활비에 관해 재나와 얘기한 적은 없었다. 두 사람은 재나의 거실에 앉아서 타호 호수로 여행갈 계획을 세우고 있었다. 그런데 다음 순간, 수즈가 고동색 탁자 위에 고동색 전화기를 갖다 놓으려고 몸을 일으켰을 때, 재나가 무시무시한 소리를 내면서 마룻바닥으로 고꾸라졌다. 뇌졸중 이후로 5주가 지났고, 재나는 여전히 주변 세상을 반밖에 인식하지 못했다. 화요일마다 수즈는 구술로 편지를 썼고, 간호사들은 그 편지를 분명히 환자에게 읽어주고 있다며 수즈를 안심시켰다. 일요일과 목요일에는 코트니가 수즈를 30마일 떨어진 요양병원까지 태워다주었다. 참 말도 안 되는 상황이었고, 아무래도 익숙해지지 않았다. 수즈와 재나는 겨우 몇 달을 사귀었을 뿐이다. 재나가 조만간 의식을 회복하지 못한다면 재나의 가족들이 환자를 넘겨받을 것이고, 그러면 재나는 수즈의 인생에서 가정형의 관계, 잠깐 스쳐간 애인에 지나지 않을 것이다.

그러나 연인으로서 성실함과 사랑의 초기 감정 때문에 수즈는 여기 재나의 숲속 오두막에 머물고 있었다. 좌절감에 휩싸인 채 마음 졸이며 불확실한 상태로. 재나에게 보낼 억지스러운 편지를 봉투에 넣고 요금들을 다 정산하자마자(코트니는 겨울철의 무지막지한 전기요금은 이제 다 지나갔다고 거듭 뿌듯해했다) 아이에게 대걸레와 장바구니를 맡긴 다음 그녀는 안도의 한숨을 쉬며 베틀이 있는 방으로 건너갔다.

수즈는 베틀 의자에 미끄러지듯 앉으면서, 전에도 수천 번씩 곱씹었듯, 여기 앉아 있는 게 이렇게 편안할 수가 없다니 참말로 묘하다고 생각했다. 이 중년의 물불 안 가리는 여자가, 절벽에 대롱대롱 매달리고 도보로 여러 대륙을 횡단하고, 비행기에서 창공으로 몸을 날리던 아드레날린 중독자가 집으로 돌아와 베 짜는 여인이 되어 생계를 유지하다니. 이 세상에 존재하는 예술 유형 중 가장 경솔함과 거리가 멀고 가장 거추장스러운 데다가 가장 엄격하게 통제되는 방식의 예술을 업으로 삼다니. 피륙을 짤 때는, 날실 한 세트를 무게 500파운드짜리 베틀에 걸고 씨실을 북에 연결한다. 북을 오른쪽에서 왼쪽으로 다시 왼쪽에서 오른쪽으로 보내면, 날실을 베틀에 걸기 전에 미리 정해둔 무늬대로 실이 엮인다. 피륙을 짤 때는, 커다란 벽걸이용 천이라 해도 멋대로 즉흥성을 발휘할 여지가 거의 없다. 그렇게 고도의 집중력으로 방랑 시절의 시끌벅적한 어수선함을 상쇄시켰던 것이다.

절묘하게도 수즈는 시력을 잃기 전부터 그토록 오랫동안 작업해왔던 강렬한 색상들(과테말라와 라자스탄에서 직조기술과 함께 배워 익힌)에서 오로지 흑과 백의 무채색으로 넘어오고 있었다. 마치 보이는 세상이 자신으로부터 거두어지리란 사실을 이미 마음으로 알고 있기라도 한 것 같았다. 작년에는 실의 질감에 따라 미묘한 패턴이 나타나는 순백색과 순흑색 작품을 몇 개 시리즈로 만들었다. 영리한 갤러리 주인은 그 작품들에 '어둠을 잣다'라는 타이틀을 붙였고, 영향력 있는 비평가 두어 명이 수즈 블랙스톡이 말하는 텍스처와 무채색 속의 색채에 관하여 흥미로운 평론을 게재했다. 수즈 본인도 적잖이 놀랐듯이, 그녀는 어느새 직조공예계에서 유명인사가 되어 있었다. 수즈는 천을 짜면서 점점 커지는 피륙을 손가락으로 '보았다'. 그런데 그녀의 작품이 벽에 걸리면 시력이 온전한 사람들은 그것을 약간 다른 형태로 보았다. 뉴욕의 한 갤러리에서는 가을에 열리는 여성 단독전에 그녀의 작품을 전시하고 싶어 했고, 《타임스》에 실릴 기사에 관한 논의가 오갔으며, 스미스소니언 미술관에서 작품 구매와 관련해 편지를 보내왔다.

수즈도 자신의 성공의 아이러니한 면을 모르지 않았다.

오늘 그녀는 백색 작업을 하고 있는 중이다. 그녀의 시야에는 새하얗게 빛나는 드넓은 피륙 위로 남향 창에서 들어온 햇빛이 쏟아졌다. 수즈는 밤에도 무리 없이 작업할 수 있었고 흑색 작품은 이따금 밤에 만들기도 했지만, 이런 환하다는 감각은 손가락 끝의 감축을 극대화시키는 듯했고 작품을 보다 오롯이 만들어주는 느낌이었다. 그녀는 코트니가 시내로 나가는 것을 거의 알아채지 못했고, 아이가 돌아왔을 때 자신이 1시간 반 동안 줄곧 작업했다는 사실을 깨닫고 깜짝 놀랐다.

코트니가 부엌에서 참치샌드위치와 칠면조샌드위치 중 뭘로 하겠느냐고 물었고, 수즈는 아무거나 네가 알아서 하라고 하고는 손을 씻으러 갔다. 수즈는 평소 아이와 함께 점심을 먹었다. 그렇게 하면 아이가 그저 바닥 청소를 하고 장 봐주는 가사도우미가 아니라 외로운 레즈비언 아주머니의 말벗이 되어드리는 거라고 스스로를 당당히 여길 것 같았다. 사실 자신이 기독교 봉사의 대상이 된다는 게 썩 탐탁지 않았지만, 아이와 밥을 먹는 것은 아무렇지도 않았다. 가끔 아이와 대화하는 게 고역이긴 했지만.

코트니는 참치샌드위치를 만들어서 늘 그러듯 네모반듯하게 잘라 내왔으며, 샌드위치 접시에서 1시 방향으로 정확히 2인치 떨어진 곳에 유리컵을 놓았다. 컵에는 늘 그러듯 아이스티가 담겨 있었다. 언젠가 따뜻한 날에 수즈가 맥주를 달라고 하자 아이는 말이 없어졌다. 코트니는 이웃의 변칙적인 애정 관계를 기꺼이 너그럽게 보아넘겼고, 찬장에 있는 진과 스카치 병들(앤디 할아버지가 주기적으로 채워놓았다)을 성실하게 일일이 행주로 닦았으며, 수즈가 밤중에 저지른 죄의 증거인 술 냄새 풀풀 풍기는 유리잔들도 불평 없이 설거지했다. 그러나 수즈는 아이가 술을 구입할 수 있는 나이가 되어도 술심부름은 시키지 못할 것임을 알았다. 약에 대해서도 마찬가지여서, 의사의 처방전이 있어도 코트니의 못마땅한 눈길을 받기 일쑤였다. 아이는 두 번이나 약국에서 수즈의 수면제를 받아오는 일을 깜박했다. 십중팔구 아이의 부모는 알코올중독자였을 것이다.

그래도 코트니는, 수즈도 인정하듯, 안압을 지속적으로 낮추는 안약과 먹는 약은 신경 써서 꼼꼼하게 지어 왔다. 물론 수즈가 자기와 같은 타입의 시력 악화에는 마리화나가 특효약이라는 생각을 안 한 건 아니지만, 언감생심 코트니한테 학교에서 마리화나 파는 애들 전화번호를 알아봐달라고 할 수는 없었다. 어차피 조만간 안과의사는 일반 약제로는 수즈의 안압을 낮게 유지하지 못한다는 결정을 내릴 것이고, 그러면 약용 마리화나 요법을 시작할 것이다. 그때까지 기다리기만 하면 된다. 요즘 그녀의 운으로 보건대 누군가를 붙들고 대마를 사 달라고 부탁한다면 그 첫번째 상대는 지나가던 마약단속반 경찰일 확률이 높았다.

코트니는 레즈비언 관계에 대해서는 미심쩍은 듯했지만 기독교적 선의에 충실했다. 아이는 같이 앉아서 점심을 먹으며 물었다.

"엊저녁에 재나 씨에 대해서 새로운 소식은 없었나요?"

"늘 똑같지 뭐. 그 새로 온 간호사가 일요일에 올 때 음반을 좀 가져오면 어떠냐고 하더군."

"음반 고르는 거 도와드릴까요?"

"내가 알아서 해." 수즈는 대답이 좀 퉁명스러웠나 싶어 이렇게 덧붙였다. "혹시 문제가 생기면 도와달라고 할게."

"엊저녁에 청년부에서 재나 씨를 위해 기도했어요. 기분 나쁘지 않으셨으면 좋겠어요."

기분 나빴지만, 그렇다고 뭘 어쩌겠는가? 그만두라고 말하나?

"전혀. 괜찮아."

"작년에 제 친구 린의 할머니께서 뇌졸중으로 쓰러지셨어요. 지금은 많이 좋아지셔서 살짝 다리를 절고 몇몇 단어가 발음이 좀 어눌하실 뿐 그 밖엔 멀쩡하세요."

"그거 다행이네."

"제가 하려는 말은 그냥……."

"무슨 말인지 알아, 코트니. 다만 지금은 마냥 낙관하기가 힘들어서 그래."

5주째 의식이 불명확한 상태였다. 어느 때가 되어야 재나는 이승에서 제대로 살 생각을 할까? 어쩌면 음반 고르는 것을 코트니에게 맡기는 편이 나을지도 모르겠다. 정신없이 불타오른 연애 상대보다 코트니가 재나의 취향을 더 잘 알고 있을 터였다.

코트니가 차를 몰고 가버리자, 늘 그러듯, 수즈는 크게 안도했다. 동시에, 늘 그러듯, 이 오두막이 지독히 외딴 곳이구나 생각했다.

어떤 날 저녁에는, 재나가 있는 요양병원에 의례적인 전화를 걸고 나서, 이 조그만 세상이 환히 불타오르도록, 자신이 살고 있는 불확실한 세계가 형태를 갖추도록 오두막의 불이란 불은 모조리 다 켜기도 했다. 또 어떤 날 밤에는 숲속 웅덩이 속으로 천천히 걸어들어가면서 어둠 속에 침잠했다. 발밑에서 뭔가 미끄덩거리는 생물과 조우할까봐 꽤나 불안해하면서도, 차가운 물이 몸을 감싸며 차오르고, 물속으로 자신을 밀어넣고, 자신을 연못 생물 중 하나로 변신시키면서 얻어내는 풍부한 감각을 속속들이 음미했다.

오늘 밤은 어둠을 위한 밤이었다. 우선, 베틀에서 짜고 있던 작품이 거의 일단락되었으니 내일이나 모레쯤에는 잘라서 마무리하기 위해 걸어두고, 다음 작품에 쓸 날실을 준비할 것이다. 다음 것은 흑색 작품이 될 예정이라 한동안은 어둠 속에서 그에 관해 생각할 필요가 있었다.

밤은 시원했다. 수즈는 위스키를 한 잔 따르고, 재나를 위해 만들었던 두툼한 실크 알파카 담요를 집어들었다. 새 베틀에서 처음으로 짠 작품이었고, 재나가 뇌졸중으로 쓰러지기 겨우 며칠 전에 완성한 것이었다. 수즈는 현관 앞 베란다의 데크체어에 웅크리고 앉아 따뜻한 이불을 둘둘 말고 술을 홀짝거리며 내면의 눈으로 직조 모양을 그렸다. 다음 작품은 커다란 것으로, 그녀의 하니스 16개짜리 베틀*이 감당할 수 있는 가장 넓은 폭의 작품이 될 것이다. 이번에는 색상도 넣을 것이다, 비록 보이는 세상에선 어둠 속에서 질감을 보듯 지엽적인 것밖에 알아보지 못하겠지만. 몇 년 전에 한 번, 보기에는 검은색 같지만 실제로는 강렬한 색상을 극소량 섞어 엮은 화려한 실로 작업한 적이 있었다. 터키석의 청록색과 산호의 핑크색, 에메랄드의 녹색이 들어갔지만 몇 인치만 떨어져서 보면 색을 인지할 수 없었는데, 그럼에도 전체적인 검은색에 감성적인 풍부함을 더했다. 수즈는 이미 방직공에게 원하는 실을 주문해 놨고, 그것은 그녀의 기억이 간직하는 색과 정확히 일치할 것이며, 늘 쓰던 순수한 흑색 무명실을 날실로 하여 베틀에서 함께 엮으면, 단색으로 보이면서도 그녀에게는 뚜렷한 대비를 드러낼 것이다. 때론 마음의 눈이 육안으로 인지하지 못하는 것을 보는 법이라고, 그녀는 가만히 되새겼다.

잔이 비고, 밤기운이 부드러운 모직물 사이로 파고들어 수즈는

---

* 일반적인 베틀은 하니스가 4개이며 16개가 최대 한계다. 하니스가 많을수록 다양한 무늬를 넣을 수 있다.

담요를 걷어치우고 안으로 들어가려했다. 바로 그때 모든 감각이 하나가 되어 쭈뼛 일어섰다. 땅 파는 소리였다. 까맣게 잊고 있었는데, 꿈이라고 생각했는데, 지금 다시 그 소리가 들렸다. 대체 어떤 동물이기에 삽으로 흙을 파는 것 같은 소리를 낼까? 미국너구리나 주머니쥐처럼 굴을 파는 짐승일까? 스컹크는 아니었다. 그랬다면 분명 냄새를 맡았을 것이다.

하지만 이건 발톱으로 땅을 파헤치는 소리가 아니었다. 찰캉, 하고 금속이 돌에 부딪히는 소리, 의도가 깔린 리듬, 그리고 밤중에 느껴지는 사물의 크기로 짐작건대 그건 삽이었다. 수즈의 첫 반응은 뜻밖에도 휴대폰을 가지고 나올걸 하는 후회였지만, 즉시 겁먹은 자신에게 화를 내면서 소심함을 말끔히 날렸다.

그 소리는 10분가량 지속되었다. 수즈는 베란다에서 살며시 내려가 자갈이 깔린 진입로를 살금살금 기어갔고, 소리가 멎을 때쯤엔 첫번째 모퉁이를 지나 200미터쯤 전진한 상태여서 땅 파는 소리가 나는 곳을 대충 짐작할 수 있었다. 그녀는 진입로를 속속들이 잘 알고 있었다. 보이지 않는 구멍에 발목을 접질리거나 옻나무에 살갗이 닿아 옻이 오르거나 하는 게 싫을 때 마음 놓고 편히 거니는 길이었다. 그녀의 두 발은 오두막의 마룻바닥만큼이나 이 길의 위험 요소에 대해서도 훤히 꿰뚫고 있었다. 그러나 그녀의 머리는 거기서 무슨 일이 일어나고 있는지 종잡을 수가 없었다.

땅 파는 소리가 그치자, 수즈는 그 자리에 멈춘 채 고개를 숙이고 정신을 집중했다. 왠지 모르겠지만 그 소리가 완전히 그친 것 같지 않았다. 뚜렷이 구분되진 않았지만 청각적 인상으로는, 발소리와 철컹거리는 소리, 뭔가 도닥이는 느낌, 20초쯤 지속된 톱질 소리도 한 번 있었다. 이런 식으로 15분가량 계속되더니 다시 땅 파는 소리가 시작됐는데, 속도기 더 빨랐고 오래 가지도 않았다.

그리고 정적. 이번에는, 잔물결이 지나간 후 고요하고 차분하게 어둠에 잠긴 호수처럼, 밤이 좀더 완전한 침묵으로 빠져들었다. 귀뚜라미가 울었다. 수리부엉이도 울었다. 수즈는 다시 혼자가 되었다. 그녀는 오두막으로 되짚어 돌아갔고, 잠자리에 들기 직전 내키지 않아 툴툴대며 문과 창문이 모두 잘 잠겼는지 확인했다.

다음 날은 수요일이었고, 코트니가 오는 날은 아니었지만, 재나가 고용한 아흔살 먹은(실제로는 일흔셋밖에 안 됐지만 불평불만이 아흔살 노인네와 맞먹었다) 잡일꾼 앤디 할아범이 오후에 오기로 되어 있었다. 수즈는 아침을 먹고 뉴스를 들으며 흰색 날실을 베틀에서 걷어낸 다음, 날실용 실패에 앉아 흑색 무명실의 양을 가늠하기 시작했다. 그러면서 내내 날이 밝기를, 햇빛이 적절한 각도로 진입로를 비추기를 기다렸다.

하지만 더이상 기다릴 수가 없었다. 결국 수즈는 재나가 정원용 연장을 보관하는 뒤쪽 간이창고로 가서 시력보다는 기억에 의존해 모종삽을 찾았다. 그녀는 모종삽 손잡이를 청바지 뒷주머니에 꽂고 진입로로 나섰다.

재나의 집으로 들어서는 길은 비포장도로였고, 자동차 바퀴자국이 너무 깊어질 때만 평탄하게 다듬고 자갈을 깔았다. 그리고 큰길 바로 앞 짧고 가파른 경사로만 콘크리트로 포장했다. 첫번째 모퉁이로 다가가면서 수즈는 자신이 일부러 무른 바위 틈새로 장화를 끌면서 마치 침입자들에게 경고하듯 발소리를 내고 있음을 깨달았다. 그녀는 바로 그짓을 그만뒀고, 주머니에서 모종삽을 꺼내 무기처럼 손에 들었다. 거기서 누군가와 마주칠 거라고 생각해서가 아니었다. 야음을 틈타 들어왔던 사람이 벌건 대낮에 주변을 어슬렁거리며 무슨 일이 있나 와볼 리는 없었다. 그래도 수즈는 막일꾼 앤디 할아범이 오기 전에 여기서 무슨 일이 있었는지 알아내고 싶었다. 앤디 할아범이 늙긴 했어도 꼴에 남자라고 당장 본능적으로 주도권을 쥐려 할 터였다. 비록 비겁함과 우유부단함의 늪에 빠져 오도 가도 못하는 신세가 될지 몰라도, 수즈는 다른 사람의 지휘를 받고 싶지는 않았다. 천만의 말씀이었다.

모퉁이에서 수즈는 걸음을 멈추고 흐릿한 정보나마 눈으로 찾았지만 별로 건진 건 없었다. 그래서 눈을 감고 계속 걸으면서 다른 감각들이 활약하도록 뒀다. 발밑에서 느껴지는 부드러운 땅은 평소와 다름없었고, 떡갈나무 냄새와 그 아래 희미하게 깔린 야생 민트향, 수십 년 전에 누군가 심어놓은 유칼립투스향이 걷는 동안 스쳐지나갔다. 오른편 경사진 곳부터는 작년에 불도저로 밀고 자갈을 깔아서 부드러운 흙은 거기서 끝이었다. 재나가 발길을 멈추고 향기로운 가지를 꺾곤 했던 월계수나무 근처에 닿으니 발밑에서 진한 향이 피어올랐다. 수즈는 가던 길을 멈췄다. 재나가 또다시 걸음을 멈추고 나뭇잎을 뜯어 그 톡 쏘는 매캐한 향을 맡던 곳이었다. 자갈이 깔린 길이 시작됐고, 그다음엔 더욱 두텁게 깔린 자갈길이 나와 절그럭거리고, 개울 바닥에서 축축한 공기가 올라오면서 붉은삼나무와 양치류 냄새가 물 흐르는 소리와 함께 실려왔다. 수즈가 처음 여기 왔을 때는 힘차게 달리던 냇물이 지금은 졸졸 이어지는 정도로 수량이 줄었다. 몇 걸음 더 옮기면 예전에는 물이 흘렀지만 지금은 텅 빈 낡은 지하 배수로가 발에 걸릴 터였다. 그런데 거기까지 가기 전, 뭔가 바뀐 게 있었다. 보통 때 장화 밑에서 느껴지던 것은 얇은 자갈층이 었는데, 오늘따라 낙엽이 뻣뻣하게 느껴졌다.

어리둥절해진 수즈는 웅크리고 앉아서 손끝으로 주변 땅을 더 듬었다. 그녀의 생각이 맞았다. 뚜렷이 구분되는 꺼끌꺼끌한 떡갈 나무 생잎이 길 위에 흩뿌려져 있었다. 하지만 근처 떡갈나무는 굽 이진 길 너머에 있었고, 근자에는 전혀 바람이 불지 않았다. 그렇다 면 이 생잎들은 어떻게 여기 있게 된 걸까?

수즈는 선 채로 눈을 가늘게 뜨고 빛과 어둠의 흐릿한 조각을 응 시했다. 너무 일찍 나왔다. 태양은 아직 개울 바닥에서 자라는 붉 은삼나무 가지에 걸린 상태였다. 그녀는 모종삽을 다시 주머니에 꽂고 지하 배수로 난간에 걸터앉아 개울의 속삭임에 귀기울이며 인내심과 상의했다.

다람쥐 한 마리가 그녀를 보고 머리 위 나뭇가지에서 한참 동안 신경질적으로 기침을 해댔다. 멀리서 비행기가 하늘을 부르르 흔 들었고, 어렴풋한 새의 형체들이 그녀의 시야를 홱 갈랐다. 이윽고 햇살이 서서히 땅바닥 적당한 데까지 기어왔다. 수즈는 일어나서 바지 엉덩이를 털고 앞으로 나아갔다.

어둠과 빛은, 시각이라기보다 질감이었다. 컷글라스 유리컵보다 알이 더 두꺼운 안경이 있긴 했지만 안경알이 너무 무거워서 얼굴 전체가 지끈거렸고, 그 무거운 무게로도 사물은 선명해지지 않고 다만 명암이 좀더 뚜렷해질 뿐이었다. 그래서 늘 해오던 대로 그녀 는 아예 반대쪽 극단으로 치달았다. 안경 없이 지내면서 눈꼬리 쪽 의 시야로 형태를 해석하고, 망막이 아닌 머리로 사물을 보기 시작 했다. 지금처럼, 얌전히 쌓인 나뭇잎의 짙은 바탕에 대비되는 옅은 질감의 띠를 보는 것이다.

도로에서 뻗어나온 오솔길은 개울과 나란히 달렸다. 그곳에는 수즈도 알고 있듯 둑을 따라 사슴이 다니는 울퉁불퉁한 길이 있는데, 엄청난 일조량을 요구하며 마구 뒤엉켜 있던 블랙베리와 옻나무를 베어낸 자리였다. 재나가 가장 좋아하는 달빛 산책길 중 하나였다. 수즈는 얼굴에 닿던 축축함과 종아리를 간질이던 양치류가 생각났다. 육중한 삼나무의 두툼한 껍질과 수즈 사이에 끼어 있던 재나도 생각났다. 재나의 입술도.

또 그럴 수 있을 거야, 수즈는 속으로 이를 악물고 말하고선, 모종삽을 들고 무릎을 꿇었다.

손으로 더듬으니 흩뿌려진 나뭇잎 밑으로 부슬부슬한 흙이 만져졌고, 모종삽으로 쉽게 파졌다. 수즈는 흙을 파내 자갈길 위에 쌓으면서 모종삽 날의 길이만큼, 이어서 그 두 배 깊이까지 파내려갔다. 그녀의 손가락이 부드럽게 마른 흙을 샅샅이 헤집으며 자신도 알지 못하는 무언가를 탐색했다. 땅속에 묻힌 보물? 이런 산속에서라면 땅속에 묻힌 사체의 일부일 가능성이 더 높았다.

그런 생각이 들자 움찔해서 탐색하던 손가락이 움츠러들었다. 젠장. 내 따스한 두 손에 닿는 시체의 느낌은 어떤 걸까? 과연 그 느낌을 박박 씻어 없앨 수 있을까? 수즈는 조심조심 다시 손을 내려 조금 전까지 마구 파헤쳤던 흙을 찬찬히 신중하게 손가락으로 짚었다. 그녀가 찾고 있던 것을 발견한 것은 모종삽의 날이었다. 뭔가에 부딪히면서 옆으로 미끄러진 것이다.

수즈는 금속 날을 따라 왼손으로 더듬었다. 자연물 같지 않게 매끈하고 딱딱한 형체가 만져졌다. 얼핏 나무뿌리 같기도 했지만, 표면을 쓰다듬어봤을 때 세상 그 어떤 나무도 이것처럼 흠집 하나 없이 매끈한 물체를 만들어낼 수는 없었다. 느낌상 플라스틱 파이프 같았고, 좀더 파내어 보니 태양이 그 사실을 확인해주었다. 새하얀 PVC 파이프였다. 흙을 긁어내면서 큰길 쪽으로 계속 파들어가니 첫번째 것보다 더 크고 각이 딱 들어맞는 다른 파이프가 나왔다. 이 큰 파이프는 1마일 떨어진 큰길 근처의 우물과 저장탱크에서 진입로 가장자리를 따라 깔린 오두막의 상수도관 본체일 것이다. 작은 파이프는 본관에 딱 맞게 끼워져 있었다. 새 플라스틱시멘트의 냄새가 희미하게 도랑에서 올라왔다.

최근에 누가 오두막의 상수도관에 구멍을 뚫고 연결한 것이었다.

수즈는 눈앞의 패턴을 응시했다. 갈색 그늘을 하얀 섬광이 뚫고 지나갔다. 두세 시간 후면 이 길로 앤디 할아범이 올 텐데, 한번 보라고 구멍을 이대로 놔둘까 생각했다. 하지만 어떤 이유에선지 그녀는 저도 모르게 다시 흙을 긁어모아 파이프를 덮고 있었다. 처음에는 천천히 하다가, 이내 털털거리며 길을 올라오는 노인의 트럭 소리가 들리기라도 하는 양 손을 좀더 재게 놀렸다. 흙을 모아 덮고 꾹꾹 누른 다음, 그 위에 다시 흙을 더 긁어모아 덮고, 일어나서 걸어다니며 새 흙더미를 장화로 밟아 평평하게 만들었다. 밟아 다진 흙 위에 나뭇잎을 발로 차서 원래대로 올려놓은 다음, 진입로 건너편 모퉁이 안쪽의 자갈이 쌓인 곳으로 가서 모종삽으로 자갈을 한두 삽 퍼서 그녀의 시야로 구분이 되지 않을 때까지 문제의 장소에 이리저리 퍼부었다.

일을 다 마치자, 법적으로 눈먼 여인의 은폐 작업이 이웃에 사는 도둑이 한밤중에 한 것보다 더 훌륭할 수 있다는 사실에 흐뭇해졌다. 그녀는 진흙투성이 손을 대충 문질러 닦은 다음, 조심스럽게 개울가 둑의 혼란스러운 어둠을 타고 물이 흐르는 곳까지 내려가서, 속으로 콧노래를 부르며 모종삽 날과 손에 묻은 흙을 씻어냈다.

오후에 앤디 할아범이 왔을 때 수즈는 커피를 대접했고, 할아범이 사다 준 술 두 병 값을 치르고, 몇 가지 질문을 했다. 마치 가벼운 잡담을 하는 것처럼 할아범을 현관 앞 베란다에 앉히고 할아범이 거의 다 끝내가고 있는 몇몇 일거리에 관한 얘기를 듣고, 재나가 염두에 두고 있었을 법한 일 한두 가지를(가령 지붕 같은 경우, 앤디 할아범은 평평한 부분이 부실하게 이어져 심한 폭풍우가 불면 물이 샐 거라고 생각했다) 제안했다.

그리고 나서 수즈는 지나가는 투로 물었다. "이 주변에 불법 건축물이 많이 있나요?"

"뭐, 사람들이 증축하면서 관에 신고하지 않은 건물 말이오? 당연히 많이 있지."

"그런 것 말고 처음부터 무허가로 지은 건물 같은 거요."

"그건 좀 힘들 텐데." 앤디 할아범은 잠시 곰곰 생각하더니 말했다. "가령 접근로 같은 건 숨기기 어려우니까. 이웃들이 신고하지 않아도 관에서 항상 산 위아래로 훑고 다니니까 결국은 발각될걸."

"만약에 접근로를 만들지 않으면요?"

"그럼 어떻게 집에 들락거리나? 시내까지 걸어가려면 한참인데. 그리고 건축자재는 어떻게 실어 오고? 인디언 천막이나 나뭇가지로 입구를 가린 동굴을 얘기하는 게 아니라면, 목재와 시멘트와 창유리가 필요할 텐데. 나무들 사이로 베니어합판을 한 장씩 나르는 경우라면 모를까. 근데 그건 왜 물어보나?"

"그냥 이런 산속에서 완전히 외따로 떨어져 사는 게 얼마나 힘들지 궁금하던 차였어요."

"꽤 힘들걸. 아, 아마도 여기저기 몇 명쯤은 있겠지만 오래는 못 버틸 거야. 겨울을 한 번만 나보라지, 소로*에 대한 환상은 금세 날아갈 테니. 모르는 사람이 와서 귀찮게 군 건 아니지?"

노인은 문득 이 대화의 요지를 알아차린 듯 물었다.

"아, 아녜요. 요전에 코트니랑 이런저런 얘기를 하다가 그냥 궁금해져서요. 그럼, 지붕 건에 관해서는⋯⋯."

다음 날 밤, 땅 파는 소리는 전혀 들리지 않았다. 그다음 날도 방해받지 않고 지나갔다. 이 수수께끼의 물 도둑 이웃을 신고해야 한다는 건 알고 있었지만, 만약 도둑이 원하는 게 약간의 깨끗한 물 정도라면 굳이 아까울 건 없다는 생각이었다. 어차피 그녀가 여기 외딴 곳에 사는 것도, 잘 알지도 못하는 여자의 호의 덕분이었으니, 이 산속의 소로 씨에게 호의를 베풀지 못할 것도 없지 않은가?

그때 요양병원에서 전화가 왔다. 너무 오랫동안 기다려서 거의 체념하고 있던 소식, 재나가 깨어나 정신을 차린 것 같으니 와서 얘기하고 싶은지 묻는 전화였다. 한바탕 소란스러운 날들이 이어졌고, 흐느적거리던 손을 마침내 힘주어 맞잡았다는 환희와 오랫동안 말 없던 입술에서 흘러나오는 어눌한 첫 단어의 기쁨에 땅 파는 소음은 잊혀졌다. 천 짜는 일도 요양병원에서 긴긴 시간을 보내느라 등한시되었고, 코트니가 살림과 장보기에 발휘했던 솜씨도 수

---

* 미국의 철학자, 수필가, 시인. 월든 호숫가에서 자연과 교감하며 소박하고 단순한 삶을 살았던 경험담을 책으로 펴냈다.

즈를 차에 태워 왔다 갔다 하고 마당에서 재나의 휠체어를 밀고 다니는 요령을 연구하는 것으로 대체되었다.

2주가 지나고 어느 화창한 여름날 일요일 오후, 재나의 담당의는 수즈에게 할 얘기가 있다며 자신의 사무실에 들러달라고 청했다. 수즈는 간호사에게 부탁해 의사의 방을 찾았고, 방 안에서도 의자까지 길안내를 의사에게 맡겨야 했다. 소식은 좋기도 하고 나쁘기도 했다.

"재나 씨는 조만간 퇴원할 수 있을 정도로 회복될 거라고 생각합니다." 의사가 말했다. 그러나 수즈의 마음이 쾌재를 부르기도 전에 의사는 이렇게 덧붙였다. "이제 재나 씨를 돌보는 일에 관해 생각해봐야 하는데요, 수즈 씨는 녹내장이라고 하더군요."

"치료중이에요." 수즈는 얼른 대답했고, 100퍼센트 거짓말은 아니었다.

"담당의가 누구시죠?" 수즈는 담당의사의 이름을 댔고, 의사의 형체가 그녀가 알기로 수긍을 뜻하는 움직임으로 바뀌었다. "유능한 분이시죠. 하지만 수즈 씨는 운전을 못하신다고요. 재나 씨를 돌보는 일은 초기엔 많이 힘들 겁니다. 그 여자애한테 첫 달 정도는 아예 집에 들어와 살면서 도와달라고 하실 수 있나요?"

수즈는 하마터면 벌떡 일어나서 나갈 뻔했다. 최근 몇 주간 그녀는 재나 때문에 꼼짝할 수 없었고, 두 사람 사이의 유대는 처음의 얄팍한 시기만 함께한 것치고는 생각보다 훨씬 길게 이어지고 있었다. 수즈는 이 사실을 의사에게 말하고 싶었다. 이봐요, 난 재나에 대해서 거의 알지도 못해요. 우린 만난 지 고작 넉 달 된 사이고, 난 그냥 충동적으로 재나의 집에 들어와서 산 거라고요. 정말이지, 이젠 떠날 때가 됐어요. 찬송가를 입에 달고 사는 저 아이와 한집에서 지내야 한다면 난 미쳐버릴 거예요, 라고 거의 입 밖에 낼 뻔했다. 충실한 친구로서 자신의 역할은 할 만큼 했고, 이제 재나가 두 발로 서는 것도 봤으니, 다시 각자의 인생을 살기 위해 길을 터줄 최적의 시기라고 확신할 수도 있었다.

그러나 수즈는 그러지 않았다. 그녀는 재나와 함께하는 동안 진심 어린 관계의 시작을 보았고, 자신을 충동질하는 힘을 이해하는 보기 드문 사람의 진귀한 손길을 느꼈다. 재나는 한 번도 수즈에게 시력 때문에 안 된다고 말린 적이 없었고, 뭘 하라고 꼬드긴 적도 없었다. 재나에게 작별인사를 하는 수즈라니 가당치도 않았다.

"재나의 보험으로 입주 간호사는 감당이 안 되나요?" 수즈는 별 기대 없이 물었다. 돌아온 대답은 부스럭거림과 고개를 흔드는 움직임이었다.

"죄송하지만 그건 어렵겠는데요."

"그럼 코트니에게 한번 물어봐야겠군요."

아이는 기뻐서 몸살이 날 지경이었다. 재나가 퇴원하는 날까지 열흘이 남았는데, 그동안 코트니는 앤디 할아범이 휠체어용 경사로 만드는 일을 감독하랴(수즈는 임시로 만들자고 주장했다), 가구를 재배치하랴(뭐 하나 옮길 때마다 수즈한테 소파나 탁자나 러그에 걸려 넘어지지 않도록 주의하라며 거듭 잔소리했다), 작은 융단과 휠체어 접근성과 오두막의 불충분해 보이는 상수도량에 노심초사하랴(코트니가 월요일 아침마다 집 안의 모든 이불을 빨기로 작정하기 전까지는 아무 문제 없었다), 하여간 참견쟁이의 미덕을 온몸으로 실천하며 부산을 떨었다. 남는 가구는 창고에 갖다 넣고, 코트니가 쓸 침대를 들여놓고, 수즈의 베틀은 최대한 구석진 곳으로 밀어넣었다. 다음 달에 학교가 개학하더라도 코트니를 내보내기란 무척이나 힘들 것임을 수즈는 빌어먹게도 아주 잘 알고 있었다. 재나가 일어나 춤을 출 수 있을 정도로 회복되어도 말이다.

재나는 7월 24일 수요일에 퇴원하기로 했다. 그런데 퇴원일을 이틀 앞두고 물탱크가 말라버렸고, 코트니는 이 엄청난 불행과 고통에 찢어지는 비명을 지르며 엎어졌다. 나머지 일은 앤디 할아범 차지였다. 할아범은 집 뒤꼍의 작은 물탱크를 살피고 큰길 쪽의 큰 탱크도 들여다보고는 영문을 모르겠다는듯 야구모자를 쓴 머리를 긁적였다.

"여기 압력 펌프는 아무 이상 없이 잘 작동하는데." 할아범은 같이 차를 타고 온 수즈에게 말했다. 수즈는 뭔가 도움이 될 거라고 생각해서라기보다 그저 막바지 집 대청소 소동에서 벗어나고 싶었다.

"작동이 됐다 안 됐다 하는 건 아니고요?"

"그런 건 아닌 것 같은데. 접속 단자에 벌레가 들어가서 전력이 끊길 때도 있지만, 내가 다 깨끗이 청소하고 살충제도 뿌렸다고. 벌레 같은 게 있다면 보이겠지. 그런 게 아니라면 업체를 불러서 우물 펌프 본체를 꺼내 고장이 났는지 봐야 할걸."

"이 물탱크에는 몇 갤런 정도 들어가요?"

"이건 오천 갤런짜리 탱크야. 집 뒤꼍에 있는 건 오백짜리고. 그 정도면 빨래는 수백 번 돌릴 수 있고 물을 틀어놓고 집을 이틀 정도 비워도 끄떡없어. 이런 일이 일어날 수가 없는데."

수즈는 거대한 초록색 플라스틱 탱크를 바라보았다. 마음속 눈에는 상수도 본관에 몰래 연결된 기다란 PVC 파이프가 똑똑히 보였다. 수즈는 늙은 막일꾼에게 그에 관해 말해버릴까, 그 소로 씨를 배신하고 밀고해버릴까 했다. 하지만 코트니가 아주 생난리를 칠 테고, 앤디 할아범은 남자답게 명령을 내리려 할 테니, 그러면 수즈의 우선권은 짓밟혀 산산조각 날 게 뻔했다. 수즈는 앤디 할아범에게 말하기 전에 생각을 좀 해보기로 했다.

화요일에 코트니는 십대 청소년 필수용품과 옷을 가득 담아 불룩한 쓰레기봉투와 상자들을 재나의 차에 한 치의 틈도 없이 가득 쑤셔넣고 도착했다. 이삿짐을 정리하느라 하루를 꼬박 보내면서, 수즈에게는 빈말로도 와서 보라는 소리는 하지 않았다. 오후 3시가 되자 코트니는 손님방에서 나왔는데 분명히 저녁을 차리려는 기색이었다. 수즈의 생각은 달랐다.

"음, 그럼 내일 보자." 수즈는 쾌활하게 말했다.

"그게 무슨 소리예요?"

"네가 내일 아침에 와서 나를 태우고 재나를 데리러 가야지."

"하지만 전 오늘 밤부터 여기서 지내려고 했는데요."

"오, 코트니, 그렇게까지 할 필요는 없어. 개학하기 전까지 앞으로 3주 동안 네 부모님이 널 얼마나 보고 싶어 하시겠니. 마지막 밤은 부모님과 함께 보내야 하지 않겠니." 수즈는 베틀에 앉아서 고개를 숙이고 있었고, 어조에 간사한 꾀라고는 전혀 들어 있지 않았다.

"이제 제 짐은 여기 다 있는데요."

"준비성도 좋구나. 하지만 칫솔과 잠옷은 찾을 수 있겠지. 그럼 내일 아침에 보자." 수즈는 그렇게 말하고 일을 계속했다.

기분이 상한 코트니는, 기분이 상했음을 수즈가 분명히 알 수 있도록 여봐란 듯 거칠게 차를 타고 가버렸다.

코트니가 가고 나자 수즈는 독한 술을 한 잔 따라서 현관 앞 베란다로 나갔다. 비명을 지르고 싶었다. 이대로 뒤도 안 보고 뚜벅뚜벅 떠나버리고 싶었다. 곤드레만드레 취하고 싶었고, 카누를 타러 아마존으로 떠나고 싶었고, 낙하산을 맸는지 확인도 안 하고 비행기에서 뛰어내리고 싶었다. 내일이면 지구는 한숨을 내쉴 것이고, 잘 알지도 못하는 병약한 애인과, 머릿속은 간호사 판타지로 가득하고 두 눈은 썩은 동태 눈깔 같은 착한 기독교인 여자애라는 이중의 짐이 그녀의 어깨를 내리누를 것이다.

부담에 짓눌린 그녀에게 유일한 탈출구는 한밤중에 나는 땅 파는 소리에 관해 알고 있다는 것, 사라진 물 5000갤런, 그리고 터무니없는 겨울철 전기요금에 관해 코트니와 나눈 대화였다.

수즈는 마지막 술 한 모금을 넘기고, 혈관 속에서 쿵쿵 두근거리는 예감을 만끽하며, 생각했다. 내일이면 짐덩이들이 오겠지만, 하느님 맙소사, 아직 오늘 밤이 남아 있다고.

그날 밤, 수즈는 숲속으로 산책을 나갔다.

이곳에 왔을 때 처음 얼마간 재나는 수즈를 데리고 수시로 '장님 산책'에 나섰다. 그렇게 만지고 느끼는 날들의 잔상이 실제로 장님이 된 여자의 기분을 좋아지게라도 할 것처럼. 그런데 묘한 것이, 정말로 그랬다. 처음엔 끔찍했다. 저 아래 펼쳐진 땅을 보면서 비행기에서 뛰어내리는 것과, 흐릿한 형체와 알 수 없는 움직임에 둘러싸여 달빛에 얼룩진 길로 발을 내딛는 것은 차원이 달랐다. 하지만 재나는 왠지 이런 일에 통달한 듯했다. 그녀는 문 밖을 나서서 진입로에 들어서는 첫 5분 동안 수즈를 괴롭히듯 내몰았지만, 그 주가 끝날 때쯤 되자 수즈는 세 가지 감각만을 따라 어둠 속으로 발을 내딛는 도전을 진심으로 즐기게 됐다. 발밑에서 느껴지는 땅의 감촉, 공기의 냄새, 온갖 생물과 나무 본체의 소리에 취해서 그녀는 낯선 세계로 들어섰다. 둘째 주가 지나갈 무렵엔 오히려 그녀가 재나를 끌고 다녔다.

오늘 밤엔 어디까지 갈지 아직 정하지 않았지만, 개울을 따라가는데 길을 잃어봤자 얼마나 잃겠는가?

수즈는 커다란 손전등으로 무장했다. 현관문을 나서려다 멈칫하고 다시 집 안으로 들어가서는 검은 낚싯줄을 감아놓은 긴 실패를 손전등과 함께 허리에 매는 가방에 넣었다. 피치 못하게 개울가를 벗어나게 되면 언제든 아리아드네의 실을 나무 사이에 풀어놓을 수 있도록. 문간에서 수즈는 종종 지팡이 대신 쓰는 가늘고 낭창낭창한 나무 막대기를 집어들고 베란다를 지나 마당으로 내려섰다.

보름달이 떠서 시야가 희뿌옇게 흐렸고 밤의 질감이 느껴졌다. 마치 그녀가 짠 검디검은 벽걸이 속으로 들어온 것 같았다. 방향을 가늠할 수 없었다. 그녀는 눈을 감고 기억에 집중했고, 잠시 후 머릿속에서 진입로를 찾아냈다. 수즈는 자신 있게 걸음을 내디뎠다. 그녀의 발은 여기는 자갈, 저기는 흙, 하고 정해진 구획을 파악했고, 코는 유칼립투스의 톡 쏘는 냄새와 개울물 냄새를 구분해냈다. 이윽고 그녀는 모퉁이를 돌아 침입자가 파이프를 묻고 그 위에 떡갈나무 이파리를 일부러 흩어놓은 장소에 섰다. 불안이 가슴 가득 차올랐다. 수즈는 기다렸다. 예전의 수즈 블랙스톡이라면 패닉에 빠지지 않았을 텐데. 지금의 수즈는 아닌가? 불안은 그녀의 몸을 데웠다. 몸뚱이를 사정없이 때리는 거센 바람 속에서 헬멧의 버클을 채울 때처럼, 고개를 들어 이제 정복해야 할 암벽을 처음 올

654

려다볼 때처럼, 반갑게 빨라지는 그녀의 심장 고동은 공포라기보단 흥분이었다.

수즈는 싱긋 웃었고, 길에서 벗어났다.

사슴 길은 개울 바로 위쪽 언덕을 따라 이어졌다. 몇 세대에 걸쳐 날씬한 발굽들이 밟고 지나가면서 끊어질 듯 말 듯 평평하게 이어진 좁은 길이었다. 처음에는 자신의 발을 전적으로 신뢰하지 못하고 마음속에서 재잘대는 공포를 억누르며 막대기 지팡이로 나무들을 두드리면서 조금씩 나아갔다. 네가 이걸 해낼 리가 없잖아, 장님이 다 된 주제에, 이성적으로 생각해야지…….

그래도 수즈는 계속 나아갔고, 점차 걸음이 편해졌다. 1마일쯤 갔을까, 별안간 앞쪽에 있던 키 작은 나무들이 우레처럼 터지면서 뭔가 마구 소란스럽게 움직이는 바람에 그녀는 혼비백산해서 개울로 뛰어들 뻔했다. 하지만 두두두 획획 하고 뚜렷이 알아들을 수 있는 소리가 반복되자 의문은 저절로 풀렸다. 사슴 한 쌍이 도망치면서 내는 소리였다. 수즈는 놀란 탓에 기운이 빠져 나무에 기대섰고, 깔깔 웃어보려고 했다.

반 마일쯤 더 갔을까, 수도며 전기며 이 모든 얘기가 죄다 자기 망상이었나 의문이 들려는 찰나, 그녀는 걸음을 멈췄다. 한 걸음 내딛는데 톡 쏘는 독특한 냄새가 공기를 쐈다. 나무도 아니었고, 축축한 습기도 개울가 돌 냄새도 아니었다. 이 밤에 전혀 예기치 못한 엉뚱한 냄새라 그 정체를 알아차리는 데 시간이 좀 걸렸다.

칠리였다. 누군가 이 근처에서 얼마 전에 칠리와 쿠민과 토마토로 밥을 해 먹은 것이었다. 멕시코 음식이다. 그리고 지금은 커피 향이 났다. 어울리지 않는 조합이었다. 그 흔적에서 불길한 조짐이 느껴져 수즈는 어찌할지 마음을 정하지 못하고 계속 그 자리에 서 있었다. 맙소사 도대체 뭘 기대한 기니? 여기시 불법 야영하는 사람들이 너한테 밥하고 커피를 대접해주고 자기들 사는 데를 한 바퀴 둘러보라며 구경시켜줄 줄 알았니?

불길한 예감이 든 건 방금 외국산 풀의 매캐한 냄새가 났기 때문이었다. 그 냄새를 실어온 바람 덕분에 바로 앞에서 크고 실하게 자라난 식물이 바스락거리는 소리 또한 풍성하게 울렸다. 수즈는 멕시코와 남미의 언덕 꼭대기 땅에서 자라는 대마 향을 맡은 적이 있었다. 여기서 나는 냄새도 똑같았다.

수즈는 그 모든 실마리를 한데 엮어 연결하느라 약간 고심했다. 겨울철 전기요금이 너무 많이 나온다고 비명을 지르던 코트니. 누군가 재나의 전력선에서 전기를 훔쳐서 은밀하게 숨어 있는 비닐하우스를 덥히고 밝히는 데 썼다. 오두막이 어두울 때만 밤중에 땅을 팠다. 바깥 땅에 작물을 옮겨 심은 후 매주 월요일에 우리 물탱크에서 5000갤런을 끌어다 뿌리까지 젖도록 물을 주었다.

또다른 실마리들은 미지의 미래까지 뻗어 있었다. 지역 마약단속반의 연례 헬기수색 준비가 어떻게 진행되고 있을지. 거의 막바지 수확에 다다른 대마 밭이 이렇게 무방비로 노출되어 있으니 도둑이 있을지도. 주인은 피해망상이 아주 최고조에 이르렀겠다. 두목은 한 해 수입을 고용인들에게 마음 놓고 맡기지 못하겠지. 여기 나와서 경비를 서고 있을지도.

무장을 하고 있을지도.

부쩍 간이 작아진 수즈의 요즘 자아는 지금부터 자신이 하려는 짓에 더럭 겁을 먹었다. 오두막으로 돌아가, 라고 재촉했다. 처방전을 받으면 되잖아, 빌어먹을, 이성적으로 굴라고! 하지만 이성적으로 굴다니, 그딴 건 수즈 블랙스톡의 사전에 없었다. 수즈 블랙스톡은 어둠을 잣는 여자였고, 미지의 세계로 곧장 걸어들어가는 여자였으며, 견딜 수 없는 압력을 빼기 위해 아드레날린을 이용하는 여자였다. 현실에 매몰되지 않으려고 거의 자살에 가까운 짓을 감행하는 여자였다.

수즈는 어깨를 펴고서, 연인의 눈을 마주 보듯 춤추는 불빛을 향해, 풍성하게 자란 식물들 사이로 걸어갔다. 대마 밭이 끝나는 곳에서 수즈는 낙하산 줄을 잡듯 두 손을 번쩍 들고 마지막 걸음을 옮겨 공터로 나왔다. 피가 쿵쿵거리며 혈관을 타고 흘렀다. 수즈는 이쪽 혹은 저쪽으로 이야기를 엮을 준비를 단단히 하고 발을 내디뎠다. 재나가 집에 돌아온다는 기쁨과 나 수즈 블랙스톡이 총에 맞아 죽을지도 모른다는 공포가, 이 양극단이 서로 상쇄작용을 했고, 그녀는 그 한중간에서 단단히 균형을 잡고 섰다.

그러나 총알은 날아오지 않았다. 적어도 대마 사이에서 그녀가 처음으로 모습을 드러냈을 때는. 모닥불 근처의 부산스럽던 움직임이 멎자, 수즈는 목청을 가다듬고 그곳에 남은 흐릿한 형체들을 향해서 몇 마디 말을 내뱉었다. 이 말을 하면 균형추가 어느 쪽으로 기울까 궁금했다.

"당신들이 우리 집 전기와 물을 꽤 많이 썼는데," 수즈가 말했다. "수확이 끝나면 나하고 거래할 생각이 있는지 궁금하군요."

커렌 조이 파울러
개인 소유 무덤 9호

　마수드는 매주 우리가 버린 쓰레기를 가져다 땅에 묻었다. 어제는 닭 뼈와 오렌지 껍질, 체리가 들어 있던 깡통, 콩이 들어 있던 깡통, 모르고 깔고 앉는 바람에 부러진 빗, 노출과다로 버린 인화지 두 장 그리고 멀릭이 우리의 발굴 진행상황에 관해 쓰다 버린 월리스 경에게 보내는 편지 초고 몇 장이 들어 있었다. 그동안 G4와 G5 지점에서 뼈로 만든 머리핀 두 점과 점토 파편 일곱 점이 출토됐는데 그중 하나에, 내 보기에는 사자 같은데 데이비스는 개라고 주장하는 그림이 그려져 있었다. 다른 구역에서도 유물 몇 점이 나오긴 했지만 너무 최근 것이었다. 로마 시대나 그 이후 것들은 우리에겐 쓰레기나 마찬가지였다. G4와 G5는 깊이 파 들어간 구역이었고, 우리가 발굴한 가장 오래된 유물들은 다 거기서 나왔다.

나는 아침 내내 암실에 있으면서, 내 일이 이렇게 조용하고 사적인 공간을 요하는 작업이라 다행이라는 생각이 들었다. 발굴기지에서 사람들과 끊임없이 부대끼는 것은 때론 견디기 힘들었다. 나는 아기 해골들 사진을 인화하는 중이었다. 한 층 전체가 몽땅 같은 자세로 무릎을 구부려 끌어안고 옆으로 누운 아기들 해골이었다. 나는 한 명씩 각각 사진을 찍었지만, 죄다 똑같아 보였다. 데이비스는 조그만 두개골과 갈비뼈 들을 일일이 후후 불어가며 먼지를 제거했다. 그 와중에 어느 한 명한테 유독 애착이 생기지 않았을까 궁금했지만, 차마 물어볼 수는 없었다.

점심을 먹으면서 나는 철학적인 생각을 몇 가지 털어놓았다. 아이가 한 명만 있었다면 더 슬펐을까. 아이가 한 명씩 늘어날 때마다 슬픈 감정은 오히려 줄어드니 참 이상하지 않은가. 발굴감독인 멀릭이 말하길, 여기서 몇 시즌만 더 지내보면 시체가 시체로 보이지 않고 구슬 목걸이나 구리 그릇 같은 다른 부장품과 다를 바 없어 보일 거라고 했다. 멀릭은 바셋하운드처럼 눈가에 동그랗게 다크서클이 져서 왠지 비극적인 분위기를 풍겼지만 실제로는 매우 활기찬 사람이었다. 그가 얘기하는 동안 비서인 잭슨 양은 그의 뒤에서 나를 보며 고개를 절레절레 저었다. 잭슨 양은 참호전*에서 남편을 잃었고, 그다음엔 아들이 독감에 걸려 죽었다. 그녀는 특별히 죽은 사람들과 함께 있고 싶어서 이곳에 왔다.

페리드는 점심으로 차가운 양고기를 잘라 내왔고, 포크 밑에 각자에게 온 우편물을 놓아두었다. 페리드는 옆모습은 영화배우 뺨

---

* 1차 세계대전을 가리킴.

치는데 이가 몽땅 썩었다. 나는 종종 그가 좀 덜 웃었으면 좋겠다고 생각한다. 밥을 먹다가 그의 입을 보면 정말이지 고역스럽다. 우린 공평하고 화기애애하게 저마다 한두 통씩 편지를 받았는데, 대개는 하워드 카터*의 발굴에 관한 얘기가 쓰여 있지만, 이번 것은 아니었다. 내 편지는 어머니한테서 온 것이었고, 어머니는 최대한 그럴싸하지 않게 나를 보고 싶어 하지 않는 척하셨다. 나는 어머니의 유일한 부양자여서 군대를 면제받았지만, 전쟁이 끝난 후로는 그 역할이 부담스러웠다. 지난달 나는 어머니에게 남자라면 모름지기 소명의 부름을 받아야 하고, 만약 부름이 들리지 않는다면 스스로 찾아나서야 한다고 편지에 썼다. 오늘 받은 답장에서 어머니는 그래서 꼭 지구 반 바퀴를 돌아 4500년 전으로 가야만 했냐고 의문을 표하셨다. 어머니는 메소포타미아가 인디애나에서 가장 먼 곳이 틀림없다고 쓰셨다. 어디에도 얽매이지 않으니 아무 데나 정해서 훌쩍 떠나버리고 남은 사람들은 전혀 신경 쓰지 않아도 되니 얼마나 좋겠냐고도 하셨다. 그러고는 절대 불평하는 게 아니라며 나를 안심시켰다.

다 같이 커피를 마시는 동안, 파투앵은 《타임스》에 실린 기사 몇 개를 큰 소리로 읽었다. 기자들은 여전히 투탕카멘의 무덤에 진을 치고 카터가 황금 마스크며 라피스 라줄리** 풍뎅이며 흑단 조상 등을 끄집어낼 때마다 카탈로그를 작성하고 있는 모양이었다. 《타임스》는 윌리스 경이나 그 밖의 다른 사람들은 모두 혼란에 빠졌다고 하면서, 마치 우리가 카터를 상대로 시합을 하면서

---

* 투탕카멘의 무덤을 발굴한 영국의 고고학자.
** 다이아몬드와 같이 등축정계에 속하는 군청색 혹은 담청색의 준보석.

크게 지고 있는 듯이 묘사해놓았다. 우리가 발굴한 질그릇 조각들은 연대가 아무리 오래된 것이라두, 이전이라면 충분히 훌륭한 결과물이었겠지만 이제는 윌리스 경의 투자에 대한 보답이 되기엔 다소 민망한 수준이었다. 우리가 발굴한 해골들은 음미하기에는 그 수가 너무 많았다. 내 장담하는데 윌리스 경은 개 그림 따위에 마음을 돌릴 리가 없고, 그의 사교클럽에 속한 다른 사람들도 마찬가지일 것이다.

기사를 읽어내려가는 파투앵의 어조에서 못마땅함이 배어났다. 그는 무정부주의자처럼 생겼지만 실제로는 프랑스인 마르크스주의자이고, 그러면서도 또 노예제는 역사적으로 필요한 단계였다고 말하며, 내세를 위한 순장품으로 자기한테는 황금 그릇보다 노동자 계급의 훌륭한 토기 파편이 더 잘 어울린다고 말한다.

"우린 PG9에서 멋진 아침을 맞이했잖아."

멀릭은 굴하지 않고 말했다. PG란 '개인 소유 무덤private grave'을 말하며, PG9은 지금까지 우리가 발굴한 무덤 중 가장 큰 규모로, 묘실이 총 네 개 있다. 무엇보다 한 번도 도굴당한 적이 없는 무덤이라는 점이 진짜로 흥미로운 부분이다. 두번째 묘실에서 발견된 토기로 만든 관 속에 누워 있는 여자는 여사제 아니면 여왕일 것이다. 황금 나뭇잎 목걸이와 황금 반지 그리고 한때 머리카락에 달고 있었을 색색구슬 몇 개가 두개골 속에 떨어져 있다. 일곱 명의 여자 시신이 그녀 주위에 무릎을 꿇고 있다. 남자 두 명과 황소 두 마리도 같이 순장됐고, 없어진 부품을 재구성했더니 리라 비슷이 보이는 악기를 든 악사도 있다. 옛날 옛적이라면 윌리스 경도 이 발굴에 아주 흡족해했을 것이다. 왕족의 무덤. 잠자는 여사제. 그러나 그건 하워드 카터가 황금 식육곤충의 무리 속에서 허우적거리기 전의 얘기였다.

나는 그날 오후에 여사제의 사진을 찍긴 했지만, 이틀 후에야 인화에 들어갔다.

한 미국인 아가씨가 래피드시티*에서 발굴기지까지 우리를 찾아왔다. 여자의 이름은 에밀리 휘트필드였고, 멀릭의 아내의 사촌인지 육촌인지 아무튼 쫓아 보내는 게 불가능한 친척이었다. 휘트필드는 나보다 두 살 어린 스물아홉살이었고, 검은 머리와 푸른 눈에 별 특징 없는 생김새였다. 나와 같은 또래라는 이유로 그녀가 도착하기 전에 사람들은 나를 은근슬쩍 놀려댔다. 그러면 멀릭은 "임자 만나기에 딱 좋은 때잖아"라며 장단을 맞췄다. 그러나 나는 휘트필드 양을 보는 순간 임자가 아님을 깨달았다. 첫눈에 사랑에 빠진다는 것은 아직 실감해본 적이 없지만, 그 반대의 경우는 실컷 경험해봐서 잘 알고 있다.

한정된 공간이기에 새로운 얼굴에 대한 갈망은 분명 존재했지만, 파투앵은 휘트필드 양을 달가워하지 않았다. "여기저기 데리고 다녀야 할 테고, 이런저런 이유로 걸핏하면 기분 상했다고 할걸"이라는 것이 파투앵의 예측이었다. 파투앵은 여자를 잘 안다고 자부했지만, 언제 그럴 겨를이 있었는지 모르겠다. "그 여자는 사방이 다 지저분하다며 우리 기지를 못 견뎌하겠지. 이런 데는 와본 적이 없을 거야." 그러고 나서 파투앵은 발작적으로 기침을 해댔다. 잭슨 양이 있는 데서 그런 말을 하다니 참 예의 없는 녀석이다.

---

* 미국 사우스다코타 주 서남부에 위치한 도시.

그러나 알고 보니 휘트필드 양은 꽤나 강단 있는 여자였다. 데이비스가 그녀를 데리고 가서 아기 해골들을 보여줬는데, 별다른 말도 하지 않고 냉정하게 담배를 피워 물었다고 한다. 멀릭이 아내한테 들은 바에 의하면 사실 휘트필드는 소설가였고 그쪽에선 제법 성공한 작가였다. 지금까지 다섯 권의 책을 냈는데, 책에서 사람들은 독특하고 영리한 방법으로 살해당하며, 범인은 더욱 영리한 사람들에 의해 베일이 벗겨진다. 그녀는 이제 고고학 발굴기지를 배경으로 소설을 쓰려는 참이었다. 우리를 찾아온 이유가 그거였다. 멀릭은 내게 그녀를 데리고 가서 무덤을 보여주라고 했고, 그래서 그녀는 내가 사진을 찍는 동안 내 옆에 있었다. 나는 흥미를 끌 만한 요소 한두 가지를 짚어주었다. 일꾼들이 묘실에서 잔해를 파내며 부르는 노동요라든가, 축축해진 눈 주위와 머리에 두른 헝겊이라든가. 하지만 그녀는 전혀 관심이 없는 것 같았다.

우리는 무덤 속에 우리들의 땀 냄새와 살 냄새를 묻히고 다녔다. 무덤 속에서 사람들은 대개 본능적으로 소리를 죽여 속삭이게 되어 있다. 그러나 휘트필드 양은 예외였다. "좀더 멋있을 줄 알았는데." 두번째 묘실에서 그녀가 말했다. "진흙은 예상하지 못했네요." 그녀는 손을 들어 머리카락을 만졌고, 다시 손을 내렸을 때 이마선에서 관자놀이까지 한 줄기 땟자국이 흘러내렸다. 그 모습은 좀더 친근하고 털털하게 보였지만, 멀릭의 다크서클과 마찬가지로, 그 느낌은 실제 그녀와는 거리가 멀었다. 휘트필드가 정말 알고 싶던 것은 발굴기지 내에 긴장이나 불화가 있느냐 하는 것이었다.

"그야말로 하루 종일 얼굴 맞대고 부대끼며 살잖아요. 가끔 돌아버릴 때도 있을 텐데요. 사소하지만 짜증나는 버릇 때문에 폭발하기도 하고."

"실제로는 별일 없이 순조롭게 잘 돌아갑니다." 나는 그녀에게 말했다. "실망시켜드려 미안하군요."

나는 사진 찍을 준비를 마친 후 스툴을 끌어다놓고 그 위에 올라섰다. 휘트필드 양은 내 팔꿈치 쪽에 있었다. 데이비스는 묘실 한쪽 구석에 무릎을 꿇고 앉아 왁스를 붓고 그 위에 천을 덮는 중이었다. 그는 거기서 일정한 문양을 이룬 돌멩이와 조개껍질을 발견했다. 왁스가 마르면 그 배치 그대로 들어내 옮길 것이다.

휘트필드 양은 데이비스한테 들리지 않게 목소리를 낮췄다. 바짝 붙어 있어서 그녀의 피부에서 배어나는 담배 냄새까지 맡을 수 있었다. "그래도 만약 당신이 살인을 한다면, 파투앵 씨와 데이비스씨 중 누구를 죽일 것 같아요?" 그녀는 정확히 내가 셔터를 누르는 타이밍에 이렇게 물었다. 그리고 여사제의 두개골을 면밀히 살피며 말했다. "투탕카멘의 두개골은 뒤통수에 세게 맞은 흔적이 있었다고 들었는데."

그날 저녁 파투앵은 내가 자기 불빛을 가려 책을 못 읽겠다고 불평했다. 나는 그에게 불빛이 자기 소유라고 생각하다니 재미있다고 말했다. 마르크스주의자치고는 흥미로운 관점이군, 하고 나는 말했고, 그때 휘트필드 양이 수첩을 꺼내서 그 일을 모두 적었다.

상여에서 원통형 표장標章이 발견됐고, 데이비스가 거기에 쓰인 사자死者의 이름을 해독했다. '투아피'였고, 명문가 여성임을 알리는 명칭도 함께 쓰여 있었다. 그렇다면 여사제가 아니라 공주라는 뜻이다. 또한 뒷발로 선 염소가 새겨진 황금 부적도 발견됐다. 그

짝으로 보이는 염소가 하나 더 있었지만, 그것은 어떻게 고쳐볼 수도 없게 으스러져서 출토됐다. 우리는 발견한 장식물들 사진을 모두 찍은 후 서둘러 인화하여 월리스 경에게 보냈다. 염소는 무척 아름다웠고, 내가 찍은 사진에도 그것이 잘 표현됐다. 이번에 발견한 유물에 대해서는 다들 당당했다.

그중에서도 으뜸은 데이비스가 발굴한 돌과 조개껍질이었다. 멀릭은 그게 원래는 안쪽에 그림을 붙인 나무 상자였을 거라고 추정했다. 상자는 조각나고 두 면은 바스러졌지만, 데이비스가 천천히 조각들을 제자리에 맞추어나가는 중이었다. 한쪽 면은 일상적인 삶의 장면을 묘사했다. 손님과 악사들이 있는 만찬, 나뭇짐을 진 농부, 황소와 양. 다른 쪽 면은 온통 군대와 전쟁 포로, 전차, 무기를 든 사내들이었다. 잭슨 양은 그것을 '이전과 이후'라고 불렀지만, 멀릭은 그것이 전후 관계가 아니라 한 사이클의 두 부분을 표현한 거라고 명시하며 '전쟁과 평화'라고 칭했다. 평화는 전쟁 뒤에 올 수도 있고, 앞에 있을 수도 있으니까. 예술가의 실력은 놀라웠는데, 포로들 얼굴에 나타난 슬픈 표정까지 사람들의 면면이 상당히 자세히 묘사되어 있었다.

파투앵은 내가 무릎 꿇은 여자들이나 가엾은 악사보다 투아피의 사진을 더 많이 찍는다고 비난했다. 그의 생각에 투아피는 운이 좋아서 자연사한 것이었다. 그는 노예보다 공주에게 더 신경 쓰는 부르주아적 충동과 싸워야 한다고 말했다. 공주의 이름까지 알게 된 지금은 그게 훨씬 더 어렵다는 것을 그도 인정하기는 했지만.

"저 사람은 항상 저렇게 당신한테 잔소리를 해대나요?" 휘트필드 양이 물었다.

황금 염소와 푸른 녹이 슨 구리 그릇 사진을 인화하느라 바빴고, 해골 사진은 이미 월리스 경에게 보낼 만큼 보냈기 때문에, 투아피를 찍은 사진은 이틀간 손도 대지 않고 있었다. 그 인화지를 물에 씻고 줄에 매달아 건조시킨 것은 늦은 밤이었다. 다음 날 아침까지 나는 그 사진을 제대로 들여다보지 않았다. 그런데 그 사진에서, 투아피는 얼굴이 있었다. 엄밀히 말해서 해골의 일부는 아니었지만, 흐릿하니 유령 같은 얼룩이 두개골 위에 겹쳐져 있었다. 등골이 오싹해진 나는 사진을 발굴기지로 가지고 가서 다른 사람들에게 보여주었다. 날은 뜨겁고 공기는 건조해서 숨 쉬기가 괴로웠다. 멀릭과 데이비스, 잭슨 양은 모두 세번째 묘실에 있었다.

그들은 나처럼 놀라거나 불안해하지 않았다. 데이비스는 인간의 얼굴형은 어디서나 찾아볼 수 있다면서, 천장의 무늬나 목판의 나뭇결에서도 흔히 보인다고 지적했다. "저는 구름 속에서 하느님의 얼굴을 본 적도 있는데요." 잭슨 양이 맞장구쳤다. "어이없게 들리겠지만, 꼭 미켈란젤로의 작품처럼 완벽하고 선명했어요. 수수하면서도 무척 아름다웠죠. 중국인처럼 가느다란 수염이 있었고. 저는 무릎을 꿇고 그 형상이 사라져 흘러갈 때까지 바라봤어요."

단단한 통나무 같은 체격의 잭슨 양이 뜻밖에도 이렇게 귀여운 모습을 보이자 멀릭은 분명 당황한 눈치였다. 그는 예의 슬픈 눈빛과 메마른 어조로 학구적인 대답을 내놓았다. "시신이 자연적으로 잘 보존되어 표정이 남게 되는 장소가 간혹 있다던데. 가령 극지방의 얼음 속이라든가 고산지대라든가. 그런 데서 시신을 발견하면 좀 으스스할 것 같더라고."

"늪지에 묻혀도 그렇지." 파투엥이 말했다. 그는 멀릭이 얘기하는 동안 휘트필드 양과 함께 묘실에 들어왔다. 그는 내게 사진을 달라고 손을 내밀었고, 아무 말 없이 사진을 들여다보았다. 그는 휘트필드 양에게 사진을 건넸다.

"토탄 연료를 캐다가 천 년 묵은 여자의 시신을 발견했다는 사람을 만난 적이 있는 남자를 알아. 그 사람 말이 천 년 묵은 얼굴을 똑바로 들여다보고 사랑에 빠지지 않기란 불가능하다던데. 천 년 묵은 얼굴을 들여다보면서 이 여자는 짜증 나는 잔소리꾼 할멈일 거야, 라는 생각은 할 수가 없다더군."

"인화하다가 엄지손가락이라도 쿡 찍은 거 아녜요?" 휘트필드 양의 추측이었다. 아버지의 카메라를 갖고 노는 여덟살짜리 꼬마애 취급이다.

나는 두 손으로 그녀의 목을 감싸 쥐는 내 모습을 떠올렸다. 불현듯 떠오른 그 이미지는 사진보다 더 충격적이었다. 나는 상상 속의 손을 그녀에게서 치우고, 대신 그녀에게 용서의 악수를 머릿속으로 청했다.

사실 나는 그들 모두에게 화가 났다. 그들은 두 눈으로 직접 보고도 믿으려 하지 않았다. 여자의 얼굴이 좀 흐릿하다는 건 나도 인정한다. 하지만 몹시 아름다웠다. 갈망을 가득 품은 표정이었다. 그녀의 눈을 똑바로 들여다보면 그녀가 겁먹고 있는 게 보였다. 그녀는 혼자서 죽고 싶지 않았기에 다른 사람들을 주위에 두었지만 그래도 도움이 되지 않았다. 그리고 거기에 대해서는 나도 좀 아는 게 있다는 생각이 들었다.

임금 지급일에 위조품이 적발됐다. 특이한 조각 공예품이 다수 출토되기 시작했는데, 모두 두 형제 일꾼이 발견한 것이었다. 이것들은 그저 너무 특이한 게 문제였다. 멀릭은 일벌백계 차원에서 두 범인을 즉각 해고했다. 그 과정은 모두 매우 무난하게 진행됐다. 심지어 두 형제는 자신들의 범행이 드러나자 껄껄 웃어댔고, 신나게 한바탕 작별인사를 하고 떠났다. 휘트필드 양에게는 두말할 나위 없이 대단히 실망스러운 일이었다. 그녀는 멀릭이 우리에게 조그만 위조 곰 조각품을 보여준 후로 사달이 나기만을 손꼽아 기다리고 있었다.

임금을 받은 일꾼들은 돈이 다 떨어질 때까지 아무도 돌아오지 않을 것이다. 즉 이틀 후에는 일꾼들이 싹 갈리고 새로운 사람들과 처음부터 다시 시작해야 한다는 뜻이었다. 황금 염소를 발견한 유세프는 염소 무게만큼의 금을 받았고, 몇 주간은 돌아오지 않을 것이다. 참 아쉬운 일이었는데, 그는 가장 숙련된 작업자였고 또한 타고난 외교관이었다. 아르메니아인, 아랍인, 쿠르드족 등이 섞인 일꾼들 사이에서 외교관은 꼭 필요했다.

다들 가고 나니 발굴기지는 서글프게 적막했다. 나는 리듬 있는 노동요, 돌과 돌이 긁히는 소리, 멀리서 어렴풋이 들리곤 하던 유쾌한 웃음소리가 그리웠다.

데이비스와 나는 하루 휴가를 내서 휘트필드 양을 데리고 예지디족*의 사당을 보러 갔다. 예지디족은 루시퍼를 숭배하며 공작새를 그 상징으로 모신다. 우리는 비포장도로를 털털거리며 달렸고,

---

* 주로 이라크 북부와 아르메니아에 거주하는 단일종교 민족집단으로, 사탄을 숭배하는 부족으로 알려져 있다.

먼지가 하도 심해서 15분마다 차를 세우고 유리창을 닦아야 했다. 마지막 몇 마일은 걸어서만 들어갈 수 있는데, 걷다 보면 먼지가 걷히고 신선한 공기를 마실 수 있어서 오히려 도보가 쾌적하고 즐겁다. 사당은 숨이 멎을 만큼 아름답고, 웨딩케이크처럼 새하얗고 화려하다. 시원한 안마당에서는 내리받이 수반에서 샘물이 퐁퐁 흐르고, 복사들이 발끝으로 살금살금 걸으며 차를 내온다. 그들의 루시퍼가 우리가 아는 루시퍼와 동일인물이 아님은 확실하다.

그래도 우리는 휘트필드 양의 기운을 북돋우기 위해 사탄 숭배자들 얘기를 하며 이 평화롭고 목가적인 풍경에 사악하고 음험한 무언가가 도사리고 있는 것처럼 보이도록 최선을 다했다. 나는 휘트필드 양이 무엇을 원하는지 알 것 같았다. 나는 목소리를 낮추고, 지금 이곳에 안 보이는 사제가 한 명 있는데, 사제의 고모가 조카에게 계속 약을 먹이면서 조카 이름으로 수렴청정을 하고 있다고 그녀에게 말해주었다. 나는 이번 나들이가 그녀에게 실망으로만 기억되지 않았으면 했다.

"어때요?" 데이비스가 휘트필드 양에게 말을 걸었다. 그는 작고 까만 찻잔을 두 손으로 들고 앉아서 빙그레 웃었다. 그의 맞은편에 앉은 나는 햇볕과 물소리에 나른하게 졸음이 쏟아졌다. 휘트필드 양은 제일 낮은 연못가에 무릎을 꿇고 앉아 있었다. 그녀는 손을 물속에 넣어 고요한 수면을 깨뜨렸고, 물 위의 손보다 거기서 뻗어나와 물속에 잠긴 손가락이 더 굵고 커 보였다.

"이런 곳에 오면, 아니 이런 곳에 와서도 여전히 살인을 생각하고 있습니까?" 데이비스가 물었다.

그 순간 나는 아주 쉽게 휘트필드 양의 머리를 물속에 밀어넣어 죽일 수 있겠다는 생각을 했다. 형체가 잡힌 생각도 아니었고, 그냥 반짝하는, 아무런 감정도 실제적인 욕망도 실리지 않은, 그야말로 잠깐 스친 생각이었다. 나는 즉각 그것을 머릿속에서 밀어냈고, 애초에 우발적인 생각이어서 몰아내는 것도 쉬웠다.

"그렇다고 하면 날 무슨 괴물 취급할 건가요?" 휘트필드 양의 검은 머리칼이 산들바람에 가볍게 날렸다. 그녀는 젖은 손가락으로 머리를 쓸어넘겼고, 다시 손을 적셔서 머리 매무새를 다듬었다.

"완벽한 프로라고 생각하겠죠." 데이비스가 정중하게 대답했다. "하지만 괴물 같은 직업이군요."

"당신 직업도 마찬가지죠." 하더니 그녀는 나를 향해서도 쏘아붙였다. "당신 직업도 그렇고." 난 아무 말도 하지 않았는데.

돌아오는 길에 우리는 시내에 들러 빵과 초콜릿을 사서 양고기와 염소치즈와 와인으로 이루어진 저녁식사에 곁들였다. 데이비스는 이번 나들이 동안 햇볕을 좀 쬐었더니 마치 삶은 것처럼 피부가 분홍색이 되었다. 그는 식탁 앞 의자에 앉으려다 의자가 삐끗했는지 엄청난 괴성을 지르며 바닥에 나동그라졌다. 나는 파투앵이 그렇게 신나 하는 모습은 난생처음 봤다. 파투앵은 포복절도하느라 음식을 제대로 씹지도 못했다.

휘트필드 양은 너무 피곤하다며 아무것도 먹지 않았다. 페리드는 손도 대지 않은 그녀의 접시를 주방으로 가져갔고, 나이프를 챙그랑 떨어뜨리고 냄비를 쾅 내려놓는 것으로 불만을 표출했다. 결국 멀릭이 나가서 그를 달래야 했다.

빛이 사그라지기 전, 주위에 아무도 없을 때 나는 몰래 빠져나가서 투아피의 사진을 여섯 장 더 찍었다. 그날 밤 나는 내가 일어나서 돌아다니는 것을 아무도 눈치채지 못하게 아주 조용히 사진을 인화했다. 새로 찍은 사진 중 얼굴이 나온 것은 한 장도 없었다. 나는 전에 찍었던 원본 필름으로 인화지를 한 장 더 떴지만, 거기에도 그녀의 얼굴은 나타나지 않았다. 이쯤 되면 사진이 의심스럽다고, 인화지에 문제가 있어서 잘못 나온 거라고, 따라서 현실은 그게 아니라고 납득했어야 옳다. 그러나 결과는 그 반대였다. 나는 그것이 매우 이례적이며 아주 사적인 사건이라고 믿어 의심치 않게 되었다. 투아피는 단 한 번만, 오직 내게만 자신의 얼굴을 보여준 것이다.

"나 너한테 따질 게 좀 있는데," 화장실에서 나오는 나를 파투앵이 붙들고 말했다. "남의 정치관에 감 놔라 대추 놔라 하지 마." 파투앵이 이 두 문장에 들어간 것과 같은 영어 관용구를 쓰는 일은 드물었다. 그래서 나는 그가 다른 모국어 사용자가 가르쳐준 표현을 나한테 그대로 읊어대는 것 아닌가 하는 생각이 들었고, 그 사람이 누구인지도 대충 짐작이 갔다. 나는 두 사람의 결탁에 성이 났고, 그의 말에도 기분이 나빠졌다.

"무슨 농담을 그렇게 해." 나는 말했다. "항상 잔소리를 해대는 것은 너⋯⋯."

"내가 하고 싶은 말은, 너는 너대로 살고 나는 나대로 살자는 거야." 그 말을 툭 던지고 파투앵은 횡하니 가버렸다.

방으로 돌아가는 길에 나는 데이비스와 마주쳤다.

"엉덩방아 찧었을 때 진짜 아팠다고." 그가 말했다. "뼈에 금이 갔을지도 몰라."

"난 파투앵처럼 포복절도하진 않았어." 나는 데이비스에게 대꾸했다.

휘트필드 양은 우리 모두에게 발굴의 어떤 점을 좋아하는지 물었다. 우리는 발굴지 한가운데 있는 안마당에 앉아 있었다. 멀릭만 빠졌는데, 그는 장대비에 길이 진창이 되는 바람에 시내에서 발이 묶였다. 공기는 비에 씻겨 시원했고 하늘은 바다처럼 푸르렀으며 잿빛 구름이 드문드문 있었다. 데이비스와 잭슨 양은 4000년도 넘은 돌판을 가지고 놀았다. 4000년 전 사람들은 색깔 있는 돌을 말로 썼겠지만, 두 사람은 단추를 사용했다.* 투아피의 무덤에서 저 비슷한 돌판이 일곱 개 발견됐다. 놀이 규칙은 설형문자**로 새겨져 있었는데, 우리가 발굴한 것은 아니고 하워드 카터가 발굴한 이집트 피라미드에서 나왔다. 멀리 인도에도 이와 똑같은 놀이가 옛날부터 있었다. 페리드는 이 놀이에 아주 도사였다.

"벼룩은 아니죠." 파투앵이 말했다. 그는 발목을 긁어댔다.

"먼지도 아네요." 잭슨 양의 말이었다.

"일꾼들한테서 나는 냄새도 아니고." 내가 말했다.

"너한테서 나는 냄새도 아냐." 파투앵이 맞받았다. 그리고 간을 보듯 덧붙였다. "나한테서 나는 냄새도 아니지."

"저는 규칙적인 작업이 마음에 듭니다." 데이비스가 그녀에게 말했다. "까다롭고 공들여야 하는 일을 원래 즐기는 편이에요. 당연히 수수께끼도 좋아하고요. 조각을 맞추고 그 뜻이 뭘까 생각하는

---

* 고대 이집트인이 즐기던 실내놀이인 '세네트'로, 우리나라의 윷놀이와 비슷하다.
** 메소포타미아를 중심으로 쓰인 고대문자로, 점토 위에 갈대나 금속으로 새겨 썼다.

일을 좋아합니다."

"시계를 거꾸로 감는 일이라 마음에 들어요." 잭슨 양이 한 번 더 할 수 있는 기회를 얻었고, 한 번 더가 또 나왔다. 이제 잭슨 양의 단추 여섯 개가 모두 돌판 위에 올라왔다. "지표에서부터 땅을 파 내려 가는데, 아래로 갈수록 과거로 되돌아가는 거죠. 시계를 거꾸로 돌리고 싶었던 적이, 정말 간절히 되돌리기를 원했던 적이 있나요?"

"당연히 있죠." 휘트필드 양이 말했다. "실수를 지우고 싶고, 아무 생각 없이 내뱉은 바보 같은 말도 주워 담고 싶죠."

"나는 단조로움이 좋던데." 파투엥이 눈을 감고 시원한 하늘을 향해 고개를 들며 말했다. "매일매일 하루하루가 자기 머릿속 생각 외에는 다를 게 없잖아. 나중엔 저 스스로도 깜짝 놀랄 생각을 하게 되지."

데이비스가 잭슨 양의 단추 하나를 잡아서 시작점으로 되돌렸다. "자, 과거로 돌아가셨네." 데이비스가 말했다. 거기에 잭슨 양도 뭐라고 얘기했는데, 너무 나직이 말해서 알아듣는 데 시간이 좀 걸렸다. "발굴을 좋아하려면 죽은 자와 사랑에 빠져야 해요." 잭슨 양의 말이었다. 그녀는 한 번에 단추 두 개를 돌판에서 내렸고, 데이비스는 말을 하나도 움직이지 못했다.

데이비스는 웃으며 주먹을 흔들어 보였다. "운이 좋은 여잔데."

"우리가 여기서 시신을 몇 구나 발굴했는지 아세요?" 잭슨 양이 휘트필드 양에게 물었다. "거의 2000구예요. 그리고 그들 모두에게는 저마다 신에게 제발 다시 돌려달라고 애원하는 누군가가 있었겠죠. 거래를 제안하기도 하고 소리를 지르기도 하고 울며불며 매달리기도 하고. 그런 감정을 이미 너무 많이 겪어서 더이상 감당할 수 없다고 느낄 때, 비로소 발굴을 할 수 있게 되는 거예요."

기나긴 침묵이 뒤따랐다. "먼저 실례할게요." 그 말을 하고선 잭 슨 양은 안마당에서 나갔다.

잭슨 양은 말수 적은 사람이었다. 그녀는 자신의 상실감에 대해 절대 말하는 법이 없었다. 내가 그녀의 가족에 대해 알게 된 건, 그 녀와 세 시즌째 함께 일하는 파투앵이 남 얘기하기 좋아하는 멀릭 에게서 들은 얘기를 내게 전했기 때문이다. 파투앵은 그녀가 멀릭 과 잔다고 넌지시 암시했지만 그녀 본인은 일절 내색하지 않았고, 나도 그것이 사실이 아니길 바랐다. 잭슨 양은 젊지도 예쁘지도 않 았지만, 멀릭에게는 아까울 정도로 젊고 예뻤다. 안 그런 여자가 어 디 있을까마는.

나는 잭슨 양이 하늘에서 하느님의 얼굴을 본 적이 있다고 말하 던 모습이 떠올랐고, 그 얘기도 참 그녀답지 않은 장설長舌이었다는 생각이 들었다. 아마도 이런저런 기념일들이 생각났나보다. 아니면 휘트필드 양 탓일지도 모른다. 휘트필드 양 때문에 나는 까칠하고 퉁명스러워졌지만, 잭슨 양은 공감할 수 있는 같은 여자가 있어서 좀 누그러졌나보다.

"뭐," 휘트필드 양이 말했다. "제가 한 얘기 때문에 나가신 건 아 니었으면 좋겠네요." 그녀는 자기 수첩에 몇 마디를 적고 나서 내게 말을 걸었다. "오늘 너무 조용하신데요. 죽은 사람과 사랑에 빠지셨 나요?"

잭슨 양을 생각하느라 나는 나 자신에 대해 대답할 준비가 되어 있지 않았다. "난 내가 발굴을 좋아하는지 잘 모르겠는데요." 나는 대답했다. "아직 알아보는 중입니다." 심장이 이상하게 쿵쾅거렸다.

이유는 설명할 수 없었지만 그 질문이 거북했다. 나는 그저 침착한 어조를 과시할 요량으로 말을 계속했다. "인디애나에서는 볼 수 없는 것들을 보고 싶었습니다. 멀릭이 우리 대학에서 강의를 했는데, 그때 제가 질문을 몇 가지 했어요. 그는 그 질문이 마음에 들었는지 여기에 같이 오자고, 함께 일할 수 있겠냐고 묻더군요."

휘트필드 양은 그 작은 눈으로 나를 노려보았다. 그녀가 내 말을 믿지 않는다는 것을 알 수 있었다. 그리고 그녀의 입장이 되어보니 내 말투가 얼마나 방어적으로 들리는지, 질문에 얼마나 어긋난 대답인지, 내가 한 일련의 말들이 얼마나 있을 법하지 않은지도 알 수 있었다. 멀릭이 인디애나에 가다니! 나 같은 인물이 청중들 틈에서 빼어난 질문을 던져 그 자리에서 단박에 고용되다니. 그 모든 게 사실이었지만, 그걸 굳이 또 강조하면 오히려 의심을 살 것 같았다. 나는 부당한 비난을 받아 억울했지만, 남들이 보기에는 분명 지독히 주눅 든 모습이었을 것이다. 문지방 옆 책상에 편지칼이 놓여 있었다. 그것을 집어들어 휘트필드 양의 목을 단번에 째는 내 모습을 상상했다.

느닷없이 파투엥이 웃음을 터뜨렸다.

"뭐야?" 데이비스가 물었다. "뭐가 그리 재밌어?"

"네가 의자에서 나동그라졌을 때가 생각나서." 파투엥이 말했다. 그는 웃음을 멈추지 못했다. "팔을 버둥거리는 폼이 진짜 가관이었는데!"

나는 아무한테도 들키지 않을 것 같은 밤이면 투아피의 무덤을 찾기 시작했다. 내 행동에는 수상한 점이 손톱만큼도 없다고 말하고 싶지만, 그건 또 얼마나 방어적으로 들릴까? 그 부분은 그냥 넘어가자.

실은 자꾸 엄습하는 살인 상상에 불안해졌고, 그에 대해 생각을 좀 해보기엔 조용한 무덤이 안성맞춤 같았다. 나는 폭력을 휘두르는 인간이 아니다. 사람들 때문에 화가 난다거나 속상하다거나 하는 일은 거의 없었다. 학교 다닐 때 다른 애들을 못살게 군 적도, 싸운 적도 없다. 사실 사람들하고 그다지 많이 어울리는 편이 아니었다. "넌 자기 자신 외에 딴 사람들은 눈에 들어오지도 않는구나." 아버지가 돌아가시고 나서 어머니는 이렇게 말씀하셨다. 어머니가 그 말을 다시 하신 적은 없지만, 늘 넌지시 비치셨다. 편지마다 행간에 묻어놓았다. 어머니 당신의 비탄은 여덟살짜리 아이에게는 정말 지독한 것이었다.

그러나 나는 내가 그저 전형적인 사진사라고 생각한다. 관찰자이자 기록자다. 투명하다. 그 폭력적인 상상들은 휘트필드 양이 도착한 직후부터 시작됐으므로, 이 빚은 그녀 앞으로 달아놔야 하지 않을까 싶었다. 하지만 한편으로는 투아피가 내게 얼굴을 보여준 직후부터 그런 이미지가 보이기 시작했다고도 할 수 있다. 내 기억이 맞다면, 내가 투아피의 사진을 찍는 바로 그 순간에 살인이라는 낱말이 허공을 맴돌았다. 담배 냄새가 났다. "만약 당신이 살인을 한다면," 휘트필드 양이 물었다. "누구를 죽일 것 같아요?" 그 낱말이 투아피를 이승으로 불러들인 거라면? 내가 그녀의 얼굴에서 보았던 것은 어쩌면 갈망이 아니라 회한이었을지도? 파투앵은 순장된 사람들을 가리키며 그녀를 살인자라고 거듭 말했다.

하지만 나로서는 투아피가 나를 저주했다기보다는 휘트필드 양

탓으로 돌리는 쪽이 한결 마음 편했다. 나는 투아피의 사진을 호주 머니에 넣고 다니며 혼자 있을 때마다 꺼내 들여다보기 시작했다. 밤이면 관 옆의 벽돌 위에 앉아 어둠 속에서 그녀의 얼굴이 보일 때까지 응시했다.

어느 날 밤인가 살금살금 내 방으로 돌아가다가 멀릭과 딱 마주쳤다. 그는 늙고 처진 맨 무릎이 훤히 드러나는 길고 헐렁한 잠옷을 입고 있었다. "화장실에 가는 길이야." 그는 괜한 설명을 보탰고, 그래서 나는 파투앵이 했던 말이 사실임을 깨달았다. 그는 잭슨 양을 만나고 오는 길이었다. 애써 좋게 보려고 했지만, 아니 도대체, 멀릭과 자는 게 무슨 위안이 되는 걸까?

"저도요." 나는 똑같이 설득력 없는 대답을 했다.

우리는 서로의 눈을 피하며 잠시 서 있었다. "아, 휘트필드 양이 내일 떠난다는군." 멀릭이 마침내 말문을 열었다. "활력소가 되어줬지." 그제야 멀릭이 내가 휘트필드 양을 만나고 오는 줄로 착각하고 있음을 깨달았다. 거기에 목숨을 걸 필요는 없다는 듯!

여자의 하얀 얼굴이 돌연 문간에 나타났다. 가슴이 철렁했는데, 휘트필드 양이었다. 그녀가 내게 말을 건 것은 아니었다. 그녀는 다만 나의 수상한 밤나들이와 멀릭과의 은밀한 조우에 귀를 쫑긋 세우고 있었던 것이다. 휘트필드 양은 나왔을 때만큼이나 재빨리 사라졌는데, 분명 까먹기 전에 다 적어놓으러 간 것이었다. "내 나름 대로 사진을 찍어놓는 일이죠." 언젠가 그녀는 이렇게 말했다. 마치 자신이 하는 일이 내가 하는 일과 똑같다는 듯. 그녀의 주관적 판단이 나의 공평무사한 기록에 비견될 수 있다는 듯. 만약 내가 그녀를 죽이고 싶었다면 그날이 나의 마지막 기회였을 것이다.

678

나는 내 방으로 돌아가 고약한 꿈속으로 빠져들었다. 휘트필드 양은 다음 날 아침 떠났다. 파투엥이 우겨서 그녀가 출발하기 전에 단체사진을 찍었다. 파투엥은 늘 내게 공예품뿐 아니라 작업과정도 기록해야 한다고 잔소리했다. "지금 살아 숨쉬는 사람들도 좀 찍으라고." 그는 말하곤 했다. "내 사진도 좀 찍고."

발굴기지 안마당에서 다들 아침 해를 바라보며 한 줄로 섰다. 데이비스는 파투엥의 어깨에 손을 얹었다. 하지만 다른 사람들은 다 따로따로 섰다. 휘트필드 양은 가만히 있지를 못했고, 석 장이나 망친 다음에야 그녀가 흔들리지 않은 사진이 나왔다.

"투아피의 무덤에 저주가 씌어 있었나요?" 그녀가 이곳에 도착하자마자 우리에게 한 질문이었다. 신문기사에 따르면 하워드 카터가 발굴한 무덤에는 저주가 씌어 있었단다. 그 점에서도 우리는 또 한번 기가 죽었다(정보통인 멀릭에 따르면, 그 저주라는 것의 정확한 위치나 문구를 아는 사람은 아무도 없었다. 다른 무덤에서는 으레 저주가 발견됐으니까, 당연히 하워드 카터도 그게 없다고는 말 못했을 것이다).

하워드 카터가 투탕카멘의 무덤 입구를 발견한 날, 코브라가 그의 애완 카나리아를 삼켜버렸다. "참 대단한 저주일세." 그 기사를 읽고 파투엥은 조소를 날렸다. 하지만 데이비스는 광부들이 갱도에 들어갈 때 카나리아를 데려가는 이유를 상기시키며, 카나리아의 죽음은 사신이 코앞에 다가왔음을 경고하는 거라고 지적했다. 그게 지난주였는데, 곧바로 월리스 경에게서 전보 한 통이 날아들었다. 하워드 카터의 발굴을 후원했던 카나번 경이 갑자기 카이로에서 사망했다는 소식이었다. 사인은 불명확했지만, 곤충한테 뺨을 물려 열병에 감염됐을 것이다. 그의 고향 영국에서는 그의 애견도 죽었다(저주는 애완동물한테 유독 잔인하게 군다).

휘트필드 양에게 아이디어를 준 것이 바로 그 개였다. 휘트필드 양은 산처럼 쌓인 구리와 황금과 흑단에는 통 관심이 없었다. 전에 파투앵이 지적한 대로, 공정히 말해서, 그녀는 유물론자는 아니었다. 다만 수상한 죽음을 매우 좋아했다. 그녀는 초대한 것이 무색해질 정도로, 또 교통편이 허락하는 대로 서둘러 이곳을 떠나 이집트로 갔다.

다들 그녀의 다음 책에서 우리가 살인자나 희생자로 등장할 리 없다는 사실을 깨닫고 다소 실망한 것 같았다. 내가 기꺼이 동참해 줬던 살인에 관한 망상들하며, 우리가 감내해야 했던 그 탐색의 눈초리, 우리가 벌였던 사소한 언쟁들, 전부 다 헛고생이었다.

그 열매는 하워드 카터가 챙기겠지.

우리는 발굴기지 입구에 서서 손을 흔들었다. 휘트필드 양이 탄 차는 우리 쪽으로 한 바퀴 돌고 나서 점점 멀어졌고, 창유리 속 그녀의 얼굴은 점점 작아지다가 이내 시야에서 완전히 사라졌다.

"위험한 여자였어." 파투앵이 말했다.

"불안의 싹이었지." 데이비스가 말했다.

"끔찍한 손님이었어요." 페리드가 말했다. 앙심에 찬 말투였다. "편식쟁이."

"그녀가 어떤 사람이었는지 정확히 뭐라고 말은 못 하겠어." 잭슨 양이 말했다. "하지만 그녀는 종종 우리를 관찰하면서 우리의 언행을 일일이 적었지. 마치 자기가 우리의 진의와 허위를 다 알고 있다는 듯이 말이야. 기쁘게 그녀의 목을 졸라버리겠다 싶은 때도 종종 있었는데.”

　그리하여 우린 모두 그녀를 더이상 보지 않게 되어 기뻤다. 그렇다고 그녀를 그리워하지 않았다는 뜻은 아니다. 다만 예전의 일상으로 돌아가기가 힘들었다. 그녀의 빈자리는 다른 것으로 채워지지 않았다. 페리드는 그녀가 가고 나서도 나흘 동안 계속 그녀 몫을 식탁에 차렸다.

　그녀가 떠난 날 밤, 나는 또다시 투아피의 무덤에 갔다. 폐허가 된 지구라트의 실루엣이 달빛을 받아 빛났다. 벌레들이 윙윙거리는 소리, 멀리서 졸린 개가 짖는 소리, 땅을 밟는 내 발걸음 소리. 바람은 서늘했고, 어디선가 닭을 굽는 냄새가 실려왔다. 나의 안도감은 이루 말할 수 없을 정도였다. 내가 휘트필드 양을 살해하는 망상을 품었던 것은 순전히 그녀가 살인이라는 말을 자주 입에 올리는 짜증 나는 여자였기 때문이다. 여기 발굴기지에 초자연적인 현상은 전무했다. 모든 것이 완벽히 정상이었고, 다들 똑같이 그렇게 느꼈다.

　활짝 핀 장미처럼 둥근 달이 떴다. 나는 달에게서 멀어져 무덤 안의 완전한 고요 속으로 들어갔다. 나는 투아피에게 사과해야 했다. 그녀가 나를 저주하다니, 어떻게 한순간이라도 그런 생각을 할 수가 있나? 나는 그녀에게 용서를 빌었다. 그녀에게 큰 소리로 말을 건 것은 그때가 처음이었다.

　그런데 내 말을 듣고 있는 사람은 그녀 혼자만이 아니었다. 멀릭이 파투앵한테 나와 휘트필드 양의 관계가 의심스럽다고 말한 모양이었다. 나보다 더 감식력도 좋고, 오래되고 난해한 수수께끼를 해독하는 훈련을 나보다 훨씬 많이 해온 파투엥은 진실에 근접해 있었다. 파투엥은 내 뒤를 쫓아왔고, 내가 투아피에게 말을 걸었을 때 그가 반응을 보였다.

"이게 다 무슨 일이야?"

그가 물었지만 내가 무슨 말을 할 수 있겠는가?

"난 그녀의 얼굴을 찍었어."

"그게 아니라, 밤에 혼자 여기 오면 안 돼." 파투엥이 내게 다가왔다. "그렇게 초자연적으로 받아들이면 안 되지." 그는 내 팔짱을 꼈다. "같이 돌아가자고."

나는 순순히 그를 따라 달빛 어린 흙을 밟으며 발굴기지로 돌아왔다. 우리의 발소리가 부드럽게 울렸다. 오는 길에 파투엥이 내 사고방식의 오류를 분석했다. 그의 말에 따르면, 나는 낭만주의와 개인주의라는 죄를 범했다. 조상숭배라는 죄를 범했다. 고대의 강력한 저주라는 미신을 즐겼다. 심지어 나는 부르주아도 아닌데, 간신히 원시공산사회에 진입했을 뿐인데……

그리고 파투엥은 마치 우리 어머니나 된 양 상냥하게 나를 이부자리 속으로 이끌었다. 그리고 아무 일도 없던 것처럼, 꼭 우리 어머니가 그랬듯, 내 옆에 한동안 앉아 있었다. "넌 애인이 필요해." 그는 충고했다. "휘트필드 양이 가버려서 안됐네. 잭슨 양한테는 이미…… 뭐 임자가 있으니."

나는 뭐든 맞장구쳤다. 투아피한테 푹 빠져 앓았던 열병이 물러갔다는 데 동의했다. 사정이 달랐더라면 잭슨 양이나, 맙소사, 휘트필드 양이라도 애인감으로 생각해봤으리라는 데 동의했다. 날이 너무 더워 작업을 중단하고 여름 동안 각자 고향으로 가게 되면, 살아 있는 애인을 사귀려고 진심으로 노력하겠다는 데 동의했다. 파투앙의 말대로 사랑이 마르크스주의를 분석하는 효과적인 도구로 검증될 수 있다는 데 동의했다. 나는 투아피의 사진을 건네주고 파투앙이 그것을 찢어버리는 모습을 바라보았다. 우리 둘 다, 그 찢어진 사진 조각들을 영원히 폐기할 수 있는 곳은 존재하지 않음을 알면서도 모르는 척했다.

마이클 셰이본

화성에서 온 요원
;행성 로맨스

그들의 결의는 아즈라엘이 지배하는 포효의 나락을 휩쓸고,

신이 전쟁에 나설 때 지옥의 타오르는 분노를 뚫고 길을 내며,

붉은 갈기의 별을 모는 난폭한 세라핌과 어깨를 겯는다.*

— 러디어드 키플링 —

* 러디어드 키플링의 전쟁을 주제로 한 연작시 「병사의 노래 *Barrack Room Ballads*」 중
하나로, 전쟁시의 고전으로 일컬어지며 묘비명에 종종 인용된다.

1부
어린 개들

I.

　1876년 어느 늦여름 밤, 형제는 난생처음 랜드슬루프*를 보았다. 그들의 아버지를 추격해온 것이었다. 그놈은 루이지애나 남서부의 들쭉날쭉한 경계선 위에 있으며 포트웰링턴에서 2마일 떨어진, 대영제국 영토에 속한 외딴 시골 마을 내커터시에서부터 일가족을 뒤쫓고 있었다. 조지 암스트롱 커스터**의 반란에 가담한 수많은 비참한 게릴라들이 기록했듯 하늘에 걸린 보름달에는 가을의 핏빛 기운이 스며 있었고, 몇몇 일기작가에 의하면 이것은 대실패와 교수형의 불길한 전조였다. 형제와 그들의 부모를 싣고 황야를 달리는 사륜마차의 창문 밖에선 검은 강과 밤새夜禽와 벌레와 양서류 들의 쉴 새 없는 합창이 넘칠듯이 흐르고 있었다. 마차는

---

* land sloop. '슬루프'는 돛으로 항해하는 범선을 뜻하는데, 저자는 이 작품에서 '지상을 달리는 범선'을 묘사하고 있다.
** 1812년 영미전쟁의 영웅이자 인디언 토벌로 유명한 미육군 제7기병대 대장.

그 소란스러움과 검은 물살에 박자를 맞추듯 덜컹덜컹 요동치며 지금 이 벌레들의 선조가 데 소토*의 부하들을 쏘아대고 들볶아 가려움과 고열에 시달리다 죽음에 이르게 했던 그 시절부터 나 있던 유서 깊은 길 위를 달렸다. 기골이 장대하고 침착한 성격의 버몬트 주 사람으로 이름은 헤이슬턴인 마부의 장화 뒤축이 마차 앞부분을 탁탁 때렸고, 망가진 창문 셔터는 세찬 바람에 엇박자로 툭툭 튀었다. 나무로 된 차체는 돌맹이를 밟고 튀어오를 때마다 삐거덕거리며 신음 소리를 냈다. 말들의 들숨과 날숨마다 각다귀가 들끓었고, 이틀 전에 마지막 남은 금화를 탈탈 털어 맞바꾼 절름발이 짐말 두 마리는 사륜마차 뒤에서 줄줄이 매달린 깡통처럼 따가닥따가닥 시끄러웠다.

멀리서 철제 목구멍이 울부짖는 첫 쇳소리가 적막함에 잔물결을 일으켰다.

—기차다. 꼬마가 말했다. 그러고는 곧, 아니구나, 했다.

기차 소리라기엔 그 울부짖음은 너무 쓸쓸했고, 늑대 울음소리에 가까웠다. 아버지는 화약에 덴 흉터투성이에 짧게 깎은 수염이 꺼끗꺼끗 자란 턱관절을 비통하게 일그러뜨렸다. 아이는 소리를 낸 놈의 모습을 보기도 전에 그것이 굶주린 채 자신들을 잡아먹으려 안달이 나 있음을 깨달았다.

—기차 같은 건 없어. 꼬마의 형이 말했다. 인디언들이 사는 이런 깡촌에는 없다고, 멍청아.

—나 멍청이 아냐.

---

* Hernando De Soto. 16세기 스페인의 군인으로 아메리카 대륙을 탐험했다.

화성에서 온 요원 687

─기차라며.

─그만, 얘들아. 아이들의 어머니가 말했다.

꼬마는 형의 어깨를, 꼬질꼬질해진 사관후보생 군복의 까슬까슬한 모직 천을 꽉 움켜잡았다. '이제 형은 절대 영국 장교가 될 수 없을 거야. 나도 그렇고.' 사관학교에 들어가려면 아직 7년은 더 기다려야 했고 몸무게도 최소한 18킬로그램은 더 나가야 했지만, 그래도 꼬마는 제 형을 의자 반대편으로 확 밀쳤고, 그 바람에 형은 놋쇠 경첩에 머리를 찧었다. 형이 보복에 나서려는데 다시 그 밸브에서 나는 울림이 더 크게, 더 가까운 곳에서 들렸다. 길게 끌며 잦아드는 더블리드*의 굉음은 늑대의 울음이라기보단 인정사정없는 쇠두꺼비의 포효에 더 가까웠다. 그 소리에 꼬마는 허겁지겁 좌석 사이로 뛰어들어 제 형의 무릎에 얼굴을 묻었다. 형은 동생의 머리를 감싸 안고 토닥였다. 형은 오하이오 리버컴퍼니**의 낡은 영업용 담요를 꺼내 동생과 함께 두르고 턱까지 꼭꼭 여몄다. 형제는 지난주 내내 개 냄새와 양초 냄새가 밴 그 담요 속에서 웅숭크리고 있었다.

어머니가 아버지를 보며 말했다.

─해리, 저게 뭐죠? 기차일까요?

─여긴 기차가 없어. 프랭클린 말이 맞소. 이렇게 테하스*** 가까운 곳에 기차가 있을 리 없지.

이제 국경까지는, 자유까지는 채 10마일이 남지 않았다(실패한

---

* 관악기의 소리를 내는 얇은 진동판. 리드가 2개 있는 악기로는 오보에, 바순, 백파이프 등이 있다.
** 미시시피 강과 오하이오 강에서 바지선으로 운송업을 하던 수상운송회사.
*** 19세기 멕시코에 속해 있던 텍사스의 지명.

반란에 가담했던 일기작가가 우수에 젖어 일기에 적고 싶어 했을 법한 문장 중 하나다).

아버지는 일어서서 마차의 문 쪽으로 다가갔다. 야수 같은 밤의 광기와 어둠이 벌레와 함께 밀려들어와 어머니의 촉촉한 검은 머리칼을 휘날렸다. 그녀의 뺨은 열에 달떠 반짝거렸다. 앨로부샤Yalobu-sha 강에서 레드 강까지 오는 길 내내 그녀는 허우적거리며 열병 같은 꿈에 시달렸다. 꼬마가 보기에(아이의 이름은 제퍼슨 모어든 매캔드루 드레이크였다) 어머니의 꿈은 충혈된 눈에 핏빛으로 비쳐 지독히 퀭하고 황량했다. 테하스와 가까워질수록 어머니는 힘을 되찾는 것 같았다. 이를 역으로 추론하자면, 사빈* 강을 건너는 데 성공하지 못하면 어머니는 분명 죽고 말 거라고 꼬마는 확신했다. 가족은 뵈르에 있는 페리 선착장으로 향하고 있었다. 제퍼슨 드레이크는 지난 11일 동안 오직 이 사실만 머릿속에 담고 있었다. 아버지는 마구 흔들리는 마차 문밖으로 반쯤 몸을 내밀고 어둠을 향해 소리쳤다. 아버지가 마부에게 뭐라고 물었는지, 그리고 어떤 대답이 돌아왔는지는 형제에게 들리지 않았다. 그리고 자리에 다시 앉은 아버지는 오하이오 땅인 술라에서부터 줄곧 발치에 끼고 있던 캔버스 배낭을 집어들어 자신의 총을 꺼내기 시작했다.

2.

모든 실패한 것들엔 신성하고 장황한 해명이 뒤따르고, 그것은 늘 다음과 같은 비탄조로 시작한다. "만약에……" 만약에 커스터가

---

* 미국 텍사스 주 남동부의 항구도시.

애슈터뷸라*로 가는 길이 뚫릴 때까지 일주일만 더 기다렸다면, 만약에 필 셰리든**이 질투에 눈먼 델러플레인 부인의 남편이 쏜 총에 맞아 죽지만 않았더라면***, 만약에 쿠야호가 드레이크가 테하스에 무사히 도착했더라면, 링컨이 무기와 군자금을 확실히 보장하기만 했어도⋯⋯.

연전연승의 혁혁한 전과를 거두고 미시시피 군사령관의 자리에 오른 H. P. W. 호지 중장이 사빈의 포트웰링턴에서 포토맥에 주둔하고 있는 '여왕 폐하의 컬럼비아 육군' 총사령관 앞으로 보낸 전보를 보면, 반란을 부추겼다가 폭동이 와해되자 달아난 해리 드레이크 대령이, 테하스 자유공화국의 동쪽 국경 사빈 강에 11마일 못 미친 지점에서, 내커터시의 한 원주민 정찰대원에 의해 발견됐다고 적시되어 있다. 북미 원주민 혼혈로 이름은 빅터 파일스인 그 정찰대원은 타고 있던 잡종 포니의 말머리를 돌려 요새의 검고 낮은 탑으로 돌아오면서 미친듯이 경보를 울렸다. 쿠야호가 드레이크가 남서부로 도망쳤다는 소식은 그가 오하이오 술라의 수용소에서 탈주하던 순간부터 잠시도 멈추지 않고(국경 인근의 한 운송회사 직원의 게으름과 숙취로 인해 간간이 지연되기도 했지만) 그의 뒤를 좇았다. 슬프기도 하고, 매독에도 걸렸고, 속으로는 반란자들한테 동정이 가기도 해서 괴로웠던 호지 장군은, 혹시나 드레이크와 그 일가족이 자기 관내를 지나 녹슨 듯 누런 물빛의 사빈 강으로 향할지

---

* 미국 오하이오 주 동북부의 항구도시.
** 남북전쟁 때 활약한 미육군 장성으로 이후 대평원 지역에서 인디언 토벌 총사령관을 맡았다.
*** 실제 필 셰리든은 심장마비로 사망했다.

도 몰라서, 검게 번들거리는 한 쌍의 멀록 트레드웰 랜드슬루프의 화구에 이른 아침부터 불을 때고 있었다. 웰링턴은 최전방의 남서부 주둔지 가운데 유일하게 증기화차를 갖춘 기지였고, '테러Terror' 등급의 신형 랜드슬루프 2대, '불굴' 호와 '프린세스 루이즈' 호를 2주 전에 갓 인수했다. 격납고에서 모습을 드러낸 랜드슬루프는 쇠지레가 달린 증기 삽과 뜨거운 못에서 쩔그렁 소리가 났고, 새 가죽과 갓 칠한 페인트와 패킹 오일과 대팻밥 냄새가 났다. 호지는 첫눈에 반했고, 쓸쓸하고 외딴 관사에서 생활하느라 남아도는 열정을 그것들에 쏟아부었다. 빅터 파일스가 내커터시 옛길을 따라 테하스를 향해 신나게 까불리는 마차와 혹사당하는 얼룩무늬 늙은 말들에 관해 떠들어대며 돌아왔을 때, 장군은 클리블랜드와 애슈터뷸라의 변절자 영웅을 추격하는 데 자신의 두 애마 중 어떤 놈을 험한 바깥세상에 내보내 그 위용을 과시할지 고민에 빠졌다.

결국 호지 장군은 불굴 호를 선택했다. 불굴 호는 멀록 트레드웰 사社에서 신규 확장한 맨체스터 제2작업장에서 처음 출고된 차량 중 하나였고, 스타일과 스피드를 중시한 반면 손맛이랄까 실전 경험 같은 건 부족했다. 테러급 모델 3호였고, 송곳니를 드러낸 날씬한 철제 그레이하운드엔 100마력 뷰세팔루스 엔진이 장착되어 있었다. 방탄성은 상대적으로 취약했지만 뛰어난 차체 기동성과 45구경 회전식 기관포탑의 사격 범위 및 이동성으로 그 약점을 충분히 보완하고도 남았다. 6명의 선원과 함께 호지 장군의 추격 명령을 받은 보병대 1개 부대 그리고 제27케이준*화승총부대 8명을 태웠다. 불굴 호가 거친 숨소리를 내며 포트웰링턴의 정문에서 황야로 출격하자 대갈못으로 고정한 가죽 디딤판이 소나무 널빤지 트랩에

닿아 덜거덕거렸고, 그때까지도 여전히 불굴 호의 매캐하고 후텁지
근한 짐칸에 생포한 포로를 실을 여유가 있을까에 대한 의문은 풀
리지 않은 상태였다. 화승총부대의 지휘를 맡은 스윈덜 병장은 공
간이 부족할 경우를 대비해 튼튼한 밧줄 한 묶음을 가져오는 혜안
을 보였다.

3.

술라의 영창에서 남편이 탈주한 직후 드레이크 부인은(결혼 전
이름은 캐서린 모어든이었다) 도망치느라 서두르는 와중에도 전 집
안의 재산과 역사를 선박용 궤짝에 열심히 눌러 담았다. 깨끗한 속
옷, 동양산 진주목걸이, 웨딩드레스, 오빠와 이별할 때 선물로 받은
성경책. 아이들이 입을 비옷과 목도리. 비스킷, 와인, 뉴욕 치즈 작
은 것 한 덩어리. 이로쿼이족의 조가비구슬** 묶음은 가족이 안전하
게 머물 수 있는 곳에서는 아무런 가치가 없을 것이다. 흰색과 붉은
색 줄이 쳐 있고, 위쪽 4분의 1은 파란 바탕에 노란 별이 둥글게 배
치된 백 년 묵은 깃발***은 남편이 가장 아끼는 보물이었다. 그리고
영국군 5대호 사령관에 취임했을 당시의 조지 암스트롱 커스터 육
군 준장의 자단 액자 석판화는 그녀의 보물이었다.(오하이오 저항
군의 반대 세력은 악의적인 소문을 퍼뜨렸고, 미국의 희망이자 순교자

---

* Cajun. 케이준은 '아카디아'의 형용사인 '아카디안'이 인디언들에 의해 와전된 것으로,
캐나다의 아카디아 지역에 살다가 영국인들에 의해 강제 추방되어, 당시 프랑스 식민지였
던 루이지애나 주 뉴올리언스에 정착한 프랑스인 후손을 가리키는 말이다.
** 북미 원주민의 화폐로 쓰였다.
*** 미육군 기병대 깃발. 조지 커스터의 제7기병대도 리틀빅혼 전투에서 이 깃발을 사용
했다.

인 커스터와 키티 드레이크를 낭만적으로 엮으려는 소문은 가십에 열올리는 역사가들 덕분에 이후로도 수십 년 동안 꺼지지 않았다. 심지어 드레이크 형제 중 동생 쪽은 커스터의 아들이라는 말까지 돌았다.)

뵈르 선착장까지 반 마일을 앞두고, 지붕에 묶어놨던 궤짝이 마차의 요동에 헐거워져 그만 길바닥으로 굴러떨어졌다. 궤짝의 한쪽 모서리가 땅에 부딪혀 탁 하고 스프링 달린 문짝이 경쾌하게 열리며 반으로 갈라졌다. 성조기, 드레스, 비스킷이 길 위에 나뒹굴었다. 진주는 뜨거운 프라이팬에 튄 물방울처럼 통통거리며 흩어졌다. 조지 커스터의 초상화 액자 유리가 아름답고도 불길한 달빛 속에서 반짝거렸다. 커스터의 그 차분하고 살짝 광기 어린 푸른 눈빛을 볼 때마다 액자의 주인은, 그 초상화가 고독한 기병이자 방랑자이자 인디언 파이터로 살아온 남편 세대의 특징인 무모하고 자만심 강하고 대담하며 뼛속들이 반ᆺ영국적인 정서를 한꺼번에 압축해서 보여주는 느낌이었다. 그런데 지금 한순간 초상화 속 순교자의 표정에는 묘한 애수가 서렸다. 커스터는 하늘을 우러러보며 불평하는 것 같았다. 그때, 나무와 유리가 쪼개지는 청아한 소리와 함께 불굴 호의 왼쪽 바퀴가 심혈을 기울여 고른 드레이크 가문의 유산 위로 전진하면서 그나마 찢어지지 않은, 먼지와 파편으로 산산조각나지 않은 나머지를 납작하게 깔아뭉갰다.

불굴 호가 말했다.

—드레이크 대령님.

불굴 호는 1등 기관사 브리드러브 병장의 목소리로 말했다. 그는 어둡고 시끄럽고 냄새나는 기관실 안에서, 포탑으로 올라가는 철제 사다리와 한밤중의 루이지애나가 어렴풋이 내다보이는 좁은 가로대 사이에 웅크리고 앉아 목제 깔때기를 입술에 꽉 대고 있었다. 깔때기 주둥이는 캔버스 천으로 감싼 긴 천연 고무호스와 연결되어 있었고, 그것은 랜드슬루프 지붕의 조그만 창문을 통과하여 개틀링 기관총 바로 밑에서 검은 양철로 만든 백합 코르사주처럼 입을 벌린 호리호리한 큰 뿔인지 종인지의 가느다란 끝부분에 끼워져 있었다.

　—드레이크 대령님, 반란은 진압됐습니다. 커스터 준장님은 정부에 항복했습니다.

　불굴 호의 약간 찢어지는 듯한 쇳소리와 웅얼거리는 요크셔 사투리는 기체와 마차 사이의 얼마 안 되는 거리에서 알아듣기 쉽게 전달되었다. 동생은 형을 올려다보았다. 형의 이름은 프랭클린 모어든 에번스 드레이크였다. 프랭클린 드레이크는 아버지를 쳐다보았다.

　—함정이야. 아버지가 말했다. 준장님은 결코······.

　—더이상 국경에 접근하는 것은 용납하지 않겠습니다. 불굴 호가 말했다. 대령님, 저희도 발포하고 싶지 않습니다.

　아버지는 의자에서 다시 일어나 땟국이 흐르는 얼굴을 들어 늪지대 위의 소란스러움과 달빛을 노려보았다. 아버지의 날카로운 눈빛은 황소의 무게도, 풍향계의 높이도, 여덟살짜리 소년이 마음속에 품고 있는 소원도(그게 순수한 소망이든 죄받을 나쁜 생각이든 간에), 정확히 알아맞힐 수 있었다. 아버지는 마차의 열린 문에 기대어 한참 동안 여러 가지 가능성과 그로 인한 결과를 타진해보았다. 그리고 나서 문을 닫더니 허물어지듯 털썩 주저앉았다.

　—400야드 후방에 있어. 랜드슬루프야. 기관총은 45구경 개틀링

인 듯하군.

—테러급이에요. 프랭크가 살짝 경외감을 보이며 말했다. 수륙양용이죠. 이런 늦여름에는 강 속으로 곧장 우릴 쫓아올 수도 있어요.

꼬마가 할 수 있는 일이라곤 당장 문가로 가서 그 엄청난 것을 보고 싶은 마음을 억누르는 것뿐이었다. 아버지가 눈치챘다.

—안 돼. 아버지가 말했다.

꼬마는 다시 앉아서 형을 쳐다보았다. 형도 자신들을 토끼 굴로 몰아가는 그놈을 보고 싶다는 욕망과 힘겹게 싸우고 있었다. 마차는 계속 움직였지만 덜컹거림은 가라앉았다. 말을 몰던 헤이슬턴의 결심이 약해졌음은 명약관화했다. 마부는 애슈터뷸라에서 카유가 인디언을, 푸더에서 라코타인디언을, 벨로콘스크에서 러시아인을 먹어 삼키던 개틀링과 노르덴펠트 기관총을 봤었다. 그리고 자기 몸뚱이에서 희부연 청회색 내장이 무릎 위로 흘러나오는 장면을 전혀 어렵지 않게 상상할 수 있었다.

—겁쟁이. 쿠야호가 드레이크가 내뱉었다.

아버지의 음성이 워낙에 포괄적인 역겨움을 담고 있어서 순간 형제는 그 욕설이 누구를 향한 것인지 아리송했다. 아버지가 일어서더니 다시 문으로 다가갔다.

—헤이슬턴! 이 망할…….

—해리.

아버지는 고개를 돌렸고, 어머니가 자신을 쳐다보고 있음을 알았다. 그녀는 입술을 굳게 다문 채 셔츠웨이스트 드레스의 가슴팍에 꽂아넣은 심란한 스카프를 만지작거리고 있었다.

드레이크 대령이 입을 열었다. 그의 이력이 처음으로 상궤常軌를 벗어나기 전, 이리 호숫가에서 절멸된 공화국의 불씨를 되살리려는 커스터 준장의 터무니없는 시도에 응하여 혹독하고 영광스러운 8개월 보내기 전, 그는 사려 깊고 신중하며 분별 있는 용맹함으로 대영제국군을 이끌며 이로쿼이족과 수족과 러시아의 전제군주옹호자들을 상대로 연전연승을 거두었다. 형제는 아버지가 무슨 말씀을 하실까 기다렸다.

─드레이크 대령님. 불굴 호가 말했다. 마지막으로 경고합니다.

형제가 기억하기로, 아버지는 다만 고개를 끄덕였을 뿐이었다. 그는 검을 빼 들었지만 그저 칼자루로 마차 지붕을 두 번 두드리고 말았다.

헤이슬턴은 욕설을 내뱉고 알아들을 수 없는 소리를 지르며 말들을 놔주었다. 마차는 삐거덕거리며 덜컹덜컹 굴렀다. 바퀴 아래에서 모래가 탄식했다. 관성에 끌려가는 마차가 포위망을 뚫고 나가려는 것처럼 보였는지, 늪지대의 굉음은 마차 창문을 향해 불꽃을 날름거리며 손으로 촛불을 감싸듯이 뜨거운 돌풍을 쉴 새 없이 뿜어댔다. 한밤중의 서부 루이지애나가 빚어내는 이 거슬리는 소음 때문에 편두통이 재발했는지 어머니는 고통스럽게 얼굴을 찡그리며 눈을 감았다. 그 소음 너머에서, 아니 그 속에서 과묵하지만 단호하게 송곳니를 드러낸 테러급 뷰세팔루스 엔진의 연소음과 기어 갈리는 소리가 들렸다. 마부석에 있던 헤이슬턴이 콜록거렸다. 악마가 그 긴 손톱으로 할퀴는 것 같았다.

가슴속 저 깊은 곳에서 분노가 치밀어오른 제퍼슨 드레이크는 버럭 소리를 질렀고, 그 외침은 막내를 잘 아는 가족들보다 제퍼슨 자신을 더 놀라게 했다.

—놈들이 우릴 잡으러 올 때까지 마냥 넋 놓고 앉아서 기다릴 순 없어요!

드레이크 대령은 마디진 파이프에 불을 붙였다. 보통 때였다면 그런 막내아들을 보며 흡족해하는 마음을 성냥과 담배를 만지작거리는 것으로 감출 수 있었으리라. 막내는 앉아서 기다리는 것을 늘 수치스럽게 여겼다.

—무슨 얘기를 하고 싶은 거냐, 제퍼슨?

소년은 리볼버 2자루, 라이플 1자루, 탄창 8상자가 든 가문의 무기고를 쳐다보았다. 웨블리* 한 쌍, 배를 타던 외할아버지가 내기 카드 게임에서 딴 낡은 릭비 단발소총(지금 그 외할아버지의 트렁크는 내커터시의 길 한복판에서 침몰했다), 그리고 노획한 르보 커낼리 10구경 소총은 개머리판에 샤토브리앙의 『아탈라』**라는 책의 한 장면(드레이크 부인이 설명해주었다)과 두르마노프 장군의 모노그램이 새겨져 있었다. 매우 정교하고 아름다운 라이플이었지만 도요새 사냥용으로 제작된 총이라 성인 남자를 죽일 수 있을지는 의문이었다.

제퍼슨 드레이크는 청소년 모험소설의 열렬한 애독자였다. 소설 속에서 궁지에 몰려 위태롭게 된 등장인물에게 주어지는 운명의 선택지는 늘 3개뿐이다. 영웅적인 영국인들에겐 화려한 총격전, '최후까지 싸우다 죽는 순교', 또는 지원군이 올 때까지 버티는 '믿기 힘든 놀라운 투지'를 선사했다. 고귀한 적들, 가령 러시아인, 독일

---

* 대영제국 권총의 상징으로 납작한 총신이 특징이며 1887년부터 1963년까지 영국군에서 사용했다.
** 프랑스 작가 샤토브리앙이 1801년 발표한 인디언에 관한 미완성 서사시.

인, 파탄인*, 괴상한 프랑스인 변절자와 이로쿼이족에게는 피할 수 없는 생포라는 불명예를 겪느니 차라리 스스로 목숨을 끊는 '항복 없는 패배'만이 주어졌다. ('미개한' 적들에게는 이러한 선택지가 적용되는 일이 거의 없었는데, 그들은 늘 떼 지어 몰려다니기 때문에 아예 포위되질 않았다.) 보잘것없는 무기고를 쳐다보면서 제퍼슨은 생각했다. 진지하게 경청하는 형의 표정으로 짐작건대, 형은 그런 일에는 도사니까, 지금 다가오는 테러라는 놈은 분명 무시무시한 기계였다. 그러면 처음의 두 선택지 중 첫번째는 실행이 불가능할 것 같았고, 지원군이 올 리가 없으니 두번째도 말이 안 됐다. 게다가 그의 가족은, 진심으로 이해하지는 못했지만 그럭저럭 설명할 수 있을 것 같은 이유로, 더이상 영웅적인 영국인이 아니었다. 그들은 반란자, 반역자였다. 최근 몇 달 동안 신속한 승리와 거친 비바람과 총체적 실패를 겪으면서 드레이크 가문의 지도에서 자랑스럽고 정다운 영국의 붉은 색조**는 텅 비고 적대적인 영토로 바뀌었다.

—저희 목숨을 거둬주세요. 꼬마가 말했다.

그 말은 의도했던 것보다 더 당차게 튀어나왔고, 가냘프고 진지하면서도 아주 그럴듯하게 들렸다. 꼬마는 누가 제 말을 반박해주길 바랐고, 아버지가 파이프의 불길에서 눈도 떼지 않고 단박에 "헛소리"라고 대꾸하자 안도한 나머지 엉엉 울고 말았다.

—뚝 그쳐라. 아버지가 말했다.

아버지는 어머니를 돌아보며 뭔가 할 일을 만들어주려는 듯 날선 어조로 말했다. 그렇다고 모질게 말한 건 아니었다.

---

* 파키스탄 서북부에 사는 아프간족.
** 과거 대영제국의 영토는 지도에서 붉은색으로 표시했다.

─아이 옷의 단추를 채워요.

어머니는 허리를 굽히고 좌석 건너편으로 팔을 뻗어 열이 나는 자신의 품으로 아이를 끌어당기려 했다. 그러나 아이는 몸을 뒤로 빼고 소매로 눈물을 훔쳤다.

─나 혼자서도 할 수 있어요.

꼬마는 형이 자신을 바라보고 있음을 알았다. 꼬마도 잘 알고 있는 형만의 독특하고 공허한 표정이었고, 그걸 본 아이는 왠지 모르게 마음이 편해져 다시 얌전히 자리에 앉았다. 프랭크는 항상 동생의 말과 행동을 주의 깊게 살펴봤고, 시샘도 경멸도 관심도 아닌(동생을 향한 그의 감정 중에 그런 요소 또한 생소한 건 아니었지만), 아버지의 날카로운 눈빛과 같은 연장선상에서, 제프의 돌발행동이나 생각을 마치 날씨나 현상의 한 형태로 파악했다. 그리고 그것을 정확히 이해하여, 솜씨 좋은 장인의 손길과 연장을 만난다면 유용하게 쓰일 훌륭한 재료로 여겼다. 형제간에는 서로를 향한 존경과 닮고 싶은 욕망의 조류가 평소와 다름없이 흘렀다. 동생은 아버지를 숭배하듯이 경건하게 형을 우상으로 받들었다. 그리고 사실상 일을 정리하고 지휘하는 것은 형이었지만, 형제가 함께하는 과업을 추동하는 힘은 거의 항상 둘 중 어린 쪽의 무모한 발언과 비논리적이고 조급한 불만에서 비롯됐다.

─제프 말이 맞아요. 총을 주세요, 아버지. 탈출하겠습니다. 놈들은 우릴 잡지 못할 거예요. 제가 확실히 처리하겠습니다.

─오, 해리, 안 돼요. 어머니가 말했다.

─몇 마일만 더 가면 돼요. 동이 트려면 아직 몇 시간 남았고, 진흙과 개구리밖에 없는 그 몇 마일을 제가 어린애 하나쯤 데리고 못

건널 거라고 생각하세요?

　—형은 할 수 있어요. 꼬마가 말했다. 아빠도 아시잖아요, 형이 할 수 있다는 걸.

　아버지는 잠시 묵묵히 앉아 있었다. 파이프를 빨 때마다 깊게 주름진 그의 이마 위로 기다란 코의 그림자가 드리워져 일렁였다. 이제 랜드슬루프는 선체를 조종하려고 고군분투하는 선원들이 기계 소음에 묻히지 않도록 서로에게 큰 소리로 외치는 말이 다 들릴 만큼 가까이 다가왔다.

　—해리. 안 돼요. 아이들은 괜찮을 거예요. 애들한테 해코지하지는 않을 거예요.

　—아이들이 우리한테 등 돌릴 수도 있지. 당신은 그런 것은 해코지라고 여기지 않는가보오.

　아버지는 바닥에서 웨블리 한 자루를 집어들어 약실을 열고 이상이 없는지 점검했다. 10분 사이에 벌써 세번째였다. 그는 탁 하고 닫은 다음 권총을 큰아들에게 건넸다.

　—네 동생은 링컨 님을 만나는 영광을 아직 누려보지 못했다. 동생을 반드시 샌안토니오까지 무사히 데려가야 한다.

　—넵, 알겠습니다. 제프는 제가 잘 돌보겠습니다, 대령님.

　형제는 의자에서 미끄러져 내려와 바닥에 웅크리고서 탄창을 챙겨 주머니에 넣었다. 그리고 꼬마는 문으로 갔다. 나중에 그는 그때 어머니와 아버지를 꼭 껴안고 작별인사를 나눴어야 했음을 깨닫고서 심장이 쿵쿵 뛰던 느낌을 회상했다. 훗날 그는 작별인사를 잊어버린 것에 대해 스스로를 혹독하게 비난하곤 했다. 사실, 당시 그의 머릿속은 불안과 걱정 그리고 지긋지긋하게 덜컹거리는 마차에서 얼른 벗어나고 싶다는 맹목적이고 순수한 욕망, 마침내 '무언가를 한다'는 흥분으로 뒤죽박죽이었다. 마차에서 뛰어내려 엉금엉금 길을 건너 빽빽하게 뒤엉킨 키 작은 떡갈나무 잡목숲으로 기어 들어간 후에야 부모님을 다시는 볼 수 없을지도 모른다는 생각이 들었다. 하지만 랜드슬루프는 마차에서 20야드도 채 떨어지지 않은 거리에 있었고, 때는 이미 늦었다. 꼬마는 가쁜 숨을 헐떡이며 1인치 깊이의 끈적끈적한 물속에 쪼그려 앉아서 형이 마차의 열린 문에 거미처럼 매달려 있는 모습을 바라보았다. 확실하진 않았지만 프랭클린 형과 아버지가 엄숙하게 악수를 나누는 것처럼 보였다. 형은 틀림없이 어머니에게 작별의 입맞춤도 했을 것이다. 멋진 표현과 당당한 행동에 목숨을 거는 건 언제나 제퍼슨이었지만, 그런 것들을 웃어넘기면서도 제대로 해내는 것은 늘 프랭클린이었다.

쿵 소리와 함께 거친 숨소리가 나더니, 프랭크가 리볼버를 단단히 쥔 손을 가슴께에 붙이고 덤불 속으로 포복해 들어왔다. 형은 동생을 찾아냈고, 형제는 악취가 진동하는 진창 속에 웅크린 채 늪의 물로 엉덩이를 적시며 거울과 렌즈가 달린 랜드슬루프의 전조등 불빛이 풍선처럼 부풀어 늪지대를 완전히 집어삼키는 장면을 지켜보았다.

—엎드려. 프랭크가 말했다.

그는 제프의 얼굴을 진흙 속에 처박고 자신도 납작 엎드렸다. 랜드슬루프는 속도를 늦췄고, 못이 잔뜩 든 커다란 상자와 깨진 도자기 그릇들이 계단에서 굴러떨어지는 소리를 내며 다가왔다. 그리고 멈췄다. 달빛 아래서 제프는 기체의 옆구리에 금박으로 쓰인 '불굴'이라는 글자를 알아볼 수 있었다. 뒤쪽 해치가 열리며 바람 빠지는 소리가 났고, 이어서 어지러운 군홧발 소리가 나더니 갑자기 길바닥이 온통 붉은 코트*로 뒤덮인 듯했다. 그들은 라이플을 비스듬하게 메고 빠른 걸음으로 마차로 다가왔다. 군인 3명이 헤이슬턴을 마부석에서 끌어내려 바닥으로 팽개쳤다. 몇 명은 드레이크 대령을 끌어낸 다음, 예의를 갖추기는 했으나 좀 거칠게 드레이크 부인이 계단을 내려오는 것을 부축했다. 부인은 날씬하게 허리를 꼿꼿이 펴고 고개를 들어 병사들을 노려보았다. 사실 아이들에게 어머니의 표정은 보이지 않았지만 쉽게 상상할 수 있었다. 아버지는 저항하다가 딱 한 번 세게 마티니 라이플의 개머리판으로 맞았다. 그는 다시 일어선 후 놈들이 채우는 수갑을 묵묵히 감내했다.

—헨리 허드슨 드레이크 대령, 빅토리아 여왕 폐하의 어명을 받들어 당신을 제국에 대한 반란 및 반역죄로 체포합니다.

—쏴! 꼬마가 속삭였다. 총을 쏘라고.

—조용히 해!

—그럼 내가 쏠게!

꼬마는 분노에 눈이 멀어, 혹은 분노가 자아낸 눈물이 앞을 가려 형의 정강이를 걷어차며 권총으로 손을 뻗었다. 형은 권총을 바지 허리춤에 쑤셔넣고, 아무 때고 동생을 몇 바퀴는 감을 수 있을 듯 보이는 긴 팔로 동생을 꼼짝 못하게 감싸 안았다. 그리고 왼손으로는, 둘 사이에선 절대 처음이 아닌 솜씨로, 동생의 입을 단단히 틀어막았다.

꼬마는 한 번 더 발버둥쳤지만, 이내 형의 품에 축 늘어진 채 부

* 미국 독립전쟁 당시 영국 군복.

모와 헤이슬턴이 불굴 호의 해치 쪽으로 떠밀려가는 모습을 지켜보았다. 어머니는 부축을 받으며 발판을 딛고 곧장 안으로 들어갔지만, 군인들은 두 남성 포로를 둘러싸고서 한동안 낮은 소리로 얘기를 주고받았고, 간간히 성난 쇳소리가 들리더니 딱 한 번 욕설도 터져나왔다.

—그건 절대 허락 못 해!

아까 어둠 속에서 경고하던 랜드슬루프의 심한 요크셔 사투리를 형제는 알아들었다. 그리고 아버지와 버넌 헤이슬턴은 반으로 접힌 두 개의 벽돌 자루 모양으로 불굴 호에 실렸다. 명령이 내려지고, 형제의 부모를 배 속에 가둔 채 철제 해치가 닫혔다.

랜드슬루프의 전조등 불빛이 나무 우듬지들을 쓸어가며 동쪽으로 저 멀리 점점 작아지다가 마침내 사라질 때까지, 엔진의 굉음이 늪지대의 평범한 소음에 묻혀 사그라질 때까지, 형은 동생을 단단히 감싼 손을 풀지도, 입을 막은 손을 치우지도 않았다.

4.

형제의 외할아버지인 조지프 모어든은 무역선에 상주하는 외과의사로 일하다가 은퇴하여 바다에서 50마일 떨어진 더비셔 언덕 꼭대기에 있는 집 '티르나노그'*에 살았고, 그곳에는 수령이 무척 오래되고 엄청나게 큰 떡갈나무 한 그루가 서 있었다. 어렸을 때 형제는 기나긴 8월의 날들 중 스무아흐레를 이 나뭇가지 틈바구니에서 놀았다. 나무 위는 카이버 요새고, 폭풍우에 꺾인 돛의 활

---

* Tir-Na-Nog. 아일랜드 신화에서 '젊음의 땅'으로 일컬어지는 낙원.

대고, 내성內城이고, 옥탑방이고, 석탑, 뾰족탑, 망루도 되었다. 그렇게 하루 종일 놀면서도 나무에서 히룻밤을 지새워보자는 생각은 (분명 허락도 못 받았겠지만) 단 한 번도 들지 않았다. 그래도 두 아이는 아버지의 명령을 받은 군인들이 탈주병이나 징병 회피자, 또는 도망친 스파이를 추격하며 구름처럼 들끓는 개 떼를 앞세우고 덤불 속을 뒤지는 장면을 본 적이 있었다. 군부대가 쿠야호가 드레이크의 아들들을 찾으러 돌아오는 것은 시간문제라는 걸 프랭크는 잘 알았다. 그래서 개의 추적을 피하기 위해 제프를 데리고 늪의 얕은 곳을 교묘히 에둘러 들어갔다 나갔다 하면서 복잡한 상형문자를 수없이 그렸다. 그리고 동생의 반바지 허리춤과 엉덩이를 잡아 그날 밤을 보낼 사이프러스 나무 위로 밀어올렸다. 달은 이미 졌고, 도로에서 멀리 떨어진 사빈 강으로 가는 길을 정찰하기에는 너무 어두웠다. 프랭크는 제프를 올려보낸 후에 자신도 나무 위로 올라갔고, 고약한 냄새에 어지럼증을 느끼면서도 캄캄한 나무 한가운데로 조심스럽게 발을 옮겼다. 나뭇가지는 거칠고 가늘어서 믿음직한 침대가 되지 못했다. 형제는 새벽이 오기만을 기다리며 5시간처럼 느껴지는 1시간을 보냈고, 스스로에게 또 서로에게, 이렇게 나뭇가지에 매달려 잠을 청하는 것은 불가능하다는 사실을 확인했다. 결국 형제는 위험을 무릅쓰고 더 낮고 넓은 가지로 내려와 거기서 얼핏 눈을 붙였다. 제프는 오래된 해골들이 삐걱대며 휘청거리고 개구리들이 귀곡성으로 합창하는 꿈을 꾸며 괴로워했다.

　프랭크가 제프를 때렸다.

　제프는 눈을 떴다. 나뭇잎 사이사이마다 눈부신 빛의 바늘과 푸르른 하늘 조각들로 가득 차 있고, 스페인 이끼와 안개 다발이 그

가장자리를 수놓고 있었다. 제프는 벌떡 일어났다. 형이 그의 팔을 잡지 않았다면 아마 파리가 득실거리는 아래쪽 늪으로 굴러떨어졌을 것이다.

—놈들이 온다.

프랭크는 동쪽으로 눈알을 굴리며 입모양으로 말했다. 제프는 귀를 쫑긋 세웠다. 밤 짐승들의 밀담과 아침 새들의 수다 사이로 고요한 침묵이 들어차 있었다. 얼마 안 있어 제프는 사람 목소리를 들었다. 그들은 짜증을 내면서도 재미있어 하는 듯했다. 영국인도 있었고, 늪지대의 프랑스인도 있었다. 사냥개 한 마리가 거친 숨소리로 신나게 헐떡였다. 프랭크는 권총을 군복 뒤춤에 찔러넣고 나무 그늘 아래로 침착하게 내려갔다. 제프도 형을 뒤따랐다.

—이 위에 있으면 안전할 거라며. 제프가 속삭였다.

—영국군이 아니라 악어의 위협으로부터 안전하다는 거지. 우리의 목적지를 확인해보기도 전에 개들한테 들키는 불상사를 피하고 싶었을 뿐이야.

—우리 목적지가 어딘데?

순간 제프는 형의 몸에 걸려 넘어질 뻔했고, 재빨리 부드러운 땅바닥으로 몸을 굴려 형과 나란히 엎드렸다.

말소리는 점점 커졌고, 무슨 말을 하는지도 알아들을 수 있었다. 포트웰링턴에서 온 사람들이었고, 진창 속에서 그들의 장화가 철벅철벅 찌걱찌걱 시끄러운 소리를 냈다. 인디언들의 옛길로 다시 돌아온 화차의 요란한 소음도 멀리서 들렸다. 아마도 정차중인 듯했고, 2대였다. 형제의 부모가 잡힌 지점부터 사방 늪지대를 샅샅이 수색하라는 명령이 떨어진 게 틀림없었다. 프랭크는 몸을 숨길 곳을 찾으려고 황급히 주위를 둘러보았다. 이곳은 수풀이 드문드문했다. 제프는 붉은 옷들이 흔들리며 지기들 쪽으로 다가오고 있음을 깨달았다. 어젯밤 형제가 캄캄한 와중에 뛰어내린 빈터 바로 너머였다.

프랭크는 머릿속이 하얗게 된 양 얼빠진 표정이었다.

—어떻게 좀 해봐. 제프가 말했다. 총으로 쏴버려. 아니면 죽어라 헤엄치거나. 뭔가 좀 하라고…….

이제 겨우 프랭크가 안개 속에서 빠져나온 것 같았다.

—네 주머니칼 좀 줘봐. 프랭크가 말했다.

그는 주위 곳곳에 자라난 갈대를 두 대 끊어서 줄기 속을 살폈다. 완전히 비진 않았고 스펀지 같은 덩어리가 차 있었다. 재빨리 바람을 불어넣어 시험해보니 좀 답답하긴 했지만 그럭저럭 숨은 쉴 만했다.

—악어는 어떡하고?

—그건 내가 지어낸 거야.

제프는 형을 쳐다보았다. 바로 이런 거짓말이 프랭크의 주특기였다. 바로 앞선 발언을 거짓말이라고 주장하는 것. 두번째 말도 종종 세번째 말에 의해 그 진위가 의심스러워졌다. 프랭크는 제프에게 짧은 갈대를 건넨 다음, 형제가 간밤을 보냈던 나무 바로 맞은편 깊은 웅덩이를 향해 헤엄치기 시작했다. 프랭크는 도중에 멈추더니 허리춤에서 권총을 빼내 오래된 굵은 나무뿌리가 뒤엉키며 생겨난 구멍에 슬쩍 밀어넣었다. 그다음 지금 하려는 행동에서 비롯된 불안과 역겨움을 감추려고 얼굴을 한껏 찡그리고는 몸을 낮춰 점액처럼 들러붙는 검은 물속으로 잠수했다.

5.

물속에 잠긴 채 프랭클린 드레이크는 미끌미끌 뒤엉킨 나무뿌리를 닻 삼아 꽉 붙잡고 밑바닥 진흙에 몸을 붙였다. 물이 쉭쉭거리며 그의 귀에 대고 속삭였다. 다루기 힘들게 찔끔찔끔 허파 속으로 들어오는 공기는 오래되어 퀴퀴한 빵 냄새가 났다. 그의 순환계가 이런 몹쓸 대접에 항의하는 와중에, 처음 총성을 들었을 때는 물 때문에 소리가 먹먹하게 울려서 굶주린 제 심장박동이 귓속에서 쿵쿵거리는 소린 줄 알았다. 프랭크는 나무뿌리를 놓고 빛과 대기 속으로 뛰어들었고, 동생이 두 사람을 죽인 것을 알았다. 죽은 남자들은 1인치 깊이의 갈색 물속에 엎어져 있었고, 그곳은 5분 전에 프랭크가 총을 숨겨둔 나무뿌리 구멍 근처였다. 제프는 아버지한테 배운 대로 두 눈을 다 뜨고, 한 손으로 다른 손 손목을 받치고, 신중하게 목표를 겨냥하며 총을 쏘고 있었다. 수십 명의 영국군이 그를 향해 달려들었다. 세번째 군인이 제 목을 붙잡으며 뒤로 자빠졌고 동시에 제프도 선홍빛 모직코트에 둘러싸였다. 군인들은 제프의 손목을 비틀어 총을 떨어뜨렸고, 셔츠 목깃을 잡고 허공으로 들어올렸다.

—제프.

프랭크는 방금 동생이 저지른 짓 때문에 군인들이 동생을 죽일 거라고 생각했다. 5시간도 안 지났는데 난 벌써 약속을 깨버렸군, 프랭크는 생각했다. 그는 웅덩이를 헤치고 나와 좀더 단단한 진창으로 올라섰다. 그 순간 발을 헛디뎌 앞으로 고꾸라졌고, 물 위로 드러난 나무뿌리에 머리를 세게 부딪쳐 하마터면 정신을 잃을 뻔했다. 고함 소리, 더욱 시끄럽게 외치는 소리, 붉은 소매, 흙탕물을 마구 튀기는 각반들. 그리고 몹시 차가운 손 하나가 프랭크의 목덜미를 잡더니 홱 일으켜 세웠다. 프랭크는 휘청거렸다. 오른쪽 눈에서 피가 났고, 콧속에서 피 냄새가 나더니 이윽고 생가죽 같은 피맛이 입안에서 느껴졌다.

—똑바로 서, 이 자식아.

—노력중인데.

병사의 무릎이 프랭크의 엉덩이를 내리쩍었다. 프랭크는 비틀거리며 동생이 있는 쪽으로 몇 발짝 나아가 동생을 향해 손을 뻗었다. 비록 더이상 동생이 보이지 않았지만. 더이상 아무것도 볼 수가 없었지만.

6.

상어처럼 날씬한 유선형의 검은 그림자가 비외 카레*의 대로와 골목을 덮쳤다. 그것은 집과 상점의 옆구리에 검은 물방울을 튀기다 벽돌담과 물막이 판자 위로 휙 치밀어올라 지붕까지 삼켜버렸다. 굴뚝 꼭대기의 통풍관이, 그다음으로 풍향계와 양철 연통이 잠겨들었다. 이윽고 코니스**의 소용돌이 장식 위로 찰랑찰랑 넘실거리다가 한 번 더 철제 발코니에 담기고는 다시 거리로 흘러내렸다. 떠오르는 태양의 각도에 따라 수백 피트 앞쪽으로 드리워진 그림자는 서쪽으로 아르마스 광장과 총독 관저를 향해 흘러갔다. 그림자는 성 이냐시오 고아원의 뒤집힌 방주, 아니 어두운 벽돌 건물

---

* 뉴올리언스의 도시로 18세기 초 프랑스인들이 정착하여 건설했다.
** 고대 그리스 로마 건축에서 기둥 윗부분과 수평으로 연결된 지붕을 덮는 장식 중 가장 위쪽, 처마 끝부분을 말한다.

옆구리에 웅크린 한 쌍의 종탑에 다다랐고, 종탑 옆면을 기어오르다 잠시 망설였다. 마치 높다란 검은 철제 십자가 모서리를 가뿐히 넘을 수 있을지 아니면 걸려 찢길지 확신이 서지 않아 고민하는 듯이. 잠시 후 그림자는 다시 나아가며 조금씩 그 거대한 주둥이를 앞으로 내밀었다. 그리고 종탑의 꼭대기를 점령하고 내려와선 낙농장과 다른 바깥채들을 가로질러 흘러가더니 오래된 사제관 구역과 고아원 구역을 나누는 높은 돌담 위로 쏟아졌다. 사제관은 '재통합 선언' 이후 지역의 법원과 교도소 역할을 했다. 여기서, 마침내 찾아다니던 것의 냄새를 맡았다는 듯, 거대한 그림자는 그 자리에 멈췄고, 드넓은 교도소 안뜰을 반쯤 건너 내려와 어둠 속으로 거꾸러졌다. 그곳에선 검둥이 목수들이 앤드루 잭슨*과 해적 장 라피트**에게 두건을 씌우고 목을 매달았던 낡은 교수대의 막바지 수선 작업이 한창이었다.

성 이냐시오 주임사제의 집무실은 항상 어두침침했다. 그곳은 고아원의 근절되지 않는 전염병이자 악령과도 같은 타락한 어린 영혼들을 겁주기에 안성맞춤이었다. 그리고 지금 그 끈질긴 어둠은 한밤중의 칠흑처럼 깊어졌다. 접이식 책상 위에 놓인 가스등 갓 주위로 먼지가 희미하고 둥근 빛무리를 만들며 떠돌았다. 주임사제는 드레스가운을 입고 책상 앞 벨벳 스툴에 앉아 있었다. 생말로 구역의 폴 조제프 신부는 왼손을 뻗어 가스등의 불꽃을 키우고 오

---

* 실제 역사에서는 1812년 영미전쟁의 영웅이며 인디언 토벌로 인기를 얻어 미국의 제7대 (1829~1837) 대통령에 당선됐다.
** 멕시코 만에서 약탈 행위를 하던 프랑스인 해적이자 밀수업자였으나, 1812년 영미전쟁 때 앤드루 잭슨과 연합하여 미국 편에서 뉴올리언스를 방어했다.

른손으로는 흡수지에 대고 종이 위에 쓰던 것을 계속 써내려갔다. 잠시 후 그는 고개를 들고 카펫의 칙칙한 한 부분을 눈여겨보았다. 조금 전까지만 해도 그곳에는 주석으로 된 유리 창틀을 통과한 밝은 아침 햇살이 일자형과 V자형으로 비스듬히 들어오고 있었다. 신부는 싱긋 웃었다. 그는 얼마 전에 죽은 소년의 부모에게 보내는 편지를 작성하고 있었다. 주임사제로 있었던 지난 스물하고도 몇 해 동안 그런 편지는 수없이 써왔고, 죽은 소년은 허구한 날 칭얼대는 거짓말쟁이라 아무짝에도 쓸모없었지만, 그럼에도 불구하고 생말로 신부는 이 방해가 기뻤고, 그건 이미 전날 아침 서배너에서 온 전보를 통해 예견된 바였다.

늙은 사제는 자리에서 일어나 집무실의 스페인산 향나무 징두리 판벽에 감쪽같이 숨겨진 내실 문을 통해 침실로 들어갔다. 하얗고 아담한 침실에서 주임사제는 구리 세면대에 손을 씻고 요강에 방광을 비운 다음 드레스가운을 벗었다. 교황의 구두장이인 스카펠리에게 맞춘 최고급 신발의 단추를 채우고 있을 때 비서인 다우드 신부가 방문을 조심스럽게 두드렸다.

―정원으로 보냈나?

―네, 분부하신 대로.

―차나 커피를 대접했나? 프레즈 데 부아*는 차려냈고?

―모두 거절하던데요. 기다리라고 했더니 불만스러운 기색이었습니다. 곧장 아이들한테 안내해주기를 바라더군요.

주임사제는 몇 올 안 남은 정수리 머리칼에 물을 묻혀 가지런히

---

* 진한 크림을 얹어 손님 대접으로 내놓는 야생딸기.

다듬고 거울을 보며 콧속을 세심히 점검한 다음 문을 열었다. 다우드 신부는 전문가다운 객관적인 눈으로 주임사제를 슥 훑어보고 고개를 끄떡였다. 새로이 대영제국 4등 훈장을 받은 수훈자요, 구름의 지배자이며, 제국의 영웅이자 위대한 과학자를 만나기에 적절한 의복을 갖춰야 했다.

  ─지금은 뭐든 불만스러울 수밖에 없을 게야. 주임사제가 말했다. 그가 오늘 아침의 소식을 들었을까?

  ─지난 10시간 동안 배에서 지냈다고 합니다.

  ─아, 그럼 내가 직접 전해야겠군.

  코르크* 출신의 멀쑥한 젊은 사제와 아카디아** 출신의 뚱뚱한 주임사제는 서둘러 정원으로 통하는 긴 회랑을 내려갔다. 정원은 양가죽 부츠와 더불어 주임사제의 유일한 사치였다. 그는 고아들 중 영리한 아이들을 뽑아 훈련시켜서 정원의 땅을 고르고 과실나무를 가지치고 모랫길을 깨끗이 청소하도록 했다. 물론 이 구역에 들어올 수 있는 허가도 그 아이들만 받았다. 성 이냐시오 고아원의 나머지 아이들은 부엌이나 세탁실에서 일했다. 아니면 상점이나 공방에 취업하여 붕대나 레이스, 기저귀, 세면대, 간단한 가구, 이쑤시개 등 유용한 물품을 만드는 법을 배웠다. 최근에는 관 짜는 법도 목록에 추가됐다. 정원 문을 향해 가는 길에 두 사제는, 긴 복도 여기저기에 흩어져 양동이와 양가죽과 걸레를 들고 매끄러운 대리석 바닥에 무릎을 꿇고 왔다 갔다 하는 5명의 아이들 옆을 지나며 그들이 일을 제대로 하는지 검사했다.

---

* 아일랜드 남서부의 항구도시.
** 17세기 프랑스 식민지였던 캐나다 노바스코샤 지역.

—그 배 말인데, 봤는가? 주임사제가 물었다.

—아름답더군요. 다우드 신부가 말했다. 고백컨대 그걸 보면서 한번쯤 소망하지 않기란 어려울 듯…….

—무슨 소망? 그걸 타고 날아가고 싶은가? 이토록 훌륭한 곳에서?

두 신부는 정원으로 발걸음을 내디뎠다. 지난 몇 주간 계속됐던 묵직한 늦여름의 습기가 누어지며 햇살에 섬세하고 사색적인 청명함이 깃들었는데, 오직 뉴올리언스에서 나고 자란 사람만이 그것으로 가을이 왔음을 알 수 있었다. 호박 넝쿨에선 호른 악단처럼 빛나는 황금색 꽃이 눈부시게 피었고, 살짝 악취를 머금고 강에서 불어온 산들바람에 늦장미의 꽃잎이 벌어졌다. 그야말로 교수형에 이상적인 날씨군. 주임사제는 생각했다.

발명가 토머스 모어든 경은 정원을 등지고 하얗게 페인트칠한 철제 의자 옆에 서 있었다. 하얀 철제 테이블 위에 놓인 은쟁반에는 커피와 차 그리고 고아원에서 직접 키운 소의 젖꼭지에서 짜낸 크림을 담은 은그릇이 있었다. 찻잔은 비었지만 먹음직스럽게 수북이 쌓인 붉은 야생딸기는 손도 대지 않은 것 같았다. 발명가는 고아원의 기숙사 창문을 쳐다보고 있었다. 단단히 뒷짐을 진 두 손에서 고통스러운 인내와 자제가 엿보였다. 그는 구하러 온 아이들을 소리쳐 불러야 할지, 아니면 맨손으로 벽을 기어올라 창문을 넘어야 할지 고민하고 있었을지도 모른다. 체구는 왜소한 편이었지만 어깨는 넓고 다리는 굵었으며, 어색하게 억지로 뒷짐을 쥔 두 손은 벽을 자유롭게 타며 아무리 좁은 틈새라도 놓치지 않고 잡을 곳을 찾아낼 수 있을 것 같았다. 신부들의 발소리에 그는 뒤돌아서서 햇볕에 그을고 살이 별로 없는 얼굴을 들었다. 몇 갈래로 뻗친 그의 백발은 거의 목깃에 닿을 만큼 길었고 바람에 날려 마구 엉클어졌다. 양복은 새것처럼 보였지만 급하게 서둘러 골랐는지 아니면 옷 같은 건 아무럼 어떠냐고 대충 맞춘 건지 영 볼품없었다. 산발한 머리, 늘어진 양복, 지저분하고 덥수룩한 구레나룻, 초췌하고 매서운 얼굴에 성난 눈빛. 신부의 눈에 비친 그의 모습은 단정치 못하고 이상주의적이며 교조적인 감리교 팸플릿에다 글이나 끼적이는 자의 이미지와 더 잘 어울렸다. 한눈에 보고 저명한 석학이자 엔지니어이며 상당한 재력가라고는 상상하기 어려웠다.

—신부님.

—토머스 경. 참으로 비극이며 불행한 사정이 아닐 수 없습니다만, 그래도 뉴올리언스에 오신 것을 진심으로 환영합니다.

—감사합니다.

조종사는 주임사제가 내민 손을 잠깐 쥐었다가 무슨 쓸모없는 물건인 양 툭 내려놨다.

—저는…… 우리 모두는…… 경이 지난 몇 년에 걸쳐 실험한 놀라운 업적에 깊은 관심과 대단한 자부심을 가지고 읽었다는 점을 말씀드리고 싶습니다. 신문에서는…….

—편한 대로 생각하시죠.

—저희가 읽은 바로는 경께서 예상하신…….

—극히 까다로운 일이죠.

유황과 염초 냄새를 풍기는 성직자다운 처세에 콧구멍을 데일까 두려운 듯 그는 성마르고 오만한 말투로 내뱉고는 입을 꾹 다물었다. 그러나 링컨셔의 황량한 고원에 위치한 그의 연구소에서 그와 그의 조수들이 바야흐로 이뤄내려는 기이한 일들에 대한 생각으로 조종사의 눈빛에 불꽃이 일렁이는 것을 생말로 신부는 놓치지 않았다.

—그게 사실인가요, 토머스 경? 다우드 신부가 물었다. 언젠가 인간이 달에 가는 것이 정말로 가능할 거라고 생각하십니까?

토머스 경은 다우드 신부를 쳐다보지도 않았다.

—신부님. 그는 주임사제에게 말했다. 저는 한가한 호기심을 채워주러 4000마일을 날아온 게 아닙니다. 저는 한 사람의 시민으로서 개인적인 볼일 때문에 이곳에 온 겁니다.

그는 기숙사 창문을 가리켰다. 그의 손은 놀라운 도구였다. 유연하고 날렵한 큰 손과 긴 손가락이 불안한 자의식을 드러냈다.

—저는 조카들을 만난 다음 바로 떠나고 싶습니다. 빌록시*에서 태풍을 감지했어요. 우리 기상통보관에 따르면, 그게 곧 이쪽으로 온다더군요. 저는 가급적 악천후는 피하고 싶습니다.

—그럼 하룻밤 묵으실 계획은 아예……

—전혀 없습니다.

—하지만 토머스 경, 드레이크 부인은……

—당연히 뉴올리언스를 출발하기 전에 누이를 만날 생각입니다. 아, 누이를 보든 안 보든 그건 신부님과는 관계없는 일이라는 것을 제가 깜박했군요.

—토머스 경. 이런 소식을 전하게 되어 대단히 유감입니다만, 드레이크 부인은 돌아가셨습니다.

생말로 신부는 동의를 구하듯, 혹은 보다 자세한 설명을 요청하

---

* 미시시피 동남부 멕시코 만에 면한 도시.

듯, 자기 비서를 돌아보았다. 그러나 지역 병원장인 르가 박사가 주임사제의 어릴 적 친구여서 주임사제는 그날 아침에 있었던 반역자 쿠야호가 드레이크의 아내의 사망에 관해 다른 누구보다도 잘 알고 있었다.

—부인은…… 뇌졸중을 일으키셨습니다, 토머스 경. 고통 없이 바로 숨을 거두셨다고 들었습니다.

—바로 죽기야 했겠죠. 토머스 경이 말했다. 고통이 없지는 않았을 겁니다. 오, 분명 고통스러웠겠죠.

—우리 교회는, 아니 이 도시가, 아니 틀림없이 제국 전체가 경에게 조의를 표할 겁니다.

토머스 경은 고개를 끄덕였다. 그는 조끼에서 손수건을 꺼내 눈가를 문질렀다. 그리고 나서 손수건을 치웠다.

—그렇다면 이곳에서 지체할 이유는 더더욱 없군요.

그는 회중시계를 확인했다. 덩굴손과 나뭇잎 장식으로 휘감긴 V. R.이라는 이니셜이 새겨진, 빵만큼 두툼한 황금 시계였다.

—1시간 후면 폭풍이 이곳에 닥칠 겁니다. 토머스 경은 시계 뚜껑을 탁 닫으며 말했다. 시간이 없어요.

—저는 이해가 안 가는군요.

—이해하지 않으셔도 됩니다.

—그럼 보지 않으시겠습니까……? 혹시 시신이라도? 그리고 장례식은, 준비도 하지 않고…….

—장례 준비는 이미 끝마쳤습니다. 영국을 출발하기 전에, 누이가 살아남지 못하리란 사실을 알게 됐을 때 전보로 다 처리했습니다.

—알겠습니다. 주임사제가 말했다. 엔진을 다루시니 매사에 빈

틈이 없으시군요.

—지금 저를 비꼬시는 거죠.

—설마요, 저는 단지 제가 보고 들은……

—제 일에 대한 관심은 지금껏 충분히 보여주셨습니다, 신부님. 제가 뉴올리언스를 떠나면 제 사소한 행동과 발언 하나까지 남김 없이 가십거리로 도시에 퍼뜨리실 요량이라면 조심하십시오.

—어찌 그런 천부당만부당한 말씀을 하십니까, 토머스 경.

—그리고 뒷말을 하실 거라면, 두번째 시신을 어떻게 처리할지에 관한 저의 바람도 빠뜨리지 말고 꼭 전하십시오.

—두번째라 하시면……?

—헨리 허드슨 드레이크의 시체를 매달아 솔개와 독수리의 먹이로 주길, 까마귀가 놈의 눈알을 파먹길 바란다고 말입니다.

그는 손수건을 다시 꺼내 입술에 뛴 침을 닦았다.

—토머스 경.

—안 적어놓으셔도 되겠습니까, 신부님? 까먹지 않으시겠습니까?

—괜찮습니다, 토머스 경.

—토씨 하나 틀리지 마십시오.

—알겠습니다.

—좋아요. 토머스 경은 문을 향해 돌아서며 말했다. 자, 이제 아이들에게 안내해주시죠.

7.

제버디라는 이름의 뚱뚱한 백인 소년이 있었는데, 상대의 머리를 깔고 앉아 입과 코에다 방귀를 뀌는 녀석이다. 홉 피스터러스라는 이름의 흑인 소년은 자신의 얼마 안 되는 무분별한 사랑을 침대 아래쪽 철제 프레임을 갈아서 만든 칼에 몽땅 쏟아부었다. 그 칼로 살아 있는 돼지가 멱따는 소리도 지르기 전에 껍질을 몽땅 벗길 수 있다고 틈만 나면 자랑하고 다녔다. 소위 소년이라는 아이들 중 몇몇 목소리도 굵고 음부에 털도 숭숭 나서 오하이오의 킬맨*만큼이나 감당하기 힘들었다. 그들은 빗물과 톱밥을 섞어 제조한 뿌연 괴음료를 코가 삐뚤어질 때까지 마셨고, 다우드 신부의 전임자의 식사에 쥐약을 넣었다고 자랑스럽게 떠들었다. 그런 성 이냐시오 고아원의 아이들에게 대영제국의 여왕 폐하는 예수님과 나란히 벽에 걸린 채 입을 헤벌리고 쳐다보는 뚱뚱하고 늙은 두꺼비 아줌마에 지나지 않았고, 로욜라는 자기들 등짝을 회초리로 때리기나 하는 성미 고약한 신부 나부랭이였다. 마찬가지로 여왕의 제국이란 경찰관의 주먹, 채무자 감방의 입구, 너희 아버지가 레드 강의 주둔지에서 콜레라에 걸려 부대원 모두와 함께 사망했다는 소식 등에 못지않게 무의미했다.

그럼에도 불구하고 아이들은 쿠야호가 드레이크의 배신을 그 불명예스러운 군인의 아들들을 괴롭히는 구실로 써먹었다. 조롱과 놀림, 구타, 치사한 속임수는 기본이고, 알쏭달쏭하면서도 뻔히 알 수 있도록 밧줄과 목뼈와 교수형 집행인의 두건을 줄기차게 암시했다. 밤에 잠드는 것은 치명적인 실수까진 아니더라도 인내와 훈련을 요하는 일이었다. 제프는 형과 함께 매일 밤 C동에 갇힌 아이들 12명의 다양한 잠꼬대와 코 고는 소리를 하나하나 구별해내고 기

---

* 강둑에서 석탄운송선까지 석탄을 나르던 작은 보트의 선원. 일이 거칠고 험해 호전적인 것으로 유명했다.

다리는 법을 터득했다. 초기에 제버디 루슈한테 심하게 당한 다음부터 제프는 녀석이 시늉하는 코골이와 진짜 잠들어 코를 골 때 내는 좀더 불규칙한 패턴을 파악하는 훈련을 했다. 만약 제프가 혼자였더라면(드레이크 가家의 형제 중 누구라도 성 이냐시오 고아원의 거칠고 성마른 부랑아들 틈바구니에 홀로 남겨졌더라면) 지금보다 훨씬 더 가혹한 운명과 맞닥뜨려야 했을 것이다. 지금이야 프랭크가 맨발로 부츠를 신으려다 누군가 집어넣은 죽은 쥐의 물컹한 사체를 밟는다거나, 제프가 제버디 루슈의 냄새나는 가랑이 밑에 깔린 채 지독한 순간을 견디는 정도지만 말이다.

형제는 서로의 주변을 정찰하고, 상대방의 측면을 감시하고, 밤에 보초를 서고, 한 사람이 찜통 같은 오물 지옥에서 외로운 시련을 감내하고 있을 때 다른 사람은 변소 밖에서 휘파람 신호를 보냈다. 형제는 C동의 반대편 끝자리 침대를 각기 배정받았지만, 매일 밤 문지기가 등을 끄면 프랭크는 낮은 포복으로 12개의 철제 침대 아래를 지나 제프의 침대로 기어올라와 동생 옆에 누워 긴장을 늦추지 않고 어둠을 향해 귀를 쫑긋 세웠다. 이것은 말에 묶여 한참 끌려다니는 벌을 받을 만한 규칙 위반이었다. 프랭크는 매일 아침 동트기 전에 몸을 일으켜 어스름 속을 기어서 텅 빈 자기 침대로 돌아가야 했다.

형제는 사제들이 자신들의 행동을 유난히 세심하게 관찰하고 있음을 느꼈다. 형제가 조사를 방해하거나 교묘히 감시망을 피하려 할 경우, 성 이냐시오의 신부들이 매주 술라의 군사재판소에 보내는 형제의 동향에 관한 보고서가 곤혹스러운 사과로 점철된다는 사실을 알았더라면 형제는 당연히 즐거워했을 것이다. 사제들뿐 아니라 평소 C동의 믿음직한 고자질쟁이인 홉 피스터러스도 정말 부지런히 형제의 대화를 감시했지만, 드레이크 가문의 어린 개들이 다른 공모자나 공범으로 추정되는 인물 혹은 지금까지 알려지지 않은 반역 모의는 고사하고 부모에 대해 언급하는 것조차 한 번도 듣지 못했다.

이처럼 거의 비인간적인 침묵은 오직 월요일 아침 9시에만 깨졌다. 마치 전쟁포로에게 마땅히 주어져야 할 대우에 관해 자체개발한 프로토콜을 따르듯, 형제 중 나이 많은 쪽이 매주 월요일 아침 9시에 생말로 신부 앞에 나타나 어깨를 펴고 고개를 치켜든 채 공식 청원이라며 자신 및 자신과 함께 억류된 포로가 병원에 있는 어머니의 면회를 요청한다고 말했고, 그 청원은 임의로 지어낸 각기 다른 이유들로 매번 거부되었다. 그러나 이 매주 반복되는 의례를 제외하면, 병들고 수감된 부모의 운명과 처분은 형제에게 아무 의미도 없는 것 같았다.

《소년신문》*에서 읽은 멋진 이야기를 기억해낸 것은 제프였다. 보르티게른**과 보아디케아*** 시대를 배경으로 한 그 이야기에서 어둠 속에 사는 드루이드들이 말 대신 손짓 모양 알파벳으로 의사를 전달했다. 손으로 알파벳을 도표화한 것은 프랭크였다. 엄지손가락의 손끝, 뼈마디 둘, 뿌리에 각각 철자 하나씩 4개를 배정하고, 나머지 네 손가락에 각각 5개씩 철자를 지정한 다음, Y와 Z는

---

* 영국에서 발행된 십대 청소년 대상의 신문으로, 주로 모험소설을 연재했다.
** 5세기 브리튼의 전설 속의 왕.
*** 이케니족 출신의 켈트의 마지막 여왕으로 서기 60년 로마의 지배에 저항했으나 참패했다.

양손바닥 끝의 불룩한 부분으로 정했다. 형제는 제프의 비좁은 침대에 나란히 누워 영원처럼 긴 C동의 잿빛 밤을 보내며 빈거롭지만 둘만 아는 이 방법으로 느리지만 열띠게 탈출 계획을 논의했다. 필요한 재료와 대안 루트와 혼선을 일으킬 수단을 항목별로 신중히 작성하는 한편, 고생고생해서 다른 아이들한테 조금씩 주워들은 지리 정보를 통합하여 평평한 배 위에 뉴올리언스의 지도를 그렸다. 아버지가 수감된 사제관을 배꼽으로 하고, 왼쪽 가슴 바로 아래 돋은 애처로운 솜털이 병원이다. 손의 뼈와 피부를 맞대고 두 소년은 끊임없이, 아주 상세히는 아닐지언정, 어머니의 육체적 정신적 상태에 관해 깊은 대화를 나눴고, 검지를 긴히 놀리면서 군법회의가 아버지에게 자비를 내려줄 가능성과 그가 그것을 받아들일 가능성에 대해 추측했다. 역사에서 월터 롤리*가 석방된 것을 가물가물 기억해내고, 초기 반란의 선봉에 섰던 앤드루 잭슨과 존 크로켓과 헨리 클레이가 금욕적인 품위를 지키며 죽음의 길을 걸었던 사실을 냉혹한 위안으로 삼아보려 했다. 너무 일찍 혹은 너무 깊이 잠들어버리면 기습 공격을 받을 게 뻔했으므로, 형제는 제국군의 깃발과 체계에 관해 퀴즈를 내면서 애써 서로의 잠을 쫓아주었다. 주둔지, 전투, 유콘과 오하이오 대작전의 지휘관들. 그동안 집에서 키웠던 개와 말 이름들. 모어든, 매캔드루, 에번스, 드레이크 가문들의 족보를 둘 중 한 사람의 기억이 닿는 데까지 거슬러오르며 읊었다. 형제는 아침의 고요가 깊어지도록 서로 얘기하고 조바심치고 논쟁했다. 두 사람은 제프의 비좁은

---

* 영국의 탐험가, 작가, 시인. 엘리자베스 1세의 총애를 받았으나 제임스 1세 즉위 후 반역죄로 사형을 선고받고 13년간 감옥에 갇혔다가 풀려났다.

침대에 손을 맞잡고 나란히 누워 있었다.

돔발상어의 그림자가 비외 카레의 지붕들 냄새를 콩콩 맡으며 다가오던 날, 드레이크 형제는 아침점호 시간에 동생의 침대에서 나란히 잠들어 있는 모습을 발각당하는 엄청난 자유를 누리고 말았다. 그것은 매질의 사유가 되고도 남았지만, 그 끔찍한 날 아침, 형제는 왠지 이번만은 사제들이 봐줄 것 같은 느낌이 들었다. 실제로 그때 규칙이 무시되지 않았다면 그들은 당연히 매질감이었다. 형제는 각각 사관후보생 군복과 고급 브로드 천으로 지은 옷으로 갈아입었다. 케이준화승총부대에 잡혀 처음 이곳에 끌려왔을 때 입고 있던 옷으로, 동생이 세탁하고 형이 찢어진 곳을 기웠다. 고아원에서 지급한 속바지, 빗, 양말, 조잡하고 거친 회색 옷 두 벌은 군대식으로 정확히 각을 잡아 돌돌 말아서 낡은 배낭에 넣어 바닥에 내려놓았다.

빗장이 덜컹 빠지더니 C동의 문이 활짝 열렸다. 형제의 시선은 여전히 동생 침대 맞은편에 있는 세로로 긴 창문 쪽에 고정되어 있었다. 이 창문에서는 주임사제의 정원이 내려다보이지만 수십 년에 걸친 짠 바람과 검댕과 빛을 투과시키지 않는 창유리 본래의 습성 때문에 그날 아침의 잿빛 그림자 외엔 아무것도 보이지 않았다. 프랭크는 미동도 하지 않고 앉아 있었다. 제프는 뼈만 앙상한 다리를 앞뒤로 흔들거렸고, 배낭의 거친 캔버스 천에 장화 코가 스칠 때마다 바스락바스락 소리가 났다.

—프랭클린, 제퍼슨. 주임사제가 말했다. 토머스 경이 오셨다.

제프는 문 쪽으로 고개를 돌렸지만, 형이 꼼짝도 하지 않고 불투명한 잿빛 유리창에만 집요하게 시선을 두는 것을 보고 약간 위축

되었다. 제프는 배낭을 차던 발을 멈추고 가만히 있었다.

─영국에서 너희들을 데리러 먼 길을 오셨다. 너희들에겐 이루 말할 수 없이 과분한 일이지.

아이들 중 누군가가 낄낄거렸고, 제프는 다른 애들이 뚫어져라 주시하고 있다는 것을 알았다. 두 남자가 일렬로 늘어선 침대들 사이로 들어와 형제 앞에 섰다. 외삼촌의 검은 몸집이 잿빛 유리창을 가렸다. 외삼촌의 시곗줄이 제프의 눈앞에서 달랑거렸다. 프랭크는 '티르나노그'의 외할아버지 집에서 몇 번 외삼촌을 만난 적이 있었지만 제프는 딱 한 번 봤을 뿐이었고, 그것도 갓난아기 때 강보에 싸인 채였다. 형 말로는 캔자스 분리주의자들이 존 브라운*을 살해한 것을 두고 아버지와 외삼촌이 크게 다퉜다고 했다. 싸움은 주먹다짐까지 갔고, 서로 앙심을 품고 헤어진 후 다시는 보지 않았다.

─얘들아. 이렇게 오래 안 보다가 이렇게 안 좋게 만나는 것도 참 쉽지 않은 일인데.

제프의 오른손이 이불 속을 기어서 형의 왼손을 찾았다. 형의 손가락은 거칠고 차갑고 메말라 있었다.

─자, 할 말은 없는 게냐? 주임사제가 재촉했다.

'할 말 있어?' 제프가 손가락으로 프랭크의 손을 더듬어 단어를 만들었다.

'저 토리당** 놈한테는 없어.'

─응? 주임사제가 재차 물었다.

---

* 급진적 노예제 폐지론자. 캔자스 주에서 무장단체를 결성하여 노예제 옹호론자들을 살해했다. 19세기 미국사에서 가장 논란이 되는 인물 중 한 명.
** 미국의 독립에 반대한 영국파 혹은 왕당파를 이르는 말.

제프는 어머니의 오빠인 남자의 불그레하고 수척한 얼굴을 쳐다보았다. 두 눈은 엄숙하고 진지했으며 연민과 피로를 담고 있었다. 아랫입술은 어머니처럼 도톰하고 슬퍼 보였다. 그를 보니 어머니가 생각났고, 그날 마차에서 어머니께 작별키스를 하지 못했다는 게 떠올라 제프는 누구에게인지 모를 화가 치밀었다.

—오하이오 저항군 만세! 제프는 소리쳤다.

C동의 아이들은 휘파람을 불고 폭소를 터뜨리며 환호성을 질렀다. 그때 제프의 귓가에서 말벌이 왱 하는 소리가 들리더니 순간 따끔했다. 제프는 앞으로 고꾸라졌고, 관자놀이를 얼른 더듬자 손에 피가 묻어났다.

—맙소사! 주임사제가 말했다.

외삼촌은 제프의 어깨를 왼손으로 잡았고, 다시 침대 위에 똑바로 앉힌 후에도 계속 아이를 단단히 잡고 있었다. 그는 커다란 오른손을 주먹 쥐어 내밀었다. 푸른 눈동자 주위에는 붉은 기가 돌았고, 흰자는 독극물이나 독성 연기에 노출된 듯 노랗게 변색되어 있었다.

—저항군보다는 네 자신부터 신경 써라, 꼬마야. 그가 말했다.

토머스 경은 우람한 손을 꽃처럼 펼쳤고, 손바닥 안에는 매끄러운 붉은 돌이 있었다.

—토머스 경, 이것을 던진 아이는 꼭 처벌하도록 하겠습니다. 범인이 순순히 자백하거나 누군가 범인의 이름을 말할 때까지 오늘 밥은 없다. 주임사제가 말했다.

아이들 사이에서 볼멘소리가 터져나오더니 이내 잠잠해졌다. 주임사제는 턱을 씰룩거리며 침묵 속을 노려보았다. 그러나 아무도 발설하려 하지 않았다.

외삼촌은 물 묻힌 천과 붕대 한 뭉치를 찾아서 제프의 귀 뒤쪽 뼈가 볼록 튀어나온 부분을 닦아내고 회반죽을 붙였다. 그의 손놀림은 퉁명스러웠지만 침착했고, 그의 보살핌 속에서 제프는 다정함을 느꼈다. 아니 어쩌면 기억해낸 건지도 모른다.

—일어서라. 외삼촌이 말했다. 둘 다.

그들은 앞으로 평생 다시 볼 리 없는 C동을 나왔고, 주임사제가 그 뒤를 따랐으며, 이어서 소리가 쩌렁쩌렁 울리는 중앙 계단에 섰다. 이 시각에도 중앙 계단은 어둑어둑했다. 제프는 고개를 들어 계단의 천장을 바라보았다. 보통 때는 천창의 쇠창살을 통해 고아원 아이들의 한결같이 우울한 날들을 조롱하듯 조각난 맑은 하늘이 보이거나, 아니면 그에 걸맞게 우중충한 하늘이 보였다. 처음에 제프는 천창에 종탑의 그림자가 드리워진 줄 알았는데, 그것이 한쪽으로 움직였고, 흘러갔고, 워낙 조금씩 이동해서 일렁이는 잔물결처럼 보였다.

외삼촌의 손이 제프의 어깨 위에 무겁게 얹혔다.

—아이들이 애국심을 보여준 것에 대해 벌하지 않으셨으면 합니다, 신부님. 그는 주임사제에게 말했다. 저는 처벌을 원치 않습니다.

주임사제는 고개를 끄덕였다. 이어서 외삼촌은 프랭크와 제프를 계단 쪽으로 밀었다.

—올라가자, 애들아. 그가 말했다. 서둘러야 해.

—올라가요? 제프가 물었다.

제프는 제자리에 버티고 서서 천창을 가득 채우고 일렁이는 그림자를 불안하게 쳐다보았다. 상처를 성심껏 보살펴주었어도, 지금은 외삼촌에 대한 불신이 맹렬하게 밀려들었다. 지붕에서 우릴 밀어버릴지도 몰라. 깡패들한테 던져주거나. 아니면 어린이용 셰익스피어에 나온 그 불쌍한 왕자님처럼 종탑의 비밀 지하 감옥에 가두려는 걸 거야.

—올라간다고요?

—꽤 먼 길이니까, 당연하지. 외삼촌이 말했다.

8.

프랭크는 자신의 생애와 이력에서 수십 척의 배를 눈으로 보고 또 타봤다. 콘서트홀과 수영장을 갖춘 세계적 규모의 거대한 토바코프 제독 호, 조정경기용 보트만 한 크기로 전 세계를 항해하는 랜싯 호, 날씬한 태평양 횡단 경주용 요트인 신장新疆 호, 견고하고 아늑한 화물 운송선인 레드스타 정기선 등등. 하지만 마음을 지배하던 압도적인 우울감을 깡그리 잊어버린 것은 그때가 처음이었다. 흐린 하늘을 배경으로 성 이냐시오 고아원 지붕 100피트 상공에 정박해 있는 비행선을 처음으로 본 순간 그랬다. 그것은 섬세하면서도 무척 조용했다. 대영제국의 강렬한 붉은색 실크 가스 풍선이 움직이는 모습은 우중충한 회색 구름에 대고 골프채를 휘둘러 구름 잔디 한 조각이 뜯겨나가고 진흙이 새로 드러난 자리 모양으로 밝고 화사했다. 동남풍이 불자 종탑에 묶인 밧줄이 팽팽하게 당겨졌고, 비행선은 코에서 불을 내뿜는 암말처럼 코를 한번 홱 젖혔다. 풍선의 아랫배 쪽에는 검은색 목재와 은으로 만들어진 기다란 선실이 매달려 있는데, 침대가 있는 특실 객차 같기도 하고 클라리넷 같기도 한 그것의 창문에는 콧수염을 기른 다갈색 얼굴들이 어른거렸다.

─티르나노그 호다. 토머스 삼촌은 마치 조카들에게 주려고 가져온 선물인 양 말했다. 내가 직접 설계했지.

토머스 경은 비행선을 바라보는 조카들을 푸른 눈을 가늘게 뜨고 얼굴은 상기된 채 지켜보았다. 티르나노그 호 앞에 서니 새삼 조카들에 대한 애정이 샘솟는 것 같았다. 그는 아이들의 어깨에 팔을 둘렀다.

─이런 비행체는 세상에 단 하나밖에 없어.

검게 빛나는 곤돌라의 머리 밑에서 해치가 열렸다. 콧수염을 기른 인도인 둘이 밖을 내다보았다. 한 명이 질문하듯 손을 들었고, 외삼촌은 고개를 끄덕이더니 프랭크의 어깨에서 팔을 들어 손바닥을 밑으로 두 번 까딱거리며 신호했다. 파란 터번을 두른 다갈색 머리가 해치에서 사라졌고, 잠시 후 커다란 고리버들 바구니가 곤돌라에서 떨어져 대롱대롱 매달리더니 천천히 내려왔다.

프랭크는 숨을 멈추고 입을 꽉 다물었다. 너무 세게 다물어서 입술이 퍼렇게 변했다. 그는 에로틱한 격정에 사로잡힌 그 나이 또래 소년들이 그러듯이 엄청난 열정에 몸부림쳤다. 엔지니어링에 대한 열정이었다. 변속장치와 캘리퍼스와 레벨 측량기와 측쇄와 함께 모험의 길을 개척하는 19세기 후반의 독특한 영광을 누린 사람들을 프랭크는 숭배했다. 그는 티르나노그 호의 엔진의 구조와 성능을 알고 싶어 미칠 지경이었다. 케이블과 날개와 비행선을 조종하는 방향타의 시스템, 부력과 고도를 통제하기 위해 요구되는 기술과 과학을 공부할 수 있다면 기꺼이 평생이라도 도제 계약서에 서명했을 것이다. 그는 외삼촌으로부터 사소하고 세밀한 것까지 꼬치꼬치 캐내고 싶어 안달이었다. 수년 전 티르나노그에서 보낸 7월의 긴 여름날 오후에 종종 그랬듯, 선구적인 비행사이자 해방군이며 길 없는 하늘에 길을 낸 자이고,《일러스트레이티드 런던 뉴스》가 표현한 대로 "대영제국의 여왕 폐하를 단순히 바다와 육지의 군주가 아니라 지구를 둘러싼 광대한 창공의 군주로 격상시킨 핵심 인물"인 토머스 모어든 경으로부터 전설적인 일화와 굉장한 얘기들을 끌어냈을 때처럼 말이다.

그러나 하늘에 떠 있는 저 경이로운 기계장치를 쳐다보면서, 그보다 더 경이롭게 자신이 지금 저 배에 탈 것이 확실한 이 상황에서, 프랭크는 티르나노그 호의 고요함 못지않은 완벽한 침묵을 지키고 있었다. 외삼촌은 놀라운 세계로 그를 초대했다. 그러나 프랭크는 거절했다. 그때 그는, 잠깐이었지만, 진심으로 외삼촌을 벌하고 싶었다. 그게 괜한 억하심정이라는 것도 알고, 외삼촌이 저 유명한 모어든 연구소에서 조수들과 함께 격리되어 있을 때 일어나고 결정된 사안에 관해 그에게 책임을 물을 수 없다는 것도 알고는 있었다. 프랭크는 침묵을 지킴으로써 그저 스스로를 벌하고 있었을 뿐이었다.

—아프리카에 가셨을 때 탔던 그 비행선인가요? 제프가 물었다.

—아니, 아쉽게도 리빙스턴 호는 아프리카에 도착했을 때 부서졌단다. 토머스 삼촌이 말했다. 그는 빙그레 웃었다. 은데벨레족*한테 산산조각이 났지.

—저걸 타면 영국으로 곧장 날아갈 수 있나요? 한 번도 안 서고

---

* 짐바브웨 남서쪽에 살며 반투어를 쓰는 부족.

요? 얼마나 높이 올라가는데요?

프랭크는 아무도 모르게 동생의 엉덩이를 무릎으로 세게 찔렀다. 제프는 표정을 일그러뜨리고 배신자의 눈빛으로 프랭크를 쳐다봤다. 순간 제프는 성질이 난 듯했지만 형의 질책 어린 눈빛과 맞닥뜨리자 누그러지면서 양처럼 순하게 엉덩이를 문질렀다.

—우린 아무 데도 안 가. 프랭크가 말했다.

고리버들 바구니가 타일로 된 처마를 긁고 지붕의 함석판에 부딪혀 통통 튀다가 내려앉았다. 토머스 삼촌은 제프의 겨드랑이를 잡고 바구니 위로 들어올렸다. 프랭크는 날고 싶다는 욕망과 사투를 벌이며 그 자리에 서 있었다. 그는 어머니를 저버리지 않을 것이다. 뉴올리언스에, 루이지애나 영토에, 대영제국의 광대한 식민지인 컬럼비아에, 쿠야호가 드레이크의 죽음을 애도하기 위해 최소한 한 사람은 반드시 남아 있을 것이다.

—런던까지는 금방이란다, 꼬마야. 토머스 삼촌은 제프에게 얘기하듯 설명했다. 이스탄불까지도 갈 수 있지. 모어든 마크 3호는 굉장히 효율이 좋은 엔진이거든.

그는 프랭크를 뚫어져라 쳐다보았고, 조카의 금욕적인 태도 아래 숨겨진 지적 굶주림을 읽기라도 한 듯 여성스러운 입꼬리를 부드럽게 말아올렸다. 그는 낯가리는 사슴에게 과자 부스러기를 던져주듯 상세한 내용을 조금씩 흘렸다.

—한 쌍으로 구성된 4기통 2단 엔진이지. 버티컬 코일, 병류형 분출 보일러야. 보일러 코일 위에 화실火室이 있고. 진공펌프를 장착한 허니콤 콘덴서와 전자동 점화기능을 갖추었지. 엔진 한 대당 120마력을 낸다.

728

옛 사제관의 뒤뜰에서 한바탕 덜커덕거리는 소리가 나더니 일꾼들 몇 명이 산발적으로 웃었다. 제프가 프랭크의 손을 잡으려 팔을 뻗었지만, 프랭크는 동생의 손을 잡지 않았다. 괜히 수화를 한답시고 주의를 흐트러뜨리고 싶지 않았다.

—네 어머니를 저버리는 게 아니다, 프랭클린. 외삼촌이 말했다. 네가 무슨 짓을 해도 그렇게 되지는 않지.

프랭크는 숨을 삼켰다. 교도소 뒤뜰에서 일꾼들의 웃음소리가 점점 퍼지며 유쾌하게 들려왔다. 아래쪽 성 이냐시오의 공방에서 관에 못 박는 소리와 망치질하는 소리가 들렸다.

—가엾은 것! 토머스 경이 말했다. 내가 너희들의 유일한 가족이라는 사실을 받아들여야 한다.

—거짓말!

—티르나노그 호에 타거라, 프랭클린. 언젠가 우리는 티르나노그 호를 타고 달에 가게 될 거야. 혹은 금성이나 화성에.

프랭크는 흐릿한 사제관을 곁눈으로라도 보려고 고개를 외로 꼬았다. 사제관의 창문 중 어딘가 한 곳에서 아버지가 몸을 내밀고 손을 흔드는 모습을, 쾌활한 미소를 지으며 그에게 경례를 붙이는 모습을 마음속으로 그려보았다. 하지만 보이는 거라곤 성 이냐시오의 높은 종탑과 꼭대기에 쇠못을 박은 담장 일부, 교도소의 둥근 회반죽 모서리, 교도소 뒤뜰의 다져진 먼지투성이 땅 조금, 곡괭이 손잡이에 기대선 유색인 일꾼 2명밖에 없었다.

—정 그렇다면 남거라. 외삼촌은 무뚝뚝하게 말했다. 그는 신호를 보냈고, 바구니가 덜컹 움직이며 아까 내려와 흠집을 낸 지붕 함석에서 떨어졌다.

—형!

제프는 바구니 가장자리로 달려들어 기어올랐고, 커스터가 항복하던 그날 밤 이후 처음으로 눈물범벅이 되어 엉엉 울었다. 제프가 간신히 한쪽 다리를 바구니 밖으로 걸쳤을 때 토머스 경이 뒷덜미를 잡아 도로 안으로 끌어당겼다.

—형!

프랭크는 아버지와 했던 약속이 생각났다. 그 약속을 어기는 것이 오히려 아버지의 뜻을 저버리는 일이 될 것이다.

위에서 끌어당긴 바구니가 지붕을 따라 스치듯 날다가 처마에 걸렸다. 걸린 것을 풀고 위로 올라가기 직전, 프랭크는 지붕을 가로질러 뛰어가 머리부터 먼저 바구니 속으로 몸을 날렸고, 외삼촌의 발치에 쿵 하고 곤두박질쳤다. 그는 일어나서 똑바로 중심을 잡았다. 누덕누덕 기운 사관후보생 군복의 무릎에 손바닥을 슥 문질러 닦고, 차분하게 삼촌을 쳐다보았다.

—거짓말쟁이. 프랭크가 말했다. 우주 공간에는 대기가 없잖아요.

그때 프랭크의 시야에 간결한 목재와 교수대와 네모반듯한 낙하문이 달린 발판이 들어왔다. 토머스 경은 제프를 품에 안으며 얼굴을 가리고 그 우람한 손으로 눈을 덮었다.

—우린 모두 거짓말쟁이다, 프랭클린. 거짓말을 한 다음, 시간과 노력과 하늘의 뜻이 우리를 정직한 인간으로 만들어주길 고대하고 희망하는 거지.

그들은 티르나노그 호의 해치에 부딪히며 곤돌라의 어두운 내부로 들어갔다. 힘센 팔들이 그들을 바구니에서 끌어올렸다. 그들은 사방이 유리창과 계기판으로 뒤덮이고 황동으로 테두리를 장식한 환한 방에 발을 디뎠다.

토머스 모어든 경은 요트 조종사 모자를 집어들더니 머리 위에 눌러썼다.

—런던입니까? 조타수가 물었다.

티르나노그 호의 선장은 고개를 끄덕였다. 아쉬워하는 듯한 그의 미소는 묘하게도 그의 조카들을 향한 것이었다. 언젠가 화성의 검붉은 모래에 착륙한 그들을 그려보고 있었으리라.

—현재로선, 그래, 일단 지금은 런던으로 족하지.

화성에서 온 요원, 두번째 이야기
"제국과 운명을 위한 피할 수 없는 대작전!"

《맥스위니스》다음 호를 기대해주세요

McSweeney's Mammoth Treasury of
THRILLING TALES

안 그러면 **아비규환** 제작노트

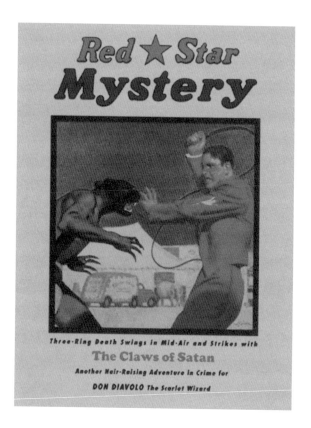

* 원서에 사용된 표지 이미지로, 1930년대 미국 최고의 통속화가였던 H. J. Ward의 일러스트. 당시 인기 높았던 펄프매거진 《레드스타 미스터리 *Red Star Mystery*》는 매 호마다 가면 쓴 용맹한 히어로가 등장하는 다양한 장면을 묘사한 일러스트로 표지를 장식했다.

마이클 셰이본
"그 남자와 유쾌한 수다 한 판"

지난 한 해 동안 나는 최근 발표된 영미 단편소설들과 관련해 별다른 논리도 근거도 없는 해괴망측한 장광설을 늘어놓아 지인들은 물론 적지 않은 수의 타인들을 괴롭혔다. 그 장광설이란 대략 이런 것이다(사실 이렇게까지 체계적으로 정리해본 건 이번이 처음이다). 1950년대의 어느 시기에, 앞으로는 간호사가 등장하는 로맨스물이 아닌 소설은 장르 불문하고 일체 문헌목록에 수록하지 않기로 비공식적이지만 단호히 결정했다고 가정해보자. 단순히 주요 문헌목록에서뿐만 아니라 서점의 서가와 도서관에서도 금지되는 것이다. 제아무리 '문학의 신'이라 할지라도 간호사 로맨스물이 아니라면 어떤 장르의 소설을 쓰든 간에 돈

을 받지도, 책을 출간하지도, 유명인사 대우를 받지도, 독자들에게 사랑받지도 못한다면?

나는 지난 반세기 동안 영미권 작가들이 보여준 다채롭고 철두철미하고 탁월한 문학적 재능에 대해 신뢰와 자부심을 갖고 있기 때문에, 그런 황당한 결정이 내려진 가상의 상황에서도 10여 편 혹은 그 이상의 실로 위대한 명작이 배출되리라 믿어 의심치 않는다. 가령 토머스 핀천[1]의 『간호사 대공습』이라든가, 신시아 오지크[2]의 『루스 퍼터메서, 공인인증간호사』라든가. 그러나 어떠한 규범이라도 대략 50년쯤 세월이 흘러 2002년이 되면[3] 제약의 강도는 얼마간 느슨해질 것이다. 문학의 범위가 기이하게 축소된 그 세계

의 어딘가에서 누군가는 마이클 셰이본의 『캐벌리어 의사와 클레이 간호사』[4]를 내려놓고 지친 한숨을 내쉬며 이렇게 외칠지도 모를 일이다. "진짜, 아, 정말이지 이딴 것보단 훨씬 나은 소설이 분명 있을 텐데!"

이 소소한 사고실험思考實驗을 '소설'과 '간호사 로맨스물' 대신에 '재즈'와 '보사노바' 혹은 '영화'와 '좌충우돌 코미디'로 바꾸어 실행해보자. 그리고 이제, '단편소설'과 '현대, 일상, 줄거리 없음, 결정적 순간의 깨달음'으로 바꿔놓고 실험해보자. 딱 지금 당신이 속한 실제 세계로 되돌아와 있지 않은가.

까놓고 말해서, 그 금지된 세계에서 한숨을 내쉬며 책을 내려놓고 지겨워하는 독자는 바로 나다. 다만 문제는 그 책이 내 책이고, 플롯도 없고 에피파니[5]적 잔머리만 굴린 단편집이라는 것이다. 그것은 주로 단편소설이라는 형식의 작업에 임할 때 나의 마음가짐에서 비롯된 위기의식(장황한 호사가들이 애용하는 단어이기도 하다)의 결과이며, 그리하여 나는 대체역사의 강을 타고 우리 모두가 고집 센 파멸의 길을 걷기 이전의 시대로 거슬러올라가보고자 한다.

그리 오래전도 아닌 1950년대까지만 해도 소위 '단편소설short fiction'이라고 하면 다음과 같은 종류의 이야기를 가리키는 것이었다. 귀신, 공포, 추리, 서스펜스, 범죄, 판타지, 미스터리, 해양海洋, 모험, 스파이, 전쟁, 역사, 로맨스. 거기에는 이야기가, 즉 플롯이 있었다. 먼지 쌓인 싸구려 고전 단편선집만 슬쩍 훑어봐도 이 주장은 진실인 것으로 입증된다. 그러나 더욱 놀라운 것은 그 옹골진 이야기들의 저자 목록이다. 에드거 앨런 포, 오노레 드 발자크, 이디스 워튼, 제임스 조이스, 조지프 콘래드, 로버트 그레이브스, 서머싯 몸, 윌리엄 포크너, 마크 트웨인, 존 치버, A. E. 코퍼드. 하나같이 쟁쟁한 이름들이다. 이중 일부 작가들은 비교적 늦게 문단에 등장했지만 모더니즘의 거장들 사이에서 '결정적 순간'의 원조로 불리며 순식간에 라이벌들을 쓸어버렸다. 호모 사피엔스가 그랬듯이 말이다.

다양하고 풍성하게 꽃핀 단편소설은 대실 해밋과 레이먼드 챈들러와 하워드 러브크래프트(이들은 명예의 전당에 안착한 극소수의 작가군 대열에 올랐다)를 낳은 펄프매거진뿐 아니라 남부끄러울 것 없는 훌륭한 잡지들에도 실렸다. 《새터데이이브닝 포스트》《콜리어스》《리버티》그리고 심지어 《뉴요커》에도 이 자존심 강한 '결정적 순간'의 수호자는 겨우 얼마 전에야(그나마도 논란이 없지 않았는데) 플롯 있는 단편소설의 '끝판왕'인 스티븐 킹과 같은 이들에게 그 비싼 지면을 내주었다. 이러한 단편소설은 종종 할리우드의 장편 극영화로 그대로 각색해도 전혀 꿀릴 것 없는 풍부한 플롯과 개성을 담고 있었다. 실제로 영화되거나 라디오

드라마로 각색되기도 했고, 개중 「원숭이 앞발」[6] 「레인」, 「세상에서 가장 위험한 게임」[7], 「아울크리크 다리에서 생긴 일」[8] 같은 몇몇 작품은 전 국민적 상상력과 대중문화 일반에 깨알같이 흩뿌려져 무수히 차용되고 패러디되었다.

대략 6개월 전에 나는 문예계간지 《맥스위니스》의 편집장인 데이브 에거스를 찾아가 이런 심정으로 넋두리를 늘어놓았다. "데이브, 사실 귀신 얘기는 모두 심리 스릴러예요. 모든 단편소설은, 요컨대 귀신 얘기는 유령이 나타나는 이유를 설명하고 과거의 흔적을 쫓는 거잖아요." 데이브가 곧장 한눈팔진 않았다는 사실에 용기를 얻은 나는 한술 더 떴다. 멕시코 전통악단 마리아치 밴드가 연주하는 캔자스의 〈더스트 인 더 윈드〉를 듣는 것 외에, 내 일생일대의 소원을 하나만 더 말해보라면, 언젠가 내 이름을 건 잡지를 발간하는 것이며, 지금은 잊히고만 단편소설의 초기 장르를 부활시키고 위대한 작가들이 위대한 단편을 쓰던 전통을 복구하는 것이라고 말이다. 50년 전이었다면 정기적으로 단편을 기고했겠지만 지금은 그것을 수용할 만한 매체와 충분한 시장이 없어서 작품을 발표하지 못하는 장르소설의 공인된 대가들뿐만 아니라, 이른바 '장르' 작가는 아니지만 나처럼 금지법의 구속 때문에 신경질 나는 작가들의 원고도 받아 실을 것이다. 소설 연재도 되살려서, 《스트랜드》[9]나 《아거시》[10]가 잘나가던 그 시절의 명맥을 이을 것이다. 또 나는…. 그때 데이브가 내 말허리를 끊었다. "내가 당신을 객원편집자로 모시고 《맥스위니스》 한 호를 통째로 맡기면, 그 얘기 좀 제발 그만 들을 수 있을까?"

이 책은 바로 그 숭고한 몸부림의 결과다. 실험의 성공 여부는 친애하는 독자들의 판단에 맡긴다. 하지만 이 말은 꼭 해야겠는데, 이 책의 표지에 이름이 올라 있는 20명의 작가들이 저 경박한 이메일로 내게 알려오길, 작업에 임하면서 그동안 단편소설을 쓰는 게 얼마나 재밌는지 잊고 있었다고 전했다. 우리 또한 단편을 읽는 게 얼마나 재밌는지 잊고 있었던 것 같다. 딴 건 몰라도, 이 단편들의 보고寶庫가 우리가 잊어버린 근원을 일깨워주는 데 작으나마 보탬이 되었으면 한다.

DEAFENED...
Enjoy Real Living
with Real Hearing!

MICROTONE OPENS A NEW WORLD
OF ENJOYMENT FOR THE 7,000,000
HARD OF HEARING

MICROTONE "Classic"

SEND FOR
FREE
FACTS
without
risking
a penny!

Now you can hear better and understand more clearly the conversations of your relatives and friends ... the inspiring services in church ... the thousand and one audible sounds that contribute to enjoyable living.

And important too! on your job, you'll work better because you'll hear better. Microtone Micro-Ear and Phantom Model give you invisible hearing. Your hearing loss can be your secret. It has been proven...a hearing aid is not a mark of impairment, but —

A Hearing Aid is a Mark of Intelligence.
It Shows Consideration for Others....

THE MICROTONE COMPANY
DEPT. J-11, FORD PARKWAY ON THE MISSISSIPPI · ST. PAUL 1, MINNESOTA

Please send me all the facts
about the New "Classic" Hearing Aid
and the Revolutionary "Cat-Cell."
No obligation.

Name
Address
City   State

MICROTONE
HEARING AIDS

GUARANTEED TIRES!
FREE! LANTERN With Every 2 Tires ordered
GOODYEAR·GOODRICH FIRESTONE·U.S. and Other Standard Makes
WORLD'S LOWEST TIRE PRICES

PERRY-FIELD TIRE & RUBBER CO.
2328-30 S. Michigan Av., Dept. 7043, Chicago, Ill.

SELL SUITS
ON OUR $2.00 WEEKLY
EASY CREDIT PLAN

FREE SUITS and Pants given as Bonus Besides Large Cash Profits, Windbreaker Jacket given all Customers FREE.
Sell only (6) suits to get a FREE SUIT. No limit to number of FREE garments you may earn. Wholesale Prices $17.99 and up. Sample line FREE. No experience needed to make easy sales. All garments individually cut and tailored to measure. Satisfaction or money-back guarantee.

SQUARE DEAL TAILORING CO.,
316 W. VAN BUREN ST.,   Dept. HG,   CHICAGO, ILL.

DICE AND CARDS
TWELVE WAYS Professionals win with fair dice. No switching. No Practice. ONE HUNDRED Keys and Codes on twenty-four different backs. Know these secrets. Protect yourself. All for 50 cents, including latest Catalog. OPEN BOOK with 155 pages of exposes, $3.50.
SPECIALTY EXPOSES, BOX 2482-A, KANSAS CITY, MO.

Home-Study
Business Training

Your opportunity will never be bigger than your preparation. Prepare now and reap the rewards of early success. Free 64-Page Books Tell How. Write NOW for book you want, or mail coupon with your name, present position and address in margin today.

☐ Higher Accountancy   ☐ Business Mgm't
☐ Mod. Salesmanship   ☐ Business Corres.
☐ Traffic Management   ☐ Expert Bookkeeping
☐ Law: Degree of LL. B.   ☐ C. P. A. Coaching
☐ Commercial Law   ☐ Effective Speaking
☐ Industrial Mgm't   ☐ Stenotypy

LaSalle Extension University
Dept. 875-R   A CORRESPONDENCE INSTITUTION   Chicago

SEND FOR THIS **FREE!**
Make money. Know how to break and train horses. *Write today for this book FREE,* together with special offer of a course in Animal Breeding. If you are interested in Gaiting and Riding the saddle horse, check here ( ) *Do it today—now.*

BEERY SCHOOL OF HORSEMANSHIP
Dept. 842   Pleasant Hill, Ohio

1. 『브이』『중력의 무지개』 등을 쓴 미국 소설가. 절대 모습을 드러내지 않는 은둔 작가로 유명하다.
2. 미국의 주요 현대작가로 손꼽히는 유태계 소설가 겸 수필가. 유태인의 삶에 대한 글을 많이 썼다.
3. 이 책이 기획된 것은 2002년이다.
4. 퓰리처상을 받은 셰이본 자신의 작품 『캐벌리어와 클레이의 놀라운 모험』(2000)을 패러디한 제목이다.
5. 평범한 사건이나 경험을 통하여 직관적으로 진실의 전모를 파악하는 것을 일컫는 문학용어.
6. 세 가지 소원을 들어주는 원숭이 앞발에 관한 이야기로, 1902년 영국에서 출간된 W. W. 제이컵스의 공포 단편소설.
7. 1924년 주간《콜리어스》에 실린 인간 사냥에 관한 리처드 코넬의 단편으로, 수십 편의 영화와 텔레비전 드라마에 차용되었다.
8. 1890년에 발표된 앰브로스 비어스의 공포 단편소설로 불규칙한 시간 구성과 꼬인 결말로 유명하며 보르헤스 등 여러 작가들에게 영감을 주었다.
9. 1891년부터 1950년까지 발행된 영국의 월간지. 코난 도일의 셜록 홈스 단편을 실었고, 「바스커빌가家의 개」가 연재될 당시엔 인기 절정으로 50만 부 이상 팔려나갔다.
10. 미국 최초의 펄프매거진.

RIDDLES OF SCIENCE
Is There a Death Ray?

SCIENTISTS TODAY, OUTSIDE OF GERMANY, WONDER IF THE **DEATH RAY** HAS ACTUALLY BEEN DISCOVERED. IT IS CLAIMED TO HAVE BEEN USED IN CONQUERING THE KEY BELGIAN FORT, **EBEN EMAEL** . .

GERMAN **STUKAS** — DIVE BOMBERS — ARE SAID TO CARRY NEW WEAPONS EMPLOYING SOUND VIBRATIONS WHICH PRODUCE **PARALYSIS** . .

RECENT DEMONSTRATIONS AT THE UNIVERSITY OF CHICAGO CAMPUS OF AN UNDESCRIBED **RAY KILLED** A **GOAT** INSTANTLY AT A RANGE OF **30 YARDS** . . .

DOES a death ray already exist? As far as science is concerned, this may no longer be a riddle. It is true that recently a goat died on the campus of Chicago under the carefully shielded muzzle of a device that was not a gun. It is also true that Hitler has claimed to have a secret weapon, and that defenders of the Belgian key fort, Eben Emael, were overcome in a way even they do not understand. Thomas Edison was once purported to have turned over to the War Office a device so deadly as to be used only in America's direst peril. Has the death ray already been invented?

"죽여주는 아이디어, 끝내주는 작가들"

대 담 자 마이클 셰이본·글렌 데이비드 골드·데이브 에거스(소설가), 바브 버셰(출판사 맥스위니스의 발행인), 엘리 호로비츠(계간《맥스위니스》의 편집 및 디자인 디렉터)

마 이 클 2002년 봄으로 기억하는데, 어느 날 우리 부부와 에거스 부부가 함께 저녁식사를 하는 자리에서였어요. 그날 나는 식사 시간 내내 "만약에 내가 내 이름을 건 잡지를 만든다면…"으로 시작되는 얘기를 떠들어댔어요. 우리 시대 최고의 장르 작가들은 물론, 요즘 '대세'인 작가들에게 원고를 청탁해 '장르 단편소설'을 싣는 잡지를 만들겠다, 이쪽저쪽 작가들을 다 모아놓으면 '물질과 반물질'이 합쳐져 폭발을 일으키지 않을까, 그렇게 해서 단편소설을 무시하는 경향을 전복시킬 것이다, SF 호러 미스터리 등 장르의 문학적 기반을 복원할 것이다, 원고와 함께 일러스트도 들어가고 표지는 이런 디자인에 요런 컬러로 근사하게 만들겠다, 어쩌고저쩌고.

데이브는 대략 1시간 반쯤 아주 예의바르게 공손히 귀기울이더니 갑자기, 제 말을 끊었죠. 그는 저를 한심하다며 나무랐어요. 물론 그가 단편소설에 대한 저의 애착이나 의욕이 한심하다고 한 건 아닙니다. 다만 앉아서 투덜대기나 하고 있으면 무슨 좋은

일이 생기냐는 거예요. 데이브가 말했죠. "그럼 그냥 하지 왜 그러고 있어요? 우리 잡지 한 호를 맡길 테니 편집자로 활약해주세요. 우리도 어차피 계간《맥스위니스》10호로 뭐라도 내야 하니까."

글 렌 셰이본이 저에게 어떤 장르를 선택하겠냐고 물었을 때, 전 단박에 "귀신 얘기"라고 대답했습니다. 정말로 귀신 이야기를 쓰고 싶었거든요. 셰이본의 반응은 대략 "잘됐다! 왜냐하면 스티븐 킹이랑 닐 게이먼이랑…" 이랬어요. 그는 이번 단편소설집에 들어갈 작가 명단, 그러니까 초서 밀턴 바쇼 샐린저 메탈리카 등등, 모두가 좋아할 만한 이름들을 주르륵 읊더니 이렇게 말했죠. "하여간 전부 다 귀신 얘기를 쓰겠대."

사실이었는지 아닌지는 모르겠지만, 그 말을 들으니까 원래도 콩알만한 내 간이 더 작아졌죠. 그래서 다시 물어봤어요. "혹시 그럼 코끼리 연쇄 살인 얘기를 쓰겠다고 한 작가도 있나요? 아직 없어요?"

그렇게 된 겁니다. 제가 마음을 바꾼 거죠. 한데, 그렇게 테마를 결정하고 나니까 대여섯 명의 작가들이 이미 코끼리 연쇄살인에 관한 이야기를 쓰고 있는 걸로 밝혀졌어요. 하지만 양보할 순 없었죠. 맞장을 뜨기로 했어요. 내 작품은 아무튼 죽여주는 코끼리 연쇄살인 이야기가 될 거라고! 그리고 지금 이 책에 인쇄된 단편들 중에 코끼리가 들어간 건 제 작품 하나뿐이죠. 어쩌다 이렇게 됐는지… 전 그저 울 수밖에요.

데이브　이번 호는 맥스위니스가 최초로 객원편집자를 모셔서 만든 책이에요. 닉 혼비도 한두 해 전에 비슷한 방식으로 소설집을 낸 적이 있었어요. 그래서 마이클이 '오싹한 이야기들Thrilling Tales'을 제안했을 때, 이 기획을 계간 《맥스위니스》 10호로 출간하고 단행본은 빈티지 출판사가 내주면 좋겠다고 생각했습니다. 그렇게 해서 빈티지가 우리한테 작가들 계약금을 직접 송금해줬죠. 마이클은 동전 한 푼 받지 않았고, 우리는 우리 프로젝트에 도움이 될 건전하고 바람직한 액수의 돈을 받았죠.

바브　이번 호를 펴내면서 많이 배웠고 좋은 경험이 되었어요. 문예지를 발행하면서 수지 균형을 맞추고 제작비를 대고 임대료까지 내려면 상당히 빠듯하거든요. 새로운 수익 모델을 찾아내게 된 것 같습니다.

엘리　이번 호의 디자인 콘셉트는 '복고풍'이었어요. 1930년대 펄프픽션 느낌이 나도록 본문 레이아웃을 짜고, 오래된 잡지에서 스캔한 이미지들로 광고 지면도 만들었죠. 원고를 편집하는 동안에는 '셰이본 콜렉션'이라고 불렀어요. 사실 제 로망은 책 뒤표지에도 이색적인 회사를 홍보하는 광고를 넣

는 것이었어요. 실제로 광고비를 받기 위해서가 아니라, 그저 지름신을 부르는 책을 만들고 싶었거든요. 꿈이라는 게 원래 현실에서 진짜로 도전해보지 않으면 그냥 사라져버리고 마는 거죠.

데 이 브 1930년대와 40년대에 발행된 수많은 페이퍼백들은 본문 레이아웃이 세로 2단으로 되어 있었어요. 조판하는 동안 진짜로 골치 아팠죠. 가독성을 해치지 않으면서 보기 좋게 레이아웃을 짜는 일이 정말 어려웠습니다. 그래서 우리가 낸 초판 양장본을 제외하고, 빈티지에서 출간된 단행본은 물론이고 다른 언어권에서 나온 모든 판본들은 세로 2단 조판을 포기했죠.

엘 리 표지 이미지를 찾아낸 것도 세이본이었어요. 《레드 스타 미스터리》의 오래된 호에 쓰인 표지 이미지였는데, 1930년대 당시 제일 잘나가는 통속화가였던 H. J. Ward의 〈사탄의 발톱〉이라는 그림이었죠. 각 작품마다 하나씩 들어간 일러스트는 하워드 체이킨Howard Chaykin이 그렸고요.

마 이 클 하워드는 제가 가장 좋아하는 만화가이자 《American Flagg!》의 크리에이터예요. 책이 완성되는 동안 내내 그와 함께 작업했죠. 나는 내가 일주일에 두세 번씩 '하워드 체이킨'이라는 이름을 말하고, 그와 단둘이 있다는 사실만으로도 짜릿했어요.

그와 일하는 게 즐거웠습니다. 하워드는 재미있고 똑똑하고 척척박사예요. 그는 '펄프 문학과 예술'에 관한 한 지금껏 살아 있는 사람들 가운데 가장 많이 알고 있어요. 그는 진정한 최고입니다.

Wings For Your Market Basket

Be Brand-Wise!

If your shopping time gets you behind on your housework, here's a suggestion for catching up.

"Bone up" on your brand names. The time you spend reading the advertising pages of this magazine, or other forms of advertising, and learning the names that meet your needs will be saved many times over when you get to the store and you can name *exactly* what you want.

But, being brand-wise means something more than saved time. It means that every item you take home is backed by the reputation of its manufacturer—a nice comfortable feeling when you put your purchases to use.

Brand Names Foundation
INCORPORATED
A non-profit educational foundation
119 West 57th Street, New York 19, N. Y.

"라이벌은 없다"
'결정적 순간'의 원조들

닉 혼비 Nick Hornby

음악광, 축구광, 그리고 현재 영국에서 제일 잘나가는 젊은 작가. 런던에서 태어난 닉 혼비는 케임브리지 대학교를 졸업하고 교사 생활을 하며 이런저런 매체에 글을 기고하다가 축구에 관한 작품 『피버 피치』로 본격적인 작가로 데뷔했다. 이후 소설 『슬램』 『하이 피델리티』 『어바웃 어 보이』, 음악에세이 『닉 혼비의 노래들』 등 지성 감성 유머를 두루 갖춘 작품들로 전 세계 독자들을 열광시켜왔다. 『피버 피치』로 1992년 NCR상을, 『하이 피델리티』로 1996년 작가협회상을, 1999년에 E. M. 포스터상을 수상했다. 2001년에는 『진짜 좋은 게 뭐지?』로 W. H. 스미스상을 수상했다. 그의 작품들은 영화화되어 큰 사랑을 받아왔으며, 영화 〈언 애듀케이션〉의 각본을 쓰기도 했다. 최근 록 스타에 관한 장편소설 『Juliet, Naked』를 출간했다.

엘모어 레너드
Elmore Leonard

'범죄소설계의 알렉산더 대왕' '펄프픽션의 제왕' '하드보일드의 거장' '디트로이트의 디킨스' 등 수많은 별칭을 가진 미국의 소설가이자 할리우드가 가장 사랑하는 시나리오 작가. 1925년 뉴올리언스에서 태어난 레너드는 디트로이트에서 성장했으며, 1953년 첫 장편소설인 『The Bounty Hunters』를 발표한 이후 60년 남짓의 세월 동안 30권이 넘는 작품을 베스트셀러 반열에 올려놓았고, 그중 많은 작품이 영화와 TV 드라마로 제작되었다. 미국 문화계에 막강한 영향력을 발휘하는 작가인 레너드의 대표작으로는 『럼 펀치』 『쿨』 『표적』 『겟 쇼티』 『미스터 파라다이스』 등과, 비평가들의 찬사를 받은 단편집 『When the Women Come Out to Dance』가 있다. 1984년에 발표한 『라브라바』로 미국추리작가협회가 수여하는 에드거상을 받았으며, 1992년에는 '그랜드마스터'의 칭호를 얻는다. 또한 루이지애나 작가상(1995)과 스콧 피츠제럴드 문학상(2008)을 수상했다. 현재 미시간 주의 블룸필드 빌리지에 살면서 여전히 왕성한 작품활동을 펼치는 중이다.

댄 숀 Dan Chaon

미국 소설가. 1964년생으로 어린 시절 입양되어 시드니와 네브래스카에서 자랐다. 시라큐스 대학교에서 문예창작 석사학위를 받았다. 1996년에 발표한 소설집 『Fitting Ends』로 평단의 찬사를 받았으며 두번째 소설집 『Among the Missing』(2001)으로 내셔널북어워드 최종 후보에 올랐고 《뉴욕타임스》 올해의 책, 전미도서협회가 선정한 '지난 10년간 최고의 책 10선'에 들었다. 또한 최고의 단편소설에 수여하는 오헨리소설상, 《퍼블리셔스 위클리》가 매년 미국에서 가장 영향력 있는 문학작품에 수여하는 푸시카트상 등을 수상했으며, 2006년 미국문예아카데미가 주는 아카데미상을 수상했다. 그 밖에 장편소설 『You Remind Me of Me』와 최근에 출간한 『Stay Awake』가 있다. 현재 오하이오주 클리블랜드에 살면서 오벌린 칼리지 문예창작학과 교수로 재직중이다.

닐 게이먼 Neil Gaiman

SF와 판타지 문학으로 널리 알려진 소설가이자 만화작가. Dictionary of Literary Biography가 선정한 '현존하는 10대 포스트모던 작가' 중 한 명. 1960년 영국 햄프셔에서 출생하였으며, 어린 시절 도서관을 맘껏 누비고 C. S. 루이스, J. R. R. 톨킨, 어슐러 르 귄 등의 작품을 탐독하며 작가의 꿈을 키웠다. 기자로 활동하면서 본격적으로 글을 쓰기 시작한 그는 초창기에 듀란듀란과 더글러스 애덤스 등에 관한 자서전을 썼고, 『Violent Cases』를 시작으로 다방면에서 그림작업으로 주목받고 있는 아티스트 데이브 맥킨과 공동작업을 해왔다. 그리고 『왓치맨』으로 유명한 만화가 앨런 무어와 친분을 쌓으며 만화와 연을 맺는데, 이후 월간 만화잡지 《DC 코믹스》의 작가로 활동하며 하비상과 월드판타지어워드를 수상한 '샌드맨' 시리즈를 만들어낸다. 1996년 발표한 장편소설 『네버웨어』가 《LA타임스》 베스트셀러에 오르면서 소설가로 다시 한번 명성을 얻는다. 2001년 발표한 『신들의 전쟁』으로 휴고상, 네뷸러상, SFX, 로커스상, 브램스토커상을 휩쓸고 베스트셀러에 올랐다. 그 밖에 뉴베리상 수상작 『그레이브야드 북』, 로버트 드니로 주연의 영화로 제작된 『스타더스트』, 테리 프래쳇과 함께 쓴 『멋진 징조들』 등의 작품이 있다.

데이브 에거스 Dave Eggers

뉴욕 문학계에서 가장 힙한 작가이자 통념을 뛰어넘는 독창적인 문예계 간지 《맥스위니스》의 편집장. 1970년 매사추세츠에서 태어난 에거스는 어린 시절 시카고 근처 레이크포리스트로 이사한 뒤 그곳에서 성장했고, 일리노이 대학교에서 저널리즘을 전공했다. 온라인 잡지 '살롱닷컴Salon.com'

의 편집자로 글쓰기를 시작한 그는 현재 출판그룹 맥스위니스를 이끌며 미국 문학계에 문화혁명을 일으키고 있다. 2000년 자전적 이야기를 담은 『비틀거리는 천재의 가슴 아픈 이야기』를 발표하며 화려하게 작가로 데뷔했다. 이 작품은 아마존과 《뉴욕타임스》 베스트셀러에 오르고 퓰리처상 최종 후보에 오르는 등 그해 가장 주목받은 작품 중 하나다. 대표작으로는 장편소설 『괴물들이 사는 나라』 『What Is the What』 『You Shall Know Our Velocity』, 논픽션 『Zeitoun』 등이 있으며, 영화 〈괴물들이 사는 나라〉와 〈어웨이 위 고〉의 시나리오를 썼다.

셔먼 알렉시
Sherman Alexie

미국의 소설가, 시인, 맨주먹권투 선수, 이따금 코미디언. 1966년생으로 워싱턴 주 스포케인 인디언 보호구역에서 태어나 성장한 알렉시는 생후 6개월에 뇌수종 판정을 받았다. 알코올중독자로 집에 거의 들어오지 않는 아버지 대신 어머니가 뜨개질로 돈을 벌어 6명의 아이들을 길렀다. 알렉시는 뇌수술을 받았는데 기적적으로 회복되었을뿐더러 지적 능력에도 전혀 손상을 입지 않았다. 하지만 건강 때문에 인디언 남자들의 각종 제의나 활동에 참여할 수 없었고, 대신 하루 종일 도서관에서 시간을 보내며 손에 잡히는 모든 것을 읽었다. 학구열이 강

했던 알렉시는 보호구역에서 30마일이나 떨어져 있고 학생 대부분이 백인인 고등학교에 진학해 우수한 성적으로 졸업하고, 장학금을 받아 곤자가 대학교에 입학했다. 그는 같은 보호구역 내 인디언 가운데 유일한 대학생이었다. 처음엔 의사가 되려고 했으나 적성에 맞지 않았고, 법학으로 전공을 바꿨지만 역시 학업 스트레스가 컸다. 이즈음 문학수업을 듣고 매력을 느끼게 된 알렉시는 다니던 학교를 자퇴하고 워싱턴 주립대에서 문예창작을 전공하게 된다. 아메리카원주민의 경험을 바탕으로 쓴 첫 소설 『Reservation Blues』로 전미도서상을 받으며 '미국 최고의 젊은 작가'라는 평가를 받았다. 첫번째 청소년소설이자 자전적 성장소설인 『켄터키 후라이드 껍데기』로 내셔널북어워드와 보스턴글로브 혼도서상을 받았고, 단편소설과 시편들을 묶은 작품인 『War Dances』로 2010년 펜포크너상을 받았다. 그가 각본을 쓰고 공동제작한 영화 〈연기 신호〉는 선댄스 영화제 관객 인기상을 받았다. 현재 가족과 함께 시애틀에 살고 있다.

스티븐 킹 Stephen King

전 세계에서 가장 유명한 베스트셀러 작가 중 한 명이자 현존하는 미국 최고의 장르문학 소설가. 1947년 포틀랜드에서 태어난 킹은 십대 시절 형이 발행하던 동네 신문에 기사를 쓰면서 글쓰기에 흥미를 갖기 시작했다. 결혼 후 생계를 위해 교사로 일하면서 남성잡지에 짧은 글들을 기고하던 그는 1967년 단편소설 「The Glass Floor」로 본격적인 작품활동을 시작한다. 킹의 이름을 세상에 알린 작품은 1974년에 발표한 첫 장편소설 『캐리』였다. 원래 쓰레기통에 처박아뒀던 원고를 아내인 태비사의 설득으로 고쳐 쓴 작품으로 이때부터 킹은 작가로서 명성을 얻기 시작했고, 이후 '공포소설의 제왕'으로 군림하며 40여 년간 500여 편의 작품을 발표했으며, 지금까지 33개 언어로 번역되어 3억 부 이상 판매되었다. 브람스토커상을 4번 수상했으며, 2003년에는 미국의 가장 권위 있는 문학상인 전미도서상에서 미국 문단에 탁월하게 기여한 작가에게 수여하는 평생공로상을 수상했다. 대표작으로는 『그린 마일』『다크 타워』『돌로레스 클레이본』『미저리』『샤이닝』『셀』『쇼생크 탈출』『언더 더 돔』 등이 있다.

캐럴 엠시윌러
Carol Emshwiller

미국 소설가. 1921년 미시간 주 앤아버에서 태어나 뉴욕에서 성장했다. 초현실주의 단편소설, 과학소설, 마술적 리얼리즘 소설 등으로 네뷸러상, 필립 K. 딕상을 수상했다. 어슐러 르 귄은 엠시윌러를 가리켜 "우리 시대 대표적인 이야기꾼이자 마술적 리얼리즘의 대가이며, 소설을 통해 가장 강력하고 가장 다면적이며 가장 확고한 여성주의의 목소리를 내는 작가"라고 평했다. 2005년 월드판타지어워드 평생공로상을 수상했다.

마이클 무어콕
Michael Moorcock

'엘릭' 시리즈로 널리 알려진 SF, 판타지 소설가. 1939년 영국 런던에서 태어난 무어콕은 타잔 시리즈로 유명한 소설가 에드거 라이스 버로스의 SF소설 『화성의 신들』과 조지 버나드쇼의 영향을 받아 소설가가 되기로 결심했다. 그는 16살에 만화잡지 《타잔 어드벤처스》의 편집자로 일했으며, 이후 셜록 홈스와 더불어 영국에서 가장 사랑받는 탐정소설 주인공인 '섹스턴 블레이크' 시리즈를 편집하게 된다. 1960년대부터 영국의 대표적 과학소설 잡지인 《뉴 월드》의 편집장으로 일하면서 SF계의 뉴웨이브 사조를 이끌었다. 이와 동시에 다양한 필명으로 이따금씩 SF소설을 발표하다가 시간여행하는 예수를 모티프로 삼은 「Behold the Man」으로 네뷸러상을 수상했다. 그는 판타지는 도피처가 아니라 의미 있는 사고의 흐름을 담아내는 그릇이 되어야 한다고 주장하며, 지속적으로 여러 개의 필명을 사용해 비관주의와 문학적 특징이 뚜렷한 과학소설 '이터널 챔피언' 시리즈, 멀티버스의 거대한 판타지 세계관을 구축한 '엘릭' 시리즈 등을 발표했다. 2008년《타임스》는 "1945년 이후 가장 위대한 영국 작가 50인" 중 한 명으로 무어콕을 선정했다.

마이클 크라이튼 (1942~2008)
Michael Crichton

20세기 최고의 베스트셀러 작가이자 영화 〈쥬라기 공원〉의 원작자. 미국 시카고에서 태어나 뉴욕에서 자란 크라이튼은 작가가 될 결심으로 하버드 대학교 영문학부에 진학했으나 학교의 천편일률적인 수업 방식에 실망하고 인류학으로 전공을 바꿔 수석 졸업했다. 이후 영국 케임브리지 대학교에서 연구원 생활을 하다가 다시 하버드대 의대를 졸업했다. 의대를 다니면서 제퍼리 허드슨이라는 필명으로 몰래 소설을 썼는데 그중 한 편인 「A Case of Need」로 상을 받게 되면서 본격적으로 소설가의 길을 걷게 된다. 이때부터 차례로 발표한 『공포의 제국』『넥스트』『대열차 강도』『먹이』『스피어』『쥬라기 공원』『콩고』『타임라인』『터미널 맨』『트래블스』 등 대부분의 소설이 베스트셀러가 되고 영

화화되어 큰 성공을 거두었으며, 그의 소설을 원작으로 한 TV시리즈 〈ER〉은 미국에서 폭발적인 인기를 끌기도 했다. 크라이튼은 인간의 무분별한 과학에 대한 맹신이 초래한 암울한 미래를 속도감 있고 흥미진진한 서사로 풀어내 전 세계 독자들의 마음을 사로잡았다. 2008년 66세의 나이로 세상을 떴다.

글렌 데이비드 골드
Glen David Gold

미국 소설가. 1964년생. 웨슬리안 대학교를 졸업하고 캘리포니아 어빈 대학교에서 문예창작 석사학위를 받았으며, 저널리스트로 일하면서 영화 시나리오와 TV 대본을 집필해왔다. 골드는 서사에 충실한 역사소설로 흥미진진한 모험 이야기를 즐겨 쓰며, 대표작으로는 마술사로 명성을 날리던 실존인물인 찰스 카터를 주인공으로 내세운 『마술사 카터 악마를 이기다』가 있다. 현재 소설가인 아내와 샌프란시스코에서 살고 있다.

릭 무디 Rick Moody

미국의 소설가. 1961년 뉴욕에서 태어난 무디는 브라운 대학교를 졸업하고 컬럼비아 대학교에서 예술학 석사학위를 받았다. 미국의 대표적인 문학출판사인 'Farrar, Straus and Giroux'에서 편집자로 일하면서 쓴 첫 소설인 『Garden State』로

푸시카트상을 받았다. 1994년 발표한 『The Ice Storm』으로 작가로서의 입지를 다졌으며, 자전적 에세이인 『The Black Veil』로 펜마리타 앨브랜트상을 수상했다. 구겐하임 장학금을 받았으며,《뉴요커》《뉴욕타임스》《에스콰이어》《하퍼스》등에 소설과 에세이를 쓰고 있다.

크리스 오퍼트
Chris Offutt

1958년 켄터키 주 렉싱턴에서 태어났다. 소설가인 앤드류 오퍼트의 아들로, 군에 입대하려고 고등학교를 자퇴했으나 신체조건 결격사유로 탈락했다. 이후 히치하이크로 미국 전역을 떠돌며 50가지 이상의 직업과 각종 아르바이트로 돈을 벌어 생활했다. 아이오와에서 소설가 워크숍에 참여했으며, 1992년 첫 단편집 『Kentucky Straight』를 출간한 이후 꾸준히 소설을 집필하고 있다. 구겐하임 장학금, 미국문예아카데미상 등을 받았으며, 《그란타 매거진》이 선정하는 '미국 최고의 젊은 소설가 20인'에 포함되었다. 아이오와 대학교 문예창작학과 겸임교수를 비롯, 몬태나 대학교, 뉴멕시코 대학교, 미시시피 대학교 등에서 강의하고 있다.

에이미 벤더
Aimee Bender

1969년생으로 로스앤젤레스 토박이다. 어바인 캘리포니아 대학교에서 예술학 석사학위를 받은 벤더는 오스카 와일드, 안데르센, 그림 형제 등의 작품을 좋아해 작가의 꿈을 꾸게 되었다. 동화적 요소와 리얼리티가 빛과 그림자처럼 뒤섞인 독특한 이야기들을 통해 일상에 가려진 인간 내면의 고독을 위로하는 소설들을 발표했다. 전쟁에서 입술을 잃어 키스할 수 없는 남편, 불의 손과 얼음의 손을 가진 두 명의 소녀가 등장하는 첫 소설집 『The Girl in the Flammable Skirt』(1998)가 7주 동안《LA타임스》베스트셀러에 등극하고, 《뉴욕타임스》가 선정한 올해의 주목할 만한 소설로 선정되어 작가로서 입지를 굳혔다. 푸시카트상을 2차례 수상했고, 단편 「얼굴들」로 셜리잭슨상 최종후보에 올랐다. 2000년에 발표한 장편소설 『보이지 않는 사인』은《LA타임스》올해의 책으로 선정되었으며, 가족애와 성장을 다룬 소설『레몬 케이크의 특별한 슬픔』(2010) 역시 발표와 동시에《뉴욕타임스》베스트셀러가 되었다.

할란 엘리슨

Harlan Ellison

중단편만으로 휴고상, 에드거상, 네뷸러상, 브람스토커상, 월드판타지어워드 등 각종 문학상을 30여 차례 수상한 SF, 판타지 소설계의 대부. 1934년 미국 오하이오 주 클리블랜드에서 태어난 엘리슨은 십대에 가출해 참치잡이 어부, 일용직 농장 노동자, 폭발물 운반 트럭 운전수, 즉석요리 전문 요리사, 석판 인쇄공, 책 외판원, 백화점 매장감독 등 각종 직업을 전전했다. 1951년 오하이오 주립대에 입학했으나 자신의 창작 능력을 무시하는 교수와 싸운 뒤 18개월 만에 학교를 때려치웠다. 집요하고 뒤끝 있기로 유명한 엘리슨은 이후 40년 동안 자신의 작품이 발표될 때마다 그 교수에게 복사본을 한 부씩 보냈다고 한다. 1955년, 엘리슨은 SF작가로서 경력을 쌓기 위해 뉴욕으로 이주했고, 엄청난 필력을 과시하며 2년 동안 100편의 단편을 발표했다. 또한 젊은 갱스터에 관한 소설을 집필하기로 결심하고 뉴욕 브루클린을 중심으로 활동하는 갱단 '레드훅'에 가입해 길거리 폭력조직을 직접 체험하고 자료수집을 하는 등, 작가로서 전설적인 행보를 보

TRICKS YOU CAN TEACH YOUR DOG

It's not necessary to possess a special gift or charm to teach your dog those parlor tricks that so delight the visiting company. Step by step, John Marsh, one of America's leading dog trainers, tells exactly how to teach your dog to jump, shut the door, shake hands, sit up, retrieve, and say his prayers . . . tricks that are the easiest for your dog to learn and the easiest for you to teach. If you would like to have your dog do tricks —and show your friends what a smart little Fido you own—then don't miss this authoritative, illustrated article.

I Train Vicious Dogs

"They don't come too tough for me" . . . a boast that brought Michael Motzeck a reputation as an expert trainer of vicious dogs. Hazard, a 90-pound ill-tempered German Shepherd; a pit bull terrier, the canine Joe Louis of the midwest; Jiggs, a terrifying Great Dane; a "hypnotized" Doberman Pinscher . . . these are just a few of the scores of vicious dogs von Motzeck has taught to be peace-loving canine citizens. This noted dog trainer demonstrates the amazingly complete control which may be obtained over a dog's mind through proper training methods.

Monkey Business

So you think you have troubles, eh? Well, how would you like to play host to over 600 monkeys seven days a week from early morning to near midnight? Had you all these monkeys you'd probably say, "What can I do with all these animals? Gosh, guess I'll have to go in business!" And that's exactly what a group of men have done in Hollywood! Don't fail to read all about "Monkey Island" . . . the home of one of the largest collections of Rhesus monkeys in the world! You'll find this entertaining article by Frank Cunningham in the August PETS!

August Issue

NOW ON SALE AT ALL NEWSSTANDS

Get Your Copy Today — 15c

PETS

Formerly POPULAR PETS

여주었다. 1950년대 말 그는 한두 편의 소설을 잡지에 게재하는데, 이때 처음으로 '코드웨이너 버드Cordwainer Bird'라는 예명을 쓴다. 후일 한 논쟁에서 그는 작품이 게재되는 방식이나 편집 방향이 자신의 생각과 일치하지 않는 경우 이 예명을 쓴다고 밝혔다. 사변적이고 철학적인 과학소설을 표방하는 엘리슨은 지금까지 1700편이 넘는 중단편소설, 시나리오, 에세이, 문학 영화 TV를 포함한 각종 미디어에 관한 평론을 썼다. 대표작으로는 『Angry Candy』 『Deathbird Stories』 『I Have No Mouth&I Must Scream』 『Shatterday』 『The City on the Edge of Forever』 등이 있다.

켈리 링크Kelly Link

미국 소설가이자 편집자. 1969년 마이애미에서 태어났다. 컬럼비아 대학교를 졸업하고 남편과 함께 '스몰 비어 프레스'라는 출판사를 운영하며 집필활동을 하고 있다. SF, 판타지, 호러, 미스터리에 리얼리즘이 결합된 독특한 작품세계를 구축해왔으며, 장르문학계의 열렬한 호응을 받으며 월드판타지어워드, 네뷸러상, 휴고상, 로커스상, 제임스 팁트리 주니어상을 수상했다. '21세기 가장 주목할 만한 미국 작가 20인' 중 한 사람으로 선정되기도 했다. 대표작으로 『초보자를 위한 마법』 『Pretty Monsters』 『Stranger Things Happen』 등이 있다. 이 책에

수록된 「고양이가죽」은 2003년 판타지 문학잡지 《맘모스북》이 선정한 최고의 호러소설이다.

짐 셰퍼드Jim Shepard

미국의 소설가. 1956년 코네티컷에서 태어나 트리니티 칼리지와 브라운 대학교를 졸업한 셰퍼드는 소설집 『Like You'd Understand, Anyway』로 2007년 내셔널북어워드 최종 후보에 올랐고, 2008년 스토리상을 받았다. 셰퍼드는 역사적 자료나 실화를 바탕으로 하지만, 구체적인 서사보다는 심리적인 묘사에 집중하며 강력한 윤리적 정신적 각성을 불러일으키는 작품들을 써서 종종 제임스 조이스에 비견되곤 한다. 대표작으로는 『Project X』가 있다. 《그란타 매거진》 《뉴요커》 《맥스위니스》 《애틀랜틱》 《에스콰이어》 《하퍼스》 등에 작품을 발표하고 있으며, 현재 윌리엄스 칼리지에서 영화 및 문예창작과 교수로 재직하고 있다.

로리 킹Laurie King

'메리 러셀' 시리즈로 널리 알려진 미국의 대표적 탐정소설가. 1952년생으로 캘리포니아 대학교에서 비교종교학 학사, 구약성경 신학 석사학위를 받았다. 1993년 소설가로 데뷔한 그녀는 첫번째 장편소설 『A Grave Talent』로 에드거상을 수상했으며, 이듬해 출간한 메리 러셀 시리즈의

첫 권인 『셜록의 제자』로 애거서상 최종 후보에 올랐다. 현재까지 11권이 출간된 대작인 메리 러셀 시리즈는 미국 독립 추리소설전문서점 협회에서 선정한 '20세기 최고의 미스터리 100선' 가운데 하나다. 그 밖의 작품으로는 《뉴욕타임스》 베스트셀러인 샌프란시스코 강력반 형사 케이트 '마티넬리' 시리즈, 『A Darker Place』 『Keeping Watch』와 매커비티상 수상작인 『Folly』 등이 있다.

커 렌 조 이 파 울 러
Karen Joy Fowler

베스트셀러 소설 『제인 오스틴 북클럽』의 저자. 1950년 인디애나 주 블루밍턴에서 태어나 캘리포니아 팔로알토에서 성장했다. 버클리 대학교에서 정치학을 전공하던 파울러는 석사과정 마지막 학기에 아이를 갖게 되어 이후 7년 동안 아이 양육에만 전념한다. 하지만 어느 날 모든 게 부질없다는 생각에 춤꾼이 되기로 결심하고 댄스 수업을 받는다. 그러다가 캘리포니아 대학교에서 문예창작 수업을 들으면서 글쓰기에 전념해 SF 단편들을 발표한다. 파울러가 작가로서 이름을 알린 첫 작품집은 1986년에 발표한 『Artificial Things』이며 이후 꾸준히 SF와 판타지 소설, 문학적 판타지 작품을 발표해 왔다. 2004년에 발표한 『제인 오스틴 북클럽』이 출간 즉시 10만부가 판매되고 《뉴욕타임스》 베스트셀러가 되면서 작가로서 성공을 거두었다. 그 외의 작품으로 『Black Glass』『Sister Noon』『The War of the Roses』 등이 있으며, 네뷸러상, 셜리잭슨상, 월드판타지어워드 등을 수상했다.

마 이 클 셰 이 본
Michael Chabon

미국에서 가장 떠오르는 작가 중 한 명으로 2001년 퓰리처상을 수상했다. 1963년 워싱턴에서 태어난 셰이본은 피츠버그 대학교에서 문학사 학위를 받았으며 어바인 캘리포니아 주립대에서 문예창작 석사학위를 받았다. 25살에 쓴 첫 소설 『피츠버그의 마지막 여름』이 베스트셀러가 되면서 단숨에 유명해졌다. 『캐벌리어와 클레이의 놀라운 모험』으로 퓰리처상을, 『유태인 경찰연합』으로 휴고상과 네뷸러상을 수상했다. "레이먼드 챈들러와 필립 K. 딕이 아이작 바세비스와 함께 마리화나를 피우는 것 같다"고 묘사되는 그의 작품은 순수문학과 장르문학의 경계를 자유자재로 넘나들며 대중과 평단의 폭넓은 지지를 받고 있다.

DO YOU WANT TO **STOP TOBACCO?**

Banish the craving for tobacco as thousands have. Make yourself free and happy with Tobacco Redeemer. Not a substitute, not habit forming. Write for free booklet telling of injurious effect of tobacco and dependable, easy way to relieve the craving many men have.

Newell Pharmacal Co. Dept. 600, St. Louis, Mo.

FREE BOOK

SEND NO MONEY! — Save Money!

TRANSPARENT   ROOFLESS   PARTIAL
60 Days' Trial! We make FALSE TEETH for you by MAIL from your own mouth-impression. Money-Back Guarantee of Satisfaction.
FREE Free impression material, directions, catalog.
Professional Model   U. S. Dental Co., Dept. 8-13, Chicago, Ill.

$6.85 to $35

옮긴이 엄일녀

1975년 서울에서 태어났다. 서울대 언론정보학과를 졸업하고 출판기획과 잡지 편집을 했으며, 현재 전문번
역가로 활동하고 있다. 옮긴 책으로 『미스터 세바스찬과 검둥이 마술사』 『함정』 『사라진 수녀』 『너를 다시 만
나면』 등이 있다.

안 그러면 **아비규환**

1판 1쇄 2012년 8월 17일 **1판 3쇄** 2012년 10월 12일
지은이 닉 혼비 외 **옮긴이** 엄일녀 **펴낸이** 강병선
편집인 이수은 **책임편집** 박혜미 이수은 **디자인** 문성미
마케팅 방미연 정유선 **제작** 안정숙 서동관 임현식
제작처 영신사

펴낸곳 ㈜문학동네 **출판등록** 1993년 10월 22일 제406-
2003-00045호 **임프린트 톨**

주소 413-756 경기도 파주시 문발동 파주출판도시 513-8
문의 031-955-2690(편집부) | 031-955-2688(마케팅) |
031-955-8855(팩스) **전자우편** toll@munhak.com

ISBN 978-89-546-1885-4 03840

• 톨은 출판그룹 문학동네의 임프린트입니다.
  이 책의 판권은 지은이와 톨에 있습니다.
  이 책 내용의 전부 또는 일부를 재사용하려면 반드
  시 양측의 서면동의를 받아야 합니다.
• 이 도서의 국립중앙도서관 출판시도서목록(CIP)은
  e-CIP홈페이지(http://www.nl.go.kr/ecip)와
  국가자료공동목록시스템(http://www.nl.go.kr/
  kolisnet)에서 이용하실 수 있습니다.
  (CIP제어번호: 2012003405)

www.munhak.com